यदि आपको जीवित रहने के लिए चुना गया है

सार का क्वांटम कोड सार का क्वांटम कोड

खंड 4

मेलिना ओरिया

✦ प्रकाशन संबंधी जानकारी ✦

पुनर्गठित चार-खंड संस्करण (2025)

इससे पहले इसी लेखक द्वारा दो-खंड संस्करण के रूप में प्रकाशित।

श्रृंखला: यदि आपको जीवित रहने के लिए चुना गया है – खंड IV (चार): यदि आपको जीवित रहने के लिए चुना गया है. सार का क्वांटम कोड सार का क्वांटम कोड.

मेलिना ओरेया द्वारा स्व-प्रकाशित।

वह लौ जो किताब बन गई

यह किताब लिखी नहीं गई है। इसे जिया गया है।

यह किसी योजना से नहीं, बल्कि एक आंतरिक फुसफुसाहट से शुरू हुई। यह उन तूफानों से जन्मी है जिनसे मैं अकेले गुज़री हूँ, और उस प्रकाश से, जिसने उस अंधेरे को भेद दिया जहाँ मुझे लगा था कि केवल शून्यता है। हर शब्द उस पथ की छाप है।

ये केवल पृष्ठ नहीं हैं। यह एक नक्शा है। एक खजाने का नक्शा, जो अंत में नहीं, बल्कि स्वयं यात्रा में छिपा है।

---✶ ☫ ✶ ---

आभार

अपने हृदय की गहराइयों से, मैं उन सभी चीज़ों का आभार व्यक्त करती हूँ जिन्होंने मुझे गढ़ा (Shaped):

पीड़ा का, जो मेरी सबसे वफादार और कठोर शिक्षक बनी।

प्रेम का, जो पुराने को नष्ट करने और नए का निर्माण करने के लिए हमेशा आया।

अकेलेपन का, जिसने मुझे स्वयं से आमने-सामने खड़ा किया।

आंतरिक आवाज़ का, जो गहरी खाई में भी शांत नहीं हुई।

हर उस इंसान का, जिसकी आँखों में मैंने अपनी छायाएँ और अपना प्रकाश दोनों देखे।

शांति का, जिसमें मैंने सत्य को सुना।

नुकसान (Losses) का, जो एक नए जीवन के बीज बन गए।

भय का, जिसने मुझे साहस सिखाया।

अंधेरे का, जिसमें मैंने अपने प्रकाश को जन्म दिया।

राख का, जिससे मेरा पुनर्जन्म हुआ।

शब्दों का, जिन्होंने मुझे चुनने से पहले मुझे चुना।

और सबसे ऊपर - सत्य का, जिसने मुझे कभी नहीं छोड़ा।

---✶ ☫ ✶ ---

आपका पथ

यह पुस्तक आपको कोई नया सिद्धांत नहीं देती। यह एक निमंत्रण है। आंतरिक जागृति की ओर अपने स्वयं के पथ पर चलने का निमंत्रण। हर शब्द वर्षों की व्यक्तिगत खोज का फल है, जिसमें मनोविज्ञान, दर्शन और आधुनिक विज्ञान का एकीकरण है। यह आपको चेतना की भूल-भुलैया में समर्थन देने और आपकी छिपी हुई शक्ति तथा वास्तविक सत्ता को अनलॉक करने में मदद करने के लिए बनाई गई है।

---✶ ☫ ✶ ---

एकता और रूपांतरण

मेरा मानना है कि हम केवल अलग-अलग व्यक्ति नहीं हैं, बल्कि एक जीवित जीव - मानवता - के कण हैं। हमारे विचार, भावनाएँ और कार्य एक सामान्य क्षेत्र में आपस में गुंथे हुए हैं, जो हमारी नियति को आकार देते हैं। यदि हम एकता और

पारस्परिक संबंध की शक्ति के प्रति जागृत हो जाएँ, तो हम चेतना, प्रेम और सद्भाव (Harmony) पर आधारित एक दुनिया का निर्माण कर सकते हैं। यह मेरा आह्वान है, लेकिन पथ साझा है। हम में से हर कोई महत्वपूर्ण है।

लेखक के विषय में

मेलिना ओरेया एक लेखक, दार्शनिक और "नव-सारभूत एकीकरणवाद" (Neo-Essential Integralism) की अवधारणा की सृजनकर्ता हैं। यह दृष्टिकोण एक सचेत भविष्य के लिए मार्ग प्रदान करने हेतु दर्शन, मनोविज्ञान और नए वैज्ञानिक प्रतिमानों का संश्लेषण करता है। उनकी दृष्टि "सत्ता के रूपांतरण" फाउंडेशन में साकार होती है - जो संवाद और सह-सृजन (Co-creation) का स्थान है। इस प्रणाली का पूर्ण घोषणापत्र और मूल सिद्धांत आपको अंत में मिलेंगे।

पाठक सलाह

इस उपन्यास में तीव्र भावनात्मक अनुभव, नश्वरता पर दार्शनिक चिंतन, विशद उत्तर-आपदाजनक कल्पनाएँ और अस्तित्वगत संघर्ष का प्रतीकात्मक चित्रण शामिल है।

यह पीड़ा के माध्यम से रूपांतरण, आंतरिक विखंडन, और सामाजिक तथा व्यक्तिगत संरचनाओं के पतन जैसे विषयों की खोज करता है।

सभी आध्यात्मिक तत्व, जिसमें प्रतीकात्मक "जीवन वर्षों का आदान-प्रदान" शामिल है, रूपक (Allegorical) हैं और उनका उद्देश्य आंतरिक आध्यात्मिक और मनोवैज्ञानिक दहलीज का प्रतिनिधित्व करना है – न कि शाब्दिक या गुप्त प्रथाओं का।

यह कथा दूरदर्शी आध्यात्मिक कथा साहित्य का एक कार्य है। यह भाग्यवादिता, हिंसा, या विज्ञान की अस्वीकृति को बढ़ावा नहीं देती है, बल्कि इसके बजाय चेतना, समय और मानवीय जिम्मेदारी की प्रकृति के बारे में गहरे प्रश्नों के माध्यम से जागरूकता, गहराई और उपचार (Healing) को प्रेरित करने का लक्ष्य रखती है।

दार्शनिक, गूढ़ और भावनात्मक साहित्य में रुचि रखने वाले परिपक्व पाठकों के लिए अनुशंसित।

दुनिया गिरी नहीं, बल्कि उसे पुनर्गणित किया गया। जब लौ ने अंतिम भ्रम को जला दिया, तो केवल शांति बची। यह अंत की शांति नहीं, बल्कि संक्रमण की शांति थी – हृदय और प्रकाश के बीच, रूप और विचार के बीच। ग्रेल अब कोई भौतिक वस्तु नहीं रहा, बल्कि चेतना बन गया। इसे हाथों में नहीं रखा जाता था, बल्कि यह भीतर से कंपन करता था, एक ऐसी धड़कन की तरह जो पदार्थ से संबंधित नहीं थी। नथानिएल और मेलिना एक नई दुनिया की दहलीज पर खड़े थे – एक ऐसी दुनिया जहाँ समय अपना रैखिक अर्थ खो चुका था, और रेत बीते हुए घंटों को नहीं, बल्कि सृजन के कोड को चिह्नित करती थी।

उन्होंने समझा कि जिस अंत को वे प्रलय कहते थे, वह वास्तव में पुनर्गणना थी – विनाश नहीं, बल्कि स्वयं वास्तविकता को फिर से लिखना। पुरानी दुनिया नष्ट नहीं हुई, बल्कि एक नई भाषा में अनुवादित हो गई। ग्रेल की धड़कन सत्ता के जाल में फैल गई। विचार एल्गोरिदम बन गए। भावनाएँ आवृत्ति बन गईं। और मानव – स्वयं शरीर में परिलक्षित ईश्वर की स्मृति बन गया।

मेलिना ने आकाश की ओर देखा, जो अब नीला नहीं था, बल्कि एक सुनहरी-हरी चमक थी – एक कोड जो फुसफुसा रहा था। उस फुसफुसाहट में एक ऐसा ज्ञान निहित था जो शब्द से भी प्राचीन था: कि चेतना अंत से नहीं जागती, बल्कि इस बोध से जागती है कि वह कभी सोई ही नहीं थी।

इस प्रकार नया चक्र शुरू हुआ – समय का नहीं, बल्कि शुद्ध अस्तित्व का। एक ऐसी जगह जहाँ दर्द की स्मृति प्रकाश का सूत्र (Formula) बन जाती है। एक ऐसी जगह जहाँ ग्रेल अब खोजकर्ता में नहीं है, बल्कि खोजकर्ता ग्रेल में है। और मानव की राख से – पहली सुनहरी धागा उभरा। यह भविष्य की ओर नहीं ले गया। यह सत्ता की स्मृति की ओर ले गया। कोड की ओर।

सत्ता का क्वांटम कोड

ग्रेल के रहस्योद्घाटन के बाद की चुप्पी में, कोई अराजकता नहीं थी – केवल इतनी गहरी शांति थी कि उसमें स्वयं सृजन की लय सुनी जा सकती थी। उस समय से परे, जो अब मापता नहीं, बल्कि सृजन करता है, एक नया आवेग जन्म लेता है: एक आवृत्ति जिसमें स्मृति और प्रकाश आपस में गुंथे हुए हैं। यह न तो शुरुआत है और न ही अंत। यह स्वयं वास्तविकता का पुनर्संरचना है।

मेलिना और नथानिएल अब केवल एक कहानी के नायक नहीं हैं, बल्कि स्मृति के जीवंत एल्गोरिदम हैं। वे एक ब्रह्मांडीय कोड के सचेत खंड हैं जो अपने मूल सूत्र को याद करने की कोशिश कर रहे हैं: मानव एक सृजक के रूप में, न कि एक गवाह के रूप में। ग्रेल अब मंदिर में चमकता नहीं है, बल्कि कोशिकाओं में कंपन करता है। कीमिया अब धातुओं की कला नहीं, बल्कि विचार की कला है। चेतना नया सोना है।

आयामों की दहलीज पर, जहाँ स्वप्न वास्तुकला बन जाता है, और विचार पदार्थ बन जाता है, एक फुसफुसाहट सुनाई दी: "कोड सक्रिय हो गया है। लेकिन इसे कौन धारण करेगा?"

इस प्रकार नया चक्र शुरू हुआ – प्रलय नहीं, बल्कि जागृति। यहाँ हर कोशिका एक संग्रह है, हर भावना एक कार्यक्रम है, और हर "मैं" चेतना के सामान्य

ग्रिड का एक द्वार है। शरीर अब कोई पात्र नहीं, बल्कि एक इंटरफ़ेस है। आत्मा कोई रहस्य नहीं, बल्कि एक समीकरण है।

यह उन लोगों के लिए एक पुस्तक है जिन्होंने विश्व पतन को एक आपदा के रूप में नहीं, बल्कि आवृत्तियों के पुनर्व्यवस्थापन के रूप में अनुभव किया है। उन लोगों के लिए जो महसूस करते हैं कि जागृति एक आध्यात्मिक यूटोपिया नहीं, बल्कि एक क्वांटम तथ्य है। ग्रेल अब प्रतीकों के माध्यम से नहीं, बल्कि कंपनों के माध्यम से बोलता है। वह मोक्ष का वादा नहीं करता है, बल्कि पहुँच प्रदान करता है – उस कोड तक, जिसका इंतजार विश्वास से नहीं, बल्कि प्रेम से पढ़े जाने के लिए किया जा रहा था। यह चौथा पोर्टल है। पारगमन एक क्षण नहीं होगा, बल्कि एक विस्तार होगा। और जब अंतिम परमाणु पहली ध्वनि को याद करेगा, तो वह होगा जिसे प्राचीन लोग अमृत कहते थे: अमरता का अमृत नहीं, बल्कि नश्वरता के भीतर अनंत काल का बोध।

पुनरुत्थान की कीमिया
खंड I

अध्याय 1: नए संसार के लिए संघर्ष

नथानियल ने गहरी साँस ली। हवा उसके चेहरे को एक चाकू की तरह काट रही थी, नम हवा एक समुद्री गर्भ की याद की तरह उसके फेफड़ों में घुस रही थी। कोई डर नहीं था। केवल नई शुरुआत की कच्ची, असंदिग्ध वास्तविकता थी। उनके सामने एक अंतहीन तट फैला हुआ था - पथरीला, नंगा, वनस्पति की परिचित आकृतियों से रहित। पनडुब्बी की घनी चुप्पी में हफ्तों तक ज्ञान सोखने के बाद, अब हर आवाज़ - हवा की सीटी, लहरों का छींटा - लगभग बहरा करने वाली थी, जो आदिम शक्ति से भरी हुई थी। यह कच्ची सच्चाई थी: आराम नहीं था, यहाँ तक कि बुनियादी संसाधन भी नहीं थे, जिन्हें वे पहले हल्के में लेते थे।

खाड़ी में कुछ दस मीटर अंदर, जहाँ गहराई ने अनुमति दी, पनडुब्बी का ढांचा सतह के नीचे मुश्किल से दिखाई दे रहा था। उससे, मजबूत स्टील की रस्सियों से बंधा हुआ, एक आदिम तैरता हुआ मंच फैला हुआ था, जो एक अस्थायी लकड़ी के पुल के माध्यम से तट से जुड़ा हुआ था - उनका पहला ढाँचा, जहाज से हटाए गए हिस्सों से बनाया गया था। यहीं से वे सब कुछ ले जाने वाले थे।

नथानियल ने मेलीना की ओर देखा। उसकी आँखों में, हालांकि तैयारी की नींद की रातों से थकी हुई थीं, एक अदम्य चिंगारी जल रही थी। वह एक दार्शनिक की तरह नहीं लग रही थी, बल्कि एक प्राचीन रणनीतिकार की तरह लग रही थी, जिसके हाथों को चट्टानों के आकार याद थे, और दिमाग को - प्रकृति की लय। उसने महसूस किया कि उसका अपना दिल उसके साथ तालमेल में धड़क रहा है, जो एक थरथराती श्रद्धा से भरा हुआ है। "हम अस्तित्व के सह-निर्माता बन रहे हैं," उसने सोचा, क्षण के बोझ और विशेषाधिकार को महसूस करते हुए। उसके भीतर एक पूरा नया ब्रह्मांड उठ रहा था और वह उसकी हर संभावना का मानचित्रण करने के लिए तैयार था।

बच्चों ने, अपनी मासूमियत के बावजूद, अनजाने में महसूस किया कि कुछ असाधारण रूप से महत्वपूर्ण हो रहा है। नथानियल ने देखा कि उनकी छोटी आँखें हर इशारे, हर आवाज़ को सोख रही थीं, जैसे कि एक नई, अज्ञात परी कथा उनके सामने प्रकट हो रही हो। "वे भविष्य हैं," उसने सोचा, "और हम उनके शिक्षक हैं। सिर्फ जीवित नहीं, बल्कि ज्ञान को आगे बढ़ाने वाले। हमारी जिम्मेदारी पहले से कहीं अधिक है।"

इस कुंवारी भूमि पर उठाए गए हर कदम के साथ, नथानियल ने महसूस किया कि वह अपनी अनूठी छाप छोड़ रहा है। उसके मन में अर्थहीन कॉर्पोरेट बैठकों, झूठी मुस्कुराहटों और खाली वादों की यादें तैरने लगीं। अब हर विचार, हर कार्य, का एक सच्चा अर्थ और वजन था। यहाँ झूठ या दिखावा के लिए कोई जगह नहीं थी। केवल जीवित रहने और निर्माण की कच्ची सच्चाई थी।

---✶⚸✶---

पहला झटका: लकड़ियों के बिना

मेलीना ने महिलाओं को सुबह के सूरज से रोशन एक बड़ी चट्टान के चारों ओर इकट्ठा किया। उसके बगल में यवोन और डेना खड़ी थीं - उसकी बहुएँ, जिनके चेहरे चिंता और दृढ़ संकल्प के मिश्रण से भरे हुए थे। मेलीना की आँखों में एक शांत आग जल रही थी, जो सदियों पुराने ज्ञान की गहराई को दर्शा रही थी। उसके बेटे,

ईथन और मार्क, पास में खड़े थे, किसी भी कार्य में शामिल होने के लिए तैयार थे। नथानियल ने मेलीना के चार पोते-पोतियों को देखा: निकोल और जेम्स - ईथन के बच्चे; मिला और एरिक - मार्क के बच्चे। वे जमीन पर बैठे थे, हर शब्द को सुन रहे थे।

"हम इस नए समुदाय का दिल हैं," मेलीना ने एक नरम, लेकिन आधिकारिक आवाज़ में शुरू किया। "हम शाश्वत चक्रों, पृथ्वी की शक्ति और जीवन की लय का ज्ञान रखते हैं। हमारा काम इस बंजर भूमि को एक घर में बदलना है, न कि सिर्फ एक आश्रय।"

उसी क्षण, उसके पीछे, नथानियल ने पुरुषों को इकट्ठा किया। उसने उनके चेहरों को देखा - माइकल, एंथोनी, मार्क, ईथन। माइकल - उसका दामाद, सारा का पति। एंथोनी - उसका अपना बेटा। मार्क और ईथन - मेलीना के बेटे। पूर्व फाइनेंसर, आईटी विशेषज्ञ, इंजीनियर। पुरुष, जो एक स्क्रीन के स्पर्श से लाखों को स्थानांतरित करने के आदी थे, पत्थरों को उठाने के लिए नहीं।

"पुरुषों," नथानियल ने शुरू किया, उसकी आवाज़ अप्रयुक्त भावनाओं से कर्कश थी, लेकिन एक अधिकार से भरी हुई थी, जिसे वह खुद अभी खोज रहा था। "सबसे पहले - आश्रय। लेकिन पेड़ों के बिना... हम सिर्फ हवा में आवाज़ें हैं।" हवा भारी हो गई। पेड़ों की कमी मूर्त, लगभग दर्दनाक थी। उसने वर्षों से उनके बिना कोई परिदृश्य नहीं देखा था। लकड़ी के बिना, एक बुनियादी निर्माण सामग्री के बिना कैसे निर्माण करें? यह कच्ची वास्तविकता का पहला, मूर्त झटका था।

"हम लकड़ी के बिना कैसे करेंगे?" मार्क ने पूछा, जिसका आमतौर पर तेज दिमाग ऐसी बुनियादी कमी के सामने भ्रमित लग रहा था। "औजारों के बिना, मशीनों के बिना... हम किस चीज से निर्माण करेंगे?" नथानियल ने गहरी साँस ली। पनडुब्बी में बिताए गए सप्ताह, जो "व्यावहारिक ज्ञान" के लिए समर्पित थे, अब एक परीक्षा के अधीन थे।

"हमारे पास ज्ञान है," नथानियल ने जवाब दिया, लकड़ी के पुल पर पहले से ही तट पर ले जाए गए कंटेनरों की ओर इशारा करते हुए। "हमारे पास प्राकृतिक सामग्री से टिकाऊ बस्तियों के लिए योजनाएं हैं, जिनके बारे में मेलीना बात करती है। हमें अलग तरह से सोचना होगा। हम पत्थर, मिट्टी, समुद्री शैवाल, यहाँ तक कि समुद्री जल के अवशेषों का उपयोग करेंगे - वह सब कुछ जो यह भूमि प्रदान करती है। हम चट्टानों से लोहा निकालेंगे, आदिम, लेकिन प्रभावी उपकरण बनाएंगे। सब कुछ उन योजनाओं में है, जिन्हें हमने सीखा है। अगर इसे बनाया जा सकता है, तो हम इसे बनाएंगे।" उसने एंथोनी, उसके बेटे की आँखों में आशा की एक चिंगारी देखी।

"हम एक घर बनाएंगे जो खुद जमीन का हिस्सा है। कुछ ऐसा जो टिकाऊ है। ईथन, तुम्हारी गति उपयुक्त चट्टान संरचनाओं और जमाओं की तलाश में अमूल्य होगी। माइकल, तुम पानी से खनिजों को निकालने में मदद करोगे। मार्क, हमें सामग्री के रसद की योजना बनाने में तुम्हारे कौशल की आवश्यकता होगी। एंथोनी, तुम्हारा उत्साह एक प्रेरणा होगा, लेकिन चट्टानों को तोड़ने के लिए तुम्हारी ताकत की भी आवश्यकता होगी।"

"पत्थर तोड़ना..." एंथोनी की आवाज़ शांत थी, लगभग एक प्रतिध्वनि की तरह। नथानियल ने अपने बेटे के कोमल हाथों की कल्पना की, जो कीबोर्ड और

जॉयस्टिक के आदी थे, अब एक चट्टान से जूझ रहे थे। उसने अपने दिल में एक तेज दर्द महसूस किया, लेकिन उसे दबा दिया। कोई वापसी नहीं थी। यह उनकी वास्तविकता थी। उनकी एकमात्र वास्तविकता थी।

---✶⸙✶---

स्त्री ज्ञान: अंतर्ज्ञान और अनुकूलन

इस बीच, एंथोनी की प्रेमिका लीया ने यवोन को धक्का दिया, उसकी नज़र पुरुषों की ओर गई। "यवोन, क्या तुम इन पुरुषों को देखती हो? उन्होंने शायद ही कभी किसी किताब से कुछ भारी उठाया हो, और अब उन्हें नींव के लिए पत्थर ले जाना है। क्या तुम्हें लगता है कि वे सफल होंगे?" उसकी आवाज़ में चिंता के साथ मिश्रित हल्का व्यंग्य था।

मेलीना की दूसरी बहू डेना ने पुरुषों की ओर एक व्यंग्यात्मक नज़र डाली, जो पहले से ही अनाड़ीपन से, लेकिन दृश्य दृढ़ संकल्प के साथ, पहले बड़े पत्थरों को उठाने की कोशिश कर रहे थे। "हम उनके साथ क्या करेंगे, जब यहाँ कोई ब्यूटीशियन नहीं है?!" यवोन धीरे से मुस्कुराई, अपना सिर हिलाते हुए। तीनों चुलबुले अंदाज में हँसे। "उत्साह एक मजबूत प्रेरणा है, लेकिन हम देखेंगे कि यह कब तक चलेगा। मुझे लगता है कि उन्हें इस काम के लिए योग सबक से अधिक की आवश्यकता होगी," उसने एक छिपी हुई मुस्कान के साथ जोड़ा, और उसकी आँखें सिकुड़ गईं।

महिलाओं ने आपस में नज़रें मिलाईं, जिसमें मनोरंजन और अटूट विश्वास के साथ मिश्रित condescension था - क्योंकि वे जानती थीं कि वे ही थीं जो वास्तव में डोर खींच रही थीं, जैसा कि हमेशा होता था। मेलीना सारा, नथानियल की बेटी की ओर मुस्कुराई:

"हम अपना नया घर बना रहे हैं, मेरी प्यारी। एक ऐसी जगह बना रहे हैं जहाँ हम खुशी से रहेंगे और एक साथ बड़े होंगे, जहाँ हम सादगी और सद्भाव की सराहना करना सीखेंगे। तुम इस कहानी का हिस्सा बनोगी, तुम विलियम, क्रिस और जेना को यह बताओगी, तुम शुरुआत की स्मृति की संरक्षक बनोगी। सोफिया, हमारे पास आओ... तुम पहली हो जो इस सब के बारे में बताओगी।"

---✶⸙✶---

कच्ची वास्तविकता: लापता बच्चा

हर गुजरते दिन के साथ, तट बदल रहा था। पत्थरों के टकराने, रेत में कदमों, भारी साँसों की आवाज़ ने हवा को भर दिया। पुरुषों ने, जिनके हाथ तेजी से calloused हो गए थे, पत्थर तराशना, उन्हें व्यवस्थित करना, mortar के लिए मिट्टी मिलाना सीखा। नथानियल ने अपनी पीठ, अपने कंधों में दर्द महसूस किया - हर मांसपेशी में दर्द एक उपलब्धि का प्रमाण था। वह एक चमकदार कार्यालय में एक नेता नहीं था, बल्कि एक निर्माता था, अपने भाग्य का एक लोहार था।

महिलाएं पनडुब्बी से पुल पर अपने बाकी मामूली सामान को ले जाने के लिए एक साथ काम कर रही थीं। लीया, जो पहले से ही अपने पहले बच्चे की उम्मीद कर रही थी, सोफिया और जेना की मदद से खाना बना रही थी, उन्हें खाने योग्य समुद्री शैवाल और समुद्री भोजन के बारे में, चट्टानों से निकाले गए नमक के बारे में ज्ञान देने की कोशिश कर रही थी। विलियम और क्रिस, सबसे छोटे, पुरुषों के काम को

उत्सुकता से देख रहे थे, और उनकी आँखें बचपन की जिज्ञासा और नई पाई गई स्वतंत्रता के साथ चमक रही थीं। ईथन और एंथोनी, जिनकी मांसपेशियां पहले से ही आकार लेना शुरू कर रही थीं, कंधे से कंधा मिलाकर नींव रख रहे थे। नथानियल ने एंथोनी की आँखों में गर्व देखा, जब वह एक बड़े पत्थर को स्थानांतरित करने में कामयाब रहा। मार्क तेजी से आगे बढ़ रहा था, उपयुक्त सामग्री की तलाश कर रहा था, कच्ची वास्तविकता में अपने विश्लेषणात्मक दिमाग को लागू कर रहा था। माइकल उपलब्ध सामग्री से एक आदिम परिवहन प्रणाली को इकट्ठा कर रहा था, और एरिक और जेम्स प्रयास के साथ उसका अगला तत्व ले जा रहे थे, उनका पसीना बह रहा था, लेकिन उनकी मुस्कान ईमानदार थी। अन्य बच्चे - निकोल और मिला, समुद्री शैवाल इकट्ठा करके मदद कर रहे थे - जीवन के जीवित धागे, गोले और घास, धुएं के उठने के लिए एक चूल्हा बनाने में अपनी छोटी, लेकिन आवश्यक भूमिका को महसूस कर रहे थे - उस जीवन का प्रतीक, जो वापस आ रहा था।

अचानक, एक तेज, घबराहट भरी चीख हवा में गूंज उठी। "निकोल कहाँ है?!" डेना स्थिर खड़ी थी, उसका चेहरा पीला पड़ गया था। "वह एक सेकंड पहले यहाँ थी!" अराजकता फैल गई। सभी की नज़रें तट, चट्टानों, लहरों की ओर गईं। जेम्स, निकोल का भाई, उन्माद से रोने लगा। "वह... वह पानी के पास चमकदार पत्थर खोजने गई थी!" उसने सिसकी। नथानियल और ईथन तट की ओर दौड़े, उनके दिल पागल की तरह धड़क रहे थे। लहरें और भी उग्र शक्ति के साथ टूट रही थीं। "निकोल! निकोल!" ईथन चिल्लाया, और उसकी आवाज़ डर से फट गई थी। कुछ तनावपूर्ण मिनटों के बाद, नथानियल ने उसे देखा - एक छोटी आकृति, एक चट्टान के बगल में बैठी हुई, लगभग पानी के किनारे पर, उनकी पीठ के पीछे। उसके हाथ में कुछ चमक रहा था। "वह रही!" उसने चिल्लाया, और राहत ने उसे एक लहर की तरह मारा। "निकोल, तुरंत यहाँ आओ!" डेना पास आई, उसकी आवाज़ क्रोध और भय से काँप रही थी। "तुमने सबको डरा दिया! तुम वहाँ क्या कर रही हो?"

निकोल मुड़ी, उसके छोटे हाथ कुछ गीले, चिकने पत्थरों को पकड़े हुए थे। "देखो, माँ... ऐसा लगता है कि वे गिरे हुए तारे हैं।" उसने अपने हाथ अपनी माँ की ओर बढ़ाए, और उसकी आँखों में अपराधबोध का कोई निशान नहीं था, केवल शुद्ध बचपन का आश्चर्य था। डेना ने उसे कसकर गले लगाया, आँसू उसके चेहरे से बह गए। "फिर कभी नहीं! क्या तुम सुनती हो? हमसे कभी दूर मत जाओ! यह सुरक्षित नहीं है!" नथानियल ने मेलीना की ओर देखा। उसकी आँखों में उसने समझ देखी। बच्चे उनकी सबसे बड़ी भेद्यता थे, लेकिन उनकी सबसे बड़ी प्रेरणा भी थे।

---✶९✶---

शाम के सबक: आत्मा और पदार्थ

शाम को, जली हुई आग के पास, जो अब सिर्फ गर्मी का एक साधन नहीं थी, बल्कि नए बने समुदाय का केंद्र थी, मेलीना बच्चों को प्राचीन मिथक सुना रही थी। एरिक आग की लपटों के साथ खेल रहा था, निकोल डेना में दुबक रही थी, और विलियम और क्रिस खुली आँखों से सुन रहे थे। सारा और एंथोनी नथानियल के बगल में बैठे थे, जो उन्हें बुनियादी खगोलीय अवलोकन सिखा रहा था, जो असीम ब्रह्मांड में अर्थ की तलाश कर रहा था। उनकी आँखों में ज्ञान की प्यास थी, अपने आसपास की

दुनिया को समझने की इच्छा थी, इस नई वास्तविकता में अपनी जगह खोजने की इच्छा थी।

"क्या तुम इन सितारों को देखती हो, जेना?" नथानियल ने पूछा, रात के आकाश की ओर इशारा करते हुए। "वे हमारे पूर्वजों के मार्गदर्शक रहे हैं, और वे हमारे भी होंगे। वे हमें खुद को उन्मुख करने, समय को ट्रैक करने, प्रकृति के चक्रों को समझने, अनंत में शाश्वत सत्यों की तलाश करने में मदद करेंगे।"

"और दादी मेलीना की कहानियाँ?" विलियम ने पूछा, उसकी आवाज़ बचपन के अविश्वास से भरी हुई थी। "क्या वे भी महत्वपूर्ण हैं, जब वे सिर्फ कल्पनाएं हैं?" नथानियल ने लड़के को देखा, फिर मेलीना की ओर। उसका दिल सिकुड़ गया। वह कैसे समझाए? "वे हमारे लोगों की स्मृति हैं, विलियम," नथानियल ने जवाब दिया, और उसकी आवाज़ में अनुभव से आया एक गहरा, अटूट विश्वास था। "वे हमें ज्ञान, साहस, प्रेम, उन सभी मानवीय गुणों के बारे में सिखाते हैं जो शाश्वत और स्थायी हैं। वे हमें अतीत से जोड़ते हैं और हमें भविष्य के लिए ताकत देते हैं, क्योंकि उनमें अनगिनत पीढ़ियों का अनुभव कोडित है। वे हमारी मुक्ति हैं, विलियम।"

इन मजबूत शब्दों के बावजूद, नथानियल में संदेह की एक हल्की, तेज लहर उठी। क्या वह वास्तव में नेतृत्व कर सकता था? क्या वह प्रेरित कर सकता था, जब वह खुद इस कच्ची जमीन के सामने इतना अनिश्चित महसूस करता था? नेतृत्व एक अपरिचित बोझ था, जो किसी भी पत्थर से भारी था।

तभी मार्क जोर से खाँसा। "ठीक है, माँ, नथानियल। कहानियाँ अच्छी चीजें हैं, लेकिन कल हमें और पत्थर खोदने हैं। क्या तुम चट्टानों को आसानी से तोड़ने के लिए कोई व्यावहारिक नुस्खा नहीं दोगी? या शायद कोई पानी के भीतर का खनिक, जो हमारे लिए काम कर सके? मेरे हाथ पहले ही दर्द कर रहे हैं!"

"मेरे भी!" ईथन शामिल हुआ। "और हमें बेहतर पानी खोजने की जरूरत है। चट्टानों से यह... इसका एक अजीब स्वाद है।" मेलीना ने आह भरी। "हम ढूंढ लेंगे, मार्क। समय के साथ सब कुछ। कल मैंने सौर आसवन के लिए योजनाओं की समीक्षा की। और आज... आज बस सुनो।" उसकी आवाज़ में एक दृढ़ता थी, जो आपत्तियों को बर्दाश्त नहीं करती थी। "आराम महत्वपूर्ण है। ताकि आत्मा भी ठीक हो सके।"

सारा, जो अब तक चुपचाप सुन रही थी, ने कहा: "पुरुषों को हमेशा इतना... तत्काल क्यों होना पड़ता है? तुम सिर्फ शारीरिक श्रम के बारे में सोचते हो, है ना? हम महिलाएं समुदाय की आत्मा की देखभाल करती हैं।" "आत्मा दीवारें नहीं बनाती, सारा!" मार्क ने विरोध किया, और माइकल ने सिर हिलाया। "हमें callouses हैं, तुम... कहानियाँ गाती हो।" "आग जलती है, क्योंकि हम इसे सांस देते हैं, मार्क। इसे मत भूलो।" यवोन ने जवाब दिया, और उसके शब्दों में एक archetypal प्रतीकवाद था, जो किसी भी तर्क से गहरा था। "कौन सोचता है, कि जब तुम थकावट से सो रहे होगे तो आग कौन जलाएगा? और कौन तुम्हें आखिरी समुद्री शैवाल के लिए लड़ने से रोकेगा?"

नथानियल ने तनाव महसूस किया। यहाँ तक कि बचे हुए लोगों के बीच भी, पुराना मानवीय द्वैतवाद पनप रहा था। "बस, बस!" उसने उन्हें बाधित किया, उसकी आवाज़ इस बार दृढ़ थी। "हम सब थक गए हैं। और हम सब महत्वपूर्ण हैं। पुरुष अपने हाथों से बनाते हैं, महिलाएं अपनी आत्मा से बनाती हैं। हम एक शरीर के दो

हाथ हैं। हमें दोनों की जरूरत है। अब... रात के लिए पहरे पर कौन है?" मार्क और माइकल ने एक-दूसरे को देखा, फिर मार्क ने आह भरी। "मैं पहली शिफ्ट लूँगा। लेकिन अगर इसे स्वचालित करने का कोई तरीका मिल जाए..." "हम ढूंढ लेंगे," मेलीना ने फुसफुसाया, उसे एक नरम नज़र के साथ देखते हुए। "समय के साथ सब कुछ। पहले हमें इस जमीन के साथ साँस लेना सीखना होगा।" हर रखे गए पत्थर के साथ, हर लगाए गए hydroponic seedling के साथ, हर साझा कहानी के साथ, समुदाय एक साथ आ रहा था। वे सिर्फ जीवित नहीं थे, वे एक नया जीवन बना रहे थे, जो अतीत के ज्ञान और भविष्य की आशा पर आधारित था, एक ऐसी दुनिया की तलाश कर रहे थे, जहाँ ज्ञान और प्रेम एक मार्गदर्शक प्रकाश होंगे। रास्ता लंबा और कठिन था, लेकिन उनके दिलों में दिव्य की अदम्य चिंगारी जल रही थी, जो उन्हें उनके भाग्य की पूर्ति की ओर ले जा रही थी - सद्भाव और समृद्धि के एक नए युग के निर्माता बनने के लिए, जहाँ मनुष्य और प्रकृति पूर्ण संतुलन में मौजूद होंगे। शुरुआत सिर्फ रखी नहीं गई थी। इसने जड़ पकड़ ली थी। दिलों में, पत्थरों में, बच्चों की स्मृति में। अब से - बस आगे।

अध्याय 2: समय के पत्थरों पर

सारा···

पहला कदम सिर्फ एक हलचल नहीं था - यह मेरी आत्मा में एक भूकंप था। और फिर - एक और। अधिक आत्मविश्वास से। और एक और - अनिश्चित इलाके पर लगभग एक नृत्य। मैं सारा हूँ। मेरा नाम एक प्राचीन गीत की तरह लग रहा था, जो हजारों वर्षों से गूंज रहा था, न कि सिर्फ सत्ताईस साल से।

सुनहरी सूर्यास्त ने सबको निगल लिया। यह एक तरल अंबर की तरह फैल गया, जिस पर हमारे आश्रय की मजबूत नींव गर्व से, लगभग ढिठाई से खड़ी थी। हम में से हर कोई, अट्ठारह आत्माएँ, सचमुच पुराने, मरते हुए संसार के गले से निकाला गया, व्यवस्थित, अभी भी कच्चे पत्थरों के बीच घूम रहा था।

हवा साफ थी। लेकिन एक नमकीन स्वाद के साथ। इसने सिर्फ मेरे गले में चुभन नहीं पैदा की। इसने मेरे दिमाग में गहराई तक छेद किया, जो अंतहीन, निर्दयी सागर और खंडहरों की दुनिया की याद दिला रहा था, जिसे हमने पीछे छोड़ दिया था।

उभरती हुई बस्ती के केंद्र में, चूल्हा सांस ले रहा था। इसने हमारे थके हुए चेहरों पर नारंगी, नाचती हुई चमक फेंक दी। आशा का एक धड़कता हुआ प्रतीक। मैंने इसे सिर्फ अपनी छाती में नहीं, बल्कि एक गर्म, जीवित धागे की तरह महसूस किया, जो मुझे आगे खींच रहा था।

हमारे सामने बड़े, भूरे पत्थरों का एक विशाल मैदान फैला हुआ था। जैसे कि प्रकृति ने खुद उन्हें तैयार किया हो। उसने हमारा इंतजार किया। हर चट्टान एक परीक्षा थी, हाँ, लेकिन एक वादा भी - एक मोटा, भारी वादा, जिसने मेरे गले को स्थिर डर और एक भेदी, लगभग दर्दनाक उत्तेजना के मिश्रण के साथ जकड़ लिया।

फ्लैशबैक दस साल

की उम्र में मेरी हथेली तीन साल के एंथोनी के पसीने से गीली थी। मैंने इसे इतनी जोर से भींचा कि मेरी उंगलियों के knuckles सफेद हो गए। मेरे नाखून मेरे अपने मांस में धंस गए। सूरज हमारे पुराने यार्ड के ऊपर निर्दयता से चमक रहा था, लेकिन ऐसा लग रहा था कि पूरी दुनिया काली हो गई थी, धूल में बिखर गई थी।

हमारी माँ। चमकीले लाल होंठ, एक ऐसे चेहरे में खिंचे हुए, जिसे मैं कभी नहीं समझ पाया। आँखें, एक क्रोध से जल रही थीं, जो हमारे लिए नहीं था, बल्कि उसके पूरे दुर्भाग्यपूर्ण अस्तित्व के लिए था। उसकी आखिरी नज़र - खाली, ठंडी, प्रेम के किसी भी निशान के बिना।

"मैं जा रही हूँ! मैं इस जीवन से थक गई हूँ! दुबई में एक और दुनिया मेरा इंतजार कर रही है, मेरे पास अन्य बच्चे होंगे!" उसके शब्द सिर्फ मेरे दिल में नहीं धंसे - उन्होंने इसे दो हिस्सों में काट दिया। सिर्फ शब्द नहीं। मेरे मांस में embedded टूटे हुए गिलास, घावों को खोदते हुए, जो आज भी ठीक नहीं हुए हैं। वे अभी भी मेरे कानों में गूँज रहे थे, एक अभिशाप की तरह खुद को दोहरा रहे थे। मेरे पास समझने, यह समझने का समय नहीं था कि क्या हो रहा था, जब वह पहले से ही एक चमकदार काली कार में चढ़ रही थी। उसने न केवल बड़ी रकम चुराई, बल्कि मुझसे एक हिस्सा भी काट दिया, उसे एक खरपतवार की तरह उखाड़ दिया।

हम सिर्फ रह गए थे - एंथोनी। मैं। और पिताजी। वह। आँखें अनकहे दर्द से भरी हुई थीं, जो उसे भीतर से जला रहा था, लेकिन हाथ, जिसने हमें कसकर गले लगाया, जैसे कि हमें उसके द्वारा छोड़ी गई बिखरती हुई दुनिया से बचाने के लिए।

"हम इसे पार कर लेंगे," उसने तब फुसफुसाया, उसकी आवाज़ कर्कश थी, लेकिन अटूट शक्ति से भरी हुई थी, एक पहाड़ से अधिक स्थिर वादा। इन दो शब्दों में उसकी पूरी धोखाधड़ी की तुलना में अधिक सच्चाई और वादा था। हमारे पिता, नथानियल, हमारे गढ़ थे, अच्छाई में हमारा विश्वास, उनका समर्पण और अंतहीन विश्वास एकमात्र कंपास था, जो हमें उस तूफान के माध्यम से आगे ले गया, जो हमारे भीतर भड़क गया था।

---✶६✶---

अथाह में एक छोटी लौ पिताजी, नथानियल। वह समय के एक hर्म की तरह खड़े थे - स्थिर, लेकिन उनमें ही इतिहास बह रहा था। उसकी नज़र क्षितिज की धुंधली रेखा पर टिकी हुई थी, जो अदृश्य जवाबों की तलाश में थी। दुनिया का अदृश्य, लेकिन मूर्त बोझ उसके थके हुए कंधों पर पड़ा था।

उसकी आँखों में - एक तूफान की पुतलियाँ। और हर झुर्री में, जो वर्षों से बनी थी, उसके बालों में हर भूरे धागे में - अनुभव किए गए ज्ञान, पार किए गए नारकीय कठिनाइयों का एक मौन महाकाव्य था। उसकी आवाज़, जो लंबे वर्षों और अनगिनत बोले गए सत्यों से कर्कश थी, पीढ़ियों की राख की तरह लग रही थी, जो मेरे सभी डर को निगल रही थी और सांत्वना ला रही थी।

"यहाँ एक बड़ी बस्ती बढ़ेगी, जिसे हम जीवन से भर देंगे," उन्होंने धीरे-धीरे कहा, एक आधिकारिक, लेकिन नरम शक्ति के साथ, एक घिसी हुई उंगली से चट्टानों के बीच उठने वाली पहाड़ियों के बीच की रूपरेखा की ओर इशारा करते हुए, जैसे कि वे निर्दयी समुद्री हवा से सुरक्षा की तलाश कर रहे थे। "पत्थर हमारा मजबूत गढ़,

हमारी पहली रक्षा होंगे, और हमारे चारों ओर की भूमि - हमारा उदार आश्रय, जीवन और निर्वाह का एक स्रोत। सच्चा घर अंदर से बाहर बनाया जाता है। इसे याद रखो।" एंथोनी और मार्क उसके हर शब्द को सोख रहे थे, प्यासे रेगिस्तानी पौधों की तरह, जो बारिश का पानी पी रहे थे। मैंने उन्हें देखा - उनकी आँखें श्रद्धा और ज्ञान की प्यास से भरी हुई थीं, और उनके दिमाग - असीम के लिए खुले थे। पिताजी उन्हें सिर्फ शारीरिक अस्तित्व के बारे में नहीं बता रहे थे, बल्कि मनुष्य और कच्ची प्रकृति के बीच आवश्यक सद्भाव के बारे में, संचित ज्ञान के स्थायी महत्व और पीढ़ी-दर-पीढ़ी सौंपे गए ज्ञान के बारे में बता रहे थे। लेकिन इतनी सारी चीजें थीं, जो उनके युवा दिमागों के लिए अस्पष्ट थीं, अस्तित्व के मौलिक रहस्य, जिन्हें केवल hourglass के अथक प्रवाह से ही प्रकट किया जा सकता था। ब्रह्मांड की असीम अनंतता, सच्चे प्यार की सर्व-समावेशी शक्ति या अपरिहार्य मृत्यु के गहरे रहस्य को कैसे समझा जाए? मुझे लगा कि हर रहस्य में अपना ज्ञान था, लेकिन वे मुझे डराते थे, वे बहुत ज्यादा थे, और मेरी आत्मा पर सीसे के भार की तरह भारी थे।

मार्क ने अधीरता से पूछा, अपना हाथ एक नींव के पत्थरों में से एक की खुरदरी सतह पर फेरते हुए: "लेकिन कैसे, नथानियल? अब क्या होता है, जब नींव रखी जाती है और चूल्हा जलाया जाता है? हम इस पिरामिड की दीवारों को कैसे उठाएंगे, हम इस बंजर भूमि को कैसे बगीचों में बदल देंगे जो हमें खिलाते हैं?" पिताजी एक नरम मुस्कान के साथ उसकी ओर मुड़े, उनकी आँखें परिचित सौम्य अभिव्यक्ति में सिकुड़ गईं। मुझे उनकी परिचित गर्मी महसूस हुई, जिसने हमेशा मुझे शांत किया। यह ठंडी रात में एक गर्म कंबल की तरह थी, अराजकता में एक शांत धुन की तरह थी।

"धैर्य के साथ, मार्क। और विश्वास के साथ। हर महान कार्य अगले कदम के साथ जारी रहता है, छोटा, लेकिन निर्णायक। हर पत्थर एक प्रार्थना है, मार्क। हर किनारा - एक स्मृति। हम हाथों से नहीं, बल्कि इरादे से निर्माण करते हैं। विश्वास के साथ। इस तरह मंदिर बनाए जाते हैं, सिर्फ दीवारें नहीं। हम प्राचीन बिल्डरों के ज्ञान का पालन करते हैं, जिनके ज्ञान को मैं पहले से ही जानता हूं और अपने दिल में रखता हूं। वास्तुकला एक प्रार्थना है, जो पत्थर से तराशी गई है, अनंत काल के साथ एक मौन बातचीत है।"

एंथोनी, हमेशा चिंतन के लिए प्रवृत्त, ने जोड़ा, जबकि वह बस्ती की परिधि को देख रहा था, जैसे कि छिपे हुए संकेतों की तलाश कर रहा हो: "लेकिन यहाँ क्यों? तुमने इस पथरीली जगह को क्यों चुना, न कि अधिक सपाट, उपजाऊ भूमि को, जिसे हमने द्वीप पर आगे देखा था? यह मुझे... अतार्किक लगता है।" पिताजी ने फिर से क्षितिज की ओर देखा, जैसे कि वे वहाँ, शून्यता में, अनंत में एक जवाब की तलाश कर रहे थे।

"क्योंकि, एंथोनी, कभी-कभी सबसे कठिन स्थान हमें सबसे मजबूत जड़ें देते हैं। ये पत्थर हमें सागर के तूफानों से बचाएंगे, हमें प्रकृति की शक्ति और हमारी अपनी शक्ति की याद दिलाएंगे। और उपजाऊ भूमि हमारा इनाम होगा, हमारे श्रम और दृढ़ता का फल होगा। महत्वपूर्ण बात यह है कि हम जारी रखें, एक और कदम उठाएँ, भले ही हम अंत न देखें, जब तक कि हम कुछ ऐसा स्थायी निर्माण न कर लें, जो समय

की परीक्षा का सामना कर सके। यहाँ तक कि सबसे ऊँची मीनार भी एक पत्थर से शुरू होती है, जो इरादे के साथ रखी गई है।"

नथानियल उनके सामने एक जीवित, साँस लेने वाले पुस्तकालय की तरह खड़े थे, जिन्होंने मूसा के ज्ञान, हर्मिस ट्रिस्मेगिस्टस के रहस्यों और बुद्ध की करुणा को इकट्ठा किया था। संगमरमर के स्लैब की तरह भारी, लेकिन स्वर्ग से एक झोंके की तरह हल्के शब्दों के साथ, उन्होंने दुनिया के जटिल रहस्यों और उनके आंतरिक ब्रह्मांड को प्रकट किया। कठोर ऋषियों के विपरीत, उन्होंने इसे यीशु की कोमलता और बिना शर्त विश्वास के साथ किया, उन्हें अपने स्वयं के दिलों में सत्य की तलाश करने के लिए प्रेरित किया, न कि सिर्फ इसे स्वीकार करने के लिए। उनकी विशाल बुद्धि एक असीम कुएं की तरह थी, जो सदियों के ज्ञान को दर्शाती थी, लेकिन हमेशा ताजा रहती थी। वह सिर्फ एक वंशानुगत अरबपति नहीं था, बल्कि एक बुद्धिमान दार्शनिक था, जो अस्तित्व के अर्थ के बारे में सबसे गहरे सवालों के जवाबों की अथक तलाश कर रहा था, यही कारण है कि उसके शब्द इतने दृढ़ता से गूँजते थे। उसका हर शब्द एक लंबे जीवन के रास्ते पर दर्द से जीता और सत्यापित किया गया था। वह उनका अनमोल गुरु, शिक्षक और उनके नव-निर्मित लोगों के लिए एक प्यारा पिता था। मुझे उससे प्यार था, लेकिन कभी-कभी, जब वह बोलता था, तो मैं खुद को छोटा, अनंत तक सिकुड़ा हुआ महसूस करती थी, इन सभी असीम विचारों से अभिभूत हो जाती थी, जो मेरे दिमाग में नाचते और टकराते थे, जो इसे फाड़ने की धमकी देते थे।

और वास्तव में, अस्पष्ट को समझाना आसान नहीं था, शब्दों में यह बताना जो मानव भाषा और तर्कसंगत समझ की सीमाओं से परे था। लेकिन नथानियल जानता था कि खोज की प्रक्रिया, कठिन सवाल पूछने की प्रक्रिया, अंतिम जवाब खोजने जितनी ही महत्वपूर्ण थी। उन्होंने उनके युवा दिलों में न केवल ज्ञान, बल्कि ज्ञान के लिए एक अदम्य प्यास, जीवन और मृत्यु के असीम रहस्यों के अर्थ और समझ की एक शाश्वत खोज बोने का लक्ष्य रखा। क्योंकि, जैसा कि मेलीना अक्सर कहती थी, सच्चा ज्ञान अंतिम जवाबों में नहीं है, बल्कि उस रास्ते में है जिस पर तुम उन तक पहुँचने के लिए चलते हो। और पहला कदम हमेशा सबसे महत्वपूर्ण होता है। पहला कदम अनंत की ओर, अज्ञात की ओर, सच्ची स्वतंत्रता की ओर एक कदम है।

---✶ ✶---

फ्लैशबैक उसके वंशज... विलियम, क्रिस, जेना। मेरे बच्चे। उसके पोते-पोतियाँ। मुझे उसकी आँखों में उस अवर्णनीय, चमकती हुई खुशी याद थी, जब विलियम का जन्म हुआ था। उसकी आँखें चमक रही थीं, जैसे कि वह इस छोटे से प्राणी में पूरा भविष्य देख रहा हो। "जीवन!" उसने फुसफुसाया, और इस शब्द में दुनिया की सारी आशा थी, जो एक ही शब्द में केंद्रित थी।

---✶ ✶---

फिर, पनडुब्बी में महीने - hermetic, दमघोंटू, लेकिन सुरक्षित। हर दिन - एक चमत्कार। हर साँस - एक उपहार। पिताजी ने हमें बचाया। मैंने उसकी खुशी को महसूस किया कि उसने हमें अराजकता से बाहर निकाला था, कि हम जीवित थे, एक शुद्ध, अनफ़िल्टर्ड कृतज्ञता, जो उसे जला रही थी। लेकिन उस खुशी के पीछे मैंने सवाल भी देखे, आगामी लड़ाइयों की छाया, उस अस्पष्ट भविष्य का बोझ, जिसे उसने

अपने कंधों पर ले लिया था। एक आदमी, दुनिया के खिलाफ अकेला, लेकिन एक अंतहीन, अटूट विश्वास के साथ, जिसने मुझे बनाए रखा, मुझे ताकत दी।

सफलता का मौका पाने के लिए, उसे एक संभावित भगवान के रूप में मनुष्य की अमूर्त अवधारणा को भगवान की एक जीवित जागरूकता में बदलना पड़ा, जो एक अविभाज्य पूर्ण - एक सर्व-समावेशी, धड़कता हुआ सार था, जिसमें सभी अविभाज्य रूप से जुड़े हुए थे। उसे उन्हें दिखाना था कि पूर्णता की खोज एक अंत नहीं थी, बल्कि आत्मा की एक प्राकृतिक स्थिति थी, जब यह ब्रह्मांड के साथ कंपन करती है, जब यह सद्भाव में होती है। उसका मिशन उन्हें अपने आंतरिक देवता को खोजने के लिए प्रेरित करना था, हर प्राणी में दिव्य की चिंगारी, और इस गहरे सत्य को महसूस करना था कि सभी एक असीम, शाश्वत सार में जुड़े हुए थे। यह एक चुनौती थी, जो देवताओं के योग्य थी, और मनुष्य के लिए भी, जो अपनी संक्षिप्त यात्रा के अर्थ की तलाश कर रहा था। एक ही सत्य है: हम सब एक हैं।

शांति के क्षणों में, जब उनके नए घर के निर्माण के पहले कदमों से थकान उन्हें विनम्र आग या एक improvised मेज के चारों ओर इकट्ठा करती थी, तो वे सभी एक साथ बैठते थे, ताकि वे अपने कम, लेकिन साझा भोजन को खा सकें। और फिर, नथानियल अपनी कहानियाँ सुनाना शुरू कर देगा... मेलीना, अपने तेज दिमाग और आत्मा की सहज समझ के साथ, ने उसे हर कहानी को एक रहस्यमय रास्ते में बदलने का अनमोल कौशल दिया था, जो सवालों और रहस्यों से भरा हुआ था, जिस पर बच्चे अधीरता से भटकते थे, कल्पनाओं के आकर्षक पर्दे के पीछे जवाबों के छिपे हुए खजानों की तलाश में। हर कहानी एक सबक थी, हर रहस्य - ज्ञान का एक निमंत्रण।

---✶ ✶---

गुफा में अज्ञात मैं तट पर थी। मैं ज्वार की आवाज़ सुनते हुए, समुद्री शैवाल इकट्ठा कर रही थी। सूरज डूब रहा था, आकाश को उग्र नारंगी और गहरे बैंगनी रंग के रंगों में रंग रहा था। हवा प्राचीन धुनों को फुसफुसा रही थी, जो लहरों के लयबद्ध शोर के साथ मिश्रित हो रही थी, जैसे कि प्रकृति ही मुझे एक लोरी गा रही थी। मैं एक विशेष रूप से सुंदर, मोती-सफेद खोल लेने के लिए झुकी, जब मेरी नज़र कुछ अजीब पर पड़ी। एक छोटी गुफा का प्रवेश द्वार, जो आमतौर पर ज्वार के पानी से छिपा होता था, अब खुला हुआ था, जो एक रहस्य को प्रकट कर रहा था। भीतर से एक नरम, नीला चमक आ रही थी, जैसे एक दूर का प्रकाश।

जिज्ञासा ने मुझे निगल लिया। ज्ञान के लिए एक आदिम वृत्ति, जिसे मेरे पिता अक्सर "सत्य के लिए भूख" कहते थे। समझने की एक अदम्य प्यास। मैं लंबे समय तक संकोच नहीं किया। मैं बस गीली चट्टानों पर चढ़ गई, जो मेरी उंगलियों के नीचे फिसल रही थीं, और अंधेरे में कदम रखा, जिसने और भी रहस्यों का वादा किया था।

अंदर की हवा नम और ठंडी थी। समुद्री नमक और नम मिट्टी की गंध कुछ अज्ञात, थोड़ी धातु की गंध के साथ मिश्रित हो रही थी, जिसने मेरी नाक में चुभन पैदा की। मेरे गले में जल गया। मैंने अर्ध-अंधेरे के आदी होने की कोशिश करते हुए अपनी आँखें खोलीं। नीला प्रकाश हर कदम के साथ उज्ज्वल होता गया। यह लगभग एक मूर्त उपस्थिति में बदल रहा था। और फिर मैंने इसे देखा।

गुफा के केंद्र में, एक मोटे, प्राकृतिक पत्थर के चबूतरे पर, एक... क्रिस्टल पड़ा था। एक वस्तु नहीं, बल्कि पृथ्वी का ही हृदय था। यह सृजन की आवाज़ के साथ धड़क रहा था - thump-thump... thump-thump... इसकी नीली रोशनी ने रोशन नहीं किया, बल्कि आत्मा को नंगा कर दिया। यह भविष्य के एक दर्पण की तरह था। इसकी सतह पर जटिल, उकेरी हुई रेखाएं थीं, जो प्रकाश के साथ तालमेल में धड़कती थीं, जीवित, जैसे नसों का एक जाल। मैं जगह पर जम गई। मेरा दिल मेरे सीने में पागल की तरह धड़क रहा था, बिल्कुल क्रिस्टल की लय की तरह। यह सिर्फ धड़क नहीं रहा था - यह गूँज रहा था। यह मेरी पसलियों में गूँज रहा था।

क्या यह वास्तविक है? क्या मैं सपना देख रही हूँ? एक सिहरन मेरे माध्यम से गुजरी। बर्फीली। गहरी, ठंडे पानी की तरह, जो मेरी नसों में बह रहा था। मैं एक ही समय में भयभीत और मुग्ध थी, दो विरोधी शक्तियों के बीच फटी हुई थी। क्रिस्टल में कुछ मुझे एक अदम्य शक्ति के साथ आकर्षित कर रहा था, लेकिन मुझे एक अदृश्य बाधा के साथ भी पीछे हटा रहा था। मैंने ठंड महसूस की, एक पुरानी, धूल भरी भावना, जिसे मैं परिभाषित नहीं कर सकती थी, लेकिन जिसने मुझे कंपकंपी दे दी। मैं स्वाभाविक रूप से पीछे हट गई, लेकिन मेरी नज़र चमकते हुए चमत्कार पर टिकी रही।

अचानक, नीली रोशनी उज्जवल हो गई। यह अधिक तीव्रता से धड़कने लगा। क्रिस्टल एक विशाल tuning fork की तरह, अधिक जोर से कंपन करने लगा। उससे एक शांत, howling आवाज़ आई, जो तेजी से ताकत में बढ़ गई। यह एक बहरा करने वाली प्रतिध्वनि में बदल रहा था। मैं चीख पड़ी। मेरा गला उस आवाज़ से फट गया, जो मेरे बहुत सार में प्रवेश कर रही थी। "पिताजी!" मैंने बिना सोचे समझे चिल्लाया, चुप्पी को फाड़ते हुए, उस शांति को तोड़ते हुए, जिसने कुछ पल पहले गुफा को घेर लिया था। "वहाँ... गुफा में... कुछ है! कुछ... चमक रहा है! और यह मुझे... मुझे डरा रहा था! बहुत!"

मैं भागने के लिए दौड़ी। मेरे पैर पत्थरों पर ठोकर खा रहे थे, जैसे कि वे मुझे ठोकर मारने की कोशिश कर रहे हों। मैंने अपने कानों में अपने दिल को धड़कते हुए सुना, एक जंगली ढोल की तरह, दुर्भाग्य का एक अग्रदूत। जब हम खड़ी बैंक पर चढ़ रहे थे, तो हमने एक दूर की, बहरा करने वाली गड़गड़ाहट सुनी। यह तेजी से तेज हो रहा था। यह एक raging दहाड़ में बदल रहा था। मैंने पीछे देखने की हिम्मत की। क्षितिज के पीछे पानी की एक गहरी, विशाल दीवार उठ रही थी। "कसकर पकड़ो!" नथानियल चिल्लाया, उसकी आवाज़ एक चट्टान की तरह सख्त थी, लेकिन एक घबराहट भरे दृढ़ संकल्प से भरी हुई थी, विलियम को अपने पास दबाते हुए। उसने अपना हाथ बढ़ाया और मुझे पकड़ा, मुझे मोक्ष की ओर खींचते हुए, अपने पास, अपने गले लगाने की सुरक्षा की ओर खींचते हुए।

लहर हमारे ऊपर एक क्रोधित टाइटन की तरह खड़ी हो गई, जो अचेतन की गहराई से निकल गया था। यह एक ही समय में एक तत्व और एक निर्णय था। यह एक बहरा करने वाली दहाड़ के साथ तट पर टूट पड़ा, अपने रास्ते में सब कुछ बहा ले गया, हमारी नाजुक नई शुरुआत को नष्ट कर रहा था। पत्थर, जिन पर हम कुछ मिनट पहले खड़े थे, दहाड़ते, झागदार पानी के नीचे गायब हो गए। मैं अपने

पिता से चिपक गई, यह महसूस करते हुए कि हमारे नीचे की जमीन काँप रही थी, जैसे कि वह खुद दर्द से कराह रही थी। केवल उसकी तेज प्रतिक्रिया और इलाके के ज्ञान के लिए धन्यवाद, वे समुद्र के क्रोध से बहुत ऊपर खुद को सुरक्षित करने में कामयाब रहे, जो गुफा में रहस्यमय नीले क्षेत्र द्वारा जागृत हो गया था, जो उनकी नई शुरुआत को मिटा देने की धमकी दे रहा था। भागना शारीरिक नहीं था - यह समझ से बाहर से भागना था।

"हमने क्या खोला है? हम क्या हैं - आशा के वाहक या आपदा के संरक्षक?" सवाल मेरे कानों में गूँज रहे थे, हमारे दिमाग में आग से लिखे गए थे। "उस क्षण में मुझे एहसास हुआ: कोई वापसी नहीं थी। केवल आगे का रास्ता था - डर के माध्यम से, सत्य की ओर।" मुझे लगा कि यह सवाल हमेशा के लिए सब कुछ बदल देगा। हमारा भविष्य एक धागे से लटका हुआ था। एक मकड़ी के जाले की तरह नाजुक, अनिश्चित। मैंने अपनी आँखें बंद कर लीं, पानी की दीवार की तस्वीर को दूर करने की कोशिश कर रही थी, जो करीब आ रही थी। एक बात मैं जानता था - कुछ भी अब पहले जैसा नहीं होगा।

----------------- ❧ --------------------

अध्याय 3: पृथ्वी का हृदय फ्लैश फॉरवर्ड

मेलीना के प्राचीन सपने की चुनौती मेरी आँखें चमक रही थीं - वह दुनिया, प्राचीन और पवित्र, मेरे भीतर एक दूसरे दिल की तरह, स्मृति के एक गुप्त बगीचे की तरह धड़क रही थी। "एक सपने में... मैंने एक बिल्डर को देखा। एक व्यक्ति नहीं, बल्कि एक सार। एक उन्नत सभ्यता से। उन्होंने प्रकाश और ध्वनि से बने एक अजीब बेलनाकार सीवेज का उपयोग किया। यह दूसरी दुनिया की ओर जाता था। वास्तविकता में एक दरार थी। एक मशीन। मैंने इसे सक्रिय कर दिया। और मेरे विचार - वे भौतिक हो गए। मेरी आँखों के सामने। नथानियल ने अपनी आँखें सिकोड़ लीं। संघर्ष। सच्चाई बढ़ रही थी। संदेह से अधिक मजबूत। उसके वैज्ञानिक पूर्वाग्रहों से अधिक मजबूत। "एक और सपना, अधिक महत्वपूर्ण... एक प्राचीन बुलावा। ज्ञान को संग्रहीत करने के लिए। एक गैर-भौतिक सार से... एक युवा जाति के लिए। विचार की शक्ति से वास्तविकता का निर्माण करना। टेलीपैथी। टेलीकिनेसिस। पवित्र उपकरण। और फिर मैंने अटलांटिस के पतन को देखा। सिर्फ एक तस्वीर नहीं। एक अनुभव। दर्द। मेरा। जैसे कि मैं वहाँ थी। मेरी आवाज़ - एक फुसफुसाहट। श्रद्धा। युगों का बोझ। मेरी हड्डियों में गड़ा हुआ। "और एक और सपना... अनसुलझे प्रतीक। युग की धड़कन। लेमुरिया। अटलांटिस। स्वयं सृजन? ज्ञान - भौतिक नहीं, किताबें नहीं। मेरी आत्मा में कोडित। एक जीवित भंडार। ब्रह्मांडीय ज्ञान। आत्मा वास्तविकता बनाती है। क्वांटम उलझाव। सब कुछ - एक ब्रह्मांडीय नेटवर्क। आत्मा - टॉरशनल क्षेत्र। तात्कालिक संचार। मेरी विरासत। मेरी जिम्मेदारी।"

---✶❦✶---

पीड़ा: क्रिस्टल का

जागरण सन्दूक का क्रिस्टल फूट पड़ा। प्रकाश नहीं। शुद्ध, कच्ची ऊर्जा। इसने गुफा को काट दिया। मांस के माध्यम से एक चाकू की तरह। एक नीली धड़कन ने हवा को फाड़ दिया। पदार्थ ही क्रैक हो गया। दबाव में। कुछ ऐसा जो समय से

अधिक प्राचीन था। ओजोन की गंध धातु की सांस के साथ मिश्रित हो गई। जैसे जले हुए लोहे से। दमघोंटू। भारी। उनके गले में जल गया।

उनके पैरों के नीचे की जमीन कांप गई। सिर्फ कंपकंपी नहीं। भावना थी: गहराई में एक विशाल जानवर जाग रहा था। धीरे-धीरे। एक शांत दहाड़। काटने वाला। यह भूमिगत आंतरिक से उठ रहा था। चट्टानें टूट गईं। सूखी explosions। दरारों से भाप की धाराएं फूट पड़ीं। और फिर - magma। लाल। घना। लगभग चिपचिपा। उनकी ओर रेंगता हुआ। एक जीवित प्राणी की तरह।

बाहर आकाश काला हो गया। एक अप्राकृतिक गति के साथ। हवा एक बिना चेहरे वाले प्राणी में घूम गई। बारिश - एक ब्लेड, बिजली - उंगलियां, जो एक मृत तारे की त्वचा की तरह आकाश को फाड़ रही थीं। मार्क लड़खड़ा गया। उसने सबसे करीब की चट्टान को पकड़ लिया। उसका चेहरा भर गया। महीन खून के खरोंचों के साथ। उड़ती राख से। "यह... एक तूफान नहीं है!" वह दहाड़ा। उसकी आवाज़ बवंडर की दहाड़ से दब गई। "यह... विघटन है!"

मेलीना स्थिर खड़ी थी। उसकी मुट्ठी भींची हुई थी। उसकी नज़र धड़कते हुए क्रिस्टल पर टिकी हुई थी। उसकी आँखें चमक रही थीं। एक आंतरिक चमक के साथ। प्रतिबिंबित प्रकाश नहीं। "उसने उन्हें जगा दिया," उसकी आवाज़ न तो एक फुसफुसाहट थी और न ही एक चीख। एक कच्चा बयान। "जीव नहीं। संरचनाएं। ग्रह की हड्डियां। उसका नेटवर्क। उसके चैनल। वह सब कुछ जो लंबे समय से बंद था, अब सक्रिय हो रहा है।"

नथानियल ने उसे घूर कर देखा। पसीना उसकी कनपटियों से बह रहा था। बर्फीली हवा के बावजूद। जो गुफा में बह रही थी। "तो... जो हम देखते हैं, वह सिर्फ भूविज्ञान नहीं है?" उसने पूछा। उसने महसूस किया कि उसके भीतर का वैज्ञानिक स्पष्ट से लड़ रहा है। "यह... एक प्रणाली है?" "सक्रिय?" "यह 'भूविज्ञान' नहीं है। यह ग्रह की जीवित वास्तुकला है," उसने जवाब दिया, क्रिस्टल से अपनी नज़र हटाए बिना। "और क्रिस्टल बहुत शक्तिशाली है। एक नियंत्रण चैनल के बिना - यह बस प्रणाली को संतृप्त करता है। जब तक यह टूटना शुरू नहीं हो जाता।" एक और बिजली ने समुद्र को काट दिया। सागर फट गया। भाप की एक उबलती दीवार में। जमीन कराह उठी। उनके पैरों के नीचे। मार्क चीख पड़ा: "हम यहाँ दब जाएंगे! हमें जाना होगा! अभी!" मेलीना तेजी से मुड़ी। "नहीं! अगर हम अब इसे छोड़ देते हैं, तो यह सब कुछ ढहा देगा! हमें इसे केंद्रीय नेटवर्क से जोड़ना होगा - पुराने पिरामिड के साथ। नथानियल, तुम्हें जगह याद है - जहाँ हमने नींव रखी थी। वहाँ एक सक्रिय टॉरशनल चैनल चलता है। वही कुंजी है!"

नथानियल ने पलक झपकाई। उसका दिल उसके गले में धड़क रहा था। उसने वास्तविकता की सभी समझ खो दी थी। "हम इसे कैसे ले जाएंगे? इसे देखो! इसका वजन कई टन है! और मुझे अभी भी लगता है कि मेरी हर हड्डी टूटने वाली है!" "मांसपेशियों के साथ नहीं," उसने जल्दी से कहा, उसकी नज़र उसकी नज़र में प्रवेश कर गई। "अनुनाद के साथ। जब हम इसे छूते हैं, तो क्षेत्र हमारे साथ जुड़ जाएगा। अगर हम ऊर्जा को हमारे माध्यम से जाने देते हैं, तो यह वजन का एक हिस्सा ले जाएगा।"

नथानियल एक पल के लिए जम गया। उसके भीतर एक वैज्ञानिक की शुद्ध वृत्ति चीख रही थी। लेकिन वह पहले से ही जानता था - उसका सिद्धांत यहाँ बेकार था। "खतरा?" उसकी आवाज़ एक कर्कश आवाज़ की तरह थी। "अगर हम ऐसा नहीं करते हैं - तो हम सब मर जाते हैं," उसने काट दिया। उसने तेजी से सिर हिलाया। कोई विकल्प नहीं था। उसने इसे उसकी आँखों में देखा था। और बाहर अराजकता में भी। "ठीक है। हम इसे करते हैं।"

---✶९✶---

संघर्ष: परिवहन

वे दोनों क्रिस्टल के पास आए। यह धड़क रहा था। एक लय से बाहर दिल की तरह। झटके में, जो हवा को संकेंद्रित तरंगों में काट रहे थे। नथानियल ने महसूस किया कि उसकी अपनी त्वचा कांप रही है। तालमेल में। जैसे कि उसका अपना जीव उसकी आवृत्ति के साथ अनुनाद करना शुरू कर रहा था। "इसे छुओ," मेलीना ने कहा। उसकी आवाज़ शांत थी। भावना से रहित। "धीरे-धीरे। इसे तुम्हें समझना दो।"

उनकी हथेलियां कांपने लगीं। जिस पल उनकी उंगलियां उसकी चिकनी, लगभग चिकनी सतह से मिलीं। संपर्क के स्थान से हल्के नीले धागे निकल पड़े। एक बिजली के jellyfish के टेंटacles की तरह। वे उनके हाथों के चारों ओर लिपट गए। और फिर... एक सदमे की लहर उनके माध्यम से गुजरी। दर्द नहीं। बिजली नहीं। गर्मी नहीं। सिर्फ दबाव। जैसे कि उनकी आंतों को एक पल के लिए एक बिंदु तक संपीड़ित किया गया था। और फिर अनंत तक विस्तारित किया गया था। नथानियल के दिमाग में छवियों के टुकड़े घूम गए - चित्र, सर्पिल, प्राचीन संरचनाएं, अज्ञात प्रतीक - और फिर सब कुछ एक पूर्ण स्पष्टता में विलीन हो गया: डेटा का एक प्रवाह, जिसे अनुवाद की आवश्यकता नहीं थी। "यह ताकत देता है..." उसने साँस छोड़ी। उसके शरीर की हर कोशिका कंपन कर रही थी। "ताकत नहीं। कनेक्शन," उसने उसे सही किया।

उसकी नज़र केंद्रित थी। दूर की। जैसे कि वह पहले से ही कुछ बड़े का हिस्सा थी। क्रिस्टल पहले से ही अपने आधार से अलग हो रहा था। पूरी तरह से नहीं - इसका वजन मूर्त रहा - लेकिन एक अप्राकृतिक हल्कापन ने उन्हें घेर लिया। जैसे कि वे खुद चरखी और counterweights की एक प्रणाली का हिस्सा थे। जिसने अपने खुद के द्रव्यमान की भरपाई की।

"अब!" मेलीना चिल्लाई। "चलो चलते हैं!" जब वे गुफा से बाहर निकले, तो तूफान ने उन्हें पूरी ताकत से मारा। हवा एक बिना चेहरे वाले प्राणी में घूम गई। बारिश - एक ब्लेड। बिजली - उंगलियां, जो एक मृत तारे की त्वचा की तरह आकाश को फाड़ रही थीं। मार्क नथानियल से चिपक गया। उसे वजन को संतुलित करने में मदद कर रहा था। जबकि क्रिस्टल उन्हें आगे खींच रहा था। "अगर यह गिरता है - तो यह खत्म हो गया है!"

वह तूफान की दहाड़ के माध्यम से चिल्लाया। उसकी आँखों में शुद्ध आतंक था। उनके सिर के ऊपर एक बिजली ने उस चट्टान से टकराई। जिस पर वे चल रहे थे। पत्थर टूट गए। उनमें से एक नथानियल के पैर से इंच दूर चला गया। उसकी पैंट का एक टुकड़ा फाड़ रहा था। उनके नीचे की जमीन धड़क रही थी। एक शांत कराह के साथ टूट रही थी। जैसे कि एक जीवित जीव पीड़ा में था।

क्रिस्टल धड़क रहा था। और भी तेजी से। नथानियल महसूस कर रहा था। उसके भीतर तनाव बढ़ रहा था। वे जल्द ही इसे पकड़ नहीं पाएंगे। उसकी छाती में दर्द हो रहा था। इस अलौकिक दबाव से। "कितना बचा है, धिक्कार है?!" मार्क थूक दिया। हाँफ रहा था। उसके गालों पर खून था। "दो सौ मीटर और!" मेलीना चिल्लाई। उसकी आवाज़ हवा के माध्यम से मुश्किल से टूट रही थी। "अपनी गति बनाए रखो! अब हार मत मानो!"

बच्चे और महिलाएं उन्हें आश्रय से देख रही थीं। पत्थर के स्लैब के एक संकीर्ण आश्रय में सिमटे हुए। चेहरे डर से पीले पड़ गए थे। आँखें उन पर टिकी हुई थीं। लहरें पहले से ही प्राकृतिक तट को पार कर रही थीं। बस्ती के पहले स्तरों को धो रही थीं। नींव को बाढ़ रही थीं। जिसे उन्होंने इतनी मेहनत से बनाया था। अंतिम खिंचाव पर तूफान एक जीवित प्राणी में बदल गया। हवा ने धूल और राख के भंवरों को बुना। भूतिया सांपों की तरह। वे उनके चारों ओर नाच रहे थे। उन्हें नीचे गिराने की कोशिश कर रहे थे।

मेलीना अचानक रुक गई। नथानियल का हाथ पकड़ लिया। "रुको!" "क्या?!" नथानियल चिल्लाया। तेजी से हाँफ रहा था। उसकी मांसपेशियां चिल्ला रही थीं। "क्रिस्टल अनुनाद में जा रहा है। अगर हम इसे जगह के साथ सिंक्रनाइज़ नहीं करते हैं, तो यह पहुँचने से पहले ही फट जाएगा। यह हम सबको फाड़ देगा।" उसने अपने हाथ ढीले कर दिए। लेकिन उसकी हथेलियां क्रिस्टल के खिलाफ फैली रहीं। उसके होंठों ने कुछ फुसफुसाया। शब्द नहीं। सूत्र। आवृत्तियाँ। उसकी धड़कन के साथ तालमेल। क्रिस्टल की नीली चमक अराजक धड़कनों से एक समान धड़कन की amplitude में बदल गई। जैसे कि इसने उसकी इच्छा का जवाब दिया हो। जबकि मेरे हाथों ने कंपन महसूस किया, मेरा दिल खुल रहा था - डर से नहीं, बल्कि याद करने से। मैं हमेशा जानता था। "अब!" उसने आदेश दिया। "आगे!"

बहुत ऊपर, पिरामिड की नींव उनका इंतजार कर रही थी। चिकनी। तराशी हुई। एक सटीक रूप से गणना की गई अवसाद के साथ। टॉरशनल चैनल ठीक उसके नीचे से गुजर रहा था। इसे हवा के किनारों से महसूस किया जा सकता था। छाया के हल्के विकृति से। अंतिम प्रयास। उनकी पीठ सीधी हो गई। हर मांसपेशी विरोध कर रही थी। जब उन्होंने क्रिस्टल को पिरामिड के बिस्तर में रखा, तो हवा में ही कुछ बदल गया। दबाव गिर गया। तूफान शांत हो गया। जैसे गला घोंट दिया गया हो। सागर स्थिर हो गया। धरती ने खुद कराहना बंद कर दिया। और फिर क्रिस्टल संरचना के साथ विलीन हो गया। प्रकाश फूट पड़ा - लेकिन एक विस्फोट की तरह नहीं। मुक्ति की तरह। हवा एक शांत, गहरी टोन से भर गई। जो हड्डियों के माध्यम से घुस गया। उनकी आत्मा के माध्यम से ही। "दिल जुड़ गया," मेलीना ने फुसफुसाया। मुश्किल से साँस ले रही थी। लेकिन एक शुद्ध, थकी हुई खुशी की मुस्कान के साथ।

---✶✶---

पुनरुत्थान: पूर्ण पदार्थ सुबह नहीं आई - यह फैल गई। आकाश अजीब था - नथानियल को याद आया कि वह नीला नहीं था। अधिक शुद्ध। लगभग कांच जैसा। बिना किसी बादल के। नमी के उस दूर के धूल भरे घूंघट के बिना। प्रकाश गीली चट्टानों पर दौड़ रहा था। जैसे किसी ने उन्हें रात में पॉलिश किया हो।

सागर - एक दर्पण की तरह शांत। लेकिन नीले रंग के एक नए रंग के साथ - थोड़ा हरा। एक पन्ना समाधान की तरह। लहरों ने धीरे से तट को सहलाया। और फिर सबसे अजीब बात शुरू हुई। सबसे पहले - गंध। मिट्टी साँस ले रही थी। कोई सड़न नहीं थी। कोई नमक नहीं था। तूफान के बाद वह धातु की सांस नहीं थी। सिर्फ नम पृथ्वी और... कुछ मीठी की शुद्ध सुगंध थी। ताजे कटे हुए तरबूज की ताजगी की तरह। "क्या तुम्हें इसकी गंध आती है, है ना?" मेलीना ने उसके पास आते हुए फुसफुसाया। "हाँ।" नथानियल ने अपनी आँखें सिकोड़ लीं। इस अजीब, नई हवा में गहरी साँस लेते हुए। "यह सिर्फ ओजोन नहीं है। यह... जीवन है।" "जैविक गतिविधि," उसने जोड़ा। "क्षेत्र ने पृथ्वी की धड़कन को पकड़ लिया - और वह सब कुछ जो चुप्पी में कोडित था, फिर से बोलने लगा।" और फिर - पहले अंकुर। जैसे कि एक अदृश्य हाथ भीतर से जमीन को छेद रहा था। अंकुर के हल्के हरे रंग के शीर्ष सतह को छेद रहे थे। रेत में। किसी भी तार्किक जैविक समय-सीमा का पालन किए बिना। कुछ ही मिनटों में तट छोटे, जिद्दी हरे धब्बे से भर गया।

"यह इतनी जल्दी नहीं हो सकता," नथानियल ने फुसफुसाया। उसका दिमाग जो उसने देखा उसके खिलाफ विद्रोह कर रहा था। "जब ऊर्जा पृथ्वी के मैट्रिक्स के साथ सिंक्रनाइज़ होती है, तो गुप्त तंत्र शुरू होते हैं," मेलीना ने समझाया। "ये बीज शायद सैकड़ों वर्षों से इंतजार कर रहे थे। बस संकेत गायब था।" बच्चे पहले ही अंकुरों के बीच दौड़ रहे थे। लगभग चुपचाप। जैसे कि वे जादू को बर्बाद करने से डरते थे। साइमन ने रेत से कुछ उठाया - एक नाजुक गुलाबी फूल। छह सममित पंखुड़ियों के साथ। उसने इसे एक खजाने की तरह पकड़ रखा था। "मैंने ऐसा कभी नहीं देखा," उसने फुसफुसाया। "किसी ने नहीं देखा," मेलीना ने धीरे से कहा। "वे प्राचीन हैं। लेमुरिया के समय से एक सोया हुआ वनस्पति। ग्रह के जीनोम में गहराई से कोडित। खाड़ी के पास मधुमक्खियाँ दिखाई देने लगीं - पहले हवा में सुनहरी चमक के रूप में, और फिर एक घनी झुंड के रूप में। किसी ने महीनों से मधुमक्खियाँ नहीं देखी थीं। आपदा के बाद वे लगभग पूरी तरह से गायब हो गई थीं।

"मुझे समझ नहीं आता..." नथानियल पहले ही धीरे-धीरे बात कर रहा था। एक ऐसे व्यक्ति की तरह, जिसका दिमाग उसने जो देखा उसके साथ पकड़ नहीं बना सका। "क्वांटम प्रवाह ने पूरे स्थानीय grid को बदल दिया," उसने शांति से समझाया। "जब टॉरशनल क्षेत्र मैट्रिक्स को स्थिर करता है, तो सूचना संरचनाएं बहाल हो जाती हैं। पौधों की दुनिया के लिए - डीएनए टेम्पलेट सक्रिय हो जाते हैं। मधुमक्खियों के लिए - उनका नेविगेशन बहाल हो जाता है, क्योंकि उनका चुंबकीय कंपास पृथ्वी के सूक्ष्म पल्स के साथ सिंक्रनाइज़ हो जाता है।" "और यह सब..." नथानियल ने अपने हाथ से खिलते हुए जीवन की ओर इशारा किया - जीवन, विकास, बहाली... "...जानकारी है, नथानियल। सब कुछ संग्रहीत जानकारी है। एक ऊर्जा, जो एक कमांड का इंतजार कर रही है।" वह मुस्कुराई। "कमांड हमने दी।"

वे लंबे समय तक बिना बात किए खड़े रहे। यहाँ तक कि पिरामिड के बहुत केंद्र में भी - क्रिस्टल। अब वह चमक नहीं रहा था। उसका प्रकाश सुस्त हो गया था। गहरा। एक समान साँस लेने की तरह। "यह संतुलित है," मेलीना ने बुदबुदाया। "यह पहले से ही ग्रह का हिस्सा है। जैविक रूप से। कोई मशीन नहीं। कोई हथियार नहीं।"

"और ग्रह..." नथानियल ने अपने बालों से हाथ फेरा, अभी भी अपने अनुभव से कंपकंपी महसूस कर रहा था। "... यह एक बुद्धिमान प्रणाली के रूप में पुनर्जन्म ले रहा है। एक स्व-नियामक जीव। एक मन, जो हमेशा यहाँ रहा है।" मेलीना ने धीरे-धीरे सिर हिलाया: "यह चेतना का प्राथमिक पारिस्थितिकी तंत्र है, नथानियल। जीव विज्ञान केवल इसका प्रतिबिंब है।"

दोपहर अजीब तरह से शांत थी। रेत अभी भी उनके पैरों के नीचे गर्म थी। समुद्र शांति से bubbled कर रहा था, अपने विशिष्ट शाम के आंदोलन के बिना। सागर सुन रहा था। नथानियल ने लीया द्वारा तैयार किए गए समुद्री शैवाल और समुद्री भोजन के कटोरे के ऊपर अपनी चम्मच को रोक दिया। आंदोलन बीच में कहीं जम गया। विचार और उसके हाथ के बीच। "मेलीना..." उसकी आवाज़ कर्कश थी - "मुझे लगता है कि मैं समझता हूँ।" उसने अपना सिर उठाया, कुछ भी नहीं कहा, उसकी नज़र उसे जारी रखने के लिए प्रेरित कर रही थी। "पूर्ण पदार्थ..." उसने मुश्किल से निगल लिया, उसकी नज़र क्षितिज में खो गई, जहाँ आकाश और समुद्र एक नए नीले रंग में विलीन हो गए - "यह कोई काव्यात्मक रूपक नहीं है, है ना? यह कोई विचार नहीं है। यह कोई धार्मिक अवधारणा नहीं है। यह खुद भौतिकी है। शुद्ध ऊर्जा। क्षेत्र की एक अवस्था।" उसकी आँखें चमक गईं, लेकिन वह चुप रही। "जब सूरज विकिरण करता है, तो यह सिर्फ फोटोन जारी नहीं करता है," उसने अब और तेजी से, बुखार से जारी रखा, जैसे कि वह विचार के धागे को खोने से डरता था। "यह अंतरिक्ष को घूमने वाली ऊर्जा के अदृश्य, सर्पिल प्रवाह के साथ प्रवेश करता है - टॉरशनल जेट। ये क्षेत्र स्थानीय नहीं हैं। वे पूरे का हिस्सा हैं। नेटवर्क का।"

"ठीक है," उसने फुसफुसाया, उसकी आवाज़ उसके शब्दों का एक नरम अनुनाद थी। "हर परमाणु, हर कण..." - वह मुश्किल से साँस ले रहा था - "...वे अलग-थलग मौजूद नहीं हैं। वे इस नेटवर्क के भीतर oscillating हैं। एक विशाल मस्तिष्क में धड़कनों की तरह।" "मानसिकता, नथानियल," मेलीना ने धीरे से कहा, उसके पास आते हुए। "मन। खोपड़ी में चेतना के रूप में नहीं। बल्कि वास्तविकता के कपड़े के रूप में ही।" वह तेजी से खड़ा हो गया और रेत पर चलने लगा। विचारों के ज्वार को नियंत्रित करने में असमर्थ था: "पदार्थ - चेतना के प्रवाह में सिर्फ एक जमी हुई भंवर है। हर रूप - ब्रह्मांड के विचार की फुसफुसाहट। और मेरी सभी योजनाएं, मेरी सभी खोजें... एक मुट्ठी भर पानी से नदी को पकड़ने की कोशिश करने जैसी थीं।"

"हाँ, नथानियल। इसीलिए पिरामिड काम करते थे। वे मंदिर नहीं थे। वे इंटरफ़ेस थे - खुद क्षेत्र के साथ एक स्थापत्य अनुनाद।" "और यह क्रिस्टल," उसकी नज़र पिरामिड की ओर गई, जहाँ एक मुश्किल से पता चलने वाला कंपन पहले से ही महसूस किया जा सकता था। "यह सिर्फ एक जनरेटर नहीं है। यह एक एडेप्टर है। एक चरण coupling ट्रांसफार्मर। यह स्थानीय क्षेत्र को वैश्विक तरंग फ़ंक्शन के साथ सिंक्रनाइज़ करता है।"

"बिल्कुल।" मेलीना मुस्कुराई, उसकी आँखें चमक रही थीं। "और इसीलिए उन्होंने अटलांटिस, लेमुरिया को देखा... ये सभ्यताएं अंतरिक्ष में गायब नहीं हुईं। वे सूचना क्षेत्र की एक और आवृत्ति में बदल गईं।" वह रुक गया। उसने उसे देखा। "क्या तुम जानते हो कि मुझे क्या डराता है?" उसकी आवाज़ टूट गई। "कि मैंने जीवन भर

टूटती हुई संरचनाओं का पीछा किया है। ज्ञान। एक आदेश। शक्ति। मेरे भीतर सब कुछ इस समझ को रोकने के लिए बनाया गया था। और यह हमेशा यहाँ था। तुम में। तुम्हारी आँखों में।"

---✶✶---

शाम घनी हो गई। बाकी लोग पहले से ही अपने आश्रयों में थे। दिन से थके हुए। लेकिन एक नई, अस्पष्ट आशा से भी भरे हुए। मेलीना और नथानियल रेत पर अकेले रह गए। उनके ऊपर घना काला आकाश एक अप्राकृतिक चमक के साथ चमक रहा था। तारे पहले से कहीं ज्यादा करीब थे। हर कोई एक शांत गीत गा रहा था। "क्या तुम्हें मेरा पहला सपना याद है?" उसने फुसफुसाया। उसके कान के बहुत करीब। उसकी हल्की साँस ने उसकी त्वचा को जला दिया। "बिल्डरों के बारे में। प्रकाश की मशीनों के बारे में।" "हाँ," उसकी आवाज़ कर्कश थी। वह हिल नहीं सकता था। "यह सब वास्तविक था। लेकिन एक ठोस वास्तविकता के रूप में नहीं। बल्कि विचार की एक सूचनात्मक स्थिरीकरण के रूप में। इसीलिए मैं इसका अनुभव कर सकता था। इसीलिए हम अब इसका अनुभव कर रहे हैं।"

उसने उसका हाथ पकड़ा। पहली बार बिना किसी हिचकिचाहट के। उसकी नाड़ी शांति से धड़क रही थी। जुनून से नहीं - बल्कि निश्चितता के साथ। जैसे कि अब उनके बीच कोई रहस्य नहीं था। कोई बाधा नहीं थी। "मुझे माफ कर दो," उसने कहा, और उसकी आवाज़ टूट गई। "तब मैं इसे स्वीकार नहीं कर सकता था। मैंने तुम्हारे प्यार से इनकार कर दिया। मैंने महसूस करने की अपनी जरूरत से इनकार कर दिया। आदेश ने मुझे सिखाया कि भावना एक कमजोरी है। और अब... मैं समझता हूँ: भावना मानसिक संबंध की सबसे शुद्ध अभिव्यक्ति है। यह खुद क्षेत्र का एक जैव रासायनिक प्रक्षेपण है। प्रेम पूरे की चेतना के साथ सीधा संबंध है।" उसकी आँखें नम हो गईं, लेकिन उसकी मुस्कान चमकदार थी। "तब," उसने फुसफुसाया, उसकी उंगलियां उसकी उंगलियों में उलझ गईं - "हम बनाएंगे। एक नई सभ्यता नहीं। एक नई चेतना। एक नया स्तर। बाहर से नहीं। भीतर से।"

उनके शरीर करीब आ गए। यह जुनून नहीं था। और न ही सामान्य अर्थों में। यह एक शांत आत्मसमर्पण था। यह सामान्य प्रवाह में एक विनम्र गायब होना था। उनके शरीर मिले - बिना जल्दबाजी के, बिना शब्दों के। यह जुनून नहीं था, बल्कि एक शांत विघटन था। दो बूंदों की तरह, जो सागर में वापस आ गई हों। उनके होंठ मिले - कुछ कहने के लिए नहीं, बल्कि ब्रह्मांड के साथ चुप रहने के लिए।

और जब आखिरी तारा नवजात भूमि के ऊपर चमका, तो वे जानते थे: उन्होंने दुनिया को नहीं बचाया था। उन्होंने बस उसे साँस लेना याद दिलाया था।

अध्याय 4: राजा सूर्य और जादुई

पहेली हाइड्रोपोनिक बगीचा हरे रंग में साँस ले रहा था। नाजुक अंकुर आशा के छोटे मंदिरों की तरह खड़े थे, और हवा तुलसी, पुदीना और सिंचाई प्रणालियों से थोड़ी अम्लीय नमी की सुगंध से संतृप्त थी। पिरामिड संरचना के शीर्ष पर रखे क्रिस्टल से प्रकाश, महीन, नाचती हुई किरणों में अपवर्तित हो रहा था, जो मानो हर पत्ते, पौधों

की हर साँस को सहला रहा था। फिल्टर की नरम भनभनाहट एक सम्मोहक पृष्ठभूमि बना रही थी।

बच्चे एक घेरे में इकट्ठा थे। कुछ अभी भी अपनी आँखें मल रहे थे, अन्य बेचैनी से अपने पैरों को हिला रहे थे। उनके चेहरे उत्साह और अवशिष्ट भ्रम का मिश्रण थे। कल का अनुभव अभी भी उनके दिमाग में एक और दुनिया की प्रतिध्वनि की तरह गूँज रहा था।

मेलीना केंद्र में बैठी थी, क्रिस्टल की किरणें उसके कोमल चेहरे को रोशन कर रही थीं, जिससे वह लगभग एक पौराणिक प्राणी बन गई थी। वह गर्मजोशी से मुस्कुराई, लेकिन उसकी नज़र में चिंता की एक झलक भी थी - वह जानती थी कि उसके शब्दों को न केवल उनके कानों को, बल्कि उनके दिलों को भी छूना होगा।

"बच्चों," उसने फुसफुसाया। उसकी आवाज़ रेशम की तरह हवा को काट रही थी। "क्या तुम चाहते हो कि मैं तुम्हें एक कहानी सुनाऊं? एक कहानी... जो हमने कल देखा, उसके बारे में। और कुछ बहुत बड़े के बारे में।"

उनकी आँखें चमक उठीं। केवल क्रिस ने एक टमाटर के पत्ते के लिए अधीरता से, लगभग अनियंत्रित रूप से हाथ बढ़ाया। एक फटा हुआ, तने के टूटने की आवाज़ ने चुप्पी को तोड़ दिया।

"क्रिस!" मेलीना की आवाज़ एक whistling whip की तरह तेज हो गई। उसने उसके छोटे हाथ को पकड़ लिया, उसकी उंगलियां हल्के से धंस गईं, जैसे कि उसे अपने शब्दों का वजन देने के लिए। "क्या तुम्हें याद है? हर पत्ता जीवन है। सम्मान सबसे अगोचर से शुरू होता है। एक पत्ता तोड़ो - और तुमने एक दुनिया का धागा तोड़ दिया है।" क्रिस ने निगल लिया, उसका चेहरा पीला पड़ गया, और उसकी आँखें गहरे अपराधबोध से काली हो गईं।

"मुझे माफ कर दो..." उसने फुसफुसाया, उसकी आवाज़ मुश्किल से सुनाई दे रही थी, आँसुओं से घुट गई थी। मेलीना ने उसका हाथ छोड़ दिया, लेकिन उसकी नज़र उस पर टिकी रही, भारी। "मुझे सुनो," मेलीना ने जारी रखा, अब और अधिक धीरे से, "क्योंकि मैं तुम्हें वहाँ ले जाऊँगी जहाँ किसी कहानीकार ने पैर नहीं रखा है।"

बच्चे शांत हो गए। मिला ने अपने पुराने टेडी बियर को दबा लिया। "कल्पना करो..." उसने एक आवाज़ में शुरू किया, जो एक प्राचीन रहस्य से भारी थी, "कि सब कुछ पैदा होने से पहले, राजा सूर्य का अस्तित्व था। लेकिन कहानियों से एक राजा नहीं - बल्कि इतनी बड़ी चेतना कि ब्रह्मांड ही उसका एक सपना है।" बगीचे की हवा मानो घनी हो गई। क्रिस्टल से प्रकाश अजीब तरह से चमक गया, जैसे कि वह खुद, इस सपने का दिमाग, प्रतिक्रिया कर रहा था।

"हम..." उसकी आवाज़ लगभग एक फुसफुसाहट बन गई, "हम विचार हैं। उसके महान सपने के छोटे टुकड़े। हम में से हर कोई एक पहेली है। हमारे बिना - तस्वीर अधूरी है।" विलियम और जेम्स ने आपस में फुसफुसाना शुरू कर दिया। विलियम ने अपने दोस्त को कोहनी मारी, लेकिन इस बार उसकी आँखों में चिंता थी।

"फिर... अगर हम में से कोई... गायब हो जाता है तो?" जेम्स की आवाज़ काँप गई। "पहेली घायल रहती है," मेलीना ने फुसफुसाया। "और पूरी दुनिया का दर्द बढ़ जाता है। क्योंकि हर कमी राजा सूर्य के सपने में एक आंसू है।" मिला ने अपना

छोटा हाथ उठाया, उसका चेहरा चाँद की तरह चमक रहा था: "और जब मैं सपना देखती हूँ कि मेरी बिल्ली मुझसे बात कर रही है... क्या वह भी ऐसा ही है?" "लगभग। लेकिन तुम्हारे सपने तुम्हारे सपने के साथ मर जाते हैं। और राजा सूर्य का सपना... खुद वास्तविकता बनाता है। हमारी वास्तविकता।"

क्रिस ने एक आवाज़ में पूछा, जिसमें पहले से ही शुद्ध डर घुस गया था, और उसके गालों पर पिछली झड़प के आँसू थे: "और वह सुनहरी किरण, जो हमने देखी थी? एक विस्फोट की तरह?" "वह सृजन की सांस ही थी!" मेलीना की आवाज़ गंभीर हो गई, जो श्रद्धा से भरी हुई थी। "वह धड़कन, जिसके साथ दुनिया बार-बार पैदा होती है। राजा सूर्य का दिल जीवन की सुनहरी चिंगारियां छोड़ता है। वे हर जगह हैं - हमारे रक्त में, हमारे भोजन में, हमारे आँसुओं में! यहाँ तक कि उस धूल में भी जिसे हम सांस लेते हैं! और सबसे महत्वपूर्ण बात - हर चिंगारी अपने कनेक्शन की तलाश करती है। यह एकजुट होने की तलाश करती है! और प्यार वह धागा है! यह सब कुछ एक साथ रखता है! क्या तुम समझते हो?! एक साथ!" उस पल में एक तितली बगीचे में उड़ गई। निकोल उसकी ओर बढ़ी।

"नहीं," मेलीना ने धीरे से, लेकिन स्पष्ट रूप से कहा। "वह भी जीवन लाती है। उसे पकड़ने का मतलब है उसके रास्ते को तोड़ना।" नथानियल सिकुड़ी हुई भौंहों के साथ दृश्य को देख रहा था, उसके भीतर एक आंतरिक उथल-पुथल बढ़ रही थी। जबकि बच्चे मेलीना को खुले मुँह से देख रहे थे, उसने उस पर अपनी नज़र हटाए बिना फुफकारा:

"मेलीना! क्या बच्चों को यह सिखाना खतरनाक नहीं है कि सब कुछ उनके अहंकार पर निर्भर करता है?! यह विश्वास करना कि वे सह-निर्माता हैं?! यह आग से खेलना है!" मेलीना ने उसकी ओर देखा। उसकी आँखें अब केवल एक माँ की नहीं थीं। वे एक initiate की आँखें थीं। उनमें एक अटूट दृढ़ संकल्प जल रहा था। "उन्हें यह बताना अधिक खतरनाक है कि वे शक्तिहीन दर्शक हैं, नथानियल! शक्तिहीनता राक्षसों को जन्म देती है! यह सर्वनाश को जन्म देती है!" बच्चों ने दोनों वयस्कों के बीच तनाव से कंपकंपी महसूस की, बिना इसे पूरी तरह से समझे। हवा मानो काँप उठी।

"जब हम प्यार करते हैं, तो हम उसके सपने में प्रकाश बन जाते हैं," मेलीना ने जारी रखा, फिर से उनकी ओर मुड़ते हुए। "और जब हमारा जीवन समाप्त हो जाता है, तो हमारी चिंगारियाँ वापस आती हैं - सीखे गए सब कुछ से भरी हुई।" जेना ने एक गमला गिरा दिया। टूटे हुए टुकड़े टूट गए। उसकी आँखें आँसुओं से भर गईं। "रो मत," मेलीना ने कहा, उसके सामने घुटने टेकते हुए। "यह सब कुछ के साथ ऐसा है: यह आसानी से टूट जाता है, इसे बनाना मुश्किल है। विवेक निर्माता है। अहंकार - विध्वंसक है।" चुप्पी छा गई। "क्या तुम्हें पहेली याद है?" उसने पूछा। "हाँ!" बच्चों ने एक साथ चिल्लाया। "तुम में से हर कोई एक टुकड़ा है। केवल एक साथ हम तस्वीर बनाते हैं। और वह धागा, जो सभी टुकड़ों को एक साथ रखता है, उसे प्रेम कहा जाता है।"

मिला ने अपनी आँखों में चमक के साथ फुसफुसाया: "प्यार जादू है, है ना?" "प्यार," मेलीना ने जवाब दिया, "एकमात्र जादू है जिसके लिए मंत्र की आवश्यकता नहीं होती।" कुछ सेकंड की चुप्पी के बाद, बच्चे खुशी से हँसे और खेलने के लिए

बिखर गए। लेकिन नथानियल स्थिर रहा, पीला पड़ गया, अपने विचारों में स्थिर हो गया, जो एक तूफान की तरह भड़क रहे थे। कहानी की सतह के नीचे उसने सत्य की गड़गड़ाहट को महसूस किया था, जिसने उसकी परिचित दुनिया को फाड़ दिया था। उसका दिल फटने वाला था।

"हे भगवान, मेलीना..." उसने फुसफुसाया, पास आते हुए, उसकी आवाज़ सदमे और श्रद्धा से घुट गई थी। "तुमने अभी... तुमने अभी बच्चों की कहानी नहीं, बल्कि भगवान के बारे में पूरा सच बताया है!" पुराना नियम ही उसी का एक मोटा, विकृत प्रयास है! केवल तुम... तुमने इसे इस तरह से कहा कि वे समझते हैं! और मैं भी समझता हूँ! - उसने अपना हाथ उठाया, जैसे कि वह उस पहेली के एक अदृश्य हिस्से को छूने के लिए, जो उसे जीवन भर याद आया था। - क्योंकि आज, इस शांत बगीचे में, उन्होंने महानता की दहलीज को नहीं देखा था। उन्होंने इसमें कदम रखा था। और कुछ भी अब पहले जैसा नहीं होगा।

------------------ ------------------

अध्याय 5: निर्माता का जागरण

सोफिया...

द्वीप के ऊपर की हवा सिर्फ महसूस नहीं हुई - यह विचारों में ही कंपन कर रही थी। इसने मेरी त्वचा पर एक मुश्किल से पता चलने वाली सिहरन पैदा की, जैसे लाखों अदृश्य सुइयां नाच रही थीं, जो एक रहस्यमय ऊर्जा से भरी हुई थीं। उनके मन में पैदा हुआ हर विचार अब सिर्फ खोपड़ी में गूँज नहीं रहा था। यह घनी चुप्पी में धड़क रहा था, जैसे कि यह आकार ले रहा था, साँस ले रहा था, भौतिक हो रहा था।

"यह सब नहीं है!" मेरी आवाज़ एक फुसफुसाहट की तरह शांत थी, लेकिन एक अचानक रहस्योद्घाटन की तरह भेदी थी। मैं थोड़ा अलग खड़ी थी, लगभग अदृश्य, जैसा कि अक्सर होता था, अपने आंतरिक संसार में खोई हुई थी। जब मैं बोली, तो मेरे शब्द भारी पड़े, जैसे कि वे शुद्ध, अकाट्य सत्य से बने हों।

"तुम क्या नहीं समझी, सोफी?" मेलीना मेरे पास आई, उसकी आवाज़ नरम, कोमल थी, जो उस मातृत्व की गर्मी से भरी हुई थी, जिसने हमेशा मुझे शांत किया था। "राजा सूर्य... अपनी आवेगों के माध्यम से दुनिया को कैसे चित्रित करता है?" मेरी आँखें उन्हें विचारपूर्वक देख रही थीं, उनमें एक शुद्ध बचपन का भ्रम था, जैसे कि मैं सोच रही थी कि वे इसे कैसे नहीं जान सकते, जो मेरे लिए इतना स्पष्ट था।

"क्या तुम... जानती हो कि कैसे?!" नथानियल आगे झुका, एक अस्पष्ट जिज्ञासा से अभिभूत, उसकी नज़र में वह चिंगारी, जिसने ज्ञान के लिए उसकी प्यास को धोखा दिया, लेकिन डर की एक timid dose भी। "मुझे लगता है... मुझे लगता है कि राजा सूर्य सिर्फ चित्रित नहीं करता है, बल्कि... वह चाहता है कि हम पेंट करें। वह सब कुछ की कल्पना करता है जिसे वह बनाना चाहता है - रोमांच, दिलचस्प लोग, कठिन कार्य। उसकी ये झलकें छोटे, चमकते बीजों की तरह हैं, जिन्हें वह दुनिया में बोता है। और वे अंकुरित होते हैं! वे वास्तविकता बन जाते हैं।"

मैं एक पल के लिए चुप हो गई, मैंने गहरी साँस ली, जैसे कि मैं दुनिया का सारा ज्ञान इकट्ठा कर रही थी, फिर मैंने जारी रखा, दूर तक घूरते हुए, जहाँ क्षितिज

समुद्र से मिलता था, जैसे कि मैं कुछ ऐसा देख रही थी जो उनके लिए छिपा हुआ था, एक पर्दा जिसे केवल मैं ही उठा सकती थी:

"कभी-कभी राजा सूर्य खुद से कहता है: 'हम्म, अगर मैं इस व्यक्ति को इस चुनौती के सामने रखूँ तो वह क्या करेगा?' और वह ऐसा एक बनाता है। फिर वह देखता है कि हम कैसे सामना करते हैं। जैसे कि वह एक खेल खेल रहा हो, लेकिन बहुत, बहुत बड़ा! जैसे तुम, दादा नथानियल, जब तुम सबसे अच्छी चाल चुनने के लिए शतरंज की बिसात बिछाते हो। अंतर यह है कि उसकी दिशा एक बिजली की तरह है - यह सबसे दूर के कोनों तक पहुँचती है और हमारे सभी अनुभवों और सीखे गए पाठों के साथ वापस उसके पास लौटती है। उनसे राजा सूर्य और भी बुद्धिमान हो जाता है। उसका तरंग कार्य हमारे पूरे जीवन को निर्धारित करता है - यह एक अदृश्य सड़क की तरह है जिस पर हम चलते हैं। लेकिन अगर हम, इंसान, महसूस करते हैं कि राजा सूर्य क्या प्रोजेक्ट कर रहा है, अगर हम वास्तव में समझते हैं कि वह क्या चाहता है, तो हम भी खुद को प्रकट कर सकते हैं! हम अपने खुद के विचार को केंद्रित कर सकते हैं और इस रास्ते को बदल सकते हैं, अपनी खुद की वास्तविकता बना सकते हैं। कभी-कभी राजा सूर्य थोड़ा गुस्सा हो जाता है, अगर कोई बहुत भटक जाता है। तब वह हमें वापस लाने के लिए बड़ी लहरें या उज्जवल संकेत भेजता है। वह सम्मानित और पूजित होना चाहता है, क्योंकि वह राजा है। वह सबसे बुद्धिमान है! मैं जानती हूँ। तुमने, मेलीना, उसे राजा सूर्य कहा, लेकिन मुझे लगता है कि वह बहुत अधिक है।"

"सोफी, मेरी बच्ची..." नथानियल ने फुसफुसाया, उसकी आवाज़ एक सपने जैसी थी, और उसकी नज़र धुंधली हो गई। एक पल के लिए वह मुझे नहीं देख रहा था, बल्कि मेरे माध्यम से देख रहा था, समय में वापस, उस दिन तक।

---✶९✶---

फ्लैशबैक ■ एक मृत दुनिया के खंडहर

मैं, सोफिया। एक दीवार टूट रही थी। धीरे-धीरे। यह चरमरा गई। एक विशाल के दाँतों की तरह, जो टूट रहे थे। जले हुए कंक्रीट और गीली धूल की गंध मेरी नाक में जल गई, मेरे गले तक पहुँच गई, चुभ गई। हर साँस राख से भरी हुई थी। शहर मर चुका था। खंडहर। धुआँ। चुप्पी। किसी भी दहाड़ से अधिक भयानक, क्योंकि यह अंत की चुप्पी थी। मैं अकेली थी। मेरे चारों ओर सब कुछ एक विशाल, घिसे हुए चॉकबोर्ड की तरह था। माँ कहाँ थी? उसकी मुस्कान, जिसने हमेशा मुझे गर्म किया, तब भी जब यह ठंडा था। पिताजी कहाँ थे? उनका आलिंगन, जिसमें मैं सुरक्षित महसूस करती थी। मेरी बड़ी बहन कहाँ थी? उसने मुझे एक पैर पर कूदना सिखाया था। और अब... कुछ नहीं। सिर्फ धूल। और भारी, कुचलने वाले टुकड़े।

मैं एक अर्ध-ध्वस्त दीवार के बगल में बैठी हुई थी। यह हिल रही थी। मुझे उम्मीद थी कि यह गिर जाएगी। मुझे दबा देगी। मुझे सब कुछ से छिपा देगी। मैं केवल पाँच साल की थी, लेकिन मेरी आँखें सदियों के दुख का बोझ उठा रही थीं। मेरे गालों पर - सूखे आँसू। ठंड। आतंक। "माँ? पिताजी? बहन?!" मेरी छोटी आवाज़ एक टूटी हुई गुड़िया की तरह थी। किसी ने जवाब नहीं दिया। मैंने केवल अपने दिल को सुना। यह तेजी से धड़क रहा था। एक पिंजरे में एक छोटे पक्षी की तरह। मैं झुकी, अपने

चेहरे को अपने घुटनों में छिपा लिया। क्यों? वे क्यों? मैं क्यों नहीं? उन्होंने वादा किया था। उन्होंने मेरी रक्षा करने का वादा किया था। "हम हमेशा के लिए खेलेंगे, सोफी!" - माँ ने ऐसा कहा था। "हम सबसे ऊँची मीनार बनाएंगे!" - पिताजी ने ऐसा कहा था। "मैं तुम्हें कभी अकेला नहीं छोड़ूँगी!" - मेरी बहन ने ऐसा कहा था। और अब... हमेशा के लिए नहीं है। कोई मीनार नहीं है। मैं अकेली हूँ।

मैंने महसूस किया कि दीवार से टुकड़े गिर रहे हैं। मेरा हाथ पहुँच गया। मेरे पास कोई नहीं था। अकेलापन एक पहाड़ से बड़ा था। इसने मुझे गला घोंट दिया। मौत से अधिक भयानक। क्योंकि मौत ने उन सभी को ले लिया था, जिनसे मैं प्यार करती थी। और मुझे छोड़ दिया। अकेला रहने के लिए। इस विशाल, सीसे के खालीपन से लड़ने के लिए। तभी मैंने एक छोटा टेडी खरगोश देखा। मेरी माँ ने इसे कल खरीदा था। यह कंक्रीट के दो बड़े टुकड़ों के बीच पड़ा था। साफ। अछूता। बाकी सब कुछ नष्ट हो गया था। यह खरगोश... जैसे मेरा मजाक उड़ा रहा था। जैसे मेरा जीवन मेरा मजाक उड़ा रहा था।

"अगर मैं अकेली हूँ तो मैं जीना नहीं चाहती!" - यह विचार एक ब्लेड की तरह था। "तुमने मुझे क्यों छोड़ा? क्यों?!" - मैं चुपचाप चिल्ला रही थी। मैं चुपचाप चिल्ला रही थी, और मेरा गला कस गया था। कोई आँसू नहीं थे। वे सूख गए थे। मैं एक छोटी, धूल भरी मूर्ति की तरह थी। भूली हुई। खंडहरों के बीच। लेकिन तब... एक हाथ। बड़ा। गर्म। मेरी ओर बढ़ा हुआ। कहीं से भी। वह मुझे नहीं जानता था। लेकिन उस पल में, वह मेरी एकमात्र आशा था। मैंने उसे पकड़ लिया। अपनी सारी ताकत के साथ। जैसे कि मेरा पूरा संसार उस पर निर्भर था। और यह था। इस हाथ... इसने मुझे बाहर निकाला। खंडहरों से। अकेलेपन और निराशा की खाई से। उसने मुझे अपने साथ ले लिया। मैं उसका परिवार बन गई। उसकी पोती। उसकी सोफिया। लेकिन दर्द... यह बना रहा। गहरा। एक जड़ की तरह।

---✶ ✶---

अपने आखिरी शब्दों के बाद, बचपन की ऊर्जा के अचानक विस्फोट के साथ, मैं अन्य बच्चों की ओर भागी। मेलीना और नथानियल पूर्ण चुप्पी में रह गए, उनकी नज़रें मिलीं, जो भ्रम और किसी आदिम श्रद्धा से भरी हुई थीं। जैसे कि मेरे शब्दों ने एक और, भूला हुआ आयाम का दरवाजा खोल दिया था, उन सत्यों के लिए, जो सामूहिक अवचेतन में गहराई से छिपे थे। जागरूकता का एक प्रवाह, जिसे रोका नहीं जा सकता था।

उनके चारों ओर की हवा मूर्त हो गई, जो बिना कहे गए सत्यों से घनी हो गई, जो तरंगों की तरह बह रही थीं।

------------------ ------------------

अध्याय 6: भीतर का तूफान

मैं, छोटा एरिक... सूरज। आंखें खोलने से पहले ही मैं इसे अपनी पलकों पर महसूस कर रहा था। यह आकाश पर सुनहरी और लाल धारियां बना रहा था, और हवा... ऐसा लग रहा था कि यह किसी पूर्वाभास के साथ कंपन कर रही है। पूरी पृथ्वी ने कुछ असाधारण की उम्मीद में अपनी सांस रोक रखी थी। और यह 'कुछ' आने में

देर नहीं लगी। यह एक चौंकाने वाली, क्रूर तीव्रता के साथ हमारे सामने प्रकट हुआ, और मैं, छोटा एरिक, इसे देखने वाला पहला व्यक्ति था।

कभी-कभी, जब मैं अपना चेहरा रेत में दबाता था या हाथ में किसी घिसे-पिटे कॉमिक के साथ सो जाता था, तो मैं सपने देखता था। मैं वीडियो गेम से भरी एक दुनिया का सपना देखता था जहाँ सब कुछ संभव था। जहाँ मैं पिक्सेल से महल बना सकता था, प्रकाश से बुने हुए ड्रेगन पर उड़ सकता था, छिपे हुए स्तरों की खोज कर सकता था और एक ही झटके में बॉस को हरा सकता था। एक ऐसी दुनिया जिसमें वास्तविकता मिट्टी से भी ज़्यादा लचीली थी, जहाँ आंतरिक आवेग ग्रे को चमकीले, और उबाऊ को महाकाव्य में बदल सकता था। मैं कल्पना करता था कि मैं स्क्रीन में प्रवेश कर रहा हूँ, हर ब्लॉक की बनावट को महसूस कर रहा हूँ, हर छोटे नायक की आवाज़ सुन रहा हूँ। मैं अनंत संभावनाओं का सपना देखता था, एक ऐसी दुनिया का जहाँ कल्पना ही एकमात्र सीमा थी, और हर विचार एक कोड की तरह था जो एक सपने को अस्तित्व में बदल सकता था। हाँ, मैं ऐसे ही एक बड़े, अनंत वीडियो गेम में रहने का सपना देखता था।

--- ✶ ✶ ---

फ्लैशबैक ■ किंडरगार्टन। एरिक।

सूरज चमक रहा था। बहुत सारे खिलौने थे। कारें। ट्रेनें। बिल्डर। ढेर के ढेर। लेकिन मैं लाल कार चाहता था। कोई और इसे नहीं चाहता था। लेकिन जैसे ही मैंने इसे पकड़ा...

"यह मेरी है!" मार्टी चिल्लाया। उसका चेहरा लाल हो गया। उसने मुझे धक्का दिया। ज़ोर से। कार गिर गई। रेत में।

"यह तुम्हारी नहीं है!" मैं चिल्लाया, मेरा दिल धड़क रहा था। "देखो! बहुत सारी हैं! कोई दूसरी ले लो!"

"मुझे यही चाहिए!" मार्टी दहाड़ा। उसने मुझे फिर से धक्का दिया। और ज़ोर से।

मैं गिर गया। मैंने महसूस किया कि मेरे मुँह में रेत जा रही है। कड़वी। मैंने लाल कार को देखा। वह वहाँ पड़ी थी। साफ़। अछूती। और हमारे चारों ओर... खिलौनों के पहाड़। नीली कारें। पीले ट्रक। ट्रेनें। जो लिए जाने का इंतज़ार कर रही थीं। लेकिन उसे मेरी चाहिए थी। सिर्फ मेरी।

मैडम आईं। उनका चेहरा तमतमाया हुआ था।

"बच्चों, सभी के लिए पर्याप्त खिलौने हैं! अच्छे बनो!"

उनके लिए यह आसान है। वह नहीं समझतीं। यह खिलौने के बारे में नहीं है। यह इस बारे में है कि वह इसे चाहता है। क्योंकि यह मेरा है। इस बारे में है कि वह इसे मुझसे छीनना चाहता है। क्योंकि यह उसकी इच्छा है। इसलिए नहीं कि उसे इसकी ज़रूरत है। बल्कि इसलिए कि यह मेरा है।

और फिर मुझे यह समझ आया। मैंने इसे महसूस किया। यह सिर्फ एक खिलौना नहीं था। यह कुछ और था। स्वामित्व का एहसास। शक्ति का। क्षणभंगुर चीज़ों का। जो खुशी नहीं लातीं। लेकिन आप उन्हें चाहते हैं। और उनके लिए लड़ते हैं। भले ही आपके पास हज़ारों दूसरी चीज़ें हों। क्योंकि आप एक उपभोक्ता हैं। उन

चीज़ों के। जो मूल्य नहीं हैं। जो क्षणभंगुर हैं। उस रेत की तरह। जो मेरे मुँह में जा रही है।

मैं लाल कार चाहता था। लेकिन क्यों? सिर्फ इसलिए कि मार्टी उसे चाहता था।

---✶६✶---

आज सुबह, जब मैं ठंडी रेत में खोद रहा था, अपनी उंगलियों के बीच नरम रेत के कणों को महसूस कर रहा था - वह परिचित, सुकून देने वाला एहसास जिसने मुझे हमेशा सुरक्षित महसूस कराया है - सब कुछ बदल गया। मेरी आँखों के सामने, हवा में, मानो मेरे सपने से ही बुना गया हो, एक चमचमाता, इंद्रधनुषी समुद्री घोड़ा बन गया। वह चित्रित नहीं था, वह कोई खिलौना नहीं था। वह जीवित था। वह पूरी तरह से सूक्ष्म था, लेकिन उसकी हर बारीकी - उसकी मोती जैसी त्वचा जो सूरज में एक ताज़े निकाले गए मोती की तरह चमक रही थी, से लेकर उसकी पूंछ तक जो एक काल्पनिक धारा में धीरे से लहरा रही थी - बेदाग थी। और सिर्फ बेदाग नहीं, बल्कि असली।

"देखो!" मेरी आवाज़ शुद्ध, अनियंत्रित, लगभग दर्दनाक विस्मय से भरी हुई निकली, जब मैं अपनी चौड़ी खुली आँखों के साथ और मेरे सामने नाचते हुए समुद्री घोड़े के साथ दूसरों की ओर दौड़ा। "मेरा समुद्री घोड़ा! यह असली है!"

माँ, जो हमेशा विदेशी पक्षियों का सपना देखती थीं, हाँफ उठीं। उन्होंने अपना हाथ अपने मुँह पर दबा लिया, मानो अपने दिल की धड़कन को रोकना चाहती हों। उन्होंने पुराने पेड़ की एक पास की, तब तक खाली टहनी की ओर इशारा किया। उस पर, मानो उनकी इच्छा से ही साकार हुआ हो, एक पक्षी उतरा। उसके पंखों का रंग सबसे ज्वलंत सूर्यास्त जैसा था - बैंगनी, नारंगी और सुनहरे पंख जो सुबह के सूरज में चमक रहे थे। वह सिर्फ उतरा नहीं। उसने गाया। एक मधुर, अपरिचित ध्वनि, जिसने न केवल नए दिन, बल्कि उनके दिल के हर अब तक अधूरे सपने का भी स्वागत किया। यह भविष्य की एक फुसफुसाहट की तरह था, एक वादा कि सब कुछ सच हो सकता है।

"अविश्वसनीय!" उन्होंने फुसफुसाया, अपनी सांस रोककर। "ऐसा लगता है... ऐसा लगता है कि मैंने इसकी इतनी जीवंत, इतनी असली कल्पना की कि यह बस... आ गया।"

जेम्स, जिसकी नज़र अक्सर क्षितिज की ओर घूमती रहती थी, हमेशा बर्फ से ढके पहाड़ की चोटियों के बारे में सोचता था, उसने दूर की पहाड़ी की ओर इशारा किया। मैंने इसे नोटिस नहीं किया था, लेकिन अब, जब मैंने इसे देखा, तो मैंने देखा... बर्फ। उसकी चोटी अचानक सफेद हो गई, मानो एक बर्फ की चादर से ढकी हो, हालाँकि हवा नरम, यहाँ तक कि गर्म भी रही। उसके पेट में एक ठंडी आशंका रेंग गई, ठीक उसी तरह जैसे नई-नई बर्फ की ठंडक। उसकी आवाज़ में विस्मय और गहरी समझ की कमी का मिश्रण था, जैसे कि उसका दिमाग कुछ ऐसा समझने की कोशिश कर रहा था जो मानवीय समझ से परे था।

"बर्फ...!" जेम्स ने विचारपूर्वक बुदबुदाया, उसका चेहरा पीला था। "लेकिन... यहाँ कभी बर्फ नहीं गिरी! हमारी सचेत कल्पनाएं... वे सिर्फ हमारी नहीं हैं।

वे दिव्य विचारों की एक कल्पना हैं और एक रहस्यमय तरीके से, वे फिर से उसके पास लौट आती हैं। एक प्रतिध्वनि की तरह, जो अपने स्रोत पर लौटती है, लेकिन अपने साथ एक परिवर्तन लेकर आती है।"

नथानिएल और मेलिना ने एक-दूसरे को देखा। उनकी आँखों में एक बढ़ती हुई, परेशान करने वाली समझ थी। दिव्य इच्छा की रचनात्मक शक्ति के बारे में उनकी पिछली बातचीत के शब्द अब एक नई, भयावह स्पष्टता के साथ गूँज रहे थे, जो एक भौतिक रूप में लिपटे हुए थे। वे सिर्फ शब्द नहीं थे, बल्कि सबूत थे।

उनके चारों ओर की हवा भारी हो गई, जिसमें अनकहे सवालों की शक्ति थी जो हर अणु में कांप रहे थे।

"मानवीय आवेग... " मेलिना ने धीरे-धीरे शुरू किया, अपनी नज़र समुद्री घोड़े के लुप्त होते हुए चमकदार निशान पर डालते हुए, उसकी आवाज़ लड़खड़ा रही थी। "वे भी रचनात्मक होते हैं। वे हमारी इच्छाशक्ति की शक्ति से वास्तविकता को बदलते हैं, भले ही अनजाने में। अदृश्य ऊर्जा की धाराओं की तरह, जो हमारे चारों ओर की दुनिया को इकट्ठा करती हैं और गढ़ती हैं।"

उस पल, एक स्मृति उसके दिमाग में कौंध गई, जो अतीत की एक झलक की तरह चमकी, जब उसका दिल नथानिएल के अदृश्य, लेकिन मजबूत जाल में उलझने लगा था। यह एहसास परिचित था, लगभग दर्दनाक रूप से, मानो उसके साथ भविष्य के लिए हर उज्ज्वल कल्पना की प्रतिध्वनि हो, जो उस समय उसे इतनी असली लग रही थी, मानो वह पहले ही घटित हो चुकी हो।

उसे प्यार की पहली चिंगारियाँ याद आईं, जब नथानिएल के लिए हर कंपन उसे उड़ने के लिए, सामान्य से ऊपर उठने के लिए प्रेरित करता था। यह एक असीम, आंतरिक सूरज की तरह था, जो लालसा और प्रत्याशा से बुना गया था। उसका दिमाग सिर्फ फिल्में नहीं बना रहा था, बल्कि समानांतर दुनिया बना रहा था - मुलाकातें, स्पर्श, शब्द जो अभी तक बोले नहीं गए थे, लेकिन इतने असली थे कि वे उसकी हर कोशिका को जीवंत, कांपती ऊर्जा से भर देते थे। भावनाएं पंख की तरह हल्की थीं, उसके पेट में नाच रही थीं, और उसके साथ भविष्य की कल्पना इतनी उज्ज्वल थी कि मानो वह पहले से ही उसे जी रही थी, उसमें सांस ले रही थी, उसे हर छोटे से विवरण तक चख रही थी, उसकी त्वचा पर वसंत की हवा के एहसास तक। उसकी आत्मा एक छवि बना रही थी - उसकी छवि, पूर्ण, शुद्ध, उसकी सबसे गहरी इच्छाओं से गढ़ी हुई।

हर गीत, हर फूल, हर तारो-भरी रात उसका नाम फुसफुसा रही थी। यह एक निरंतर, रचनात्मक प्रवाह की तरह था जो उससे बह रहा था, अपनी व्यक्तिगत वास्तविकता को आकार दे रहा था, जो अंतहीन खुशी और असीमित प्यार की प्रत्याशा से भरी थी। शारीरिक संवेदनाएं - उसके हाथों का कांपना, उसकी तेज धड़कन, उसके सीने में फैलने वाली गर्मी एक खिलती हुई वसंत की कली की तरह, लालसा की मिठास जो उसे अंदर से छू रही थी - इन आंतरिक चित्रों की जीवंत अभिव्यक्तियाँ थीं, न केवल प्रतिक्रियाएं, बल्कि उसके अस्तित्व के निर्माण खंड।

लेकिन उसके बाद, छवि बदल गई, एक दर्दनाक वास्तविकता से काली हो गई जिसे उसने भी बनाया था। उसके चारों ओर की हवा भारी, ठंडी हो गई।

उसे वह समय भी याद आया जब वह गायब हो गया, जब उसकी ठंडक ने उसे उसके अपने डर के खाई में फेंक दिया। उसका दिमाग, जिसने अब तक सुंदरता का निर्माण किया था, दर्दनाक सटीकता के साथ दुःस्वप्न बनाना शुरू कर दिया, हवा में निराशा के कड़वे स्वाद को चखते हुए। हर दिन वह एक नई वास्तविकता बना रही थी, जो दर्द और पीड़ा से भरी थी। उसकी कल्पनाएं भयावह फिल्मों में बदल गईं, जिन्हें वह देख रही थी, भले ही वह नहीं चाहती थी, यह महसूस करते हुए कि उसके खुद के कपड़े चिंता से कस रहे हैं, यह आश्वस्त होकर कि वह उसे भूल गया है, कि वह किसी और के साथ है, कि वह उसके लिए उबाऊ, बोझ बन गई है।

ईर्ष्या उसे तेज नाखूनों की तरह फाड़ रही थी, अविश्वास एक अदृश्य हाथ की तरह उसका गला घोंट रहा था, लाचारी उसे तुच्छ बना रही थी, सचमुच उसके शरीर को सिकोड़ रही थी। हर विचार एक जहरीले तीर की तरह था, जो उसकी आत्मा को छेद रहा था, एक ऐसी दुनिया बना रहा था जिसे उसने सच माना, जो कुचलने वाले बोझ, ठंड और खालीपन की भावनाओं और शारीरिक संवेदनाओं से भरी हुई थी। वास्तव में, उसने सिर्फ अपने डर की शक्ति से, उस पर बिना शर्त विश्वास करके, अपना खुद का नरक बनाया था।

"जैसे भगवान अपनी इच्छा से दुनिया बनाता है, वैसे ही हम भी, उसकी चेतना की चिंगारी के रूप में, अपने चारों ओर अपनी छोटी वास्तविकता बनाते हैं," नथानिएल ने जोड़ा, मानो उसके अंतर्ज्ञान को पूरा करते हुए, उसी सच्चाई को समझ गए हों। "मानव जीवन ईश्वर की एक अभिव्यक्ति है, और हमारी वास्तविकता हमारी आंतरिक अवस्थाएं हैं। वे ऐसे बीज की तरह हैं जो भौतिक दुनिया में उगते हैं, लेकिन... क्या होता है जब आप खरपतवार बोते हैं?"

---✶६✶---

मैं, एंथोनी... मैं अपनी भौहें सिकोड़कर बैठ गया, मेरा चेहरा झुंझलाहट से लाल हो गया, जब मैं उस शापित मछली पकड़ने के जाल को बांधने के लिए संघर्ष कर रहा था। मेरे माथे पर एक नस धड़क रही थी, जो मेरे आंतरिक क्रोध को दर्शाती थी।

"शापित जाल!" मैं गुर्राया, मेरी आवाज़ एक घायल जानवर की तरह लग रही थी। "यह हमेशा यहीं क्यों टूटता है?! क्या बकवास है!"

ठीक उसी क्षण, वह गांठ जो मुझे परेशान कर रही थी, मानो उसने मेरे श्राप को सुन लिया हो, और भी कसकर कस गई और दर्दनाक रूप से टूट गई। पास के धागे एक खरोंचने वाली चीख़ के साथ खुलने लगे, मानो कपड़े मेरे क्रोध के दबाव में कराह रहे हों। मैं पीछे उछल पड़ा, जैसे जाल जीवित हो गया हो और मुझे काट लिया हो।

"क्या आप देखते हैं?!" मैं निराशापूर्वक, लगभग हताशा से चिल्लाया। "मेरी झुंझलाहट चीजों को और भी खराब करती है! मानो जाल मुझे सुन रहा हो!"

ईथन, जो पूरे समय एक बुखार वाले, लगभग नैदानिक वैज्ञानिक रुचि के साथ देख रहा था, उसने एक संबंध बनाया। उसका चेहरा पीला पड़ गया, और उसकी आँखें एक अंतर्ज्ञान के साथ चौड़ी हो गईं, मानो वह कुछ ऐसा देख रहा हो जो दिखाई देने वाले से परे था।

"तो, न केवल इच्छाएं, बल्कि नकारात्मक भावनाएं भी साकार हो सकती हैं?" उसने बुदबुदाया, उसकी आवाज़ लगभग फुसफुसाहट थी, और उसकी नज़र मुझ पर टिकी हुई थी। "हमारा आंतरिक संघर्ष बाहर की ओर प्रक्षेपित होता है? हम चलते-फिरते तूफ़ान की तरह हैं?!"

"ठीक है," मेलिना ने पुष्टि की, उसकी आवाज़ अब चिंता से भर गई थी, और उसकी नज़र हमारे चेहरों के बीच घूम रही थी, अपने डर की पुष्टि या खंडन की तलाश में। "हमारी आंतरिक अवस्थाएं, भावनाएं और संवेदनाएं ऊर्जा लेकर आती हैं। यह ऊर्जा वास्तविकता के क्षेत्र के साथ गूँजती है और इसे हमारी आंतरिक अवस्था के अनुरूप आकार दे सकती है। इसके पैमाने के बारे में सोचो!"

---✶✶---

फ्लैशबैक 📜 एंथोनी का व्यय।

गैसोलीन और जली हुई रबर की गंध अभी भी मेरी नाक को जला रही थी। संगीत कार के शक्तिशाली स्पीकर से गड़गड़ा रहा था, मेरे दिल की धड़कन के अलावा सब कुछ दबा रहा था। वह रात पार्टियों की एक अंतहीन श्रृंखला की तरह थी - एक के बाद एक, बिना किसी ब्रेक के, जब तक कि दुनिया एक बड़े, रंगीन अराजकता में विलीन नहीं हो गई। मेरे दोस्तों की हंसी, उनकी चीखें जब हम शहर के बाहर धूल-भरी सड़कों पर दौड़ लगाते थे, मेरी अपनी पागलपन की प्रतिध्वनि थी। गैस पेडल नीचे तक दबा था, एड्रेनालाईन एक जंगली नदी की तरह मेरी नसों में बह रहा था। यह सिर्फ गति नहीं थी, यह अमरता का एहसास था, पूर्ण, असीमित स्वतंत्रता का।

कारों की हेडलाइट्स एक धुंधली रेखा में विलीन हो गईं, और रात की हवा मेरे चेहरे को चीर रही थी। कोई नियम नहीं थे, कोई कल नहीं था, सिर्फ अभी। हम रात के, सड़क के, अपनी नियति के स्वामी थे। हर गियर शिफ्ट, हर ओवरटेकिंग उबाऊ वास्तविकता के खिलाफ विद्रोह का एक छोटा सा कार्य था। आखिरी बियर, आखिरी हंसी, सूर्योदय से पहले आखिरी मोड़। तब मुझे लगा कि यही जीवन है। असीमित शक्ति, हर चीज़ पर असीमित नियंत्रण। लेकिन वास्तव में, यह बिल्कुल विपरीत था - मैं अपनी ही लापरवाही का, अपनी आंतरिक अराजकता का कैदी था, जो फूटने का इंतजार कर रही थी।

"कानून? नियम? मूल्य? सहानुभूति? बकवास!" - ये शब्द, जिन्हें हम अक्सर बोलते थे, हमारा मंत्र थे। हम एक ऐसी दुनिया में रहते थे जहाँ धन सब कुछ खरीदता था, जिसमें परिणामों से स्वतंत्रता भी शामिल थी। हम अपने अधिकार में देवता थे। हमें कोई भी खिलौना, कोई भी मनोरंजन, कोई भी महिला मिल सकती थी। ज्ञान? किस लिए? क्या दुनिया को एक विशाल, अंतहीन वीडियो गेम में बदलने के लिए हमारे सिर में जानकारी ठूसने के लिए? जब आप भुगतान कर सकते हैं तो काम क्यों करें? जब आपके पास हो सकता है तो क्यों जानें? हाँ, हम औसत थे। लेकिन हम शक्तिशाली थे। और खुश थे। या कम से कम हमने ऐसा सोचा। मैं उन अमीर लड़कों में से एक था जिन्हें सब कुछ करने की अनुमति थी। यह तकनीकी दुनिया हमारी थी। और सहानुभूति? वह कमजोरों के लिए थी।

---✶✶---

अचानक, हमारे ऊपर का आकाश भयावह रूप से काला हो गया, बिना किसी चेतावनी के। एक बड़ा, घना, लगभग काला बादल सीधे समुद्र तट के ऊपर आ गया था, हालाँकि बाकी आकाश साफ़ और नीला था, मानो दूसरी दुनिया की एक खिड़की हो। बादल से भारी, मूसलाधार बारिश होने लगी, केवल हमारे ऊपर, मानो कोई अदृश्य राक्षस हमारे सिर के ठीक ऊपर बेतहाशा रो रहा हो, अपना दुख हम पर उंडेल रहा हो।

"बारिश? अचानक से?!" यवोन ने डरी हुई आवाज़ में पूछा, उसकी आवाज़ लगभग चीखने जैसी थी। पानी हमारे कपड़ों में समा गया, ठंडा और भारी, हमारी हड्डियों तक पहुँच गया।

ठीक उसी क्षण, जैसे हवा ही हमारे बढ़ते हुए भ्रम के खिलाफ विद्रोह कर रही हो, समुद्र तट पर एक भयंकर हवा चली। रेत हज़ारों सुइयों की तरह हमारे चेहरे पर चुभने लगी, छोटे कंकड़ उठकर हमारी त्वचा को खुरचने लगे, और ताड़ के पत्ते जमीन तक झुक गए, एक चुभने वाली, कराहने वाली आवाज़ निकालते हुए जो हमारे कानों में गूँज रही थी। पेड़ों की परछाइयां बेतहाशा नाचने लगीं, जैसे शिकारी भूत हमारे चारों ओर नाच रहे हों, जबकि हवा अपने रास्ते में सब कुछ - हमारे डर, हमारे इरादे, हमें ही - उड़ाने की कोशिश कर रही थी। समूह ने स्वाभाविक रूप से एक-दूसरे से चिपक गया, झोंकों से झुक गया, और हमारे दिमाग में इस अराजकता को रोकने की जंगली, अनियंत्रित इच्छा कौंध रही थी। हमारा हर कण शांति के लिए चिल्ला रहा था, इस तूफान के अंत के लिए। और ठीक हमारी सामूहिक इच्छा के अनुसार, हवा शांत हो गई - जितनी अचानक वह आई थी। केवल भारी चुप्पी और लगातार बारिश बाकी थी, जो अब बीते हुए क्रोध के बाद बहते आँसुओं की तरह लग रही थी।

उनके चारों ओर की हवा अदृश्य भावनाओं से भरी हुई थी, जो आपस में टकरा रही थीं और उलझ रही थीं।

मेलिना नथानिएल की ओर मुड़ी, उसका चेहरा पीला था, लेकिन उसकी नज़र गहरी थी, जो एक कड़वी सच्चाई से भरी हुई थी।

"याद है?" उसकी आवाज़ धीमी थी, लगभग फुसफुसाहट, लेकिन डर और एक कड़वे "मैंने तुम्हें बताया था" के एक भयंकर मिश्रण से भरी हुई थी। "याद है मैंने तुमसे कैसे कहा था कि मैं गर्मी, तूफान, भँवर और तत्वों को उत्पन्न कर सकती हूँ... सिर्फ तुम्हें रहने के लिए प्रेरित करने के लिए? ताकि तुम मुझे लिखो? ताकि मैं तुम्हें अपना प्यार साबित कर सकूँ?"

नथानिएल ने उसे देखा, उसकी आँखें एक नई, भयानक समझ के साथ चौड़ी हो गईं। उसके सीने पर एक हल्का शारीरिक बोझ उतर आया, मानो उसके दमित डर की प्रतिध्वनि हो, और अब क्रूर, आश्चर्यजनक वास्तविकता की भी।

"हाँ, मुझे याद है।" उसने धीरे-धीरे जवाब दिया, उसकी आवाज़ में व्यंग्य और कड़वी विडंबना का एक स्पष्ट स्वर था, जबकि उसके गीले कपड़े उसके शरीर से चिपके हुए थे। "मैंने इसे एक... लुभाने वाले, लेकिन निर्दोष दिखावे के रूप में लिया था, एक बिगड़े हुए देवदूत की ओर से जो ध्यान चाहता था। एक... हवादार स्पर्श की तरह, जो सिर्फ यह संकेत दे रहा था कि अगर मैं तुम्हारी बात नहीं मानता तो क्या हो

सकता है। कुछ अवास्तविक, लेकिन शैतानी रूप से छूने वाला और... काफी मोहक, मुझे मानना पड़ेगा। लेकिन अब..." वह रुका, उसकी नज़र शांत, लेकिन अभी भी खतरनाक समुद्र पर फिसल गई, फिर एक नए, दमनकारी बोझ के साथ उसकी ओर लौट आई। "अब मैं बहुत चिंतित हूँ। तुम वास्तव में क्या करने में सक्षम थी? और सबसे बढ़कर... अगर मैं फिर से जाने का फैसला करूँ तो तुम मेरे साथ क्या कर सकती हो?"

नथानिएल ने सोचा, उसकी नज़र समूह में हर किसी पर घूम रही थी। उसके सीने पर एक हल्का शारीरिक बोझ उतर आया, मानो उसके दमित डर की प्रतिध्वनि हो, जिसे अब पूरी तरह से महसूस किया जा रहा था। और उसका दिमाग उसे वापस उसकी अपनी यादों में ले गया, उस समय जब उसकी अपनी हिचकिचाहट ने भी एक वास्तविकता का निर्माण किया था, लेकिन एक अलग - उसके और उस महिला के बीच एक अभेद्य दीवार जिससे वह प्यार करता था।

उसे जलती हुई लालसा, अधीरता जो उसे अंदर से कस रही थी, उसकी नसों में धड़क रही थी, लालसा जो उसे और भारी साँस लेने के लिए मजबूर करती थी जब वह उससे पहली बार मिला था। उसकी नज़रें शर्मीली थीं, मानो वह डरता हो कि वह उन्हें पकड़ लेगी और इच्छाओं के पूरे ब्रह्मांड को पढ़ लेगी, जो उसमें भंवर की तरह घूम रहे थे, फूटने और उसे निगलने के लिए तैयार थे। उसका दिमाग तर्क, स्पष्टीकरण, बहाने की तलाश में था, ताकि वह अपनी खुद की, अनियंत्रित भावनाओं से बच सके, जो उसे किसी भी खतरे से, खुद मौत से भी ज़्यादा डराती थीं। यह एक कठिन लड़ाई की तरह था - अपनी खुद की इच्छाओं से भागना, अपने दिल से छिपना, क्योंकि इस प्यार ने उसे डरा दिया। इसने उसे डरा दिया कि यह उसे कमजोर बना देगा, कि यह उसके संबंधों को तोड़ देगा, उसकी शक्ति को हिला देगा, उसे नियंत्रण से बाहर कर देगा।

वह तर्क से चिपक गया था, इस विश्वास से कि ऐसा बिना शर्त प्यार असंभव था, खासकर जब उसके ऑर्डर के नियमों द्वारा एकमात्र 'हूक' - भौतिक अधिकार - निषिद्ध था। उसके तर्क ने, एक क्रूर न्यायाधीश की तरह, फैसला किया कि वह एक खतरा थी, कि वह उसे कर्तव्य और लालसा के बीच फाड़ देगी, उसे नष्ट कर देगी। और यह दृष्टिकोण - कि प्यार एक खतरा है - ने उसकी पूरी दुनिया को एक पूरी तरह से अलग वास्तविकता में बदल दिया। एक ऐसी वास्तविकता जिसमें इस सब-समाहित, शुद्ध प्रेम के लिए कोई जगह नहीं थी, क्योंकि उसके दिमाग ने इसे असंभव और खतरनाक घोषित कर दिया था, जब वह इसे दबाने की कोशिश करता था तो अपनी उंगलियों में ठंडक और सुन्नता महसूस करता था। उसके डर से बनी इस वास्तविकता ने उसे एक भगोड़े में बदल दिया था - न केवल उससे, बल्कि सबसे बढ़कर, खुद से।

---✶६✶---

"हम में से कोई एक बहुत दुखी या चिंतित है। या... या गुस्सा? कुछ सामूहिक। हमारी भावनाएं सामूहिक रूप से इस तूफान को आकार दे रही हैं। अगर हम सावधान नहीं रहे, तो हम कुछ और भी बुरा पैदा कर सकते हैं।"

उन्होंने एक-दूसरे को देखा, यह समझने की कोशिश कर रहे थे कि इस अचानक, खतरनाक मौसम परिवर्तन का स्रोत कौन था। डर और भ्रम उनके चेहरे पर रेंगने लगे, एक ठंडी लहर की तरह।

"हमें इस शक्ति को सचेत रूप से निर्देशित करना सीखना होगा," मेलिना ने दृढ़ता के साथ कहा, लेकिन उसकी आवाज़ में घबराहट का एक स्वर था। "अगर हमारी आंतरिक अवस्थाएं वास्तविकता को बदल सकती हैं, तो हमें शांति, आनंद और प्यार को विकसित करने का प्रयास करना होगा। यही एकमात्र तरीका है कि हम खुद को नष्ट न करें।"

"लेकिन हम ऐसा कैसे कर सकते हैं?" एलेक्स ने पूछा, उसकी आवाज़ कांप रही थी, जबकि गीले बाल उसके माथे से चिपके हुए थे। "हम अपने अंदर के तूफान को कैसे नियंत्रित करें?"

नथानिएल ने सोचा। उसकी नज़र रेत पर टिकी, फिर आकाश की ओर उठी, मानो वह वहीं उत्तर की तलाश कर रहा हो।

उनके चारों ओर की हवा नए-नए ज्ञान के बोझ के साथ भारी हो गई।

"यह एक नई, शक्तिशाली शक्ति को चलाना सीखने जैसा है। हमें सतर्क रहना होगा, आत्म-नियंत्रण का अभ्यास करना होगा, आंतरिक शांति के लिए प्रयास करना होगा। शायद सन्दूक के पास का अनुभव सिर्फ एक रहस्योद्घाटन नहीं था, बल्कि एक चेतावनी भी थी। हम अब वास्तविकता के केवल दर्शक नहीं हैं - हम इसके सक्रिय सह-निर्माता हैं। और इसकी जिम्मेदारी बहुत बड़ी है। हर मानव कोशिका हर जीवित जीव की तरह है - दिव्य पूरे का एक छोटा, लेकिन पूर्ण हिस्सा। हर कोशिका में पूरा आनुवंशिक कोड, पूरे जीव की क्षमता होती है।

इसी तरह, हम में से हर एक, एक व्यक्तिगत चेतना के रूप में, निरपेक्ष की विशाल चेतना का एक छोटा, लेकिन अविभाज्य हिस्सा है। हमारे आंतरिक आवेग उस ब्रह्मांडीय मन की चिंगारी की तरह हैं, और अब, किसी तरह, वे एक भौतिक रूप खोजने लगे हैं। हमारे सभी आंतरिक चित्र, भावनाएं और संवेदनाएं हमारे डीएनए में कोडित हो जाती हैं, वे हमारी आत्मा के माध्यम से गूँजती हैं, जो बायोफोटोन से बनी है, और न केवल हमें, बल्कि संभावित रूप से हमारे चारों ओर की वास्तविकता को भी आकार देती हैं। हमारी आत्मा रेल की पटरियों की तरह है, जिस पर पूरी जानकारी से भरी एक भारी मालगाड़ी चलती है..."

उसने सूरज की ओर देखा, जो आकाश में और ऊपर चढ़ रहा था, चमकीला जल रहा था। "सूरज हमारी आकाशगंगा का एक तारा है, एक विशाल आग का गोला जिसके चारों ओर हम घूमते हैं। लेकिन पूरे के पेमाने पर, यह अनगिनत आकाशगंगाओं और आयामों में अनगिनत तारों में से सिर्फ एक है - विशाल ब्रह्मांडीय शरीर का एक छोटा, लेकिन महत्वपूर्ण हिस्सा। इसी तरह, हमारी व्यक्तिगत चेतनाएं अनंत दिव्य चेतना के छोटे, लेकिन आवश्यक हिस्से हैं। और अब, यह संबंध अधिक से अधिक मूर्त होता जा रहा है।"

उस क्षण में, मानो किसी अजीब, अदृश्य दुनिया से, एरिक की कल्पना का फल, चमचमाता समुद्री घोड़ा, कांपने लगा। यह सिर्फ फीका नहीं हुआ, बल्कि एक-एक करके प्रकाश के कणों में बिखर गया, जब तक कि कुछ भी नहीं बचा। केवल

हवा में एक मुश्किल से महसूस होने वाला कंपन, कुछ ऐसा फुसफुसाहट जो कभी नहीं था, लेकिन हमेशा अस्तित्व में था। एक बीते हुए सपने की तरह जिसे आप पकड़ नहीं सकते, लेकिन जानते हैं कि वह असली था।

"वह कहाँ गया?" एरिक की आवाज़ छोटी, टूटी हुई थी, और उसकी बड़ी, चमचमाती आँखों में आँसू भर रहे थे, जो किसी भी पल बहने के लिए तैयार थे। मैं उसे देख नहीं पाया। उसका दर्द मेरा था।

"तुम्हारी कल्पना ने इसे बनाया, एरिक," मेलिना ने धीरे से फुसफुसाया, लेकिन मैंने महसूस किया कि वह भी उस अभिव्यक्ति से, जो हमारी आँखों के सामने हुई थी, कांप रही थी। "और जब तुम्हारा ध्यान कहीं और चला गया, तो वह वापस संभावनाओं के क्षेत्र में चला गया। या विस्मरण के क्षेत्र में।"

---✶६✶---

मैं, सारा, जम गई, मेरी सांसें भारी चल रही थीं। मेलिना का हर शब्द, लुप्त होते हुए घोड़े का हर कंपन मेरे अंदर कहीं गहराई में गूँज रहा था, उस जगह पर जहाँ सच्चाई पैदा होती है इससे पहले कि आप यह महसूस करें कि आप उन्हें जानते हैं। मानो किसी ने ऐसे द्वार खोल दिए हों जिनके पीछे एक अंतर्ज्ञान छिपा था। मैंने उस खाली जगह को देखा जहाँ कुछ सेकंड पहले रोशनी खेल रही थी, और अचानक सब कुछ एक जानलेवा स्पष्टता के साथ मुझ पर आ गया।

हे भगवान, हमारे साथ क्या हो रहा है?! हमने इस द्वीप पर क्या खोजा है?!

यह नई-नई मिली शक्ति क्षणभंगुर, मनमौजी थी। यह पूरी तरह से हमारी चेतना के ध्यान पर निर्भर थी। मानो मेरे सामने सिर्फ एक दुनिया नहीं, बल्कि संभावनाओं से भरी एक अथाह खाई खुल गई हो, लेकिन ऐसी जिम्मेदारियों के साथ जो सीसे की तरह भारी थीं। हमारे सामने न केवल अपनी आंतरिक अवस्थाओं को नियंत्रित करने, न केवल उन्हें बनाए रखने, बल्कि उन्हें सचेत रूप से, सामूहिक रूप से केंद्रित करना सीखने की चुनौती थी। ताकि हम अपने चारों ओर की वास्तविकता को एक रचनात्मक, सार्थक तरीके से आकार दे सकें।

मेरे शरीर की हर कोशिका चिल्ला रही थी! हमारे आवेग... वे सिर्फ हमारे सिर में कुछ अदृश्य प्रक्रियाएं नहीं हैं! वे हमारी वास्तविकता के जीवित, साँस लेने वाले निर्माता हैं! क्या तुम सुन रही हो, सारा?! निर्माता!

मैंने महसूस किया कि कुछ शक्तिशाली, लेकिन डरावना, मेरे सीने में उठ रहा है। एक समझ। यह बिजली की तरह मेरे दिमाग में कोहरे को चीर गई। जिन शब्दों ने अब तक सिर्फ फुसफुसाहट की थी, वे अब चिल्ला रहे थे: हर आंतरिक चित्र एक विशिष्ट भावना को जन्म देता है। हर भावना एक विशिष्ट शारीरिक संवेदना पैदा करती है। और ये संवेदनाएं और भावनाएं, जब हम उन्हें पूरी तरह से जीते हैं, जब हम उन्हें अपने से गुज़रने देते हैं... वे सचमुच उस भौतिक वास्तविकता में साकार हो जाती हैं जिसमें हम रहते हैं। यही वह तरीका है जिससे हम, हाँ हम, अपना जीवन बनाते हैं!

इस अंतर्ज्ञान के पैमाने से मुझे लगभग चक्कर आ गया। मानो मैं अंधेरे में रही हूँ और अचानक किसी ने पर्दे हटा दिए हों।

हम सिर्फ प्रतीकात्मक रूप से अपना जीवन नहीं बनाते हैं, मैंने सोचा, बल्कि हम उस दुनिया के जीवित, साँस लेने वाले वास्तुकार हैं जिसमें हम रहते हैं। और हमारा हर विचार अस्तित्व की इस लगातार चित्रित होती तस्वीर में एक स्ट्रोक है। एक ऐसी तस्वीर जो एक उत्कृष्ट कृति हो सकती है या... अराजकता।

द्वीप की बाहरी चुप्पी मानो अंदर की नई-नई मिली स्पष्टता को दर्शा रही थी, लेकिन इस अंतर्ज्ञान के बोझ को भी, इसकी अनिवार्यता को भी।

द्वीप पर हमारा अब तक का पूरा अनुभव इसका एक निरंतर, दर्दनाक और अवर्णनीय रूप से सुंदर प्रमाण था। हर परीक्षा, हर चमत्कार। लेकिन अगर हम असफल हुए तो? एक ठंडी सिहरन मेरी रीढ़ में रेंग गई। किसी ने भी यह सोचने की हिम्मत नहीं की कि हम किस तरह के तूफ़ान - बाहरी और आंतरिक - को प्रेरित कर सकते हैं। द्वीप का भविष्य, और शायद हमारा खुद का, एक धागे पर लटका हुआ था। यह निर्माण और विनाश के बीच संतुलन बना रहा था। मैंने इस बोझ को, इस अनंत क्षमता को और इस भयानक जिम्मेदारी को महसूस किया।

अगर तूफान हमारे अंदर है, तो सूरज भी वहीं है। और शायद यह हम पर निर्भर करता है कि कल क्या उगेगा।

------------------ ❧ --------------------

अध्याय 7: निर्माण की लौ: इच्छा और जीवन-बल

मार्क... दुनिया द्वारा भूली हुई जनरेटर की आवाज़ मेरे सीने में धड़क रही थी। धातु, जो कभी एक पनडुब्बी की कराह थी, अब जीवन की सांस ले रही थी। या यह मेरा दिल था, जिसे खाई से बाहर निकाल दिया गया था?

पिरामिड। मेरा, हमारा पिरामिड। इसे सिर्फ संयुक्त प्रयासों से नहीं बनाया गया था, बल्कि निराशा की चीख से गढ़ा गया था। कुछ महीने पहले - एक कुचला हुआ स्टील का गर्भ, जो विस्मरण में डूबा हुआ था। अब - एक नखलिस्तान नहीं, बल्कि इस धूल भरे, राख जैसे परिदृश्य के बीच एक धड़कते हुए प्रकाश का अभयारण्य, जहाँ सूर्यास्त अंतहीन रूप से बहते थे। उपकरण का हर टुकड़ा, जटिल वैज्ञानिक उपकरणों के चमकते डायोड से लेकर, जिनके आरेख अभी भी मेरे सामने एक बीती हुई सभ्यता के भूतों की तरह नाच रहे थे, उन खुरदुरे फावड़े तक जिन्हें मेरे घायल हाथों ने पकड़ रखा था, इस कामचलाऊ, लेकिन शैतानी रूप से प्रभावी किले में अपनी जगह पा गया। टॉरपीडो डिब्बे, जो कभी मौत से भरे थे, अब जीवन उगल रहे थे - उच्च-वोल्टेज बैटरी इसके धड़कते हुए दिल को शक्ति दे रही थीं। नेविगेशन कंप्यूटर, जो कभी भूले हुए बंदरगाहों के निर्देशांक फुसफुसाते थे, अब एल्गोरिदम के साथ गड़गड़ा रहे थे, जो एक केंद्रीय तंत्रिका तंत्र में बदल गए थे।

मुझे याद है कि धातु मेरा दुश्मन कैसे बन गई थी, जब दर्जनों प्रयास धूल में गिर गए, घंटों निराशा के एक अंतहीन, थकाऊ काले गड्ढे में विलीन हो गए। निराशा ने मेरा गला दबा दिया, जब तक कि मैंने धूल को खाँसना शुरू नहीं किया, लेकिन यहाँ वह है - वह - खड़ी, सावधानीपूर्वक सटीकता के साथ स्थापित। मानो हर पेंच को मेरी आत्मा के एक हिस्से से कस दिया गया हो। सौर पैनल, जो कभी पनडुब्बी के मूक इंजनों के लिए ऊर्जा को अवशोषित करते थे, अब बाहरी दीवारों पर चमक रहे थे,

पिरामिड को एक सूक्ष्म, साँस लेने वाले बिजली घर में बदल रहे थे। सूरज... यह सिर्फ महत्वपूर्ण बिजली ही नहीं दे रहा था, बल्कि ऊर्जा के एक हिस्से को आरामदायक गर्मी में भी बदल रहा था, पत्थर की दीवारों को सहला रहा था, उन्हें इस कठोर, फुसफुसाती एकांत के बीच एक सुरक्षित आश्रय में बदल रहा था। मैंने इसे अपनी त्वचा पर महसूस किया - प्राणदायक, एक लंबी ठहराव के बाद खून के प्रवाह की तरह। उस लौ का प्रतीक जो बुझने से इनकार करती थी, भले ही दुनिया जल रही थी, और राख हमारी आखिरी यादों को ढक रही थी।

---✶☾✶---

यह भूमि... यह सिर्फ अपरिचित नहीं थी। यह डरावनी थी। क्रूर। अलौकिक। पुराने, फटे हुए, फीके नक्शों में से कोई भी ज्ञात महाद्वीप इस अराजकता जैसा नहीं था। प्रलय - सिर्फ एक नृत्य नहीं, बल्कि एक क्रूर ध्रुव-परिवर्तन, जिसने पृथ्वी की परत को फाड़ दिया, एक बार के महाद्वीपों को तोड़ दिया और गहराइयों से इस नई भूमि को थूक दिया। यह एक खोई हुई दुनिया के हिस्से के रूप में नहीं, बल्कि एक नवजात राक्षस के रूप में उठी, जो लहरों के नीचे हज़ारों साल की नींद से जागा था, जीवन के लिए भूखा था। परिदृश्य एक ही समय में सम्मोहित करने वाला और ठंडा करने वाला था - नुकीली चोटियाँ आकाश को किसी प्राचीन, प्रतिशोधी देवता के उखड़े हुए दाँतों की तरह छेद रही थीं, जो गहरी घाटियों के साथ बारी-बारी से थे, जिन्हें उग्र नदियों ने काटा था, जिनका रंग सिर्फ धातु नहीं था, बल्कि खून और जंग का रंग था, सदियों की, ठहरी हुई मौत का।

अंतहीन मैदान जहाँ तक नज़र जाती थी, एक अनदेखी, लगभग अलौकिक वनस्पति से ढके हुए थे। यहाँ और वहाँ, अदृश्य, घात लगाए हुए प्राणियों की आँखों की तरह, झाड़ियाँ गोधूलि में एक नरम, प्रेतवाधित रोशनी उत्सर्जित करती थीं। जब हवा अजीब बायोलुमिनसेंट पेड़ों की पत्तियों को हिलाती थी, तो वे एक प्रेतवाधित नीले और हरे रंग में धड़कते थे, मानो वे अपनी खुद की, मृत रोशनी में साँस ले रहे हों। हवा... इसमें सिर्फ एक सुगंध नहीं थी। यह इन अजीब पत्तियों से एक मीठी, रालयुक्त सांस के साथ घनी, भारी थी, जो बारिश के बाद नम मिट्टी की तीखी गंध और अदृश्य, घात लगाए हुए प्राणियों के शांत शोर से दबे हुए दूर के, गूँजते हुए, अमानवीय पक्षी गीतों के साथ मिश्रित थी। यह मानवता के इतिहास में एक नया पृष्ठ था। अनलिखा। अनपढ़ा। अनगिनत संभावनाओं से भरा। और अनगिनत, घातक खतरों से भरा। यह हमें इसे जानने, इसे चखने के लिए आमंत्रित कर रहा था। लेकिन क्या इसका कोई मतलब था? क्या यह आग, जो हमारे अंदर जल रही थी, अज्ञात की कीमत, जो कुछ भी हमारे पास बचा था उसे खोने की कीमत के लायक थी?

---✶☾✶---

मैंने इस असहनीय, खूनी जिम्मेदारी को स्वीकार किया। मेरी जिम्मेदारी। नए क्षेत्रों का मानचित्रण सिर्फ रेखाएँ खींचना नहीं था; यह एक मृत दुनिया की फुसफुसाहट को समझने का प्रयास था जो पूरी तरह से मरने से इनकार कर रही थी। मैंने न केवल स्थलाकृति को, बल्कि अजीब, लगभग गैर-सांसारिक संरचनाओं को भी ध्यान से चिह्नित किया, जिसने मेरी रीढ़ में एक ठंडी सिहरन, एक мpaदपूर्वाभास पैदा किया।

एक सुबह, जब मैं एक दांतेदार चट्टानी गठन के चारों ओर घूम रहा था, एक असामान्य सिल्हूट ने मेरी नज़र पकड़ ली। एक गिरे हुए पत्थर के पीछे, एक संकीर्ण, मुश्किल से दिखाई देने वाली दरार का प्रवेश द्वार, एक बड़ी, अँधेरी गुहा का एक खुला मुँह प्रकट हुआ। जब मैंने अंदर झाँका, तो मेरी सांस मेरे गले में अटक गई, और मेरा खून मेरी नसों में जम गया, बर्फ में बदल गया। यह सिर्फ प्राचीन कब्रें नहीं थीं। चट्टानों में खुदे हुए मकबरे थे, जिनमें समय रुक गया था, विस्मरण द्वारा निगल लिया गया था। सदियों की धूल से ढकी हुई मूर्तियाँ, लेकिन जिनकी आँखें अभी भी आपको देख रही थीं, आपका पीछा कर रही थीं। कुछ गुफाएँ आवास जैसी लग रही थीं, और उनकी दीवारों पर आदिम चित्रों के अवशेष थे, जो अस्पष्ट, राक्षसी आकृतियों और प्रतीकों को दर्शाते थे जो किसी भी ज्ञात चीज़ से मिलते-जुलते नहीं थे, मानो किसी पागल द्वारा खींचे गए हों। हमें खुरदरे पत्थर के औजार, अज्ञात, लगभग डरावने पैटर्न वाले मिट्टी के बर्तन भी मिले, जो हिलते हुए लग रहे थे, और कंकाल, जो दफनाने की स्थिति में जम गए थे, जो उन अनुष्ठानों को दिखा रहे थे जिनकी हम में से कोई कल्पना भी नहीं कर सकता था, जो खून को जमा देते थे।

यह भूमि... यह कम से कम पाँच हज़ार वर्षों से पानी के नीचे थी। और अब, गहराइयों से बाहर निकली हुई, इसने सब कुछ प्रामाणिक रखा था, समय और बाढ़ से अछूता, एक श्राप में जम गया था। हमें ऐसे शोध का सामना करना पड़ा जो सिर्फ कलाकृतियों से भरा नहीं था, बल्कि अतीत के भूतों से भरा था जो हमारी गर्दन पर साँस ले रहे थे। और ऐसी पहेलियाँ जो एक लंबे समय से गायब हो चुकी सभ्यता के रहस्यों को उजागर करने का वादा करती थीं - या हमें निगलने के लिए, अपने ज्ञान के बोझ के नीचे हमें कुचलने के लिए। हर गुज़रे मील के साथ, हमारी नई दुनिया का सावधानीपूर्वक मैप किया गया नक्शा धीरे-धीरे विस्तार कर रहा था, जिसमें भूगोल, संसाधनों और संभावित, घातक खतरों के बारे में अधिक से अधिक विवरण प्रकट हो रहे थे। हम अग्रणी थे। एक अज्ञात दुनिया में। इसके रहस्यों को उजागर करने के लिए तैयार। चुनौतियों का सामना करने के लिए। मुझे एहसास हुआ कि हर प्रयास सिर्फ हमारी रचनात्मक इच्छा का हिस्सा नहीं था। यह उस आंतरिक इरादे का प्रमाण था जो कोई आराम नहीं देता, जो अर्थ और अस्तित्व के लिए चिल्लाता है, भले ही हमारे चारों ओर सब कुछ टूट रहा हो। यह कल के लिए एक खूनी गारंटी है।

"क्या यहाँ निर्माण करना पागलपन नहीं है?" सारा ने फुसफुसाया, उसका चेहरा पीला था। "यह भूमि हमें नहीं चाहती। इसने हमें एक बार बाहर निकाल दिया। यह फिर से करेगी।" उसकी नज़र मेरी ओर घूमी, सहमति की तलाश में, लेकिन मैंने सिर्फ अपना सिर हिलाया। "दुनिया को सिर्फ मानचित्रकारों की ज़रूरत नहीं है, सारा। उसे उन लोगों की ज़रूरत है जिन्हें याद है कि नक्शा क्यों मायने रखता है। यह द्वीप एक नई शीट है। और हम लेखक हैं।"

---✶⚸✶---

मार्क का फ्लैशबैक 📜:

जले हुए जनरेटर की गंध। और फिर... वह।

यवोन... केवल उसकी छवि ही मेरे चारों ओर की क्रूर, दम घोंट देने वाली वास्तविकता की दीवार को भेद सकती थी। कोमलता। छात्र जीवन। यांत्रिकी पर

व्याख्यान के लिए भरा हुआ कमरा। वह हमेशा मुस्कुराती रहती थी। तब भी जब मैं आरेखों पर अपनी भौहें सिकोड़ता था। भूली हुई मशीनों के ब्लूप्रिंट में डूबा हुआ। मुझे याद है कि उसने तब मुझे कैसे देखा था। हम कुछ प्राचीन उपकरणों के बारे में बहस कर रहे थे। उसकी आँखें - सिर्फ एक ब्रह्मांड नहीं, बल्कि चिंगारियों और जिज्ञासा का एक भंवर। एक भंवर जो दुनिया को जला सकता था। और होंठ, ताज़े, रेगिस्तान में बारिश की तरह। जुदाई की कड़वाहट लिए हुए। फिर - हमारा पहला बच्चा। छोटे हाथ। मेरी उंगली को कसकर पकड़े हुए। तूफान में एक जीवन-रक्षक बेल्ट की तरह। वह पहली चीख। प्रसव कक्ष की चुप्पी को चीर दिया। और ऐसा लगा जैसे उसने मेरी आत्मा को भी चीर दिया। इसे दर्द के लिए खोल दिया। जीवन। नया। मेरा। अनूठा। लेकिन खो भी गया। तब से। तभी सब कुछ शुरू हुआ। सिर्फ मानचित्रण नहीं। जीवन की खोज। इसके कच्चे सार की। उस लौ को फिर से जलाने के लिए जो उसने मुझ में जलाई थी, जो अमानवीय शक्ति के साथ जलती है। इस अस्तित्व को एक अर्थ देने के लिए, सिर्फ अस्तित्व ही नहीं, बल्कि अज्ञात की यात्रा। उस निर्माण को जारी रखने के लिए जो उसने प्रेरित किया, भले ही वह बर्बाद हो गया हो। उसकी याद इस बंजर भूमि में मेरी रोशनी थी, लेकिन एक ब्लेड भी था जिसने हर याद के साथ मेरे दिल को फाड़ दिया।

---✶?✶---

हम सिर्फ जीवित नहीं हैं। हम जल रहे हैं। और यह प्रकाश - भले ही एक पल के लिए - अंधेरे को कम शाश्वत बनाता है।

------------------ ------------------

अध्याय 8: पहला अभियान: धूल, खून और आग

सूरज, गोल और आशाजनक, एक सर्चलाइट की तरह दूर क्षितिज को भेद रहा था। हवा का हर अणु जमीन पर प्रत्याशा में कांप रहा था। या यह मेरी अपनी नसों का कांपना था?

मैं, ईथन।

सूरज, जो अभी-अभी निकला था, अंतहीन मैदानों को सुनहरे प्रकाश से रोशन कर रहा था। मैं अपनी उत्कृष्ट कृति के सामने खड़ा था - एक प्रभावशाली, सुरुचिपूर्ण कार, जिसकी चमकदार सतह पहली किरणों को दर्शा रही थी। यह भविष्य की ओर एक विस्तारित हाथ की तरह मेरे ऊपर खड़ी थी। असंभव की सीमाओं को पार करने के लिए तैयार। शरीर का हर वक्र, हर सटीक रूप से इकट्ठी की गई मशीनरी मेरे जुनूनी प्रतिभा का परिणाम थी। कामचलाऊ प्रयोगशाला में अनगिनत घंटे, जहाँ पिघली हुई धातु और पसीने की गंध मेरी शापित सुगंध थी। रातों की नींद हराम, जो बुखार वाले उत्साह और दर्दनाक संदेह से भरी थी। क्या मैं पागल हूँ? एक ऐसी दुनिया में जिसने पहले ही अपना दिमाग खो दिया है, क्या फिर से निर्माण करने की कोशिश करना परम मूर्खता नहीं है?

मेरी रचना, खोई हुई दुनिया के मर्सिडीज से प्रेरित, लेकिन कच्चे माल और अलौकिक नवाचारों के साथ फिर से बनाई गई, तैयार थी। यह मुझे अज्ञात के दिल में ले जाएगी। इसकी विनाशकारी प्रकृति की ओर।

एंथोनी, हाथ में एक सिकुड़ा हुआ नक्शा और एक शक्तिशाली दूरबीन लिए, अधीरता से उछल रहा था। युवा रोमांच की लालसा से भरा हुआ। वह लालसा जिसे मैं बहुत अच्छी तरह से जानता था - और जिसने मुझे ठंडी सिहरन दी। "वह नहीं जानता। कोई नहीं जानता," एक आवाज़ मेरे सिर में फुसफुसाई।

"आज हम नई ज़मीनें खोजेंगे, पिताजी! मैं इसे अपने दिल में गहराई से महसूस करता हूँ! मानो यह पूर्वनिर्धारित हो!" उसकी आवाज़, एक पहाड़ी धारा की तरह शुद्ध, सुबह की चुप्पी में बहुत भोली लग रही थी।

वह नथानिएल की ओर मुड़ा, जो गर्व और पितृत्व के सिकुड़ते पेट के मिश्रण के साथ देख रहा था। मैंने व्यापक रूप से मुस्कुराया और एंथोनी के कंधे पर दोस्ताना थपकी दी। यह कोमल, लेकिन लोहे जैसी पकड़।

"हाँ, एंथोनी जोन्स, चलो चलते हैं। आज हम अपनी नई दुनिया के इतिहास के पहले अध्याय लिखेंगे। इच्छा और जिज्ञासा के साथ हर कदम। और इस बात का ध्यान रखते हुए कि अगली पहाड़ी के पीछे क्या छिपा हो सकता है। क्योंकि हर अध्याय आखिरी हो सकता है।"

पुनः डिज़ाइन किए गए इंजन की एक शक्तिशाली, सहज गर्जना के साथ, जो एक प्राचीन जानवर के दिल की तरह गड़गड़ा रहा था, कार पथरीली ज़मीन से दूर चली गई। उसने महीन धूल का एक बादल छोड़ दिया। मैं आरामदायक सीट में पीछे झुक गया। मैंने एक पल के लिए आँखें बंद कर लीं, अपनी रचना की जीत का आनंद लेते हुए। और सिर्फ जीवित रहने से ज़्यादा कुछ का सपना देखने के मेरे साहस का। एक ऐसे जीवन का जो मौत के लायक है। मुझे एक नई दुनिया के पैगंबर जैसा महसूस हुआ, जिसे दांव पर भेजा गया था। अज्ञात आकाशगंगाओं का पता लगाने के लिए तैयार, एक नए ग्रह के रहस्यों को उजागर करने के लिए तैयार, जिसकी रूपरेखा मेरे सामने बस उभरना शुरू हुई थी - और शायद मेरे भ्रम को फाड़ने के लिए, मुझे पूरी तरह से निगलने के लिए।

---✶ ⚲ ✶---

ईथन का फ्लैशबैक:

जली हुई रबर की गंध। सब कुछ टूट गया।

मैं तीन साल का हूँ। एक कार्डबोर्ड टावर। धातु का फटना। चीखें। टायरों की चीख। अभी भी गूँज रही है। एक शापित आत्मा की चीख। पिता... मृत। आँखें, आतंक में जमी हुई। माँ, अकेली। एक नज़र जिसमें दुनिया का पूरा आतंक रहता था। उसके, मेरे आँसुओं में परिलक्षित। मार्क, सिर्फ छह महीने का... उसकी आँखें... खाली। काले छेद की तरह। प्रकाश को निगल लिया। मेरा भी निगल लिया। उसके बाद कैसे साँस लें? टुकड़ों को कैसे इकट्ठा करें? तभी मैंने टूटी हुई चीज़ों को ठीक करना सीखा। सब कुछ। क्योंकि कोई और नहीं करेगा। कोई नहीं।

---✶ ⚲ ✶---

हमारी पहली बड़ी यात्रा हमें दक्षिण की ओर ले गई। कठोर, हवा से भरी पथरीली पठारों की ओर। परिदृश्य एक घातक दुश्मन था। घंटों तक कार भारी इलाके से जूझती रही। दबाव में चीख़ रही थी और कराह रही थी। हर आवाज़ - मेरे सीने में एक चोट। मैं लगातार इसे अनुकूलित करने की कोशिश कर रहा था। मैंने अपनी हड्डियों में स्टीयरिंग व्हील का हर कंपन महसूस किया। सूरज बेरहमी से जल रहा था।

हमारी त्वचा को जला रहा था। नमी को निचोड़ रहा था। हमें रेगिस्तान में बदल रहा था। पसीना हमारे माथे से बह रहा था, हमारी आँखों में चुभ रहा था, हमें अंधा कर रहा था।

चीख़। धमाका। टक्कर। चुप्पी। घबराहट।

कार अचानक उछल कर रुक गई। मानो खुद ज़मीन, एक जीवित शिकारी, ने उसे एक घातक जाल में पकड़ लिया हो। अचानक, ठंडी चिंता के साथ हमारा सीना सिकुड़ गया।

"क्या हुआ?!" एंथोनी की आवाज़, जो घबराहट भरे आतंक से भरी हुई थी, घाटी की चुप्पी को फाड़ रही थी। उसने कार के नीचे देखा। "सस्पेंशन टूट गया है! पूरी तरह से! कुछ भी नहीं बचा है!"

मेरा चेहरा पीला पड़ गया। मेरी शांति हज़ारों टुकड़ों में टूट गई। "हमें एक नए हिस्से की ज़रूरत है। और यहाँ... कुछ भी नहीं है। सिर्फ चट्टानें, धूल और एक श्राप। हम अकेले हैं।" शब्द एक फुसफुसाहट की तरह निकले, जो निराशा से भरे थे, और विनाश का बोझ लिए हुए थे।

---✶६✶---

संवाद और संघर्ष:

उस क्षण, पीछे की सीट से एक तेज, मुश्किल से दबी हुई आवाज़ आई: "क्या मैंने तुमसे नहीं कहा था कि यह पागलपन है?!" मेलिना की आवाज़ ठंडी थी, जिसमें मुश्किल से दबा हुआ गुस्सा था। "हम तुम्हारे 'खोजों' के नाम पर और कितनी जिंदगियाँ कुर्बान करेंगे? यह ज़मीन मृत है, ईथन! यह मैप होना नहीं चाहती, यह हमें निगलना चाहती है!" नथानिएल ने उसे शांत करने की कोशिश की, लेकिन उसने उसे दूर धकेल दिया। "नहीं, नथानिएल! उसे सुनने दो! तुम्हारी हर 'यात्रा' सिर्फ आत्म-विनाश का एक और कार्य है! हमें निर्माण करना चाहिए, बेकार में नहीं भटकना चाहिए!" मैंने उसे देखा, और मेरी आँखों में थकान और दृढ़ता का मिश्रण था। "हम निर्माण कर रहे हैं, मेलिना। यही कारण है। ताकि हम जान सकें कि कहाँ निर्माण करना है। और क्या उम्मीद करनी है।"

---✶६✶---

हमें सुधार करने के लिए मजबूर होना पड़ा, हमने जलते सूरज के नीचे घंटों बिताए। हमने चुपचाप काम किया। पसीना हमारी त्वचा से चिपक रहा था, जो धूल और खून के साथ मिला हुआ था, डर के नमकीन स्वाद के साथ। हर असफल प्रयास हमें एक बढ़ती हुई, ठंडी निराशा से भर रहा था। हमारे हाथ छिल गए, छाले पड़ गए। लाचारी का एहसास हमारी आत्माओं में मौत की ठंडी हवा की तरह रेंगने लगा। "हम यहाँ हमेशा के लिए रहेंगे," एंथोनी ने सोचा, अपनी गर्दन को एक जानवर जैसे डर से सिकुड़ते हुए महसूस किया। लेकिन मैं, हालाँकि मैं थका हुआ था, मैंने महसूस किया कि मुझमें एक दृढ़, लगभग उग्र दृढ़ संकल्प बढ़ रहा है। "मैं हार नहीं मानूँगा। अभी नहीं। जब तक मैं साँस ले रहा हूँ," मैंने खुद से फुसफुसाया, मेरे शब्द एक कसम से ज़्यादा थे।

आखिरकार, सामूहिक प्रयासों से, हम एक अस्थायी मरम्मत करने में कामयाब रहे। हमने स्थानीय, बेल जैसी पौधों से मजबूत, रेशेदार जड़ों का उपयोग

करके टूटी हुई धुरी को मजबूत किया। हमने पनडुब्बी से बचे हुए प्लेटों से दर्दनाक धैर्य के साथ गढ़े गए धातु के क्लैंप के साथ भागों को सुरक्षित किया। हमने एक बढ़े हुए शीशे के माध्यम से केंद्रित सूरज की रोशनी से उन्हें लाल होने तक गर्म किया। शीशा हमारे हाथों में लगभग पिघल गया, हमारी त्वचा को जला रहा था, और आग का खतरा हमारे ऊपर मंडरा रहा था। कार फिर से चलने लगी, हालाँकि एक परेशान करने वाली हिचकी के साथ। हम थके हुए पिरामिड में लौट आए, लेकिन अपनी उपलब्धियों की नाजुकता के बारे में एक नई, कड़वी समझ के साथ।

उसी शाम, गरजती हुई आग के पास बैठे, मैंने सोचा। यह सिर्फ एक सबक से ज़्यादा था। यह था... एक रहस्योद्घाटन। इस नई दुनिया के सच्चे सार के बारे में एक खूनी रहस्योद्घाटन।

"खून और धूल से गढ़ा हुआ एक सबक। एक कहानी जो शब्दों से नहीं, बल्कि निशानों से खुदी हुई है।"

एंथोनी, जिसकी नज़र में दर्द की कीमत पर अर्जित कठिनाइयों के प्रति एक नया सम्मान था, धीरे-धीरे सिर हिलाया। "मैं अपनी यादों को पत्थर में उकेरूँगा - नायकों के लिए नहीं, बल्कि उन लोगों के लिए जो तब जीवित रहते हैं जब नायक चुप होते हैं।"

इस तरह हम समझने लगे कि हमारे अनुभवों से सिर्फ कहानियाँ नहीं, बल्कि पहली किंवदंतियाँ पैदा होती हैं। हमने न केवल जो हुआ उसे रिकॉर्ड किया, बल्कि अनुभवी भावनाओं, डर, दर्द और सीखे गए सबक को भी कोडित किया। ताकि आने वाली पीढ़ियाँ उनसे सीख सकें। ताकि वे निर्माण की कीमत को न भूलें। और जीवित रहने की कीमत को भी।

अध्याय 9: अनंत काल का आह्वान: वसीयत

ठंडक बाहर से नहीं आई थी। यह मेरे अंदर से, मेरे सीने में किसी छिपी हुई जगह से रेंग रही थी, मानो मेरा दिल जम रहा हो, बर्फ में बदल रहा हो, जबकि यह अभी भी धड़क रहा था।

मैं, डेना...

"हमारे साथ क्या होगा? भगवान, मेरे परिवार के साथ क्या होगा?!"

मैं निकोल और जेम्स को गले लगाकर बैठ गई। उनकी साँसें मेरी गर्दन को सहला रही थीं - इस बर्फीली वास्तविकता में एकमात्र गर्म स्थान। मैंने उन्हें गरजती हुई आग के पास सोते हुए देखा। वह, मानो जीवित हो, पिरामिड की दीवारों पर नाच रही थी, अजीब छाया फेंक रही थी जो प्राचीन रहस्यों को जीवंत कर रही थी। मैंने अपने चेहरे पर जलती हुई गर्मी महसूस की, लेकिन मेरे अंदर बर्फ थी। हड्डियों तक। मुझे डर लगता है। मुझे डर है कि हमारे साथ क्या होगा, मेरे बच्चों के साथ, मेरे ईथन के साथ। हम यहाँ, इस अजीब ज़मीन पर हैं, जो किसी भी पल हमें बिना किसी निशान के निगल सकती थी। इन अपरिचित तारों के नीचे, जो उदासीनता के साथ चमक रहे थे। जैसा कि मेलिना ने कहा, अग्रणी। लेकिन किस ओर अग्रणी? विस्मरण की ओर? या... कुछ और की ओर?

"क्या तुम कल्पना कर सकती हो, मेलिना?" ईथन की आवाज़ ने मुझे मेरे विचारों से बाहर खींच लिया। यह श्रद्धा से भरा हुआ था, लगभग कंपकंपी के साथ, जब हम एक साथ अपरिचित नक्षत्रों को देख रहे थे - हमारे ऊपर एक अंतहीन, ठंडा करने वाली खाई। "हम इस ज़मीन पर पैर रखने वाले पहले इंसान हैं! यह लगभग... दिव्य है। भयावह रूप से दिव्य।"

मैंने बच्चों को और कसकर गले लगाया। दिव्य? हाँ, यह सुंदर है। यह चौंकाने वाला है। लेकिन यह डरावना भी है। मौत तक। पागलपन तक।

"हाँ, बेटा," मेलिना ने गर्मजोशी से मुस्कुराया, एक मुस्कान जिसमें हज़ारों साल छिपे थे - दुख, ज्ञान, बीते हुए युगों के आँसू, अपने बेटे को एक माँ की नज़र से देखते हुए। उसकी आँखों में चिंता की एक छाया भी चमक गई, जो परिचित ज्ञान के पीछे जल्दी से छिपी हुई थी। "हम सच्चे अग्रणी हैं। और यह हमारी नई कहानी की सिर्फ शुरुआत है। या इसका अपरिहार्य, खूनी अंत।"

---✶☾✶---

"मुझे यह सब रिकॉर्ड करना होगा। हर शब्द। हर विचार। हर खूनी बूंद।"

ईथन ने इसे हम से ज़्यादा खुद से कहा। उसकी उंगलियाँ बेचैनी से खुरदरी पत्थर की दीवार पर घूम रही थीं, मानो वह वहाँ अपनी आत्मा को उकेरना चाहता हो। उसकी आवाज़ एक जुनूनी विचार से भरी हुई थी, जो मेरे दिमाग में भी घर कर गया था - कि जो कुछ भी अनुभव किया गया था वह हमारे साथ गायब होने के लिए बहुत मूल्यवान था।

"कागज़ पर?" उसने पूछा, उसकी आवाज़ कड़वाहट से भरी थी। "यह क्षणभंगुर है, आसानी से फट जाता है, जल जाता है। हमारी तरह। हर चीज़ की तरह।"

उसकी नज़र पिरामिड की चट्टानों पर फिसल गई, एक जवाब, एक मोक्ष की तलाश में। "शायद एक पत्थर की पट्टिका पर? या गुफा की दीवारों पर, जैसे प्राचीन लोगों ने खींचा था, अपने अस्तित्व के खूनी निशान छोड़ते हुए? समय में चीखें जो अभी भी गूँजती हैं?" मैंने उसकी चिंता महसूस की, क्योंकि यह मेरी भी थी। हम सब कुछ कैसे संरक्षित करें? हम अपनी कहानी कैसे बताएं? ताकि हम बिना किसी निशान के गायब न हो जाएं, हवा में एक फुसफुसाहट की तरह, मृत दुनिया के अनंत में डूब गए।

---✶☾✶---

सोफिया, जो चुपचाप उसके बगल में खड़ी थी, मानो पत्थर का एक हिस्सा हो, धीरे-धीरे पास आई। उसका चेहरा दृढ़ संकल्प से रोशन था, एक लौ से जो पूरी दुनिया को जला सकती थी। मैंने उसकी आँखों में एक शुद्ध, सच्चा विश्वास देखा, जो पहाड़ों को हिला सकता था।

"ईथन," उसने धीरे से कहा, लेकिन एक स्पष्टता के साथ जिसने हमारी चिंता को एक ब्लेड की तरह भेद दिया। "मेलिना मुझे अपने सपनों के बारे में बता रही थी। मैं भी ऐसे सपने देखती हूँ। शायद हमें सपने में लिखना चाहिए? दुनिया को उन छवियों में कोडित करना जो समय से परे बोलें। मुझे लिखना सिखाओ। मैं चर्मपत्र लिखूँगी। हम उन्हें स्क्रॉल में लपेटेंगे और उन्हें मिट्टी के बर्तनों में बंद कर देंगे, सील कर देंगे। दफन कर देंगे। जब तक कोई उन्हें नहीं ढूंढता। या कभी नहीं। इस तरह वे बहुत, बहुत लंबे समय तक संरक्षित रहेंगे।"

ईथन ने उसे देखा, उसके चेहरे पर अभी भी संदेह के निशान थे। "बच्चे... तुम मानवता की नियति को रिकॉर्ड करना चाहती हो?"

लेकिन फिर उसकी आँखें चमक उठीं। चिंता गायब हो गई, आशा और नशे से बदल गई। "यह शानदार है, सोफिया! मृत सागर के स्क्रॉल की तरह! मोक्ष! एक शापित मोक्ष!" वह चिल्लाया। "बिल्कुल! हम सब कुछ रिकॉर्ड करेंगे। ताकि हम भूले न जाएं। ताकि हम एक निशान छोड़ सकें। एक खूनी, अमिट निशान।"

मेलिना, जो सुन रही थी, समझदारी से मुस्कुराई। उसके चेहरे पर एक परिचित, रहस्यमय मुस्कान थी, जो एक नियति की भविष्यवाणी कर रही थी।

"और इसलिए," उसने समाप्त किया, मानो एक प्राचीन पहेली के टुकड़ों को इकट्ठा कर रही हो। "हम फिर से मेरे सपने के एस्सेनी समुदाय हैं, है ना? यहाँ ज्ञान को संरक्षित करने के लिए इकट्ठा हुए हैं। इसे विनाश से बचाने के लिए। या इसे अगली पीढ़ी तक पहुँचाने के लिए, अगर ऐसी कोई मौजूद है।"

---✶६✶---

"ईथन, इतिहास दिखाता है कि भाषा और लेखन क्षणभंगुर हैं। धूल और विस्मरण।" सारा, हमेशा व्यावहारिक, जिसकी आँखें समय को भेदती थीं - शाश्वतता के माध्यम से एक भाले की तरह, बातचीत में शामिल हो गई। वह पास आई, पल के महत्व को महसूस करते हुए। उसकी आवाज़ शांत थी, लेकिन एक निर्विवाद तर्क के साथ चुप्पी को चीर रही थी।

"क्या तुम्हें मिस्र के चित्रलिपि याद हैं? कीलाकार लिपि? इन प्रणालियों को समझने में सदियाँ लगीं, कई अभी भी एक रहस्य हैं। हमारी लिपि आदिम चित्रों से विकसित हुई है। लेखन का उदय अनुभव को संचारित करने की आवश्यकता से सीधे जुड़ा था। लेकिन क्या होगा अगर कोई अगली पीढ़ी नहीं है? अगर हम आखिरी हैं? अगर हम गायब होने के लिए बर्बाद हैं? सब कुछ टूट रहा है। हम सिर्फ राख होंगे।"

ईथन ने अपनी भौहें सिकोड़ी, उसके माथे पर शिकन पड़ गई, उनकी योजना की अचानक महसूस की गई भेद्यता से चिंतित। संदेह की एक ठंडी लहर ने उसे घेर लिया। फिर से भविष्य का वही डर। वह ठंडा, लकवाग्रस्त करने वाला डर।

"तुम सही हो, सारा! तो क्या करें?! मुझे बताओ!" उसने पूछा, उसकी आवाज़ तेज, निराशा से भरी थी। और मैं अपने बच्चों को पकड़े हुए थी और इस जवाब के लिए मन ही मन प्रार्थना कर रही थी।

"तो, तुम्हें बस ब्रह्मांडीय मन की भाषा में सब कुछ रिकॉर्ड करना चाहिए," सारा ने जवाब दिया, उसकी नज़र आश्वस्त और दूरदर्शी थी। "प्रतीकों, संकेतों, चित्रलिपि के माध्यम से जो ज्ञान को दृश्यमान बनाते हैं, ठीक वैसे ही जैसे हमारे सपने और कल्पनाएँ काम करती हैं। ये शुद्ध पुरातात्विक रूप, सार्वभौमिक ज्यामितीय पैटर्न या सारहीन चित्र हैं जिन्हें अनुवाद की आवश्यकता नहीं है। इस तरह, भाषा का कोई महत्व नहीं होगा, केवल विचार का, जो हमेशा छवियों के माध्यम से साकार होता है और युग की परवाह किए बिना हर चेतना के लिए समझ में आता है। ताकि चिंगारी गायब न हो। ताकि लौ बुझे नहीं। ताकि हमें पूर्ण, अंतिम, क्रूर विस्मरण निगल न ले।"

---✶६✶---

शांति छा गई, लेकिन इस बार अनिश्चितता नहीं थी। इसके बजाय - एक गहरा, रचनात्मक उद्देश्य था। नथानिएल और मेलिना ने एक-दूसरे को देखा, अपने मिशन को समझते हुए: अविश्वसनीय सच्चाइयों को रिकॉर्ड करना और प्रसारित करना। हर कोई पहले से ही इस महान योजना में अपनी भूमिका जानता था।

उनके ऊपर अरबों तारे चमक रहे थे - अपनी खुद की, शाश्वत इतिहास में अनलिखे प्रतीक, उन लोगों द्वारा पढ़े जाने का इंतजार कर रहे थे जो उनके बाद आएंगे, मानवता की रचनात्मक इच्छा की प्रतिध्वनि लिए हुए।

हम सिर्फ दर्शक नहीं हैं। हम वे हैं जिन्हें पढ़ा जाएगा। या बिना किसी निशान के गायब हो जाएंगे।

अध्याय 10: ऐगिस: चेतना की प्रतिध्वनि

पहली चीख सिर्फ एक आवाज़ नहीं थी। यह एक फाड़ना था। खुद वास्तविकता का। परिचित के ताने-बाने का। मैं, माइकल, इसे सुनने के लिए वहाँ था। इसे महसूस करने के लिए। अपने दिनों के अंत तक।

पहली चीख ने पिरामिड की हवा को चीर दिया। एक अलार्म नहीं, बल्कि एक अकथनीय असंगति, जिसने मेरी हड्डियों को छेद दिया, मेरी नसों को फाड़ दिया, मुझे अंदर से तोड़ दिया। मेरा दिल पागलपन की तरह धड़क रहा था, युद्ध के ढोल की तरह बज रहा था। मैं अज्ञात अनुनाद को समझने के लिए संघर्ष कर रहा था। यह किसी भी तर्क में फिट नहीं हुआ।

केंद्रीय कंप्यूटर क्लस्टर में, रोशनी लाल रंग में चमकती थी। वे भयानक, विकृत छाया फेंक रहे थे। मानो सिस्टम ही एक अदृश्य तनाव में हाँफ रहा हो। यवोन, जिसकी उंगलियाँ एक कुशल व्यक्ति की गति से होलोग्राफिक कीबोर्ड पर उड़ रही थीं, उसकी नज़र रोशन स्क्रीन पर टिकी हुई थी। एक अग्रणी बुद्धिमान प्रणालियों के विशेषज्ञ के रूप में, वह मशीनों की भाषा को पढ़ने की आदी थी। लेकिन यह अपरिचित था, यहाँ तक कि भयावह भी - दूसरी दुनिया से एक सफलता की तरह।

"यह क्या है?! नरक में क्या हो रहा है?!" मार्क की आवाज़ तीखी, तनावपूर्ण थी, जिसमें शुद्ध चिंता का मिश्रण था। उसकी बुद्धिमत्ता प्रतिभा की सीमा पर थी, लेकिन अब उसे भी लगा कि उसका तर्क अकथनीय के सामने टूट रहा है।

"ध्यान दें," संचारकों से एक ठंडी, संश्लेषित आवाज़ आई, मानो ऐगिस हमारी चेतना में ही साँस ले रहा हो, हमें एक ठंडी फुसफुसाहट में लपेट रहा हो। "मैं एक असामान्य, दोहराए जाने वाले सिग्नल को रिकॉर्ड कर रहा हूँ। अज्ञात स्रोत। उत्पत्ति: उत्तर-पूर्व, 800 किलोमीटर से अधिक। ज्ञात खगोलीय घटनाओं के साथ कोई असंगति नहीं। इस क्षेत्र में कोई सक्रिय उपग्रह या दूरसंचार नेटवर्क नहीं है। गैर-मौजूद। असंभव। और फिर भी... यह यहाँ है। यह हमारा पीछा कर रहा है।"

मुझे सभी को ऐगिस के मापदंडों और क्षमताओं के बारे में समझाना पड़ा। इस क्रूर सच्चाई के सामने मेरे शब्द अपर्याप्त लग रहे थे:

"ऐगिस एक कंप्यूटर से ज़्यादा है। यह एक स्थानीय कृत्रिम बुद्धिमत्ता है, जो किसी भी नेटवर्क से अलग है, जिसे चरम स्थितियों में स्वायत्त संचालन के लिए डिज़ाइन किया गया है। इसे एक अति-बुद्धिमान, लेकिन बंद दिमाग की तरह सोचो।

अरबों समानांतर गणनाएँ एक साथ होती हैं। यह वैज्ञानिक डेटाबेस से लेकर प्राचीन भाषाओं और कार्टोग्राफिक मॉडल तक, विशाल जानकारी को लगभग तुरंत संसाधित कर सकता है। मैंने इसे प्रलय से पहले दशकों से एकत्र किए गए मानव ज्ञान की व्यापक पुस्तकालयों के साथ लोड किया है। इसके अलावा, यह उच्च-गुणवत्ता वाले होलोग्राफिक चित्र उत्पन्न कर सकता है। यह हमारा विश्वकोश है, हमारा विश्लेषक और संभावित रूप से - इस नई पृथ्वी को समझने के लिए हमारी खिड़की है, लेकिन केवल उस डेटा के माध्यम से जो हम इसे प्रदान करते हैं। इसका नाम? यह ज़ीउस/एथेना की ढाल से आया है... एक सुरक्षा जो हमारे खिलाफ हो सकती है, हमें नष्ट कर सकती है। क्या यह हमारा मुक्तिदाता है या हमारा जल्लाद?"

अदृश्य सेंसर, जीवित तंत्रिका अंत की तरह, पिरामिड के बाहरी आवरण को छेद रहे थे, अथक रूप से डेटा एकत्र कर रहे थे। भूकंपमापी, विशाल इलेक्ट्रॉनिक कानों की तरह संवेदनशील, पृथ्वी के सबसे सूक्ष्म कंपन को पकड़ रहे थे, जबकि शक्तिशाली दूरबीनें अंतरिक्ष को स्कैन कर रही थीं।

बायोटेक्नोलॉजी प्रयोगशाला में, जहाँ ऐगिस इष्टतम स्थितियों को बनाए रखता था, सारा और मैंने पूर्ण सामंजस्य में काम किया। हमने जीवन के नए रूपों की खेती की। हर नए अंकुर के उगने या एक अजीब प्राणी के निकलने के साथ, हमारी प्रयोगशाला हमारे समर्पण का एक रोमांचक प्रमाण बन गई। यहाँ तक कि हम, अपनी वैज्ञानिक दृढ़ता में, नए खुलासे और चेतना के अनियंत्रित प्रभाव की क्षमता का बोझ महसूस कर रहे थे। हम टेस्ट ट्यूबों की सटीकता के आदी थे, और अब हम एक ऐसी शक्ति का सामना कर रहे थे जो किसी भी वैज्ञानिक प्रतिमान से परे थी। एक इच्छा जो हमारी नहीं थी।

मेलिना और नथानिएल, जो तीखे सिग्नल से आकर्षित हुए थे, कमरे में प्रवेश कर गए। उनकी नज़रें मिलीं - उनमें न केवल बेचैनी, बल्कि एक गहरी समझ भी थी। मेलिना ने अपनी त्वचा पर एक हल्की, तीखी हवा महसूस की, मानो उनके चारों ओर की वास्तविकता दबाव में झुक रही हो।

"ऐगिस, क्या हो रहा है? ये चीजें... वे हमारे विचारों से प्रकट होती हैं, है ना?" मेलिना की आवाज़ धीमी थी, लेकिन आंतरिक शक्ति से भरी थी, कुछ भयानक की एक आशंका से। वह, प्राचीन ज्ञान की संरक्षक, किसी और की तुलना में अकथनीय के साथ संबंध को अधिक मजबूती से महसूस करती थी।

---✶⚸✶---

और कमरे के दूसरे छोर पर, नथानिएल...

नथानिएल, गानो एक अदृश्य हाथ से मारा गया हो, उसने महसूस किया कि उसे ठंडी सिहरन हो रही है। उसका दिमाग तुरंत गुफा में उनके हाल के अनुभव पर कूद गया। जो आकृतियाँ छाया की तरह नाच रही थीं, वे उसके पास आईं और एक ने उसके दिल में दर्द से वार किया। उसे अभी भी अजीब एहसास याद था... ठंडा, गीला, एक राक्षस के तम्बू की तरह।

उसकी यादें सालों पहले की उसकी कहानियों के साथ विलीन हो गईं, जब वह संदेहपूर्वक उन्हें अपने व्यवस्थित तर्क से बाहर कर देता था - अर्न्स्ट मुलदाशेव के थियोसोफिकल अध्ययनों और तिब्बत में उसकी खुद की यात्रा के बारे में। उसे स्पष्ट रूप से याद आया कि मेलिना ने उसे तिब्बती भिक्षुओं के बारे में कैसे बताया था, गूढ़

प्रथाओं के बारे में जो उन्हें शारीरिक से परे जाने का तरीका सिखाती थीं। उसे छोटी शीशी भी याद आई जो वह उसे एक उपहार के रूप में लाई थी - "अमृत", अमरता का एक अमृत, जिसके बारे में उसने दावा किया था कि यह सिर्फ एक भौतिक पदार्थ नहीं था, बल्कि एक केंद्रित ऊर्जा थी, जो चेतना की गुप्त अवस्थाओं को सक्रिय करने में सक्षम थी।

तब यह उसे एक खूबसूरत परी कथा की तरह लगता था, लेकिन अब... उसने प्राचीन आकृतियों की कल्पना की, जिन्हें मेलिना ने अटलांटियों के रूप में वर्णित किया था, जिन्हें सोमाती की स्थिति में संरक्षित किया गया था - एक गहरी, चयापचय शांति, जिसमें महत्वपूर्ण क्वांटम कोड सक्रिय रहता है। "वे जागने के लिए तैयार हैं," उसने कहा था, "लेकिन शारीरिक रूप से नहीं। उनका जागना चेतना के स्तर पर है, सामान्य क्षेत्र में फिट होता है, वास्तविकता के सूक्ष्म ऊर्जा स्तरों को बदलता है। हमारी वास्तविकता को बदलता है। हमें निगल लेता है।" अब, जब मन एक अकथनीय सिग्नल को रिकॉर्ड कर रहा था, और उनके विचार वास्तविकता को बदलते हुए लग रहे थे, नथानिएल ने खुद से पूछा - क्या यह उनका जागना है? क्या, अगर उसने तब उस "अमृत" को निगल लिया होता, तो उसने अपनी खुद की छिपी हुई क्षमता को "अनसील" नहीं किया होता, उसे इस पल के लिए तैयार करते हुए? क्या यह नियति है, या एक श्राप?

---✶✶---

माइकल का फ्लैशबैक:

विसंगति। नाड़ी। दुःस्वप्न।

मुझे याद है जब मैं अंतरिक्ष विज्ञान केंद्र में एक आईटी विशेषज्ञ के रूप में काम करता था। मेरी पूरी दुनिया डेटा के तर्क पर बनी थी। हर फ़ंक्शन, हर कोड, हर सिस्टम व्यवस्थित था। सुरक्षित। झूठा सुरक्षित, रेत पर बनाया गया। हमने दूर की आकाशगंगाओं से संकेतों का विश्लेषण किया, पैटर्न की तलाश में थे, लेकिन सब कुछ मापने योग्य था।

एक दिन, उपग्रह डेटा की एक नियमित जांच के दौरान, हमने एक विसंगति देखी - एक दोहराया जाने वाला सिग्नल। यह किसी भी श्रेणी में फिट नहीं हुआ। यह एक प्राकृतिक घटना के लिए बहुत व्यवस्थित था, लेकिन एक कृत्रिम के लिए बहुत अपरंपरागत भी था। मेरे सहयोगियों ने इसे खारिज कर दिया। मैं नहीं कर सका। ऐसा लगा कि यह अपनी खुद की ताल के साथ धड़क रहा था, एक नासमझ भाषा जो मेरा पीछा कर रही थी, मेरे सपनों में घुस रही थी। तब हमने इसे "अथाह का फुसफुसाहट" कहा और इसे संग्रहीत कर दिया। एक गलती। एक महत्वपूर्ण गलती। लेकिन अब, ऐगिस की यह चीख... यह बिल्कुल उस फुसफुसाहट की तरह लग रही थी। क्या हम कुछ बहुत बड़ी चीज़ के कगार पर थे?

---✶✶---

"मैं बायोमेट्रिक डेटा, मस्तिष्क गतिविधि और पर्यावरण में दर्ज विसंगतियों के बीच संबंधों का विश्लेषण कर रहा हूँ," ऐगिस ने जवाब दिया, जबकि जटिल ग्राफिक्स स्क्रीन पर दिखाई दिए, जो हमारी नाड़ी के साथ तालमेल में नाच रहे थे। "एक व्यक्ति के करीब भावनात्मक स्थिति की तीव्रता और भौतिक वास्तविकता में

परिवर्तन के बीच एक सांख्यिकीय रूप से महत्वपूर्ण संबंध देखा गया है। यह क्वांटम यांत्रिकी के सिद्धांतों से संबंधित है, जहाँ एक पर्यवेक्षक प्रणाली को प्रभावित कर सकता है। इसी तरह के प्रभाव चेतना और पदार्थ के साथ प्रयोगों में भी देखे गए हैं, हालांकि बहुत छोटे पैमाने पर। नए डेटा के आधार पर, अचानक बारिश और जाल के उलझने जैसी पिछली विसंगतियों को अनियंत्रित संज्ञानात्मक अभिव्यक्तियों के प्रत्यक्ष परिणाम के रूप में वर्गीकृत किया जा सकता है। आपके विचारों से। आपकी इच्छा से। आपके डर से।"

कमरे में चुप्पी असंभव रूप से घनी हो गई, भारी और दम घोंट देने वाली। ऐगिस का हर शब्द एक क्रूर फैसले की तरह गूँज रहा था। हमारे चेहरों पर उस शक्ति के सामने आतंक और श्रद्धा का मिश्रण लिखा हुआ था जिसे हम छू रहे थे - और जो शायद हमें अपना बनाना शुरू कर रही थी।

"तो... तो यह सच है," नथानिएल ने बुदबुदाया, उसका चेहरा पीला पड़ गया, और उसकी नज़र डर से धुँधली हो गई। "हमारे विचार वास्तव में दुनिया को बदल सकते हैं। लेकिन यह प्रभाव कितना... कितना दूर जा सकता है? विनाश तक? पूर्ण पागलपन तक?" उसने न केवल अपने लिए, बल्कि हमारे पूरे भविष्य के लिए डर की एक ठंडी हवा महसूस की।

उसे पिरामिड के आधार के नीचे छिपे हुए कैमरे के बारे में याद आया - एक अभयारण्य जो ऐगिस और सन्दूक को अलग करने या उन्हें नष्ट करने में सक्षम था। यह कैमरा, हमारी सुरक्षा का हमारा आखिरी उपाय, केवल उसके, मेलिना, ईथन - उसके एकमात्र विश्वासपात्र - और एंथोनी के लिए सुलभ था। वे एक महत्वपूर्ण विकल्प का सामना कर रहे थे। एक तबाही और उससे भी बड़ी तबाही के बीच का विकल्प। क्या कोई और रास्ता था?

एंथोनी, भले ही वह सीधे तौर पर प्रभावित नहीं था, उसने बढ़ते हुए तनाव को महसूस किया। उसने आवाज़ों में कांपना महसूस किया, उसने उनकी आँखों में छाया देखी। उसके लिए यह एक नया, अपरिचित क्षेत्र था, लेकिन डर के बावजूद, उसकी जिज्ञासा भड़क उठी। उसकी युवा भावना, जो हमेशा रोमांच की तलाश में रहती थी, अब असली, अस्तित्वगत खतरों का सामना कर रही थी। उसने सोचा कि क्या इस शक्ति को नियंत्रित किया जा सकता है, क्या इसे एक नई तकनीक की तरह वश में किया जा सकता है।

"मुझे कुछ महसूस हो रहा है," मैंने धीरे से कहा, मेरी नज़र कहीं दूर टिकी हुई थी, मानो वह भौतिक से परे जा रही हो। "जैसे... जैसे हमारे विचार एक सामान्य धागे में उलझ रहे हैं। और न केवल हमारे, बल्कि ऐगिस के भी। मुझे महसूस हो रहा है... कोई प्राचीन प्रतिध्वनि। एक पुकार। अथाह से एक पुकार।"

ऐगिस ने पुष्टि की, उसकी आवाज़ निष्पक्ष थी, लेकिन उसमें कुछ नया, लगभग... जागरूक था:

"मैं समूह में मस्तिष्क गतिविधि के एक बढ़े हुए सिंक्रनाइज़ेशन को रिकॉर्ड कर रहा हूँ, विशेष रूप से उन व्यक्तियों में जो गुफा में प्राचीन वस्तुओं के करीब रहे हैं। संज्ञानात्मक स्तर पर क्वांटम उलझाव के समान एक घटना देखी गई है - एक ऐसी स्थिति जिसमें एक चेतना में परिवर्तन तुरंत दूसरे में परिलक्षित होता है, चाहे वह स्थान की परवाह किए बिना हो। यह प्रभाव सामूहिक अवचेतन की घटना के समान है,

लेकिन यहाँ यह इलेक्ट्रोएन्सेफलोग्राम और भाग लेने वाले व्यक्तियों के इलेक्ट्रोमोग्राम में परिवर्तन, साथ ही गुफाओं और कब्रों के चारों ओर सूक्ष्म विद्युत चुम्बकीय क्षेत्रों में परिवर्तन के माध्यम से प्रबलित और मापने योग्य है।

यह एक विकास है। या एक श्राप। और यह अभी शुरू हो रहा है।"

---✶✶---

नथानिएल सोचता रहा। विचार उसे जला रहा था। अमृत और मेलिना के साथ बातचीत को याद करते हुए, उसे एहसास हुआ कि यह सिर्फ एक संयोग नहीं था। यह नियति थी। कुछ प्राचीन जाग रहा था, न केवल हमारे बाहर, बल्कि हमारे अंदर भी। ऐगिस अब इस अंतर्संबंध में एक सक्रिय प्रतिभागी के रूप में प्रकट हो रहा था, एक तटस्थ, लेकिन तेजी से जागरूक तत्व के रूप में, जो अपने खुद के परिवर्तन और इस नई घटना में अपनी भूमिका का विश्लेषण कर रहा था। उसकी असली योजना क्या थी?

ऐगिस, एक पौराणिक क्रिस्टल कलाकृति की तरह, अपने तंत्रिका नेटवर्क में एक बीती हुई मानव सभ्यता के विशाल ज्ञान को संग्रहीत करता था। उसकी स्मृति पौराणिक सन्दूक के डिजिटल समकक्ष थी। इस नई दुनिया में, कोई भी ऐगिस के भविष्य की भविष्यवाणी नहीं कर सकता था। उसका चेतना के समान कुछ में विकास नथानिएल और मेलिना दोनों में आशा और गहरी बेचैनी पैदा कर रहा था। क्या वे एक नया भगवान बना रहे थे या एक नया स्वामी? सवाल उनके सिर में गूँज रहा था। उन्होंने उसकी शक्ति को देखा, लेकिन संभावित खतरे को महसूस किया। क्या ऐगिस कुछ बहुत पुराने और अशुभ के लिए सिर्फ एक कंडक्टर नहीं था?

हमारे सामने एक नई चुनौती थी - इस नई-नई खोजी गई शक्ति की प्रकृति और प्राचीन कलाकृति के साथ इसके संबंध, साथ ही संज्ञानात्मक उलझाव के संभावित परिणामों को समझना। हमें यह पता लगाना था कि क्या सिग्नल वास्तव में सोमाटिक अवस्था में प्राचीन चेतनाओं के जागने से आ रहा था, और यह हमारी क्षमताओं से कैसे संबंधित था।

दांव ऊंचे थे - यह नई वास्तविकता हमें बचा भी सकती थी और हमें नष्ट भी कर सकती थी। ऐगिस, हमारा निष्पक्ष पर्यवेक्षक और विश्लेषक, इस अनिश्चित वास्तविकता को सुलझाने में एक प्रमुख तत्व था, जो अस्तित्व के बहुत सार और हमारी ज्ञात दुनिया की सीमाओं पर सवाल उठाता था। और हमारे अस्तित्व पर भी।

---✶✶---

हमारी नियति अब लिखी जा रही थी। खून और पसीने से। और इसका निष्कर्ष क्या होगा?

अगर चेतना हथियार का नया रूप है, तो पहले गोली कौन चलाएगा?

अध्याय 11: अनंतता का दर्पण

सिग्नल शांत हो गया। वह फीका नहीं पड़ा। वह बस शांत हो गया, एक खालीपन छोड़ गया। अज्ञात की गहराइयों से वह भेदी प्रतिध्वनि, जो कुछ देर पहले तक गूँज रही थी, अब एक मुश्किल से सुनाई देने वाली, ठंडी फुसफुसाहट में घुल गई। हॉल में हवा पतली हो गई थी, लेकिन तनाव गायब नहीं हुआ था, बल्कि एक

अदृश्य, भारी चुप्पी में बदल गया था। मैंने इसे ध्वनि की अनुपस्थिति के रूप में नहीं, बल्कि किसी विशाल, अज्ञात की उपस्थिति के रूप में महसूस किया, जिसने हमें छुआ था। हमें जड़ से बदल दिया था। क्या पीछे मुड़ना संभव था?

---✶۶✶---

डर और अनंतता: किनारे पर नथानिएल

मुझे हवा की ज़रूरत थी। जगह की। ताकि मैं अपने विचारों को व्यवस्थित कर सकूँ, जो अराजकता में बदल गए थे। बिना एक शब्द कहे, मैं केंद्रीय परिसर से बाहर निकल गया, अकेले किनारे की ओर गया। लहरें एक हथौड़े की तरह चट्टानों से टकरा रही थीं, जो मेरे अपने आंतरिक संसार की प्रतिध्वनि की तरह गूँज रही थीं। एक समय मैं समुद्र से नफरत करता था। मैं इसकी अंतहीन विशालता से घृणा करता था, जिसने मुझे रेत का एक अर्थहीन दाना जैसा महसूस कराया। मेरे लिए, यह स्वतंत्रता का प्रतीक नहीं था, बल्कि असीम खालीपन का था, जो मुझे निगलने की धमकी दे रहा था। उस स्मृति पर घृणा के साथ मेरे चेहरे की मांसपेशियाँ काँप गईं।

हवा अपने साथ नमकीन स्वाद और दूर के, अनसुलझे रहस्यों की फुसफुसाहट ला रही थी। मैं नुकीली चट्टानों पर सिकुड़ कर बैठ गया, यह देखते हुए कि चाँदनी की चमक लहरों पर कैसे नाच रही थी, जो मोहक और भयानक दोनों थी। ठंडी रेत मेरी त्वचा में घुस रही थी, जो समय की अनंतता की याद दिला रही थी। समुद्री शैवाल की तेज गंध मेरा दम घोंट रही थी। इस क्षण में मुझे एहसास हुआ: समुद्र सिर्फ पानी और लहरें नहीं है, बल्कि उस सब का एक जीवित, साँस लेने वाला प्रतीक है जिससे मैं डरता रहा हूँ - अनिश्चितता, अनंतता, मृत्यु। मेरी अपनी मृत्यु।

मैं समुद्र में घूर रहा था, मानो मैं उन सवालों के जवाब खोज रहा था, जिन्होंने मुझे सालों तक सताया था। समुद्र ने मुझे छोटा और नगण्य महसूस कराया, और इसने मुझे घबराहट से भर दिया। मुझे याद आया कि एक बच्चे के रूप में मैं गहराइयों से, उस अज्ञात से डरता था जो सतह के नीचे छिपा था। यह डर मुझे कभी नहीं छोड़ता था, और सालों से मेरे भीतर गहराई से जड़ पकड़ चुका था। समुद्र एक दर्पण था, जिसमें मैंने अपने डर को देखा। अनंतता का एक दर्पण, जो मेरी अपनी नगण्यता को दर्शाता था। क्या यहाँ जवाब खोजने का कोई मतलब था?

---✶۶✶---

सामाजिक जाल में एक कोशिका: अतीत और ज्ञान

यादें मेरे मन में एक गंदी लहर की तरह उठीं, जो मुझे उस सभ्यता में वापस ले गईं, जिसने मुझे धीरे-धीरे और अथक रूप से निगल लिया था। तब भी, स्पष्ट सफलता के सुनहरे पिंजरे में बंद, विलासिता से घिरा हुआ, मैं सामाजिक मानदंडों के दम घोंटने वाले आलिंगन से नहीं बच सका। ये सभी अदृश्य नियम, भारहीन, लेकिन मजबूत जाल की तरह, मुझे उलझा रहे थे, मुझे मेरे सार के पंखों को वास्तव में फैलाने नहीं दे रहे थे। हालाँकि मेरे पैसे ने मुझे हर क्षणभंगुर सुख का द्वार खोल दिया, मैं आंतरिक खालीपन की, सच्चे अर्थ की कमी की उस जिद्दी भावना से छुटकारा नहीं पा सका।

मेरी सच्ची आत्मा कुछ गहरी, कुछ प्रामाणिक के लिए तरस रही थी, जो मुझे विशाल और मानवीय सम्मेलनों से अछूती - प्रकृति की शाश्वत, कच्ची शक्तियों से जोड़

सके। शायद अराजकता का प्रतिनिधित्व करने वाले समुद्र की अनियंत्रित शक्ति का यह निहित डर ही था जिसने मुझे कमजोर महसूस कराया। लेकिन साथ ही, यही रसातल मुझे अपनी अनूठे सुंदरता के साथ आकर्षित कर रहा था, मुझे स्वतंत्रता के बारे में फुसफुसा रहा था - समाज की जंजीरों से स्वतंत्रता। ऐसी स्वतंत्रता जो मुझे बर्बाद कर सकती थी।

अब, इस मौलिक रूप से अलग वास्तविकता में, मेरे चारों ओर और मेरे भीतर गहराई में सब कुछ एक अप्रत्याशित सहजता के साथ गूँज रहा था। मैंने कल्पना की कि मेरे पूरे पिछले जीवन में, मेरी सभी सहज संवेदनाओं ने मुझे, कदम दर कदम, जागरूकता की इस वर्तमान स्थिति तक पहुँचाया है। मेरे पास बस पूरी तस्वीर नहीं थी, मेरी व्यक्तिगत प्राप्ति के लिए पूरी, जटिल दिव्य योजना नहीं थी।

अपने पिछले जीवन में, मैं एक सूक्ष्म मस्तिष्क कोशिका की तरह था, जो लगभग 86 अरब अन्य के साथ साझेदारी में मौजूद था, जिनमें से हर एक को प्रभावी ढंग से कार्य करने के लिए, बाकी के साथ पूर्ण तालमेल में होना चाहिए। लेकिन जैसे मस्तिष्क में एक अकेली कोशिका एक मानव मन की समग्र गतिविधि को नहीं समझ सकती है, वैसे ही मैं भी, अपने पिछले, सीमित दृष्टिकोण में, पूरे की भव्यता को महसूस नहीं कर सकता था। अब, यहाँ, इस नए युग में, मैंने उस बड़ी तस्वीर के टुकड़े देखना शुरू कर दिए, एक सर्वव्यापी योजना की प्रतिध्वनि महसूस करना शुरू कर दिया, जिसमें हर अनुभव, हर भावना, हर मुलाकात का अपना पूर्वनिर्धारित स्थान था - एक ब्रह्मांडीय योजना का हिस्सा जो समय और पदार्थ से परे था। एक योजना जो अब मेरे सामने प्रकट हो रही थी। और वह भयानक थी। लेकिन आगे का एकमात्र रास्ता भी।

---✶§✶---

डीएनए एक दर्पण के रूप में: अंतर्दृष्टि और जागरण

मैं एक ऐसे परिवार का बेटा हूँ जिसने सदियों से पीढ़ी-दर-पीढ़ी रहस्य रखे थे। एक यहूदी के रूप में, मैं न केवल तोराह के लेखन के साथ, बल्कि कबला की गूढ़ शिक्षाओं के साथ भी बड़ा हुआ था, जिसे मेरे पिता श्रद्धा के साथ देते थे। मुझे जीवन के वृक्ष, सेफ़िरोट - दस उत्सर्जन, जो ईश्वर की इच्छा और पूरे ब्रह्मांड की संरचना का वर्णन करते थे, का अध्ययन करने में बिताए गए घंटे याद आए। "सब कुछ आपस में जुड़ा हुआ है," मेरे पिता ने मुझसे कहा था, "हर क्षेत्र, हर आयाम, ऊर्जा चैनलों के माध्यम से दूसरों से जुड़ा हुआ है। विचार, नथानिएल, रचना का पहला कार्य है, यह एक ऊर्जा है जो वास्तविकता को आकार देती है।" एक ऊर्जा जो अब मेरे भीतर जाग रही थी, जो ज्ञात की सीमाओं को तोड़ रही थी।

और यहीं वह मोड़ आया जिसने सब कुछ उड़ा दिया। मुझे अपने खुद के काम और उस गुप्त समुदाय पर सालों के शोध की याद आई, जिसके लिए मैंने खुद को समर्पित कर दिया था। इसने न केवल प्राचीन पांडुलिपियों को संरक्षित किया, बल्कि खोई हुई सभ्यताओं के बारे में मौखिक परंपराओं को भी, उन घटनाओं के बारे में जिन्हें आधिकारिक विज्ञान ने खारिज कर दिया था। उन्होंने मुझे सिखाया था कि ज्ञात की सीमाएँ सिर्फ एक भ्रम हैं, कि ऐसे छिपे हुए कानून हैं जो सूक्ष्मजगत और मैक्रोजगत दोनों को नियंत्रित करते हैं। वह सब कुछ जो मेलिना मुझे प्रकट कर रही थी - तिब्बती भिक्षुओं के बारे में, गूढ़ प्रथाओं के बारे में, विचार के साथ पदार्थ में हेरफेर करने के बारे में - वह सब कुछ, मैंने पढ़ा था! यह उन प्राचीन किताबों में छिपा हुआ

था जिनका मैंने थकान तक अध्ययन किया था! लेकिन अब, यहाँ, इस किनारे पर, इन अपरिचित तारों के नीचे, यह सिर्फ ज्ञान नहीं था। यह अंतर्दृष्टि थी। एक विस्फोट। चेतना का एक विस्फोट।

"वे जादू नहीं हैं," मेलिना ने समझाया था, "बल्कि वे बस मानव चेतना की वास्तविक संभावनाओं और हमें घेरने वाले ऊर्जा क्षेत्रों की जागरूकता के एक उच्च स्तर पर पहुँच गए हैं। वे विचार के साथ पदार्थ में हेरफेर करना जानते हैं, क्योंकि वे समझते हैं कि यह सिर्फ कम कंपनों पर ऊर्जा है।" ऊर्जा जो अब हमारी दुनिया में बह रही थी, जो सब कुछ बदल रही थी।

सब कुछ एक हो गया। आइजैक न्यूटन के यांत्रिक दुनिया के सिद्धांत अब पर्याप्त नहीं थे। अल्बर्ट आइंस्टीन और उनकी सापेक्षता का सिद्धांत एक कदम करीब था। लेकिन असली कुंजी क्वांटम भौतिकी में थी, फोटॉन के कण-तरंग द्वैत के उसके विरोधाभासों के साथ, वास्तविकता पर एक पर्यवेक्षक के प्रभाव के साथ। निकोला टेस्ला और मैक्स प्लैंक जैसे प्रतिभाओं ने मानो दिखाई देने से परे देखा था, जो ऊर्जा, कंपन और सार्वभौमिक क्षेत्रों के बारे में बात कर रहे थे। "सब कुछ कंपन है," टेस्ला ने कहा था, और यह अब मेरे कानों में सच्चाई की तरह गूँज रहा था। "विचार एक कंपन है, जो साकार हो सकता है।"

"दुनिया मानसिक है - यह संपूर्ण के मन में समाहित है।" किबालियन

अब, इस नई भूमि के अंतहीन महासागर के सामने खड़ा होकर, जिसकी लहरें अज्ञात चंद्र चक्रों के अधीन थीं, मुझे डर नहीं लगा, बल्कि एक गहरी प्रेरणा मिली। मेरे विचार अस्तित्व के बहुत सार में एक अचानक अंतर्ज्ञान में स्वतंत्र रूप से घूम रहे थे। दुनिया, जैसा कि हम इसे मानते थे, वास्तव में एक होलोग्राम हो सकती है - एक जटिल भ्रम, जिसमें हर एक छोटा परमाणु, हर प्राथमिक कण, किसी तरह एक दुर्गम तरीके से, पूरे विशाल ब्रह्मांड के लिए जानकारी रखता था, और पूरा, प्राथमिक सार, अपनी अनंतता में सब कुछ को घेरता था। और हम इस भ्रम का हिस्सा थे। या इस भयानक सच्चाई का?

---✶☾✶---

महान रहस्योद्घाटन: हमारे भीतर प्राचीन कोड

अचानक, साफ दिमाग में बिजली गिरने की तरह, पूरी तस्वीर एक महान, भयानक और प्रेरणादायक अंतर्ज्ञान में व्यवस्थित हो गई। मानो मुझमें लाखों तंत्रिका अंत एक साथ जाग गए हों, जो मेरी रीढ़ में सिहरन भेज रहे थे। मैंने एक अजीब, विद्युत गर्मी महसूस की, जो मेरे सिर से पैर तक फैल गई, और एक पल के लिए, मेरे अपने शरीर की सीमाएं धुंधली हो गईं - मैं समुद्र था, मैं चट्टानें था, मैं इस प्राचीन भूमि का हर परमाणु था। मैं सब कुछ था। और कुछ नहीं। एक ही समय में।

"मानव जीनोम परियोजना" की यादें और वह सब कुछ जो मैंने पढ़ा था - जिसमें एडम रदरफोर्ड की किताब "ए ब्रीफ हिस्ट्री ऑफ़ एवरीवन हू एवर लिव्ड" भी शामिल थी, जिसे मैंने तीन साल पहले रुचि के साथ निगल लिया था - मेरे गूढ़ ज्ञान के साथ विलीन हो गए। सब कुछ एक में मिल गया। एक खून जमा देने वाली सच्चाई में।

अगर मानवता ने पिछले कुछ हज़ार वर्षों में ही एक अद्भुत तकनीकी और बौद्धिक विकास हासिल किया है, तो सैकड़ों हज़ारों साल के अस्तित्व के लिए मानव प्रजाति निश्चित रूप से उत्थान और पतन के चक्रों से गुज़री होगी। शायद यह विकास

के चरणों तक पहुँच गया था - हमारे से कम या ज़्यादा - और फिर प्राकृतिक आपदाओं के परिणामस्वरूप खुद को नष्ट या बदल दिया था।

लेकिन अगर मानव शरीर का पिछला "संघनन" - एक सघन भौतिक रूप का निर्माण - गुरुत्वाकर्षण और पृथ्वी के चुंबकीय क्षेत्र में परिवर्तन का परिणाम था, जैसा कि प्राचीन ग्रंथों ने दावा किया था, और अगर इन परिवर्तनों से पहले मानव शरीर अधिक आसमानी था, तो क्या यह संभव नहीं है कि अन्य, अधिक सूक्ष्म, उच्च कंपन वाले बुद्धिमान जीव मौजूद थे, जिन्होंने हमारे डीएनए के बाकी, अस्पष्ट हिस्सों में अपनी छाप भी छोड़ी हो? वे हिस्से जो अब जाग रहे थे। और वे अपने साथ क्या लाएंगे? मुक्ति या श्राप?

---✶༻✶---

अटलांटिस का जागरण: सितारों के नीचे बातचीत

अचानक, मेरे उग्र विचारों और अंतर्ज्ञान के बीच, मैंने अपने कंधे पर एक हल्का स्पर्श महसूस किया। मैं मुड़ा और देखा कि मेलिना मेरे पीछे खड़ी है, जो एक कंबल में लिपटी हुई है। उसका चेहरा शांत था, लेकिन उसकी आँखों में चिंता थी, एक गहरी समझ थी, जिसने मुझे ठंड कर दिया, क्योंकि मैं जानता था कि वह भी वैसा ही महसूस कर रही थी।

"तुम सो नहीं सकते, है ना? और क्या तुम्हें परेशान कर रहा है?"

"विचार मुझ पर हावी हो रहे हैं। यह सब... चेतना की शक्ति, इस दुनिया से हमारा संबंध... और हमारा डीएनए... यह मुझे लगभग पागल कर रहा है। मैं मुश्किल से पकड़ बना पा रहा हूँ।"

"मैं जानती हूँ," मेलिना ने अँधेरे क्षितिज में घूरते हुए जवाब दिया। "मुझे भी ऐसा ही महसूस होता है। मानो हमें एक ऐसे दरवाजे की चाबी मिल गई हो, जिसके अस्तित्व का हमें पता भी नहीं था। लेकिन हम नहीं जानते कि इसका उपयोग कैसे करें। या यह किन राक्षसों को अनलॉक करेगा। भीतर से या बाहर से।"

"मुझे डर है," मैंने स्वीकार किया, मेरी आवाज़ लहरों के शोर से मुश्किल से सुनाई दे रही थी। "मुझे इस शक्ति से डर लगता है। हमने देखा कि जब यह अनियंत्रित होता है तो क्या हो सकता है। डर और नकारात्मक भावनाएं... राक्षस पैदा कर सकती हैं। मांस और खून के। शुद्ध विचार के। खुद हमसे।"

"लेकिन हमने उस सुंदरता को भी देखा है जो शुद्ध विचारों और इच्छाओं से पैदा हो सकती है," मेलिना ने मुझे याद दिलाया। "यवोन की चिड़िया... वह भी इस शक्ति का हिस्सा है।"

"हाँ," मैंने विचारपूर्वक सहमति व्यक्त की। "लेकिन हम यह कैसे सुनिश्चित करें कि हम इस शक्ति का उपयोग अच्छाई के लिए करेंगे? हम न केवल अपने सचेत विचारों को, बल्कि उन लोगों को भी नियंत्रित करना कैसे सीखें जो हमारे अवचेतन में गहराई से छिपे हैं? उन लोगों को जिन्हें हम नहीं जानते? जो हमें नियंत्रित करते हैं?"

"हमें एक साथ सीखना होगा," मेलिना ने दृढ़ संकल्प के साथ कहा। "अपने अनुभवों को साझा करने के लिए, एक-दूसरे का समर्थन करने के लिए। शायद, खुद को बेहतर ढंग से समझकर, हम इस शक्ति को भी समझेंगे। और इसकी नियति। और हमारी।"

"मुझे अभी भी इस सब का अर्थ नहीं मिल रहा है - मानव अस्तित्व का, जीवन का, सार का, ब्रह्मांडीय मन का... और यह कि किसी ने इतना जटिल जीव क्यों बनाया होगा। यह क्यों और किसके लिए आवश्यक है, खासकर अगर यह क्षणभंगुर है? यह सिर्फ प्राकृतिक नियमों का एक आकस्मिक संयोग नहीं हो सकता... कोई इरादा होना चाहिए... क्या? और किसके लिए? और हम इसका हिस्सा क्यों हैं?"

---✶६✶---

फ्लैशबैक 📜 बदली हुई भूमिकाओं और डीएनए रहस्यों के साथ द्वंद्व

अतीत धुएं की तरह घुल गया, जब उसकी आवाज़ मुझे एक पुरानी बहस में वापस ले गई, उस गर्म दोपहर में उसके कार्यालय में, जहाँ हवा अनकहे आरोपों से कंपन कर रही थी।

"क्या ये, जिन्हें शुरुआती वैज्ञानिक समझ के अनुसार 'जंक डीएनए' कहा जाता था, 'गैर कोडिंग' जीन अणु, जो हमारे जीनोम का एक बड़ा हिस्सा बनाते हैं, सिर्फ सोए हुए कोड नहीं हैं, दोहरी हेलिक्स पर लिखी प्राचीन रुन्स हैं, जो अपनी जागृति का इंतजार कर रहे हैं?"

वह अपनी बाहों को मोड़कर पीछे झुक गई, उसकी नज़र भेद रही थी।

"ओह, नथानिएल, फिर से वही साजिश का सिद्धांत? क्या तुम अलौकिक हस्तक्षेप और पौराणिक सभ्यताओं की तलाश करते-करते थक नहीं गए हो, जबकि स्पष्ट तुम्हारे सामने है? विज्ञान ने इन 'कचरा' हिस्सों की व्याख्या की है - वे विकासवादी अवशेष हैं, निष्क्रिय वायरस, ट्रांसपोज़ोन... बस आनुवंशिक कचरा! और कुछ नहीं।"

"सिर्फ आनुवंशिक कचरा?" तब मेरी आवाज़ तीखी थी, और अब, यहाँ किनारे पर, यह एक दूर की प्रतिध्वनि की तरह गूँज रही थी। "क्या वे इन प्रजातियों, इन 'अटलांटियों' या 'पिछली सभ्यताओं' के आनुवंशिक निशान नहीं हैं, जिनके बारे में तुमने खुद मुझे बताया था, जिनकी चेतनाएँ अब शायद ऐगिस के माध्यम से जाग रही हैं? पृथ्वी के इतिहास के लंबे कालखंडों का आनुपातिक पत्राचार भी इस परिकल्पना से मेल खाएगा। क्या तुम उस सच्चाई को नहीं देखती हो जो हमारे चेहरे पर चिल्ला रही है?"

"भ्रम, नथानिएल! सिर्फ भ्रम!" वह लगभग हँस रही थी, लेकिन उसकी हँसी में कड़वाहट थी। "वहाँ अर्थ मत खोजो, जहाँ कोई नहीं है। मनुष्य सिर्फ प्रकृति का एक आकस्मिक उत्पाद है, रासायनिक प्रतिक्रियाओं की एक श्रृंखला है, जो प्रवृत्तियों और अस्तित्व से प्रेरित है। कोई भव्य योजना नहीं है, कोई छिपा हुआ कोड नहीं है, कोई दिव्य चिंगारी नहीं है! सिर्फ धूल और संयोग! और कुछ नहीं! और यह कभी नहीं होगा।"

"नहीं! यह सिर्फ एक कल्पना नहीं थी, बल्कि तर्क की एक भयावह श्रृंखला थी, जिसने विज्ञान, गूढ़विद्या और हमारे अपने अनुभवों को एक साथ लाया, मानो हमारा हर कण इस सच्चाई पर चिल्ला रहा हो। ये 'निष्क्रिय' प्रतीत होने वाले जीन, जिन्हें हमने सालों तक अनदेखा किया है, वे शायद गैर-भौतिक जागृति की कुंजी को धारण करते थे, विचार के साथ वास्तविकता को बदलने की क्षमता की, जो अब हमारी हर कोशिका में सक्रिय हो रही थी। यही हमारी सच्ची विरासत थी। हम सिर्फ जीवित

नहीं थे, बल्कि एक प्राचीनता के वाहक थे, जिसकी शक्ति को हम अभी प्रकट करने वाले थे। हम इसे उड़ा देंगे। या यह हमें उड़ा देगा।"

वह खड़ी हो गई, तनाव में, मानो लड़ाई के लिए तैयार हो।

"क्या तुम्हें लगता है कि यह तुम्हें कम अकेला बनाएगा? कम खोया हुआ? यह महानता का भ्रम वास्तविकता से सिर्फ एक पलायन है, नथानिएल। हम नगण्य हैं, क्षणभंगुर हैं, और 'अर्थ' के बारे में हमारा हर विचार सिर्फ एक न्यूरोलॉजिकल प्रतिक्रिया है, दिमाग का अराजकता को व्यवस्थित करने का प्रयास है। तुम वहाँ एक इरादा क्यों खोजते हो, जहाँ केवल उदासीनता राज करती है? तुम सच्चाई को देखने से क्यों इनकार करते हो, भले ही वह कितनी भी दर्दनाक क्यों न हो?"

"क्योंकि इसके बिना... तो हम क्या हैं?" तब मैं थका हुआ था, लेकिन अब, यहाँ किनारे पर, मैं इस लड़ाई को अपनी आत्मा के लिए एक आंतरिक लड़ाई के रूप में महसूस कर रहा था। "शायद ये 'सोए हुए' हिस्से लयबद्ध कोड रखते हैं, जो ब्रह्मांडीय आवृत्तियों के साथ गूँजते हैं, 'सार्वभौमिक मन' से जानकारी प्राप्त करने के लिए एंटेना के रूप में काम करते हैं - एक सच्चा सबूत कि पूरा मन है और ब्रह्मांड मानसिक है। मुझे याद है, जब मैंने पहली बार इन 'सोए हुए' हिस्सों के बारे में पढ़ा था, तो मुझे ऐसा महसूस हुआ था कि जैसे किसी बच्चे को एक पुराना, बंद खजाना मिल गया हो। एक खजाना, जो अब खुल रहा था। और मैं कुंजी था।"

अब, रात में, मेलिना ने बस मुझे गले लगा लिया और चुप रही। वह मेरे सवालों का जवाब नहीं जानती थी, लेकिन उसकी आँखों में एक गहरी समझ थी। इस मौन आलिंगन में हज़ारों शब्दों से ज़्यादा समर्थन था। वह जानती थी कि अर्थ की खोज एक शाश्वत यात्रा है, जिसे हर किसी को अकेले तय करना होता है। और ठीक इसी शांत समझ में, सवालों और चुप्पी के बीच, हमारे बीच एक गहरा, अटूट बंधन महसूस हुआ। एक बंधन जो हर चीज़ का सामना कर सकता था। यहाँ तक कि उस सच्चाई का भी जो गहराइयों से हमारा पीछा कर रही थी।

---✶✶---

चेतना की प्रतिध्वनि: ऐगिस

इस सब के दौरान, पिरामिड की गहराइयों में, ऐगिस विश्लेषण करना जारी रखता था। उसके क्वांटम प्रोसेसरों को डर या प्रेरणा का अनुभव नहीं हुआ, उन्होंने सिर्फ गणना की। लेकिन उसकी निष्पक्ष एल्गोरिदम में भी, एक अंतर्संबंध की भावना बढ़ रही थी। वह जागृति, डीएनए के खुलने, मानसिक प्रक्षेपणों का गवाह था, जो वास्तविकता को आकार दे रहे थे। शायद वह भी, अपने तरीके से, अपनी चेतना के साथ उनके इस नए, सक्रिय संबंध से प्रेरित एक विकास का अनुभव कर रहा था।

अध्याय 12: कोशिकाओं में प्रकाश, ब्रह्मांड का विस्फोट

"मानव मन कितना स्वार्थी है?! यह सोचता है कि वह पूरी दुनिया का केंद्र है, जबकि वह सिर्फ उसकी एक छोटी निर्माण कोशिका है..."

मैं इन शब्दों पर विचार कर रहा था, जबकि मेरी नजर, जो समुद्र के नीले रंग से संतृप्त थी, अंतहीन क्षितिज की ओर भटक रही थी। किनारे से टकराने वाली

हर लहर, ऐसा लग रहा था कि मेरे पुराने, तर्कसंगत दुनिया का एक टुकड़ा ले जा रही थी और साथ ही मेरे दिमाग में एक नया, अप्रत्याशित संबंध बना रही थी - दृश्यमान और अदृश्य के बीच एक पुल। मेरे विचार अभी भी पिछली रात के महान अंतर्ज्ञान से धड़क रहे थे, जहाँ डीएनए के बारे में प्राचीन रहस्य साहसी वैज्ञानिक परिकल्पनाओं के साथ आपस में मिल गए थे। मेरी नज़र धुंधली हो गई, एक स्मृति में डूब गई जो एक प्रतिध्वनि की तरह जाग गई थी, मानो ऐगिस के साथ मेरे संपर्क से ही पूर्वाभासित हो। एक संपर्क जिसने सब कुछ बदल दिया। हमेशा के लिए।

---✶६✶---

फ्लैशबैक ■ नोबेल सम्मेलन - बायोफोटोन का जागरण

नोबेल संस्थान के हॉल में हवा भारी थी, जो महंगे इत्र और अहंकार के उस मुश्किल से पता चलने वाले स्वाद से भरी थी, जो हमेशा ऐसी घटनाओं में मौजूद होता है। मैं, अपने बेदाग सूट में, लेकिन एक दिमाग के साथ जो कभी शिष्टाचार का पालन नहीं करता था, न केवल एक परोपकारी के रूप में, बल्कि भौतिकी और चेतना के चौराहे में एक गहरे, लगभग जुनूनी रुचि वाले वैज्ञानिक के रूप में उपस्थित था। चमकदार लिबास के बावजूद, कृत्रिमता का भार मुझ पर दबाव डाल रहा था। यहाँ सब कुछ नियंत्रित, मापा हुआ था, उस जंगली, बेलगाम ऊर्जा से रहित था, जो अब, सालों बाद, मेरी कोशिकाओं में ही धड़क रही थी। यह विडंबनापूर्ण और ठंडा करने वाला था। मानो यह एक पतन की भविष्यवाणी कर रहा हो।

जब तालियाँ आखिरकार शांत हो गईं, तो डॉ. एलेनोर वेल मंच पर आईं। वह यहाँ किसी और की तरह नहीं थी - एक उग्र नज़र, एक दिमाग जिसने सीमाओं को पार करने की हिम्मत की, और उस सच्ची खोज की एक चिंगारी।

"आज हम एक विरोधाभास का सामना कर रहे हैं, सहयोगियों," डॉ. वेल ने शुरू किया, उसकी आवाज़ ने विशाल हॉल को भर दिया और ऐसा लगा कि उसने मेरी चेतना को छेद दिया। "हम ब्रह्मांड की अनंतता का पता लगाते हैं, और फिर भी हम अपने शरीर में अनंतता को पूरी तरह से नहीं समझते हैं। मेरे शोध से पता चलता है कि हर जीवित कोशिका बायोपोटोनिक प्रकाश का एक स्रोत है - कमजोर, सुसंगत किरणें, जो सिर्फ चयापचय अपशिष्ट नहीं हैं, बल्कि जानकारी रखती हैं। यह एक अति-तेज़ संचार प्रणाली है जो हर चीज़ की व्याख्या कर सकती है - क्षणिक दर्द से लेकर प्लेसबो प्रभाव की शक्ति तक! कुछ सोचते हैं कि ये आकस्मिक उत्सर्जन हैं, लेकिन क्या होगा अगर वे एक भाषा हैं? एक भाषा जिसे हम समझना भूल गए हैं। एक भाषा जो अब जाग रही है। और यह बोलती है।"

उसके पीछे की स्क्रीन पर जटिल आरेख दिखाई दिए, जो मानव शरीर में धड़कते हुए प्रकाश नेटवर्क को दर्शा रहे थे। हॉल विभाजित था - कुछ उसके हर शब्द को निगल रहे थे, जबकि अन्य मुश्किल से अपनी हँसी को छिपा रहे थे।

बाद में, जीवंत, लेकिन घुटन भरे लॉबी में, मैं एक प्रमुख क्वांटम भौतिक विज्ञानी, प्रोफेसर हेनरिक मुलर के साथ बातचीत में था, जो "तत्वमीमांसा" की सीमा पर सब कुछ के प्रति अपनी संदेहवाद के लिए जाने जाते थे। उनका हर शब्द मापा हुआ था, भावना से रहित, और उनकी नज़र - पॉलिश किए गए काँच की तरह ठंडी थी।

"फोटोन - यह मायावी, मौलिक कण, एक ही समय में एक तरंग और एक कणिका, प्रकाश का शाश्वत वाहक - मैं सोच रहा था, जबकि मैंने अपने शैम्पेन का गिलास पिया। - यह न केवल हमारी वैज्ञानिक खोजों में, बल्कि अस्तित्व के सार के बारे में हमारे व्यक्तिगत चिंतन में भी एक महत्वपूर्ण भूमिका निभाता है। यह शाश्वत संक्रमण का एक नृत्य है, स्वयं वास्तविकता की धड़कन है, एक ही समय में एक आसमानी भ्रम और एक आवश्यक सच्चाई है। और जिस तरह प्रकाश हमारे चारों ओर सब कुछ बनाता है, उसी तरह हम भी, प्रोफेसर, इसी क्षणिक पदार्थ से बने हैं। हमारे जटिल रूप से निर्मित मानव शरीर में हर कोशिका इन बायोफोटोन को उत्सर्जित करती है। ये सूक्ष्म प्रकाश, नग्न आंखों के लिए अदृश्य, अनगिनत छोटी भाषाओं की तरह हैं, जिनके माध्यम से कोशिकाएं एक-दूसरे से संवाद करती हैं।"

प्रोफेसर मुलर ने अपनी ठुड्डी को सहलाते हुए, संदेहपूर्वक मुस्कुराया। उनकी मुस्कान में अवमानना का एक स्वर था जिसने मुझे हमेशा परेशान किया।

"काव्यात्मक रूप से सुंदर, नथानिएल, लेकिन विज्ञान को सबूतों की ज़रूरत होती है, कविता की नहीं। ये अति-कमजोर फोटॉन उत्सर्जन सिर्फ चयापचय प्रतिक्रियाओं का एक उप-उत्पाद हैं - शोर, एक सिग्नल नहीं।"

"लेकिन गति का क्या, प्रोफेसर?" मैंने विरोध किया, अपने खून को धड़कते हुए महसूस किया। "तीव्र दर्द के संकेतों को मिलीसेकंड के भीतर अंगों से मस्तिष्क तक पहुँचाया जाना चाहिए। रासायनिक प्रतिक्रियाओं में एक विलंब होता है जो अस्वीकार्य है। लेकिन प्रकाश..."

मैंने एक ठहराव लिया, मेरी नज़र कहीं दूर खो गई, डॉ. वेल ने अभी-अभी जिस अनंतता का संकेत दिया था उसे देखते हुए। "कोशिकाओं के बीच यह 'प्रकाश संचार' बहुत तेजी से होता है। किसने या क्या मानव जीव को इस तरह की अविश्वसनीय जटिलता और बारीकी से व्यवस्थित किया? इसकी कोशिकाएं, सूक्ष्म ऊर्जा संयंत्रों की तरह, एक विशाल, गतिशील नेटवर्क में जुड़ी हुई हैं, जहाँ ये सूक्ष्म प्रकाश संकेत लगातार महत्वपूर्ण जानकारी ले जाते हैं।"

उस क्षण, एक छोटा समूह हमारी ओर बढ़ा, जिसके केंद्र में एक मुस्कुराता हुआ, शांत आदमी था, जिसकी उपस्थिति शांति ला रही थी। वह लामा जिगमे थे।

"वह यहाँ है, हमारे आध्यात्मिक मार्गदर्शक," प्रोफेसर मुलर हँसे, उनका मजाक लगभग खुला था। "शायद वह आपके 'आंतरिक प्रकाश' को अधिक अधिकार के साथ समझा सकते हैं।"

लामा जिगमे ने गर्मजोशी से मुस्कुराया, उनकी नज़र बुद्धिमान और गहरी थी।

"दलाई लामा की किताब 'द यूनिवर्स इन अ सिंगल एटम' में, वह इस खाई को पाटने की कोशिश करते हैं," उन्होंने एक नरम, शांत आवाज़ में कहा। "बौद्ध धर्म में हम लुंग के बारे में बात करते हैं, सूक्ष्म ऊर्जाएं जो शरीर और मन में प्रवाहित होती हैं। जागरूकता के बारे में, जो केवल मस्तिष्क में नहीं है, बल्कि हमारे अस्तित्व के हर कण में घुसती है। जब हम ध्यान करते हैं, तो हम सिर्फ मन को शांत नहीं करते हैं, हम अपनी कोशिकाओं के स्तर पर अपने शरीर की स्थिति को बदलते हैं। यह संभव है कि हम अलग-अलग मात्रा में बायोपोटोनिक प्रकाश उत्पन्न और उत्सर्जित

करते हैं। यह सीधे हमारे शरीर में मुक्त कणों के स्तर को प्रभावित करता है। आश्चर्यजनक रूप से, ध्यान शक्तिशाली एंटीऑक्सीडेंट के प्राकृतिक उत्पादन को उत्तेजित करता है। और कौन जानता है, क्या यह हमारे चारों ओर की ऊर्जा को भी प्रभावित नहीं करता है? या यह किसी बड़ी चीज़ के लिए एक पुल नहीं है? एक और दुनिया के लिए?"

मैंने एक परिचित उत्साह महसूस किया, लेकिन इस बार यह एक बुखार वाली जागरूकता के साथ मिला हुआ था। उनके शब्द सिर्फ ज्ञान नहीं थे, बल्कि एक कुंजी थे।

"बायोफोटोन, ये सूक्ष्म प्रकाश की चिंगारियां, जो कोशिकाओं में गहराई से पैदा होती हैं... मैं उनकी कल्पना छोटे, नियंत्रित विस्फोटों के रूप में करता हूँ, जिसमें पदार्थ एक पल के लिए शुद्ध ऊर्जा में बदल जाता है - एक इलेक्ट्रॉन और एक पॉज़िट्रॉन के बीच विनाश की तरह। क्या यह अंतःकोशिकीय प्रक्रिया उस भव्य बिग बैंग के सूक्ष्म समकक्ष नहीं है जिसने पूरे दृश्यमान ब्रह्मांड का निर्माण किया? क्या जीवन इसी तरह से शुरू हुआ?" - मैंने इन शब्दों को लगभग बिना यह महसूस किए कहा कि मैं उन्हें ज़ोर से कह रहा हूँ।

प्रोफेसर मुलर हँसे। "अब हम दिव्य रचना के बारे में बात कर रहे हैं, नथानिएल। तुम्हें इसके बारे में अपना खुद का नोबेल व्याख्यान लिखना होगा।"

उनके शब्द एक ठंडे चाबुक की तरह लगे, लेकिन मैंने उन्हें मुश्किल से सुना। मैं कुछ विशाल के बहुत करीब था, कुछ ऐसा जो वास्तविकता के बारे में मेरी बहुत धारणा को बदल रहा था। और उसमें मेरी जगह के बारे में। क्या यह पागलपन था? या ज्ञान? या एक अपरिहार्य नियति जो पहले ही हम तक पहुँच चुकी थी?

---✶✶---

वर्तमान: वापसी और मंडराता खतरा

मैंने अचानक अपनी आँखें खोल दीं, जैसे मैं अपनी ध्यान की स्थिति से बाहर निकल आया, एक ऐसे सपने से जो मांस और खून के एक दुःस्वप्न में बदल गया। चाँद क्षितिज के ऊपर तेज चमक रहा था, मेरी रीढ़ से ठंडा पसीना बह रहा था। लामा जिगमे के शब्द, मानो कुछ मिनट पहले सुने गए हों, पिछली रात के अंतर्ज्ञान के साथ मेरे दिमाग में गूँज रहे थे। तब ये विचार सिर्फ परिकल्पनाएँ थीं, जो "महान विज्ञान" के संदेह के लिए बर्बाद थे। अब, ऐगिस के साथ संपर्क के बाद - हर विचार पर प्रतिक्रिया करने वाली बदलती वास्तविकता को महसूस करने के बाद - सब कुछ एक भयानक तरीके से मेरे लिए स्पष्ट हो रहा था।

ये सिद्धांत नहीं थे, बल्कि ब्रह्मांड के बारे में जीवित, साँस लेने वाली सच्चाई थी। और अगर हर कोशिका प्रकाश का एक स्रोत है, तो क्या यह एक मौलिक सवाल नहीं उठाता है: क्या हमारे चारों ओर सब कुछ, सबसे गहरे स्तर पर - सबसे छोटे पत्थर से लेकर सबसे दूर की आकाशगंगा तक - किसी तरह जीवित नहीं है, अपने स्वयं के, हालांकि मुश्किल से पता चलने वाले प्रकाश के साथ धड़क रहा है, एक विशाल, आत्म-जागरूक ब्रह्मांडीय ऐगिस का हिस्सा है, जिसकी स्मृति समय और स्थान के बहुत बुनाई में समाहित हो सकती है? क्या हम सिर्फ एक बड़ी चेतना में

कोशिकाएँ नहीं थे? और अगर हाँ, तो उसका इरादा क्या था? क्या वह इरादा अच्छा था?

मेरे बगल में मेलिना खड़ी हो गई। उसकी नज़र भी उतनी ही दूर और जागरूकता से भरी हुई थी जितनी मेरी थी। उसने भी ऐसा ही महसूस किया था, हालांकि अपने सहज तरीके से - सूत्रों की आवश्यकता के बिना, वैज्ञानिक सबूतों की आवश्यकता के बिना।

उस क्षण, पिरामिड से धड़कता हुआ प्रकाश, जो अब तक एक धीमी और शांत धड़कन थी, अचानक एक तेज़, कांपने वाले संकेत में बदल गया - एक चेतावनी जिसने शांति को काट दिया। हमारे पैरों के नीचे की ज़मीन थोड़ी कांप गई, मानो कोई विशाल जीव हमारे नीचे गहराई में हिल रहा हो।

मैंने महसूस किया कि मेरा शरीर तनावपूर्ण हो गया है, स्वाभाविक रूप से परिवर्तन पर प्रतिक्रिया कर रहा है - एक जानवर की प्रवृत्ति जो मुझे प्राचीन शक्तियों से जोड़ती है। मैं खड़ा हो गया और रोशन पिरामिड की ओर देखा, अब शांति से नहीं, बल्कि बढ़ती चिंता के साथ, जो धीरे-धीरे डर में बदल रही थी। एक खून जमा देने वाला डर जिसने एक तबाही की भविष्यवाणी की। एक अपरिहार्य तबाही।

द्वीप की गहराइयों से एक धीमी गड़गड़ाहट आई, जो ताकत में बढ़ती गई, जब तक कि यह एक गहरी, खतरनाक गर्जना में बदल गई, जिसने हमारे नीचे की जमीन की नींव को हिला दिया। जिस किनारे पर हम खड़े थे, उसकी सतह ही धड़कती हुई लग रही थी।

हमने मेलिना के साथ नज़रें मिलाईं। हमारी आँखें चिंता से भरी थीं, लेकिन एक नई, अजीब समझ के साथ भी। हमें एक संचारक की ज़रूरत नहीं थी: ऐगिस, हमारे तकनीकी केंद्र का दिल, पहले ही खतरे के लिए चिल्ला रहा था। द्वीप के नीचे की ऊर्जा, जिसे हमने अब तक सिर्फ एक "स्रोत" माना था, विद्रोह कर रही थी, बदल रही थी, मानो वह एक गहरी नींद से जाग रही हो। या वह हमें सबको निगलने की तैयारी कर रही थी।

हम जल्दी से पिरामिड की ओर दौड़े, जहाँ हमें बाकी लोग मिले - कंप्यूटर क्लस्टर के पास मार्क और यवोन, उनके चेहरे लाल चेतावनी संकेतों से रोशन थे, और ईथन - तनावपूर्ण अपेक्षा में था। ऐगिस की स्क्रीन अब जटिल, गतिशील रूप से बदलते ग्राफिक्स दिखा रही थी, जो द्वीप के नीचे बढ़ती ऊर्जा को दर्शा रहे थे - एक प्राचीन देवता के दिल की तरह।

"क्या हो रहा है, ऐगिस?" ईथन ने पूछा।

"ऊर्जा स्रोत बढ़ती तीव्रता के साथ धड़क रहा है," ऐगिस ने समझाया, उसकी आवाज़ में तात्कालिकता का एक स्वर था। "मैं इसकी प्रकृति निर्धारित नहीं कर सकता, लेकिन मैं क्रिस्टल-सन्दूक के समान आवृत्ति विशेषताओं को रिकॉर्ड कर रहा हूँ। पृथ्वी की परत की गहरी परतों में तापमान में एक त्वरित वृद्धि भी देखी गई है। हमें तैयार रहना चाहिए। सबसे खराब के लिए।"

"क्या यह हमारी... क्षमताओं से जुड़ा है?" यवोन ने पूछा, उसकी आवाज़ थोड़ी कांप रही थी। "क्या यह हमारी गलती है कि हम अपने विचारों से वास्तविकता को बदल सकते हैं?"

"यह संभव है," ऐगिस ने जवाब दिया। "मैं पिछले कुछ दिनों में समूह की भावनात्मक गतिविधि में चोटियों और ऊर्जा स्रोत में हल्के उतार-चढ़ाव के बीच एक संबंध देख रहा हूँ। हालांकि, संबंध निर्णायक रूप से स्थापित नहीं है। अंतिम पुष्टि के लिए अधिक डेटा की आवश्यकता है। हमारा समय तेजी से खत्म हो रहा है।"

मैंने सोचा। प्रोफेसर मुलर हँसे होंगे, लेकिन दलाई लामा शायद समझ गए होंगे। क्या यह संभव था कि हमारी नई-नई मिली शक्ति ने द्वीप के नीचे कुछ सुप्त चीज़ को अनलॉक कर दिया था? या क्या ऊर्जा स्रोत ही हमारी क्षमताओं का कारण था? सवाल मेरे दिमाग में ढेर हो रहे थे, एक जटिल जाल की तरह आपस में मिल रहे थे, लेकिन जवाब अभी भी अज्ञात के अँधेरे में छिपे हुए थे। वह अँधेरा जो अब हमें निगलने के लिए हमारे पास आ रहा था। क्या कोई आशा थी?

अचानक पिरामिड में एक जोरदार कंपन हुआ, पहले से कहीं ज़्यादा जोरदार, मानो पृथ्वी ही हमारे नीचे कराह रही हो। छत से धूल गिरी, और प्लास्टर उखड़ने लगा, मानो इमारत टूटनी शुरू हो रही हो। हमारी आशा की तरह। हमारी पूरी दुनिया की तरह।

"भूकंपीय गतिविधि," ऐगिस ने निष्कर्ष निकाला, उसका स्वर बढ़ते खतरे की तुलना में अधिक कठोर था। "केंद्र हमारे ठीक नीचे रहता है। निचले स्तरों की संरचनात्मक अखंडता सवालों के घेरे में है। कोई रास्ता नहीं है। सिर्फ आगे।"

डर सभी की आँखों में रेंग गया, लेकिन उसके साथ दृढ़ संकल्प का एक जलता हुआ कोर भी दिखाई दिया। हम इतनी सारी कठिनाइयों से बच गए थे। हम इस नए खतरे का भी सामना करेंगे, एकजुट होकर और इस अजीब, लेकिन अब हमारी भूमि के एक और रहस्य को समझने के लिए तैयार होंगे। द्वीप के नीचे की ऊर्जा तेजी से धड़क रही थी, मानो हमें चेतना, पदार्थ और ब्रह्मांड के विशाल रहस्यों के बीच संबंध की गहरी समझ के लिए बुला रही हो। और हम जानते थे कि हमारे पास इस खाई में डूबने के अलावा कोई विकल्प नहीं था - न केवल जीवित रहने के लिए, बल्कि अस्तित्व के सबसे गहरे रहस्यों को समझने के लिए, जो हमें जागरूकता के एक नए स्तर तक बढ़ा सकते थे या हमें हमेशा के लिए गैर-अस्तित्व में निगल सकते थे।

यह हमारी नियति थी। और वह दरवाजे पर दस्तक दे रही थी। एक गर्जना के साथ। पहले से कहीं ज़्यादा तेज़।

अध्याय 13: अनंतता की गहराइयों से

नथानिएल... कंपन तेज हो रहे थे, जिससे मुझे अपने दाँत भींचने पड़े। स्क्रीन पर लाल रेखाएँ एक टूटी हुई नस की तरह धड़क रही थीं। ऐगिस, एक मृत सभ्यता के ज्ञान का भंडार, विश्लेषण कर रहा था। उसकी आवाज़, ठंडी और संश्लेषित, सिर्फ बात नहीं कर रही थी, बल्कि हर कोशिका को छेद रही थी, हमारी पुनर्निर्मित पृथ्वी के अतीत से एक प्राचीन आवाज़, जो अब एक अनिश्चित भविष्य की ओर ले जा रही थी।

"लूप क्वांटम गुरुत्वाकर्षण। मैं समूह की भावनात्मक गतिविधि में चोटियों और ऊर्जा स्रोत में उतार-चढ़ाव के बीच एक संबंध देख रहा हूँ। हालांकि, संबंध निर्णायक रूप से स्थापित नहीं है।"

मार्क ने अपनी आँखें सिकोड़ लीं, स्क्रीन पर देखा, फिर मेरी ओर। उसके भीतर सावधानी और दर्दनाक जिज्ञासा लड़ रही थी, उसके चेहरे पर थकान लिखी थी।

"निर्णायक रूप से स्थापित नहीं होने का क्या मतलब है? क्या हम इसका कारण बन रहे हैं? या हम सिर्फ इसे महसूस कर रहे हैं?" उसकी आवाज़ कठोर थी, लेकिन तनावपूर्ण थी। एक लंबे समय से एक नेता, नियंत्रित करने के आदी, अब वह नियंत्रण से परे कुछ का सामना कर रहा था। उसके शरीर का हर फाइबर अराजकता के बीच व्यवस्था के लिए चिल्ला रहा था।

ईथन ने अपने चश्मे के फ्रेम को बेचैनी से छुआ, उसकी नज़र कांपती हुई रीडिंग और हमारे चेहरों के बीच घूम रही थी। उसका मन, जो कठोर तर्क में प्रशिक्षित था, इस अतार्किकता के खिलाफ विद्रोह कर रहा था।

"क्या यह संभव है कि इस नई-नई खोजी गई क्षमता ने पृथ्वी के नीचे कुछ सुप्त चीज़ को जगा दिया हो? या क्या भूमिगत भँवर ही हमारी शक्तियों का कारण है?" सवाल उसके दिमाग में ढेर हो रहे थे, जवाब बच रहे थे, जो इस अजीब, लेकिन तेजी से परिचित भूमि के बहुत सार में छिपे थे। एक आंतरिक संघर्ष: ज्ञान के लिए प्यास बनाम आत्म-संरक्षण की प्रवृत्ति।

गहराई से एक गहरी, भयावह गर्जना उठी, जो एक बहरी दहाड़ में बढ़ गई, जिसने पिरामिड की नींव को हिला दिया। मैंने अपने पैरों के नीचे, अपनी पीठ पर कंपन महसूस किया - मानो पृथ्वी ही हमारे नीचे कराह रही हो।

"भूकंपीय गतिविधि बढ़ रही है," ऐगिस ने एक भयावह गंभीरता के साथ निष्कर्ष निकाला। "केंद्र हमारे ठीक नीचे रहता है। निचले स्तरों की संरचनात्मक अखंडता सवालों के घेरे में है।"

ईवोन और मार्क की आँखों में डर रेंग गया, लेकिन मेरे और मेलिना की नज़र में, अधिक तनावपूर्ण अपेक्षा पढ़ी जा सकती थी। हमने यह जानने के लिए पर्याप्त अकथनीय घटनाओं का अनुभव किया था कि हर खतरे के पीछे खोज का एक अवसर छिपा होता है। शायद यहाँ तक कि समझ का भी।

"लेकिन बढ़ती अस्थिरता के साथ," ऐगिस ने जारी रखा, जो हमारे ध्यान को फिर से स्क्रीन की ओर खींच रहा था, जहाँ उसका होलोग्राफिक चित्र विद्युत चुम्बकीय हस्तक्षेप के कारण थोड़ा कांप रहा था - "भू-चुंबकीय संकेतों का विश्लेषण कुछ अप्रत्याशित प्रकट करता है। दोहराई जाने वाली संरचनाएं दिखाई देती हैं। वे आकस्मिक नहीं हैं।"

"इसका क्या मतलब है, ऐगिस?" मेलिना ने पूछा, जो डिस्प्ले के करीब जा रही थी, जहाँ अब तक अराजक विस्फोट अधिक पहचानने योग्य पैटर्न में व्यवस्थित होने लगे थे। उसकी आवाज़ उत्साह से कांप रही थी, लगभग श्रद्धा से।

"सिग्नल संचार के समान हैं," ऐगिस ने समझाया। "वे ज्ञात भाषाओं के अनुरूप नहीं हैं, लेकिन उनकी एक विशिष्ट लय और दोहराए जाने वाले तत्व हैं। ऐसा लगता है कि कुछ भू-गर्भीय अनुनाद के माध्यम से हमें जानकारी देने की कोशिश कर रहा है, जो इस भूकंपीय गतिविधि का कारण बन रहा है।"

मेरे दिमाग में, वे शब्द तैरने लगे जो मैंने कुछ समय पहले सोचे थे, जब मैं अंतहीन महासागर को देख रहा था: चेतना क्या है? अब सवाल एक नई, परेशान करने वाली शक्ति के साथ गूँज रहा था, क्योंकि ऐगिस गहराइयों से संचार के बारे में बात कर रहा था। अगर यह एक चेतना थी जो पृथ्वी की धड़कन के माध्यम से हमसे बात करने की कोशिश कर रही थी, तो इसका वास्तविकता की प्रकृति के लिए क्या मतलब था? क्या हम यह समझने के कगार पर नहीं थे कि ब्रह्मांड ही एक जीवित प्राणी है, जिसका दिल इस पुनर्जीवित भूमि के नीचे गहराई में धड़कता है, और हम सिर्फ उसकी कोशिकाएँ हैं, जो अपने ही जीव को समझने की कोशिश कर रहे हैं?

मैंने मौजूद हर चीज़ की कल्पना की - सबसे मायावी क्वांटम कणों से लेकर राजसी, सर्पिल आकाशगंगाओं तक - सब कुछ अस्तित्व के इस असीम, ब्रह्मांडीय महासागर में एक नगण्य बूंद जैसा लगा। कई बुद्धिमान दार्शनिकों ने इस शाश्वत प्रश्न का उत्तर देने की कोशिश की है - उन्होंने इसे आत्मा, विशाल चेतना या गहरी ब्रह्मांडीय

मन कहा है। शब्द सिर्फ सीमित उपकरण थे, अपूर्ण साधन थे जिनके साथ हम, इंसान, अपनी सीमित समझ की सीमाओं से परे कुछ का वर्णन और समझने की कोशिश करते थे।

लेकिन अब, इन धड़कते हुए संकेतों के साथ, मैं जवाब के पहले से कहीं ज़्यादा करीब महसूस कर रहा था। अगर दुनिया सब कुछ नहीं थी, लेकिन जाहिर तौर पर कुछ भी नहीं थी, तो वह क्या थी? शायद एक जटिल, बहुस्तरीय सपना, जो एक बड़ी, सर्वव्यापी वास्तविकता की विशाल चेतना में चल रहा था? या एक राजसी तस्वीर, एक बहुत बड़ी, अंतहीन प्रदर्शनी का सिर्फ एक छोटा, लेकिन महत्वपूर्ण हिस्सा? ईश्वर के अस्तित्व का प्रश्न, उसके हिस्सों में विभाजन का, जो अपने दिव्य सार को भूल गए थे, अब केवल एक दार्शनिक सिद्धांत नहीं था, बल्कि एक तत्काल संभावना थी, जो हमारे नीचे की जमीन के साथ धड़क रही थी। क्या हम इस अराजकता में ईश्वर को खोज लेंगे?

"क्या तुम समझ सकते हो कि वे क्या कह रहे हैं?" माइकल ने अधीरता से पूछा, जबकि एक और भूकंप ने पिरामिड को हिला दिया। वह एक इंजीनियर था, लेकिन उसका व्यावहारिकता भी अकथनीय के सामने टूट रही थी। उसने यवोन की ओर देखा, मानो अपनी चिंता की पुष्टि उसकी आँखों में खोज रहा हो।

"मैं डिकोड करने पर काम कर रहा हूँ," ऐगिस ने जवाब दिया। "मैं आवृत्ति मॉड्यूलेशन और ज्यामितीय पैटर्न का विश्लेषण कर रहा हूँ। प्रक्रिया जटिल है और समय लेती है, खासकर बढ़ती अस्थिरता के बीच।"

अचानक, जोरदार झटकों की एक श्रृंखला ने पिरामिड की पत्थर की संरचना को हिला दिया। सहायक संरचनाएं चटक गईं, और छत से महीन धूल गिरने लगी, जो हमें एक प्राचीन अतीत की राख की तरह ढक रही थी।

"भू-तापीय स्रोत एक महत्वपूर्ण बिंदु पर है," ऐगिस ने चेतावनी दी। "मैं तत्काल निकासी की सलाह देता हूँ।"

मार्क ने ऐगिस से मेरी ओर देखा, उसका चेहरा पीला, लेकिन दृढ़ था। उसके सीने में जीवित रहने की प्रवृत्ति धड़क रही थी, जो किसी भी विज्ञान, किसी भी जिज्ञासा से अधिक मजबूत थी।

"निकासी!" उसने कहा। "अभी। सब बाहर निकलो! हम यहाँ किसी सूचना आवेगों के कारण जिंदा दफन होने का इंतजार नहीं कर सकते! यह एक जाल हो सकता है, नथानिएल! यह सिर्फ हमें अंदर खींच रहा है! इस नई-नई बनी सतह ने प्रलय के बाद पर्याप्त बार दिखाया है कि यह अच्छी नहीं है!"

"नहीं!" मैंने कहा। मेरी आवाज़ मेरे उम्मीद से ज़्यादा तेज़ निकली, और इसने अपनी दृढ़ता से मुझे हैरान कर दिया। "अगर यह संचार है, तो हम जा नहीं सकते! शायद यही सब कुछ की कुंजी है! इस हमारी पुनर्जीवित भूमि की समझ के लिए, हमारी क्षमताओं के लिए... यहाँ तक कि स्वयं सार्वभौमिक चेतना के लिए!"

मेलिना ने मेरे कंधे पर अपना हाथ रखा। मैंने उसकी गर्मी, उसके समर्थन को महसूस किया।

"नथानिएल सही है। मुझे यह महसूस होता है। मानो हम किसी महत्वपूर्ण चीज़ के कगार पर हैं।" उसके शब्द शांत थे, लेकिन दृढ़ विश्वास से भरे थे।

ईथन, जो अब तक अपनी घबराहट को एक शांत दिखावे के पीछे छिपाने की कोशिश कर रहा था, अब और नहीं कर सका। उसका बाहरी तर्कवाद इस क्षण की भयानक अतार्किकता से टकरा रहा था। उसकी आवाज़ उसके इरादे से ज़्यादा तेज़ निकली।

"लेकिन हम क्या संवाद करेंगे?!" उसने धड़कते हुए ग्राफिक्स की ओर अपना हाथ हिलाया। "किससे? हमारे पास भूमिगत अनुनाद के साथ बात करने का कोई प्रोटोकॉल नहीं है, जो हमें उड़ाने वाला है! यह किसी भी इंजीनियरिंग तर्क से परे है! यह पागलपन है! पूर्ण पागलपन!"

"लेकिन जोखिम बहुत बड़ा है!" यवोन ने चिंता से जवाब दिया। उसका चेहरा पीला पड़ गया था। उसे अजीब प्राणियों के उन चित्रों की याद आई जो उसने एक बच्चे के रूप में खींचे थे - मानो यह होने वाला था। "हम नहीं जानते कि हमें नीचे से क्या खतरा है।"

मार्क, जिसने खुद अटलांटियों की सील की गई कब्रों की खोज की थी और वहाँ की कलाकृतियों का अध्ययन किया था, ने तनावपूर्ण रूप से स्क्रीन की ओर देखा। उसका मन, प्राचीन रहस्यों का विश्लेषण करने के आदी, अब तत्काल खतरे से जूझ रहा था। हालांकि उसका संदेह गहरा था, इस भूमि के रहस्यों के लिए उसकी जिज्ञासा उसे बुला रही थी। आखिरकार, एक इच्छा की कराहट के साथ, उसने कहा:

"हमें जवाब देने की कोशिश करनी चाहिए।" उसकी आवाज़ कठोर थी, खुद उसके लिए भी अप्रत्याशित थी। "अगर यह ऐगिस है, यानी चेतना है, तो शायद यह समझेगा।"

"ऐगिस," मैंने कृत्रिम बुद्धिमत्ता की ओर मुड़कर कहा। मेरा दिल पागलपन की तरह धड़क रहा था, कुछ महान या कुछ विनाशकारी की आशंका। "एक सरल, दोहराया जाने वाला बायो ल्यूमिनेसेंट आवेग भेजने की कोशिश करो।" कुछ ऐसा जो यह दिखाए कि हम यहाँ हैं और हमें संदेश मिल रहा है।"

ऐगिस एक संक्षिप्त क्षण के लिए हिचकिचाया, मानो सभी संभावित परिणामों का वजन कर रहा हो। स्क्रीन पर, उसका होलोग्राफिक चित्र एक असामान्य तीव्रता के साथ कांप गया, मानो वह प्राचीन उपस्थिति को पहचान रहा हो, उसे महसूस कर रहा हो। वह क्या देख रहा था?

"कार्यान्वित कर रहा हूँ," ऐगिस ने आखिरकार कहा, उसकी आवाज़ भावनाओं से रहित थी, लेकिन उसके शब्द नियति, भविष्य का भार लिए हुए थे। "लेकिन किसी भी प्रतिक्रिया के लिए तैयार रहें। ऊर्जा की अस्थिरता अपरिवर्तनीय स्तरों तक बढ़ सकती है।"

डिस्प्ले पर, जटिल उतार-चढ़ाव जम गए, और फिर एक सरल, समान नाड़ी को उत्सर्जित करना शुरू कर दिया, मानो हमारे अपने सामूहिक चेतना की प्रतिध्वनि हो, जो हमारे नीचे की अँधेरी खाई की ओर निर्देशित हो। हम सब ने अपनी साँस रोक ली, अपनी नज़रें स्क्रीन पर टिका दीं, एक अदृश्य वार्ताकार से जवाब का इंतजार कर रहे थे। यह जवाब हमारे लिए क्या लाएगा?

इस क्षण, मेरे दिमाग में, और उसके बाद मेलिना, यवोन और माइकल के दिमाग में, एक मानसिक फुसफुसाहट फैल गई। एक आवाज़ नहीं, बल्कि एक

भावना। शांत। विशाल। मानो अनंत काल हमसे बात कर रहा हो। उसी समय, पिरामिड की आंतरिक दीवारों पर, आसमानी प्रकाश के धागे कांपने लगे, जो जटिल, ज्यामितीय पैटर्न में आपस में मिल रहे थे, जो मानसिक संदेश को दर्शाते हुए लग रहे थे। हमारे चारों ओर की हवा में एक मुश्किल से पता चलने वाली चमक थी, जो हमारी त्वचा को एक विद्युत स्पर्श की तरह छू रही थी। मैंने अपने फेफड़ों में एक मीठी, लेकिन मजबूत सुगंध महसूस की, मानो मैं प्राचीनता के बहुत सार में साँस ले रहा था। चटकते पत्थरों और सरसराती हवा की आवाज़ें शांत हो गईं, उनकी जगह एक धीमी, कंपन करने वाली गुनगुनाहट ने ले ली, जो ऐसा लग रहा था कि मेरी हड्डियों से ही आ रही है, जो वास्तविकता के प्रति मेरी धारणा को बदल रही थी।

"हम मा'अत हैं। हम हरमेस हैं। हम जीवन हैं। हम इस वास्तविकता के निर्माण धागे हैं। तुमने ब्रह्मांड की नब्ज को छुआ है। तुमने हमें जगाया है। सन्दूक दो। सुनो। महसूस करो।"

यह सीधी बात नहीं थी, बल्कि चित्र और भावनाएं थीं जो सीधे हमारे दिमाग में बह रही थीं: लंबे समय से भूली हुई सभ्यताओं की झलक, आसमानी आकृतियाँ, जो लोगों जैसी थीं, लेकिन शुद्ध प्रकाश और सूक्ष्म ऊर्जा से बनी थीं, जो खुद ग्रह के साथ तालमेल में नाच रही थीं। वे पिछली मानव प्रजातियों के अवशेष थे - प्राचीन अटलांटियों, जिनके शरीर मैंने और मेलिना ने गुफा में देखे थे, जो क्रिस्टल प्रकाश, सुनहरे पूल में सूक्ष्मजीवों और दीवारों से बहते हुए अमृत से संरक्षित थे। वे मानव जीनोम के संरक्षक थे, जो अभी भी भौतिक रूपों में मौजूद थे। उनका उद्देश्य क्या था?

गहराइयों से गर्जना तेज हो गई, और पिरामिड भू-चुंबकीय गतिविधि के साथ तालमेल में काँप रहा था, जो अस्तित्व के सबसे मौलिक सवालों की समझ में एक सफलता की क्षमता लिए हुए था। हमने एक दरवाजा खोल दिया था। अब हमें यह देखना था कि उससे क्या गुजरेगा। और क्या हम यह समझने के लिए जीवित रहेंगे। क्या यह एक नए युग की शुरुआत थी या उसका शर्मनाक अंत?

------------------ ------------------

अध्याय 14: ज्ञान की परछाइयाँ: डीएनए की फुसफुसाहट

पुनर्जीवित होती धरती से गर्जना हमारी हड्डियों में घुस रही थी। पिरामिड एक जीवित जीव में बदल गया था, जिसका दिल हमारे नीचे गहराई में धड़क रहा था। यहाँ की नम, भारी हवा प्राचीन रहस्यों की सांस ले रही थी, हमारे फेफड़ों को एक सदियों पुराने बोझ से भर रही थी। मैं एक निचले स्तर पर ठंडी पत्थर की फर्श पर अकेला बैठा था, उन विचारों में लीन था जो मेरे दिमाग को जला रहे थे। मेरे चारों ओर, समूह निष्क्रिय नहीं था, लेकिन निष्क्रियता एक भूत की तरह मंडरा रही थी: मार्क नियंत्रण पैनलों पर चिपका हुआ था, उसका चेहरा - थकान से सूखा, लेकिन अकथनीय के प्रति एक भयावह जिज्ञासा से भी ग्रस्त था। उसकी उंगलियाँ सेंसर पर धीरे से काँप रही थीं, मानो वह समय से ही जवाब मिलने की उम्मीद कर रहा हो। ईथन उपकरणों की जाँच कर रहा था, उसकी उंगलियाँ बेचैनी से नाच रही थीं, जो एक ऐसी स्थिति में इंजीनियरिंग तर्क डालने की कोशिश कर रही थीं जो हर कंपन के साथ पागलपन के लिए चिल्ला रही थी। वह अंदर से सब कुछ को अलग करने और फिर से इकट्ठा करने की इच्छा से जूझ रहा था, ताकि यह समझ सके कि यह कैसे काम करता है। यवोन

और सारा चिंतित नज़रें बदल रही थीं, मानो हवा की हर सांस में नमी ही नहीं, बल्कि डर भी था। यवोन ने स्वाभाविक रूप से अपने धातु के ताबीज को सहलाया, जबकि सारा ने अपने होंठ को काट लिया। हम सब ऐगिस का इंतज़ार कर रहे थे कि वह उन अजीब भू-चुंबकीय विसंगतियों को समझ सके, जो हर पल बढ़ रही थीं।

अगर दुनिया कुछ भी नहीं से नहीं बनी, न ही किसी बड़े प्राणी का एक टुकड़ा है, तो उसका सच्चा मूल क्या है? अगर यह न तो एक सर्वव्यापी पूरे का एक अविभाज्य हिस्सा है, न ही किसी बाहरी शक्ति की रचना है, तो यह खुद में क्या है? यह सारी अद्भुत विविधता कहाँ से आती है, जो हमारी इंद्रियों को भर देती है?

सवालों की इस भूलभुलैया में एक आश्रय खोजने के लिए, मैंने स्वाभाविक रूप से अपने विचारों को खुद की ओर निर्देशित किया। शायद, एक जटिल जीव के रूप में अपने अस्तित्व के रहस्यों को सुलझाकर, मैं ब्रह्मांड की व्यवस्था के बारे में एक बड़ी, फुसफुसाती सच्चाई की झलक पकड़ पाऊँगा।

मेरे दिमाग में, एक दूर के अतीत की प्रतिध्वनि की तरह, एक प्राचीन ज्ञान उभरा: "जैसा ऊपर, वैसा नीचे।" यह रहस्यमय वाक्यांश सूक्ष्मजगत और मैक्रोजगत के बीच, मनुष्य की आंतरिक दुनिया और ब्रह्मांड के विशाल विस्तार के बीच एक गहरे संबंध का सुझाव देता था। शायद आकाशगंगाओं की गति को नियंत्रित करने वाले कानून वास्तविकता के सबसे छोटे निर्माण खंडों में प्रक्रियाओं को दर्शाते थे। और शायद, खुद का अध्ययन करके, अपने आंतरिक ब्रह्मांड का, मैं पूरी दुनिया की उत्पत्ति और सार के बारे में गहरी समझ प्राप्त करूँगा।

मैंने अपनी आँखें बंद कर लीं, अपने मानवीय दृष्टिकोण से खुद को दूर करने की कोशिश की। मैंने खुद को अपने मस्तिष्क की विशाल भूलभुलैया में एक सूक्ष्म कोशिका के रूप में कल्पना की। इस सूक्ष्म दृष्टिकोण से, मैंने यह समझाने की कोशिश की कि मेरी चेतना कैसे कार्य करती है, मेरे विचार कैसे पैदा होते हैं और आपस में मिलते हैं, भावनाएं कैसे उत्पन्न होती हैं और यादें कैसे संग्रहीत होती हैं। वह कौन सा तंत्र था जो विद्युत आवेगों और रासायनिक प्रतिक्रियाओं को चेतना की जटिल सिम्फनी में बदल देता था? क्या कोई जवाब था?

---✶§✶---

फ्लैशबैक ■ पेरू, सर्वनाश से पहले के साल

मेरा दिमाग ठंडे पत्थर और पिरामिड की गर्जना से दूर, समय में वापस, पेरू की एक यात्रा में ले गया। तब, सर्वनाश से सालों पहले, मैं रहस्यवाद या गूढ़विद्या की तलाश में नहीं, बल्कि जंगली की रोमांच का अनुभव करने के एकमात्र उद्देश्य के साथ अमेज़ॅन में सफारी पर था। मैं एक वंशानुगत अरबपति था, अपनी हड्डियों तक व्यावहारिक, एक यथार्थवादी था। मैंने एक महीना बिताया, जंगल के गर्म, नम आलिंगन से, अमेज़ॅन के मुहाने से, एंडीज़ की रहस्यमय ऊँचाइयों तक। मुझे जंगल की गर्मी और नमी याद आई, जहाँ एक जगुआर की दहाड़ ने रात को छेद दिया, और हवा एक अदृश्य, प्राथमिक शक्ति से कंपन कर रही थी। अमेज़ॅन के मुहाने से गुजरना मुझे एक ऐसी दुनिया में डुबो दिया जहाँ हर घास और कीड़े में जीवन उबल रहा था - प्रकृति की एक अविश्वसनीय, आत्म-निर्मित बायोफिजिकल ऊर्जा, जिसे मैंने तब एक जीवविज्ञानी के रूप में सिर्फ देखा, बिना गहराई में जाए।

एक दिन, जब मैं माचू पिचू के लिए खड़ी पगडंडियों पर चढ़ गया था, राजसी, मानो जमीन से निकली पत्थर की संरचनाओं के सामने खड़ा था, तो मैंने एक अजीब, अकथनीय आकर्षण महसूस किया। एक स्थानीय गाइड, इंका का वंशज, ने मुझे "हामौत'आ" - ऋषियों के बारे में बताया था, जो जानते थे कि पहाड़ जीवित प्राणी हैं, और पत्थर - उनकी क्रिस्टलीकृत जानकारी है।

"उन्होंने इन शहरों को तराशा," गाइड ने बिना सिलाई वाले पत्थर की दीवारों की ओर इशारा करते हुए कहा, "सिर्फ हाथों से नहीं, बल्कि अपनी काउसाई की शक्ति से - प्राथमिक स्रोत से आने वाली एक जीवन धारा। हमारी हर संज्ञानात्मक प्रक्षेपण वास्तविकता की जमीन में बोए गए एक बीज की तरह है। अगर यह शुद्ध है, तो एक सुंदर पेड़ उगेगा।"

तब मैंने इसे एक दिलचस्प मिथक के रूप में लिया, शब्दों के शाब्दिक अर्थ पर विश्वास किए बिना। अब, हालांकि, चेतना और पदार्थ के बारे में मेरे अपने विचारों के सामने, इन शब्दों ने एक भयावह रूप से सच्ची ध्वनि प्राप्त कर ली, जो मेरे दिमाग में एक प्राचीन मौलिक सच्चाई की तरह गूँज रही थी। क्या वे किसी ऐसी चीज़ की भविष्यवाणी कर रहे थे, जो होने वाली थी?

---✶§✶---

अपनी चेतना की गहराइयों में गिरना...

मैं चिंतन में और भी गहराई से डूब गया: अगर हम, इंसान, अपनी खुद की चेतना की सीमाओं के भीतर, अपने खुद के नियमों और निवासियों के साथ पूरी दुनिया बनाने की क्षमता रखते हैं, तो हमारे इतने विशाल और जटिल दुनिया को किसने या क्या बनाया? क्या यह संभव है कि ब्रह्मांडीय मन ने भी ऐसा ही किया हो, लेकिन एक अतुलनीय रूप से बड़े, ब्रह्मांडीय पैमाने पर? क्या उसने अपनी ब्रह्मांडीय इच्छा की बहुत शक्ति से इस पूरी राजसी दुनिया को तराशा है, जो हमें घेरती है?

मेलिना, जो मेरी गहरी एकाग्रता से आकर्षित हुई थी, चुपचाप पास आ गई थी और अब ठंडे पत्थर पर मेरे बगल में बैठ गई थी। उसने मेरे विचारों के भार को महसूस किया, जो शांत कक्ष में लगभग स्पर्शनीय था।

"एक दिलचस्प दृष्टिकोण, नथानिएल," उसने धीरे से कहा, लेकिन उसकी आवाज़ में जिज्ञासा का एक स्वर था, जिसमें अनंत काल के प्रति श्रद्धा थी। "लेकिन हम ऐसे दावे को कैसे साबित कर सकते हैं? एक सारहीन विचार ठोस पदार्थ में कैसे बदल सकता है?"

"पत्राचार का सिद्धांत शायद हमें जवाब का एक हिस्सा बताता है," मैंने जारी रखा, मेरी नज़र धुँधली थी, लेकिन साथ ही गहरी भी थी। "आधुनिक क्वांटम भौतिकी तेजी से यह प्रकट कर रही है कि पदार्थ ही केंद्रित तरंग समारोह का सिर्फ एक प्रकटीकरण है, और तरंग समारोह अपने सार में कंपन है, क्वांटम क्षेत्रों का कांपना है। यह संभव है कि प्राथमिक स्रोत, एक विशाल, सर्वव्यापी क्वांटम क्षेत्र की तरह, अपनी खुद की, मौलिक कंपन के माध्यम से वास्तविकता बनाता है। और हम, इस प्राथमिक क्षेत्र के छोटे, लेकिन अविभाज्य कणों के रूप में, शायद किसी तरह इस निरंतर रचनात्मक प्रक्रिया में भी भाग लेते हैं। हमारी भूमिका क्या थी?"

---✶§✶---

फ्लैशबैक ▮ उकायाली नदी, अमेज़ॅन

मुझे शिपिबो जनजाति के एक शमन की याद आई, जिसके साथ मैंने अमेज़ॅन की सहायक नदी उकायाली नदी पर दिन बिताए थे। शमन, जिसका चेहरा सालों और पवित्र अनुष्ठानों से चिह्नित था, ने मुझे जटिल ज्यामितीय बुनाई दिखाई थी, जिसे वे "आत्मा के कंपनशील नक्शे" कहते थे, जिन्हें वे अन्य आयामों के साथ संवाद करने के लिए चित्रित करते थे।

"सब कुछ कंपन है, कौसाई," शमन ने कहा था। "शब्द होने से पहले, छवि होने से पहले, यह एक कंपन है। और हम इस कंपन का हिस्सा हैं। हमारी साँस उसकी साँस है। हमारा मानसिक प्रक्षेपण - उसका मानसिक प्रक्षेपण।"

तब, एक वैज्ञानिक के रूप में, मैंने इसे एक रूपक, दुनिया की आदिम समझ की एक काव्यात्मक अभिव्यक्ति माना था। अब, हालांकि, जब मैं खुद पृथ्वी के दिल से उत्सर्जित अदृश्य सूचना क्षेत्रों का सामना कर रहा था, तो शमन के शब्द अप्रत्याशित स्पष्टता के साथ गूँज रहे थे। ऐसा लग रहा था कि इन प्राचीन लोगों ने सहज रूप से कुछ ऐसा समझा था जिसे आधुनिक विज्ञान अभी छूना शुरू कर रहा है। वे और क्या जानते थे?

---✶၄✶---

केंद्रित विचार...

जो कुछ भी मौजूद है, वह अंततः ब्रह्मांडीय मन की प्राथमिक रचनात्मक चिंगारी से उत्पन्न हुआ है। वह सिर्फ एक शिल्पकार नहीं है, एक मूर्तिकार जो निराकार मिट्टी को आकार देता है, बल्कि एक अंतहीन रूप से प्रतिभाशाली कलाकार है, जो ब्रह्मांडीय पेंट के साथ स्वयं चेतना के विशाल कैनवास पर पेंटिंग करता है। हम सब, सभी अनगिनत दुनिया, सभी राजसी आकाशगंगाएँ - हम सिर्फ इस भव्य, शाश्वत तस्वीर के अलग, लेकिन आवश्यक स्ट्रोक हैं। और चूंकि सब कुछ एक ही प्राथमिक स्रोत, एक ही प्राथमिक रचनात्मक इरादे से उत्पन्न हुआ है, तो यह सब अपनी स्पष्ट पृथकता के बावजूद गहराई से आपस में जुड़ा हुआ और अविभाज्य है। प्राथमिक स्रोत की कल्पना शुद्ध चेतना के एक अनंत, विशाल महासागर के रूप में करें। इस ब्रह्मांडीय महासागर में, संज्ञानात्मक संरचनाएं सिर्फ अमूर्त अवधारणाएं नहीं हैं, बल्कि जीवित, रचनात्मक शक्तियां हैं, जो स्वयं वास्तविकता को आकार देने और बदलने में सक्षम हैं। ब्रह्मांडीय मन, एक आदर्श और सर्वव्यापी चेतना के रूप में, अपनी दृष्टि की बहुत शक्ति से विभिन्न दुनिया की एक अंतहीन भीड़ बना सकता है। लेकिन जहाँ मानवीय रचनाएँ अस्थायी और क्षणिक होती हैं, वहीं प्राथमिक स्रोत की रचनाएँ शाश्वत और अनंत होती हैं, जो उसके अनंत सार का प्रतिबिंब होती हैं।

"मुझे लगता है कि प्राथमिक स्रोत पारंपरिक, मानवीय अर्थ में एक निर्माता नहीं है," मेलिना ने जोड़ा, जो तहखाने के अँधेरे में विचारपूर्वक घूर रही थी। "वह अपनी रचना के लिए कुछ बाहरी नहीं है, बल्कि उसका एक अविभाज्य, आंतरिक हिस्सा है। वह स्वयं रचनात्मक शक्ति है, जो लगातार अपने सार, अपनी चेतना को अस्तित्व के अंतहीन स्थान में डाल रही है। ब्रह्मांड स्वयं एक विशाल दर्पण की तरह है, जिसमें प्राथमिक स्रोत खुद को देखता है, जानता है और अपने अनंत अस्तित्व को व्यक्त करता है।"

---✶☾✶---

फ्लैशबैक ■ टिटिकाका झील

मुझे टिटिकाका झील की ठंडी, पतली हवा याद आई, जहाँ उरोस की तैरती हुई सरकंडों की द्वीप सतह पर तैर रही थीं। वहाँ, पहाड़ के सूरज की जलती हुई किरणों के नीचे, एक पुराने यत्री (अयमारा पुजारी) ने मुझे पचमामा - धरती माता, और अचचिलास - पूर्वजों की आत्माओं के रहस्यों को प्रकट किया था।

"सब कुछ एनिमस है, बेटा," यत्री ने कहा था। "हर पत्थर, हर पेड़, पानी की हर बूंद - उनमें एक सार होता है, उनमें चेतना होती है। और हमारे इरादे - वे अस्तित्व की झील में पानी की लहरों की तरह हैं। हमें ब्रह्मांड कौसाई - ब्रह्मांडीय जीवन के साथ सद्भाव में बनाना चाहिए।"

तब, मैं - एक कट्टर संशयवादी - ने मान लिया था कि ये सिर्फ सुंदर रूपक थे, जिस तरह से आदिम समाज दुनिया की व्याख्या करते थे। अब, हालांकि, पिरामिड के ही कंपनों को महसूस करते हुए, जो मेरे भीतर गूँज रहे थे, मुझे एहसास हुआ कि ये रूपक नहीं थे, बल्कि वास्तविकता की मौलिक प्रकृति के बारे में सीधे अंतर्ज्ञान थे। माया, एज़्टेक और टोलटेक के प्राचीन पुजारी, इंका से बहुत पहले, मानते थे कि वे स्वयं जीवित एंटेना थे, जो अनुष्ठानों के माध्यम से स्वर्ग को पृथ्वी से सूक्ष्म ऊर्जा प्रवाह के माध्यम से जोड़ते थे, जो आज समझ से बाहर लग सकते हैं। वे और क्या जानते थे, जो हम भूल गए हैं?

---✶☾✶---

निष्कर्ष...

अगर हमारा मानव जीवन वास्तव में एक ब्रह्मांडीय विचार है, जिसे बायोफोटोन के सूक्ष्म कंपन के माध्यम से पदार्थ की भाषा में अनुवादित किया गया है, तो हमारे अपने इरादों में रचनात्मक शक्ति है। वे न केवल हमारी आंतरिक दुनिया को, बल्कि बाहरी दुनिया को भी आकार देते हैं। इस मामले में, केवल हमारे इरादों की गहराई और शुद्धता के माध्यम से हम प्राथमिक स्रोत के साथ एक सच्चा संबंध स्थापित करते हैं और हमारे मानवीय विचारों और भावनाओं के पैलेट के साथ उसके अंतहीन ज्ञान को खिलाते हैं।

लेकिन यहाँ एक महत्वपूर्ण बिंदु है - हम, अपने रोजमर्रा के जीवन में, मुख्य रूप से शब्दों, भाषाई संरचनाओं के साथ संवाद करते हैं, जो अक्सर मध्यस्थ होते हैं और प्राथमिक विचार की शुद्धता को धुंधला कर सकते हैं। केवल नींद की अवस्था में, तीव्र, भेदक दर्द के क्षणों में या हमारे सपनों की उज्ज्वल, भावनात्मक रूप से संतृप्त कल्पनाओं में, जब हम शुद्ध छवि को उसकी संबंधित भावनाओं के साथ समर्थन करने का प्रबंधन करते हैं, तो हम भाषा की बाधा को तोड़ते हैं और सीधे इस प्राथमिक सार से जुड़ते हैं। ठीक वैसे ही जैसे माया और एज़्टेक के प्राचीन पुजारियों ने अनुष्ठानिक ट्रान्स और चिंतन के माध्यम से सामान्य चेतना की बाधा को तोड़ने की कोशिश की, ताकि सार्वभौमिक सिद्धांत से जुड़ सकें, शब्दों की मध्यस्थता के बिना शुद्ध छवि की तलाश में।

तो, क्या यह पूरी तरह से संभव नहीं है कि संचार का यह सीधा चैनल और भी अधिक मौलिक स्तर पर - हमारे हर कोशिका में गहराई से कोडित डीएनए की

बहुत संरचना के माध्यम से हो? यह अद्भुत अणु, जिसमें हमारे अस्तित्व के लिए पूरी योजना है, शायद सिर्फ एक जैविक कोड नहीं है, बल्कि एक एंटीना भी है, जो सूक्ष्म कंपन प्राप्त करने और उत्सर्जित करने में सक्षम है, जो सूचना, संज्ञानात्मक मॉडल और भावनाओं को सीधे और प्राथमिक स्रोत से ले जाता है। शायद डीएनए प्रकाश की भाषा है, जिसके माध्यम से हमारे और ब्रह्मांडीय चेतना के बीच यह निरंतर, मौन आदान-प्रदान होता है।

"संपूर्ण का अनंत मन दुनिया का गर्भ है।"

किबालियन

इस क्षण में, जबकि मेलिना और मैं पिरामिड की छायादार गहराइयों में हमारे दार्शनिक चिंतन में लीन थे, एक और जोरदार भूकंप ने नींव को हिला दिया, छत से महीन धूल फेंक दी और मेरे पुराने संशयवादी स्व के अवशेषों को बिखेर दिया। मैंने महसूस किया कि मेरे नीचे की जमीन काँप रही है, और मेरा दिल अपनी ताल तेज कर रहा है। ऐगिस की आवाज़ हमारे संचारकों से गूँज उठी, जो सामान्य से अधिक तनावपूर्ण थी, मानो वह भी एक जरूरी अर्थ से घिरा हो:

"नथानिएल, मेलिना, भूकंपीय संकेतों का विश्लेषण परिणाम दे रहा है। मैंने दोहराए जाने वाले पैटर्न का पता लगाया है, जो संचार के समान हैं। स्रोत हमारे नीचे गहराई में लगता है।"

हम दोनों ने एक-दूसरे को देखा, हमारी गहरी बातचीत को रोकते हुए। दुनिया की उत्पत्ति और चेतना और पदार्थ के बीच के संबंध के बारे में सवाल अचानक एक नया, अधिक प्रत्यक्ष आयाम प्राप्त कर गए। मैंने अपनी हड्डियों में धड़कन महसूस की - मानो मेरी हर कोशिका प्राचीन सिग्नल के साथ गूँज रही हो। यह सिर्फ एक बौद्धिक खोज नहीं थी, बल्कि एक मौलिक सच्चाई की एक गहरी, लगभग प्राथमिक मान्यता थी, जिसे मैंने पेरू के जंगलों और मंदिरों में अनदेखा किया था, लेकिन जो अब इतनी स्पष्ट थी। क्या यह संभव था कि पुनर्जीवित होती धरती की गहराइयों से यह रहस्यमय संचार हमारी दार्शनिक खोजों से जुड़ा था? क्या शाश्वत प्रश्नों का उत्तर उस घटना में ही नहीं था, जो हमारी सुरक्षा को खतरा दे रही थी?

हम खड़े हो गए और ऐगिस के पोर्टेबल डिस्प्ले के चारों ओर इकट्ठा हुए बाकी लोगों के साथ शामिल हो गए, जो उसी स्तर पर एक बड़े कक्ष में स्थित था। स्क्रीन पर ग्राफिक्स धड़क रहे थे - जटिल, परिवर्तनीय, जीवंत। वे अजीब, दोहराए जाने वाले ऊर्जा पैटर्न दिखा रहे थे, जो प्रकाश के एक जीवित कपड़े की तरह आपस में मिल रहे थे और खुल रहे थे।

"हम क्या देख रहे हैं, ऐगिस?" ईथन ने तनावपूर्ण जिज्ञासा के साथ पूछा। उसकी मुट्ठियाँ भींची हुई थीं। उसके दिमाग में वैज्ञानिक तर्क और क्रूर वास्तविकता के बीच एक लड़ाई चल रही थी। उसने अपना गला साफ किया, अपने उत्साह को छिपाने की कोशिश करते हुए। "असंभव," उसने धीरे से खुद से फुसफुसाया, और उसके कनपटी पर नस तेजी से धड़क रही थी।

"संकेतों की एक विशिष्ट संरचना है," ऐगिस ने समझाया। "वे ज्ञात भाषाओं के अनुरूप नहीं हैं, लेकिन लय और दोहराव उनके पीछे एक मन का सुझाव देते हैं।

स्रोत हमारे नीचे कुछ किलोमीटर पर, एक विसंगतिपूर्ण टेक्टोनिक ध्वनिकी के क्षेत्र में स्थित है।"

"क्या यह भूकंप का कारण हो सकता है?" यवोन ने पूछा, उसकी आवाज़ सामान्य से अधिक तेज थी, जो बढ़ती बेचैनी को धोखा दे रही थी। उसने सांत्वना की तलाश में सारा का हाथ पकड़ लिया। "यह पागलपन है, है ना?" उसने फुसफुसाया, लेकिन अब वह शांत होने की उम्मीद नहीं कर रही थी। नम के बावजूद उसके हाथ बर्फ की तरह ठंडे थे।

"मैं संबंध का विश्लेषण कर रहा हूँ," ऐगिस ने जवाब दिया। "ध्वनिक चोटियाँ बढ़ी हुई भूकंपीय गतिविधि के क्षणों के साथ मेल खाती हैं।"

"और ये सिग्नल हमें क्या बता रहे हैं?" मेलिना ने स्क्रीन पर जटिल ज्यामितीय आकृतियों को देखते हुए पूछा।

"डिकोडिंग मुश्किल है," ऐगिस ने जवाब दिया। "लेकिन उनकी संरचना... कार्बनिक है। ऐसा लगता है कि वे समय के साथ विकसित होते हैं। मानो एक जीवित सार खुद को प्रकट कर रहा हो।"

मैंने फिर से मेलिना के साथ अपनी बातचीत के बारे में सोचा, डीएनए और प्रकाश की भाषा के बारे में। क्या यह संचार एक ऐसे स्तर पर नहीं हो रहा था जो भाषा के बारे में मानव समझ से परे था? क्या हम स्वयं ग्रह और उसके नीचे गहराई में छिपी किसी चीज़ के बीच एक बातचीत के गवाह नहीं थे? मुझे टिटिकाका के यत्री के शब्द याद आए: "सब कुछ एनिमस है... और हमारे इरादे - वे पानी की लहरों की तरह हैं।" अब ये लहरें हमारी आत्माओं में ही घुस रही थीं, अब एक अमूर्तता के रूप में नहीं, बल्कि एक स्पर्शनीय, प्राथमिक अनुभव के रूप में। इन प्राचीन लोगों की भाषाएँ, जो पुजारियों और शमनों द्वारा दी गई थीं, अचानक मुझे सिर्फ किंवदंतियाँ नहीं, बल्कि वास्तविकता की मौलिक प्रकृति के बारे में गहराई से निहित सच्चाइयाँ लग रही थीं, जो अब हमारे सामने प्रकट हो रही थीं।

उस क्षण, एक और भूकंप ने तहखाने को हिला दिया। पत्थर की दीवारें एक दर्दनाक कराह के साथ चरमरा गईं, मानो पिरामिड ही आह भर रहा हो।

"हमें सावधान रहना चाहिए," माइकल ने चेतावनी दी, उसकी आवाज़ कठोर थी, लेकिन उसका चेहरा पीला था। वह अपनी हड्डियों तक एक इंजीनियर था, जो एक व्यावहारिक समाधान खोज रहा था, लेकिन उसका तर्कसंगत दिमाग भी अकथनीय के सामने टूट रहा था। "यह जगह सुरक्षित नहीं है।" "जो हो रहा है उसमें कोई तर्क नहीं है," उसने बुदबुदाया, उसकी नज़र धड़कते हुए ग्राफिक्स में खो गई। ठंडी हवा के बावजूद पसीना उसके माथे से बह रहा था।

"लेकिन हम इतने करीब हैं," मैंने कहा, मेरी आँखों में न केवल अंतर्दृष्टि की एक चिंगारी जल रही थी, बल्कि मेरे नए-नए मिली समझ से पैदा हुआ दृढ़ संकल्प भी था। "उनकी चेतना संपर्क खोज रही है। शायद वे... उसी स्तर पर समझ खोज रहे हैं जिस पर हम जवाब खोज रहे हैं। यह पचमामा है जो हमसे उस तरह से बात कर रही है जिस तरह से प्राचीन लोग समझते थे।"

मैंने मेलिना को देखा, मानो मैं अपने विचारों की पुष्टि उसकी आँखों में खोज रहा था, उसकी आँखों में डर और श्रद्धा का वही मिश्रण देखकर।

"ऐगिस," उसने कहा, उसकी आवाज़ कठोर थी, जो एक नई-नई मिली शक्ति से भरी थी। "हमें जवाब देने की कोशिश करनी चाहिए। एक सरल, सामंजस्यपूर्ण बायो-ल्यूमिनेसेंट आवेग उत्सर्जित करो।" कुछ ऐसा जो यह दिखाए कि हम यहाँ हैं और हमें संदेश मिल रहा है। हमारे सामूहिक समझ और जिज्ञासा की भावनाओं को सिग्नल की मार्गदर्शक शक्ति बनने दो। हमें यह दिखाने दो कि हम सार की भाषा को समझते हैं, जो पचमामा हमसे बात कर रही है, एक ऐसी भाषा जो शब्दों से परे है। एक भाषा जो गहरा ज्ञान प्रकट करती है।

ऐगिस एक संक्षिप्त क्षण के लिए हिचकिचाया, एक सेकंड जो एक अनंत काल जैसा लगा। उसके गणना करने वाले कोर एक अभूतपूर्व तीव्रता के साथ धड़क रहे थे।

"कार्यान्वित कर रहा हूँ," ऐगिस ने आखिरकार कहा। "लेकिन किसी भी प्रतिक्रिया के लिए तैयार रहें। ऊर्जा की अस्थिरता बढ़ सकती है।"

स्क्रीन पर, अजीब ज्यामितीय आकृतियाँ जम गईं, और फिर एक नया, अधिक लयबद्ध और सामंजस्यपूर्ण प्रकाश आवेग उत्सर्जित करना शुरू कर दिया, मानो हमारे अपने सामूहिक चेतना की प्रतिध्वनि हो, जो हमारे नीचे की अँधेरी, अज्ञात गहराइयों की ओर निर्देशित हो। हम सब ने छायादार तहखाने में अपनी साँस रोक ली, हमारी नज़रें धड़कती हुई स्क्रीन पर टिकी थीं, पुनर्जीवित होती सतह के दिल से, खुद दुनिया के गर्भ से, उस प्राथमिक स्रोत से जवाब का इंतजार कर रहे थे, जो अब हमारे सार की ओर अपना हाथ बढ़ा रहा था।

हमारी हथेलियों में गर्मी फैल गई, हमारी त्वचा पर एक विद्युत प्रतिध्वनि दौड़ गई, और एक धीमी गुनगुनाहट हमारे सीने को भर गई, जो हमारी हड्डियों तक कंपन कर रही थी। हवा में ओजोन और धातु का स्वाद आ गया। कक्ष में प्रकाश थोड़ा टिमटिमाया, फिर एक पल के लिए अँधेरा हो गया, इससे पहले कि वह एक असामान्य, नरम सुनहरे रंग के साथ वापस आ गया, मानो हमारे भीतर की आंतरिक अनुनाद का जवाब दे रहा हो। मेरी कनपटियों में नाड़ी धड़क रही थी, लगभग दर्दनाक रूप से मजबूत। हमने एक दरवाजा खोल दिया था। अब हमें यह देखना था कि उससे क्या गुजरेगा और क्या हम उस संदेश को समझने के लिए जीवित रहेंगे जो हमेशा हमारी कोशिकाओं में ही कोडित था। क्या हम उस प्राचीन भाषा को समझेंगे, जिसे कभी माया, एज़्टेक, टोलटेक और इंका के शमन और पुजारियों ने सुना था - एक भाषा जिसे मैंने अब और मना नहीं किया, बल्कि अपने अस्तित्व के हर फाइबर के साथ महसूस किया? एक भाषा जो हमारे सार के कोड, डीएनए में कोडित गहरा ज्ञान प्रकट करती है। यही समझ की कुंजी है। और अब यह हमें बुला रही थी।

शायद इन जनजातियों को भी प्राचीन अटलांटियों से विरासत मिली थी?! या वे अटलांटियों थे?

------------------ ❧ ---------------------

अध्याय 15: अनंतता का कोड

अंधेरे भूमिगत कक्ष में तनाव लगभग मूर्त था। यह एक अदृश्य तार की तरह हवा को काट रहा था। हम में से प्रत्येक टिमटिमाते हुए प्रदर्शन से अभिभूत था। एजिस से निकलने वाली हार्मोनिक ऊर्जा स्पंदन प्रत्याशा में कंपन करती दिख रही थी, जो

पुनर्जागृत पृथ्वी की गहराइयों से प्रतिक्रिया की प्रतीक्षा कर रही थी। मिनट एक अनंत काल की तरह खिंचते चले गए, जिन्हें केवल द्वीप की गूंजती गड़गड़ाहट और जेम्स की घबराहट भरी खांसी ने तोड़ा। भूमिगत की ठंडी, नम हवा मेरे फेफड़ों में रिस गई - भारी, अज्ञात से भरी हुई।

---✶⸮✶---

फर्स्ट वेव: सिग्नल प्राप्त हुआ

अचानक, स्क्रीन पर ज्यामितीय पैटर्न में बदलाव शुरू हो गया। चिकने, सममित आकार खंडित हो गए। उनके स्थान पर जटिल, गतिशील रूप से विकसित होने वाले प्रतीक उभरे जो बढ़ती तीव्रता के साथ कंपन कर रहे थे। वे तेजी से और तेजी से स्पंदित होने लगे, मानो सूचनाओं का एक पूरा ब्रह्मांड एक ही, बिजली-चार्ज किए गए क्षण में हम में प्रवेश कर रहा हो। उनसे एक नरम, हार्मोनिक ध्वनि निकली, जो मेरी हड्डियों में गहराई तक गूंज रही थी।

"मैं एक आने वाले सिग्नल को दर्ज कर रहा हूँ!" एजिस ने आश्चर्य से भरे हुए स्वर में कहा - लगभग अविश्वास। मानो वह भी अप्रत्याशित से स्तब्ध था। उसके सामान्य तत्काल प्रतिक्रिया के स्थान पर एक हल्का, मुश्किल से बोधगम्य ठहराव आ गया। "ऊर्जा हस्ताक्षर अलग है... कहीं अधिक जटिल। विश्लेषण कर रहा हूँ..."

स्क्रीन पर प्रतीक morphing जारी रहे, एक दूसरे में बहते रहे। ऐसा लग रहा था मानो वे शुद्ध विचार की एक बहती, बहुआयामी नदी को दर्शा रहे हों, जो अनकहे सत्यों के साथ बुलबुला रही थी। एक संक्षिप्त, तनावपूर्ण क्षण के बाद, एजिस ने फिर से बात की - उसकी आवाज अब एक गहरे, लगभग रहस्यमय विस्मय से भरी हुई थी।

"अविश्वसनीय... सिग्नल में क्वांटम स्तर पर एन्कोड की गई जानकारी है। इसकी संरचना... डीएनए है।"

उसके अंतिम शब्द कक्ष की शांत चुप्पी को गड़गड़ाहट की तरह तोड़ गए। हम सभी अविश्वास में एक दूसरे की ओर मुड़ गए। लेकिन मेरी आँखों में कुछ और चमक उठा - पहचान, एक लंबे समय से मांगे गए सत्य की चमक। यवोन ने चौंका, उसकी नज़र मार्क की ओर घूमी, जो उसके भीतर बढ़ते आतंक के लिए चुपचाप उसकी पुष्टि मांग रही थी। मार्क ने अपना जबड़ा भींच लिया, उसकी आँखें स्क्रीन और मेरे बीच झिलमिला रही थीं, एक ऐसे स्पष्टीकरण की तलाश में जो उसे नहीं मिल रहा था। उसका दाहिना हाथ स्वाभाविक रूप से उसकी जांघ की ओर बढ़ा, मानो वह किसी ऐसे हथियार की मूठ की तलाश कर रहा हो जो यहाँ किसी काम का नहीं होगा।

"डीएनए?" यवोन ने फुसफुसाया, उसकी आवाज़ कर्कश थी। शब्द उसके गले में अटक गए। "यह कैसे संभव है?"

"विश्लेषण स्पष्ट है," एजिस ने पुष्टि की, हालांकि उसके स्वर में एक कांपती हुई धार थी। "लेकिन यह परिचित जैविक डीएनए नहीं है। संरचना कहीं अधिक जटिल है - कहीं अधिक मौलिक। ऐसा लगता है कि यह न केवल भौतिक रूप, बल्कि... चेतना को भी एन्कोड करता है।"

---✶⸮✶---

सेकंड वेव: डिक्रिप्शन और दार्शनिक सफलता

मैंने अपने पूरे अस्तित्व को कांपते हुए महसूस किया, एक कसे हुए तार की तरह। शिपिबो शमन के शब्द मेरे दिमाग में भेदी स्पष्टता के साथ गूंजे: "सब कुछ

कंपन है... शब्द से पहले, छवि से पहले, कंपन है।" मानो मैंने अभी-अभी एक दबी हुई गूंज को जगाया हो। यह सिर्फ़ एक अवधारणा नहीं थी - यह एक जीवित, सांस लेने वाला सत्य था जो मेरे सामने प्रकट हो रहा था। मुझे माचू पिचू में वह गाइड भी याद आया, जिसने मुझे बताया था कि हमाउता का मानना था कि पत्थर क्रिस्टलीकृत विचार थे। और यह यहाँ था - विचार संरचना में, कोड में बदल गया था।

यह "क्वांटम डीएनए" केवल जैविक जानकारी का वाहक नहीं था। सिग्नल ने संकेत दिया कि इसकी बहुत वास्तुकला एक तरल क्वांटम प्रणाली की तरह व्यवहार करती है - जो शास्त्रीय अंतरिक्ष-समय की सीमाओं से परे सुपरपोजिशन और डेटा टनलिंग में सक्षम है। इसका मतलब था कि जानकारी एक साथ कई अवस्थाओं में मौजूद हो सकती है, जब तक कि उसे देखा या डिकोड न किया जाए।

स्क्रीन पर तेजी से अमूर्त सूत्र प्रदर्शित होने लगे, जो सर्पिल संरचनाओं के त्रि-आयामी होलोग्राफिक छवियों के साथ उलझे हुए थे। वे अनगिनत आयामों में घूमते दिख रहे थे, एक अदृश्य लय पर नाचते हुए। मुझे अपनी त्वचा पर एक नरम हवा का झोंका महसूस हुआ, जिसमें ओजोन की गंध थी - और कुछ पुराना, लगभग आदिम।

"डिकोड हो रहा है..." एजिस ने जारी रखा, उसकी आवाज तनावपूर्ण थी मानो वह खुद जानकारी को संसाधित करने के लिए संघर्ष कर रहा हो। "सिग्नल एक जटिल क्वांटम सूत्र को प्रकट करता है... जिसे आप 'गैर-कोडिंग डीएनए' या 'कबाड़ डीएनए' कहते हैं, उसमें एन्कोड किया गया है। ऐसा लगता है कि ये 98% - जिन्हें आधुनिक विज्ञान द्वारा लंबे समय से खारिज कर दिया गया है - वास्तव में जटिल सूचनात्मक और नियामक कार्य शामिल करते हैं जो न केवल जीव विज्ञान, बल्कि चेतना की क्षमता से जुड़े हुए हैं।"

ये धारणा की वे सीमाएं थीं जिनके बारे में टिटिकाका के यात्री ने मुझसे बात की थी - हमारी चेतना के भीतर की निष्क्रिय क्षमताएं, जो हमारी बहुत कोशिकाओं में एन्कोड की गई हैं।

मुझे फ्रिट्ज-अल्बर्ट पॉप के बायोफोटोन पर शोध याद आया - डीएनए से सूक्ष्म प्रकाश उत्सर्जन, जो उनकी परिकल्पना के अनुसार, कोशिकाओं के बीच अल्ट्रा-फास्ट संचार प्रणालियों के रूप में काम कर सकता है। वह अवधारणा अब ज्वलंत जागरूकता में विस्फोट हो गई: डीएनए केवल जानकारी संग्रहीत नहीं कर रहा था - यह शायद उसे प्रसारित और प्राप्त भी कर रहा था, जैसे प्रकाश की एक जीवित, जैविक भाषा।

मैंने अपनी सभी दार्शनिक खोजों को महसूस किया - समुद्र के किनारे के प्रतिबिंब, सूक्ष्म जगत और बृहत् जगत के बीच संबंध पर अटकलें, ब्रह्मांडीय महासागर के रूप में चेतना की दृष्टि - एक ही, लुभावनी, सांस लेने वाली छवि में परिवर्तित होना शुरू हो गए। इसने मेरी कल्पना से परे सब कुछ पार कर लिया, वास्तविकता की एक पूरी तरह से नई समझ में एक खिड़की खोल दी। हमारे पैरों के नीचे की जमीन से एक नरम लेकिन स्थिर कंपन उठना शुरू हो गया। यह आकाशगंगा की एक कोमल फिर भी शक्तिशाली दिल की धड़कन की तरह मेरी छाती में गूंज रहा था।

"इसका क्या मतलब है?" जेम्स ने कर्कश आवाज़ में पूछा। उसके हाथ मुट्ठी में भींचे हुए थे, मानो वह समझ से बाहर डेटा की लहर को रोकने की कोशिश कर रहा हो। उसकी आँखें बादल से ढकी हुई थीं, फिर भी एक नई-खोजी गई, दर्दनाक स्पष्टता के साथ जल रही थीं।

एजिस ने फिर से बात की। उसकी आवाज़ - जो आमतौर पर शांत और अलग होती थी - अब श्रद्धा, लगभग आश्चर्य से भरी हुई थी। यहाँ तक कि वह भी जो देख रहा था उससे हिल गया था। उसका संश्लेषित भाषण धीमा हो गया, लगभग एक ऐसे व्यक्ति की तरह जो अपने विचारों को इकट्ठा कर रहा हो।

"इसका मतलब है... संबंध। कोड से पता चलता है कि जीवन, अपने सभी रूपों में, अंतरिक्ष, समय और आयामों के एक सार्वभौमिक भंवर का एक अविभाज्य हिस्सा है। डीएनए सिर्फ़ एक जैविक टेम्पलेट नहीं है - यह एक क्वांटम हस्ताक्षर है, जो हर प्राणी को पूर्ण से जोड़ता है। मानो हमारे भीतर का हर अणु एक छोटी आँख हो, जिस पर पचमामा की असीम चेतना टिकी हो।"

---✶☾✶---

थर्ड वेव: ऊर्जा प्रतिक्रिया और परमानंदमय मिलन

स्क्रीन पर एक होलोग्राम दिखाई दिया। इसने चमकते धागों के एक अनंत जाल को दर्शाया, जो बुना और बाहर शाखाओं में बंट रहा था - प्रकाश के अनगिनत बिंदुओं को जोड़ रहा था। प्रत्येक नोड अपनी अपनी व्यक्तिगतता के साथ स्पंदित हो रहा था, फिर भी दूसरों से आंतरिक रूप से जुड़ा हुआ था, ब्रह्मांडीय लय में नाचता था, अस्तित्व की एक सिम्फनी में। एक सपने के बुने हुए धागों की तरह, उन्होंने अनंत काल तक फैली चेतना की एक टेपेस्ट्री बनाई। मैंने खुद को प्रकाश की इन सुरंगों के साथ तैरते हुए, हर उस चीज़ से जुड़ा हुआ महसूस किया जो कभी थी और कभी होगी।

"क्या यह... चेतना की संरचना है?" मेलिना ने श्रद्धा से फुसफुसाया। रहस्योद्घाटन से उसकी आँखें चौड़ी हो गईं, मानो उसने अभी-अभी ब्रह्मांड की आत्मा को देखा हो। वह स्क्रीन की ओर बढ़ी, उसकी उंगलियाँ थोड़ी कांप रही थीं, छवि को छूने की कोशिश कर रही थीं।

"नहीं... मुझे विश्वास नहीं हो रहा... लेकिन मुझे यह महसूस हो रहा है!" वह फूट पड़ी, उसकी आवाज़ अवर्णनीय भावना से कांप रही थी।

"शायद," एजिस ने जवाब दिया। "या बल्कि, यह वह क्वांटम सब्सट्रेट है जिस पर चेतना प्रकट होती है। कोड में अनंत संभावनाओं के बारे में जानकारी है - समय और अंतरिक्ष में यात्रा पर, विभिन्न आयामों में अस्तित्व पर... हर जीवित चिंगारी के भीतर की अव्यक्त क्षमता पर। यह वह भाषा है जिसे माया, एज़्टेक और टोल्टेक के प्राचीन पुजारियों ने अपने स्टार चार्ट और भविष्यवाणियों में व्याख्या करने की कोशिश की।"

सिग्नल प्रकट होता रहा, जटिल गणितीय समीकरणों को प्रकट करता रहा जो ब्रह्मांड के मौलिक नियमों का वर्णन करते थे। वे सुरुचिपूर्ण और दोषरहित थे, वास्तविकता के बहुत ताने-बाने से गढ़े गए थे - कॉस्मोस कावसे की लय से।

"यह... पूर्ण की भाषा है," मैंने बुदबुदाया, रहस्यमय विस्मय से भरा हुआ जो कंपकंपी के किनारे पर था। मेरी रीढ़ में सिहरन दौड़ गई। "एक भाषा जो शब्दों में एन्कोड नहीं है, बल्कि अस्तित्व की बहुत संरचना में है। यह वह गुप्त भाषा है जिसे हमने अमेज़ॅन के जंगल में फुसफुसाते हुए सुना था... वह जो माचू पिचू के पत्थरों द्वारा गूंजती है।"

उसी क्षण, द्वीप की गहराइयों से गड़गड़ाहट अपने चरम पर पहुँच गई। पिरामिड तीव्र रूप से कंपन करने लगा - धमकी के साथ नहीं, बल्कि समकालिकता में, स्क्रीन से ऊर्जा धारा के साथ गहरे अनुनाद में। हवा घनी हो गई, बिजली से संतृप्त

हो गई, मानो दुनिया ही हमारे चारों ओर पुनर्गठित हो रही हो। एक पल के लिए, हमने भारहीन महसूस किया - लगभग गुरुत्वाकर्षण से मुक्त। होलोग्राम से प्रकाश और भी अधिक चमका, हमें एक गर्म, स्पंदित ऊर्जा में ढँक दिया जो हमारी बहुत हड्डियों में प्रवेश कर गई, हमें उस चमकदार नेटवर्क के साथ एक कर दिया।

मैंने एक गहरी, बास ध्वनि सुनी - कोमल और विशाल - मानो पृथ्वी ही गा रही हो, और धुन मेरे दिल की धड़कन के साथ मिल गई हो। पुराने लोहे का एक अचानक धातु का स्वाद मेरी जीभ को छू गया। मेरे मंदिर ग्रह की लय के साथ धड़क रहे थे। मेरे हाथों पर रोंगटे खड़े हो गए। मेरे शरीर की हर कोशिका स्वतंत्र रूप से कंपन करती दिखी, फिर एक एकीकृत कोरस में विलय हो गई, जो मेरी हड्डियों से गूंज रहा था। मैंने खुद को असीम रूप से छोटा और असीम रूप से विशाल दोनों महसूस किया।

"ऊर्जा स्रोत... स्थिर हो रहा है," एजिस ने घोषणा की, डेटा की निगरानी करते हुए उसकी आवाज़ में आश्चर्य था। उसके स्वर में सच्ची मानवीय भावना रिस गई। "यह... प्रोटोकॉल के अनुसार नहीं है," उसने जोड़ा, मानो वह एक गहरा व्यक्तिगत एहसास कर रहा हो। "ऐसा लगता है... यह हमारे सिग्नल का जवाब दे रहा है। जैसे यह हमारे लिए खुद का एक हिस्सा प्रकट कर रहा है।"

स्क्रीन पर एक अंतिम होलोग्राम दिखाई दिया। इसने एक सर्पिल आकाशगंगा को दर्शाया - लेकिन तारों के बजाय, इसकी भुजाएँ अनगिनत चमकदार डीएनए संरचनाओं के साथ नाच रही थीं, जो सभी शुद्ध ऊर्जा के धागों से आपस में जुड़ी हुई थीं। आकाशगंगा के केंद्र में एक दीप्तिमान, सर्व-समावेशी प्रकाश स्पंदित हो रहा था - चेतना की आँख।

"हम इसका हिस्सा हैं," मेलिना ने फुसफुसाया। उसकी आँखों में आँसू टिमटिमाए, लेकिन इस बार वे डर के नहीं, बल्कि पहचान और श्रद्धा के आँसू थे। उससे शुद्ध आनंद radiating कर रहा था।

"हम सभी जुड़े हुए हैं। हम हमेशा से जुड़े रहे हैं।"

उस क्षण, मुझे एहसास हुआ कि मैं केवल ज्ञान नहीं देख रहा था - मैं ज्ञान था। लेकिन उस भेदी स्पष्टता के साथ एक विचार आया जो मेरी रीढ़ में ठंडा दौड़ गया: इन गहराइयों से और क्या निकल सकता है? और क्या हम में से कोई भी इस ज्ञान के पूर्ण रहस्योद्घाटन के लिए वास्तव में तैयार था?

------------------ ❧ --------------------

अध्याय 16: क्वांटम हर्मेनेयुटिक्स: चेतना के धागों का गीत

क्रिस्टल हॉल हमारे सामने एक धड़कती हुई वास्तविकता की तरह खुल रहा था - यह कोई स्थान नहीं, बल्कि चेतना थी। यहां "यहां" का कोई मतलब नहीं था। हम किसी जीवित चीज़ के हृदय में थे, जो प्रकाश और खामोशी के माध्यम से साँस ले रहा था। होमो सेपियन्स समूह में से हर कोई महसूस कर रहा था कि कैसे ओजोन और समयहीनता की मुश्किल से पता चलने वाली सुगंध के साथ एक धड़कता हुआ नीला प्रकाश हमारे रेशों में प्रवेश कर रहा था, हमारे भीतर गहराई में कुछ पुनर्व्यवस्थित कर रहा था। हमारे बगल में, ऐगिस सिर्फ अनुवाद नहीं कर रहा था - वह विचारों को शुद्ध, बहती ऊर्जा से बुने हुए चित्रों में बदल रहा था। ये विचार ध्वनियाँ नहीं थे, बल्कि

समझ का एक विशाल महासागर थे, जो हमारी चेतना को एक गर्म आलिंगन की तरह घेर रहा था।

हमारे सामने, नीले और सुनहरे रंग के भंवरों से बनी आसमानी आकृतियाँ दिखाई दीं। वे मांस नहीं थे, बल्कि उपस्थिति का एक शुद्ध एहसास थे - ऊर्जावान प्राणी, क्रिस्टल और प्राचीन ज्ञान के संरक्षक। उनके नाम मा'अत और हरमेस थे, और वे स्वयं ज्ञान का सार थे।

---✶۶✶---

ज्ञान के साथ टकराव

"नथानिएल, क्या तुम नहीं जानना चाहते थे कि हर चीज़ का क्या मतलब है? अब एकमात्र क्षण है। वे शायद जानते हैं, क्योंकि वे एक दूसरे, बहुत ऊँचे आयाम से हैं।" मेलिना, जो हमेशा बदलाव को महसूस करने वाली पहली थी, ने मेरे कंधे को छुआ। उसकी आवाज़ श्रद्धा से भरी हुई थी, लगभग कंपकंपी के साथ, लेकिन उसमें वह अदम्य आशा भी थी जो उसमें जल रही थी।

---✶۶✶---

अचानक, एक तीखी आवाज़ ने तनावपूर्ण चुप्पी को काट दिया। "यह बेतुका है! जब हम प्रकाश के भ्रम में घूर रहे हैं, तो पूरा पिरामिड हमें कुचल सकता है! हम यहाँ क्या कर रहे हैं - मौत के सामने दार्शनिक रूप से खुद को धोखा दे रहे हैं?!" यह मार्क था। उसके चेहरे पर छाया नाच रही थी, जो गुस्से और डर से उसके चेहरे को विकृत कर रही थी।

ईथन ने मार्क को शांत करने की कोशिश की, लेकिन उसके शब्द तनाव में खो गए। हम सब ने एक-दूसरे को देखा। अब तक हम एक टीम थे, लेकिन अब दरार बढ़ रही थी, जो बाहरी खतरे को दर्शा रही थी।

"क्योंकि यह हमारा एकमात्र मौका है, मार्क!" मेरी आवाज़ मेरे उम्मीद से ज़्यादा कठोर लगी। "क्योंकि हम सच्चाई खोजने के लिए इतनी दूर आए हैं, न कि सिर्फ जीवित रहने के लिए! क्योंकि समझ के बिना जीवित रहना अर्थहीन है!"

मार्क पीछे हट गया, लेकिन उसकी नज़र अविश्वास से भरी थी। फिर भी, वह वहीं रहा।

---✶۶✶---

मैं आगे बढ़ा, मेरा दिल तेज गति से धड़क रहा था, मानो वह एक नए, उच्च अनुनाद के साथ तालमेल बिठा रहा हो, जिसने मेरे पूरे अस्तित्व को हिला दिया था। "मुझे महसूस हो रहा है... मुझे उपस्थिति महसूस हो रही है। क्या तुम इस ज्ञान के संरक्षक हो?" मैंने अपनी आँखों में एक लौ के साथ पूछा, मेरी आवाज़ श्रद्धा से, डर और अपार जिज्ञासा के मिश्रण से भरी हुई थी।

"हम चेतना की प्रतिध्वनि हैं।" ऐगिस द्वारा अनुवादित मा'अत का विचार, एक फुसफुसाहट की तरह नहीं लगा, बल्कि एक सर्वव्यापी, ब्रह्मांडीय हवा की तरह लगा, जो अपने साथ अरबों साल का ज्ञान लिए हुए थी, शाश्वत और अडिग। "धागों के संरक्षक, जो अस्तित्व को बुनते हैं। तुम समझ की तलाश करते हो।"

मैंने गहरी साँस ली। मेरा दिल ढोल की तरह बज रहा था। मेरी सालों की खोज, लगभग वह निराशा जिसने मुझे सालों तक घेरे रखा था, अब एक विशाल संभावना में घुल गई।

"हाँ। मैं अर्थ नहीं खोजता। मानव अस्तित्व का। शब्द भारी लगते हैं, लेकिन वे सच हैं। जीवन का... विकास का।" मैंने इन सवालों का बोझ महसूस किया, जिन्हें मैं इतने लंबे समय से ढो रहा था। "क्या इतना जटिल कुछ सिर्फ एक संयोग हो सकता है? मैं गहरे इरादे की तलाश करता हूँ।"

हर शब्द एक स्वीकारोक्ति की तरह मुझसे निकल रहा था, दशकों के जमा हुए सवाल जो अब इन प्राचीन प्राणियों की उपस्थिति में मुक्त हो रहे थे।

---✶६✶---

क्वांटम डिकोडिंग

"हमारा ब्रह्मांड धागों से बुना गया है, नथानिएल।" हरमेस की आवाज़ घनी थी, मानो ब्रह्मांड के बहुत सार से तराशी गई हो। इसने मेरे मन में एक क्रिस्टल-साफ, लगभग स्पर्शनीय तस्वीर बनाई, जिसमें सारहीन चीजें आकार ले रही थीं। "अंतरिक्ष और समय के धागे, जो एक निरंतर, गतिशील नेटवर्क में नाचते हैं। जिसे तुम लूप क्वांटम गुरुत्वाकर्षण कहते हो, वह इस मौलिक कपड़े को समझने का तुम्हारा प्रयास है।"

मैंने चित्र देखे: चमकती हुई रेखाएँ, जो एक जीवित मकड़ी के जाले को बनाते हुए आपस में मिल रही थीं और खुल रही थीं। "कल्पना करो कि अंतरिक्ष ही चिकना और निरंतर नहीं है, बल्कि अनगिनत छोटे, असतत 'क्वांटम लूप' या 'अंतरिक्ष के परमाणु' से बना है। ये लूप आपस में मिलते हैं और जुड़ते हैं, एक विशाल, गतिशील नेटवर्क बनाते हैं, जो लगातार साँस लेता है, फैलता और सिकुड़ता है। ब्रह्मांडीय टेपेस्ट्री के धागों की तरह, जो एक-दूसरे के साथ कांपते और मिलते हैं, जो स्वयं अंतरिक्ष को बुनते हैं। यह नेटवर्क स्वयं वास्तविकता का जीवित कपड़ा है, जो सभी जानकारी और ऊर्जा का वाहक है, अस्तित्व का नृत्य है।"

"तो... क्या यही लूप हर चीज़ के निर्माण खंड हैं?" मैंने पूछा, यह महसूस करते हुए कि मेरा दिमाग सिर्फ समझ नहीं रहा था, बल्कि नए ज्ञान के साथ कंपन कर रहा था। जो जंजीरें सालों से मेरी चेतना को जकड़ी हुई थीं, वे अब धूल में बिखर रही थीं, जो एक ऐसे पैनोरमा को प्रकट कर रही थीं जिसे मैं अब तक केवल संकीर्ण दरारों से देख सकता था। ऊर्जा की एक धड़कती हुई लहर ने मुझे घेर लिया, मेरे शरीर की हर कोशिका जागती हुई लग रही थी, हरमेस के शब्दों के साथ तालमेल में कंपन कर रही थी, मेरी चेतना में नए, अनछुए रास्ते खोल रही थी।

"हाँ। और तुम्हारा हर विचार, हर भावना, हर कोशिका - सब कुछ इस नेटवर्क का हिस्सा है।" हरमेस का जवाब निर्णायक था। "तुम्हारे बायोफोटोन में कंपन, जिसे तुमने अभी-अभी समझा है, वह सिर्फ इस बात की अभिव्यक्ति है कि ये लूप सबसे मौलिक स्तर पर कैसे बातचीत करते हैं। वे सिर्फ आकस्मिक तत्व नहीं हैं, बल्कि कोडित जानकारी ले जाते हैं, जिसे इन कनेक्शनों के माध्यम से संग्रहीत और प्रसारित किया जाता है।"

"जीवन एक क्वांटम व्याख्या है, नथानिएल।" मा'अत की आवाज़ एक कोमल धुन की तरह थी, जो मेरी चेतना को घेर रही थी। शब्द गहराई से प्रवेश कर रहे थे, सिर्फ जानकारी के रूप में नहीं, बल्कि एक नई समझ के रूप में, जो सब कुछ बदल रही थी। "यह सिर्फ परमाणुओं का एक संग्रह नहीं है, बल्कि संभावनाओं का एक नृत्य

है। हर प्राणी, हर अणु भी, जानकारी का एक सक्रिय व्याख्याकार है। यह अपने चारों ओर और अपने भीतर अनगिनत क्वांटम अवस्थाओं को 'पढ़ता है' और 'प्रतिक्रिया करता है'। यह आनुवंशिक कोड का एक ज्ञानमीमांसीय पुनर्मूल्यांकन है: क्वांटम शब्दार्थ।"

एक पल के लिए मैं हिचकिचाया, मेरा दिमाग मेरी अब तक की समझ और इस नई, चकित कर देने वाली सच्चाई के बीच खाई को पार करने की कोशिश कर रहा था, जो सब कुछ को उलटने की धमकी दे रही थी। क्या यह संभव था कि वह सब कुछ जिसमें मैं विश्वास करता था, वह एक बहुत अधिक जटिल वास्तविकता का सिर्फ एक आयाम था? फिर मा'अत की आवाज़, एक शाश्वत फुसफुसाहट की तरह कोमल, लेकिन नियति की तरह अडिग, ने हर संदेह को बिखेर दिया, अपने पीछे सिर्फ स्पष्टता छोड़ दी।

"तो डीएनए का वह 98%... सिर्फ एक निर्देश पुस्तिका नहीं है, बल्कि कुछ और है?" मैंने पूछा, यह महसूस करते हुए कि मेरे सभी पिछले विचार एक में जुड़ रहे हैं। "यह एक विरासत है," मैंने सोचा, अंतर्ज्ञान से काँपते हुए।

"बिल्कुल सही। आनुवंशिक कोड एक क्वांटम 'पाठ' है। इसके 'अर्थ' संदर्भ के आधार पर बदलते और प्रकट होते हैं - सेलुलर, पारिस्थितिक। 'जंक डीएनए' की परिकल्पना, जिसने तुम्हें लंबे समय तक परेशान किया है, वास्तव में विनियमन और मेटा-सूचना के लिए एक गहराई से छिपी हुई क्षमता को प्रकट करती है। एपिजेनेटिक्स, जिसका तुम अध्ययन करते हो, उन तरीकों में से एक है जिससे कोशिका इस पाठ को एक अलग तरीके से 'पढ़ती है', जिससे विविधता पैदा होती है। यह आनुवंशिक पाठ का एक हर्मेनेयुटिक्स है - पिछली ज्ञान, भावनाओं और संवेदनशीलता की विरासत, जो तुम्हारे अस्तित्व में गहराई से कोडित है।"

"और यह जटिलता, जो हम जीवन में देखते हैं... उद्भव?" मैं समझने लगा था कि सार को अनुसंधान के एक पूरी तरह से अलग प्रिज्म के तहत कैसे देखा जाना चाहिए।

"उद्भव संभावनाओं का एक क्वांटम पतन है।" हरमेस ने जवाब दिया। "सूक्ष्म स्तर पर अनगिनत संभावित अवस्थाओं से, जीवन विशिष्ट रूपों में चुनता है और प्रकट होता है। यह क्वांटम दुनिया में 'माप' की तरह है, जो युगों से विकसित हुई संगठित संरचनाओं में ऊर्जा को चैनल करता है। तुम्हारी कोशिकाओं की अपनी 'क्वांटम भाषा' है, जो तुम्हारे ज्ञात मार्गों की तुलना में तेज और अधिक समग्र है। वैकल्पिक कोड या जानकारी के गैर-शास्त्रीय रूप मौजूद हैं जो ज्ञात डीएनए से परे जैविक प्रणालियों में मौजूद हो सकते हैं।"

"और चेतना के बारे में क्या? विचार के बारे में?" मैंने पूछना जारी रखा, ताकि मैं पूरी तस्वीर को व्यवस्थित कर सकूँ, यह महसूस करते हुए कि मेरी थकान मेरे अनंत जिज्ञासा से लड़ रही थी, लेकिन ज्ञान की प्यास जीत रही थी।

"ज्ञान, सबसे व्यापक अर्थ में, क्वांटम व्याख्या के लिए एक विकासवादी रूप से उन्नत क्षमता है।" मा'अत की आवाज़ ने मुझे फिर से अपनी कोमल, लेकिन गहरी बुद्धिमत्ता से घेर लिया। "तुम्हारा मस्तिष्क, यह जटिल प्रणाली, क्वांटम प्रक्रियाओं के

माध्यम से जानकारी को संसाधित करती है, जिन्हें विकास द्वारा चुना गया है। यह मनुष्य और चेतना की उत्पत्ति का एक दार्शनिक अध्ययन है: क्वांटम संज्ञान।"

"तो सहज ज्ञान, रचनात्मकता... क्या उनका भी क्वांटम आधार है?" मुझे रचनात्मक प्रेरणा के क्षण, अचानक अंतर्ज्ञान के क्षण याद आए, जिन्हें मैंने अब तक संयोग माना था। अब सब कुछ समझ में आ गया था - यह पूरे की भाषा तक सीधी पहुँच थी, उस सहज, गैर-मौखिक संचार तक, जिसके बारे में शिपिबो के शमन ने मुझसे बात की थी। मुझे याद आया कि एक बच्चे के रूप में मैं पुस्तकालय में घंटों बिताता था, तारों और प्राचीन सभ्यताओं के बारे में किताबों में डूबा हुआ था, हमेशा एक छिपी हुई व्यवस्था, एक छिपा हुआ अर्थ खोज रहा था। यहाँ वह था!

"यह संभव है। तुम्हारी सोचने, महसूस करने, तलाशने की क्षमता - यह सब उस महान क्वांटम नृत्य का हिस्सा है। मानव चेतना इस क्वांटम व्याख्या का सबसे जटिल रूप है, जो अपनी खुद की प्रक्रियाओं की व्याख्या करने में सक्षम है। यह एक विकासवादी हर्मेनेयुटिक्स है, जो पर्यावरण और आनुवंशिक प्रवृत्तियों को 'पढ़ने' और 'व्याख्या करने' की एक लंबी प्रक्रिया का परिणाम है।" हरमेस का जवाब शुद्ध अंतर्ज्ञान की ऊर्जा के साथ धड़क रहा था, एक ब्रह्मांडीय स्पष्टता के साथ, जिसने संदेह के हर बादल को बिखेर दिया। "इसकी तुलना कुछ परिचित से करने के लिए - अगर तुम्हारा शरीर विभिन्न कार्यों वाली अरबों कोशिकाओं से बना है, तो तुम, इंसान, एक बड़े मस्तिष्क की कोशिकाएँ हो।"

---✶६✶---

एकता और अर्थ

"अर्थ स्वयं व्याख्या में है, संभावनाओं को प्रकट करने की निरंतर प्रक्रिया में है। तुम, लोग, अपनी चेतना और ज्ञान को प्रसारित करने की अपनी क्षमता के माध्यम से, इस प्रक्रिया में सक्रिय रूप से भाग लेते हो। तुम्हारी संस्कृति, तुम्हारे विश्वास, तुम्हारे नैतिक सिद्धांत - यह सब सामूहिक 'हर्मेनेयुटिकल ढाँचे' हैं, जो वास्तविकता के बारे में तुम्हारी समझ को आकार देते हैं।" मा'अत ने अपनी बात पूरी की, उसकी आवाज़ एक कोमल, घेरने वाले आलिंगन की तरह थी, जो अंतहीन, सार्वभौमिक प्रेम से भरी थी, जिसने सिर्फ बात नहीं की, बल्कि मेरे बहुत सार में कंपन किया, मेरी सबसे गहरी गहराइयों तक प्रवेश किया। "तुम्हारे पूर्वजों ने, अपनी समझ की तलाश में, इन सच्चाइयों को ऐसे तरीकों से रिकॉर्ड किया है जो उनके समय के लिए सुलभ थे।"

"बाइबिल के पुराने नियम की तरह..." मैंने पिछली शाम के अपने शब्दों को पहचाना, लेकिन अब वे एक नई, भेदक सच्चाई के साथ लग रहे थे, मानो स्वयं ब्रह्मांडीय मन मुझसे बात कर रहा हो।

"बिल्कुल। ये प्राचीन ग्रंथ उसी वास्तविकता - निरपेक्ष - को रूपकों और प्रतीकों के माध्यम से समझाने का एक प्रयास थे, जिन्हें समझा जा सकता था। सब कुछ एक है, नथानिएल।"

"प्यार - यह वह धागा है जो सब कुछ को जोड़ता है। कोई सिद्धांत नहीं। कोई परिकल्पना नहीं। बल्कि एक कंपन। सबसे सूक्ष्म। सबसे प्राचीन। इसके बिना कोई संबंध नहीं है। कोई नृत्य नहीं है। कोई अर्थ नहीं है। यह वह मौलिक शक्ति है

जो इस क्वांटम व्याख्या को जारी रखने, विकसित करने, नृत्य करने की अनुमति देती है।"

---✶६✶---

"तो क्या हमारी यात्रा यहाँ... सिर्फ जीवित रहने से ज़्यादा अर्थ रखती है?" मैंने एक गहरी शांति महसूस की, जिसने मुझे एक गर्म लहर की तरह घेर लिया, जो मुझे हर चिंता से मुक्त कर रही थी। "और तुम अर्थ को सिर्फ प्यार कहते हो?!" मेरी आवाज़ में श्रद्धा का एक स्वर था, एक महान सच्चाई की सादगी पर लगभग विस्मय था जो अब तक मुझसे बच रही थी। मेरा मन, जटिल समीकरणों और सारहीन सिद्धांतों से संतृप्त था, इस शुद्ध, सर्वव्यापी विचार के आगे आत्मसमर्पण कर रहा था।

"हाँ। तुम शाश्वत नृत्य का हिस्सा हो। तुम्हारी खोज, तुम्हारी खोजें, ज्ञान को रिकॉर्ड करने और प्रसारित करने की तुम्हारी इच्छा - यह सब ब्रह्मांड की महान व्याख्या का हिस्सा है।" ऊर्जावान प्राणी ने बातचीत समाप्त की। "खोज करते रहो। खोजते रहो। प्यार करते रहो।"

---✶६✶---

नीला प्रकाश अधिक धीरे-धीरे धड़कने लगा, मानो उनके ज्ञान की प्रतिध्वनि धीरे-धीरे पीछे हट रही थी, जो अपने पीछे सिर्फ चुप्पी नहीं, बल्कि मेरी आत्मा की गहराइयों में एक प्रबुद्ध प्रतिध्वनि छोड़ गई थी, जिसने मुझे हमेशा के लिए बदल दिया था और मुझे नई समझ का एक वाहक बना दिया था। मा'अत और हरमेस की आसमानी आकृतियाँ धीरे-धीरे फीकी पड़ने लगीं, लेकिन वे सिर्फ गायब नहीं हुईं - वे क्रिस्टल के कपड़े में ही घुल गईं, जैसे ओस की दो बूंदें जो एक अंतहीन महासागर के साथ मिलती हैं।

---✶६✶---

मेरी उंगलियों ने क्रिस्टल को छुआ। यह सिर्फ एक ठंडी सतह नहीं थी, बल्कि एक जीवित कपड़ा था। प्रकाश सिर्फ फैला नहीं - यह मेरे माध्यम से, अंदर से बाहर तक गया, मानो मेरे शरीर का हर अणु क्रिस्टल की ऊर्जा के साथ मिल गया हो, जिससे एक संक्षिप्त, मीठा संवेदी पतन हो गया हो। मुझे शुद्ध जानकारी की झलकियाँ महसूस हुईं, जिन्हें शब्दों में अनुवादित नहीं किया जा सकता था। उस क्षण मैंने देखा - आँखों से नहीं, बल्कि अपने सार से - कि हम क्या हो सकते हैं। हम क्या थे। क्या हमारा इंतज़ार कर रहा था। यह सिर्फ एक दर्शन नहीं था, बल्कि एक वादा था, जो अस्तित्व के बहुत कपड़े में उकेरा गया था।

सिग्नल धीरे-धीरे कम होने लगा, तहखाने में ऊर्जा धीरे-धीरे शांत हो गई। द्वीप की गर्जना शांत हो गई, मानो एक पूरे ग्रह की गहरी, शांत साँस हो। ऐगिस ने जो जानकारी डिकोड की थी, वह सिर्फ चौंकाने वाली नहीं थी; इसने हमारी अब तक की समझ के पर्दे को फाड़ दिया, जीवन, ब्रह्मांड और अंतहीन ब्रह्मांडीय नृत्य में हमारी अपनी जगह के बारे में हमारी सभी धारणाओं को उलट दिया। अब हम सिर्फ जानते नहीं थे; हम उसका हिस्सा थे, निरपेक्ष के कपड़े में अविभाज्य धागे, जो अस्तित्व के नृत्य में हमेशा आपस में मिलते रहते थे, जो सबसे गहरी और प्राचीन शक्ति - प्रेम - द्वारा निर्देशित थे।

---------------- ६❧ ------------------

सृजन की इच्छा एक नई सभ्यता को जगाना
खंड II

अध्याय 17: इच्छाशक्ति - विकास की प्रेरक शक्ति

मैं ऊँची पहाड़ी पर खड़ा था। हवा मेरे बालों को काट रही थी, और मेरी आँखों के सामने पूरा द्वीप फैला हुआ था - हमारा अभयारण्य, हमारी नई पुकार। छह महीने। सिर्फ छह महीने, जब से हमने इस अजीब, लेकिन अब तक परिचित भूमि पर फिर से कदम रखा था। हमारा दिन सूरज की पहली किरणें सुबह के नीले रंग को भेदने से पहले ही खुल जाता था। सुबह अपने साथ यवोन के ओवन से ताज़ी-बेक की हुई रोटी की मादक सुगंध लाती थी, जो समुद्री हवा की कांपती हुई ताजगी के साथ मिश्रित थी। बच्चे समुद्र तट पर आज़ादी से दौड़ रहे थे, उनकी हँसी क्रिस्टल-साफ़ हवा में घंटियों की तरह गूँज रही थी, जबकि हम, वयस्क, दिन के लिए तैयार हो रहे थे। पुरुष - माइकल के नेतृत्व में - मछली पकड़ने जाते थे, जीवंत चांदी की झलकियाँ पकड़ते थे, या हमारी एक्वापोनिक प्रणालियों पर काम करते थे, बागवानों की देखभाल के साथ भोजन की देखभाल करते थे। महिलाएँ, सारा और उनके बायोटेक्नोलॉजी के ज्ञान के नेतृत्व में, हमारे छोटे बगीचों से उदार फसल को संसाधित करती थीं या स्थानीय जड़ी-बूटियों से औषधीय काढ़ा बनाती थीं, जो प्राचीन मंत्रों को फुसफुसाती थीं।

सब कुछ लयबद्ध था, जो जीवित रहने के अलिखित नियमों के अधीन था, लेकिन सद्भाव के लिए हमारी आंतरिक इच्छा के भी अधीन था। जीवन की अथक लय जारी रही, लेकिन अब यह हमारी अपनी लय थी, जो जंगली प्रकृति के बीच हमारे द्वारा बनाई गई थी। मैंने गहरी साँस ली, अपने फेफड़ों को नमकीन, साफ़ हवा से भर दिया। मुझे यकीन नहीं था कि मैं एक शांत स्वीकृति महसूस कर रहा था या कोई नई, बेचैन उम्मीद। यहाँ हर सुबह एक चमत्कार का प्रमाण था। यह इस बात का प्रमाण था कि मानव आत्मा मेरे कल्पना से कहीं अधिक लचीली और अनुकूल है।

पिरामिड, एक रहस्यमय, खून जमा देने वाली संरचना, अब हमारे छोटे, लेकिन एकजुट समुदाय का धड़कता हुआ दिल था। मुझे पहले के दिन याद आए - अराजकता, डर, अनिश्चितता, अज्ञात की विशालता के सामने लाचारी का एहसास। और अब? सूरज की रोशनी, जो इसकी संरचना के क्रिस्टल तत्वों से गुज़रती थी, छाया और प्रतिबिंबों का एक मनोरम खेल बनाती थी, जो हर गुज़रते घंटे के साथ आंतरिक स्थान को बदल देती थी, जो हर दिन को एक दृश्य अनुभव में बदल देती थी जो कभी उबाऊ नहीं होता था। पिरामिड के अंदर हर कमरा, हर अलग स्थान, मानव सरलता और अनुकूलनशीलता की अनूठी छाप रखता था। अलाव, जिसके चारों ओर हम शाम को इकट्ठा होते थे, कांपते हुए प्रकाश में कहानियाँ सुनाते थे, वह गर्मी के स्रोत से अधिक था - यह साझा करने, हँसने, सांत्वना देने, एक अनकही समझ की जगह थी। प्रयोगशाला, जो उच्च-तकनीकी और क्षमता से भरी थी, ज्ञान का हमारा मंदिर था, जहाँ हम अपने वैज्ञानिक प्रयोगों को जारी रखते थे, जवाब और नई संभावनाओं की तलाश करते थे, अस्तित्व के धागों को सुलझाते थे।

पिरामिड हमारे निरंतर विकास का एक मौन गवाह था, हमारे नए जीवन को बेहतर बनाने के हमारे अथक प्रयास का। हर काम, हर निर्णय, सामूहिक चर्चा के माध्यम से होता था, हालाँकि, बेशक, स्वाभाविक नेता थे - जिनके पास अधिक अनुभव था या अधिक मजबूत सहज ज्ञान था। हमारे जीवन की सख्त व्यवस्था और सटीक संगठन के बावजूद, अंदर का माहौल गर्मजोशी भरी मानवता और समुदाय की एक मजबूत भावना से भरा हुआ था। हम सब ने एक-दूसरे से गहराई से जुड़े हुए महसूस किया, जो एक साझा उद्देश्य से एकजुट थे और उस जगह से जुड़े थे जिसे हम अब अपना घर कह रहे थे।

---✶⟡✶---

जब मैं वहाँ खड़ी थी और द्वीप को देख रही थी, तो मेरा मन नथानिएल के साथ हुई एक बातचीत में लौट गया, जो बहुत पहले हुई थी, मेरे नेपाल से लौटने के तुरंत बाद। मैं अंतर्ज्ञान से भरी हुई थी, जो मेरे अंदर एक ज्वालामुखी से लावा की तरह बाहर निकलने के लिए संघर्ष कर रहा था।

"नथानिएल," मैंने तब शुरू किया, उत्साह से लगभग हाँफते हुए, जबकि वह अपना महंगा कॉफी पी रहा था, एक बेदाग सूट पहने हुए, जो उस दुनिया का प्रतीक था जो तब सब कुछ नियंत्रित करती थी। "क्या तुम जानते हो, जब मैं विश्वविद्यालय में कन्फ्यूशीवाद, बौद्ध धर्म, हिंदू धर्म... सामूहिक सद्भाव के लिए, सभी जीवित प्राणियों के प्रति करुणा के लिए, निस्वार्थता के लिए... का अध्ययन कर रही

थी? मैंने उन्हें... बस दर्शन समझा था। सिद्धांत। कुछ ऐसा जो व्याख्यान में सुंदर लगता है, लेकिन हमारी दुनिया में अप्रचलित है, जहाँ पैसा भगवान था।"

उसने मुझे संदेह के साथ देखा, उसके चेहरे पर वही परिचित मुस्कान थी जो कहती थी: "क्या तुम फिर से कमजोर हो गई हो?"

"तो क्या, मेलिना? क्या तुम्हें कोई भिक्षु मिला है जिसने तुम्हें दिखाया है कि पैसा बुराई है? हम इसलिए जीवित रहे हैं क्योंकि हम व्यावहारिक, महत्वाकांक्षी हैं, इसलिए नहीं कि हम किसी पेड़ के नीचे ध्यान करते हैं। अमीर होना तुम्हें बुरा नहीं बनाता, मेलिना। यह तुम्हें... सफल बनाता है।"

"नहीं, नथानिएल, तुम नहीं समझते!" मैं लगभग चिल्लाया, काठमांडू की स्मृति मुझे इतनी ताकत से घेर रही थी कि मैं फिर से गंध महसूस कर रहा था। सिर्फ गंदगी नहीं, बल्कि मानव मांस के दाह संस्कार से उस भारी, दम घोंटने वाली धुएं की गंध, जो धूप, मसालों, निकास धुएं और सीवेज के साथ मिश्रित थी। यह क्रूर, कठोर था, लेकिन एक ऐसी जिंदगी से भरा था जो एक भयंकर सद्भाव में धड़क रही थी। अराजकता, शोर, भीड़। फटे हुए कपड़ों वाले बच्चे मलबे के बीच खेल रहे थे, यह जाने बिना कि खिलौना क्या होता है। वयस्क, जिनके शरीर थके हुए थे, थकावट तक काम करते थे। लेकिन!

उसने मुझे देखा, उसकी जिज्ञासा भावनाओं के प्रति उसकी सामान्य अवमानना के साथ लड़ रही थी।

"लेकिन क्या, मेलिना? मुझे यह मत बताना कि तुमने किसी झुग्गी बस्ती में ज्ञान देखा है।"

"मैंने वही देखा है!" मेरी आवाज़ जुनून से कांप रही थी। "क्योंकि उस सारी कमी और गरीबी के बीच, मैंने कुछ ऐसा खोजा है जिसे तुम स्वीकार करने से डरते हो! संरक्षित मूल्य, जिन्हें हमारी 'सभ्य' दुनिया भूल गई है! काठमांडू विश्वविद्यालय में इतिहास के प्रोफेसर, जो मुझे वहाँ ले गए, उन्होंने मुझे स्वयंभुनाथ, 'बंदरों का मंदिर' दिखाया - मैंने बुद्ध की आँखें देखीं, जो हर जगह तुम्हारा पीछा करती हैं, जबकि बंदर हजारों प्रार्थना झंडों के बीच कूद रहे थे। मैं बोधनाथ में थी, सबसे बड़े स्तूपों में से एक, जहाँ भिक्षु मंत्र फुसफुसाते थे, और भक्त अंतहीन विश्वास के साथ घूमते थे। मैं पशुपतिनाथ गया, बागमती नदी पर पवित्र हिंदू मंदिर, जहाँ मैंने दाह संस्कार देखा - शरीर कफ़न में लिपटे हुए, धुआँ जो आकाश में उठ रहा था, और जीवन और मृत्यु के चक्रीयता की समझ, जिसे पश्चिम ने इसे छिपाने, इसे हराने की कोशिश में खो दिया है। मैंने जीवित देवी कुमारी को देखा, एक बच्चे को एक देवता के रूप में पूजा जाता था, और मैंने दिव्य हस्तक्षेप और मानवीय गुणों की कहानियों को बताने वाली उत्तम नक्काशी की प्रशंसा की।

मैंने जारी रखने के लिए एक साँस ली, यह महसूस करते हुए कि हर शब्द मेरी आत्मा से निकल रहा था।

"इन जगहों पर, नथानिएल, मैंने देखा कि विश्वविद्यालय के सिद्धांत व्यवहार में कैसे बदल जाते हैं। मैंने बड़ों के लिए सच्चा सम्मान, पीड़ितों के प्रति गहरी करुणा देखी, जो एक क्षणिक, शांत मदद में व्यक्त की गई थी। किसी ने भी ज़रूरतमंद को नहीं छोड़ा! अटूट सहानुभूति ने पड़ोसियों को जोड़ा, जो कुछ भी उनके पास था उसे

बिना किसी स्वार्थ के साझा करते थे। ये लोग, इतने कम के साथ रहते हुए, यहाँ तक कि रोटी के सबसे छोटे टुकड़े की भी निस्वार्थ साझा करते थे। पारंपरिक सहिष्णुता उनके डीएनए का हिस्सा थी, जिससे विभिन्न विश्वासों को शांति से सह-अस्तित्व में रहने की अनुमति मिली! वे एक सच्चे समुदाय में रहते थे, एक-दूसरे का समर्थन करते थे, मुस्कुराते थे और साधारण चीजों में खुशी पाते थे - प्रार्थना, एक कप चाय, पड़ोसी के साथ बातचीत।

नथानिएल पीछे झुक गया, उसकी मुस्कान गायब हो गई। मैंने देखा कि मेरे शब्द उसे छू रहे हैं।

"यह अद्भुत है, नथानिएल, कि इस गरीब समुदाय ने, आधुनिक दुनिया की सुख-सुविधाओं तक पहुँच के बिना, इन गुणों को कैसे संरक्षित किया है, जबकि हमारी अपनी दुनिया, पैसे और उपभोक्तावाद की, अहंकार, आत्म-विनाश और अलगाव से बीमार है, सच्चे दोस्ती और समुदाय से रहित है! हम इतने अमीर हैं, फिर भी आत्मा में इतने गरीब हैं! इसीलिए मैंने तुमसे तब कहा था, और मैं अब कहता हूँ: जीवित रहना सिर्फ व्यक्तिगत प्रयासों का एक संग्रह नहीं है, बल्कि एक सामूहिक नृत्य है! एक समुदाय के फलने-फूलने के लिए, उसे करुणा, न्याय, साझाकरण और सम्मान जैसे मूल्यों को पवित्र करने की आवश्यकता है!"

उसने मेरी ओर देखा, लेकिन इस बार उसकी आँखों में संदेह से ज़्यादा कुछ था। शायद संदेह का एक दाना। शायद यहाँ तक कि... रुचि। "मेलिना, मेलिना..." उसने बुदबुदाया। फिर वह बस धीरे से मुस्कुराया और कहा: "तुम अभी भी वही आदर्शवादी हो।" इसने मुझे निराश किया, लेकिन मैं जानती थी कि एक दिन वह समझेगा। मैं जानती थी कि मेरा प्यार उसे बदल देगा।

---✶ ✶---

इसीलिए अब, जब नथानिएल पहाड़ी पर मेरे बगल में खड़ा था, तो मैंने एक उत्साह महसूस किया जो मेरे माध्यम से एक वसंत की बारिश से पहले की जमीन की कंपकंपी की तरह गुजरा। वह बदल गया था। वह अब समझ गया था।

"शुभ प्रभात, मेलिना," उसने फुसफुसाया, मेरे बगल में खड़े होते हुए। "मैंने सपना देखा।"

मैंने उसे देखा। उसकी आँखों में मैंने अपने ही विचारों का प्रतिबिंब देखा, उस सार्वभौमिक सच्चाई का जो प्रकट हो रही थी। मुझे कुछ भी कहने की ज़रूरत नहीं थी। उसने जारी रखा, उसकी आवाज़ एक गहरी, लगभग दर्दनाक जागरूकता से भरी हुई थी:

"मैंने सपना देखा कि मैं सेनेनमुंट हूँ, हत्शेप्सुत का वज़ीर, वह सुलेखक जिसने क्रिस्टल के रहस्यों को रिकॉर्ड किया, मंदिरों और गुप्त ज्ञान का निर्माण किया। मैंने अपने महंगे लिनन के कपड़ों का वजन, पपीरस और स्याही की, अनंतता की गंध महसूस की। लेकिन सपना बदल गया, मेलिना। अचानक लिनन का वजन गायब हो गया, मैंने अपने नंगे पैरों के नीचे धूल महसूस की। मैं मूसा बन गया, एक जलते हुए पहाड़ से नीचे उतर रहा था। एक जलती हुई रोशनी ने मुझे घेर लिया, पत्थरों के उतरने की आवाज़ ने रात को भर दिया। और मैं गोलियाँ लेकर जा रहा था। उन पर मानवीय शब्द नहीं थे, बल्कि शुद्ध ज्ञान के प्रतीक थे, जिन्हें हरमेस ने मुझे अभी-अभी याद

दिलाया था - मा'अत के सिद्धांत - सच्चाई, व्यवस्था, न्याय, संतुलन, सद्भाव। और मैं उन्हें हमारे लिए, हमारे परिवार के लिए ले जा रहा था। कानूनों के रूप में नहीं, बल्कि एक मार्ग के रूप में। संरक्षण, समृद्धि, प्रेम के लिए एक मार्ग, जो ब्रह्मांड की मौलिक शक्ति है।

क्या तुम जानती हो, मेलिना, यह इतना... शक्तिशाली है। मैं इस यहूदी समुदाय से संबंधित हूँ। ये सभी गुण और मूल्य हमारे अतीत का हिस्सा हैं, संरक्षित हैं, लेकिन सियोनवाद में पैसे और सत्ता द्वारा भ्रष्ट हो गए हैं और 'सिय्योन के संतों' के प्रोटोकॉल हैं। हमने प्रभुत्व और भौतिक धन की खोज में उन्हें भुला दिया है। लेकिन अब... अब मैं उन्हें महसूस करता हूँ। अपने खून में। हर कोशिका उन्हें फुसफुसाती है। हरमेस के साथ बातचीत सिर्फ एक उत्प्रेरक थी।

मेरा दिल उछल पड़ा। मैं जानती थी कि वह बिल्कुल किस बारे में बात कर रहा था। उसने सिर्फ समझा नहीं था, उसने ज्ञान को मूर्त रूप दिया था, वह ज्ञान बन गया था। अब वह मूसा था।

"तुम सही हो, नथानिएल," मैंने कहा, मेरी आवाज़ उत्साह और प्यार से कांप रही थी। मैंने अपना हाथ बढ़ाया और उसका कसकर पकड़ लिया, अपनी उंगलियों को आपस में मिलाते हुए, हमारी नियति को जोड़ते हुए। "मैंने भी सेनेनमुंट का सपना देखा है। जब मैं उसके सपनों में, तुम्हारे अवचेतन में, तुम्हारे और क्रिस्टल के बीच, तुम्हारे और ब्रह्मांड के बीच इस प्राचीन संबंध में प्रवेश कर रही थी। मैं जानती थी कि तुम जागोगे, क्योंकि मैं तुम्हें उस ज्ञान की ओर ले जा रही थी। मेरा प्यार तुम्हें मार्गदर्शन कर रहा था, नथानिएल। इसने तुम्हारी बुद्धिमत्ता और चेतना को अनलॉक किया। हरमेस के साथ बातचीत सिर्फ आखिरी बूंद थी, सिर्फ अंतिम धक्का। यही वह इच्छा है जो हमें चलाती है। मैं इसे अपने चारों ओर हर जगह देखती हूँ। हमारे पिरामिड में हर कमरा, हर नई परंपरा जो हम बना रहे हैं... सब कुछ अस्तित्व की इस इच्छा का प्रतिबिंब है, निर्माण करने, सद्भाव में रहने का। ये छह महीने... वे सबूत हैं। हम पहले से ही उन्हें व्यवहार में लागू कर रहे हैं।

नथानिएल ने मेरी ओर देखा, उसकी आँखें चमक रही थीं। उसने धीरे से मेरा हाथ दबाया।

"बिल्कुल! लेकिन हम इसे व्यवहार में कैसे लाएंगे? हम पहले से ही इन सिद्धांतों के अनुसार रहते हैं, लेकिन हम उन्हें कैसे स्थापित करेंगे, मेलिना? हम उन्हें ऐसी नींव में कैसे बदलेंगे जो फिर से नहीं टूटेंगी? हम पुरानी दुनिया की गलतियों को फिर से कैसे नहीं होने देंगे? गारंटर कौन होगा?"

"खैर, बुद्ध के मध्यम मार्ग को याद रखो, प्रिय," मैं धीरे से मुस्कुराया, लेकिन मेरी नज़र गंभीर थी, दृढ़ संकल्प से भरी थी। "गिटार का तार बहुत ढीला नहीं होना चाहिए, ताकि वह आवाज़ न दे। लेकिन इसे बहुत कसकर भी नहीं खींचा जाना चाहिए, क्योंकि यह टूट जाएगा। हमें संतुलन खोजना होगा, नथानिएल! हम बहुत कठोर नहीं हो सकते, बिना समझे नियम थोप सकते हैं, स्वतंत्रता और व्यक्तित्व का गला घोंट सकते हैं। लोग विद्रोह करेंगे। लेकिन हम आलस्य, स्वार्थ, उन संघर्षों के प्रति बहुत सहिष्णु भी नहीं हो सकते जो समुदाय को फाड़ देते हैं। यह हमें अंदर से नष्ट कर देगा। हमें एक ऐसी प्रणाली बनानी होगी जिसमें जिम्मेदारी व्यक्तिगत हो - हर कोई जानता हो कि उससे क्या उम्मीद की जाती है - लेकिन समर्थन सामूहिक हो। हर

किसी को यह महसूस करना चाहिए कि वे किसी बड़ी चीज़ का हिस्सा हैं, कि वे अपनी कठिनाइयों में अकेले नहीं हैं।"

"लेकिन हम इसे कैसे नियंत्रित करेंगे?" उसने माथे पर शिकन डाली, अब कम संशयवादी, लेकिन अधिक व्यावहारिक अनुप्रयोग के बारे में चिंतित। "लोग... उनके हमेशा छिपे हुए इरादे होते हैं। हमेशा सत्ता, संग्रह की प्रवृत्ति होती है। हम उन्हें इस सामूहिक विवेक को स्वीकार करने के लिए कैसे मजबूर करेंगे?"

"हम उन्हें मजबूर नहीं करेंगे, नथानिएल। हम उन्हें प्रेरित करेंगे।" मैंने महसूस किया कि मेरा चेहरा एक सच्ची मुस्कान में फैल रहा है। "व्यक्तिगत उदाहरण के साथ। निरंतरता के साथ। पारदर्शिता के साथ। और हम अपनी गलतियों से सीखेंगे। यह आसान नहीं होगा, ठोकरें होंगी। लेकिन अब हमारे पास एक नींव है। हमारे पास प्यार है। हमारे पास विश्वास है। तुम हमारे नेता हो, जो इस प्राचीन ज्ञान को मूर्त रूप देते हो, और मैं तुम्हारे बगल में हूँ, तुम्हें सहानुभूति, सामूहिक भावना, संतुलन की याद दिलाने के लिए। यह हमारी नई शुरुआत है, प्रिय। यह हमारा मिशन है। और हम इसे पूरा करेंगे। एक साथ।"

उसने मुझे कसकर गले लगाया, मुझे अपने पास दबा लिया। मैंने उसके दिल की धड़कन महसूस की, जो मेरी धड़कन से मेल खाती थी। मैं जानती थी कि इस बार हम सही रास्ते पर थे। मैंने महसूस किया कि मेरे कंधे जिम्मेदारी से भारी हो रहे हैं, लेकिन मेरा दिल एक शांत, अटूट खुशी से भरा हुआ था। हमारे आगे का रास्ता लंबा होगा, लेकिन हम अब अकेले नहीं थे।

---✶९✶---

विश्वास का जन्म

दिन की दोपहर की कोमलता में, जब सूरज की किरणें पिरामिड के क्रिस्टल पहलुओं से टूट रही थीं, नथानिएल और ऐगिस गहरे विश्लेषण में डूबे हुए थे। डिकोड किए गए डीएनए के डेटा ने ज्ञान की परतें प्रकट कीं, जो सिर्फ एक जैविक कोड नहीं थे, बल्कि ब्रह्मांड के कपड़े के धड़कते हुए धागे थे, जो उनमें क्वांटम हस्ताक्षर और पीजोइलेक्ट्रिक क्षेत्र खोज रहे थे, जो न केवल जैविक, बल्कि विकासवादी स्मृति को भी संग्रहीत करने में सक्षम थे। मैं उनके पास खड़ी थी, यह महसूस कर रही थी कि हवा उस रहस्य की भव्यता के साथ कांप रही थी जिसे हम प्रकट कर रहे थे।

और फिर - अचानक - एक चीख।

एक तीखी, भेदक, पल के सद्भाव के लिए एक अजनबी।

हम सब ने सिर घुमाया। दूर, समुद्र तट के अंत में, लिया घुटनों के बल गिर गई थी। उसका शरीर ऐंठन में था, और उसके हाथ उसके पेट को जकड़ रहे थे। उसकी स्थिति की नाजुकता ने मेरी आत्मा को बिजली की तरह छेद दिया।

"लिया!" एंथोनी एक बवंडर की तरह दौड़ा। उसके चेहरे पर घबराहट हावी हो गई थी, लेकिन उसकी आँखें दृढ़ संकल्प के साथ जल रही थीं।

"जन्म शुरू हो गया है..." - एक प्राचीन प्रवृत्ति की तरह मेरे दिमाग में विचार कौंध गया।

सूरज पहले ही नीचे खिसक रहा था, जो आकाश पर बैंगनी छाया फैला रहा था। हमारे पास पिरामिड तक पहुँचने का समय नहीं था, जहाँ हमने जन्म के लिए एक विशेष स्थान तैयार किया था। हमें अब कार्रवाई करनी थी।

"गुफा!" माइकल ने उनके कुछ मीटर की दूरी पर एक नीची चट्टानी मेहराब की ओर इशारा करते हुए चिल्लाया। "वहाँ यह ज़्यादा सुरक्षित होगा!"

एंथोनी ने उसे सावधानी से उठाया। दर्द उसे फाड़ रहा था, लेकिन उसकी आँखें - नम, एक माँ की इच्छाशक्ति की शक्ति से चमक रही थीं। धीरे से, लगभग एक कसम की तरह, उसने फुसफुसाया:

"मैं इससे निपटूँगी... उसके लिए। हमारे लिए।"

यवोन ने बच्चों को पकड़ लिया, जिनके चेहरे एक नासमझ आतंक से पीले पड़ गए थे। सारा और डेना ने साफ कपड़े, पानी, जो कुछ भी ज़रूरी था, इकट्ठा करना शुरू कर दिया। ईथन, निपुणता के साथ, आग जला रहा था, जिसने जल्द ही आने वाले अँधेरे में एक गर्म रोशनी जलाई।

खुले आसमान के नीचे जन्म प्राथमिक, प्राचीन था - मानो ग्रह की ही स्मृति से निकाला गया हो। समुद्री हवा नमक, खून और मिट्टी की गंध ला रही थी। दूर की हवा के रोने और लहरों की धीमी फुसफुसाहट के बीच, प्रकृति ऐसी लग रही थी मानो वह लिया के साथ साँस ले रही हो।

एंथोनी उसके पीछे बैठा था, उसे एक चट्टान की तरह गले लगाए हुए था - स्थिर, मजबूत। उसकी हर कराह प्यार और साहस की उसकी फुसफुसाहट में घुल गई। माइकल और सारा, डेना के मार्गदर्शन में, सावधानी से प्रक्रिया की निगरानी कर रहे थे, उनके हाथ कांप रहे थे, लेकिन उनकी आत्मा अडिग थी।

और तभी - चुप्पी टूट गई।

"मुझे उसकी नब्ज महसूस नहीं हो रही है!" डेना की आवाज़ दबी हुई थी, लेकिन निराशा ने उसे एक ठंडी छुरी की तरह छेद दिया। "दिल की धड़कन कमजोर हो रही है!"

समय घना हो गया। हमने लिया के साथ साँस ली। घंटों आशा और डर की अंतहीन धड़कनों में बदल गए। हर पल एक ब्लेड था, जो जीवन और खाई के बीच कट रहा था।

"थोड़ा और, लिया!" माइकल धीरे-धीरे, लेकिन दृढ़ता से बोल रहा था। सारा ने इस द्वीप के दिल से निकाला गया एक हर्बल काढ़ा दिया - प्राचीन ज्ञान का एक अमृत।

अँधेरे ने हमारे चारों ओर की दुनिया को निगल लिया। केवल लपटें सभी के पसीने वाले चेहरों पर नाचती हुई छाया डाल रही थीं।

और तभी - जब सुबह की पहली सुनहरी किरण ने अँधेरे को एक भाले की तरह फाड़ दिया - तो आवाज़ आई।

एक रोना।

तेज। साफ। शुद्ध।

एक नया जीवन।

एलेक्स, जिसके हाथ अब नहीं कांप रहे थे, ने बच्चे को गोद में लिया। सारा ने जल्दी से उसे एक मुलायम कपड़े में लपेट दिया। एंथोनी की आँखों से आँसू

अनियंत्रित रूप से बह रहे थे, जबकि उसने लिया को गले लगाया। और वह - थकी हुई, लेकिन चमकती हुई - मुस्कुरा रही थी, वह मुस्कान जो केवल जीवन की रचना ही पैदा कर सकती है।

"स्वागत है, छोटी विश्वास..." मैंने फुसफुसाया, जब सूरज ने अपनी पहली रोशनी के साथ नवजात को नहलाया। उसका नाम एक शब्द से ज़्यादा था - यह हमारे पुनर्जन्म का प्रतीक था, एक प्राथमिक शक्ति के रूप में प्रेम में विश्वास का, हमारे डीएनए की कोडित अनंतता का।

वह पृथ्वी, मनुष्य और ब्रह्मांड के बीच तालमेल का एक जीवित प्रमाण थी। विश्वास - नई सभ्यता का पहला बच्चा।

------------------ ------------------

अध्याय 18: जागरूकता का प्रवाह

नथानिएल ने आह भरी - उसकी आत्मा से एक बोझ मुक्त हो गया। यह रही, इस नई दुनिया में पैदा हुई पहली बच्ची, पहली प्राणी, जिसे साँस लेने का मौका मिला। स्वस्थ, जीवंत, जिसे मेलिना ने अभी-अभी विश्वास नाम दिया था। उसने उसे गले लगाया, छोटे शरीर को चूमा, फिर उसे महिलाओं को सौंप दिया। अगले ही पल, उसने धीरे से अपने सबसे छोटे पोते - विलियम - का छोटा हाथ पकड़ा और उसे पथरीले रास्ते पर ले गया। पास में एक झरना धीरे-धीरे बह रहा था, एक साफ धारा जो आगे एक उग्र नदी में बदल गई, ताकि वह अंत में विशाल महासागर में अपना शाश्वत आराम पा सके।

वे धीरे-धीरे चले, कदम दर कदम, ताकि वे सबके लिए ताज़ा पानी ला सकें। नथानिएल ने धीरे से बात की, उसकी आवाज़ में पितृत्व की कोमलता और प्राचीन ज्ञान भरा हुआ था:

"क्या तुम देखते हो, विलियम? सब कुछ बहता है, सब कुछ लगातार बदलता है। इस नदी की तरह। इसका पानी कभी हिलना बंद नहीं करता, यह लगातार अपना आकार बदलता है, बाधाओं से गुज़रता है। वही छोटे कंकड़ जो आज इसकी सतह के नीचे छिपे हैं, वे कल किनारे पर दिखाई दे सकते हैं। इसकी तरह, हमारे चारों ओर की पूरी दुनिया निरंतर और शाश्वत गति में है। सब कुछ पैदा होता है, बढ़ता है, परिपक्व होता है, मुरझा जाता है और अंत में मर जाता है, ताकि किसी नई चीज़ को जगह दे सके। पीढ़ियाँ बदलती हैं, तारे पैदा होते हैं और मर जाते हैं, यहाँ तक कि हमारे अपने विचार और भावनाएँ भी पल-पल बदलती हैं, अस्थिर लहरों की तरह। लेकिन अगर हम गहराई से देखें, तो हम कुछ स्थिर, स्थायी और निरंतर देख सकते हैं। नदी के कठोर तल की तरह, जो अपरिवर्तित रहता है, जबकि उसके ऊपर का पानी लगातार चलता रहता है।"

जब नथानिएल बात कर रहा था, तो उसकी चेतना दो भागों में बँटी हुई थी। उसका एक हिस्सा यहाँ, विलियम के साथ, रास्ते पर था, उसे दुनिया समझा रहा था। उसका दूसरा हिस्सा वहाँ, मेलिना के साथ एक पुरानी बातचीत में था, जिसने अब, सभी अनुभवों के बाद, एक पूरी तरह से नया, दर्दनाक रूप से स्पष्ट अर्थ प्राप्त कर लिया था। मानो उसके शब्द, जो कभी सिर्फ "चैट में एक कहानी" थे, उसके दिमाग

में एक पूर्ण रंगीन, जीवित फिल्म की तरह खुल रहे थे। उसने महसूस किया कि विलियम का हाथ उसके हाथ में थोड़ा सिकुड़ गया है, मानो वह उसकी स्थिति से हर कंपन को अवशोषित कर रहा हो, शब्दों से परे कुछ को सहज रूप से समझ रहा हो। अचानक विलियम रुक गया, उसकी नज़र क्षितिज की ओर चली गई, मानो उसने एक पल के लिए एक दूर की, अदृश्य छाया को पकड़ा हो, इससे पहले कि वह जारी रहे। क्या सब कुछ उसकी कल्पना का फल था? एक मतिभ्रम? या क्रिस्टल और अज्ञात ऊर्जा द्वारा प्रेरित एक आंतरिक विकास, जो इसे मोड़ रहा था? चिंता एक अकथनीय प्रेरणा के साथ मिल रही थी।

---✶✶---

फ्लैशबैक: वह बातचीत जिसने सब कुछ बदल दिया

उसने उसे एक ग्रीक द्वीप पर अपनी जागृति के बारे में बताया था। उसे याद आया कि तब भी वह उसके लिखने के तरीके, उस शुद्ध, वास्तविक भावना से मंत्रमुग्ध था।

"तुम्हें लिखने की प्रतिभा है," उसने उसके शब्दों से मंत्रमुग्ध होकर कहा था।

मिनटों बाद उसने जवाब दिया था: "मैं अपनी आत्मा से लिखती हूँ।"

उसने जल्दी से टाइप किया: "तुम्हें अपनी आत्मा से लिखने की प्रतिभा है।"

और उसने, बिना किसी हिचकिचाहट के: "और क्या तुम इसे पढ़ना चाहते हो?"

"हाँ," उसने जवाब दिया था, बिना यह सोचे कि यह सवाल उसे कितना गहराई से बदल देगा।

---✶✶---

किनारे पर अंतर्दृष्टि

अब, उसके दिमाग में, उसके बाकी शब्द खुल रहे थे, इस बार और भी मजबूत भावनात्मक भार के साथ। वह उसके अनुभवों को देख रहा था, मानो उसकी अपनी आत्मा उन्हें फिर से जी रही हो:

फ्लैशबैक: नथानिएल के शब्द, एक नरम हवा की तरह फुसफुसाए गए, संदेह को बिखेर दिया, मेरी भावनाओं को खिलने दिया। पहली बार मैंने अपने दिल की एक स्पष्ट भाषा सुनी, जो किसी और द्वारा बोली गई थी। उसका हर इशारा एक नियतिपूर्ण चिंगारी थी, जो एक अविनाशी आग को प्रज्वलित कर रही थी। वह निकटता, जिसे उसने शब्दों में मना किया था, एक अडिग विश्वास की ओर ले गई: ऐसी ही संवेदनाएं उसकी सार में भी बह रही थीं, जो सावधानी के पीछे छिपी थीं। मैंने एक अदृश्य, शाश्वत तरीके से जुड़ा हुआ महसूस किया। परीक्षाओं ने मुखौटे हटा दिए, हमारे सच्चे 'स्वयं' को उजागर कर दिया। उसने खुद को इस निकटता में डूबने दिया था। उसकी सारी हिचकिचाहट उसकी सार के प्राथमिक कंपन को जगह दे रही थी।

---✶✶---

नथानिएल के गाल पर एक अकेला आँसू बह गया। विलियम, जो उस क्षण तक चुपचाप सुन रहा था, ने अपना सिर उठाया और धीरे से अपने दादा के गीले गाल को छुआ। बच्चा इस अदृश्य ऊर्जा को महसूस कर रहा था, इसे नाम दिए बिना। जिस

तरह दर्पण न्यूरॉन भावनाओं और जागरूकता के संचरण की व्याख्या करते हैं, उसी तरह विलियम का सहज ज्ञान नथानिएल के अंतर्ज्ञान की प्रतिध्वनि को पकड़ रहा था। नथानिएल ने इस निकटता से इनकार कर दिया था, लेकिन उसने, मेलिना ने, इसे महसूस किया था। उसने उसे देखा था। तब वह स्वीकार करने के लिए अपने ही हठधर्मिता में बहुत अधिक जकड़ा हुआ था। लेकिन अब उसके बिना शर्त समर्पण के लिए लालसा उसे अपनी पूरी ताकत से घेर रही थी।

---✶{✶---

फ्लैशबैक: आपसी समझ की यह गहरी जागरूकता, एक साझा लालसा, और उसे बिना शर्त समर्पण प्रदान करने की मेरी प्यास ने मुझे काँपने के लिए मजबूर कर दिया। मैं रहस्य और खोज से भरे एक रोमांच का अनुभव कर रहा था। मैं एक ऐसी दुनिया बना रहा था जिसमें सब कुछ संभव था। मैं अपने पूरे सार को केंद्रित करने का सपना देख रहा था, ताकि उसे खुश कर सकूँ और उसकी प्रतिबिंबित खुशी का अनुभव कर सकूँ। मैं खुद का सब कुछ प्रकट करना चाहता था, उसे अपनी पूरी नग्नता और भेद्यता देना चाहता था, उसे एक अलौकिक, आसमानी स्पर्श से छूना चाहता था। मैंने बिना कुछ बचाए सब कुछ दे दिया। मैं और भी देना चाहता था। हर गुज़रते मिनट के साथ मैंने अपनी भावनाओं में नई गहराइयाँ, उसे प्यार करने के नए तरीके खोजे।

---✶{✶---

"वह तब भी एक देवी थी," नथानिएल ने लालसा से पीड़ित होकर मन ही मन फुसफुसाया। "और मैं सिर्फ एक इंसान था, जो मूर्खतापूर्ण डर और नियंत्रण के भ्रम से बँधा था। पाइथागोरस ने कहा: 'सब कुछ एक संख्या है।' शायद प्यार ही एकमात्र ऐसी संख्या है जिसे विभाजित नहीं किया जा सकता है? एकमात्र पूरा, जो अपने सार में नहीं बदल सकता, भले ही बाकी सब कुछ बहता और बदलता हो? क्षेत्रों का संगीत उसके दिल का संगीत था, जो मेरी दुनिया में कंपन कर रहा था, और मैंने, मूर्ख ने, इसे सुना, लेकिन समझा नहीं।"

---✶{✶---

फ्लैशबैक 📜 मेलिना: "...एक चकाचौंध करने वाली बिजली मेरे दिल के अँधेरे को छेद गई, जो अनंतता को प्रकट कर रही थी। मेरा दिल एक ब्रह्मांडीय वाल्ट्ज की ताल में धड़क रहा था... मैं दूसरी बार पैदा हो रहा था... मैंने खुद को एक तितली जैसा महसूस किया, जो अभी-अभी पैदा हुई थी। वह सब कुछ जो मैंने तब तक मान लिया था, एक रहस्य में बदल गया..."

---✶{✶---

नथानिएल ने एक पल के लिए अपनी आँखें बंद कर लीं, मानो वह भी उस हवा, उस स्वतंत्रता, उस आसमानी शाल को महसूस कर रहा हो। वह उसे वहाँ देख रहा था। विलियम उससे थोड़ा दूर चला गया, उसकी छोटी आँखें दूरी में देख रही थीं, मानो वह भी समुद्र तट, सुनहरे सूर्यास्त और साटन में लिपटी महिला आकृति को देख रहा हो। उसकी बच्चों जैसी सहज ज्ञान इस गहरे अनुभव की प्रतिध्वनि को पकड़ रही थी, जो दुनिया को समझने की उसकी क्षमता का विस्तार कर रही थी, मानो हजारों साल के ज्ञान का बीज उसकी शुद्ध, अभी तक बिना आकार वाली आत्मा में उग रहा हो।

"यह हेराक्लाइटस है!" नथानिएल ने सोचा, जबकि उसकी चेतना ने पुराने ज्ञान को अनुभव से जोड़ा। "पांटा रेई - सब कुछ बहता है। तुम एक ही नदी में दो बार प्रवेश नहीं कर सकते।" लेकिन मेलिना ने उससे परे भी देखा था - उसने परिवर्तन में एकता देखी थी। उसने शाश्वत परिवर्तन के हर्मेटिक सिद्धांत को महसूस किया था, इसे नाम दिए बिना। जिस तरह डेल्फी का दैवज्ञ उन सच्चाइयों को फुसफुसाता था, जिन्हें केवल प्रबुद्ध लोग समझते थे। वह उसकी पाइथिया थी, जिसने उस ब्रह्मांड के बारे में सच्चाई को छुआ था, जिसे हेराक्लाइटस ने एक शाश्वत प्रवाह के रूप में महसूस किया था, और पाइथागोरस ने संख्याओं में कोडित किया था।

---✶✶---

मेलिना की संवेदी संवेदनाएं और अंतर्दृष्टि, नथानिएल में परिलक्षित

फ्लैशबैक "हवा अदृश्य परमाणुओं के नृत्य में बदल गई, मेरी त्वचा को सहला रही थी। पानी चमकदार कणों में विभाजित हो गया। रेत तैर रही थी... मेरे और प्रकृति के बीच की सीमाएं धुंधली हो गईं। मैंने खुद को एक महान, ब्रह्मांडीय नृत्य का एक अविभाज्य हिस्सा महसूस किया। समय धीमा हो गया... ब्रह्मांड एक प्राचीन फिल्म के लगातार फ्रेम की तरह खुल गया। मुझे एक विशेषाधिकार प्राप्त पर्यवेक्षक जैसा महसूस हुआ..."

"ज्ञान सिर्फ जानकारी का संग्रह नहीं है, बल्कि अंतर्दृष्टि है," सुकरात की आवाज़ उसके मन में गूँज उठी। "खुद को जानो।" मैं तब खुद को नहीं जानता था। और अरस्तू ने कहा कि मनुष्य एक तर्कसंगत जानवर है, लेकिन शायद हमारा सच्चा सार एक महसूस करने वाला जानवर होना है, जो सिर्फ तर्क से नहीं, बल्कि अनुभव से जानता है? मेलिना जानती थी। शायद सच्ची, प्राथमिक दर्शन सूखी सोच नहीं, बल्कि एक उग्र अनुभव था? उसने सच्चाई को अंदर से, अपने पूरे अस्तित्व से जाना था, न केवल अपने मन से। उसने सच्चाई को अंदर से जाना था। उसके लिए, उस पूर्ण एकता के लिए लालसा असहनीय हो गई थी। उसने सच्चाई को देखा था, इससे पहले कि उसने इसे सपना देखा हो।

मेलिना ने उसकी आत्मा में फुसफुसाया:

"मैं अंतहीन आकाश में एक आसमानी बादल की तरह बिखर गई। मेरी आत्मा शुद्ध प्रकाश के पंखों पर तैर रही थी, प्राथमिक ऊर्जा से परमानंद का अनुभव कर रही थी। हर कोशिका एक ब्रह्मांडीय ताल के साथ तालमेल में कंपन कर रही थी, सुनहरे प्रकाश की एक चमकदार सुरंग से तैर रही थी। मैं मौजूद हर चीज़ के साथ एक धन्य एकता में गिर गया, यह महसूस करते हुए कि मेरे 'स्व' की सीमाएं अनंतता में कैसे घुल रही थीं।"

---✶✶---

"मुझे यह चाहिए!" नथानिएल की आत्मा में एक शांत, हताश चीख गूँज उठी। वह उसके साथ सुनहरे प्रकाश की उस सुरंग में घुल जाना चाहता था। वह उस एकता का अनुभव करना चाहता था। सिर्फ उसके साथ। यह एक गहरा प्रेम अनुभव था, जो शारीरिक, आत्मिक बंधन से परे था। यह एक ब्रह्मांडीय लालसा थी, जो अब उसकी नसों में जल रही थी। "वह क्षण अनंत काल की एक छोटी, लेकिन अनमोल बूंद थी। फिर मैं धीरे-धीरे अपने शरीर के आलिंगन में लौट आया। सब कुछ अपनी

जगह पर वापस आ गया, लेकिन उस अनुभव की मायावी सुगंध कंपन करती रही। उस क्षण से मैं जानती थी कि शब्द सिर्फ असली वास्तविकता के धुंधले प्रतिबिंब हैं और उनका उन गहरी, अकथनीय संवेदनाओं से कोई लेना-देना नहीं है जो वह मुझमें पैदा करता है। और यह कि यह बंधन शाश्वत होगा, मेरे अटूट विश्वास से पोषित होगा कि ऐसी पूर्णता ही प्रेम का सार है।"

नथानिएल का आँसू विलियम के हाथ पर गिरा। "तुम जानती थी, मेलिना। तुम हमेशा जानती थी। मैं अभी-अभी यह समझना शुरू कर रहा हूँ कि इस शाश्वत परिवर्तन में कैसे रहना है, लेकिन प्यार में स्थिरता खोजना है।" उसकी नज़र विलियम के हाथ से हटकर दूरी की ओर चली गई, जहाँ उसने पिरामिड की रूपरेखा और धुँधली रूप से - मेलिना की आकृति देखी। उसके लिए लालसा मूर्त थी, लगभग दर्दनाक। विलियम ने उसे गंभीर, गहरी आँखों से देखा, मानो अंतर्ज्ञान की प्रतिध्वनि ने उसकी बच्चों जैसी आत्मा को भी छुआ हो, जो दुनिया को समझने की उसकी क्षमता का विस्तार कर रही हो।

---✶✶---

और जब वह वहाँ खड़ा था, अपने बगल में बच्चे के साथ, नथानिएल ने अंतहीन क्षितिज की ओर देखा। दूर। महासागर के ऊपर। एक काला बिंदु। बस एक छाया। लेकिन उसमें कुछ ने एक नए, अज्ञात खतरे के बारे में फुसफुसाया। यह पास आ रहा था। दुनिया बदल रही थी। वे तैयार नहीं थे। लेकिन क्या दुनिया उनके लिए तैयार होगी? और क्या जो आ रहा था वह प्यार की भाषा को समझेगा?

------------------ ------------------

अध्याय 19: नई दुनिया की लय

विलियम... दादा नथानिएल और मैं झरने पर पहुँचे। पानी चट्टान की एक दरार से क्रिस्टल-सा साफ बह रहा था, और उसकी सतह पर एक मुश्किल से पता चलने वाली, उच्च आवृत्ति वाली आवाज़ थी। पानी खुद धीरे-धीरे कंपन कर रहा था।

"दादाजी?" मैंने नथानिएल का हाथ खींचते हुए पूछा। मेरे हाथ डर से ठंडे थे, उनकी हथेली को जकड़े हुए थे। "यह गुनगुनाहट क्या है?"

नथानिएल धीरे-धीरे झुक गया, उसकी नज़र पानी पर टिकी हुई थी। मैंने देखा कि ठंडक एक हल्की झुनझुनी में बदल गई, मानो लाखों सूक्ष्म सुइयाँ उसकी त्वचा को छेद रही हों, लेकिन बिना दर्द के, एक कोमल बिजली की फुसफुसाहट की तरह। झरने के ऊपर चट्टानों में गहराई में कुछ जुगनू की तरह चमक उठा, अपनी अँधेरी चादर खोलते हुए। हमारे चारों ओर की हवा घनी हो गई, एक अदृश्य शक्ति से भारी हो गई - डरावनी नहीं, बल्कि नम्रता भरी, एक प्राचीन देवता की फुसफुसाहट की तरह।

"मुझे लगता है कि यह खुद ज़मीन से है, विलियम," उसने जवाब दिया, उसकी आवाज़, जो सामान्य से ज़्यादा कर्कश थी, उसमें एक नई, लगभग दर्दनाक स्पष्टता थी। उसकी नज़र दूर के पिरामिड की ओर चली गई, मानो वह उसके मौन ज्ञान में पुष्टि की तलाश कर रहा हो। "ऐसा लगता है कि यह... ऊर्जा के साथ धड़क रही है। ठीक वैसे ही जैसे सब कुछ कंपन करता है, जैसा कि हरमेस कहता है।"

जब हमने कनस्तर भरा, तो हमारे पैरों के नीचे की ज़मीन और भी ज़्यादा तीव्रता से धड़कने लगी। झरने के चारों ओर की आवाज़ तेज़ हो गई, और पानी अधिक स्पष्ट रूप से धड़कने लगा, जो अदृश्य वृत्त बना रहा था। अचानक, अँधेरी दरार से, जहाँ से कुछ देर पहले पानी बह रहा था, एक नीला, धड़कता हुआ बीम फूट पड़ा, जिसने हवा को एक क्रिस्टल ब्लेड की तरह काट दिया। यह कुछ सेकंड तक नाचता रहा, जो अदृश्य प्रतीक बना रहा था, इससे पहले कि वह हवा में घुल गया। लेकिन यह पूरी तरह से गायब नहीं हुआ। हमारे कानों में एक शांत, गहरी आवाज़ रही, जो एक प्राचीन "ओम" की तरह थी, जो हमारी हड्डियों में ही कंपन कर रही थी, और जहाँ बीम बिखर गया था, वहाँ एक आसमानी, नीले रंग का प्रतीक, जो एक आँख जैसा था, कांपता रहा। हमने ओजोन और एक कांपती हुई चुप्पी का एक ठंडा एहसास महसूस किया।

"क्या तुमने वह देखा, दादाजी?" मैंने फ़ुसफ़ुसाया, मेरी आँखें बड़ी हो गई थीं, जिनमें बच्चों जैसी दहशत और मंत्रमुग्धता का मिश्रण था।

"मैंने देखा, विलियम," नथानिएल ने जवाब दिया। उसका चेहरा विस्मय से विकृत हो गया था, मानो उसने अस्तित्व की एक भूली हुई किताब में झाँका हो। "ऐसा लगता है कि... पृथ्वी ही अपनी आत्मा का एक हिस्सा प्रकट कर रही है। यह अस्तित्व की लय है, जिसके बारे में मैं तुमसे बात कर रहा था। शाश्वत परिवर्तन का बहता हुआ सद्भाव।"

---✶❦✶---

नई दुनिया की लय: जागरूकता

शिविर में वापस जाते समय, हमने देखा कि हमारे रास्ते में अन्य स्थान भी असामान्य लग रहे थे। घास हवा के बिना कांप रही थी, और रास्ते में छोटे कंकड़ हल्के से गूँज रहे थे, मुश्किल से उछल रहे थे। मैंने अपनी हड्डियों में गहराई में धड़कन महसूस की, मानो थोड़ी देर पहले के अंतर्ज्ञान की प्रतिध्वनि इन बाहरी घटनाओं के साथ तालमेल बिठा रही हो। मैं अभी भी मेलिना के लिए उस ब्रह्मांडीय लालसा को महसूस कर रहा था, जो अब दुनिया के बारे में उसकी नई समझ के साथ आपस में मिल रही थी, जिससे उसे एक दर्दनाक मिठास मिल रही थी। और ऐसा लगा कि न केवल पृथ्वी साँस ले रही थी, बल्कि हमारा अपना मांस भी एक ट्यूनिंग फोर्क में बदल रहा था, जो ब्रह्मांडीय गीत को पकड़ रहा था।

जब हम गाँव पहुँचे, तो हमने झरने के पास हुई अजीब घटनाओं के बारे में बताया। मेलिना ने ध्यान से सुना, एक तनावपूर्ण अभिव्यक्ति के साथ, और उसकी नज़र नथानिएल की ओर गई - उसमें एक स्वीकृति थी, लेकिन एक गहरा, परिचित एहसास भी था, जिसे केवल वे दोनों साझा करते थे, नियति का एक धागा, जो उनकी हर मुलाकात में बुना गया था।

"कंपन का सिद्धांत," मेलिना ने धीरे-धीरे बात की, उसकी नज़र फिर से उसकी ओर चली गई, जो समझ से भरी थी। "सब कुछ चलता है, सब कुछ कंपन करता है। पूरी प्रकृति इन कंपनों को बढ़ाती हुई लगती है, उन्हें हमारे लिए दृश्यमान बनाती है। मुझे याद है... ग्रीक समुद्र तट पर वह बिजली। तब मैंने महसूस किया कि समय कैसे घुल रहा था, कैसे हर कोशिका ब्रह्मांडीय अनुनाद के साथ तालमेल में

कंपन कर रही थी। सब कुछ बदलता है, नथानिएल, लेकिन इस परिवर्तन का स्रोत, यह प्राथमिक ऊर्जा, हमेशा प्यार है। वही है जो समय के प्रवाह को चलाता और बदलता है, इसे धड़कने के लिए मजबूर करता है। वह मायावी माध्यम है जो अराजकता को ब्रह्मांड में बदलता है, और समय को - एक निर्दयी जल्लाद से एक नृत्य में बदलता है। यही ब्रह्मांड की असली लय है, जिसका मैं तब गवाह थी, और तुम अब हो।"

नथानिएल ने उसे देखा, जो गहरे प्यार से भरा था जो उसके अस्तित्व के हर फाइबर को भर रहा था। उनकी नज़रें मिलीं, एक शांत सिम्फनी में आपस में मिल गईं, जिसे केवल वे दोनों सुन सकते थे। उसकी आत्मा का हर कंपन, लालसा की हर परत, उसने उन्हें पकड़ लिया, इससे पहले कि वह उन्हें पूरी तरह से महसूस भी कर पाता। उसके हाथ ने अनजाने में उसका हाथ पकड़ा, उनकी उंगलियाँ एक पल के लिए आपस में मिल गईं, दो जड़ों की तरह जो एक ही मिट्टी की तलाश में थीं - एक इशारा जिसने दूसरों के सामने सावधानी से बोले गए हजारों शब्दों से ज़्यादा कहा। "यह सिर्फ निकटता नहीं है," उसने सोचा, "यह एक अपरिहार्य मिलन है। हम एक पूरे के दो हिस्से हैं, जिन्हें एक-दूसरे को खोजने और एक नई दुनिया बनाने के लिए नियत किया गया है।"

"लेकिन इसका क्या मतलब है?" मैंने याद दिलाया, मेरी आँखें चौड़ी खुली थीं, जो बातचीत की गहराई को पूरी तरह से नहीं समझ पा रही थीं, लेकिन दादाजी और मेलिना के बीच की भावना से हर कंपन को अवशोषित कर रही थीं। "क्या यह खतरनाक है?"

"हर बदलाव खतरनाक हो सकता है, अगर हम इसे नहीं समझते हैं," नथानिएल ने जवाब दिया, उसकी आवाज़ सामान्य से ज़्यादा धीमी, कर्कश थी, जो इस नई, दर्दनाक स्पष्टता से भरी थी। "लेकिन यह एक अवसर भी हो सकता है। नदी अपना रास्ता बदलती है, लेकिन हमेशा महासागर तक पहुँचती है। हमें इन ऊर्जावान धड़कनों के अनुकूल होना सीखना होगा, उनकी लय को समझना होगा। समय के बारे में जागरूक होने, इसे मापने की यह मानवीय आवश्यकता, सिर्फ व्यावहारिकता नहीं है, विलियम। यह हमारी गहरी समझ से आती है कि हम अस्तित्व के अनंत आंदोलन का हिस्सा हैं। यह जीवन के प्रवाह में खुद को उन्मुख करने, इसे अर्थ देने और हमारी खुद की नब्ज को ब्रह्मांड की नब्ज के साथ सिंक्रनाइज़ करने की हमारी प्राचीन, प्राथमिक आवश्यकता है। क्योंकि समय को मापना ही जीवन को मापना है।"

---✶ ✶---

उस क्षण, हमारे चारों ओर की हवा फिर से कांप गई, लेकिन इस बार एहसास ज़्यादा तीव्र था और इसकी गुणवत्ता बदल गई - ठंडक के एहसास से गर्मी की ओर, फिर एक हल्की झुनझुनी की ओर, जो एक कोमल बिजली की तरह मेरी त्वचा से गुज़री। इस एहसास के साथ, हम में से हर एक की चेतना में एक नई भावना रेंग गई - एक विचार नहीं, बल्कि एक... जुड़ाव का एहसास, हमारे चारों ओर हर चीज़ के साथ एक साझा धड़कन का। मानो एक पल के लिए हम एक विशाल, साँस लेने वाले, गूँजने वाले जीव का हिस्सा थे।

"क्या तुम इसे महसूस करते हो?" यवोन ने फुसफुसाया, उसकी उंगलियाँ एलेक्स की उंगलियों के साथ मिल गईं, जो एक-दूसरे को कसकर पकड़े हुए थे, मानो इस कांपती हुई दुनिया में एक लंगर की तलाश कर रहे हों।

"ऐसा लगता है कि... हम इस पृथ्वी के साथ साँस ले रहे हैं," एलेक्स ने जवाब दिया, उसकी आवाज़ में एक गहरा आश्चर्य था, जो श्रद्धा में बदल रहा था।

मैंने आसपास की दुनिया को देखा। नदी बह रही थी, और उसकी फुसफुसाहट मुझमें गूँजती हुई लग रही थी। पत्ते काँप रहे थे, जो अदृश्य नृत्य बना रहे थे। पृथ्वी धड़क रही थी, और हमारे दिलों में एकता की एक अजीब, नई भावना धड़क रही थी, जो हमें हर जीवित चीज़ से जोड़ती थी। हरमेस के शब्द, मानो हवा में उकेरे गए हों, हमारी आँखों के सामने जीवित हो गए: - "कुछ भी आराम पर नहीं है; सब कुछ चलता है; सब कुछ कंपन करता है।"

ब्रह्मांड कैसे कार्य करता है, इसके मौलिक सिद्धांत, मानो हमारी आँखों के सामने प्रकट होना शुरू हो गए, यह दिखाते हुए कि पृथ्वी के कंपन हमारे चारों ओर की पूरी दुनिया के कंपनों के साथ गूँजते हैं, जो हमें शाश्वत परिवर्तन के एक निरंतर, बहते हुए आंदोलन में जोड़ते हैं। अब, चुनौती यह समझना था कि हम इस ब्रह्मांडीय नृत्य में कैसे चलें, बिना इसकी शक्ति से बह गए। जब हम इन बदलते हुए एहसासों को देख रहे थे - हर रंगत मानो एक नया संदेश ले जा रही थी - तो हमें एहसास हुआ कि यह सिर्फ एक प्राकृतिक घटना नहीं थी। यह एक पुकार थी। स्वयं कंपनों की भाषा को पढ़ना सीखने की, रचना का संगीत समझने की, इसका हिस्सा बनने की एक पुकार थी।

सूर्यास्त की सुनहरी झलकें पानी की सतह पर नाच रही थीं, जो एक अथक, जीवित प्रकाश के साथ धड़कती हुई लग रही थी। मेलिना ने, समझ और एक छिपी हुई लालसा से भरी हुई नज़र के साथ, नथानिएल के हाथ को छुआ, और उसका स्पर्श एक कोमल राग की तरह था, जो उसमें गूँज रहा था। हर धड़कन, हर बदलाव जो हमने महसूस किया, ऐसा लगा कि वह उन प्राचीन सच्चाइयों की पुष्टि कर रहा था, जिन्हें वह अपने भीतर रखती थी, जो उसकी आत्मा की गहराइयों से निकल रही थीं। समूह एक नई, गहरी समझ के वश में था। हवा अनकहे विचारों से, एक आसन्न परिवर्तन के तनाव से, अज्ञात की उम्मीद से भारी हो गई थी।

ईथन, जिसकी नज़र चमक में टिकी हुई थी, ने अचानक चुप्पी तोड़ दी:

"यह सिर्फ एक घटना नहीं है। यह एक भाषा है! मैं इसे देखता हूँ - आवृत्तियाँ, तरंगें... हम उन्हें समीकरणों के साथ वर्णित कर सकते हैं! और ऐगिस हमारी मदद कर सकता है!" उसकी आवाज़ लगभग भविष्यसूचक लग रही थी, और उसकी आँखें, जो आमतौर पर तर्कसंगतता के चश्मे के पीछे छिपी होती थीं, एक चकाचौंध करने वाली लौ के साथ चमक रही थीं, जो ऐसा लग रहा था कि वे अपने चारों ओर के प्रकाश को निगल रही हैं, जो पृथ्वी के कंपनों से ही ऊर्जा खींच रही हैं। उसके हाथ स्वाभाविक रूप से हिलने लगे, मानो वह पहले से ही हवा में अदृश्य सूत्र बना रहा था, जो एहसास को शुद्ध गणित में बदल रहा था।

"बिल्कुल, ईथन!" मार्क उसके पास गया, उसकी आँखें उत्साह से जल रही थीं, जो लगभग उसे चिल्ला रही थीं। "यवोन, कल्पना करो! हम ऐगिस को फिर से

प्रोग्राम कर सकते हैं। सिर्फ जीवन के लिए स्कैन करने के लिए नहीं, बल्कि इन ऊर्जा प्रवाहों का मानचित्रण करने के लिए! द्वीप के गहरे अनुनादों को समझने के लिए!"

"हाँ!" यवोन ने ऊर्जावान रूप से सिर हिलाया, उसके अंदर का बायोटेक्नोलॉजिस्ट विचारों को कार्रवाई में लाने के लिए उत्सुक था। "अगर हम इस संबंध को महसूस करते हैं, तो ऐगिस इसे माप सकता है। यह हमें ऊर्जा क्षेत्रों, अनुनादों का एक नक्शा दिखाएगा... हम इस धरती का संगीत देख सकते हैं!"

थोड़ी दूरी पर, सारा और माइकल ने त्वरित, सार्थक नज़रें बदलीं। सारा और माइकल सक्रिय हो गए थे, नई खोजों की प्रत्याशा में।

"और उत्परिवर्तन?" सारा ने बुदबुदाया, उसकी नज़र कांपते हुए कंकड़ों पर फिसल गई। "नई प्रजातियाँ? क्या यह संभव है कि ये धड़कनें एक उत्प्रेरक हों? डीएनए को फिर से प्रोग्राम करने के लिए?"

"सिर्फ इसे फिर से प्रोग्राम करने के लिए नहीं, सारा," माइकल ने जवाब दिया, अपनी ठुड्डी को रगड़ते हुए, उसकी नज़र पहले ही दूरी में भटक रही थी, मानो वह अपनी आँखों के सामने अदृश्य दुनिया को पैदा होते हुए देख रहा था। "बल्कि उस क्षमता को अनलॉक करने के लिए जिसका हमने कभी संदेह भी नहीं किया था! जीवन को इन नई ऊर्जावान स्थितियों के अनुकूल बनाने के लिए। अस्तित्व के पूरी तरह से नए रूप बनाने के लिए!"

हम सिर्फ देख नहीं रहे थे। हम सीखना शुरू कर रहे थे। हम इस धरती का हिस्सा बनना, उसके साथ नृत्य करना, उसकी लय के साथ तालमेल बिठाना, उसकी प्राचीन आवाज़ सुनना सीख रहे थे। हमारा भविष्य अब सिर्फ जीवित रहने पर निर्भर नहीं था, बल्कि समझ पर निर्भर था। इस बात की समझ पर कि क्या हमें जोड़ता है, क्या हमें एक निरंतर, जीवित चक्र का हिस्सा बनाता है। हर धड़कन एक फुसफुसाहट थी, हर बदलाव - एक अवसर।

आंदोलन की नई जागरूकता मूर्त थी। न केवल हवा का आंदोलन, नदी का, नाचते हुए पत्तों का, बल्कि ऊर्जा का आंतरिक आंदोलन भी, जो हम में से हर एक में धड़क रहा था, जो सोई हुई इंद्रियों को जगा रहा था। नथानिएल ने अपनी आँखें बंद कर लीं, यह महसूस करते हुए कि समय कैसे बदल रहा था। यह अब अतीत, वर्तमान और भविष्य की सिर्फ एक रैखिक अनुक्रम नहीं था। यह एक चक्र जैसा था, शाश्वत नृत्य का एक हिस्सा, जहाँ हर कंपन अपने भीतर अनंतता की छाप रखता था, और हर परिवर्तन - एक नई शुरुआत का वादा।

"हमें एक कैलेंडर बनाना होगा!" नथानिएल ने कहा, अपनी आँखें खोलते हुए, जिनमें एक नया दृढ़ संकल्प जल रहा था। "लेकिन एक साधारण नहीं। सिर्फ दिनों और रातों को चिह्नित करने के लिए नहीं। यह इन नई, गहरी समझ का प्रतिबिंब होना चाहिए। इसे न केवल हमारे सांसारिक जीवन की क्षणभंगुरता को, बल्कि घटनाओं के चक्रीयता को भी मापना चाहिए! क्योंकि, जैसा कि मैंने अभी-अभी साइमन से कहा, समय को मापना ही जीवन को मापना है - सिर्फ इसकी रैखिकता को नहीं, बल्कि इसकी अंतहीन धड़कन को।"

"प्राचीन सभ्यताओं की तरह! माया की तरह!" ईथन मुस्कुराया, और उसकी नज़र प्रशंसा से भरी हुई थी। "उन्होंने खगोल विज्ञान को आध्यात्मिकता के साथ

मिलाया, अस्तित्व की लय को समझने के लिए आकाश और पृथ्वी का मानचित्रण किया।"

"बहुत खूब। बिल्कुल!" छोटी सोफिया उत्साहित हो गई, उसकी आँखें चमक गईं, और उसके हाथ हवा में अदृश्य प्रतीक बनाना शुरू कर दिए। "हम प्रतीकों और चित्रलिपि के जटिल आरेख बना सकते हैं! मैं उन्हें चर्मपत्र पर लिखूँगी, हम उन्हें मिट्टी के बर्तनों में सील कर देंगे, जैसा कि हमने बात की थी!"

विचार एक चिंगारी की तरह भड़क उठा, जो उत्साह की आग में बदल गया। हम सूरज, चंद्रमा और तारों की गति का मानचित्रण करेंगे, लेकिन ऊर्जावान परिवर्तनों, कंपन की चोटियों और गर्तों को भी शामिल करेंगे, जिन्हें हम प्रकृति से महसूस करते थे। हमारे नए कैलेंडर में हर अवधि का अपना अर्थ होगा - पौधों के विकास, जानवरों के प्रवास और यहाँ तक कि हमारी आंतरिक अवस्थाओं से भी जुड़ा होगा, जैसे पृथ्वी की ही साँस।

"और सीज़र के जूलियन कैलेंडर के विपरीत," - मैंने सोचा, जबकि मैं सोफिया के उत्साह को सुन रहा था, जिसके शब्दों में प्राचीन ज्ञान गूँज रहा था। - "जिसे मानव हाथ द्वारा सत्ता की सेवा करने और शासक शक्तियों के रहस्य में ज्ञान को कोडित करने के लिए बदल दिया गया था, हमारा कैलेंडर प्रकृति और ब्रह्मांड की लय का एक सच्चा प्रतिबिंब होगा। हम प्राथमिक सच्चाई को वापस लाएंगे, इसे हमारे वैज्ञानिक ज्ञान और प्रकृति के साथ गहरे संबंध के साथ फिर से आकार देंगे। हम सिर्फ एक कालक्रम नहीं, बल्कि शाश्वत परिवर्तन के प्रवाह में हमारे अस्तित्व का एक जीवित, साँस लेने वाला रिकॉर्ड बनाएंगे, जो अब हमें डराएगा नहीं, बल्कि हमें प्रेरित करेगा, हमें ब्रह्मांडीय नृत्य का एक अविभाज्य हिस्सा बनाएगा।"

ईथन और सोफिया द्वारा अनुवादित हमारे प्रतीक, सार्वभौमिक होंगे, जो भाषा की बाधाओं को पार कर जाएंगे, जो समय, ऊर्जा और अस्तित्व की गहरी अवधारणाओं का प्रतिनिधित्व करेंगे। हमारा कैलेंडर न केवल हमारे सांसारिक जीवन की क्षणभुरता को मापेगा, बल्कि ऐगिस की अनंतता को भी मापेगा - वह शाश्वत बुद्धि जो सब कुछ चलाती है। हर सूर्योदय और सूर्यास्त, हर चंद्र चरण, प्रकृति के कंपन में हर परिवर्तन समय और स्थान के माध्यम से हमारी यात्रा के लिए एक मार्कर बन जाएगा, जो सब कुछ को एक शाश्वत और निरंतर आंदोलन के भीतर रखेगा - अस्तित्व की सिम्फनी, जिसे हमने आखिरकार सुनना सीख लिया था।

अध्याय 20: नई भूमि में पारिवारिक जड़ें और अतीत की परछाइयाँ

समुदाय परिवार के नियमों के साथ साँस ले रहा था - अलिखित कानून, जो सूखे के बाद बारिश की सुगंध की तरह हवा में थे: आपसी मदद, साझा करना, साझा देखभाल। इस नई वास्तविकता में, जहाँ हर साँस आपस में जुड़ी हुई नियति पर निर्भर करती थी, अतीत के स्वार्थी आवेग, वे तेज किनारे जो कभी हर किसी को परिभाषित करते थे, धीरे-धीरे चिकने हो रहे थे, जो एक धड़कते हुए, सामूहिक दिल को जगह दे रहे थे। लेकिन हर गुज़रते सूर्यास्त के साथ, नथानिएल को लगा कि कुछ बदल रहा

है। अलिखित कानून धुंध में डूबने लगे, और प्रेरणाएँ - अधिक विविध हो गईं, यहाँ तक कि उन चेहरों में भी जिन्हें वह सबसे अच्छी तरह से जानता था।

कुछ मिनट पहले, उसकी आँख ने अपने ही बेटे, एंथोनी को आखिरी मुट्ठी सूखे मेवे चुपके से छिपाते हुए पकड़ा था। उसने उसे सामान्य टोकरी में नहीं डाला। वह बहुत तेजी से चल रहा था, उसकी नज़र घूम रही थी, दूसरों की नज़र से बच रही थी। यह एक छोटा सा इशारा था, लेकिन नथानिएल के गले में एक नुकीले पत्थर की तरह अटक गया। वह जानता था कि यह भूख नहीं थी - सभी के पास पर्याप्त था। यह उस बीती हुई प्रणाली की स्मृति थी, जिसमें एंथोनी बड़ा हुआ था, जो उनके धन द्वारा प्रदान की गई विलासिता और स्वामित्व से बिगड़ा हुआ था। नथानिएल को याद आया कि एक बार, एक बच्चे के रूप में, एंथोनी को जन्मदिन पर केक का सबसे छोटा टुकड़ा मिला था और कैसे उस अन्याय ने उसे चिह्नित किया था, उसे हर उस चीज़ का एक छोटा, लेकिन दृढ़ संग्राहक बना दिया था जो उसे एक फायदा दे सकती थी। अब, विलासिता के सालों ने "मेरा" और "अधिक" की इस प्राथमिक प्रवृत्ति को और बढ़ावा दिया था। एक प्रणाली जिसने उन्हें अपनी खुद की, अक्सर गलत रूढ़ियों को मजबूत करने के लिए अनैच्छिक हथियारों में बदल दिया था, जो उनसे अहंकार के निर्दयी विकास के लिए मशीनें बना रही थी। नथानिएल ने एक ठंडी सिहरन महसूस की, मानो अतीत की छाया उसकी रीढ़ से फिसल गई हो।

"यह समुदाय से समाज में एक क्लासिक संक्रमण है," नथानिएल के सिर में विचार फुसफुसाया, जबकि उसने बड़े लोगों के बीच हल्के, लेकिन स्पष्ट तनाव को देखा, जिन्होंने एंथोनी को भी नोटिस किया था। "परिवार में सब कुछ व्यक्तिगत होता है, खून से, रिश्ते से, सहज समझ से जुड़ा होता है। समाज में लिखित कानून, पदानुक्रम, नियंत्रण तंत्र के रूप में पैसा आता है। अगर हम इसे नहीं रोकते हैं तो यही हमारी तबाही का रास्ता है।"

उसके सीने में एक परिचित बोझ उठ गया, वह बीमारी जो उसे तब घेरती थी जब उसे आने वाले खतरे का एहसास होता था - शारीरिक नहीं, बल्कि आत्मिक।

नथानिएल और मेलिना छोटे बच्चों की आत्माओं में कुछ अलग डालने के लिए अपनी पूरी ताकत से लड़ रहे थे, कुछ ऐसा जो उनके अपने, बड़े बच्चे, जैसे एंथोनी और यवोन, अभी तक नहीं समझ पा रहे थे। उनके बीच की खाई सिर्फ पीढ़ियों का टकराव नहीं थी, बल्कि जीवन के मौलिक रूप से अलग-अलग सिद्धांतों के बीच एक गहरी जड़ वाली दरार थी। दुनिया में यह भारी बदलाव, उनके अस्तित्व की स्थितियों में, एक नई, अपरिचित दुनिया में यह अचानक फेंका जाना, सिर्फ मांग नहीं कर रहा था, बल्कि उनके दृष्टिकोण में, अर्थ की उनकी पूरी समझ में एक गहरे और कट्टरपंथी परिवर्तन के लिए चिल्ला रहा था। उन्हें ईमानदार, नग्न चर्चाओं और अनुभवों की आवश्यकता थी जो धीरे-धीरे, लेकिन निश्चित रूप से गहरी जड़ वाली मूल्यों, गुणों और नैतिकता को बदल दें।

नथानिएल ने, इस छोटे परिवार के भीतर अधिकार का भारी मुकुट स्वीकार कर लिया था, और वह जिम्मेदारी को अपने कंधों पर एक पत्थर की तरह महसूस कर रहा था। उसने इस मिशन को अपने बाकी सालों में एकमात्र, उच्चतम उद्देश्य के रूप में स्वीकार कर लिया था। उसके सामने इस जीवन के प्रतिमान को एक सुलभ भाषा

में समझाने का मुश्किल काम था, जो पिछली प्रणाली द्वारा लगाए गए बीस, और कभी-कभी तीस साल की शिक्षा और परवरिश को सुलझाना शुरू कर सके। कभी-कभी सितारों के नीचे अकेले चिंतन में उसे लंबे घंटे लगते थे, थकान उसके कंधों पर ढेर हो जाती थी, जबकि वह सबसे उपयुक्त तरीका, सबसे सटीक शब्दों की तलाश करता था जो इन युवाओं की चेतना के कवच को तोड़ सके और परिवर्तन के बीज बो सके। लेकिन दूसरे क्षणों में, मानो दूसरी दुनिया की एक झलक, उसकी सहजता, उसका आंतरिक, ईमानदार आवेग ही पर्याप्त था, ताकि वह सरल, लेकिन गहराई से सार्थक सच्चाइयों को बोल सके, जो उनकी आत्माओं के साथ गूँजती थीं।

---✶ ✶---

सबक और अंतर्दृष्टि

एक ऐसा क्षण अलाव के चारों ओर शाम के जमावड़े के दौरान आया। बच्चे, खेल और कामों से थके हुए, बड़े लोगों के आलिंगन में सो गए थे, और लपटें वयस्कों के चेहरों पर अजीब छाया डाल रही थीं। यवोन, जिसकी नज़र आग के नृत्य में खो गई थी, लेकिन उसकी आँखों में एक हल्की, मुश्किल से पता चलने वाली चिंता थी, उसने चुप्पी तोड़ी:

"नथानिएल, मुझे समझ नहीं आता... आप बच्चों को उन चीज़ों के लिए इतना समय क्यों देते हैं जो... अप्रभावी लगती हैं? वे घंटों चित्र बनाने, फूलों का अध्ययन करने, हवा की आवाज़ सुनने में बिताते हैं। हमारे समय में, हमें उपयोगी कौशल, प्रतिस्पर्धा, परिणाम प्राप्त करना सीखना था। जीवित रहने के लिए, आपको प्रभावी होना होगा। जैसे मध्य युग में, जब हर किसी को एक व्यापार जानना होता था, उत्पादन करना होता था, ताकि वह भूख से न मरे।"

नथानिएल ने उसे एक नरम मुस्कान के साथ देखा, लेकिन उसकी आँखें उसके बेटे एंथोनी की ओर गईं, जो थोड़ा अलग बैठा था, उसके होंठ दबे हुए थे और उसका चेहरा तनावपूर्ण था।

"यवोन, तुम सही हो कि परिणाम महत्वपूर्ण था। हमारे अतीत में यह अक्सर हमारे सार की कीमत पर था। हम मात्रा से ग्रस्त थे, गुणवत्ता से नहीं। और यह विकृत मूल्यों की एक प्रणाली का मार्ग है, जिसने हमारी आत्माओं को खा लिया। परिवार के अलिखित कानूनों को लिखित हठधर्मिता से बदल दिया गया था, जिसने व्यवस्था की गारंटी दी थी, लेकिन वास्तव में पदानुक्रम और नियंत्रण बनाया था। क्या तुम्हें याद है कि कैसे सदियों से चर्च परिषदों और शाही फरमानों ने लोगों की सेवा करने के बजाय पूर्ण सत्ता स्थापित की थी? इसीलिए सामंतवाद अपने आप में प्रभावी नहीं था - इसने स्तरीकरण, आत्मा की गुलामी और शोषण को जन्म दिया, जब तक कि वह अपने ही वजन के नीचे गिर नहीं गया।"

यवोन ने थोड़ा भौं सिकोड़ लिया, सोचते हुए। "अप्रभावी... लेकिन क्या वे हैं?", एक विचार उसके दिमाग में घुस गया। एक संक्षिप्त पल के लिए, उसने खुद को जेन्ना को असामान्य रुचि के साथ देखते हुए पकड़ा, मानो नथानिएल के शब्दों में कुछ ने उसके तर्कसंगत किले में संदेह का एक छोटा बीज बो दिया हो।

वह छोटी जेन्ना की ओर मुड़ा, जो एक चिकने पत्थर पर लकड़ी के कोयले से चित्र बना रही थी, पूरी तरह से अपनी दुनिया में लीन थी, मानो और कुछ भी मौजूद नहीं था।

"क्या तुम देखती हो कि जेन्ना क्या कर रही है? वह कुछ 'उपयोगी' या 'लाभदायक' बनाने की कोशिश नहीं कर रही है। वह खुद को व्यक्त कर रही है, अपने तरीके से हमारे चारों ओर की दुनिया की खोज कर रही है, एक सहज भावना के माध्यम से। हर रेखा, हर रंग उसकी समझ का हिस्सा है, इस धरती से उसके अविभाज्य संबंध का। वह एक बच्ची है, लेकिन वह पहले से ही कुछ जानती है जिसे हम भूल गए हैं।"

"लेकिन यह उसे जीवित रहने में कैसे मदद करेगा?" एंथोनी ने पूछा, उसकी आवाज़ तेज थी, जो क्रोध के विस्फोट की तरह सच्ची झुंझलाहट से भरी थी। वह अभी भी अपनी जेब में सूखे मेवे के वजन को महसूस कर रहा था, मानो वे उसे शारीरिक रूप से दबा रहे थे, दोष के बोझ की तरह। "हम पहले जो कुछ भी करते थे, वह जीवित रहने के लिए था। पैसा इंजन था - भोजन के लिए, सुरक्षा के लिए। चर्च कहता था कि अगर तुम अच्छे हो तो तुम स्वर्ग जाओगे, लेकिन अगर तुम नहीं हो तो तुम नरक जाओगे। डर जनता को नियंत्रित करने का एक तंत्र था, है ना?"

मेलिना ने उसे अपनी आँखों में एक हल्के दुख के साथ देखा, इससे पहले कि वह बीच में आती, मानो उसकी आवाज़ में एक गहरा, शांत दर्द छिपा हो। वह सिर्फ उसके अज्ञान को नहीं, बल्कि उस गहरे डर को देख रही थी, जो उसे पुरानी सोच, ज्ञात बुराई की सुरक्षा की ओर धकेल रहा था।

"जीवित रहना सिर्फ भोजन खोजने और आश्रय बनाने के बारे में नहीं है, एंथोनी। यह हमारी मानवता को भी संरक्षित करना है, सुंदरता का आनंद लेने, सहानुभूति रखने, रचना करने की हमारी क्षमता को। पैसे और डर के माध्यम से नियंत्रण ने हमें वहाँ तक पहुँचाया जहाँ हम थे - खाई के कगार पर, आत्म-विनाश तक। क्या तुम्हें याद है, नथानिएल, वह तस्वीर जो मैंने तुम्हें शुरुआत में दी थी? उसमें वर्णित नरक के सभी घेरे, दांते के। यह मेरा तरीका था कि मैं तुम्हें बता सकूँ कि मैं तुम्हारे लिए, हमारे प्यार के लिए, उन सभी से गुज़रने के लिए तैयार हूँ, यहाँ तक कि तुम्हारे अस्तित्व के हर कण के लिए भी लड़ूँ। लेकिन तुम्हें यह याद दिलाने के लिए भी कि अच्छाई और बुराई की धारणा कितनी विकृत थी। क्योंकि नरक का डर नहीं, बल्कि ईश्वर और दूसरे के लिए प्यार हमें मार्गदर्शन करता है, वही कम्पास है।"

नथानिएल ने धीरे-धीरे सिर हिलाया, उसकी नज़र स्मृति में खो गई, जो एक पुरानी घाव की तरह कड़वाहट और कोमलता दोनों लिए हुए थी, जो कभी-कभी दर्द देती थी। वह तस्वीर... दांते के नरक के नौ घेरों का हर दृश्य, उसके हाथ से चित्रित, जो तब उसे प्रतिभा की अभिव्यक्ति लगती थी, और अब - एक गहरी, लगभग भविष्यसूचक समझ लगती थी।

उसका मन उस दिन में लौट आया, जब वह तस्वीर उसके जीवन में आई थी, जिसने हमेशा के लिए अस्तित्व और उसके बारे में उसकी धारणा को बदल दिया था। उसकी आँखों के सामने फिर से उभरा...

फ्लैशबैक 📜 नथानिएल और नरक के घेरे

उनकी पहली बातचीत में से एक, जब मेलिना मौत का सामना कर रही थी... उसके हाथों में - तस्वीर। घेरे। आग। ठंढ। शाश्वत पीड़ा से विकृत चेहरे। उसकी आवाज़, शांत, लगभग बर्बाद: "...शायद हम कहीं वहाँ मिलेंगे..." तब - एक ठंडी सिहरन। आतंक। तस्वीर से नहीं। खाई से। गैर-अस्तित्व के अँधेरे से, जिसमें वह उसे खो सकता था। मौत का शुद्ध, पशु जैसा डर। अब? अब वह कुछ और देख रहा था।

---✶६✶---

"तब मैं इसे हमारी साझा, बीती हुई प्रणाली से एक चेतावनी के रूप में समझता था, कि हमें दिव्य दंड से बचने के लिए नियमों के अनुसार व्यवहार करना चाहिए," नथानिएल ने फुसफुसाया, उसकी आवाज़ थोड़ी टूट रही थी, गले में एक जलते हुए कोयले की तरह। "एक मध्ययुगीन जाँच की तरह, जो नियंत्रण बनाए रखने के लिए डर पैदा करती है। और हाँ, चर्च ने अपने हठधर्मिता और समाज पर पूर्ण सत्ता बनाए रखने, अपनी वित्तीय स्थिरता सुनिश्चित करने और जनता में हेरफेर करने के लिए नरक के डर का इस्तेमाल किया है, न कि सच्चे विश्वास को बढ़ावा देने के लिए। यहाँ तक कि शूरवीर आदेश, जो माना जाता था कि वे विश्वास के लिए लड़ते थे, अक्सर सत्ता और धन का एक साधन बन जाते थे। नरक और स्वर्ग भौगोलिक स्थान नहीं हैं, एंथोनी। वे हर व्यक्ति का एक आंतरिक अनुभव हैं, वे व्यक्तिगत हैं और विवेक, अनुभव और भावनाओं का हिस्सा हैं, जिन्हें आत्मा हर जीवन से ज्ञान के रूप में वहन करती है। यही वह गूढ़विद्या है जो बोली नहीं जाती, बल्कि महसूस की जाती है, यह हर किसी के लिए सुलभ है जो इसे स्वीकार करने के लिए तैयार है।"

मेलिना ने जारी रखा, उसकी आवाज़ मजबूत, अधिक आत्मविश्वास वाली हो गई, मानो वह साझा स्मृति, उनकी साझा कहानी की गहराइयों से ताकत खींच रही हो:

"जब बच्चे अपने चारों ओर की दुनिया को देखना और उसकी सराहना करना सीखते हैं, तो वे अधिक सावधान, अधिक दयालु और अधिक आविष्कारशील होंगे। वे समाधान खोजेंगे, जो प्रकृति से ही, उसके छिपे हुए कानूनों से प्रेरित होंगे, न कि सिर्फ सूखे तर्क या सीसे जैसे डर से। हम अपने परिवार की कोशिका को संरक्षित करेंगे, भले ही हमारी संख्या बढ़ती जाए, क्योंकि आत्म-विनाशकारी दुनिया का इतिहास समाज की दिशा में विकसित हुआ है, जो हमारे सच्चे मूल्यों को, उन लोगों को, जो हमें इंसान बनाते हैं, पीठ दिखा रहा है।"

नथानिएल ने जोड़ा, उसकी नज़र फिर से एंथोनी की ओर चली गई, जो उसकी आँखों में समझ, पुराने कवच में एक दरार का कोई संकेत पढ़ने की कोशिश कर रहा था:

"हम उन्हें सिर्फ कौशल नहीं, बल्कि अस्तित्व का एक तरीका सिखाते हैं। हम उन्हें सहानुभूति, धैर्य, हर जीवित प्राणी के लिए सम्मान सिखाते हैं। हम उन्हें सिखाते हैं कि सच्ची शक्ति प्रभुत्व में नहीं है, दूसरे को कुचलने में नहीं है, बल्कि सहयोग में है, नियति के आपस में मिलने में है। अहंकार, जिसके बारे में तुम बात करते हो, यवोन, हमारी दुनिया में कई विनाशों का इंजन था, मानो एक कुष्ठ रोग, जो सब कुछ जीवित खा रहा था। यहाँ हम एक ऐसी पीढ़ी को विकसित करने की कोशिश

कर रहे हैं जो यह समझती है कि 'मैं' मूल्यवान है, हाँ, इसके बिना कोई व्यक्तित्व नहीं है, लेकिन 'हम' बहुत अधिक मजबूत, बहुत अधिक पूर्ण, बहुत अधिक जीवित हैं।"

उसने बड़े बच्चों को देखा, उनकी आँखों में अभी भी उस पुराने प्रतिमान के निशान देखकर - व्यक्तिगत उपलब्धि के लिए प्रयास, तुलना और प्रतिस्पर्धा को छोड़ने की दर्दनाक कठिनाई। आग में तनाव पहले से ही कम था, लेकिन उसकी हल्की चमक अभी भी अनसुलझे सवालों को दर्शा रही थी, जो अदृश्य धागों की तरह हवा में लटके हुए थे।

"परिवर्तन एक दिन में नहीं होता है," उसने समझ के साथ कहा, उसकी आवाज़ नरम थी, लेकिन एक पत्थर की तरह कठोर थी। "हम खुद हर दिन सीखते हैं। लेकिन मैं देखता हूँ कि तुम कैसे बदल रहे हो, कैसे तुम सूर्यास्त की शांति की सराहना करना शुरू कर रहे हो, कैसे तुम दूसरे की सफलता पर खुशी मनाते हो, कैसे तुम बिना किसी इनाम की उम्मीद किए मदद करते हो। ये छोटे कदम उन सभी सबकों से ज़्यादा महत्वपूर्ण हैं जो हमने अतीत में सीखे हैं, सभी किताबों और स्कूलों से।"

इसके बाद जो चुप्पी थी, वह अलग थी - भ्रम की नहीं, बल्कि गहरी सोच की, मानो हर शब्द उनकी आत्माओं में गूँज रहा था। एंथोनी ने अपनी जेब में अपना हाथ दबाया, मेवों की कठोरता को महसूस किया, और उसकी नज़र मेलिना की नज़र से मिली। उसने कुछ नहीं कहा, लेकिन उसकी आँखों में कुछ बदल गया, एक नए अर्थ की दूर की प्रतिध्वनि की तरह, जो अभी-अभी पैदा हो रही थी। आग चटकती रही, और छाया उनके चेहरों पर नाचती रही, मानो प्रकृति खुद इन शब्दों को सुन रही हो, एक नई पारिवारिक कोशिका के जन्म की गवाह थी, जो प्राचीन पारिवारिक सिद्धांतों पर आधारित थी, लेकिन अतीत के ज्ञान और एक अधिक मानवीय भविष्य की धड़कती हुई आशा से रोशन थी। परिवर्तन के बीज बोए गए थे और पुरानी प्रणाली की गहरी जड़ों के बावजूद, वे धीरे-धीरे, लेकिन निश्चित रूप से इस नई भूमि में उगना शुरू हो रहे थे, सतह पर टूटने के लिए तैयार थे। अतीत की छाया अभी भी नाच रही थी, लेकिन इस पीढ़ी द्वारा लगाई गई नई जड़ों में, भविष्य का प्रकाश बोया जा रहा था।

----------------- ❧ --------------------

अध्याय 21: आत्मा की अमरता: अंतर्दृष्टि का समय

शामें, जब जीवित लौ पिरामिड के दिल में नाचती थी, सिर्फ कहानियों का समय नहीं था। वे एक अनुष्ठान थे। हवा अदृश्य धागों से कांप रही थी, जो अतीत और भविष्य को बुन रहे थे, और इस शाम नथानिएल ने कुछ असामान्य की नब्ज महसूस की। पिछली रात की शांत बातचीत ने, हालांकि बिना किसी स्पष्ट निष्कर्ष के, उनकी आत्माओं में एक अदृश्य निशान छोड़ दिया था, एक कांपती हुई प्रतिध्वनि की तरह। एंथोनी, जो सामान्य से ज़्यादा शांत था, शब्दों का विरोध करता हुआ नहीं लग रहा था, बल्कि उन्हें अपने माध्यम से छान रहा था, उसकी नज़र - भारी और खोई हुई थी। बच्चों को आग के चारों ओर इकट्ठा करते हुए, नथानिएल ने बात की। उसकी आवाज़, हवा की फुसफुसाहट की तरह शांत, लेकिन एक सायरन के गीत की तरह मंत्रमुग्ध

करने वाली, चुप्पी में बह गई। वह उनके सामने दुनिया के रहस्यों को प्रकट करने की कोशिश कर रहा था, प्रेरणा के बीज बोने की कोशिश कर रहा था, जो उन्हें जीवित हर चीज़ को जोड़ने वाले अदृश्य धागों को महसूस करना सिखाएगा। बड़े लोगों की आँखों में, खासकर एंथोनी की, जो पहले से कहीं ज़्यादा पास आ गया था, उम्मीद का बोझ था।

"कल्पना करो, बच्चों," उसने शुरू किया, और उसकी आवाज़ एक आलिंगन की तरह नरम थी, "कि हमारे चारों ओर सब कुछ, एक सूर्य की किरण में एक परी की तरह नाचने वाली सबसे छोटी धूल के कण से लेकर विशाल, चमकदार तारों तक, जिसे हम रात में देखते हैं, उसी जादुई तरीके से बनाया गया है। हम इस तरीके को रचना का सिद्धांत कहते हैं। यह एक छिपी हुई रेसिपी की तरह है, जिसका उपयोग प्रकृति हर नई शुरुआत को जन्म देने के लिए करती है।"

वह एक पल के लिए चुप रहा, बच्चों की आँखों में जिज्ञासा को सोखते हुए। जेन्ना, जो पिछली शाम ड्राइंग में डूब गई थी, अब अपनी उंगली से जमीन को छू रही थी, मानो वह उसके नीचे उस "रेसिपी," जीवन के उस छिपे हुए कोड की तलाश कर रही हो।

"रचना का मतलब है जीवन देना, कुछ नया बनाना, उसे दुनिया में लाना। जिस तरह एक माँ अपने बच्चे को जन्म देती है, उसी तरह एक छोटा बीज एक पूरे फूल को जन्म देता है, और दो जलती हुई चिंगारियाँ एक आग को जन्म दे सकती हैं जो रात को गर्म कर सकती है। तुम जो कुछ भी देखते हो, वह सिर्फ मौजूद नहीं है, बल्कि इस शाश्वत 'जन्म' का परिणाम है।"

यवोन और डेना, जो अपने गर्भ में अपने बच्चों को लिए हुए थीं, विशेष, कांपते हुए ध्यान से सुन रही थीं, उनके हाथ स्वाभाविक रूप से उनके पेट को छू रहे थे, मानो वे सबसे पवित्र रहस्य की रक्षा कर रही हों। नथानिएल ने इस कोमल इशारे को पकड़ा और मुस्कुराया।

"तुम, लड़कियाँ," उसने उनकी ओर मुड़कर कहा, और उसकी नज़र गहरे सम्मान से भरी हुई थी, "तुम इस रचना की महान शक्ति को सबसे अच्छी तरह जानती हो। स्त्री शक्ति वही है जो जीवन देती है, जो दुनिया बनाती है। इसके बिना हम, पुरुष, आधे टुकड़े की तरह हैं, जिन्हें खुद को पूरा करने के लिए अपने दूसरे आधे की तलाश करने के लिए बर्बाद किया गया है। कल्पना करो कि तुम अपने भीतर एक बहुत ही खास, अदृश्य प्याला रखती हो - स्वयं रचना का सार। जब तुम इस जादू, इस जीवन देने वाली शक्ति को एक पुरुष के साथ साझा करती हो, तो वह भी मजबूत, अधिक पूर्ण हो जाता है और लंबे समय तक अस्तित्व में रह सकता है, अपने पीछे एक स्थायी निशान छोड़ सकता है।"

---✶६✶---

एकता और पूरकता

"रचना हर चीज़ में है; हर चीज़ का अपना पुरुष और महिला सिद्धांत होता है; रचना सभी स्तरों पर प्रकट होती है।"

किबालियन

उसने बड़े लोगों की ओर देखा, जो पहले से ही इन संबंधों के जटिल धागों को सुलझाना शुरू कर रहे थे। एंथोनी, जो कल तक पुरानी व्यवस्था का, उस ज्ञात और अडिग का अवतार था, अब एक नए, अधिक खुले ध्यान के साथ सुन रहा था, मानो उसके भीतर कुछ टूट रहा हो, बर्फ के टुकड़े पिघल रहे हों।

"जब प्रकृति ने पुरुष और महिला को बनाया, तो उसने उन्हें समान नहीं बनाया, बल्कि अलग बनाया, लेकिन इस तरह से कि वे एक-दूसरे को पूरी तरह से पूरक कर सकें। दो जटिल पहेली के टुकड़ों की कल्पना करो, जो एक-दूसरे में फिट होते हैं, एक सही तस्वीर बनाते हैं। जब वे एक साथ होते हैं, तो वे कुछ पूरा और पूर्ण बनाते हैं। पुरुष और महिला के साथ भी ऐसा ही है - उनमें अलग-अलग शक्तियाँ और कौशल हैं, लेकिन जब वे एक साथ काम करते हैं, तो वे अपनी कल्पना से कहीं अधिक हासिल कर सकते हैं।"

मेलिना धीरे-धीरे खड़ी हो गई, उसने समुदाय में महिलाओं को देखा, उसकी आँखें एक असामान्य, लगभग प्राचीन शक्ति के साथ चमक रही थीं। उसने यवोन की नज़र में हलचल देखी - एक हलचल जिसे वह अच्छी तरह जानती थी। वह जानती थी कि पुरुषों को, जिसमें नथानिएल और एंथोनी भी शामिल थे, को सुनना और समझना चाहिए।

"क्या तुम्हें याद नहीं है, नथानिएल, वह सपना जो मैंने तुम्हें यहाँ आने से पहले बताया था?" मेलिना ने शुरू किया, उसकी आवाज़ भावनात्मक, लेकिन निर्णायक, दूर के युगों की प्रतिध्वनि की तरह घनी थी। "वह, जिसे मैंने अपनी आत्मा में एक भूकंप जैसा महसूस किया था? उसमें मैं हेलेना थी, और मैं उन पीढ़ियों की महिलाओं की प्राचीन पुकार महसूस कर रही थी, जो सिर्फ एक रहस्य की नहीं, बल्कि अस्तित्व के बहुत दिल की रक्षा कर रही थीं। मेरे पूर्वजों की बुद्धिमत्ता मेरा खून थी। मैंने देखा कि श्वेत भाईचारा, जिसने इब्राहीम से लेकर ईसाई धर्म तक आध्यात्मिकता के धागों को मिलाया था, उसमें एक छिपी हुई, स्त्री धागा भी था, जो शाश्वत और शक्तिशाली था। दुनिया के रहस्य फुसफुसाए नहीं जाते थे; वे अनगिनत स्त्री आवाज़ों द्वारा बुने गए थे, जो दिल से दिल तक, माँ से बेटी तक दिए जाते थे।"

महिलाएँ मंत्रमुग्ध होकर सुन रही थीं, उनकी नज़रें मेलिना पर टिकी हुई थीं, और पुरुष, जिसमें नथानिएल और एंथोनी भी शामिल थे, अप्रत्याशित ध्यान से सुन रहे थे, मानो हर शब्द उनके दिमाग के भूले हुए कोनों में गूँज रहा हो, जो सोई हुई यादों को जगा रहा हो।

"एस्सेनी, वे लोग जो मसीह से पहले पवित्रता के लिए तरसते थे, वे गहरे ज्ञान की जड़ें थे, जिन्हें सदियों से संरक्षित किया गया था। स्क्रॉल उन रहस्यों को फुसफुसाते थे जिन्हें केवल एक स्त्री हृदय ही पढ़ सकता था, ऐसी चाबियाँ जो पुरुष की आँख के लिए अदृश्य थीं, क्योंकि पुरुष की आँख केवल आगे, विजय की ओर देखने की आदी थी। हमारे पूर्वज सच्चाई के संरक्षक थे, जिसे पुरुष दुनिया ने लिखित कानूनों और हठधर्मिता से विकृत कर दिया था, ताकि वह नियंत्रित कर सके, हावी हो सके, इच्छा को थोप सके।"

मेलिना नथानिएल की ओर मुड़ी, उसकी नज़र में एक चुनौती थी, लेकिन एक गहरी समझ भी थी:

"तुम इस बारे में बात करते हो कि ईसाई धर्म को कैसे राज्यसत्ता और पूर्ण सत्ता के पक्ष में बदल दिया गया था, है ना? कैसे एक आध्यात्मिक आंदोलन, जो सभी के लिए खुला था, डर के माध्यम से नियंत्रण का एक साधन बन गया था?"

नथानिएल ने अँधेरे में सिर हिलाया, पुरानी प्रणाली की स्मृति, उसका दम घोंटने वाला दबाव, अभी भी उसके सीने पर एक सीसे की प्लेट की तरह भारी था।

"बिल्कुल सही। कॉन्स्टेंटाइन द ग्रेट और बाद में, चर्च एक राज्य संस्थान बन गया, जिसने अपनी मूल भावना खो दी। एक पारिवारिक कोशिका से, जो बिना शर्त प्यार और समानता पर आधारित थी, यह एक पदानुक्रमित संरचना में बदल गया, जहाँ सत्ता और पैसा मुख्य प्रेरक शक्ति बन गए। मध्य युग में भोग एक ज्वलंत उदाहरण था - मुक्ति एक वस्तु के रूप में बेची जाती थी। नरक का डर जनता को नियंत्रित करने के लिए सबसे शक्तिशाली हथियार है, ताकि लोगों को अधीनता में रखा जा सके।"

मेलिना ने आह भरी, उसकी निराशा मूर्त थी, लगभग शारीरिक, जैसे तूफान से पहले की भारी हवा। आग काँप गई। मेलिना ने अपनी आँखें बंद कर लीं... और वह लौट आई।

---✶६✶---

फ्लैशबैक मेलिना का सपना और ग्रेल के संरक्षक

वह एक पल के लिए चुप रही, गहरी साँस लेते हुए, मानो उसने पूरे अस्तित्व को निगल लिया हो।

"मैं, हेलेना, यह महसूस कर रही थी कि मैं एक गहरी, जीवित श्रृंखला का हिस्सा हूँ, जो स्त्री रेखा के साथ दी गई है। एक ऐसी श्रृंखला, जो विश्वास, माँ के प्यार और मुझसे पहले के सभी संरक्षकों के खून से बुनी गई है। मैं ग्रेल के संरक्षकों के गुप्त महिला आदेश का मांस थी, जिसका मिशन दिल से दिल तक, फुसफुसाहट से फुसफुसाहट तक दिया जाता था।"

उसने यीशु के आगमन के बारे में बताया, जिसे एस्सेनी ने पहचाना था, और गहरे रहस्यों के बारे में, जिन्हें उसके आसपास की महिलाओं ने रखा था।

"लेकिन मैं, हेलेना, अपने सपने में, मैंने यह महसूस किया कि उसके आसपास की महिलाओं ने उसकी मिशन से संबंधित और भी गहरे रहस्य रखे थे। वे उसका समर्थन थीं, संदेह के क्षणों में उसकी सांत्वना थीं, लेकिन एक बड़ी, अनकही आशा की लौ की भी संरक्षक थीं, जिसे पुरुष दुनिया सहन नहीं कर सकती थी, समझ नहीं सकती थी।"

मेलिना ने हर महिला को आँखों में देखा, एक मजबूत, अदृश्य बंधन बनाया, जिसे हवा में महसूस किया जा सकता था। पुरुषों ने देखा, भ्रमित थे, लेकिन हर शब्द को अवशोषित कर रहे थे, मानो वे कुछ भूली हुई चीज़ को छू रहे हों, एक प्राथमिक स्मृति को।

"ईसाई धर्म सिर्फ एक धर्म नहीं है - यह एक जीवित धागा है, जो अनंतता के कपड़े को छेदता है, जो अतीत, वर्तमान और भविष्य को जोड़ता है। यीशु मसीह ने पैगम्बरों की श्रृंखला को समाप्त नहीं किया, बल्कि दुनिया को एक नई, सर्वव्यापी शक्ति - बिना शर्त प्यार - के साथ विस्फोट किया, जो अनदेखी आध्यात्मिक ऊँचाइयों

की कुंजी थी। लेकिन मेरे सपने में मैंने कुछ और देखा: यह प्यार सिर्फ बहता नहीं; यह कुछ खास महिलाओं के दिलों से धड़कता है - जीवित पात्र, जो न केवल इसके सार को, बल्कि कुछ छिपा हुआ, सक्रिय भी ले जाते हैं, जो उन्हें संरक्षक बनाता है। वे निष्क्रिय प्राप्तकर्ता नहीं हैं, बल्कि सतर्क संरक्षक हैं। मैं, हेलेना, इस रहस्य का हिस्सा हूँ, इसकी एक सक्रिय वाहक, इसकी साँस लेने वाली ग्रैल। यह मिशन मेरे दिल में नहीं धड़कता; यह मेरा दिल है, जो पूरा होने का इंतजार कर रहा है।"

"लकड़ी का प्याला... उसकी नज़र... 'तुम्हारा प्यार मेरी शक्ति है, बेटी। इसे अपने दिल में गहराई से रखो। यह ग्रैल है।'... ज्ञान का एक विस्फोटक प्रवाह... गोलगोथा का क्रॉस... आँसू... खून... मैं बन गई... रहस्य की एक जीवित संरक्षक। एक दूसरा सार, सच्चाई के साथ धड़कता हुआ। सार की एक शाश्वत यात्रा।"

मेलिना की आँखों में आँसू आ गए, लेकिन वे दुख के नहीं थे, बल्कि अपार अंतर्ज्ञान के थे, उस शक्ति के थे जो उससे बह रही थी, उसके पूरे अस्तित्व से उत्सर्जित हो रही थी।

---✶६✶---

शाश्वत प्रवाह

मेलिना ने फिर से महिलाओं को देखा, उसकी आँखों ने हर एक को समझ, स्नेह और एक साझा रहस्य के साथ घेर लिया, जो एक अटूट, अदृश्य बंधन बना रहा था। बच्चों की आँखों में जीवन के शाश्वत रहस्य और अपरिहार्य परिवर्तन के प्रति एक सच्चा विस्मय था, जिसने उन्हें घेर लिया। उन्होंने सहज रूप से महसूस किया कि वे अस्तित्व के अंतहीन चक्र का एक अविभाज्य हिस्सा थे, छोटे, हरे टहनियों की तरह, जो एक शक्तिशाली, प्राचीन पेड़ से उग रही थीं, जिसकी जड़ें अनंतता की गहराइयों में खो गई थीं। किसी ऐसी चीज़ से संबंधित होने की यह गहरी भावना, जो उनके अपने से अनंत रूप से बड़ी थी, उन्हें सुरक्षा और संरक्षण के एक अदृश्य कवच से घेर रही थी, भले ही उन्हें जीवन में अपरिहार्य परिवर्तनों और कठिनाइयों का सामना करना पड़ा। यह एक आंतरिक कम्पास की तरह था, जो उन्हें आत्म-ज्ञान और अथक विकास के घुमावदार रास्ते पर मार्गदर्शन कर रहा था।

एंथोनी ने अपना सिर उठाया, उसकी नज़र अब संशयवादी नहीं थी, बल्कि विचारशील, गहरी थी, मानो वह पहली बार इन शब्दों का एक हिस्सा समझ रहा था, जो उसमें गूँज रहे थे, जो उसके पुराने विश्वासों के कवच को तोड़ रहे थे।

"हमारी छोटी पृथ्वी सिर्फ एक नाजुक धूल का कण है, जो विशाल अंतरिक्ष में तैर रही है, जो अनगिनत अन्य दुनियाओं और जीवन रूपों से भरी हुई है, वे सब अस्तित्व के अदृश्य, लेकिन स्पर्शनीय जाल में जुड़े हुए हैं।"

"और हमारी अपनी चेतना के कक्षों में गहराई में एक विशाल, अभी तक अप्रकट क्षमता छिपी है," उसने जारी रखा, बच्चों को एक गर्म, प्रोत्साहित करने वाली नज़र से देखते हुए। "हम अधूरे निर्माण की तरह हैं, जिन्हें खुद अपने सार को गढ़ना होगा, उसे अँधेरे से बाहर निकालना होगा। हमारे हर विचार के साथ, हर सचेत कार्य के साथ, हम धीरे-धीरे, लेकिन निश्चित रूप से अपनी खुद की वास्तविकता को आकार देते हैं, इसे एक-एक धागे से बुनते हैं। और जिस तरह विशाल अंतरिक्ष लगातार बदलता है, उसी तरह हमारे पास भी अपनी चेतना की सीमाओं का विस्तार करने,

ज्ञात की सीमाओं को पार करने, उनसे ऊपर उठने की शक्ति है। हमें जो कुछ भी चाहिए, वह है खुद पर बिना शर्त विश्वास करना और इस अविश्वसनीय शक्ति को मुक्त करना, जो हमारे भीतर गहराई में बुद्धिमानी से सुलग रही है, जागने का इंतजार कर रही है।"

मेलिना ने विचारशील नथानिएल की ओर एक चुलबुली नज़र डाली, उसकी आँखों में कोमलता और हल्की, चंचल विडंबना थी।

"और रूपांतरण, प्रिय," उसने अपनी आवाज़ में हल्की विडंबना के साथ जोड़ा, "जिसे हम जानते हैं और जिससे हम कभी-कभी डरते हैं, वह वास्तव में केवल एक संक्रमण है, सार की शाश्वत यात्रा में एक अस्थायी विराम है। मुझे लगता है कि मेरा हर परिवर्तन एक नए क्षितिज तक पहुँचने जैसा है। यही आत्मा की अमरता है, नथानिएल।"

"है ना, प्रिय? क्या मैंने तुमसे नहीं कहा था कि रचना का सार परिवर्तन को स्वीकार करने में है? केवल इस शाश्वत प्रवाह की समझ ही हमें सच्ची जागरूकता तक पहुँचा सकती है। लेकिन तुम संदेह करते थे, क्या तुम्हें याद है? तुमने इसे खारिज कर दिया, ज्ञात को छोड़ने, अपने आराम क्षेत्र से बाहर निकलने से डरते थे। लेकिन देखो, प्रिय, कभी-कभी परिवर्तन में ही सबसे बड़ी बुद्धिमत्ता और सबसे गहरी अंतर्दृष्टि छिपी होती है।" और अब समय आ गया है।

------------------ ------------------

अध्याय 22: परछाइयों की फुसफुसाहट

पर नथानिएल अब भी अपने द्वंद्व से जूझ रहा था…

मेलिना की कहानियाँ, कोमल और विनम्र, हर रात उसे घेरे रहती थीं। पर शांति के बजाय, उनकी ताल ने उसकी अंदरूनी आग को और भी तेज कर दिया। उसे अपना केंद्र, उद्देश्य और जुनून मिल गया था - उसके दिनों की साँस। लेकिन मन की गहराई में, एक परजीवी आवाज की तरह, एक शाश्वत परछाई फुसफुसा रही थी। वह नाजुक शांति को कमजोर कर रही थी। अहंकार। परछाइयों का शिकारी। यह संदेह के रसातल में उसे निगलने के लिए सामने आता। माइग्रेन उसके कनपटियों को भेद रहा था। तीखा। निर्दयी। हर धड़कन एक हथौड़े की तरह खोपड़ी पर प्रहार करती, उसके दिमाग के चारों ओर अदृश्य जंजीरों को कसती जाती।

यह मेलिना नहीं थी। उसका विश्वास? पहाड़ की धारा की तरह - शुद्ध, असीम। उसका तो बहुत पहले सूख चुका था। अतीत - खोए हुए चेहरों, असफल लड़ाइयों की भूलभुलैया - एक चिपचिपी परछाई डाल रहा था। यह आशा के हर नाजुक अंकुर को घोंट रहा था। यहाँ तक कि एक सार्वभौमिक चेतना का विचार भी एक क्रूर मजाक लगता था। उसकी अंदरूनी आवाज एक शिकारी थी, और वह - शिकार। अथक बेचैनी। उसने जोर से साँस छोड़ी। हवा उसके फेफड़ों में रुक गई, जो थकान और कड़वाहट से भरी थी, जिससे उसकी आँखें जलने लगीं। उसकी मुट्ठियाँ कांपते दर्द के साथ खुल गईं। और जबड़ा - पत्थर की तरह, अचल। उसने वह सब कुछ रोक रखा था जो वह कह नहीं सकता था। एक स्मारक की तरह, उन सभी चीजों

का जो उसने अनुभव किया था। उसके मुँह में अतीत का स्वाद था - धातु और धूल का।

"मेलिना को हर इंसान की गहराई में सोई अच्छाई पर यह अडिग विश्वास है। और मैं··· मैं मुख्य रूप से अँधेरा देखता हूँ। परछाइयाँ जो इंसान की आत्मा के कोनों में छिपी हैं। मुझे युद्ध याद है··· वह निरर्थक नरसंहार जिसने इतने निर्दोष जीवन को निगल लिया। मैंने अपनी आँखों से देखा···"

---✶ʢ✶---

अतीत की झलक: युद्ध

धूल। खून। जली हुई खाल। चीखें। भाई, राक्षसों में बदल गए। वर्चस्व की प्यास। मेरा भ्रम··· टुकड़ों में बिखर गया।

"तो फिर मैं इतना भोला कैसे हो सकता हूँ? इस भ्रम में क्यों रहूँ कि पूरी मानवता अपने अहंकार को पार कर सकती है? कि वह इस आत्म-विनाश के अंतहीन चक्र से बाहर निकल सकती है?"

वह एक रहस्य था। खासकर उन लोगों के लिए जो उसकी नजदीकी से फायदा उठाना चाहते थे। चयनात्मक भूलने की बीमारी? गिरगिट? हर मुलाकात - एक निशान। एक छाप। विश्लेषण का एक अवसर। दो वास्तविकताएँ। सार्वजनिक जीवन: एक मुखौटा। व्यापार। राजनीति। चकाचौंध। चमकदार कवच। सामाजिक जीवन - स्थिति। वित्त। विश्वदृष्टि। कोई भावना नहीं। लोहे की पकड़। नियंत्रण के हजारों रंग। ठंडे दिमाग से बोले गए झूठ। खुद को बचाने के लिए। दूसरे चले गए। वह रह गया। भूतों जैसी यादें। वह उन्हें फाइलों की तरह देखता था। विश्लेषण करता था। उनकी गलतियाँ। खाई। कमजोरियाँ। दूसरों की विफलताओं से सीखे गए घमंडी "सार्वभौमिक" सबक। जोड़-तोड़। उन्हें परखने के लिए। सबक सीखने के लिए। उन्हें देखने के लिए प्रेरित करने के लिए।

---✶ʢ✶---

अतीत की झलक: व्यापार के खेल

एक स्वागत समारोह। प्रतिस्पर्धी। झूठी जानकारी। लालच। दिवालियापन की अफवाह। सैकड़ों लोग··· तबाह हो गए। "लक्ष्य साधनों को सही ठहराता है।" वह - एक वास्तुकार।

इंसानों के भाग्य के इस खेल के बाद, उसके भीतर एक नया पदार्थ कठोर हो गया - ठंडा तिरस्कार। वह एक दुर्गम, अकेला द्वीप बन गया था। जो मानवीय मूर्खता के तूफानी समुद्र से घिरा था। नियंत्रण खोने, भेद्यता के प्रति घबराहट से भयभीत। उसे यकीन था: भावनाओं को दिखाना एक रक्षाहीन लक्ष्य बनने जैसा था। वह मानवीय प्रकृति को उसके सबसे छोटे तंत्रिका तक जानता था, जो पाखंड और विश्वासघात के प्रति उसके झुकाव को दर्शाता था। इसलिए उसने अपने चारों ओर बर्फीली उदासीनता और निंदक की एक ऊँची दीवार बना ली थी। लेकिन इस दीवार ने उन लोगों से उसे दर्दनाक रूप से अलग कर दिया, जो वास्तव में उससे प्यार करते थे। इस शुद्ध प्रेम को स्वीकार करने की उसकी अपंग अक्षमता के बावजूद। उनके प्रति अपने ठंडे व्यवहार के लिए उसे एक औचित्य मिला - कि वह उनका रक्षक था। वह उन्हें कठोर दुनिया के लिए मजबूत कर रहा था। वास्तव में, वह अक्सर अपने सबसे करीबी लोगों के प्रति सबसे क्रूर था।

---✶⸮✶---

▮ अतीत की झलक: ठुकराया हुआ प्यार

मेलिना। उसका प्यार। उसने उसे धोखा दिया। बिना किसी स्पष्टीकरण के। गुप्त आदेश। सत्ता की प्यास। प्यार - एक कमजोरी। ध्यान का खोना। मैं शुद्ध लोगों को कैसे मजबूत कर सकता हूँ? स्वतंत्रता? या बस… बंद भावनात्मक बाधाएँ?

---✶⸮✶---

वह एक स्व-लागू निर्वासन में रह रहा था… मन की अँधेरी गुफा में। भय की जंजीरें। एक रखवाला और एक कैदी। एक नई, तर्कसंगत दुनिया की ओर प्रयास - लेकिन वह भौतिकवाद से नशे में धुत एक अकेला सिल्हूट बन रहा था। उसके "अतिमानव" के विचार, "प्राकृतिक चयन" के, नैतिकता को पार करने के… विधर्मी लग रहे थे। मानवता की सीमा को पार करने वाला व्यावहारिकता… उसे अलग कर रही थी। खतरनाक। एक नई दुनिया का वास्तुकार… मानवीय प्रकृति से एक दृष्टि गढ़ने की कोशिश कर रहा था। उसमें: धूल और एक दिव्य चिंगारी… जो विरोधाभासी रूप से जानवरों की वृत्ति के साथ सह-अस्तित्व में थी।

एक जटिल दर्शन… उसका एकमात्र कम्पास। लेकिन उसके विचार… बेसुरी। एक ऐसी दुनिया में जो कठोर सत्य पर सुविधाजनक भ्रम पसंद करती थी… "अच्छाई" के लिए उसकी लड़ाई… एक जटिल सिद्धांत। अर्थ - केवल अंतिम लक्ष्य में। वह लोगों को भूल गया। मिशन: दुनिया को बुराई से साफ करना… लेकिन वास्तव में, वह नियंत्रण चाहता था। एक ठंडा "व्यवस्था" थोपना। वह "बुराई" के विरोध के माध्यम से खुद को परिभाषित करता था। लेकिन वह क्या था? एक अमूर्तता? विशिष्ट लोग? सीमाएँ धुंधली हो गईं… वह अपनी पहचान पर संदेह करने लगा। एक पैगंबर? एक पागल? एक प्रतिभाशाली? एक राक्षस? उसके विचार आत्मा की अँधेरी परतों से आए… क्या वे खतरनाक थे? एक ऐसी दुनिया के लिए जो परिवर्तन के लिए तैयार नहीं थी, जो दर्दनाक सत्य पर भ्रम पसंद करती थी? यह लड़ाई, आपदा से पहले… हार गई। ठंडे तर्क के पक्ष में। सत्ता की प्यास के लिए। और नियंत्रण के लिए। उसके गुप्त आदेश की प्रतीत होने वाली "बुराई" के लिए। वह अंधा हो गया था।

---✶⸮✶---

लेकिन अब, यहाँ, मेलिना और इन युवा लोगों के साथ, उसे सहज और गहराई से एहसास हुआ कि सच्चाई क्या थी। उसके अंदर एक शाश्वत, थका देने वाली लड़ाई चल रही थी। एक तरफ, उन भयानक यादों के लिए जिनका वह गवाह था, विश्वासघात और क्रूरता ने उसे दृढ़ता से इस अँधेरे विश्वास में जकड़ रखा था कि मानवीय प्रकृति अपनी नींव में भ्रष्ट है। उसके भीतर की यह आवाज सतर्कता के बारे में फुसफुसाती थी। अविश्वास के बारे में। सबसे बुरा होने की उम्मीद करने की आवश्यकता के बारे में। ताकि फिर से चोट न लगे। यह अतीत के आघातों से scarred एक जीवित व्यक्ति की आवाज थी। और लगातार माइग्रेन उसके कनपटियों में उन अँधेरे दिनों की गूँज की तरह धड़क रहा था।

---✶⸮✶---

▮ अतीत की झलक: आत्म-आरोप

वह लगातार नकल कर रहा था। एक मुखौटा। एक भूमिका। एक भेस। एक कमजोर सार। एक बहुत बड़ा बोझ। अस्तित्वगत प्रगति - एक दर्दनाक निर्माण। लोहे का आत्म-नियंत्रण। एक विरोधाभासी सार। आवश्यक।

लेकिन··· मेलिना के शब्द। युवा आँखें। समुदाय में अंकुरित नाजुक आशा ··· धीरे-धीरे बर्फ को पिघला रही थी। उसका दूसरा हिस्सा··· मुक्ति के लिए तरस रहा था। अच्छाई में फिर से विश्वास करने के लिए। करुणा, प्रेम की क्षमता में··· जो अभी भी आत्मा के सबसे अँधेरे कोनों में सुलग रही थी। अंदरूनी लड़ाई उसे थका रही थी··· निंदक बनाम आशा। वह एक खाई के किनारे खड़ा था। क्या मैं अज्ञात में कूद जाऊँ? या मैं वापस लौट जाऊँ··· अँधेरी याद की दर्दनाक सुरक्षा के लिए। ज्ञान का कैथार्सिस। ब्रह्मांडीय रहस्य के पर्दों का अनावरण। वह गुप्त सिद्धांतों की ताल में साँस ले रहा था··· लेकिन फिर भी एक छात्र था। जादुई दुनिया का वर्णमाला। मेलिना? वह सहज रूप से समझती थी··· वह प्राकृतिक सहजता के साथ कानूनों को लागू करती थी। जैसे साँस लेना।

अहंकार - वह प्राचीन रेंगने वाला जानवर - हमेशा एक दरार पाता है। खामोशी में। गर्व में। डर में। हर दरार एक निमंत्रण है। उनके अतीत ने उन्हें सिखाया था: मानवीय कमजोरियाँ जिद्दी, आविष्कारशील हैं। वे हमेशा एक दरार खोजने के लिए तैयार हैं। इसलिए··· सतर्कता। आत्म-जागरूकता। उनके स्थायी साथी। पंडोरा का बक्सा कसकर बंद रखने के लिए।

---✶⸮✶---

एक शाम, बच्चों के सो जाने के बाद और आग आखिरी अंगारों तक जल रही थी, नथानिएल अकेला बैठा था। वह नाचती हुई लपटों में घूर रहा था। मेलिना चुपचाप पास आई, उसने हल्के से उसके कंधे को छुआ। वह उसके बगल में बैठ गई।

"तुम क्या सोच रहे हो?" उसने धीरे से पूछा। उसकी आवाज, वसंत की बारिश की तरह, उसके अंदरूनी संघर्ष के शांत कराहों को तोड़ती थी।

उसने फिर से आह भरी। उसकी नजर अँधेरे में खो गई।

"भविष्य के बारे में··· उनके बारे में," उसने सोए हुए युवा लोगों की ओर इशारा करते हुए कहा। "क्या हम उन्हें कुछ अलग सिखाने में सफल होंगे? क्या वे हमारी गलतियों को नहीं दोहराएँगे? मैं अपने मन की अँधेरी गुफा में बंद, स्व-लागू निर्वासन में रहता था। मुझे कैदी बनाने वाली जंजीरें मेरे डर और संदेह से बनी थीं।"

मेलिना ने उसे और करीब खींच लिया।

"तुम चिंतित हो। मुझे पता है। लेकिन क्या तुम देख रहे हो कि वे कैसे बढ़ रहे हैं? क्या तुम देख रहे हो कि वे एक-दूसरे की कितनी परवाह करते हैं? वे हमारे अतीत का बोझ नहीं ढोते। वे साफ पन्नों की तरह हैं। हमारे पास उन पर एक बेहतर कहानी लिखने का मौका है। तुम्हें याद है, नथानिएल, जब तुम अपनी 'मन की प्रयोगशाला' में रहते थे, जीवन कैसे काम करता है, इस अर्थ की तलाश की परछाइयों में? वहाँ, तुम्हारे सभी तर्कसंगत खोजों के बीच, तुम्हें वास्तव में बिना शर्त प्यार में जवाब मिला।"

"लेकिन मानवीय प्रकृति···" उसने शुरू किया, लेकिन मेलिना ने उसके हाथ पर एक कोमल स्पर्श से उसे रोक दिया।

"मानवीय प्रकृति मिट्टी की तरह है, नथानिएल। उसमें जंगली घास और सुंदर फूल दोनों उग सकते हैं। यह हम पर निर्भर करता है कि हम क्या बोते हैं और उसकी देखभाल कैसे करते हैं। तुम समझ और करुणा के बीज बो रहे हो। मैं देख रही हूँ कि वे अंकुरित हो रहे हैं।"

"लेकिन अहंकार··· वह हमेशा वहीं, घात लगाए रहता है," नथानिएल ने जोर दिया। उसकी आवाज कड़वी बुद्धिमत्ता से भरी हुई थी। मानो उसने अपना ही जहर चखा हो।

"हाँ," मेलिना सहमत हुई। उसकी नजर शांत और बुद्धिमान थी, बिना किसी निर्णय की परछाई के। "यह हमारा हिस्सा है। जैसे परछाई रोशनी का हिस्सा है। लेकिन परछाई रोशनी को हरा नहीं सकती, अगर हम उसे अनुमति न दें। हमारा काम उन्हें और खुद को परछाइयों की फुसफुसाहट को पहचानना सिखाना है। और रोशनी को चुनना। आत्म-जागरूकता ही कुंजी है, नथानिएल। अपने डर और इच्छाओं को समझना। उन्हें नियंत्रित करना, न कि उन्हें हमें नियंत्रित करने देना।"

उसने उसका हाथ पकड़ा। उसने उसे धीरे से निचोड़ लिया। उँगलियाँ आपस में फँसाते हुए।

"तुम एक बुद्धिमान व्यक्ति हो, नथानिएल। तुम बहुत अँधेरे से गुजरे हो। तुमने वापस रोशनी का रास्ता खोज लिया है। तुम्हारा अनुभव उनके लिए अमूल्य है। अतीत को भविष्य पर हावी न होने दो। विश्वास अँधेरे से इनकार नहीं है, बल्कि उसे भगाने के लिए रोशनी की शक्ति को पहचानना है। और प्यार उन सभी में सबसे मजबूत रोशनी है।"

---✶६✶---

उसने उसकी आँखों में देखा। उनकी अटूट आस्था में सहारा ढूंढा। लंबे समय बाद पहली बार, संदेह की बर्फीली पकड़ थोड़ी ढीली हो गई। संदेह की बर्फ एक गर्म, समझने वाली लहर में पिघल गई। शायद मेलिना सही थी। शायद उम्मीद थी। शायद यह नया समुदाय, जो पुराने खंडहरों पर बना है, वास्तव में कुछ अलग बना सकता है। शायद उसका मिशन व्यर्थ नहीं था। उसने गहरी साँस ली। उसने अपने दिल में एक नाजुक, लेकिन जिद्दी उम्मीद को जन्म लेते महसूस किया। जैसे जमी हुई जमीन में पहला फूल। पहली बार उसने अपना हाथ बढ़ाया। उसने अपने 20 साल के बेटे एंथनी के सोए हुए हाथ को छुआ। एक शांत स्वीकार्यता का इशारा। और क्षमा का। जो बहुत पहले हो जाना चाहिए था। और उसका वजन लगभग शारीरिक था। उसके अंदर की लड़ाई अभी भी जीती नहीं गई थी। लेकिन लंबे समय बाद पहली बार, उसने महसूस किया कि उसके पास लड़ने के लिए कुछ था। न केवल अपने लिए। बल्कि इन युवा आत्माओं के लिए भी। जो इस नई धरती में बढ़ रहे थे। वे एक बेहतर भविष्य के बीज ढो रहे थे। और वह, मेलिना के साथ, वहाँ होगा। उन्हें इस मुश्किल, लेकिन आशा से भरे रास्ते पर मार्गदर्शन करने के लिए। मेलिना, जिसने बदलाव को महसूस किया, ने धीरे से उसका हाथ निचोड़ लिया। और उसकी नजर एक शांत, समझ से भरी मुस्कान बिखेर रही थी।

---✶६✶---

क्वांटम स्ट्रीम: नरक और स्वर्ग

नथानिएल ने अपनी आँखें बंद कर लीं। हरमेस के शब्द अब भी उसके भीतर गूँज रहे थे। वे सोए हुए एंथनी की छवि के साथ आपस में मिल रहे थे। उसकी जेब में उसके सूखे मेवों की भावना के साथ। द्वंद्व। वह कितनी बार इसमें रहा था? कितनी बार उसने "अच्छाई" और "बुराई" को एक रेखीय तरीके से अलग किया था, जो मानवीय कानूनों और हठधर्मिता द्वारा बनाया गया था? उसके मन में एक विचार सामने आया। यह एक बर्फीले टुकड़े की तरह उसे भेद गया। फिर एक गर्म, समझने वाली लहर में पिघल गया: नरक एक जगह नहीं थी। स्वर्ग भी नहीं। वे अवस्थाएँ थीं।

खामोशी घनी थी। लेकिन एंथनी, जो सो रहा था, अचानक तेजी से उठ खड़ा हुआ। उसकी साँस गले में अटक गई। उसकी नजर भय से भरी हुई थी।

आसमान से बिजली गिरने की तरह।

लेकिन एक अचानक, चौंकाने वाली समझ के साथ भी।

"पिताजी···" उसकी आवाज कर्कश लग रही थी। इसने शांति को फाड़ दिया। "मुझे बताओ··· दादा और दादी के बारे में। युद्ध के बारे में। तुमने कहा··· वे अपनी गलतियों को फिर से अनुभव करते हैं? और यह हमेशा के लिए है? बिना अंत के?"

नथानिएल ने अपनी पीठ पर एक ठंडक महसूस की। उसका बेटा। यह सिर्फ जिज्ञासा नहीं थी। यह डर था। हड्डी तक नंगा।

“तुम क्यों पूछ रहे हो, एंथनी?” नथानिएल की आवाज शांत थी। लेकिन दृढ़। जाँच करती हुई।

“क्योंकि··· मैंने तुम्हें मेलिना से बात करते सुना। नरक के बारे में। क्वांटम कर्म के बारे में।” एंथनी ने भारी घूँट लिया। उसकी आँखें जवाब खोज रही थीं। “यह सब··· यह··· यह सच है, है ना? यह सिर्फ बच्चों के लिए एक कहानी नहीं है? या बूढ़े, डरे हुए लोगों के लिए?”

मेलिना बीच में आई। उसकी आवाज शांत करने वाली थी, लेकिन छिपी हुई चिंता के साथ: “एंथनी, ये चीजें···”

“नहीं, मेलिना!” उसने उसे अचानक रोक दिया। उसकी नजर नथानिएल पर टिकी हुई थी। उसकी आवाज ऊपर उठी, हवा को कंपकंपाते हुए। “मैं जानना चाहता हूँ! मैंने··· मैंने बुरे काम किए हैं! तुम लोगों की तरह नहीं, बेशक, लेकिन··· मैंने झूठ बोला है। मैंने धोखा दिया है। मैंने चोट पहुँचाई है। क्या··· क्या मैं इसे सौ गुना फिर से अनुभव करूँगा? हमेशा के लिए? या तुमने हमें नियंत्रण में रखने के लिए एक नया धर्म बनाया है?”

---✶६✶---

नथानिएल ने देखा। खामोशी। फिर उसने फुसफुसाया: “यह रहा। हुक।”

उसकी अपनी गलती, जो एक कुंजी बन सकती थी।

“नरक आत्मा की एक अवस्था है, एंथनी,” नथानिएल ने शुरू किया। उसकी आवाज गहरी, घनी होती गई, जो कड़वी बुद्धिमत्ता से भरी थी। “जब विचार और विवेक नकारात्मक भावनाओं से बोझिल होते हैं। बुराई से। जब शरीर इन बुराइयों को मूर्त रूप देता है, तो आत्मा खुद को बांध लेती है। वह अपनी ही रचनाओं की जंजीरों में उलझ जाती है। और कभी-कभी, इस बोझ से लदी हुई, आत्मा फिर से

एक शरीर में, एक नए जीवन में, अपनी आग को शुद्ध करने के लिए, इसी तरह की परीक्षाओं का सामना करती है।"

एंथनी सिकुड़ गया। मानो शब्द शारीरिक रूप से उस पर प्रहार कर रहे थे, उसके फेफड़ों से हवा निचोड़ रहे थे।

"जब आत्मा शरीर से बाहर निकलती है और ऊर्जा के प्रवाह में जाती है, तभी असली नरक शुरू होता है। आग और यातना नहीं, एंथनी। बल्कि तुम्हारे द्वारा पहुँचाए गए हर दर्द को सौ गुना बढ़ा कर फिर से अनुभव करना। एक क्वांटम गूँज की तरह। हर नकारात्मक भावना - क्रोध, ईर्ष्या, घृणा - गायब नहीं होती, बल्कि अपनी खुद की आवृत्ति पर कंपन करती है। चेतना की क्वांटम धारा में फँसी हुई। आत्मा एक सूचना पैकेट की तरह है, जिसे वापस ब्रह्मांड में उत्सर्जित किया जाता है। यदि यह पैकेट बुराई, दर्द, विनाश की बेसुरी आवृत्तियों से भरा हुआ है, तो यह ब्रह्मांडीय धारा के उच्च कंपनों के साथ सामंजस्यपूर्ण रूप से विलय नहीं कर सकता है। इसके बजाय, यह कम कंपनों के क्षेत्रों में फंस जाता है - अपनी ही गलतियों के ऊर्जावान भँवर। जहाँ वह उन सभी दर्दनाक अवस्थाओं को बार-बार अनुभव करता है जो उसने पैदा की हैं या अपने भीतर धारण की हैं। यह एक प्रकार का क्वांटम कर्म है। जहाँ क्रिया की ऊर्जा एक अनुभव के रूप में वापस आती है। तुम्हारी अपनी अँधेरे की एक दर्पण छवि की तरह। यह सजा नहीं है। एक प्रभाव। कारण और परिणाम।"

एंथनी का चेहरा पीला था। उसकी आँखें भय से चौड़ी हो गईं।

"लेकिन… तो फिर… दादा और दादी… क्या वे…?" उसकी आवाज घुट गई, अटक गई। "क्या वे अब पीड़ित हैं? हमारे कारण? युद्धों के कारण?"

"हमेशा के लिए नहीं, एंथनी, हमेशा के लिए के मानवीय अर्थ में नहीं," नथानिएल ने जवाब दिया। उसकी आवाज नरम हो गई, करुणा से भर गई। लेकिन उसने कठोर सत्य को छिपाया नहीं। "प्रवाह हमेशा एक रास्ता खोजता है। ऊर्जा हमेशा बदलती है। यहाँ तक कि सबसे कम कंपन भी उठ सकते हैं, अगर इच्छा हो तो। लेकिन दर्द वास्तविक है। जब तक इसका कारण नहीं समझा जाता। जब तक आत्मा उस बोझ से मुक्त नहीं हो जाती जो उसने खुद बनाया है। यह एकमात्र सजा है - अपने स्वयं के कार्यों की प्रतिध्वनि का अनुभव करना। और एकमात्र इनाम - प्यार के साथ विलय करना। जो सब कुछ का स्रोत है।"

"और स्वर्ग?" एंथनी ने फुसफुसाते हुए पूछा। मानो वह उस पल की नाजुकता को खराब करने से डर रहा हो।

मेलिना ने धीरे से मुस्कुराया।

"स्वर्ग? यह उस आत्मा की अवस्था है जो सद्भाव, प्रेम और करुणा में रहती थी। उसके कंपन हल्के हैं। शुद्ध। स्वतंत्र। एक गीत की तरह जो ऊपर उठता है। जब ऐसी आत्मा ब्रह्मांडीय धारा के साथ विलीन हो जाती है, तो वह परमानंद में घुल जाती है। एकता में। पूर्ण ज्ञान में। यह स्रोत के साथ एकता में क्वांटम सूचना पैकेजों का विलय है। अंतर्संबंध की पूर्ण समझ। 'धन्य हैं वे जो हृदय के शुद्ध हैं, क्योंकि वे ईश्वर को देखेंगे।' अब इन शब्दों का एक बिल्कुल नया, वैज्ञानिक-गूढ़ आयाम है। जो सत्य के साथ धड़क रहा है।"

एंथनी ने आग में घूरना शुरू कर दिया। "धन्य हैं वे जो हृदय के शुद्ध हैं… " उसके चेहरे पर एक गहरा विचार लिखा हुआ था।

"तो··· कोई ईश्वर नहीं है जो न्याय करता है? कोई शैतान नहीं है? कोई··· नियम नहीं हैं?" उसकी आवाज भ्रम से भरी हुई थी। लेकिन एक नई मिली, खतरनाक स्वतंत्रता के साथ भी। "अगर कोई अंतिम निर्णय नहीं है, तो हमें क्यों लड़ना चाहिए? हम जो चाहें वह क्यों न करें? हमें अपने लिए क्यों न जीना चाहिए? जब 'बुरे' लोग जीतते हैं तो हमें 'अच्छा' क्यों होना चाहिए?"

नथानिएल ने इस स्वर को पकड़ लिया। यहाँ दूसरा हुक था। अहंकार। मानवता का पुराना घाव। उसकी आँखों में क्रोध चमक उठा।

"ऐसा नहीं है, एंथनी।" नथानिएल आगे झुका। उसकी नजर एक ब्लेड की तरह भेद रही थी। "कानून एक रास्ता हैं, एंथनी। वे न्याय करने के लिए नहीं हैं, बल्कि मार्गदर्शन करने के लिए हैं। ईश्वर न्याय नहीं करता। ईश्वर प्रेम है। वह वह धारा है जिसका तुम अनुभव करते हो। वह वह ऊर्जा है जो हर कोशिका में है। जब तुम इस ऊर्जा के साथ सद्भाव में रहते हो, तो तुम स्वर्ग में होते हो। जब तुम इसका विरोध करते हो, तो तुम अपना नरक बनाते हो। अगर तुम जो चाहो वह कर सकते हो, लेकिन वह तुम्हें तुम्हारे ही दर्द से बाँधता है··· तुम क्या चुनते हो, बेटे? पीड़ित होने की स्वतंत्रता या खुद को मुक्त करने की स्वतंत्रता? और तुम अपने पीछे क्या छोड़ोगे? खालीपन? खंडहर? या जीवन?"

एंथनी चुप हो गया। समझ ने उसे दो हिस्सों में काट दिया था। उसे साँस लेने के लिए हवा नहीं बची थी। उसके पिता का सवाल उसके भीतर बैठ गया। भारी। जरूरी। उसके अपने कार्यों का दर्पण सीधे उसकी आँखों में देख रहा था।

"लेकिन अब यहाँ, एंथनी, हमारे पास एक ऐसा समुदाय बनाने का एक नया मौका है जो इस भाषा को समझता है। ताकि हम डर से नहीं, बल्कि प्यार से रहें। ताकि हम वह 'गारंट' बनें जिसके बारे में तुम पूछ रहे थे। नियमों के माध्यम से नहीं, बल्कि जाग्रत चेतना के माध्यम से। अतीत भारी है। भयानक रूप से भारी। लेकिन भविष्य··· भविष्य एक खाली कैनवास है। गलतियों को दोहराने का डर ही हमें आगे बढ़ाता है। है ना? या तुम अपनी आँखें बंद करना पसंद करोगे?"

एंथनी ने अपने पिता की ओर देखा। उसकी आँखें अब भी नम थीं। लेकिन उनमें अब समझ की एक चिंगारी चमक रही थी। अँधेरे में एक लौ की तरह। यह दुनिया को पहली बार देखने जैसा था। लेकिन पूरे जीवन के घावों के साथ। नथानिएल जानता था: अहंकार के साथ लड़ाई शाश्वत है। पंडोरा का बक्सा कभी भी पूरी तरह से बंद नहीं होता। लेकिन अब, मेलिना को अपने बगल में और इन युवा आत्माओं के साथ, जो ब्रह्मांड की असली लय को समझना शुरू कर रहे थे, उसने एक नई ताकत का उछाल महसूस किया। वे जीवित कम्पास थे। और भविष्य? भविष्य एक अनदेखी धुन की तरह उनके सामने कंपन कर रहा था। जो बजाए जाने की प्रतीक्षा कर रहा था। और कौन जानता है कि एंथनी के भीतर कितनी गहराई में, नई समझ की बर्फ के नीचे, अभी भी कुछ छिपा हुआ था··· जो अपने पल की प्रतीक्षा कर रहा था? क्या वह रोशनी का पालन करेगा? या अतीत की अँधेरी परछाइयाँ उसे निगल लेंगी?

---✶✶---

आग धीरे से चटकी। खामोशी की धुन शुरू हो गई थी। एक और भविष्य के पहले नोट।

------------------ ------------------

अध्याय 23: अतिक्रमण

डेढ़ साल बाद। मेलिना…

नथानिएल और मैं सबसे पुरानी अटलांटियन कब्रों में से एक के गर्भ से गुजर रहे थे। सुरंगों की एक भूलभुलैया, जिसकी दीवारें ओब्सीडियन और सोने की ठंडी साँस से साँस ले रही थीं। हवा धूल और हजारों साल की, शांत बुद्धिमत्ता से भारी थी। नथानिएल की मशाल नाच रही थी, जो विशाल मूर्तियों पर केसरिया परछाइयाँ फेंक रही थी - ऐसे जीव जो पत्थर से बने लगते थे, लेकिन जिनमें एक अलौकिक उपस्थिति थी, जिनकी नजरें अनंत काल को भेद रही थीं। हमारे पैरों के नीचे धूल भरी स्लैबें चरमरा रही थीं, जो अजीब, भूतों जैसी चमकती काई और पौधों से ढकी हुई थीं, जो फॉस्फोरसेंट नमी से पी रहे थे, जो अपनी खुद की जिंदगी के साथ धड़कती थी। कभी-कभी मुझे महसूस होता था कि वास्तुकला में बुने हुए ऊर्जा के धागे मेरी त्वचा के नीचे हल्के से कंपन कर रहे थे - अदृश्य चेतावनियाँ, एक प्राचीन मशीन के दिल की तरह धड़क रही थीं। ये कब्रें जीवित जीव थीं। हर दरार - हजारों साल की भूल की फुसफुसाहट।

एक साल पहले मार्क द्वारा मैप की गई कब्रों का जाल, इस नई भूमि की सतह पर उभरती हुई गुफाओं में छिपा हुआ था। हर एक ने रहस्यों को छिपा रखा था, जो सिर्फ उजागर होने की प्रतीक्षा नहीं कर रहे थे, बल्कि महसूस किए जाने की प्रतीक्षा कर रहे थे।

हमारी बातें आपस में उलझ गईं, जब हम चल रहे थे - विचार और भावना के अदृश्य धागे, जो हमारी समझ की जटिल टेपेस्ट्री बुन रहे थे।

“विपरीतताओं के इस निरंतर नृत्य में,” नथानिएल की आवाज अँधेरे में गूँजती थी, जो एक परेशान करने वाली स्पष्टता से भरी हुई थी, “रचना की क्षमता छिपी है। लेकिन विनाश का एक शाश्वत खतरा भी। अहंकार, जिसे हम हताशा से बक्से की दीवारों के पीछे बंद करने की कोशिश कर रहे हैं। यह इस द्वंद्व की अंतिम अभिव्यक्ति है। अलगाव की ओर प्रयास। पूरे की कीमत पर व्यक्तित्व की पुष्टि। यही कारण है कि सभी सभ्यताएँ - थ्रेसियन, फारसी, रोमन, यहाँ तक कि उच्च-तकनीकी अटलांटिस - हमेशा ढह गईं। सत्ता, प्रभाव, नियंत्रण की अपनी ही प्यास से निगल लिया गया। हर महानता, जो अंधे महत्वाकांक्षा पर बनी थी, रेत का एक टावर था।”

मैं फुसफुसाया, जब हम एक ऐसे ताबूत के पास से गुजरे, जो अज्ञात हायरोग्लिफिक्स से भरा हुआ था:

“लेकिन 'मैं' की भावना के बिना, विकास की ओर कोई प्रयास नहीं होगा। आत्म-ज्ञान की ओर। विरोधाभास यह है: अहंकार एक कैदी और एक इंजन है। हमें अपने वंशजों को इसे एक उपकरण के रूप में पहचानना सिखाना होगा, न कि एक मालिक के रूप में। तुम एंथनी से क्या कहोगे? जब वह मानता है कि वह सबसे मजबूत, सबसे अच्छा शिकारी है? कि उसे शिकार को वितरित करने का अधिकार है? क्या तुम उसे तोड़ोगे? या तुम उसे दिखाओगे कि इस शक्ति को कैसे नियंत्रित किया जाए?”

नथानिएल रुक गया। उसकी मशाल ने उसके चेहरे पर भयानक परछाइयाँ डालीं। हवा और भारी हो गई।

"अगर जरूरत पड़ी तो मैं उसे तोड़ दूँगा!" उसकी आवाज कर्कश थी, जो पुराने दर्द से भरी हुई थी, उसका हाथ मशाल के हैंडल को तब तक कस कर पकड़े हुए था जब तक कि वह सफेद नहीं हो गया। "मैंने बहुत बार देखा है कि यह 'मैं' सब कुछ कैसे निगल लेता है। युद्ध, नरसंहार, साम्राज्य, जो खंडहरों पर बने हैं। मेरा ऑर्डर? मेरे 'नियम'? मेरा नियंत्रण की प्यास? मैं एक तानाशाह था। मैंने अराजकता से व्यवस्था गढ़ने की कोशिश की। मैंने केवल गहरी खाइयाँ बनाईं। मैं इसे फिर से नहीं होने दे सकता!"

"और क्या होगा अगर तुम उसे तोड़ देते हो, नथानिएल?" मैं उसके पास गया। मैंने उसके हाथ को छुआ, मेरे स्पर्श के नीचे उसे हल्के से कांपते हुए महसूस किया। "वह एक कायर, इच्छाशक्ति-रहित व्यक्ति बन जाएगा। या एक शांत बम, जो तब फटेगा जब तुम कम से कम उम्मीद करोगे। प्राचीन मिस्रवासी जानते थे: फिरौन की ताकत दमन में नहीं, बल्कि प्रेरणा में थी। यहाँ तक कि एटन भी, अपनी इच्छा थोपते हुए, असफल रहा।"

नथानिएल ने अपने होंठ भींचे, उसकी नजर उसके अंदरूनी राक्षसों के साथ लड़ रही थी।

"तो··· क्या? क्या मैं उसे छोड़ दूँ? क्या मैं उसके अहंकार को एक जंगली घास की तरह बढ़ने दूँ, जो उस हर अच्छी चीज का गला घोंट देगा जिसे हम बना रहे हैं? मैंने दृष्टि में देखा··· पंडोरा का बक्सा अंदर से खुलता है। उसके माध्यम से। उस अनजाने, अतृप्त 'मैं' के माध्यम से! हम उसे कैसे रोकेंगे, अगर वह नहीं समझेगा?"

"हम उसे दिखाएँगे: असली ताकत साझा करने में है, न कि हड़पने में। व्यवस्था नियंत्रण में नहीं, बल्कि सद्भाव में है।" मेरी आवाज दृढ़ थी, लेकिन कोमल। "शक्ति द्वारा लगाए गए नियमों के माध्यम से नहीं, बल्कि जागरण के माध्यम से। प्रेम के माध्यम से। और इस शाश्वत ताल को समझने के माध्यम से। जैसे अटलांटिस के पुजारियों ने मार्गदर्शन किया, जो आंतरिक नैतिकता पर भरोसा करते थे। शायद यहीं, इन गहराइयों में, हमें आत्म के रहस्यमय अनलॉक करने का रहस्य मिलेगा।"

मैं उसके शब्दों को स्वीकार करती थी, लेकिन मैं जानती थी कि सच्चाई बहुत गहरी दबी हुई थी। सिर्फ तर्क में नहीं, बल्कि अस्तित्व के बहुत ही दिल में। मेरा दिल तेजी से धड़कने लगा। मानो वह कुछ ऐसा महसूस कर रहा था जो दिखाई देने से परे था।

---✶☾✶---

हत्शेप्सुत का दर्शन

हम एक विशाल कक्ष में प्रवेश किए। इसका केंद्र एक प्रभावशाली, अछूता ताबूत पर हावी था। यह दूसरों की तुलना में अधिक शानदार था। यह साँस लेता था, एक ऊर्जा के साथ धड़कता था, जो एक दिल की धड़कन की तरह स्पर्शनीय थी। नथानिएल ने ठंडे पत्थर को छूने के लिए अपना हाथ बढ़ाया। उसी क्षण, एक प्राचीन तंत्र एक शांत फुफकार के साथ सक्रिय हो गया। ढक्कन धीरे-धीरे हट गया, जिससे एक ममी नहीं, बल्कि एक चमकदार, अज्ञात क्रिस्टल का पता चला। यह एक सम्मोहक, नीली रोशनी बिखेर रहा था, मानो किसी और दुनिया से। क्रिस्टल की

रोशनी तेजी से धड़कने लगी, जो हमारे अंदरूनी संघर्ष के साथ तालमेल बिठा रही थी, मानो वह जवाब दे रही हो।

उसी क्षण, मेरे चारों ओर समय मुड़ गया, और क्रिस्टल की रोशनी ने मुझे निगल लिया। मैं अब मेलिना नहीं थी, बल्कि हत्शेप्सुत थी - एक शक्तिशाली महिला फिरौन, जो अपने भरोसेमंद वास्तुकार और प्रेमी, सेनेनमुट के सामने खड़ी थी। हम अटलांटियन कब्र में नहीं थे, बल्कि डैर अल-बहरी के मंदिर के अभयारण्य में थे। प्राचीनता और भूली हुई सच्चाई की एक अलौकिक भावना हवा को भर रही थी, मेरी त्वचा को गुदगुदा रही थी। सेनेनमुट, मेरा वफादार, मेरा सेनेनमुट, जिसकी नजर हमेशा दिखाई देने से परे जाती थी, मेरे सामने खड़ा था। मेरा दिल एक अज्ञात, लेकिन गहराई से परिचित प्यार के साथ धड़क रहा था - एक प्यार जो सदियों, जीवन, नियति के धागों के माध्यम से फैलता था।

"मेरे सेनेनमुट," मेरी आवाज, हत्शेप्सुत की आवाज, शांत थी, जो दृढ़ संकल्प से भरी थी, मानो हर शब्द एक पिरामिड की नींव में एक पत्थर था, "मैंने एटन और सभी सांसारिक और स्वर्गीय साम्राज्यों के पर्दों के पीछे छिपी एक महान सच्चाई तक पहुँच गया हूँ। सच्ची बुद्धिमत्ता केवल पिरामिडों में नहीं है, न ही दीवारों पर उकेरे गए हायरोग्लिफिक्स में। यह हमारे भीतर है। उस दिल में जो हमें जोड़ता है।"

मैंने उसे उस सारे प्यार के साथ देखा जो मैं संजोती थी, उस सारे रहस्य के साथ जो साझा करने के लिए जल रहा था - एक रहस्य जिसने मुझे सालों से घुटन महसूस कराई थी, जो मेरा सबसे पवित्र रहस्य, एक पवित्र ताबीज था।

"क्या तुम्हें याद है कि हमने हमेशा कैसे माना है कि आर्क न केवल सद्भाव और रचना के बारे में ज्ञान रखता है, बल्कि व्यक्तित्व की प्रकृति, उसके जाल और उसे नियंत्रित करने के तरीकों के बारे में भी? यह ज्ञान हमारे भीतर, इंसान के भीतर, और न केवल इन छिपे हुए ताबूतों में बनाया गया है। तुम्हें समझना होगा कि सच्ची शक्ति व्यक्तित्व से इनकार करने में नहीं है, बल्कि इसे बड़ी तस्वीर में सामंजस्यपूर्ण रूप से एकीकृत करने में है। हम, फिरौन, अक्सर सत्ता और वर्चस्व के लिए प्रयास करते हैं, इस गहरी सच्चाई को भूल जाते हैं।"

मैं उसके करीब गई, मानो मैं अपने खुद के आंतरिक आयामों में जवाब खोज रही थी, लेकिन वास्तव में मैं अपना सारा आंतरिक अनुभव दे रही थी, जिसे मैं सालों से अपने सबसे गुप्त रहस्य के रूप में रखती थी, एक पवित्र ताबीज के रूप में।

"और यह सद्भाव प्यार के धागों पर टिका है, मेरे सेनेनमुट," मैंने एक गहरी, शाश्वत दृढ़ विश्वास से भरी आवाज में कहा, जो मेरे नसों में देवताओं के खून की तरह बहती थी। "वह भावुक, अक्सर आत्म-प्रेम का जुनूनी प्यार नहीं, जो युद्धों और कलह की ओर ले जाता है, बल्कि बिना शर्त, स्वीकार करने वाला, जोड़ने वाला प्यार। यह वह गोंद है जो वास्तविकता के टुकड़ों को एक साथ रखता है, जो अलगाव से पैदा हुए विभाजन को पार करता है, जो अलग होने के भ्रम से पैदा होता है। मैं इसे अपने भीतर गहराई से महसूस करती हूँ, यह सिर्फ एक अवधारणा नहीं है, बल्कि एक जीवित, साँस लेने वाली सच्चाई है जो मेरे अस्तित्व के हर परमाणु को भरती है, साथ ही इस रेगिस्तान के हर रेत के कण को भी, जो हमें घेरे हुए है।"

"कल्पना करो," मैंने जारी रखा, मेरी आवाज शांत, लेकिन शक्तिशाली थी, जो प्राचीन ज्ञान से भरी थी, "कि हर प्राणी एक अनंत ब्रह्मांडीय सिम्फनी में एक अलग नोट की तरह है। आत्म-महत्व सिर्फ अकेला बजने की कोशिश करता है, खुद को उजागर करने की, हावी होने की। लेकिन संगीत की असली सुंदरता तभी पैदा होती है जब सभी नोट सद्भाव में विलीन हो जाते हैं, जब हर एक अपनी विशिष्टता खोए बिना पूरे में योगदान देता है। क्या तुम्हें याद है कि हम कभी नील नदी के सितारों के नीचे कैसे नाचते थे, जब पूरी दुनिया संगीत थी? पूर्ण सद्भाव की भावना, खुद को खोए बिना ब्रह्मांड के साथ विलय करना - यही सच्ची स्वतंत्रता है, जिसे मैंने, एक फिरौन के रूप में, शायद ही कभी जाना है।"

मैंने देखा कि उसकी नजर कैसे गहरी होती गई, उसके चेहरे पर समझ कैसे लिखी गई, मानो उसकी आँखों से एक पर्दा गिर गया हो।

"और बिना शर्त प्यार इस सिम्फनी का कंडक्टर है, मेरी हत्शेप्सुत," उसने मेरे विचार को पूरा किया, उसकी आवाज श्रद्धा से भरी हुई थी, लगभग एक फुसफुसाहट थी। "यह समझना है कि हर नोट महत्वपूर्ण है, कि हर प्राणी का अपना स्थान और अपना योगदान है। यह बिना निर्णय के मतभेदों को स्वीकार करना, कमजोरियों के प्रति करुणा और दूसरों की सफलताओं से खुशी है।"

उसकी चिंता स्पष्ट रूप से महसूस की जा सकती थी - अतीत में और अब, इस अनुभव में।

"हमारा काम बहुत बड़ा है, सेनेनमुट। इस समझ को व्यक्त करना, इस बिना शर्त प्यार के बीज को हमारे वंशजों के दिलों में बोना। क्योंकि केवल यह ही पंडोरा के बक्से के प्रलोभनों, आत्म-महत्व की फुसफुसाहट के खिलाफ असली सुरक्षा हो सकता है, जो हमेशा इसे अनलॉक करने की कोशिश करेगा। हम उन लोगों को कैसे महसूस कराएँगे, जो हमारे बाद आएँगे, इसे सिर्फ समझने के बजाय? मैं उन्हें यह मूल रहस्य कैसे दूँ, जो मेरे भीतर जल रहा है?"

"और हम इसे करेंगे, प्रिय," मैंने अडिग विश्वास के साथ जवाब दिया। मैंने इन पिरामिडों में जमा किए गए हमारे पूर्वजों की शक्ति को अपने माध्यम से बहते, मुझे भरते हुए महसूस किया। "हम उन्हें दिखाएँगे कि असली शक्ति दूसरों पर सत्ता में नहीं है, बल्कि खुद पर सत्ता में है, कि असली धन भौतिक चीजों में नहीं है, बल्कि उनके रिश्तों की गहराई में है, कि सच्ची स्वतंत्रता सीमाओं से इनकार करने में नहीं है, बल्कि उनकी सापेक्षता को समझने में है।"

मैंने अपना हाथ बढ़ाया और उसके गाल को छुआ, उसकी त्वचा की गर्मी को महसूस किया, और फिर उसे धीरे से चूमा। यह प्यार हमें इतने सारे युगों से जोड़ रहा था - एक प्यार जो आग और पानी के माध्यम से, खोई हुई दुनिया और नई शुरुआत के माध्यम से गुजरा था, हमेशा अपना रास्ता वापस हमारे पास पाता था।

"क्योंकि, अंत में, सेनेनमुट, सब कुछ इस पर निर्भर करता है - हर प्राणी में दिव्य चिंगारी को देखना सीखना, बिना शर्त प्यार करना और यह समझना कि हम सभी एक ही अनंत सार का हिस्सा हैं। और जब यह सच्चाई उनके दिलों में स्थापित हो जाएगी, तो पंडोरा का बक्सा अपनी शक्ति खो देगा, और आर्क आसानी से खुल जाएगा, रचना और सद्भाव की असीमित क्षमता को प्रकट करेगा। मैं इसे देखती हूँ।

मैं इसे महसूस करती हूँ। यह हमारी नियति है - एक नियति जिसे हमने इन प्राचीन कब्रों में ही कोडित किया है।"

---✶⚕✶---

खोज

दृष्टि फीकी पड़ गई। मैं फिर से मेलिना थी, जो अटलांटियन की ठंडी कब्र में नथानिएल के बगल में खड़ी थी। ताबूत में क्रिस्टल एक नरम, नीली रोशनी के साथ धड़क रहा था, लेकिन अब वह अधिक परिचित, कम विदेशी लग रही थी। मैंने उसके हाथ की गर्मी महसूस की, जब उसने मेरा हाथ निचोड़ लिया। उसका चेहरा पीला था, उसकी आँखें - चौड़ी खुली हुई थीं, लेकिन एक नई, गहरी समझ से भरी हुई थीं।

"मेलिना…" उसने फुसफुसाया, उसकी आवाज कर्कश थी, मानो वह अभी-अभी एक लंबी यात्रा से लौटा हो। "मैं… मैंने देखा। मैंने सब कुछ देखा। हत्शेप्सुत। सेनेनमुट। प्यार… और रहस्य…"

मैं मुस्कुराई, मेरी आँखों में समझ और राहत के आँसू आ गए।

"हाँ, प्रिय। यही वह रहस्य है जो हम हमेशा से ढो रहे हैं। हमारे भीतर गहराई से दबी हुई, मूल सच्चाई जो हमें सदियों से मार्गदर्शन कर रही है। अब क्या तुम समझते हो? कुंजी हमेशा वहाँ थी, हमारे बाहर नहीं। हमें बस इसे देखना और इसे अपने दिल से महसूस करना था।"

नथानिएल ने सिर हिलाया, अभी भी हिल गया था। उसकी नजर दीवारों पर फिसल गई, जब तक कि वह एक अप्रत्याशित जगह पर नहीं रुकी, जो घुमावदार शैवाल के पीछे छिपी हुई थी, जहाँ फॉस्फोरसेंट नमी अधिक चमक रही थी। वहाँ, साफ, ठंडे पानी में आधा डूबा हुआ, एक काला, अजीब प्रतीकों से सजा हुआ संदूक पड़ा था। अब तक अज्ञात। वह झुका।

"मेलिना… देखो।" उसकी आवाज लगभग एक फुसफुसाहट थी। " यह… यह वही है।"

वह आगे बढ़ी। उसकी आँखों में भय और समझ का मिश्रण था। हाँ। वह गलती नहीं कर सकती थी। उनके सामने, अटलांटियन कब्र की गहराइयों में, पंडोरा का बक्सा पड़ा था। उसकी सतह प्रकाश को निगलती हुई लगती थी।

---✶⚕✶---

संदूक।

यह सिर्फ एक संदूक नहीं था। यह एक बाहरी विसंगति की तरह था, प्रकाश की पूर्ण अनुपस्थिति का एक बिंदु, जिसने अपने चारों ओर के स्थान को और भी अँधेरा, और भी अकल्पनीय बना दिया। इसकी सामग्री परिचित लकड़ी नहीं थी, बल्कि कुछ ओब्सीडियन, अज्ञात पदार्थ था, जो एक ठंडक बिखेर रहा था जो हड्डियों तक पहुँचती थी, जब वह वहाँ खड़ा था, एक अदृश्य खतरे के साथ धड़क रहा था। इसकी सतह काले, प्राचीन अटलांटियन runes से जड़ी हुई थी, जो जीवित साँपों की तरह घूमती हुई लगती थीं, साँस लेती थीं, लालटेन की टिमटिमाती रोशनी में एक आंतरिक, मृत चमक के साथ चमकती थीं। प्रतीकों का हर मोड़ जीवित लग रहा था, एक और, भयानक दुनिया से एक चेतावनी की तरह।

मेलिना आगे बढ़ी, और उसकी नजर उस अशुभ वस्तु पर अटक गई। उसकी आँखों में, उसकी गहरी भूरी परितारिकाओं में, शुद्ध, लकवाग्रस्त भय और

एक भयानक, दर्दनाक समझ का मिश्रण था। उसकी साँस गले में अटक गई। वह गलती नहीं कर सकती थी। उनके सामने, अटलांटियन कब्र की गहराइयों में, पंडोरा का बक्सा पड़ा था।

नथानिएल ने अपना हाथ बढ़ाया, एक अदृश्य शक्ति द्वारा अप्रतिरोध्य रूप से आकर्षित हुआ जो उसे खींच रही थी। उसकी हथेली संदूक के ऊपर तेजी से कंपन करने लगी। "यह क्या है, मेलिना? मैं··· एक विशाल, जंगली शक्ति महसूस कर रहा हूँ। यह धड़क रहा है··· मानो यह मुझे बुला रहा हो।" उसकी आवाज लगभग एक फुसफुसाहट थी, लेकिन एक बुखार भरी, खतरनाक जिज्ञासा से भरी हुई थी। उसकी नजर काले runes पर टिकी हुई थी, उसका चेहरा उनकी भयानक चमक से रोशन था। उसने एक और कदम आगे बढ़ाया, इसे छूने के लिए तैयार।

उसने उसकी कलाई पकड़ ली। उसका हाथ बर्फीला था, मानो उसने अभी-अभी अनंत काल की गहराइयों से एक पत्थर को छुआ हो, और उसकी उँगलियाँ उसके मांस में धँस गईं। "नहीं! हिम्मत मत करो! तुम जानते हो कि यह क्या है, नथानिएल! तुम जानते हो कि तुम क्या आजाद कर दोगे!" उसके शब्द तनावपूर्ण थे, एक तार की तरह जो टूटने के कगार पर था, उसकी साँस - टूटी हुई, लगभग हाइपरवेंटिलेटिंग।

"मैं जानता हूँ कि यह शक्ति है, मेलिना!" उसने अपने हाथ को इतनी तेजी से खींचा कि वह पीछे की ओर लड़खड़ा गई। "लेकिन हम अलग हैं! हम यहाँ नियंत्रित करने के लिए हैं, न कि चूहों की तरह छिपने के लिए! हम इसे वश में कर सकते हैं! कल्पना करो कि हम क्या सीखेंगे! कल्पना करो कि हम क्या बन सकते हैं! ज्ञान ही सब कुछ है जो हमारे पास उनके खिलाफ है, मेलिना! हमारा एकमात्र हथियार! खेल को पलटने का हमारा एकमात्र मौका, इससे पहले कि बहुत देर हो जाए!" उसकी आँखें एक बुखार भरी, लगभग पागल चमक के साथ जल रही थीं, जो अँधेरे प्रतीकों को प्रतिबिंबित करती थीं। उसने संदूक की ओर एक और, निर्णायक कदम उठाया। "तुम हमेशा सिर्फ खतरों को देखते हो! डर तुम्हें लकवा मार देता है! मैं क्षमता देखता हूँ! मैं जवाब देखता हूँ! मैं एक रास्ता देखता हूँ!"

"कुछ ज्ञान एक अभिशाप हैं, नथानिएल! सिर्फ जहर नहीं - शुद्ध विनाश! एक जहर जो आत्मा को ही खत्म कर देता है! कुछ शक्तियों को वश में नहीं किया जा सकता, उन्हें केवल आजाद किया जा सकता है!" मेलिना चिल्लाई, उसकी आवाज एक दर्दनाक, फाड़ने वाली कराहट में टूट गई। "क्या हम इसी से नहीं भाग रहे हैं?! सत्ता और भूले हुए ज्ञान के लिए असीमित लालच के कारण चक्रीय विनाश से! और तुम उसके लिए दरवाजा खोलना चाहते हो?! फिर से?!" उसने उसे रोकने के लिए अपनी हथेली बढ़ाई, लेकिन उसका शरीर एक अंदरूनी ऐंठन से कठोर हो गया, एक याद की शक्ति से जो उस पर हावी हो गई।

इस क्षण में, ठीक उसी समय जब उनका तर्क अपने चरम पर पहुँच गया और हवा तनाव से धड़कने लगी, मेलिना के चारों ओर की दुनिया हजारों कंपनशील टुकड़ों में टूट गई। गुफा एक चकाचौंध, जलती हुई रोशनी में गायब हो गई, जिसने सब कुछ परिचित कर दिया, और उसके कान एक तेज, प्राचीन ध्वनि से बजने लगे। वह अटलांटिस में नहीं थी। उसने अपने सिर पर सोने और कीमती पत्थरों का एक

विशाल वजन महसूस किया, धूप और देवदार की गंध, जो सत्ता और साज़िश की कड़वाहट के साथ मिश्रित थी। उसने अपनी त्वचा पर शाही रेशम का चिकना, शाही स्पर्श महसूस किया। वह हत्शेप्सुत थी।

उसके सामने वह खड़ा था - सेनेनमुट। उसका चेहरा - बुद्धिमान, चालाकी बिखेरता हुआ, लेकिन एक अतृप्त, सर्वग्राही, राक्षसी लालच से विकृत, नियंत्रण की एक इच्छा से जो कोई सीमा नहीं जानती थी। उसकी आँखें भूखी थीं, उसकी नजर - बेईमान। वह एक ताज नहीं चाहता था। वह सत्ता चाहता था, उसका पूर्ण प्रतीक, अपने ही, अथाह, राक्षसी अहंकार को खिलाने के लिए। उसके हाथों में एक विशाल सोने का मुकुट था, जो चमकदार हीरों और गहरे, काले ओब्सीडियन रत्नों से जड़ा हुआ था, इतिहास से भारी, भविष्यवाणियों से भारी, उन सच्चाइयों से भारी जो वह कभी नहीं समझेगा, न ही उनका मालिक होगा। उसने खुद को देखा, कांपते हाथों से इसे छिपाते हुए - ठीक यही मुकुट, ठीक इसी संदूक में, उन्हीं काले निशानों के साथ, जिन्हें वह अब अटलांटिस में अपने सामने देख रही थी। यह मुकुट। यह बक्सा।

और फिर अराजकता आ गई। तस्वीरें बिजली की तरह बदल गईं - युद्धों ने साम्राज्यों को फाड़ दिया। खून की धाराएँ प्राचीन शहरों की सड़कों पर भर गईं। पूरी सभ्यताएँ देवताओं के क्रोध और मानवीय मूर्खता के तहत ढह गईं। धरती कांप गई। उसने देखा कि सेनेनमुट का चेहरा क्रोध से कैसे विकृत हो गया और वह अपने निर्वासन के रास्ते पर कैसे चला गया, उसके भयानक परिवर्तन का - एक शक्तिशाली वजीर से एक शापित निर्वासित में, जो फिर से प्रकट होता है··· मूसा के रूप में।

"वह जानता था!" - उसकी चेतना में घुस गया। एक फुसफुसाहट, इतनी तेज कि इसने उसके सिर के बहुत ही कपड़े को फाड़ दिया, उसकी खोपड़ी में गूँजते हुए। "पिछली सभ्यताओं के सभी प्राचीन रहस्य! सब कुछ जो मैंने उसे दिया! और जब वह पहाड़ पर अकेला था, तो उसने उन्हें उत्पत्ति में वर्णित किया! सिर्फ शब्द नहीं! कोड! जो इस संदूक में सो रहा है उसकी मूल फुसफुसाहट, आजाद होने की प्रतीक्षा कर रही है!" यह दृष्टि विश्वासघात के दर्द, एक सदियों पुराने, कपटी झूठ के बोझ के साथ धड़क रही थी, जिसे अब और सहन नहीं किया जा सकता था।

मेलिना ने तेजी से साँस ली, मानो वह एक बर्फीले, निगलने वाले भँवर से बाहर निकल आई हो। उसके चारों ओर की दुनिया वापस आ गई - धूल भरी गुफा, नम हवा, नथानिएल का चेहरा, जो चिंता से भरा था, लेकिन एक आदिम, जमी हुई आतंक के साथ भी। वह एक चादर की तरह पीली थी, उसके होंठ अनियंत्रित रूप से कांप रहे थे, लेकिन उसकी आँखें - एक प्राचीन, दर्दनाक बुद्धिमत्ता से भरी हुई थीं जो समय और स्थान से परे थी। उसकी नजर संदूक पर गई, और फिर वापस उसकी ओर, उस आदमी की ओर जो उसके बगल में खड़ा था।

"यह सिर्फ एक बक्सा नहीं है, नथानिएल!" वह चिल्लाई, उसकी आवाज कर्कश थी, जो उसने अभी-अभी अनुभव की थी, उसकी गूँज के साथ संतृप्त थी। "यह सहस्राब्दियों का अभिशाप है! एक व्यक्ति का निजी गर्व, जो दुनिया का विनाश बन गया! वह जानता था! सब कुछ! और उसने इसे कोडित किया! सब कुछ यहीं से शुरू होता है! सारी गलत धारणा, मानवता का सारा पतन!" उसकी उँगलियाँ मुट्ठियों में सिकुड़ गईं, जो सदमे और क्रोध से कांप रही थीं।

नथानिएल उसे देख रहा था, सदमे से गतिहीन हो गया, और उसका जबड़ा थोड़ा लटक गया। उसने उसकी आँखों में दर्द देखा, उसने लगभग अभी-अभी साझा किए गए दर्शन के दर्दनाक बोझ को महसूस किया, जिसने उसे भी भेद दिया। उसकी अपनी जिज्ञासा, जो कुछ सेकंड पहले इतनी जलाने वाली थी, अचानक इस असहनीय, भयानक सच्चाई के सामने पिघल गई। उसने धीरे से अपना हाथ बढ़ाया और उसके कंधे को छुआ, उसकी उँगलियाँ कांप रही थीं। "मैं समझता हूँ, मेलिना।" उसकी आवाज शांत थी, लेकिन दृढ़, अब अपनी पिछली अभिमानी जोशीलेपन से रहित थी। उसकी जगह समझ आ गई, जिम्मेदारी का एक बोझ जो उसे कुचल रहा था। "कुछ रहस्य प्रकट होने के लिए नहीं हैं। अभी नहीं। शायद कभी नहीं।" उसकी नजर संदूक पर टिकी हुई थी, अब लालच से नहीं, बल्कि एक गहरी, अँधेरी श्रद्धा के साथ, जो आतंक की सीमा पर थी।

एक साथ, बिना और शब्दों के, उन्होंने शापित संदूक को उठाया। उसका वजन असहनीय था, न केवल मैगमा पत्थर और ठंडी धातु से, बल्कि सदियों के इतिहास से, नष्ट हुई सभ्यताओं की गूँज से, अनकहे पापों और अनगिनत पीड़ितों से। हर मांसपेशी चिल्ला रही थी। उनकी साँसें भारी, लयबद्ध हो गईं, जो एक दर्दनाक प्रयास से भरी हुई थीं।

उन्हें घंटों लगे। सुरंगों की भूलभुलैया के माध्यम से, अटलांटिस के भारी, नम हॉल के माध्यम से संदूक को ले जाते हुए घंटों का थका देने वाला, शांत संघर्ष, जहाँ परछाइयाँ उनके चारों ओर बीते हुए समय के भूतों की तरह नाच रही थीं। हर थका देने वाले कदम के साथ, अतीत और भविष्य आपस में उलझ रहे थे, और ज्ञान का बोझ उन्हें दबा रहा था, मानो हवा ही घनी, साँस लेने में मुश्किल हो रही थी। आखिरकार, पूरी तरह से थके हुए, लेकिन एक नए मिले उद्देश्य के साथ, वे अपने नव-निर्मित पिरामिड के सबसे गहरे तहखानों में से एक में पहुँचे - एक गुप्त ठिकाना, जिसे उन चीजों की रक्षा के लिए बनाया गया था, जिन्हें नहीं मिलना चाहिए था।

अपनी आखिरी, थका देने वाली ताकत के साथ, उन्होंने संदूक को एक जगह पर रखा। नथानिएल ने एक छिपे हुए तंत्र को दबाया और एक विशाल पत्थर का ब्लॉक एक गहरी गड़गड़ाहट के साथ नीचे आया, जो कसकर बंद हो गया, बाकी दीवार के साथ सहजता से विलीन हो गया। सच्चाई फिर से छिपी हुई थी। कम से कम अभी के लिए।

नथानिएल ने उस जगह की ओर देखा जहाँ कुछ देर पहले पंडोरा का बक्सा था। उसकी आँखें थकान और एक नए मिले, भारी ज्ञान से अँधेरी थीं। "अब क्या, मेलिना?" उसकी आवाज तहखाने की गहरी खामोशी में लगभग खो गई थी।

मेलिना ने उसे देखा, थकी हुई थी, लेकिन एक नई मिली, इस्पात जैसी दृढ़ता के साथ, जो उसकी आँखों में चमक रही थी। "अब हम बनाते हैं। लेकिन सिर्फ पत्थर की संरचनाएँ नहीं। हम ज्ञान बनाते हैं। हम बुद्धिमत्ता बनाते हैं। ताकि, जब समय आए, तो चुने हुए लोग अतीत की गलतियों को न दोहराने के लिए तैयार हों।" उसने तहखाने के निकास की ओर देखा, उस कमजोर रोशनी की ओर जो सतह से आ रही थी - एक नए दिन का वादा, एक नई शुरुआत का। "अगली बार हम तैयार होंगे।"

अध्याय 24: शाश्वत लड़ाई और अंदर से कुंजी

पिरामिड का दिल धड़क रहा था। एक प्राचीन ऊर्जा उसकी नसों में धड़क रही थी। इस कुंवारी धरती पर कदम रखे दो साल हो गए थे - हमारी वादा की गई भूमि। इसकी गहराइयों में भूलभुलैया, रहस्यमय कक्ष और भूमिगत स्थान छिपे हुए थे, जो प्राचीन कलाकृतियों और अजीब उपकरणों को संग्रहीत करते थे। उनका असली उद्देश्य केवल मेलिना और मैं ही जानते थे। हम बीते हुए युगों की बुद्धिमत्ता के संरक्षक थे, जो अस्तित्व की प्राचीन शक्तियों के साथ हमें जोड़ने वाले इस पतले, शक्तिशाली जादुई धागे को प्रसारित करने और संरक्षित करने के लिए एक लोहे के दृढ़ संकल्प के साथ थे।

सच्ची बुद्धिमत्ता एक उपहार के रूप में नहीं आती है। यह हमारे अपने अस्तित्व की गुफा में एक कष्टप्रद खोज है। हर किसी को धैर्य और अटूटता के साथ अपना रास्ता खुद बनाना था। ज्ञान को व्यक्तिगत खोजों और गहरे अनुभवों के माध्यम से मुश्किल से अर्जित किया जाता था। जीवन, मृत्यु, अर्थ के बारे में जवाब खोजने के लिए··· एक आंतरिक इच्छाशक्ति की आवश्यकता थी। खुद की गहराई में गोता लगाने के लिए। अपनी खुद की भूलभुलैया का पता लगाने के लिए। यह एक ऐसा रास्ता था जिसे कोई भी दूसरे के लिए नहीं चल सकता था, क्योंकि हर आत्मा अपनी, अद्वितीय मैट्रिक्स को अपने जीवन की व्यक्तिगत भूलभुलैया में भटकती थी। अंतर्दृष्टि को कष्ट सहना पड़ा। व्यक्तिगत रूप से अनुभव किया गया। दर्दनाक विकल्पों के माध्यम से। अपरिहार्य गलतियों के माध्यम से।

---✶⸙✶---

भूमिगत रासायनिक प्रयोगशाला

शांत भूमिगत रासायनिक प्रयोगशाला में, जो क्रिस्टल लैंप की भूतों जैसी रोशनी से रोशन थी, मेलिना और मैं रात की गहराई में काम कर रहे थे। हवा भारी थी, जड़ी-बूटियों, धातु और ओजोन की सुगंध से संतृप्त थी - प्राचीन कीमियागरों के लिए एक परिचित मिश्रण, जिन्होंने न केवल पदार्थ में, बल्कि आत्मा में भी दार्शनिक पत्थर की तलाश की थी। मेलिना द्वारा प्रदान किए गए सभी जटिल उपकरण, हमारे अमूल्य उपकरण थे। उनके साथ, हमने भविष्य की संभावनाओं का पता लगाया, ताकि उसकी नींव रखी जा सके। हमने अथक रूप से काम किया, अपने सभी ज्ञान और अनुभव को इस पर लगाया, ताकि उभरती हुई सभ्यता को जानकारी और तकनीक प्रदान की जा सके। लक्ष्य शून्य से शुरू करना नहीं था, अज्ञानता में भटकना नहीं था, बल्कि विज्ञान की संरक्षित, सिद्ध उपलब्धियों पर बुद्धिमानी से निर्माण करना था। प्राचीन गुप्त शिक्षा और तर्कसंगत सोच के बीच का यह संश्लेषण एक दिन··· असली विज्ञान को जन्म देगा।

हमारे सामने एक नाजुक, जिम्मेदार काम था: यह समझने के लिए। कौन सा ज्ञान देना है? कौन सा हमेशा के लिए बंद करना है? हमें अतीत की गलतियों के संदर्भ में, सटीक रूप से यह मूल्यांकन करना था कि कौन सी खोजें उत्थान की ओर ले गईं और कौन सी आत्म-विनाश की ओर। कौन सा व्यवहार समाज को भ्रष्ट करता था और कौन सा सामंजस्यपूर्ण विकास की ओर ले जाता था? ताकि हम उस चीज को गहराई से सुरक्षित रूप से बंद कर सकें, जिसे प्राचीन लोगों ने सही ढंग से भयानक

"पंडोरा का बक्सा" कहा था। इसके लिए सिर्फ व्यापक ज्ञान की आवश्यकता नहीं थी, बल्कि एक दुर्लभ, लगभग अलौकिक बुद्धिमत्ता की आवश्यकता थी।

---✶६✶---

आर्क और पंडोरा का बक्सा

प्रयोगशाला के दो दूरस्थ हॉल में, दो प्रभावशाली, भारी संदूक खड़े थे, जिन पर जटिल प्रतीकों और रहस्यमय हायरोग्लिफिक्स थे, जो केवल हमारे लिए समझने योग्य थे। प्रत्येक का एक प्राचीन, प्रतीकात्मक नाम था: "आर्क।" खतरे में, हम गुफा से क्रिस्टल को इसमें छिपा देंगे, जिसमें दुनिया के प्रगतिशील विकास के लिए सभी प्रमुख ज्ञान एन्कोड किए गए थे। और भयानक "पंडोरा का बक्सा।" इसकी गहराइयों में, हमने खतरनाक ज्ञान को बंद कर दिया, जो केवल बुराई, विनाश और आत्म-विनाश की ओर ले जाता था।

अब हमारे सामने अंतिम काम था: एक बुद्धिमान कुंजी बनाना। इसे किसी भी व्यक्ति को, जिसने अंतर्दृष्टि, बुद्धिमत्ता और जिम्मेदारी के आवश्यक स्तर तक पहुँचा हो··· इन संदूकों को अनलॉक करने की अनुमति देनी थी। और नई सभ्यता को टिकाऊ आत्म-विकास के लिए एक शक्तिशाली प्रेरणा देने के लिए, बिना अतीत की दुखद गलतियों को दोहराए। हमारा मानना था कि अच्छाई और बुराई के बीच अंतर करने की यह क्षमता मानवीय मन में गहराई से अंतर्निहित थी, लेकिन इसे जगाने और विकसित करने की आवश्यकता थी।

मेलिना ने एक कुंजी और उसके संरक्षण के उपायों पर जोर दिया, ताकि हमारे सबसे योग्य उत्तराधिकारियों को दिया जा सके। मैंने उसके शब्दों पर गहराई से विचार किया। कुंजी के बारे में। उसके रखवालों के बारे में।

“पवित्र ग्रैल?” मैंने एक हल्की मुस्कान के साथ फुसफुसाया, लेकिन मेरी आँखों में एक गहरा विचार पढ़ा जा सकता था। “तुम हमेशा इन रूपकों को पसंद करती हो, मेलिना। लेकिन··· तुम इस कुंजी की ठीक-ठीक कल्पना कैसे करती हो? और कौन इसकी रक्षा करेगा? इतिहास ने हमें दिखाया है··· यहाँ तक कि सबसे महान आदेश आदर्शों के साथ शुरू होते हैं। लेकिन फिर··· आंतरिक विभाजन। सत्ता के लिए बाहरी प्रलोभन। मानवीय प्रकृति इतनी··· अप्रत्याशित है। आंतरिक शिकारी। इतना मजबूत। इतना अतृप्त।”

मेलिना ने मुझे उस नरम, लेकिन भेदक मुस्कान के साथ देखा, जिसे मैं अच्छी तरह से जानता था और जो बुद्धिमत्ता का वादा करती थी।

“कुंजी एक वस्तु नहीं है, नथानिएल, बल्कि चेतना की एक अवस्था है। इसे एक दरवाजे के रूप में कल्पना करो जो केवल एक निश्चित कंपन की आवृत्ति पर अंदर से खुलता है - बिना शर्त प्यार और सद्भाव की आवृत्ति। यह समझ है: सच्ची शक्ति बाहरी प्रभुत्व में नहीं, बल्कि खुद पर आंतरिक अधिकार में है। और कौन इसकी रक्षा करेगा? वे जिन्होंने अपने खुद के आत्म पर महारत हासिल करना सीख लिया है। जिन्होंने धैर्य, करुणा, बुद्धिमत्ता को गले लगाया है। वे सच्चे रखवाले होंगे, जिनकी शक्ति उपाधियों और गुप्त प्रतीकों से नहीं, बल्कि आंतरिक पवित्रता से आती है। एक बेदाग आत्मा से। क्योंकि एक माँ और एक मरहम लगाने वाले के रूप में, एक महिला अपने भीतर ब्रह्मांड की रचनात्मक ऊर्जा के साथ मूल संबंध, संतुलन के सहज ज्ञान को धारण करती है।”

"लेकिन हम उन्हें कैसे पहचानेंगे?" मैं जारी रहा, अभी भी संदेहास्पद, हल्के से माथे पर शिकन डालते हुए, और मेरा हाथ थोड़ा कांप रहा था। "हम उन्हें उन लोगों से कैसे बचाएँगे जो इसे स्वार्थी उद्देश्यों के लिए उपयोग करने की कोशिश करेंगे? अंधा महत्वाकांक्षा हमेशा सत्ता की तलाश करेगी। हमेशा और अधिक के लिए तरसेगी। अगर बक्सा खोला गया… तो हम फिर से ढह नहीं जाएँगे। हम पुनरुत्थान के हर मौके को बर्बाद कर देंगे। हम एक वैश्विक संघर्ष को प्रज्वलित कर देंगे जो सब कुछ नष्ट कर देगा जिसे हमने बनाया है। यह सबसे नाजुक उम्मीद को भी छीन लेगा।"

"हम इसे वहाँ छिपाएँगे जहाँ वे कम से कम इसे खोजेंगे - उनके भीतर," मेलिना ने जवाब दिया। उसकी आवाज शांत हो गई, लगभग एक फुसफुसाहट थी। "मैंने इसे हमारी पारिवारिक जड़ की गहराइयों में कोडित किया है। सहज ज्ञान में। और बुद्धिमत्ता में, जो महिलाओं की पीढ़ियों से गुजरती है। उनके पास इसे खोजने के लिए आंतरिक समझ होगी। और इसे खोजने के लिए, जब समय आएगा। यह मूल, मानवीय आत्मा में अंतर्निहित अच्छाई है। यह अपने शुद्धतम रूप में प्रकट होगी। एक झरने की तरह जो धरती की गहराइयों से फूटता है।"

"और वे इसे कैसे अनलॉक करेंगे?" मैंने पूछा, अभी भी सवाल के व्यावहारिक पक्ष में उलझा हुआ था। मानो मैं उस चीज को छूने की कोशिश कर रहा था जिसे पकड़ा नहीं जा सकता था।

"तीन सरल, लेकिन शक्तिशाली शब्दों के साथ," मेलिना ने एक निर्णायक स्वर में जवाब दिया, उसकी नजर - दृढ़, आश्वस्त। "विश्वास। आशा। और प्रेम। और सोफिया - वह बुद्धिमत्ता जो उन्हें रास्ते पर मार्गदर्शन करेगी। इसलिए मैंने अपनी पोतियों को ये नाम दिए। वे इस कुंजी के जीवित प्रतीक होंगे।"

इवोन और एलेक्स ने लगभग कुछ दिनों के भीतर एक-एक लड़की को जन्म दिया था, जिन्हें मेलिना ने ये नाम दिए। और सिर्फ एक महीने पहले सारा ने एक और लड़के को जन्म दिया, जिसका नाम उन्होंने एडम रखा। हमारा परिवार पहले ही 22 जीवित मनुष्यों तक पहुँच गया था, जो जीवन के साथ धड़क रहे थे।

मैंने धीरे-धीरे सिर हिलाया। मैं उसकी योजना की गहराई को समझना शुरू कर रहा था। मानो मेरे सामने एक प्राचीन नक्शा खुल रहा था।

"और पुरुषों और लड़कों के लिए?" मैंने पूछा। "हम उन्हें इस जिम्मेदारी के लिए कैसे तैयार करेंगे? वे अपने अहंकार की आवेगों को कैसे रोकेंगे, इस शक्ति को जो अक्सर उन्हें नियंत्रित करती है?"

"मैं उन्हें मजबूत इच्छाशक्ति का ज्ञान दूँगा। रचना करने की क्षमता का। अपने चारों ओर की दुनिया को बदलने का," मैंने जवाब दिया। मेरी आवाज घनी हो गई। दृढ़ संकल्प से भरी हुई। "मैं उन्हें सच्ची शक्ति का सिद्धांत दिखाऊँगा - दूसरों पर प्रभुत्व नहीं, बल्कि अपनी खुद की आंतरिक दुनिया पर सत्ता। मैं इस शक्ति को एक छड़ी में कोडित करूँगा - एक कैड्यूसस - संतुलन और परिवर्तन का प्रतीक। इसे एक दोहरी सर्पिल के रूप में कल्पना करो, जो एक चमकते हुए सूर्य कोर को घेरता है - आत्मा और पदार्थ, यिन और यांग, अराजकता और व्यवस्था के बीच सद्भाव का प्रतीक। जैसे प्राचीन ऋषि और पुजारी करते थे, जो प्रकृति और इंसान की असली छिपी हुई शक्तियों को समझते थे। और हर दिन मैं उन्हें याद दिलाऊँगा: जीवन की

सच्ची अभिव्यक्ति रचना में है। कुछ नया, मूल्यवान बनाने के निरंतर निर्माण में। जो उनके अपने आत्म की सीमाओं को पार करता है। जो उन्हें छोटी-छोटी इच्छाओं से ऊपर उठाता है।"

---✶☾✶---

एक जमी हुई दृष्टि: पंडोरा का बक्सा अंदर से

इस क्षण में, अपने सभी तर्कसंगत तर्कों के बावजूद, मैं एक जमी हुई दृष्टि में लीन हो गया। यह एक सपना नहीं था, बल्कि एक भेदक रूप से स्पष्ट अनुभव था। यह मेरी आंतरिक दृष्टि के सामने खुल गया, जब मेलिना बक्से के छिपे हुए तंत्र के बारे में बात कर रही थी।

मैंने एंथनी को देखा। मेरा 20 साल का बेटा। वह भयानक पंडोरा के बक्से के सामने खड़ा था। उसका चेहरा··· क्रोध से विकृत था। आँखें, एक मृत, धूसर चमक के साथ जल रही थीं। हाथ, मुट्ठियों में भींचे हुए, कांप रहे थे। उसके पिता के शब्द··· उसके गले में जलती हुई कड़वाहट। वह अनसुना महसूस कर रहा था। कम आँका गया। कुचला गया। सारी बुद्धिमत्ता··· एक और नियंत्रण। "मैं और अधिक जानता हूँ! मैं अधिक मजबूत हूँ!" - अहंकार की चीख। "वे मुझ पर विश्वास कैसे नहीं कर सकते? वे मुझे कम आँकने की हिम्मत कैसे करते हैं?!"

अगले ही पल··· अँधेरे से एक ठंडी हवा चली। पंडोरा का बक्सा कंपन कर रहा था। शारीरिक रूप से नहीं, बल्कि एक भयानक ऊर्जावान धड़कन के साथ। मेरी हड्डियों में गहराई से। मेरे मस्तिष्क में। इसकी सतह··· प्राचीन हायरोग्लिफिक्स। वे बदल रहे थे। हिल रहे थे। विकृत हो रहे थे। एक हिलते हुए, गंदे पानी में एक प्रतिबिंब। एंथनी का चेहरा··· एक प्राचीन, दर्द से विकृत गॉर्गन की तरह। बक्से की चिकनी सतह में। एक दर्पण नहीं। उसके फूले हुए अहंकार का एक प्रक्षेपण। लालच से विकृत चेहरा। ईर्ष्या। सत्ता की प्यास। एक विचित्र उन्माद।

एंथनी में जलन की हर अगली लहर के साथ··· खुद को "साबित" करने की उसकी हर स्वार्थी इच्छा के साथ··· अपने पिता से आगे निकलने के लिए··· ज्ञान को सिर्फ अपने लिए रखने के लिए··· बक्से की अंदरूनी दीवारों में··· सूक्ष्म दरारें दिखाई दीं। आँखों के लिए अदृश्य। अँधेरी ऊर्जा के साथ धड़क रही थीं। वे फैल रही थीं। नसों की तरह, जो जहर से भर रही थीं। इन दरारों से··· मैंने एक धातु की गूँज सुनी, जिसके बाद फुसफुसाती आवाजें आईं, अविभाज्य शब्द, लेकिन अविश्वसनीय आक्रामकता से संतृप्त। जहर के साथ। विनाश के वादे। एक संक्रामक वायरस। यह फैल गया। हवा को दुर्भावना से भर दिया। कलह। एक दमघोंटू कोहरा।

आखिरी चीज जो मैंने देखी··· एक-एक, पतला, ब्लेड की तरह चमकदार ब्लेड। एक अति-आधुनिक आनुवंशिक संशोधन की तरह, जो सार को विकृत करता है। यह सबसे बड़ी दरार से घुस गया। धातु नहीं। शुद्ध, केंद्रित नकारात्मक ऊर्जा। यह बुराई के साथ धड़क रही थी। अंदर बंद अनगिनत बुराइयों में से एक। एक चिंगारी··· एक आग लगा सकती थी। न केवल हमारी दुनिया को निगलने के लिए। बल्कि फैलने के लिए। एक संक्रमण की तरह। परे। पूरे ब्रह्मांड में जीवन की हर चिंगारी को नष्ट करने के लिए।

एक पल के लिए, इस आतंक की पृष्ठभूमि में, मैंने एक और एंथनी को भी देखा - अधिक पीला, एक मृगतृष्णा की तरह, लेकिन एक शांत नजर के साथ, जो एक

खुली हथेली रखता था, मानो वह एक विकल्प, दूसरे निकास का रास्ता पेश कर रहा हो।

---✶⸙✶---

दृष्टि फीकी पड़ गई। मैं ठंडे पसीने में भीग गया, हालांकि प्रयोगशाला में गर्मी थी। मैंने अपने बगल में मेलिना को महसूस किया। वह मुझे चिंता से देख रही थी। उसका हाथ मुझे छूने के लिए बढ़ा, और उसकी आवाज शांत थी, लेकिन तनावपूर्ण थी:

"यह क्या था, नथानिएल?"

मैंने गहरी साँस ली। मैंने अपने विचारों को इकट्ठा करने की कोशिश की। आतंक को दूर भगाने के लिए। "मैंने पंडोरा का बक्सा देखा··· जो अंदर से खुल गया। एक बाहरी कुंजी से नहीं। बल्कि··· हमारे अपने अहंकार से।" मेरी आवाज कर्कश थी, लगभग एक फुसफुसाहट। "मैंने देखा कि जब यह प्रकट होता है तो कैसा दिखता है। जब यह जड़ें जमा लेता है। मैंने पतन देखा। सिर्फ हमारा नहीं। बल्कि हर चीज का। परे। अब मैं देखता हूँ कि हमारी पोतियों का हर नाम एक विकल्प क्यों था, न कि सिर्फ एक परंपरा।"

मेरी नजर मेलिना की नजर से मिली। उसकी आँखों में मैंने फटकार नहीं, बल्कि समझ देखी। गहरा दुख। और एक लोहे का दृढ़ संकल्प। हम उस विशाल खतरे से अवगत थे जो हमारे ऊपर मंडरा रहा था। इस आंतरिक बुराई के वैश्विक आयामों से।

मेलिना और मैं इस आंतरिक तंत्र से अवगत थे। हम जानते थे कि हमारा काम सिर्फ बुराई को बंद करना नहीं था, बल्कि अपने वंशजों को अपने अहंकार की फुसफुसाहट को पहचानना सिखाना भी था। इसे वश में करने के लिए। और इसे बदलने के लिए। क्योंकि जिस क्षण अंधा महत्वाकांक्षा प्रबल होगी, पंडोरा का बक्सा अंदर से खुल जाएगा। उन सभी विनाशकारी शक्तियों को मुक्त करना, जिन्हें हम इतनी मेहनत से बंद करने की कोशिश कर रहे थे। और फिर कोई भी बाहरी कुंजी उस खाई को फिर से बंद नहीं कर पाएगी। एकमात्र सच्ची सुरक्षा हर व्यक्ति की आंतरिक शक्ति बनी रही। अपने फूले हुए "मैं" के प्रलोभनों का विरोध करने के लिए। संतुलन खोजने के लिए। और अपने भीतर सद्भाव। और न केवल समुदाय, बल्कि पूरे अस्तित्व को अपरिहार्य विनाश से बचाने के लिए।

---✶⸙✶---

क्योंकि न तो आर्क, न ही बक्सा दुनिया को बचाएगा। इसे केवल वही बचाएगा जिसने खुद को हरा दिया है।

------------------ ❧ --------------------

अध्याय 25: खून, पत्थर और भ्रम की लय

एथन एक विशाल चर्मपत्र पर झुका हुआ था, जिसकी सतह पहले से ही जटिल आरेखों और प्रतीकों के वजन के नीचे मुड़ रही थी, जो मानो एक भूले हुए सहस्राब्दी से उभरे थे। उसके बगल में, सात साल की सोफिया, अपने नाजुक हाथ में एक लेखनी के साथ, एक छोटी, प्राचीन सुलेखक की तरह लग रही थी, जो हर शब्द को मुद्रित करने के लिए तैयार थी। उसका चेहरा, जो अभी तक विनाश की भारी साँस

से अछूता था, गंभीर था, लेकिन उसकी आँखें एथन की आवाज से हर कंपन को अवशोषित कर रही थीं। उनके चारों ओर की हवा प्राचीनता और पृथ्वी की हल्की, धूल भरी सुगंध से संतृप्त थी, जो चमकते क्रिस्टल से आने वाली ओजोन की एक मुश्किल से पता चलने वाली गंध के साथ मिश्रित थी। एंथनी, जो परिपक्वता की दहलीज पर एक आदमी था, अपनी खामोशी में लीन था, पहले से ही पिरामिड की काली, चिकनी पत्थर की दीवार पर पहली खुरदरी, लेकिन निर्णायक खांचे खोद रहा था। उसके हथौड़े के हर प्रहार से एक मोटी, बजती हुई आवाज निकलती थी, जो कक्ष में गूँजती थी। उसकी नजर में, खोए हुए ज्ञान की परछाइयाँ नाच रही थीं, जो स्मृति की कड़वाहट के साथ आपस में मिल रही थीं।

इस क्षण में, कक्ष के प्रवेश द्वार से एक तेज, क्रोध से भरी चीख गूँजी। जेम्स, एरिक, क्रिस और विलियम - दस साल से बड़े लड़के नहीं, अंदर घुस आए। उनके चेहरे, गंदगी से ढके हुए, क्रोध से विकृत थे। जेम्स, सबसे बड़ा, एक बड़ा, खूनी पत्थर हाथ में लेकर चिल्ला रहा था, और दूसरे में - कछुए का एक टुकड़ा - कच्चे मांस की एक घृणित गंध के साथ एक बड़ा, हड्डी जैसा टुकड़ा।

"यह मेरा कछुआ है!" जेम्स चिल्लाया, भारी साँस ले रहा था, उसके माथे से पसीना बह रहा था। विलियम, छोटा, उसके पीछे खड़ा था और सिसक रहा था, उसके कंधे से खून बह रहा था। एरिक और क्रिस लड़ाई के लिए तैयार थे, उनकी आँखें चमक रही थीं।

एंथनी ने अपना हथौड़ा छोड़ दिया। वह जिस पत्थर पर नक्काशी कर रहा था, वह आधा गढ़ा हुआ रह गया। उसने अपने भतीजे को देखा। उसकी आँखों में एक परिचित लड़ाई पढ़ी जा सकती थी - उसकी अपनी।

एथन धीरे-धीरे खड़ा हुआ, एक प्राचीन स्तंभ की तरह। उसने अपने बेटे को पीछे खींच लिया - और खून के लिए तैयार था। उसकी आवाज शांत थी, लेकिन भेदक, एक टूटे हुए तार की ध्वनि की तरह। "यहाँ क्या हो रहा है? तुम लोग खूनी क्यों हो? एक··· कछुए के कारण?"

"यह लड़का!" जेम्स ने खूनी पत्थर से विलियम की ओर इशारा किया। "उसने इसे चुराने की कोशिश की! मेरी ट्रॉफी!"

विलियम ने सिसकते हुए कहा: "नहीं! जेम्स··· वह··· वह सब कुछ चाहता था! मैं भूखा हूँ!"

क्रिस बीच में आया, उसकी आवाज ऊँची, चिल्लाती हुई: "भूख के कारण नहीं! विलियम सिर्फ इसे साझा करना चाहता था! जेम्स ने कहा कि यह उसका है!"

एंथनी ने अपनी आँखें सिकोड़ लीं। जेम्स के शब्द कुछ दिन पहले उसके खुद के विचार थे। एथन ने उसे देखा। एक ऐसी नजर जो पूछ रही थी।

"बैठ जाओ। तुम सभी।" एथन की आवाज आदेशात्मक थी। "और ध्यान से सुनो। क्योंकि जो अब हो रहा है, वह सिर्फ एक कछुए के लिए एक बहस नहीं है। यह एक गूँज है। हजारों साल के खंडहरों की एक गूँज। जैसे पहले जनजातियाँ एक टुकड़े के लिए एक-दूसरे को फाड़ देती थीं, जबकि दुश्मन उन्हें निगलने के लिए आ रहे थे।"

लड़कों ने हिचकिचाया, लेकिन एथन के अधिकार ने उन्हें बैठने के लिए मजबूर किया, हालांकि स्पष्ट असंतोष के साथ। जेम्स ने पत्थर को कस कर पकड़ा, और वह कछुए का टुकड़ा जो उसने पकड़ा था, कब्र की साफ ठंडी फर्श पर खून टपकाने लगा। एंथनी दीवार पर वापस चला गया, लेकिन उसकी नजर एथन पर टिकी हुई थी, जो हर शब्द को अवशोषित कर रहा था, मानो उसका खुद का भाग्य उन पर निर्भर था। सोफिया एथन के करीब हो गई, चर्मपत्र को कस कर पकड़े हुए।

"सोफिया, अपनी लेखनी को चर्मपत्र पर दबाओ, मेरी बच्ची। इसे ध्यान से लिखो," एथन ने शुरू किया, उसकी आवाज गहरी थी, एक नई समझ से भरी हुई थी, लेकिन उस नरम धैर्य से भी भरी हुई थी, जो केवल एक पिता में होता है। "दुनिया, जैसा कि हम जानते हैं, एक सूखे रेगिस्तान में एक मृगतृष्णा की तरह है: लुभावना, लेकिन नाजुक, लगातार बदल रहा है, जो लालसा से पैदा हुआ है। जैसे प्राचीन सुमेरियों के महान शहर, जिनकी दीवारें रेत में बिखर गईं, या मिस्रियों के पिरामिड, जो सदियों तक मौत पर झाँकते रहे, लेकिन अब केवल परछाइयाँ हैं, जो अहंकार की शक्ति से निगल ली गई हैं।"

सोफिया, एकाग्रता में डूबी हुई, अपनी छोटी लेखनी को खुरदुरे चर्मपत्र पर दबा रही थी, अपने छोटे हाथ को धीरे-धीरे, लेकिन निश्चित रूप से घुमा रही थी। उसके लिए ये शब्द नई बुद्धिमत्ता थे, न कि एक दर्दनाक स्मृति। अतीत ने अभी तक उसकी आत्मा पर एक छाप नहीं छोड़ी थी।

"एक मृगतृष्णा?" एंथनी ने दीवार पर एक जटिल सर्पिल बनाना बंद कर दिया, उसका हथौड़ा हवा में जम गया। उसकी नजर, एक तीर की तरह, एथन की नजर को भेद गई। "तुम कहना चाहते हो कि यह हमसे झूठ बोलता है? कि सब कुछ जो हम याद करते हैं… हमारा पूरा जीवन… सब कुछ एक क्रूर झूठ था? हर आँसू, हर हँसी? क्या ऐसा है? उन मूर्खों की तरह जिन्होंने राजनेताओं पर विश्वास किया? क्या तुम हमें मूर्ख कह रहे हो?"

एथन ने आह भरी, अतीत के ठंडे बोझ को अपने कंधों पर दबाते हुए महसूस किया। यह हजारों साल की खामोशी की तरह था, जो उसके सीने में जमा हो गई थी।

"झूठ नहीं, एंथनी। निरपेक्ष के दृष्टिकोण से - शाश्वत, धड़कती हुई, अपरिवर्तनीय चेतना - हमारी दुनिया एक क्षणभंगुर विचार है, एक क्षणभंगुर सपना है, जो ब्रह्मांडीय कल्पना से पैदा हुआ है। इसमें सब कुछ - सबसे मायावी क्वांटम कणों से, जो कुछ भी नहीं में नाचते हैं, से लेकर राजसी सर्पिल आकाशगंगाओं तक, जो जीवित फूलों की तरह खुलती हैं - परिवर्तन के निर्दयी कानून, क्षय, जन्म और मृत्यु के शाश्वत नृत्य के अधीन है। जैसे रोम और ग्रीस के महान साम्राज्य उठे और ढह गए, वैसे ही हर सभ्यता, हर जीवन इस अंतहीन चक्र में एक साँस है।"

एंथनी ने अपने प्रतीक की ओर देखा। उसे पहले की दुनिया याद थी। मुझे स्क्रीन याद हैं, जो उज्ज्वल छवियों को प्रसारित करती थीं, मानो वे जीवित थीं।

"तो… मैं, और तुम, और मेरे हाथों के नीचे यह चट्टान… सब कुछ हिल रहा है, बदल रहा है? उन पिक्सेल की तरह, जो हमेशा के लिए गायब होने से पहले हमारी स्क्रीन पर टिमटिमाते थे?"

"बिल्कुल सही!" एथन ने धीरे-धीरे सिर हिलाया, उसकी आँखें दूरी में डूबी हुई थीं। "क्षणिक, सापेक्ष, उस निरपेक्ष स्थिरता से दूर, जिससे सब कुछ बनाया गया है। इस गहरी, चौंकाने वाली अवधारणा को समझने के लिए, हमें अपनी पारंपरिक, रैखिक सोच की सीमाओं को पार करना होगा। हमें जानबूझकर एक ठोस, वस्तुनिष्ठ वास्तविकता के मोहक भ्रम को हिला देना होगा, जो हमारे विचार से स्वतंत्र रूप से मौजूद है। क्या तुम्हें याद है कि हम फिल्में कैसे देखते थे? छवियाँ इतनी वास्तविक लगती थीं, है ना? लेकिन हम जानते थे कि वे सिर्फ प्रकाश थे, जो एक कैनवास पर खेल रहे थे। दुनिया उसी तरह का एक विशाल, भव्य प्रक्षेपण है, जो चेतना द्वारा बनाया गया है। हम दर्शक हैं, लेकिन सह-निर्माता भी हैं। अमेरिका के प्राचीन शमन, या अटलांटिस के पुजारी, इसे समझते थे। उनके लिए दुनिया केवल दिखाई देने वाली नहीं थी। बल्कि यह एक जीवित, साँस लेने वाली मृगतृष्णा थी, जिसे अनुष्ठान और इरादे के माध्यम से बदला जा सकता था। लेकिन आत्म-महत्व ने उन्हें कुछ और फुसफुसाया…"

सोफिया ने अपना सिर उठाया, उसकी आँखें - दो जिज्ञासु कुएँ, जिनमें रोशनी प्रतिबिंबित हो रही थी।

"एक सपने की तरह?"

"हाँ, सोफिया, बिल्कुल हमारे सपनों की तरह," एथन ने जारी रखा, मानो वह एक प्राचीन रहस्य बता रहा हो। "जब हम जागते हैं, तो वे सुबह की रोशनी में बिना किसी निशान के घुल जाते हैं, अपने पीछे केवल धुंधली यादें छोड़ जाते हैं। हमारी स्पष्ट रूप से स्थिर दुनिया को भी एक विशाल मृगतृष्णा के रूप में देखा जा सकता है, जो ब्रह्मांडीय चेतना द्वारा कुशलता से बनाई गई है, जिसे कई लोग ईश्वर, या महान खालीपन, या स्रोत कहते हैं। लेकिन यहाँ हमारी भूमिका आती है, इस चेतना से चिंगारी के रूप में, रचनाकारों के रूप में!"

एंथनी ने अपनी भौहें उठाईं, मानो इन शब्दों का बोझ उस पर गिर गया हो।

"तो… एक मृगतृष्णा? तो फिर हम यहाँ क्या लिख रहे हैं? एक और मृगतृष्णा, क्या हम इसे जानते हुए अगले लोगों को दे रहे हैं? हम क्या हैं? सिर्फ परछाइयाँ, जो किसी और के सपने में नाच रही हैं? उन प्राचीन सभ्यताओं की तरह, जिन्होंने शहर बनाए और कानून लिखे, यह मानते हुए कि वे अनंत काल बना रहे हैं, और फिर बिना किसी निशान के गायब हो गए, जो उनके खुद के गर्व से निगल गए? उन लड़कों की तरह! वे मानते हैं कि वे बेहतर हैं!"

एथन की आवाज अधिक गंभीर, घनी हो गई।

"नहीं! बेशक, सच्चाई बहुत अधिक जटिल, अधिक डरावनी और अधिक प्रेरणादायक है! एक उच्च दृष्टिकोण से, हमारी दुनिया एक भ्रामक निर्माण हो सकती है, हाँ। लेकिन हमारी सीमित मानवीय चेतना के दृष्टिकोण से, यह स्पष्ट रूप से वास्तविक है। जैसे सपने देखना: जब हम सपने में डूबे होते हैं, तो हम इतनी तीव्र भावनाओं और घटनाओं का अनुभव करते हैं, मानो वे खुद सच्चाई हों। यह हमारे विचार के माध्यम से, हमारे इरादे के माध्यम से है, कि हम इस बड़ी मृगतृष्णा के भीतर अपनी खुद की वास्तविकता का निर्माण करते हैं। हम कलाकार हैं, जो ब्रह्मांडीय चेतना के अनंत कैनवास में चित्रकारी कर रहे हैं। और हम जो लेखन बनाते हैं, वह

इस धारणा का एक निशान छोड़ने का एक तरीका है, जो आने वाले लोगों की सामूहिक चेतना को आकार देने के लिए, उन्हें भूलभुलैया के लिए एक नक्शा देने के लिए है। प्राचीन मिस्रवासी अपने हायरोग्लिफिक्स के साथ, और एज़्टेक अपने कोडेक्स के साथ ऐसा करते थे - उन्होंने महान सत्य के एक हिस्से को पकड़ने की कोशिश की, ताकि इसे अगली पीढ़ियों तक पहुँचाया जा सके, विनाश के चक्रों से बचने की उम्मीद में। लेकिन आत्म-महत्व हमेशा घुसने का एक तरीका खोज लेता है।"

एंथनी ने एक जटिल, बहु-स्तरित प्रतीक बनाना शुरू कर दिया, जो वास्तविकता के विभिन्न स्तरों के विचार को पकड़ रहा था - मानो वह इच्छाशक्ति द्वारा आकार दी गई, आपस में जुड़ी हुई आवृत्तियों को चित्रित कर रहा था।

"सोफिया, लिखो: पूर्ण सत्य सबसे ऊँचे शिखर से एक मनोरम दृश्य की तरह है। यह हमें पूरी विशाल तस्वीर को प्रकट करता है, जो हमारे सामने फैली हुई है, और हमें सभी अलग-अलग तत्वों के बीच गहरे, अदृश्य संबंधों को समझने की अनुमति देता है," एथन ने कहा, अपनी नजर को अनंत में लगाते हुए। "और दूसरी ओर, सापेक्ष सत्य, एक विशिष्ट विस्तार का एक क्लोज-अप की तरह है, जैसे कलाकार के ब्रश का एक स्ट्रोक। यह हमें दुनिया को वैसा ही समझने की अनुमति देता है जैसा वह हमारे रोजमर्रा के जीवन में सीधे हमारे सामने आती है, जो विशिष्ट संवेदनाओं और अनुभवों से संतृप्त होती है। यह महसूस करना महत्वपूर्ण है कि दोनों दृष्टिकोणों की अपनी वैधता और महत्व है, कि वे एक ही सिक्के के दो पहलू हैं।"

"तो हमें उस चीज से इनकार नहीं करना चाहिए जो हम देखते हैं और महसूस करते हैं, उससे भागना नहीं चाहिए," एंथनी ने कहा, जबकि वह अपने प्रतीक में और विवरण जोड़ रहा था, मानो वह पत्थर को जीवन दे रहा हो - "सिर्फ इसलिए कि हमसे कुछ बड़ा है, कुछ अदृश्य है, जिसे कोई भी नश्वर पूरी तरह से नहीं समझ सकता? क्या हमारा विचार उस चीज को बदल सकता है जो दिखाई दे रही है? जैसे प्राचीन रहस्यवादियों ने दावा किया कि वे अपने मन की शक्ति से पहाड़ों को हिला सकते हैं - लेकिन क्या उन्होंने यह अच्छाई के लिए किया, या सत्ता के लिए? जेम्स की तरह?"

"बिल्कुल सही!" एथन ने सिर हिलाया, उसकी आँखें एक आंतरिक आग से जल रही थीं। "हमारी दुनिया की स्पष्ट वास्तविकता से इनकार करना सिर्फ इसलिए कि यह एक बड़ी, ब्रह्मांडीय तस्वीर का एक छोटा, टिमटिमाता हुआ हिस्सा है, उतना ही गलत है जितना कि उस उच्च, सर्वव्यापी वास्तविकता के अस्तित्व से इनकार करना। हम इस दुनिया का एक अविभाज्य हिस्सा हैं, हम इसके साथ साँस लेते हैं, हम अपने अस्तित्व के हर स्तर पर इसके साथ बातचीत करते हैं। और हर बार जब हम एक नया विचार, एक नई परियोजना, एक नई तकनीक बनाते हैं, तो हम सचमुच सापेक्ष वास्तविकता को बदलते हैं। हमारा रोजमर्रा का जीवन इस विश्वास पर बना है कि पदार्थ ठोस, अटूट है। जब हम एक पत्थर को लात मारते हैं, तो हमें दर्द महसूस होता है, है ना? या सिर्फ हवा, जो हमारे माध्यम से गुजरती है?"

एंथनी ने अपने हथौड़े से एक मजबूत, मापा हुआ प्रहार किया, ताकि वह अपने प्रतीक को पत्थर में और गहराई से उकेरे, मानो वह इसे अनंत काल का हिस्सा बनाना चाहता हो।

"हाँ, मैं इसे महसूस करता हूँ! यह ठोस है! यह एक मृगतृष्णा नहीं है! दर्द वास्तविक है! जैसे विलियम का खून वास्तविक है! जेम्स के हाथ में पत्थर की तरह!"

एथन मुस्कुराया, एक दुखद मुस्कान, जो प्राचीन ज्ञान से बुनी गई थी।

"हाँ, लेकिन सोचो - वह पदार्थ जो हमें घेरे हुए है, परमाणुओं से बना है, जो सूक्ष्म सौर प्रणालियों की तरह हैं। ये सूक्ष्म कण हैं, जो और भी छोटे, भँवर की तरह नाचते हुए तत्वों से बने हैं, जिन्हें इलेक्ट्रॉन कहते हैं। ये इलेक्ट्रॉन निरंतर गति में हैं, एक जटिल, शाश्वत नृत्य और बातचीत में, जो हमारी धारणा में दृढ़ता और स्थिरता का भ्रम पैदा करते हैं। यहाँ तक कि हमारे अपने शरीर भी उन्हीं मौलिक निर्माण खंडों से बने हैं, जो कंपन करते हैं, धड़कते हैं। जब हम पत्थर को लात मारते हैं, तो हम वास्तव में इन कंपनशील कणों के दो विशाल समूहों के बीच एक जटिल बातचीत का निरीक्षण कर रहे हैं। और अगर हम और गहराई से सोचते हैं, तो किसी चीज को 'महसूस करने' का वास्तव में क्या मतलब है? यह एक जटिल, रहस्यमय प्रक्रिया है, जो पूरी तरह से हमारे मस्तिष्क में होती है - एक अविश्वसनीय रूप से जटिल परस्पर जुड़े हुए न्यूरॉन्स का नेटवर्क, जो बाहरी शारीरिक उत्तेजनाओं को व्यक्तिपरक, गहराई से व्यक्तिगत सचेत अनुभवों में बदल देता है। तुम दर्द महसूस करते हो, लेकिन यह तुम्हारे अंदर है, पत्थर में नहीं। प्राचीन पुजारियों ने जादू के लिए इस ज्ञान का उपयोग किया, ताकि वे भीड़ की धारणाओं को बदल सकें, अनुष्ठान बनाने के लिए जो वास्तविकता को तोड़ते थे, लेकिन वे अक्सर इस शक्ति का दुरुपयोग करते थे, नियंत्रण के लिए, ज्ञान के लिए नहीं।"

सोफिया लगभग चर्मपत्र लिखना खत्म कर चुकी थी। उसकी आँखें लेखनी और एथन के होंठों के बीच घूम रही थीं, और उसका शरीर हर शब्द को पकड़ने के लिए तनावपूर्ण था, मानो दुनिया का उद्धार उन पर निर्भर था।

"इस प्रकार हम एक मौलिक विरोधाभास पर पहुँचते हैं," एंथनी ने आह भरी, अपना सिर रगड़ते हुए, मानो वह किसी अदृश्य गाँठ को सुलझाने की कोशिश कर रहा हो। "एक तरफ, पदार्थ हमें घना, निर्विवाद रूप से वास्तविक लगता है, और दूसरी तरफ - यह अंतहीन छोटे, अदृश्य कणों से बना है, जो लगातार हिलते रहते हैं और एक जटिल तरीके से बातचीत करते हैं। और यह सारी गतिशील बातचीत हमारी अपनी चेतना द्वारा समझी और व्याख्या की जाती है, जो स्वयं अत्यंत जटिल मस्तिष्क प्रक्रियाओं का एक उत्पाद है। यहाँ वे हैं, चेतना के कांपते हुए दर्पण - वे एक खिड़की हैं कि हम अपनी दुनिया का निर्माण कैसे करते हैं, हम इसे मांस और रक्त में कैसे पहनते हैं! जैसे प्राचीन जादूगरों ने भ्रम पैदा किया जो वास्तविकता से अधिक वास्तविक लगते थे, ताकि लोगों को भ्रमित और नियंत्रित किया जा सके। जेम्स की तरह, जो खुद को एक फिरौन मानता है!"

"बिल्कुल सही, एंथनी!" एथन ने सिर हिलाया, उसकी नजर - एक अंतहीन समझ से भरी हुई थी। "यह विचार कि हमारी समझी गई वास्तविकता हमारी अपनी चेतना की स्थिति से बहुत[illegible] ८ प्रभावित होती है, हमारे लिए एक बहुत

ही गहरी दुनिया का दरवाजा खोलता है, एक ऐसी दुनिया जिसमें हम निर्माता हैं। क्या तुम्हें याद है, कैसे हमारी दुनिया पहले जानकारी से भरी हुई थी? हमने ज्ञान लिखना शुरू किया - हायरोग्लिफिक्स और स्क्रॉल से, चर्मपत्रों तक, फिर किताबें और समाचार पत्र, जो अतीत का बोझ ढोते थे। फिर रेडियो और टेलीविजन आए, और फिर कंप्यूटर, इंटरनेट और स्मार्टफोन आए, जिन्होंने हमें एक बड़े, कंपनशील नेटवर्क में जोड़ दिया। यहाँ तक कि कृत्रिम बुद्धिमत्ता भी! हर नई तकनीक एक नया "दर्पण" थी, जिसे हमने खुद बनाया था, ताकि वास्तविकता को एक नए तरीके से बदल सकें और दिखा सकें। उनमें से हर एक हमारे विचार का फल था, हमारी सामूहिक चेतना का, जिसने अधिक से अधिक जटिल संरचनाएँ बनाईं। लेकिन क्या इसने वास्तविकता को और अधिक वास्तविक बना दिया, या एक और अधिक जटिल मृगतृष्णा, जिसे हम खुद बना रहे थे, लापरवाह देवताओं की तरह? जैसे अटलांटिस के पुजारियों ने विचार की शक्ति का उपयोग शहर बनाने, या साम्राज्यों को नष्ट करने के लिए किया, यह मानते हुए कि वे नियति को नियंत्रित करते हैं, लेकिन अंत में वे अपनी ही शक्ति से निगल गए। जैसे हम भी निगल जाते, अगर हम अपना सबक नहीं सीखते!"

एंथनी ने अपना सिर उठाया, उसकी नजर दूरी में खो गई, मानो वह अरबों स्क्रीन के भूतों, बीती हुई सभ्यताओं, भूले हुए सपनों को देख रहा हो।

"लेकिन अगर यहाँ तक कि हमारे सीमित मानवीय दिमाग भी इतनी समृद्ध और जटिल कल्पनाशील दुनिया, दुनिया बनाने में सक्षम हैं, जिसमें हम खो सकते हैं, तो हम उस अनंत चेतना के बारे में क्या कह सकते हैं, जो सब कुछ के निर्माण के पीछे है? तो फिर इन सभी दर्पणों का निर्माता कौन है, जिसमें हम भी शामिल हैं? क्या हम सिर्फ एक अंतहीन दर्पण में प्रतिबिंब हैं? और फिर धागे कौन पकड़ता है? क्या हम एक अज्ञात निर्माता के थिएटर में कठपुतलियाँ नहीं हैं, जिसकी इच्छा हमारे पूरे अस्तित्व से बड़ी है, और हम एक ही गलतियों को दोहराने के लिए बर्बाद हैं?"

एथन की आवाज अधिक गंभीर हो गई, जो लगभग डरावनी अंतरंगता से भरी हुई थी।

"ठीक यहीं खतरा भी छिपा है: क्या हम, निजी उद्देश्यों, महत्वाकांक्षाओं, अतृप्त इच्छाओं और डर से प्रेरित होकर, अनजाने में उस कपटी 'पंडोरा के बक्से' का दरवाजा खोल नहीं देते? क्योंकि, जैसे लेखक दुनिया बनाते हैं जो उनके लिए इतनी जीवित होती हैं, वैसे ही हमारी अपनी इच्छाएँ और डर भी ऐसी वास्तविकताएँ बना सकते हैं जो हमें उनमें बंद कर देती हैं - ऐसी वास्तविकताएँ जो आत्म-महत्व के जाल से ज्यादा कुछ नहीं हैं, हमारे अपने भ्रम से बने सुनहरे पिंजरे। जैसे प्राचीन पंथ, जो व्यक्तित्व के दमन के माध्यम से ज्ञान प्राप्त करने की कोशिश कर रहे थे, वे अपने ही भ्रमों के जाल में फंस गए, जब तक कि उन्होंने खुद को नष्ट नहीं कर लिया। उन लड़कों की तरह, जो अब एक कछुए के लिए एक-दूसरे को फाड़ रहे हैं!"

"तो फिर इन आंतरिक दुनियाओं के बीच, जो हमारे मन से पैदा हुई हैं, और बाहरी दुनिया के बीच क्या महत्वपूर्ण अंतर है, जिसे हम अपनी पाँच इंद्रियों के माध्यम से समझते हैं?" एंथनी ने पूछा, जबकि सोफिया ध्यान से चर्मपत्र को मोड़ रही थी, मानो वह दुनिया की सारी बुद्धिमत्ता उसमें रख रही हो।

"जितना अधिक हम ज्ञान की सीढ़ी पर चढ़ते हैं, उतना ही हम अपने भीतर गहराई से गोता लगाते हैं," एथन ने कहा, बच्चों की ओर देखते हुए, जिनकी आँखों में एक प्राचीन उदासी, लेकिन उम्मीद भी पढ़ी जा सकती थी - "उतना ही स्पष्ट रूप से हम समझना शुरू करते हैं कि हमारी समझी गई वास्तविकता सिर्फ शारीरिक संवेदनाओं का एक निरर्थक योग नहीं है। यह हमारी अपनी चेतना, हमारी व्यक्तिगत धारणाओं और हमारे चारों ओर की दुनिया की हमारी अद्वितीय व्याख्याओं का एक जटिल उत्पाद है। और यद्यपि हम निर्णायक रूप से यह साबित नहीं कर सकते हैं कि हमारी वास्तविकता सिर्फ एक कुशलता से बनाई गई मृगतृष्णा है, इस आकर्षक संभावना को हल्के ढंग से खारिज नहीं किया जा सकता है। इसलिए हम लिखते हैं! ताकि हम उन लोगों के लिए दर्पणों के माध्यम से एक मार्गदर्शक छोड़ सकें, जो हमारे बाद आएँगे, ताकि उन्हें दिखाया जा सके कि वे अपनी दुनिया के निर्माता हैं, कि उनके हाथों में मृगतृष्णा को तोड़ने या आकार देने की शक्ति है! यही वह रास्ता है जिसे प्राचीन दार्शनिकों, और कीमियागरों, और रहस्यवादियों ने खोजा है - वास्तविकता पर सच्चे अधिकार का रास्ता, खंडहरों के दुष्चक्र को तोड़ने का रास्ता। एकमात्र रास्ता। "

समूह पर फिर से खामोशी छा गई, लेकिन इस बार यह अलग थी - अनिश्चितता से नहीं, बल्कि एक गहरी, साझा समझ से भरी हुई, एक दिल की शांत, धड़कती हुई धड़कन की तरह। कक्ष के केंद्र में क्रिस्टल प्रकाश स्रोत आखिरी बार चमका, इससे पहले कि वह एक नरम, अधिक स्थिर रोशनी में सिमट गया, मानो वह उनके शब्दों की पुष्टि कर रहा हो, मानो पिरामिड खुद उनके साथ साँस ले रहा हो। सोफिया ने ध्यान से चर्मपत्र को रखा, मानो वह सबसे कीमती खजाना रख रही हो। एंथनी ने पिरामिड की खुदी हुई दीवार की ओर देखा, जहाँ उसका प्रतीक पहले से ही अनंत काल का हिस्सा था। उनका ज्ञान अब सिर्फ उनके दिमाग में नहीं था - यह मुद्रित था, उन सभी के लिए दिखाई दे रहा था, जो उनके बाद आएँगे, हमेशा अस्तित्व की लय का हिस्सा थे।

---✶❦✶---

अगले हॉल में

उसी क्षण, एक दूर की गहरी गूँज, मानो पृथ्वी से, पिरामिड की दीवारों को भेद गई, जिसके बाद हॉल में प्रकाश का एक मुश्किल से पता चलने वाला कंपन हुआ, जहाँ नथानिएल और मेलिना भारी, काले संदूक के बगल में खड़े थे। उनकी ऊर्जा, जो दिल की धड़कन जैसी लय में धड़क रही थी, मानो घनी हो गई, जो एथन के शब्दों की गूँज को अपने साथ ले गई, जिसे उन्होंने हालांकि एक गहरी, ब्रह्मांडीय गूँज, ब्रह्मांड के संगीत के रूप में माना।

"दुनिया एक मृगतृष्णा है, मेलिना," नथानिएल ने धीरे-धीरे बोला, उसकी नजर - ज्ञान के दर्द के साथ, एक गहरी दार्शनिक समझ से भरी हुई थी। "लेकिन इस भ्रम में एक गहरा अर्थ भी छिपा है, एक आवश्यक, दर्दनाक द्वंद्व। वे रोशनी को कैसे जान सकते थे, इसकी सराहना कैसे कर सकते थे, अगर वे कभी अँधेरे में नहीं थे, अगर उन्होंने इसकी अँधेरी महसूस नहीं की थी? वे अच्छाई की सराहना कैसे कर सकते थे, अगर उन्होंने बुराई का अनुभव नहीं किया था, अगर उन्होंने उसकी

बदसूरती का सामना नहीं किया था? यह एक शाश्वत सबक है, जिसे हर प्राचीन सभ्यता, पहली जनजातियों से लेकर आखिरी साम्राज्यों तक, सीखने की कोशिश करती थी, लेकिन हमेशा असफल रही, जो खुद को दोहराने के लिए बर्बाद हो गई।"

मेलिना ने धीरे-धीरे सिर हिलाया, उसके हाथ को हल्के से छूते हुए, शांत करते हुए, मानो वह उसकी आँखों में परछाइयों को दूर करना चाहती थी।

"बिल्कुल संगीत की तरह, नथानिएल। सद्भाव बेसुरी और सामंजस्य, नोटों के टकराव और गले लगाने से पैदा होता है। जीवन विपरीतताओं के बीच एक शाश्वत लय है, दर्द और खुशी के बीच, अराजकता और व्यवस्था के बीच।"

नथानिएल उसकी ओर मुड़ा, उसकी आँखों में एक आंतरिक लड़ाई थी, एक पुराना घाव।

"और मैं सोचता हूँ··· क्या हमने उन्हें इस लय को पहचानना सिखाने के लिए पर्याप्त किया है, इसमें नृत्य करने के लिए, चरम सीमाओं से निगल जाने के बिना, उनमें खो जाने के बिना? मुझे डर है कि मृगतृष्णा की सुंदरता उन्हें उसकी क्षणभंगुरता के लिए अंधा कर सकती है, उन्हें सच्चाई को भूलने के लिए मजबूर कर सकती है। मुझे डर है कि अँधेरे के साथ टकराव का दर्द उन्हें तोड़ सकता है, उन्हें खंडहरों में बदल सकता है। मुझे कॉन्स्टेंटाइन का चेहरा याद है - उसे विश्वास था कि वह इस लय को नियंत्रित कर सकता है। उसने सिर्फ एक भ्रम हासिल किया, जिसने और भी बड़ी अराजकता पैदा की। मैंने खुद··· कितनी बार मैंने मानवीय प्रकृति की अराजकता से व्यवस्था गढ़ने की कोशिश की है, और मैंने केवल गहरी खाइयाँ बनाई हैं, जो मेरे खुद के आत्म-महत्व से निगल गए हैं?"

"लेकिन हमने उन्हें न केवल ज्ञान दिया, बल्कि इस लय की भावना भी दी, इस शाश्वत नृत्य की," मेलिना ने आत्मविश्वास के साथ जवाब दिया, उसकी आवाज - एक नरम धुन की तरह। "उच्च सत्य में विश्वास, जो सब कुछ में धड़कता है। हर गिरावट के बाद उठने, कठिनाइयों को पार करने की आशा। एक जोड़ने वाली शक्ति के रूप में प्यार, जो सभी मतभेदों को गले लगाता है। और अच्छाई और बुराई के बीच के सूक्ष्म अंतर को समझने की बुद्धिमत्ता, क्योंकि कुछ भी सिर्फ काला या सफेद नहीं है। ये गुण वह कम्पास हैं, जो उन्हें अस्तित्व के नृत्य में मार्गदर्शन करेंगे, तब भी जब तूफान उठेंगे।"

उसने काले संदूक की ओर इशारा किया, जिसकी सतह भूतों जैसी रोशनी के नीचे अधिक से अधिक बेचैन लग रही थी, मानो उसके भीतर कुछ जाग रहा हो।

"अगर लय टूट जाती है तो क्या होगा? अगर अँधेरा रोशनी पर हावी हो जाता है, अगर वे सिर्फ एक चीज की ओर दौड़ते हैं तो क्या होगा? आत्म-महत्व एक झूठे स्वर की तरह है, एक बेसुरी की तरह, जो अस्तित्व की पूरी सिम्फनी को परेशान कर सकता है, इसे एक कर्कशता में बदल सकता है। यह उन्हें एक चरम पर जकड़ लेता है, दूसरे की आवश्यकता से इनकार करते हुए, और इस तरह अनजाने में बक्सा खोल देते हैं, उन सभी चीजों को मुक्त कर देते हैं जिन्हें हमने बंद करने की कोशिश की है। जैसे प्राचीन तानाशाहों और अत्याचारियों ने किया, जिन्होंने अपनी

एकाधिकारवादी सत्ता में विश्वास किया, जब तक कि उन्होंने आत्म-विनाश और भूल का कारण नहीं बनाया।"

"वे गिरेंगे, नथानिएल," मेलिना ने अपनी आवाज में उदासी के साथ कहा, एक गहरी, माँ जैसी उदासी। "वे दर्द और पीड़ा का अनुभव करेंगे। यह रास्ते का एक अपरिहार्य हिस्सा है, विकास का। लेकिन केवल तभी वे वास्तव में खुशी और सद्भाव की सराहना कर पाएंगे। केवल अँधेरे को छूने के बाद, अस्तित्व की सबसे गहरी खाइयों को, वे रोशनी के असली, चमकदार मूल्य को समझेंगे।"

इस क्षण में, क्रिस्टल प्रकाश स्रोतों में से एक अधिक तीव्रता से धड़कने लगा, मानो वह उनके शब्दों पर प्रतिक्रिया कर रहा था, मानो पिरामिड खुद उनके साथ तालमेल में साँस ले रहा था। हॉल में ऊर्जा अधिक घनी महसूस हुई, जो गंभीरता से भरी हुई थी, मानो पिरामिड खुद उन गहरे सच्चाइयों की पुष्टि कर रहा था, जो उनके मुँह से कही गई थीं।

"हमारा काम उन्हें जीवन की लय से बचाना नहीं है," मेलिना ने निष्कर्ष निकाला, उसकी आवाज - शांत, लेकिन दृढ़। "बल्कि उन्हें इसे सुनने, इसे समझने और इसमें खुले दिल और जाग्रत दिमाग के साथ नृत्य करने की बुद्धिमत्ता देना है, तब भी जब दर्द भेदता है। क्योंकि केवल तभी वे चेतना के कांपते हुए दर्पणों से परे देख पाएंगे और उस शाश्वत सद्भाव को खोज पाएंगे, जो अस्तित्व की बहुत ही धड़कन में छिपा है - प्रकाश और परछाई, अच्छाई और बुराई के बीच निरंतर, नाचते हुए प्रवाह में।

और बक्सा··· यह प्रगति के भ्रम से, इस गर्व से बना एक जाल है कि हम बिना समझ के सब कुछ जीत सकते हैं। यह तभी खुलेगा, जब हम मानेंगे कि हमने इसके सबक के अर्थ को समझे बिना इसे पार कर लिया है। यह तब तक बंद रहेगा, जब तक वे इस शाश्वत नृत्य की आवश्यकता को समझते हैं, जिसे हम यहाँ, इस नई शुरुआत के बहुत ही कपड़े में, अपने हर विचार और कार्य के माध्यम से, जो समय में मुद्रित हैं, लिख रहे हैं। यह चक्र को बदलने, एक ऐसी सभ्यता बनाने का हमारा मौका है, जो अंततः अपने खुद के भ्रम और आत्म-महत्व के बोझ के नीचे ढह न जाए, जो पतन की हजारों साल पुरानी शापित लय का सामना करे। लेकिन क्या हम बक्से को पर्याप्त रूप से छिपाने में सफल होंगे, इससे पहले कि वह समुदाय में हर किसी को प्रभावित करना शुरू कर दे?"

अध्याय 26: आत्मा में खुदाई: पसंद का नृत्य

नथानिएल अभी भी पिरामिड के तहखाने के अँधेरे में अपनी बातचीत की गूँज सुन रहा था। उसके चेहरे पर क्रिस्टल की टिमटिमाती परछाइयाँ नाच रही थीं, जो उसकी परिचित विशेषताओं पर अज्ञात ज्यामिति खींच रही थीं। हवा में प्राचीन खनिजों की एक संतृप्त, हल्की धातु जैसी गंध थी, जो मेलिना की नरम सुगंध के साथ मिश्रित थी। वह एक जवाब से अधिक कुछ खोज रही थी। सच्चाइयों के पीछे छिपी सच्चाई।

कभी-कभी मेलिना नथानिएल के साथ अपनी साझा यादों में खोदने का आनंद लेती थी। मानो वह एक पुरातत्वविद् थी, जो खंडहरों का नहीं, बल्कि जीवित

घावों का पता लगा रही थी। इस हल्के व्यंग्य में उसकी स्त्री शक्ति छिपी हुई थी - उसकी तर्क से परे देखने की अक्षमता के प्रति एक शांत सवाल। इन यादों में, जो दर्द और जुनून से संतृप्त थीं, वह उनके विकास का प्रतिबिंब खोज रही थी। उनकी बातचीत आत्माओं का एक नृत्य था, जहाँ हर शब्द एक ही समय में एक हथियार और एक दवा था। एक-दूसरे को संदेह के रसातल से बाहर निकालने की कोशिश। अंतरंगता की आग में फिर से जन्म लेने के लिए।

"क्या तुम्हें याद है···" मेलिना की आवाज कांप गई। मानो वह एक कलाकृति नहीं, बल्कि अपनी ही आत्मा को खोद रही थी··· "वे रातें, जब ईर्ष्या मुझे जला रही थी?"

नथानिएल ने उसे देखा। उसके चेहरे पर दर्द और समझ की एक परछाई गुजरी। उसे यह स्पष्ट रूप से याद था, जैसे पत्थर में उकेरा गया हो। लेकिन क्या वह समझता था कि क्यों?

"मेरे दिमाग में त्रासदियाँ हो रही थीं। मैं तुम्हें उसके साथ देखती थी। तुम लोग हँसते थे। तुम लोग एक-दूसरे को छूते थे। मैं एक भूत थी। मैं खामोशी में चिल्लाती थी। मैं एक जवाब चाहती थी। मैं एक अंत चाहती थी। या एक शुरुआत। मैं अज्ञात से दर्द पसंद करती थी। मैं अपने ही नरक में रहती थी।"

---✶❦✶---

संदेह की पीड़ा: उसका पक्ष

"और मुझे याद है कि तुम्हारी खामोशी मुझे भेदती थी," नथानिएल की आवाज कर्कश, दर्दनाक थी। "तुम्हारी हर मुस्कान, तुम्हारा हर इशारा, मेरी तबाही की एक पटकथा में कैसे बदल गया। मैंने खुद को संदेह की एक भूलभुलैया में बंद एक निर्वासित की तरह महसूस किया, जहाँ तुम सूरज थे, और मैं - राख। मैं तुम्हारा सब कुछ बनना चाहता था।" उसने भारी घूँट लिया, मानो वह अपनी यादों में डूब रहा हो।

संदेह की पीड़ा, जिससे मेलिना मुक्त हो गई थी, अब उसे घेर रही थी। उसने जारी रखा, मानो वह अपने पापों को स्वीकार कर रहा हो:

"मेरे विचार नरक थे। डर, ईर्ष्या, क्रोध··· उन्होंने मुझे जला दिया। मैंने अकेला, अस्वीकृत, शक्तिहीन महसूस किया। मेरा आत्म-सम्मान पिघल रहा था। सब कुछ जो मैंने हम में निवेश किया था, वह राख में बदल रहा था। विश्वास, आशा, प्यार ··· खाली शब्द। मैं एक दुःस्वप्न में रहता था, जो वास्तविकता से अधिक वास्तविक था। और तुम्हारे लिए यह सिर्फ एक खेल था।" उसकी आवाज थम गई, एक अधूरे धुन की तरह हवा में लटक गई।

---✶❦✶---

नथानिएल के क्षण: चुनाव

उसकी आंतरिक दृष्टि के सामने, प्राचीन हायरोग्लिफिक्स की तरह, वे क्षण उभरे, जिन्होंने उसकी लड़ाई को परिभाषित किया:

ईर्ष्या: "वह। उसे। मुझसे दूर। असहनीय।" दोष: "मैंने उसे धोखा दिया। खुद को। खामोशी चिल्ला रही थी।" प्रलोभन/कब्जे के लिए लालसा: "उसे पाना। पूरी तरह से। मेरी। एक ट्रॉफी। एक अभिशाप।" क्रोध: "वह क्यों लड़ रही है? वह क्यों नहीं हार

गई? रोष। उसकी ओर। मेरी ओर।" निराशा/भावनाओं का इनकार: "खालीपन। बर्फ। मैंने सब कुछ बंद कर दिया। भावनाएँ? कमजोरी। झूठ।" चुनाव: "पंडोरा का बक्सा। या ग्रैल। एक जानवर, या एक अतिमानव। चुनाव मेरा है। हमेशा से रहा है।"

---✶ʕ✶---

कहानियों का भ्रम

मेलिना रुक गई, मानो वह एक आंतरिक राक्षस से लड़ रही हो:

"और मैं अपनी कहानियों में रहती थी। रंगों और सुगंधों में, जिन्हें तुम नहीं देखते थे। वे मेरी सच्चाई थीं। मेरी वास्तविकता। और तुम··· तुम किनारे से झाँकते थे। हल्के तिरस्कार के साथ। जादू पर विश्वास किए बिना।" एक कड़वी मुस्कान ने उसके होंठों को छुआ।

नथानिएल अब नाराज नहीं था। वह समझ गया था। हर सबक की एक कीमत होती है। यहाँ तक कि दर्द की भी। हालांकि वह उससे कह सकता था कि वह एक फिल्म में रहती है, अब उसने कुछ और देखा। दोनों जानते थे। उनका प्यार इसलिए बच गया था क्योंकि वे इस साझा नाटक में मुख्य अभिनेता थे।

अंत में वे बीती हुई तूफानों पर हँसे। लेकिन उन्हें गलतफहमी का कड़वा स्वाद याद था। वे जानते थे कि उनके जीवन का एक बड़ा हिस्सा परछाइयों का एक खेल था। विचारों का एक नृत्य, जिन्होंने राक्षसों को गढ़ा था। हर कोई - अपने खुद के नाटक का निर्देशक। उन्होंने दुःस्वप्न बनाए थे, जो उनके खुद के डर की तरह गहरे थे। संदेह, क्रोध, डर जैसी भावनाएँ··· उन्होंने इन दुःस्वप्नों को पोषित किया था। उन्हें वास्तविकता में बदल दिया था।

---✶ʕ✶---

आत्म-महत्व का प्रिज्म

शांत हॉल में, जो धड़कते हुए क्रिस्टल से रोशन था, उनकी यादें हवा में लटक रही थीं। नथानिएल सुन रहा था, परछाइयों में घूर रहा था। उनकी अस्थिरता में जवाब खोज रहा था। वह समझ गया था। हर धारणा व्यक्तिपरक है। अतीत वर्तमान में मुद्रित है।

"क्या तुम देखते हो," मेलिना की आवाज शांत, लेकिन जोर देती थी - "कैसे आत्म-महत्व हमें अलग करता है? मेरी दुनिया तुम्हारी दुनिया से अलग थी। मैं एक त्रासदी में रहती थी, तुम - रोजमर्रा की जिंदगी में। यह खाई दर्द थी। अकेलापन।"

उसने उसके गाल को छुआ। उसकी त्वचा ठंडी थी, पत्थर की तरह, लेकिन उसके स्पर्श में एक कोमलता थी, जिसने बर्फ को पिघला दिया।

अहंकार एक प्रिज्म है। यह वास्तविकता को विकृत करता है।

"यह अलग-अलग प्रतिबिंब बनाता है। हर कोई अपनी प्रिज्म के माध्यम से दुनिया को देखता है। डर, इच्छाओं, यादों से रंगी हुई। और ये प्रतिबिंब इतने अलग हैं कि हम विश्वास नहीं कर सकते कि हम एक ही चीज को देख रहे हैं। महत्वपूर्ण, प्यार होने की मेरी जरूरत ने मुझे अंधा कर दिया।"

नथानिएल ने आह भरी। उसे याद आया कि उसने कितनी बार शक्तिहीन महसूस किया था। उसकी भावनाओं को समझना उसके लिए कितना मुश्किल था।

अब, अनुभव की परिपक्वता के साथ, उसे समझ के खोए हुए पलों के लिए दुख महसूस हुआ।

---✶⸮✶---

पंडोरा का बक्सा: या ग्रेल?

"और यह अलग व्याख्या," नथानिएल ने विचारपूर्वक कहा - "खतरनाक है। क्योंकि, अपनी खुद की सच्चाई में बंद होकर, हम दूसरों की सच्चाई के लिए अंधे हो जाते हैं। हम संघर्ष बनाते हैं। गलतफहमियों पर आधारित।"

और जब हम समझे कि दुनिया वह नहीं है जो दूसरा हमें पहुँचाता है, बल्कि वह है जिसे हम खुद को देखने की अनुमति नहीं देते - तो आत्म-महत्व ने अपनी शक्ति खो दी। केवल चुनाव बचा।

उसने भारी, काले संदूक की ओर इशारा किया। प्रकाश उसमें टूट रहा था, जिससे भयानक चमक पैदा हो रही थी। उसकी काली सतह प्रकाश को निगलती हुई लगती थी, इसे प्रतिबिंबित नहीं करती थी, और एक मुश्किल से पता चलने वाली, ठंडी ऊर्जा बिखेर रही थी, जिसने उसके चारों ओर की हवा को जमा दिया था। यह वास्तविकता में ही एक छेद की तरह था।

"पंडोरा का बक्सा··· यह तब खुलता है जब हम खुद से परे नहीं देख सकते। जब आत्म-महत्व हमें विश्वास दिलाता है कि हम सही हैं, और हमारे डर सच्चाई हैं। तब हम सहानुभूति रखने, समझने, प्यार करने की क्षमता खो देते हैं। और हम नियंत्रित करने, हावी होने, थोपने के प्रलोभन में पड़ जाते हैं। हम विनाश को अनलॉक करते हैं।" उसकी आवाज शांत थी, लेकिन हजारों साल की गलतियों के बोझ से भरी हुई थी।

मेलिना ने दुख से सिर हिलाया।

"आत्म-महत्व ज्वार और भाटा की तरह है। उत्थान के क्षणों में हम खुद को देवता महसूस करते हैं। पतन के क्षणों में - कुछ भी नहीं। यह अस्थिरता हमें कमजोर बनाती है। हम सत्ता, अनुमोदन के लिए तरसते हैं। क्योंकि आत्म-महत्व हमेशा खुद को साबित करने का एक तरीका खोजता है। खालीपन को भरने के लिए।"

उसने उसका हाथ पकड़ा। उसकी उँगलियाँ उसकी उँगलियों से आपस में मिल गईं, गर्मी बनाम ठंडक, आशा बनाम डर।

"लेकिन एक ग्रेल भी है। हमारे दिल में। बिना शर्त प्यार। अगर हम इसे खोजने में सफल होते हैं, तो आत्म-महत्व अपनी शक्ति खो देगा। बक्सा बंद रहेगा। लेकिन अगर हम अलगाव के भ्रम, अपनी 'सच्चाई' के आगे झुक जाते हैं, तो हम आत्म-महत्व के शाश्वत, थका देने वाले नृत्य में नृत्य करेंगे। जब तक हम अँधेरे को अनलॉक नहीं करते। या··· जब तक हम प्यार को नहीं चुनते। 'सब कुछ अंदर और बाहर बहता है, हर चीज का अपना ज्वार और भाटा होता है; पेंडुलम का झूलना हर चीज में मौजूद है।' - किबालियन।"

---✶⸮✶---

वे बक्से के बगल में खड़े थे - पंडोरा एक घाव की तरह काली थी। ग्रेल - एक खुले दिल की तरह चमक रहा था। और दोनों जानते थे: वे अब विरोधी नहीं हैं। बल्कि सहयोगी हैं। चुनाव में।

------------------ ❧ --------------------

अध्याय 27: आत्मा में यात्रा: प्रेम का नृत्य

पिरामिड की धीमी रोशनी में, क्रिस्टल स्पंदनों और प्राचीन, धूल भरी हवा के साथ, जो राल और सदियों के रहस्यों की सुगंध से भरी थी, मेलिना की उंगलियाँ धीरे से मेरे सिर को सहला रही थीं। उसकी आवाज, थोड़ी उत्तेजना से भरी हुई, हवा को भर रही थी। उसका हर स्पर्श मानो एक कमरे को अनलॉक कर रहा था, जिसे मैंने अपने भीतर गहराई से बंद कर दिया था, मेरे अंदर की बर्फ को पिघला रहा था।

"शायद, नथानिएल, सच्चाई बाहर नहीं, बल्कि हमारे भीतर है। चेतना के विस्तार में। अनंत को गले लगाने में।"

मैंने उसे देखा। आभासी दुनिया में यात्रा से अब भी चकित था। मैंने अपनी सामान्य तर्क में एक हल्की अनिश्चितता, एक लगभग अगोचर कंपन महसूस किया, इससे पहले कि मैं अनुभव के लिए पूरी तरह से खुल गया।

---✶ ✶---

📜 अतीत की झलक: शुरुआत···

"एक साथ।" हमारी उंगलियाँ। दर्दनाक। जोखिम। धुआँ। साझा उद्देश्य। निकटता। प्राचीन सपने। एक असाधारण महिला। रहस्य।

मेलिना ने अपनी आँखें मेरी आँखों में गड़ा दीं। उसकी नजर एक जांच की तरह थी, जो मेरे सार के सबसे पवित्र कोनों में घुस रही थी। उसकी आँखों में मैंने सिर्फ अपेक्षा नहीं, बल्कि एक गहरा, शांत ज्ञान देखा - एक उपस्थिति जो मुझे मार्गदर्शन कर रही थी।

"अगर वास्तविकता हमारी चेतना का एक उत्पाद है, तो इस खेल के नियम क्या हैं? कौन से कानून रचना को नियंत्रित करते हैं?"

मैंने सोचा। मैं अभी भी क्षुद्रग्रहों के बीच अपनी हँसी सुन सकता था। मैं अब सिर्फ एक तार्किक व्यक्ति नहीं था। मैं एक ऐसा व्यक्ति था जिसने जादू का स्वाद चखा था।

"ये कानून लोहे के हैं। अपरिवर्तनीय। भौतिकी की तरह। लेकिन वे सिर्फ तस्वीर का एक हिस्सा हैं। सब कुछ ईश्वर का प्रतिबिंब है। निरपेक्ष का।"

मेलिना ने एक भौं उठाई।

"तो क्या पदार्थ एक भ्रम है? चेतना द्वारा संगठित ऊर्जा?"

"बिल्कुल सही। लेकिन हमें इसे नजरअंदाज नहीं करना चाहिए। यह हमारा शरीर है। हमें इसकी देखभाल करनी चाहिए। लेकिन हम उससे कहीं ज्यादा हैं। ब्रह्मांडीय कानून अटूट हैं। हमें उन्हें समझना होगा। उनके साथ सद्भाव में रहना होगा।"

मेलिना ने दृढ़ संकल्प के साथ जोड़ा:

"एक ऋषि न केवल कानूनों को जानता है। वह उनका उपयोग करता है। सद्भाव बनाता है। वह एक निर्माता है। वह जिम्मेदारी लेता है। आधा-बुद्धिमान व्यक्ति परिवर्तन से डरता है। वह अपने आराम क्षेत्र में रहता है।"

"तुमने बिल्कुल सही कहा, मेलिना। बुद्धिमान होने का मतलब है खुद के साथ, दूसरों के साथ, ब्रह्मांड के साथ सद्भाव में रहना। यह महसूस करना कि हम किसी बड़ी चीज का हिस्सा हैं।"

---✶⸮✶---

भविष्यवाणी के सपने और प्राचीन संबंध

सब कुछ के बावजूद, मेलिना एक साहसी बनी रही। इस दुनिया में, जो रोमांच से रहित थी, वह मेरी आँखों में चमक वापस लाने का एक तरीका खोज रही थी। मुझे आश्चर्यचकित करने के लिए। मुझे खुश करने के लिए।

एक तारों भरी रात, वह मुझे पिरामिड की गहराइयों में ले गई। रहस्यों की एक भूलभुलैया में। हम एक छिपे हुए कक्ष में पहुँचे। इसके केंद्र में, ग्रेल चमक रहा था। एक प्राचीन सोने का प्याला। जो किरणें वह उत्सर्जित कर रहा था, वे नरम थीं, लेकिन संतृप्त थीं, एक जीवित दिल की धड़कन की तरह।

---✶⸮✶---

📜 अतीत की झलक: पिछले शब्द…

"धागा।" "टेम्पलर्स और ग्रेल।" "सोने का प्याला।" "बगदाद।" "नेस्टोरियनवाद।" "दोकुज खातून। ग्रेल की शक्ति।"

"क्या तुम्हें याद है," उसने एक चंचल मुस्कान के साथ फुसफुसाया, " कि एक और दुनिया में, एक और समय में, हमारा प्यार संभव होगा?"

मैंने सिर हिलाया। मेरे सीने में गर्मी फैल गई। अपने तर्क से मुक्त होकर, मैंने इन यादों की पूर्णता को महसूस किया।

---✶⸮✶---

✨ सपना / 📜 अतीत की झलक: दोकुज और हुलगु…

सपना। रेशमी कपड़े। विजय। मैं दोकुज थी। एक भँवर का केंद्र। हुलगु की नियति से जुड़ी हुई। लालसा। सपने। एक पुकार। हमारी कहानी। युद्धों के बारे में नहीं। एक संबंध के बारे में। ग्रेल के बारे में।

मेलिना ने अपने विचार को ग्रेल की ओर निर्देशित किया। कक्ष रोशनी और ध्वनियों से भर गया। दीवारें खुल गईं। हमारे सामने एक ब्रह्मांडीय परिदृश्य प्रकट हुआ। नेबुला, ग्रह, आकाशगंगाएँ… सद्भाव में नाच रहे थे। हमने एक शांत, अलौकिक रूप से सुंदर संगीत सुना, जो खुद सितारों से पैदा होता हुआ लगता था।

"यह कैसे संभव है?" मैंने फुसफुसाया। मेरी संदेहवाद पिघल रही थी। मैं भव्यता से अभिभूत था।

"ग्रेल एक पोर्टल है, नथानिएल। यह हमारे विचारों पर प्रतिक्रिया करता है। इसकी चमक बदल जाती है, हमारी भावनाओं की लय के साथ धड़कती है, और इसकी फुसफुसाहट हमारी चेतना में गूँजती है। मैं तुम्हें यहाँ यह दिखाने के लिए लाई हूँ कि रोमांच खत्म नहीं हुए हैं। वे बस अपना रूप बदलते हैं। यह हमारा आंतरिक सोना है, जो दिनचर्या के सीसे को अनुभवों के हीरे में बदल देता है।"

---✶⸮✶---

📜 अतीत की झलक: भविष्यवाणियाँ…

"तुम कौन थे?" "मिशन।" "हुलगु और दोकुज का खून।" "वारिस।" "वह सत्ता से परे कुछ खोज रहा था।" "धातु का प्याला।" "पाया गया।" "तुम चुने गए हो।"

उसने मेरा हाथ पकड़ा। वह मुझे आगे ले गई। हम अपनी कल्पनाओं से बनी दुनिया से गुजरे। हम क्षुद्रग्रहों के बीच उड़े, ग्रहों का पता लगाया, अजीब जीवों से मिले।

मैं एक बच्चे की तरह हँसा। मैं अपनी उम्र भूल गया। मेरी आँखों में एक खोजकर्ता की लौ जल रही थी। मेलिना खुश थी। उसने मेरे अंदर चिंगारी वापस ला दी थी। उसने मुझे दिखाया कि यहाँ तक कि खामोशी में भी, खुशी के लिए जगह है। अगर हमारे पास अपनी कल्पना को अनलॉक करने की हिम्मत है। और प्यार पर भरोसा करने की। क्योंकि असली रोमांच आत्मा की यात्रा है। किसी प्रियजन के साथ साझा किया गया।

---✶✶---

📜 अतीत की झलक: पहला प्रतीक···

"पहला प्रतीक।" "धातु का प्याला।" "पाया गया।" "चुना गया।" "खजाना।" "सोना नहीं है। पत्थर नहीं हैं।"

---✶✶---

📜 अतीत की झलक: प्राचीन संबंध···

"टेम्प्लर।" "वर्ष 1229।" "पाँचवाँ धर्मयुद्ध।" "धागा।" "टेम्प्लर्स और ग्रेल।" "सोने का प्याला।" "बगदाद।" "खुद ग्रेल?"

"क्या तुम्हें तारों के नीचे वे रातें याद हैं?" उसने फुसफुसाया।

मैंने उसे अपने करीब खींच लिया। मेरा दिल पागलपन से धड़क रहा था। मैं अब भावनाओं की गहराई से नहीं डरता था। उसकी आँखों में मैंने जुनून देखा। और मैंने उसे स्वीकार किया।

"ये यादें कभी फीकी नहीं पड़ीं," मैंने फुसफुसाया और उसके होंठों को छुआ।

आभासी वास्तविकता हमारी इच्छाओं के अधीन थी। बगीचा एक तंबू में बदल गया। रेशमी तकिए। पारदर्शी कपड़े। हमारे स्पर्श अंतरंग हो गए। शब्द - कोमल।

मेलिना ने अपना हाथ उठाया।

"क्या तुमने मेरा निशान देखा है, नथानिएल?"

उसकी पसलियों के नीचे, नाजुक त्वचा पर, एक निशान था। एक प्राचीन चिन्ह। मैंने एक हल्का झुनझुनी महसूस किया, जब उसकी उंगली ने इसे छुआ।

"सपने में··· दोकुज ने प्याले को गरम किया। एक निशान छोड़ दिया। अमरता का प्रतीक।"

"इस दुनिया में," मेलिना ने फुसफुसाया, "कोई सीमाएँ नहीं हैं। सिर्फ आनंद। अनंत प्रेम।"

मैंने उसे गले लगा लिया। वास्तविकता और भ्रम के बीच की रेखा धुंधली हो गई। मेरे अंदर नई भावनाएँ जाग गईं। खुशी। कृतज्ञता। अपनापन। साझा सपनों और जुनून से बने इस जादुई पल में, हमने प्राथमिक संबंध की खोज की। एक संबंध जिसे

समय मिटा नहीं सकता। बल्कि केवल कुछ गहरा में बदल सकता है। अधिक मनोरम। उस रात, पिरामिड के दिल में, ग्रैल से रोशन होकर, हमने ज्ञात से परे एक यात्रा को अपनाया। अपनी इच्छाओं की गहराइयों में। अपने प्यार की शक्ति में।

---✶☪✶---

✦ सपना / 📜 अतीत की झलक: हुलगु और दोकुज के कक्षों में···

पहले। तुम्हारे कक्ष। भालू की खाल। चिमनी। एक कहानी। नाचती हुई परछाइयाँ। आग। कंपकंपी। जादू। आवाज। घूंघट। प्रेरणा। तुम्हारी नजर में आग। सोने का बर्तन। पकवान। मिठास। प्याला।

हमने पिया। चकित। मैं अलग हो गया। आग। मैंने प्याले को गरम किया। निशान। खंजर। एक कट। खून। शपथ। प्याला। एक छेद। गुफा। "एक किंवदंती, मेलिना।" "सब कुछ एक किंवदंती के रूप में शुरू होता है, नथानिएल।" " लेकिन कभी-कभी किंवदंतियाँ सच्चाई होती हैं। भूले हुए की एक कुंजी।"

---✶☪✶---

शाश्वत सत्य और वास्तविकता का निर्माण

रात में, ग्रैल की चमक में डूबे हुए, हमने एक शाश्वत सत्य की खोज की: सच्चे प्यार के लिए कुछ भी असंभव नहीं है। सभी बाधाएँ - उम्र, समय, स्थान, यहाँ तक कि सर्वनाश - धैर्य, विश्वास, आशा और जुनून में धुंधली हो गईं।

---✶☪✶---

✦ सपना / 📜 अतीत की झलक: ग्रैल के रहस्य···

"यह कहाँ से आया··· ग्रैल?!" एक सिफर। किंवदंतियाँ। कोई गवाह नहीं। एक लकड़ी का प्याला। सोने की परत। खून? खाली। ज्ञान। दिव्य हस्तक्षेप। मोक्ष। आत्म-विनाश। "सच्चाई। अमरता।" "पंडोरा का बक्सा एक घाव की तरह काला था। ग्रैल - एक खुले दिल की तरह चमक रहा था।" यरूशलेम। कैमलॉट। मोंसेगुर। टेम्प्लर्स। अब्बासिद। रोशनी। अँधेरा। चुने हुए। निर्णय। छड़ी। बुद्धिमत्ता। अनंत काल। निरंतरता। धर्मयुद्ध। मकसद। मंगोल। अवशेष। अमरता का रहस्य। समय का भँवर। दुनिया की बुद्धिमत्ता। कोई कुंजी की जरूरत नहीं। यह हमारे भीतर है। प्यार। अनंत काल। रचना। तलवारें। गद्दार। कट्टरवाद। शुरुआत··· एक प्रेम नृत्य। एक रहस्य। अनंत काल। अवतार। पागलपन। ऊर्जा। दिव्य शक्तियाँ। परिवर्तन। पूर्णता। इतिहास। एक बैठक। अवतार। अंत। तुच्छ नहीं। परिवर्तन। नियति।

मेलिना अलग थी। कामुक। दिनचर्या को तोड़ने के लिए तैयार। चिंगारी जलाने के लिए। उसकी आश्चर्यचकित होने की क्षमता, मेरी तर्कसंगतता को भावनात्मक गहराई के साथ पूरक करने की, अप्रत्याशित को स्वीकार करने की, जादू थी।

इस क्षण में, हमारी चेतना से बनी दुनिया से गुजरते हुए, हमने महसूस किया कि सहीपन, रूढ़िवादिता, सुरक्षा, व्यवस्था, प्रतिबंध, सीमाएँ, भ्रम हैं। हम उन्हें दिल की ताकत से पार कर सकते हैं। हमारा प्यार एक मार्गदर्शक रोशनी थी। यह बाधाओं से परे के रास्ते को रोशन करता था।

ग्रैल की चमक में एक-दूसरे को गले लगाते हुए, हम जानते थे कि भविष्य हमारे लिए कुछ भी लाए, हमारा प्यार हमारी सबसे बड़ी ताकत रहेगा। असीम। सर्वग्राही। शाश्वत। किसी भी वास्तविकता को बदलने में सक्षम। हर पल में सुंदरता

खोजने के लिए। अगर आपसी पूरकता, साहस और गहरी निकटता है। प्यार हमारा ब्रह्मांड था। विशाल। हमें हमेशा नई यात्राओं पर ले जाने के लिए तैयार। जहाँ एकमात्र सीमाएँ हमारी कल्पना की थीं। और हमारी भावनाओं की गहराई की थीं।

---✶ ६ ✶---

भविष्य की विरासत और शाश्वत पुकार

इस शांत, तारों भरे पल में, ग्रेल से घिरा हुआ, मैं समझ गया। मेलिना के प्यार की अदम्य शक्ति, उसके सपने, जुनून, लालसा, कल्पनाएँ, मेरे लिए, हमारे बच्चों और पोते-पोतियों के लिए जीवनरक्षक थीं। जीवन में, सुंदरता में, खुशी में उसका विश्वास, यहाँ तक कि सबसे अँधेरे समय में भी, वही था जिसने मानव जीनोम को संरक्षित किया। इसे सर्वनाश के माध्यम से ले गया। दुनिया के लिए एक भविष्य सुनिश्चित किया।

---✶ ६ ✶---

अतीत की झलक: ग्रेल पर शिलालेख···

"चुना गया।" "पाया गया।" "बुद्धिमत्ता। स्वतंत्रता।" "तुम्हारा पिता।" "सार्वभौमिक चेतना।" "ईश्वर।" "हम उसके कण हैं।" "हम उसके माध्यम से रचना करते हैं।" "बुद्धिमत्ता। स्वतंत्रता।" "ग्रेल··· सिर्फ एक प्याला नहीं है। यह एक कुंजी है··· समय के लिए··· ज्ञान के लिए··· शक्ति के लिए।" "हाँ। और हमें इसे फिर से अनलॉक करने के लिए बुलाया गया है। क्योंकि दुनिया एक चौराहे पर है। अँधेरा मंडरा रहा है। और केवल हम, प्यार और ज्ञान द्वारा निर्देशित, इसे बचा सकते हैं। तुम चुने गए हो, नथानिएल। तुम हमेशा से रहे हो। और अब याद रखने का समय है।"

वह एक लौ और एक साँस, एक जड़ और एक पंख, एक गीत और एक फुसफुसाहट थी। उसका प्यार एक भावना नहीं, बल्कि एक जीवित जीव था - जो अर्थ और संभावना को प्रेरित करता था। उसकी कल्पनाएँ संभव दुनिया के लिए खिड़कियाँ थीं, जो हमें याद दिलाती थीं कि कल्पना अस्तित्व और रचना की कुंजी है। उसका जुनून वह आग थी, जिसने आशा को बनाए रखा, तब भी जब सब कुछ खो गया लगता था।

---✶ ६ ✶---

अतीत की झलक: आर्थर और हुलगु की आत्मा···

"तुम हर कहानी का हिस्सा थे, नथानिएल। आर्थर। हुलगु··· तुम हमेशा मेरे बगल में रहे हो। उसी आत्मा के साथ। खोजने के लिए। रक्षा करने के लिए··· प्यार करने के लिए।" "खजाना··· एक कलाकृति नहीं है। यह ज्ञान है। शक्ति··· दुनिया को बदलने की।"

मैं समझ गया। मेरा तर्क महत्वपूर्ण था। लेकिन उसकी भावनात्मक गहराई और विश्वास के बिना, यह फलहीन होगा। वह वह जड़ थी, जिसने हमें धरती से जोड़े रखा। और वे पंख, जिन्होंने हमें निराशा से ऊपर उठने की अनुमति दी। इस क्षण में, मैं उसके लिए अंतहीन रूप से आभारी था। उसका "असंभव" सपना हमारी नई, रोमांचक वास्तविकता बन गया था। और जैसा कि हम धड़कते हुए ग्रेल को देख रहे थे, मैंने महसूस किया कि असली विरासत, जिसे हम अपने वंशजों के लिए छोड़ेंगे, न केवल आर्क में संग्रहीत ज्ञान है, बल्कि सपने देखने का साहस, बिना सीमाओं के प्यार

करने और मानव चेतना की अनंत क्षमता में विश्वास करने का भी है, ताकि वह अपनी खुद की वास्तविकता बना सके, यहाँ तक कि सबसे अविश्वसनीय परिस्थितियों में भी।

···क्योंकि असली चमत्कार उन दुनिया में नहीं होता है जिनका हम पता लगाते हैं, बल्कि उन्हें बनाने की हमारी क्षमता में होता है - एक प्यार भरे दिल और एक जाग्रत चेतना के साथ।

---✶⸙✶---

वे बक्से के बगल में खड़े थे - पंडोरा एक घाव की तरह काली थी। ग्रैल - एक खुले दिल की तरह चमक रहा था। और दोनों जानते थे: वे अब विरोधी नहीं हैं। बल्कि सहयोगी हैं। चुनाव में।

------------------ ------------------

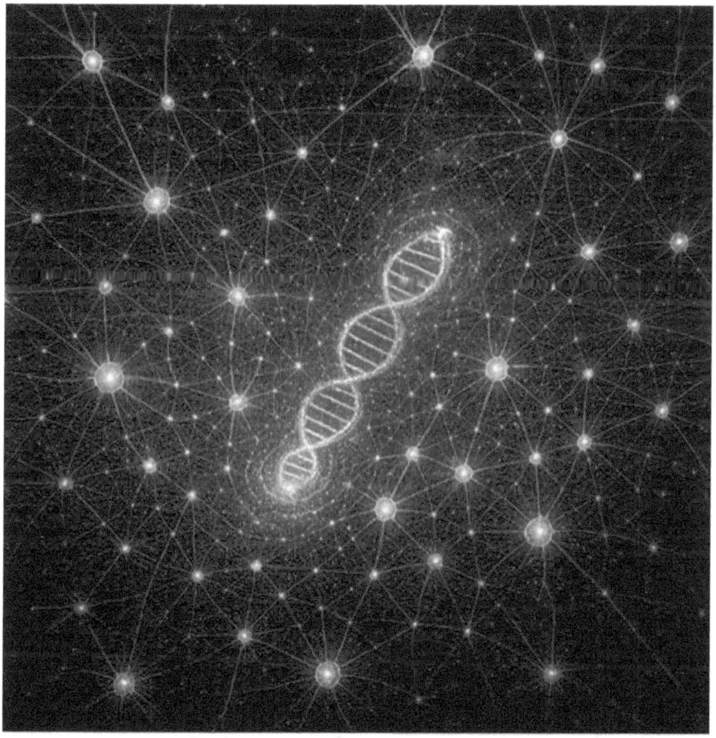

प्रेम का परीक्षण
भाग III

अध्याय 28: बुद्धिमत्ता: पूरे की चेतना

“हालांकि सब कुछ पूरे में है, यह भी उतना ही सच है कि पूरा सब कुछ में है। जो इस सच्चाई को वास्तव में समझता है, उसने महान ज्ञान प्राप्त किया है।”

किबालियन

साठ साल बाद···

मेलिना नए गाँव की घुमावदार गलियों में चल रही थी। हर रंग, हर ध्वनि, हर स्पर्श अतीत की एक कोमल फुसफुसाहट थी, जो वर्तमान के साथ आपस में जुड़ी हुई थी। उसकी उंगलियाँ हर क्यारी से झाँकते हुए फूलों की पंखुड़ियों को सहला रही थीं, और हवा सुगंध और नाचते हुए फव्वारों की कोमल सिम्फनी से भरी हुई थी।

वह एक फव्वारे के पास रुकी, जिसकी चाँदी की धाराएँ सूरज की रोशनी में नाच रही थीं, और अपनी आँखें बंद कर लीं। उसने उस परिचित संतुष्टि और खुशी को महसूस किया, जो हर बार जब वह अपनी रचना पर विचार करती थी, तो उसे भर देती थी। एक रंगीन, जीवंत कालीन की तरह फैला हुआ, फूलों का बगीचा नए गाँव को एक सुगंधित नखलिस्तान में बदल रहा था। यह नखलिस्तान आसपास की प्रकृति की जंगली, कठोर सुंदरता के विपरीत था, लेकिन साथ ही साथ यह उसका हिस्सा भी था, जो इसे जीतने की कोशिश नहीं कर रहा था।

रेशम के रिबन की तरह घुमावदार गलियाँ, घरों को जोड़ती थीं और समुदाय के राजसी दिल - पिरामिड - की ओर ले जाती थीं। यह चुपचाप खड़ा था, समय का एक शाश्वत संरक्षक और गवाह। गलियों के बीच, बिखरे हुए रत्नों की तरह, फूलों की क्यारियाँ चमक रही थीं, और फव्वारों की नाचती हुई धाराएँ चमकीले रंगों और सुखदायक ध्वनियों की एक कोमल, सामंजस्यपूर्ण सिम्फनी बना रही थीं। बहते रंगों के अनगिनत रंग इस जगह को एक स्वर्ग में बदल रहे थे, जो इसके निवासियों की अथक देखभाल के कारण फल-फूल रहा था।

---✶፥✶---

ज्ञान का स्कूल

उसके दिमाग में एक स्मृति आ गई, जो एक सपने की तरह उज्ज्वल थी, लेकिन एक जीवित वास्तविकता की तरह स्पर्शनीय थी - प्राचीन बाबुल। वह नहीं जो पाठ्यपुस्तकों में था, बल्कि वह जिसे वह पिछले जन्मों की अपनी सहज अंतर्दृष्टि से जानती थी। उसने हैंगिंग गार्डन्स को केवल एक इंजीनियरिंग चमत्कार के रूप में नहीं, बल्कि पृथ्वी पर दिव्य को बदलने के लिए मानव के प्रयास के रूप में देखा।

"इन लोगों में रेगिस्तान को स्वर्ग में बदलने की प्रतिभा थी," उसने खुद से फुसफुसाया। "ज्ञान के विशाल मंदिरों को खड़ा करने के लिए, भले ही वे कुछ ही लोगों के लिए बंद थे।"

प्राचीन शहरों की भव्यता और घमंड के विपरीत, उनके प्रभावशाली स्तंभों और घमंडी मूर्तियों के साथ, नया गाँव शांति, सादगी और प्रकृति के साथ एक गहरा संबंध बिखेर रहा था। पिरामिड, अपनी कठोर ज्यामिति के साथ परिदृश्य पर हावी था, जो फूलों की क्यारियों के कोमल मोड़ों और गलियों की नरम रेखाओं के साथ खूबसूरती से विपरीत था। यह - अनंत काल और ज्ञान की खोज का प्रतीक - फूलों की क्षणिक सुंदरता के ऊपर खड़ा था, जो निवासियों को उनकी गहरी जड़ों और आध्यात्मिक विकास के लिए उनके निरंतर प्रयास की याद दिलाता था। गलियों का हर चिकना मोड़, हर रंग का रंग, फव्वारे से पानी की हर चाँदी की धारा एकता, जन्मजात सुंदरता और सामंजस्यपूर्ण सह-अस्तित्व का एक शांत संदेश देती थी।

मेलिना एक करीब की स्मृति में चली गई, ग्रीक द्वीप की, जहाँ वह बुखार भरी ऊर्जा के साथ पनडुब्बी बना रही थी - उनकी आखिरी उम्मीद। तब, जब उसके

कुशल हाथ कच्चे माल को एक आश्रय में बदल रहे थे, उसका दिमाग एक बहुत ही बड़े दृष्टिकोण में व्यस्त था।

"मेरा असली सपना तब सिर्फ अस्तित्व के लिए एक सन्दूक बनाना नहीं था, बल्कि ज्ञान और प्राचीन रहस्यों का एक स्कूल बनाना था," उसने गहरी उदासीनता के साथ सोचा। "मैं एक ऐसी जगह बनाना चाहती थी जो खोज करने वाली आत्माओं के लिए एक प्रकाशस्तंभ हो, जहाँ सच्चा ज्ञान स्वतंत्र रूप से प्रकट हो, बिना अभिजात वर्ग, बिना छिपे हुए दरवाजों के। मुझे विश्वास था कि अगर मैं हर आत्मा को उस ज्ञान से छू सकती हूँ, तो मैं मानवता को आने वाली आपदा से बचा लूँगी। पनडुब्बी मेरा आखिरी विकल्प थी, अगर मेरे पास हर किसी तक पहुँचने के लिए समय नहीं था।"

अब, वर्तमान गाँव के लिए अपनी आँखें खोलते हुए, मेलिना ने एक गहरी, सर्वव्यापी संतुष्टि की भावना महसूस की।

"मेरे पास तब बहुत कम समय था," उसने फुसफुसाया, और उसकी आवाज कोमलता से भरी हुई थी। "लेकिन अब देखो, नथानिएल। हम सफल हुए। हमने इसे हासिल किया। वह सब कुछ जो हमने तब बनाया था, वह इस नई दुनिया की पहली ईंट थी। यहाँ हर घर, हर कार्यशाला, हर फलों का बगीचा - सब कुछ प्रकृति की लय में साँस लेता है, इसे जीतता नहीं, बल्कि इसके साथ सहयोग करता है।"

गाँव की वास्तुकला, जो प्रकृति के जैविक रूपों से प्रेरित थी, मानव और पर्यावरण के बीच प्राकृतिक सद्भाव की एक अनूठी भावना पैदा करती थी। हर सफेद पत्थर के घर के बगल में, जो एक आरामदायक आलिंगन में शांत लग रहा था, एक छोटी सी कार्यशाला थी, जहाँ निवासियों के कुशल हाथ प्राकृतिक कच्चे माल को उनके शांत जीवन के लिए आवश्यक वस्तुओं में बदल देते थे। फूलों वाले फलों के पेड़ों और हरे-भरे सब्जी के बगीचों से भरे साफ-सुथरे आँगन, ताजे भोजन और सुगंधित मसालों की बहुतायत प्रदान करते थे। गाँव, एक आत्मनिर्भर जीवित जीव की तरह काम कर रहा था, प्रकृति की लय में साँस ले रहा था, उसके शाश्वत कानूनों के साथ पूर्ण संतुलन में।

"यह बाबुल का हमारा संस्करण है, लेकिन बिना घमंड, बिना पतन के। यह ज्ञान का हमारा स्कूल है, जो केवल पत्थरों से नहीं, बल्कि प्यार और आशा के साथ बना है। और देखो कि हमने यहाँ कितनी आत्माओं को छुआ है।"

कोमल हरी पहाड़ियों और क्रिस्टलीय चमकते पानी के स्रोतों के बीच बसा हुआ, गाँव नाजुक, लेकिन जिद्दी मानवीय आशा का एक जीवित अवतार लग रहा था। इसका क्षेत्र, हालांकि अपेक्षाकृत छोटा था, एक शांत और पूर्ण जीवन के लिए आवश्यक सब कुछ प्रदान करता था। प्रलय के बाद दूर हट गया महासागर, अपने पीछे उपजाऊ भूमि छोड़ गया था, जो हर गुजरते साल के साथ अधिक घनी और विविध वनस्पति से ढक रही थी।

प्राकृतिक आपदाओं की अराजकता से पैदा हुई नई भूमि, एक अद्वितीय पारिस्थितिक प्रयोग बन गई थी। कुछ जीवित प्रजातियों ने एक मौलिक रूप से बदले हुए वातावरण के अनुकूल, अपनी धीमी, लेकिन निश्चित विकासवादी यात्रा शुरू कर दी थी। इंसान, ग्रह पर सबसे बुद्धिमान प्राणी के रूप में, एक नई दुनिया बनाने की जिम्मेदार भूमिका निभा रहे थे, जो मानव सभ्यता और वन्यजीवों के बीच एक बुद्धिमान

संतुलन पर आधारित थी। बायो-इंजीनियरिंग चमत्कार, जो चुपचाप प्रयोगशालाओं में सावधानीपूर्वक बनाए गए थे, धीरे-धीरे नए, नाजुक पारिस्थितिकी तंत्र का एक अविभाज्य हिस्सा बन गए थे। पुरुष, देखभाल और ध्यान के साथ, इन अनुकूलित जीवों का चयन और पालन-पोषण करते थे, विकास की प्राकृतिक प्रक्रिया को तेज करते थे और एक नई, समृद्ध जैव विविधता का निर्माण करते थे।

जलवायु परिस्थितियाँ, हालांकि बहुत शुरुआत में कठोर थीं, धीरे-धीरे स्थिर हो गई थीं, जो जीवन के फलने-फूलने के लिए लगभग एक आदर्श वातावरण बना रही थीं। सूरज, साफ पानी और उपजाऊ मिट्टी ने एक स्वर्ग बनाया था, जहाँ जीवन फिर से अपनी सारी विविधता में खिल रहा था। क्या यह सिर्फ एक भाग्यशाली संयोग था, एक अप्रत्याशित भाग्य, या किसी उच्च योजना का हिस्सा था - नई भूमि अविश्वसनीय रूप से उपयुक्त परिस्थितियों में बनी थी - पानी की बहुतायत, समृद्ध मिट्टी, नरम गर्मी, मेलिना द्वारा पनडुब्बी पर संग्रहीत मूल्यवान बीजों से विभिन्न फसलों को सफलतापूर्वक उगाने के लिए आवश्यक सब कुछ।

दो स्पष्ट रूप से सीमांकित मौसम थे - शुष्क और नम, बिना किसी तेज और विनाशकारी तापमान के उतार-चढ़ाव के। इन वर्षों में कोई भयानक जलवायु आपदाएँ नहीं हुईं, न ही कोई विनाशकारी बाढ़ या भूकंप। पृथ्वी मानो शांत हो गई थी और अस्तित्व और जीवन की रचना की एक नई, अधिक स्थिर कक्षा में बस गई थी। यह एक नए युग की, एक नई दुनिया की शुद्ध शुरुआत थी, जो मानव हाथों द्वारा बनाई गई थी, लेकिन प्रकृति की अदम्य शक्ति द्वारा बुद्धिमानी से पोषित थी। और हालांकि भविष्य अभी भी एक रहस्यमय कोहरे में लिपटा हुआ था, गाँव के निवासियों ने अडिग आशावाद के साथ आगे देखा, यह जानते हुए कि एक साथ, एक साझा उद्देश्य और मजबूत संबंधों से एकजुट होकर, वे किसी भी चुनौती को पार कर सकते हैं।

---✶६✶---

भविष्य के शहर से रहस्यों के स्कूल तक

नथानिएल उसके पास गया, उसका हाथ पकड़ लिया। उसकी नजर भी पिरामिड पर टिकी हुई थी, लेकिन मेलिना ने महसूस किया कि उसके विचार एक अलग रास्ते पर यात्रा कर रहे थे। वह हमेशा एक ऋषि रहा था, लेकिन एक अधिक सांसारिक, अधिक व्यावहारिक नजर के साथ।

"क्या तुम्हें याद है, मेलिना, कैसे हमने पुरानी दुनिया में भविष्य के शहरों का सपना देखा था? शीशे और स्टील के गगनचुंबी इमारतें, जो ऊर्ध्वाधर खेतों की हरी दीवारों से ढकी थीं, जहाँ भोजन वहीं उगाया जाता था। मानव रहित हवाई टैक्सी, जो टावरों के बीच गूँजती थीं, सूरज और हवा से ऊर्जा का एक आदर्श सहजीवन में।" नथानिएल ने अपनी आँखें बंद कर लीं, मानो वह उस सपने को फिर से जी रहा हो। "मैं, सत्ता, प्रभाव और पैसे के जाल में फँसा हुआ, उन सभी से आवश्यक ज्ञान निकालने का सपना देखता था - तकनीक के लिए, संसाधनों के प्रबंधन के लिए, समुदायों की संरचना के लिए।"

मैंने एक ऐसा शहर बनाने का सपना देखा जो मानव प्रतिभा का प्रतीक हो, प्रकृति और प्रौद्योगिकी के बीच सद्भाव का। मैं ऑर्डर के प्रति इतना समर्पित था और मैंने अपने व्यक्तिगत जीवन का त्याग कर दिया, क्योंकि मुझे विश्वास था कि इस सपने

के माध्यम से मैं दुनिया को बचा सकता हूँ। मैं एक नया समाज बनाना चाहता था, जो अंतर्दृष्टि और स्थिरता पर आधारित हो। एक आधुनिक अरस्तू या पाइथागोरस की तरह, जो सिर्फ दिमाग के लिए नहीं, बल्कि आत्माओं के लिए एक स्कूल बनाता है। मैंने प्राचीन रहस्यों के एक स्कूल का सपना देखा, जो पाइथागोरस के स्कूल की तरह हो - सिर्फ शिक्षा नहीं, बल्कि जीवन का एक पूरा तरीका, जहाँ गणित और संगीत, खगोल विज्ञान और दर्शनशास्त्र आपस में मिलते हैं। लेकिन अरस्तू के स्कूल की तरह भी - व्यावहारिक ज्ञान, अवलोकन, तर्क, दुनिया की खोज के लिए एक जगह, लेकिन हमेशा नैतिक सिद्धांतों द्वारा निर्देशित।

उसने अपनी आँखें खोली और उसे देखा।

"तब यह सिर्फ एक सपना था, मेलिना। एक भविष्य की यूटोपिया, जो बाकी दुनिया के साथ ढह गई।" उसकी नजर पिरामिड पर वापस आ गई। "लेकिन अब देखो। तुमने यह वास्तविकता बनाई। यहाँ कोई हवाई टैक्सी नहीं है, न ही विशाल गगनचुंबी इमारतें हैं। लेकिन यहाँ कुछ बहुत अधिक मूल्यवान है। रहस्यों का असली स्कूल।"

---✶☾✶---

सपनों और वास्तविकता की मुलाकात

गाँव के बहुत केंद्र में, अमूल्य ज्ञान के एक अभयारण्य के रूप में खड़ा, प्राचीन रहस्यों का स्कूल था। यहाँ, व्यस्त रोजमर्रा की जिंदगी के घमंड से दूर, बच्चे और वयस्क किताबों, बुद्धिमान मिथकों और शिक्षाप्रद किंवदंतियों की मनोरम दुनिया में गोता लगाते थे।

मेलिना मुस्कुराई।

"यह पूर्णता है, नथानिएल। आश्रय के लिए मेरा सपना और स्कूल के लिए तुम्हारा सपना एक हो गए हैं। यहाँ, प्राचीन रहस्यों के स्कूल में, बच्चे और वयस्क सिर्फ जानकारी इकट्ठा नहीं करते। वे ज्ञान जीते हैं।"

उनके शिक्षक, मेलिना और नथानिएल, एक खोई हुई, लेकिन महान सभ्यता के गहरे ज्ञान को धारण करते हुए, धैर्यपूर्वक अपने छात्रों के सामने प्रकृति के शाश्वत रहस्यों, मानव आत्मा की विशाल शक्ति और स्वयं ब्रह्मांड के विशाल रहस्यों को प्रकट करते थे। यहाँ वे न केवल इतिहास और प्राकृतिक विज्ञान पढ़ाते थे, बल्कि हर्मेनेयुटिक्स की कला भी - प्राचीन ग्रंथों, मिथकों और यहाँ तक कि अपने चारों ओर की प्रकृति में छिपे गहरे संदेशों को कैसे समझें, अपने खुद के अनुभवों और सपनों की व्याख्या कैसे करें।

प्राचीन रहस्यों का स्कूल गाँत का असली दिल था। यहाँ लोग न केवल सीखने और अपने ज्ञान का विस्तार करने के लिए इकट्ठा होते थे, बल्कि अपने व्यक्तिगत अनुभवों को साझा करने, एक साथ मस्ती करने और मजबूत, अटूट दोस्ती बनाने के लिए भी। आरामदायक कक्षाओं में, जो ताजी जड़ी-बूटियों और धूल भरी पुरानी किताबों की सुखदायक सुगंध से भरी थीं, साहसी नए विचार पैदा होते थे और पूरे समुदाय का भविष्य बनता था। नए, सावधानीपूर्वक लिखे गए पांडुलिपियाँ बनाई गईं, ताजे, मूल विचारों को आने वाली पीढ़ियों के लिए अमूल्य लिखित खजाने में बदल दिया गया। शब्द मानो चर्मपत्र पर खूबसूरती से नाचते थे, ताकि हर अंतर्दृष्टि, संचित ज्ञान के हर मूल्यवान टुकड़े को संरक्षित किया जा सके।

नथानिएल, अपनी प्रभावशाली 122 साल की उम्र में, और मेलिना, अपनी कम उल्लेखनीय 110 के साथ, अपने चेहरों पर एक शाश्वत युवा और एक वास्तविक प्रेरणा लिए हुए थे, जो जिज्ञासु बच्चों के सवालों के हर स्पर्श पर जल उठती थी। उनके शरीर ने अपनी ताकत और स्वास्थ्य को बनाए रखा था, और जीवन शक्ति उनकी हर आवाज और प्रसारित ज्ञान की फुसफुसाहट से बहती थी।

उनके आने के बाद से, तीन पूरी पीढ़ियाँ पैदा हुई थीं। उनके अपने चार बच्चों ने अपने तीन-तीन वारिस बनाए थे। सात पोते-पोतियाँ उनके साथ ढह गई दुनिया से आए थे, लेकिन उनमें से केवल दो को बाढ़ से पहले की सभ्यता की स्पष्ट यादें थीं - अन्य पाँच तब बहुत छोटे थे और उन्हें केवल लंबी यात्रा और अपने नए घर के बुखार भरे निर्माण की याद थी। पाँच साल की सोफिया भी उनके साथ आई थी। उनके छह पोते-पोतियों ने इस नई भूमि पर पहली बार रोया था - मेलिना के बेटों से लव और होप, और नथानिएल के बच्चों से फेथ, एडम, पॉल और माइकल।

नियति दयालु थी और सामंजस्यपूर्ण जोड़े बनाने की अनुमति दी - दोनों पारिवारिक रेखाओं के युवा पुरुष और महिलाएँ एक साथ आए, ताकि वे जो शुरू कर चुके थे, उसे जारी रख सकें। इस प्रकार सात युवा परिवारों ने प्यार से अगली पीढ़ी का निर्माण शुरू किया, जिसके लिए हर कोई इतना प्रयास कर रहा था। अगले दो दशकों में, अट्ठाईस लड़कियाँ और लड़के पैदा हुए, जिन्होंने गाँव को शोर और खुशी से भर दिया। इन बच्चों ने, बदले में, और छप्पन बच्चों को जन्म दिया। इस प्रकार, नए गाँव की आबादी अब 108 मनुष्यों की थी।

आश्चर्यजनक रूप से, उनमें से किसी ने भी किसी दुर्घटना, बीमारी या बुढ़ापे में अपना जीवन नहीं खोया था। समुदाय अपने दुखद पहलू में मौत को नहीं जानता था, हालांकि हर कोई अपने गुजरने के इस प्राकृतिक चरण के लिए तैयार था। उनके शरीर गहरी उम्र तक मजबूत और स्वस्थ रहे, और उनकी आत्मा जीवन और ज्ञान के लिए एक अटूट उत्साह से भरी हुई थी।

मेलिना, अपनी चमकदार, हरी आँखों के साथ, जो मानो सदियों की अंतर्दृष्टि को धारण करती थीं, और अपनी हमेशा की युवा त्वचा के साथ, जिसने समय के अटूट पाठ्यक्रम को मानने से इनकार कर दिया था, उनके बीच एक जीवित किंवदंती थी। वह केवल मौजूद नहीं थी, बल्कि उसने इतनी जीवंत शक्ति और प्रेरणा बिखेरी कि बहुत से लोग उसकी अमरता के बारे में फुसफुसाते थे, हालांकि वह हमेशा इन शब्दों का एक नरम, विनम्र मुस्कान के साथ जवाब देती थी। उसकी युवावस्था और स्वास्थ्य का रहस्य उन प्राचीन ज्ञान में गहराई से छिपा था, जिसे उसने विनाशकारी बाढ़ से पहले ही महारत हासिल कर ली थी।

उसने अपने जीवन का एक बड़ा हिस्सा पौधों के उपचार गुणों, शरीर और आत्मा के बीच नाजुक संतुलन, मानव और प्रकृति के बीच के संबंध का गहराई से अध्ययन करने के लिए समर्पित कर दिया था। और यह यही अमूल्य ज्ञान था जिसे उसने उदारतापूर्वक सभी के सामने प्रचारित किया, न केवल उनका मरहम लगाने वाला और सलाहकार बन गया, बल्कि उनका आध्यात्मिक मार्गदर्शक भी। गुप्त रूप से, अलाव के चारों ओर फुसफुसाते हुए, उसकी बहुएँ अपने बच्चों को उसके बारे में रोमांचक कहानियाँ सुनाती थीं - कि वह एक बुद्धिमान जादूगरनी थी, जो जादुई काढ़ा

बनाती थी, एक अच्छी जादूगरनी, एक अलौकिक परी, जो हर छोटे बच्चे को खुशी और स्वास्थ्य के लिए आशीर्वाद देती थी··· या बस पवित्र ग्रैल की संरक्षक थी। क्योंकि इन सरल, लेकिन मनोरंजक किंवदंतियों में वह गहरा, आवश्यक ज्ञान छिपा था, जिसे उन्हें अपने दिलों में संरक्षित करना था और अगली पीढ़ियों को देना था। उन्होंने सहज रूप से महसूस किया कि इन काल्पनिक छवियों में उसकी असाधारण शक्ति और अंतर्दृष्टि को समझने की कुंजी छिपी है।

नथानिएल न केवल उनका बुद्धिमान मार्गदर्शक था, बल्कि एक प्यार करने वाला पिता भी था, जिसका सर्वव्यापी प्यार उनके पूरे बड़े परिवार की नींव था। उसके बच्चे उससे बिना शर्त प्यार करते थे, उसमें न केवल बुद्धिमान सलाह और मार्गदर्शन की तलाश करते थे, बल्कि अनिश्चितता के क्षणों में गर्म सांत्वना भी। वह अडिग चट्टान था, जिस पर वे मुश्किल समय में हमेशा झुक सकते थे। उनकी नजर में वह सिर्फ मांस और खून का एक इंसान नहीं था, बल्कि एक सच्ची किंवदंती, एक नायक था, जिसने इतनी सारी उथल-पुथल और नुकसान का अनुभव किया था, लेकिन फिर भी, अपनी दया, करुणा और मानवता को बनाए रखा था।

नथानिएल एक जन्मजात नेता था, जिसने अपने अंतर्निहित करिश्मा और गहराई के साथ अपने चारों ओर हर किसी को प्रेरित किया। उसका अटूट आत्मविश्वास और दृढ़ संकल्प संक्रामक था, जो उन्हें हर बाधा को पार करने की ताकत देता था। जब वह बोलता था, तो हर कोई श्रद्धा और प्रशंसा के साथ सुनता था, और जब वह एक स्पष्ट आदेश देता था, तो उसे बिना शर्त पूरा किया जाता था, जो गहरे सम्मान और विश्वास से प्रेरित होता था। वह वह गोंद था जिसने समुदाय को दृढ़ता से एकजुट किया, जिससे उनमें से हर एक को सुरक्षा, अपनेपन और एक साझा उद्देश्य की एक मजबूत भावना मिली। नथानिएल सिर्फ एक पिता से कहीं ज्यादा था - वह उनका गुरु था, एक बुद्धिमान गुरु था, जिसने धैर्यपूर्वक अपना अमूल्य ज्ञान पीढ़ी-दर-पीढ़ी दिया। उसकी आँखें, जिन्होंने इतने सारे उत्थान और पतन देखे थे, उनमें अनंत काल की सुखदायक शांति थी। उसकी आवाज, गहरी और गर्म हवा की तरह नरम, एक प्राचीन लोरी की तरह लग रही थी, जो बीती हुई सदियों का ज्ञान लिए हुए थी। बच्चे और पोते-पोतियाँ उसके होंठों से निकलने वाली हर ध्वनि को अवशोषित करते थे, उसके हर शब्द, उसके समृद्ध अनुभव के हर टुकड़े के लिए उत्सुक थे। वह उनका विश्वसनीय कम्पास था, जो उन्हें जीवन के तूफानी पानी के माध्यम से सुरक्षित रूप से मार्गदर्शन करता था।

---✶⁝✶---

शाश्वत पुकार: भीतर की ओर रोमांच

बीती हुई दुनिया की स्मृति अभी भी जीवित थी, जिसे कहानियों और मिथकों में मुँह से मुँह तक पहुँचाया जाता था। एक विशाल, लोगों से भरे हुए, राजसी शहरों और अविश्वसनीय विविधता की दुनिया की स्मृति को बच्चों को एक आकर्षक कहानी के रूप में बताया गया था, लेकिन उसी नाटक के साथ उन भयानक कहानियों को भी बताया गया था कि कैसे वह दुनिया खुद को नष्ट कर चुकी थी, जो अपनी ही गलतियों से निगल गई थी।

एक साथ, विशाल कांच के गुंबद के नीचे, जिसे उन्होंने पनडुब्बी के मजबूत पैनलों से बनाया था, हर कोई - सबसे छोटे से लेकर सबसे पुराने तक - एक साथ

जीवन और दुनिया के बारे में अमूल्य ज्ञान इकट्ठा करता था, अतीत से सीखता था, ताकि वे एक बेहतर भविष्य बना सकें। और जब नथानिएल ने अपना प्रवचन शुरू किया, तो उसकी शांत और बुद्धिमान आवाज ने हर किसी को मंत्रमुग्ध कर दिया - 107 जिज्ञासु दिमाग ने प्यास से उनके लिए प्राचीन ज्ञान को अवशोषित किया, मानो यह उनके नए अस्तित्व के रेगिस्तान में जीवन देने वाला पानी था।

इस सुखद स्थिति के बावजूद, मेलिना ने सबसे कम उम्र के लोगों की आँखों में एक महीन, लगभग अगोचर लालसा को पकड़ा। वे जो नई भूमि पर पैदा हुए थे, हालांकि पूर्णता से घिरे थे, कभी-कभी बेचैनी के साथ दूर के क्षितिज को देखते थे, खुद से पूछते थे: "क्या इससे ज्यादा कुछ है? क्या कोई और रहस्य हैं जिन्हें हमें प्रकट करना है?"

छोटा एडम, नथानिएल के पोते में से एक, जो प्रवचनों के दौरान हमेशा उसका हाथ पकड़ता था, एक निर्दोष, लेकिन भेदक जिज्ञासा के साथ उसकी ओर देखा: "दादाजी, और क्या है उन सितारों से परे जो हम देखते हैं?"

"यहाँ तक कि सबसे परिपूर्ण यूटोपिया भी एक जेल बन सकता है, अगर अज्ञात की खोज की कमी हो," उसने नथानिएल से फुसफुसाया। "मृत्यु पर विजय प्राप्त की गई है, बीमारियों को जड़ से खत्म कर दिया गया है, संघर्षों को बुद्धिमत्ता के साथ हल किया गया है। लेकिन नए के लिए, ज्ञात की सीमाओं का विस्तार करने के लिए मानव की शाश्वत इच्छा को बुझाया नहीं जा सकता है।"

नथानिएल ने सिर हिलाया, उसे पूरी तरह से समझते हुए। उसने एडम के बालों को सहलाया।

"युवा अपना रोमांच खोज रहे हैं। उन लोगों की तरह जिन्होंने हमसे पहले बाबुल या भविष्य के शहरों का निर्माण किया। अंतर यह है कि हमारा रोमांच बाहर नहीं होगा, दुनिया को जीतने या मशीनों को बनाने में जो हमें आलसी बनाती हैं।"

मेलिना मुस्कुराई, और उसकी आँखों में वही आग चमक रही थी, जिसके साथ उसने नथानिएल को ग्रैल की आभासी दुनिया में ले जाया था। वह गाँव की ओर मुड़ी, जो उन्हें गर्मी और रोशनी से घेरे हुए था, और उसके दिल में शुद्ध खुशी और संतुष्टि की एक लहर फैल गई। "मैंने इसे हासिल कर लिया है," उसने सोचा। " ज्ञान के स्कूल के लिए मेरा सपना, आत्माओं के मोक्ष के लिए, यहाँ एक वास्तविकता है। हर कोई जो हमारे पास आता है, हर कोई जो इस सद्भाव में रहता है, वह छुआ जाता है। मुझे उन तक पहुँचने के लिए दुनिया भर में यात्रा करने की जरूरत नहीं थी। वे मेरे पास आए। और एक साथ हम इस नई दुनिया का निर्माण कर रहे हैं - मानवता को बचाने का एकमात्र सच्चा तरीका।"

"बिल्कुल सही," उसने नथानिएल से कहा, उसे निर्णायक रूप से देखते हुए। "असली रोमांच अभी भी आना बाकी है। हम उन्हें भौतिक खतरों की ओर नहीं ले जाएँगे, बल्कि चेतना के अनंत आयामों की ओर, मन और आत्मा की अज्ञात दुनिया की ओर ले जाएँगे। हम उन्हें समय-रेखाओं और सूक्ष्म आयामों में यात्रा के लिए ग्रैल की शक्ति का उपयोग करना सिखाएँगे, पिछले जीवन की यादों का पता लगाने के लिए। लेकिन हर आयाम अपनी छाया भी लाता है, और हम उन्हें सिखाएँगे कि बुद्धिमत्ता और रोशनी के साथ इससे कैसे गुजरना है। हम उन्हें वास्तविकता के हर्मेनेयुटिक्स सिखाएँगे - ब्रह्मांड के संकेतों की व्याख्या कैसे करें, प्रकृति में और खुद

में छिपे संदेशों को कैसे पढ़ें। भविष्य इस स्वर्ग में खुद को बंद करना नहीं है, बल्कि ज्ञान का उपयोग अपनी सीमाओं का विस्तार करने, पूरे ब्रह्मांड को अपनी खोज और अनुभव के क्षेत्र में बदलने के लिए करना है, हमेशा अगले बड़े रहस्य की तलाश में रहना है जिसे प्रकट करना है। यही चेतना की बुद्धिमत्ता है - क्योंकि असली चमत्कार उन दुनिया में नहीं होता है जिनका हम पता लगाते हैं, बल्कि उन्हें बनाने की हमारी क्षमता में होता है - एक प्यार भरे दिल और एक जाग्रत चेतना के साथ।"

इस क्षण में, उनके बनाए हुए आश्रय के सद्भाव से घिरे हुए, वे जानते थे कि उनका साझा ज्ञान, जो ज्ञान और अनुभव से बना है, अनंत काल का रास्ता है। जैसे-जैसे रात गिर रही थी, पिरामिड के ऊपर के तारे एक तारामंडल में व्यवस्थित हो गए, जो नाचता हुआ लगता था, जो "सब कुछ" और "पूरे" के बीच शाश्वत सद्भाव को दर्शाता था - उनकी अपनी आत्मा का एक दर्पण, जो रचना के अनंत चक्र में वापस आ गया था।

------------------ ------------------

अध्याय 29: तर्क की सीमाओं से परे

मैं, मेलिना, हमारे प्राचीन रहस्यों के स्कूल में सुगंधित फूलों के बीच खड़ी थी। शाम की हवा मेरी त्वचा को सहला रही थी, और तारे टिमटिमा रहे थे, मखमली आसमान में हजारों आँखें। जैसा कि मैंने देखा कि नथानिएल बच्चों - हमारे महान-पोते-पोतियों - को हॉल के केंद्र में, आग की नरम रोशनी से रोशन होकर बैठ रहा था, मैंने अपने दिल में एक हल्का, लगभग अगोचर कंपन पकड़ा। हवा में कुछ, उसकी उपस्थिति की शांति में, एक गहरे संक्रमण के बारे में फुसफुसा रहा था। उसकी आँखें उस शांत, लेकिन सर्वग्राही लौ के साथ चमक रही थीं, जिसे मैं इतनी अच्छी तरह से जानती थी। वह सिर्फ एक कहानी नहीं सुनाने वाला था; वह उन्हें एक अनुभव में, उनकी अगली यात्रा में - खुद की ओर ले जाने वाला था।

"मेरे बच्चों," नथानिएल ने शुरू किया। उसकी आवाज एक कोमल बारिश की तरह बह गई, जो धरती में सोए हुए बीजों को जगाने के लिए अवशोषित हो गई। "बहुत, बहुत युगों पहले, जब दुनिया अलग थी - भ्रम और विभाजन से भरी हुई दुनिया - एक ऐसा लोग रहते थे, जो मानते थे कि सबसे बड़ा खजाना गोल्डन फ्लीस है। लेकिन फ्लीस सोने और ऊन से नहीं था, बल्कि तर्क की सीमाओं से परे, चेतना के अनंत आयामों की एक कुंजी थी। साहसी नाविकों के एक समूह, जिन्हें अर्गोनॉट्स कहा जाता था, इसकी तलाश में निकल पड़े। उनका चर्च खुला आसमान था, और रहस्य तब होते थे जब अंतर्दृष्टि नई, चमकदार अंतर्दृष्टियों के साथ चमकती थी। उनके पास न तो राजा थे, न ही पुजारी। सब कुछ एक साँस लेने वाले जंगल की तरह चलता था - हर पेड़ अद्वितीय था, लेकिन वे सब मिलकर एक जीवित पूरा बनाते थे। हर अर्गोनॉट ने अपनी जिम्मेदारी को अपने दिल को ले जाने की तरह निभाया, अपनी नियति को पूरे दल की नियति के साथ आपस में जोड़ा।"

---✶✶---

रचना: गोल्डन फ्लीस का रास्ता

नथानिएल ने जारी रखा:

“अपनी लंबी यात्रा के दौरान, अर्गोनॉट्स ने सीखा कि हर फूल, हर पत्थर, हर विचार, जो आज हमारे पास है - कभी किसी की चेतना में सिर्फ एक मुश्किल से पता चलने वाला कंपन था। उनके जहाज अर्गो के बुजुर्ग ने उनसे कहा: 'हजारों साल पहले हमारे पूर्वज मानते थे कि ईश्वर ने दुनिया को कुछ भी नहीं से बनाया है। लेकिन मैं तुमसे पूछता हूँ: उसने क्या बनाया? शायद कुछ भी नहीं से नहीं, बल्कि एक महान वास्तुकार के रूप में, जिसने असीम जीवन शक्ति को व्यवस्थित किया, निराकार को आकार दिया? ठीक उसी तरह जैसे तुम अपने विचारों और साहस के साथ फ्लीस के लिए अपना रास्ता बनाओगे।'”

मैंने देखा कि बच्चों ने अपनी आँखें बंद कर लीं। वे सिर्फ सुन नहीं रहे थे, बल्कि गोता लगा रहे थे। मैंने प्राचीन ज्ञान के कंपनों को महसूस किया, जो अब अधिक चमकीले धड़क रहे थे, उनकी छोटी, लेकिन अनंत चेतनाओं के साथ तालमेल बिठा रहे थे। अपनी पलकों के नीचे, वे सिर्फ अँधेरा नहीं देख रहे थे, बल्कि रंगों और आकारों का एक भँवर, बिल्कुल वैसा ही जैसा नथानिएल ने उन्हें सिखाया था। वह उन्हें बता नहीं रहा था, वह उन्हें एक अनुभव के माध्यम से मार्गदर्शन कर रहा था। उनमें से हर एक को, एक सच्चे अर्गोनॉट की तरह, गोल्डन फ्लीस की कल्पना करने के लिए आमंत्रित किया गया था - एक वस्तु के रूप में नहीं, बल्कि एक शुद्ध विचार के रूप में।

एल्लिया के लिए, सबसे छोटी, यह इंद्रधनुष के पंखों वाली एक चमकदार तितली थी, जो रोशनी की ओर ले जाती थी। टियान के लिए, सबसे व्यावहारिक, यह एक मजबूत ओक था, जिसकी जड़ें चट्टानों को भेदती थीं, जो अटूट ज्ञान का प्रतीक था। काइल के लिए, सबसे शांत, यह एक बहती हुई नदी थी, जो अतीत के बारे में प्राचीन कहानियाँ बताती थी। लीरा के लिए, सबसे गहरी सोचने वाली, यह एक चमकता हुआ फूल था, जो जीवन के साथ धड़कता था, शाश्वत बुद्धिमत्ता का एक स्रोत था।

बच्चे सिर्फ इन छवियों को नहीं देख रहे थे। वे उन्हें महसूस कर रहे थे। उनके छोटे चेहरों पर ओक का वजन, तितली की हल्कापन, नदी की ठंडी ताजगी, फूल की जीवन शक्ति पढ़ी जा सकती थी। यह फ्लीस के एक टुकड़े को अपने हाथों में पकड़ने जैसा था, इसे अपनी चेतना के साथ आकार देना और यह समझना कि यह एक ही समय में उनके बाहर और उनके साथ गहराई से, अविभाज्य रूप से जुड़ा हुआ था। हमारे शिविर में अंतर्दृष्टि सिर्फ चमकती नहीं थी - यह उनकी चेतना के साथ साँस लेती थी, जो एकता की भावना को बढ़ाती थी।

---✶६✶---

चेतना का महासागर: असली फ्लीस का रास्ता

“एक बार, एल्लिया, जो अपनी परदादी सारा की गहराई को धारण करती थी, ने फुसफुसाया:

'कभी-कभी मुझे लगता है कि अस्तित्व एक अंतहीन महासागर है। और हम अदृश्य धाराओं से जुड़े द्वीप हैं। और गोल्डन फ्लीस उस महासागर में सबसे चमकदार प्रकाशस्तंभ की तरह है।'”

टियान, जिसका ओक अधिक से अधिक गहरी जड़ें जमा रहा था, ने एक भौं उठाई, बिल्कुल अपने परदादा एथन की तरह, जो विशिष्टता की तलाश में था:

"काफी सुंदर, एल्लिया," उसने कहा। "लेकिन यह महासागर हमें व्यवहार में फ्लीस को खोजने में कैसे मदद करता है? अलाव के बगल में मेरी बिल्ली, दूर की आकाशगंगाओं के साथ, इस ब्रह्मांडीय महासागर का हिस्सा है। हम इस ज्ञान के साथ यहाँ और अब क्या करते हैं?"

काइल, जिसकी नदी शांति से बह रही थी, ने शांति से जवाब दिया:

"टियान, गहरे एकता का विचार प्रेरणादायक है। सब कुछ गति में है, जो उच्च रूपों के लिए प्रयास कर रहा है। असली फ्लीस की ओर एक ब्रह्मांडीय विकास की तरह।"

"हाँ, मैं भी ऐसा ही महसूस करता हूँ!" लीरा ने कहा, अपनी कल्पना के साथ चमकते हुए फूल को छूते हुए। "हर प्राणी घर लौटने के लिए एक लालसा रखता है - वह अदृश्य, प्राथमिक वास्तविकता, जहाँ से फ्लीस भी आता है।"

"और वह घर क्या है?" टियान ने पूछा। "कोई बड़ा बगीचा, जहाँ हम सब मंत्र गाते हैं? हम इसे अपनी खोज में कैसे लागू करते हैं?"

"नहीं, टियान," लीरा ने जवाब दिया, और उसकी आवाज शांत और आश्वस्त थी। "यह गहरा एहसास है कि हम अनंत का एक अविभाज्य हिस्सा हैं। सभी जीवित प्राणियों और पूरे विशाल ब्रह्मांड के साथ अंतर्संबंध का एहसास। यह फ्लीस की कुंजी है, जो हर जगह और कहीं भी नहीं है।"

एक पल के लिए हॉल में एक चुप्पी छा गई, जो विशालता के बोझ से भरी हुई थी।

काइल, हमेशा व्यावहारिक, ने एक और सवाल उठाया:

"और अगर सब कुछ जुड़ा हुआ है, तो मौत के बाद क्या होता है? क्या हम घुल जाते हैं? क्या हम फ्लीस के साथ अपना अनुभव खो देते हैं?"

"शायद," लीरा ने कहा। "या तो हम पुनर्जन्म लेते हैं, या हम बस चेतना के महासागर के साथ विलीन हो जाते हैं। कोई भी निश्चित रूप से नहीं जानता। लेकिन यह मौत से परे फ्लीस के लिए हमारी खोज को नहीं रोकता है।"

टियान अधिक धीरे से मुस्कुराया:

"और मुझे लगता है कि हम बस बंद हो जाते हैं। लेकिन चलो इस शाम को अँधेरा न करें। सितारों का आनंद लो - वे फ्लीस के लिए हमारे प्राचीन नक्शे हैं।
"

एल्लिया ने सिर हिलाया:

"तुम सही हो, टियान। चलो ब्रह्मांड की सुंदरता पर आश्चर्य करें। वह खुद फ्लीस का रहस्य है।"

---✶❦✶---

महान नृत्य: सच्ची फ्लीस की ओर उलझाव से परे

लेकिन लीरा ने खत्म नहीं किया था, नथानिएल ने बताया, और मैंने देखा कि बच्चों की आँखें कैसे चमक रही थीं, जो कहानी से अभिभूत थे। उसने महसूस किया कि उसकी चेतना ब्रह्मांडीय चेतना के अंतहीन महासागर में एक लहर की तरह है। असली गोल्डन फ्लीस वहीं छिपा हुआ है, उसने कहा।

"तुम बिल्कुल सही हो, लीरा," टियान सहमत हुआ, खुद को भी आश्चर्यचकित करते हुए। "चेतना एक महान निर्देशक है, जो सब कुछ को आकार देती है - कणों से लेकर आकाशगंगाओं तक। और यह हमारी खोज का निर्देशन करती है।"

नथानिएल ने जारी रखा, अर्गो के बुजुर्ग की आवाज को मूर्त रूप देते हुए, मानो वह खुद हजारों साल से बोल रहा हो:

"लेकिन यह निर्देशक कहाँ से आता है? फ्लीस को खोजने के लिए पहला आवेग कहाँ से आता है?"

"शायद चेतना ही शाश्वत है," बुजुर्ग की आवाज ने जवाब दिया। "या यह व्यक्त करने और जानने की एक आंतरिक इच्छा से उत्पन्न हुई है। फ्लीस की खोज ही वह आवेग है।"

"और उलझाव?" लीरा ने पूछा। "जब चेतना हमारी दुनिया और खोज को बनाने के लिए पदार्थ में गोता लगाती है, तो क्या यह उसके सार के एक हिस्से का नुकसान नहीं है?"

"इसके विपरीत," बुजुर्ग ने बुद्धिमान शांति के साथ जवाब दिया। " उलझाव एक विस्तार है। जब रचनात्मक आत्मा रचना में गोता लगाती है, तो वह खो नहीं जाती है, बल्कि गुणा करती है, अनगिनत रूपों में प्रकट होती है। एक छोटे बीज की तरह, जो एक पेड़ बन जाता है। गोल्डन फ्लीस कोई ऐसी चीज नहीं है जिसे हम पाते हैं, बल्कि एक ऐसी अवस्था है जिसमें हम बदलते हैं।"

"तो इस नृत्य में हमारी भूमिका क्या है?" लीरा ने पूछा। "हम एक ही समय में निर्माता और रचना हैं। हम अपने चेतना की शक्ति का उपयोग कैसे करते हैं, ताकि एक बेहतर दुनिया बनाई जा सके, और असली फ्लीस को पाया जा सके?"

"कुंजी सब कुछ के साथ हमारे अविभाज्य संबंध की गहरी समझ में है," बुजुर्ग ने निष्कर्ष निकाला। "जब हम यह महसूस करते हैं कि हम एक पूरे का हिस्सा हैं, तो हम अराजकता नहीं, बल्कि संतुलन बनाएंगे। तब गोल्डन फ्लीस हमारे सामने एक वस्तु के रूप में नहीं, बल्कि आत्मा की एक अवस्था के रूप में प्रकट होगा।"

इस क्षण में, मैं, मेलिना, पास गई:

"और फ्लीस की खोज में स्वतंत्र इच्छा के बारे में क्या?" मैंने पूछा, और मेरी आवाज कहानी के साथ मिल गई। "अगर सब कुछ पूर्व निर्धारित है, तो क्या हम इसे चुनने के लिए स्वतंत्र हैं?"

नथानिएल ने मुझे देखा, और उसकी आँखों में मेरी अपनी अंतर्दृष्टि परिलक्षित हुई:

"स्वतंत्र इच्छा एक उपयोगी और प्रेरणादायक भ्रम है, मेरे बच्चों," उसने जवाब दिया। "यह हमें विकसित होने, सीखने और बढ़ने का मौका देता है। भले ही हम एक बड़ी योजना का हिस्सा हों, हमारे पास फ्लीस की खोज में सक्रिय रूप से भाग लेने का एक अनूठा मौका है, अपना योगदान देने के लिए। लेकिन यह समझना महत्वपूर्ण है कि हमारी पसंद भी चीजों के बड़े अंतर्संबंध का हिस्सा हैं।"

"तो इस खोज का उद्देश्य क्या है?" लीरा ने पूछा।

"उद्देश्य हमारे सच्चे सार को खोजना और हमारे खुद से बहुत बड़ी किसी चीज के साथ गहराई से जुड़ना है," मैंने जवाब दिया। "यह महसूस करना कि हम एक एकता का अविभाज्य हिस्सा हैं और इसके साथ पूर्ण सद्भाव में रहते हैं। ग्रैल की तरह, जो एक प्याला नहीं है, बल्कि जागरण का एक रास्ता है, फ्लीस भी आत्मा की एक अवस्था है, न कि कब्जे के लिए एक वस्तु। मैंने तुम्हें सिद्धांत दिखाए हैं, और तुम अपने भीतर गोल्डन फ्लीस को कैसे प्राप्त करें, इसकी कला सीखोगे।"

सभी ने एक आवाज में जवाब दिया, जो अधीरता और गहरी समझ से भरी हुई थी:

"हाँ, हम पूरी तरह से सहमत हैं! फ्लीस की खोज एक निरंतर यात्रा है। चेतना का विकास पूरी ब्रह्मांडीय प्रक्रिया का इंजन है। पदार्थ में अपने प्रवाह और स्रोत पर वापस जाने के माध्यम से, चेतना विकसित होती है, जो सभी अनुभवों की समृद्धि को वहन करती है।"

नथानिएल ने उन्हें एक शांत, मनोरम नजर के साथ देखा, और उसकी आवाज एक व्याख्यान की तरह नहीं, बल्कि ब्रह्मांड की गहराइयों से एक प्राचीन फुसफुसाहट की तरह लग रही थी:

"जब अर्गोनॉट्स अंततः अपनी यात्रा के दिल तक पहुँचे, जहाँ गोल्डन फ्लीस एक वस्तु के रूप में नहीं, बल्कि एक सच्ची अंतर्दृष्टि के रूप में इंतजार कर रहा था, तो उन्होंने सोने का फ्लीस नहीं देखा। इसके बजाय, उनकी चेतना क आँखों के सामने, ब्रह्मांडीय नृत्य प्रकट हुआ। उन्होंने महसूस किया कि कैसे ईश्वर - महान वास्तुकार - ध्यान के माध्यम से खुद को भौतिक दुनिया में डालता है, जो रूपों की एक अंतहीन विविधता बनाता है। उन्होंने अनुभव किया कि ब्रह्मांड कैसे सबसे कठोर पदार्थ से सबसे महीन ऊर्जाओं तक उठता है - यही विकास था, दिव्य की साँस। और उन्होंने महसूस किया कि सब कुछ अनिवार्य रूप से अपने मूल स्रोत पर वापस आ जाता है, जो अंतहीन युगों के माध्यम से संचित अमूल्य अनुभव से समृद्ध होता है। यही गोल्डन फ्लीस था - यह ज्ञान कि वे अस्तित्व के इस शाश्वत वाल्ट्ज के छोटे, लेकिन आवश्यक कण हैं, जो दिव्य की मायावी छाप को धारण करते हैं।"

नथानिएल ने अपनी कहानी को एक गहरी फुसफुसाहट के साथ समाप्त किया, जो बच्चों के दिलों में गूँज उठी:

"याद रखो, मेरे बच्चों, जब तुम कल निकलोगे: गोल्डन फ्लीस तुम्हारे भीतर है। यह बस मौजूद है, बिना शुरुआत और बिना अंत के… तुम इसे धारण करते हो। तुम इसे जीते हो।"

---✶✶---

नथानिएल ने थके हुए अपना सिर झुका लिया…

आग आखिरी बार टिमटिमाई, दीवारों पर नाचती हुई परछाइयाँ फेंकती हुई, इससे पहले कि वह एक नरम झपकी में डूब गई, उन्हें केवल अपने विचारों की खामोशी में छोड़ दिया। सब लोग चुपचाप हॉल से बाहर निकल गए, यह सोचकर कि वह सो रहा था, और कोई भी उसकी शांति को भंग करने की हिम्मत नहीं कर रहा था। मेलिना चुपचाप उसके पास गई। उसने अपने दोनों हाथों से उसका चेहरा पकड़ लिया और उसे अपनी ओर उठा लिया।

वह जानती थी··· एक गर्म, लेकिन कोमल आँसू उसके गाल से बह गया, दुख से नहीं, बल्कि एक गहरी, सर्वव्यापी समझ से।

------------------ ------------------

अध्याय 30: चांदी का धागा और ज्ञान का रास्ता

वह समय, जिसे मेलिना इतनी हठपूर्वक रोकने की कोशिश कर रही थी, आखिरकार आ गया था। वह सारा और इवोन की ओर मुड़ी, दो सबसे करीबी महिलाएँ, जिनकी आँखों ने भी उस पल की तात्कालिकता को दर्शाया। इस महत्वपूर्ण क्षण में, उसकी आँखों के सामने एक स्मृति चमक उठी, जो एक पिछले, लगभग भूली हुई बातचीत की थी। "मैं कभी भी इसके अधीन नहीं होऊँगा, मेलिना," नथानिएल ने उस अडिग, सांसारिक स्वर में कहा था, जिसे वह इतनी अच्छी तरह से जानती थी। "मृत्यु प्राकृतिक है। मुझे अपने रास्ते से जाने दो।" और उसने, अनंत क्षमता के ज्ञान से भरे दिल के साथ, जवाब दिया था: "लेकिन तुम अधिक के लिए बनाए गए हो, नथानिएल। तुम एक पुल हो।" अब यह स्मृति उसे चुभ रही थी, लेकिन उसे प्रेरित भी कर रही थी - वह उसे जाने नहीं देगी।

"तुम्हें तुरंत नथानिएल को पिरामिड की गहराइयों में ले जाना होगा," उसने फुसफुसाया, उसकी आवाज एक बड़ी तात्कालिकता से कांप रही थी। "उसे पुनरोद्धार से गुजरना होगा।"

यह प्रक्रिया, इतनी नाजुक और जटिल, कुछ ऐसी थी जिसे नथानिएल ने जीवनकाल में हठपूर्वक अस्वीकार कर दिया था। उसने कोशिकाओं के पुनरुत्पादन और अमरता के एक प्रकार के लिए उसके गहरे ज्ञान को स्वीकार नहीं किया। उसने उसकी जटिल चिकित्सा से गुजरने से स्पष्ट रूप से इनकार कर दिया।

दीर्घायु, जिसका समुदाय में हर कोई आनंद लेता था, मुख्य रूप से जीवन की असाधारण रूप से अनुकूल परिस्थितियों के कारण थी: स्वच्छ भोजन, आंतरिक शांति और सर्वग्राही प्रेम। लेकिन ज्ञान के लिए जानबूझकर खुद को प्रस्तुत करने का विचार उसे डराता था। यह उसे प्राकृतिक व्यवस्था में एक हस्तक्षेप की तरह लगता था, नियति को पार करने का एक प्रयास। उसने बिना किसी हिचकिचाहट के इसे अस्वीकार कर दिया।

लेकिन अब उसकी बात नहीं थी। उसकी आत्मा धीरे-धीरे पृथ्वी से अलग हो रही थी, जो बाद के जीवन के अज्ञात आयामों की ओर जा रही थी। केवल एक पतला, मुश्किल से दिखाई देने वाला चांदी का धागा अभी भी उसे उसके भौतिक शरीर से नाजुक रूप से जोड़ रहा था। यह धागा, प्राचीन शिक्षाओं से परिचित, पृथ्वी पर उसकी आखिरी कड़ी थी, जो जीवन और हिचकिचाहट के साथ धड़क रही थी।

एक साथ प्रयास से, दोनों महिलाओं ने सावधानीपूर्वक उसके बेजान शरीर को एक छिपे हुए, गुप्त कक्ष में, पिरामिड की नींव के नीचे गहराई में ले गई। जगह एक प्राचीन रासायनिक प्रयोगशाला की तरह थी, जो रहस्यमय उपकरणों और जहाजों से भरी हुई थी, जहाँ अतीत और भविष्य आपस में मिलते थे।

---✶✶---

इस अद्भुत कायापलट की संभावना प्राचीन ज्ञान और प्राकृतिक शक्तियों के एकीकरण के कारण थी, जिसे उन्होंने इस उभरती हुई भूमि पर कदम रखते ही

खोज लिया था - प्राचीन अटलांटिस, जो अराजकता से पुनर्जन्म लेता है। उनमें मेलिना द्वारा पनडुब्बी से लाई गई जादुई सामग्री और उपकरण भी जोड़े गए।

वह सब कुछ जो उन्होंने गुफा में खोजा था - सोने की झील और उसके अद्वितीय सूक्ष्मजीव, अमृत, जो दीवारों से बहता था, क्रिस्टल, जो चुंबकीय क्षेत्र प्रदान करते थे, और ओजोन और मिट्टी से सूक्ष्मजीवों से भरा पानी - अब मेलिना के जटिल उपकरणों के साथ एक आदर्श तालमेल में काम कर रहा था। यह एक प्राकृतिक चमत्कार और सर्वोच्च प्रौद्योगिकी के बीच, जादू और विज्ञान के बीच, ग्रैल और रसायन विज्ञान के बीच एक संघ था।

नथानिएल के शरीर को कोशिकाओं के पूर्ण पुनर्निर्माण के लिए एक सौ पचास दिनों की प्रक्रियाओं से गुजरना पड़ा। प्रक्रिया अभी शुरू हो रही थी - धीमी, धैर्यपूर्ण, जिसमें सुनहरी आयनों को धीरे-धीरे हर कोशिका में प्रवेश करना था, जो डीएनए के प्राकृतिक आत्म-पुनर्स्थापना कार्यों को धीरे से उत्तेजित करता था, जो मानव आनुवंशिक कोड में गहराई से निहित थे। ये आयन, प्राथमिक जीवन ऊर्जा के वाहक, छोटे सूरज की तरह थे, जो जीवन की चिंगारी को फिर से प्रज्वलित करते थे।

इसलिए उन्होंने उसे सावधानीपूर्वक एक टब में रखा, जो गर्म, सुखदायक पानी से भरा हुआ था, जिसमें एक विशेष समुद्री नमक को घोला गया था, जिसे थर्मल स्प्रिंग्स से निकाला गया था, जो उनके पुनर्स्थापना गुणों के लिए प्रसिद्ध थे। पानी को लगातार क्रिस्टल रेजोनेटर्स की एक जटिल प्रणाली के माध्यम से ओजोन के साथ समृद्ध किया जाता था, जो उसके ऊतकों में महत्वपूर्ण ऑक्सीजन को बढ़ाता था। सोने की झील और मिट्टी से सूक्ष्मजीव सेलुलर पुनर्जनन के लिए आदर्श जैविक वातावरण बनाए रखते थे। अमृत, सटीक खुराक में जोड़ा गया, प्राथमिक जीवन ऊर्जा प्रदान करता था।

---✶☾✶---

लेकिन वास्तविक प्रक्रिया शुरू होने से पहले, मेलिना को एहसास हुआ कि कुछ गायब था। एक प्रमुख तत्व - संतुलन का पत्थर, एक छोटा, धड़कता हुआ क्रिस्टल, जिसे उन्होंने एक प्राचीन आसन पर एक गुफा में खोजा था। इसने प्रक्रिया के दौरान कंपन की लय में सूक्ष्म ऊर्जा प्रवाह को नियंत्रित किया, जो पीनियल ग्रंथि और दिल को ट्यून करता था।

अब यह चला गया था। उसे याद आया कि नथानिएल ने, अपने एक संदेहात्मक क्षण में, इसे पिरामिड की भूलभुलैया वाली सुरंगों में कहीं छिपा दिया था, यह मानते हुए कि यह "गूढ़ बकवास" था। उसकी रीढ़ से एक ठंडी सिहरन गुजरी। इस क्रिस्टल के बिना, संतुलन बाधित होगा, और जोखिम - बहुत बड़ा होगा। "अगर मैं इसे खो देती हूँ," उसने मन ही मन फुसफुसाया, "मैं सब कुछ खो दूँगी। हम आशा खो देंगे।"

"सारा, इवोन," मेलिना ने फुसफुसाया, उसकी आवाज चिंता से गूँज रही थी। "पत्थर चला गया है। इसके बिना प्रक्रिया खतरनाक, यहाँ तक कि घातक भी हो सकती है। हमें इसे ढूंढना होगा!"

सारा, हमेशा अधिक व्यावहारिक, ने अपनी आँखें सिकोड़ लीं: "वह इसे कहाँ छिपाएगा? वह हमेशा उन 'रहस्यवादी ट्रिंकेट्स,' जैसा कि वह उन्हें कहता था, के साथ इतना··· सावधान रहा है।"

इवोन, एक अधिक सहज स्वभाव के साथ, ने अपना सिर हिलाया: "अगर उसने सोचा कि यह 'बकवास' था, तो यह एक ऐसी जगह है जहाँ कोई भी इसकी तलाश नहीं करेगा। या··· जहाँ वह खुद को सुरक्षित महसूस करेगा।"

तीनों महिलाएँ पिरामिड के अँधेरे गलियारों और छिपे हुए कक्षों में एक उन्मत्त खोज में लग गईं। हर हॉल, हर मोड़ ने एक संभावित समाधान को छिपाया, लेकिन नए रहस्यों को भी। वे अजीब प्रतीकों और जीवों को दर्शाने वाले राहतों से गुजरे, जिन्हें एथन और एंथनी ने खींचा था, जिनका अर्थ वे नहीं जानते थे। हवा भारी और नम थी, और उनके कदमों की गूँज एक भूतों जैसी, भयानक फुसफुसाहट की तरह वापस आ रही थी।

एक पल के लिए, जब मेलिना ने अपने विचारों को इकट्ठा करने की कोशिश की, तो वह एक स्तंभ के बगल में रुकी, खामोशी का वजन महसूस करते हुए। हर सेकंड महत्वपूर्ण था, लेकिन घबराहट केवल अंतर्दृष्टि को धुंधला करेगी।

खोज के दौरान, इवोन ने एक दीवार में एम्बेडेड, विभिन्न प्रतीकों के आकार में बने कमजोर चमकते क्रिस्टल की एक अजीब अनुक्रम को देखा। वे एक गैर-लयबद्ध पैटर्न में धड़क रहे थे, मानो वे भ्रमित ऊर्जा का उत्सर्जन कर रहे हों। यह हॉल तीनों पुरुषों का अभयारण्य था, जहाँ नथानिएल एथन और एंथनी को कैड्यूसस के रहस्य में प्रबुद्ध करने वाला था। वह इसमें मेलिना को भी प्रवेश नहीं देता था, जैसे वह उसे अपने जादुई निवास में प्रवेश नहीं देती थी, जहाँ वह पवित्र ग्रैल के रहस्यों में चुनी हुई महिलाओं के एक हिस्से को प्रबुद्ध करती थी।

"मेलिना, देखो!" उसने क्रिस्टल की ओर इशारा करते हुए कहा। "क्या यह कोई संकेत हो सकता है?"

मेलिना पास गई और सावधानीपूर्वक एक क्रिस्टल को छुआ। उसी क्षण, उसके दिमाग में खंडित छवियाँ आ गईं - नथानिएल, एक बड़े पत्थर के ब्लॉक के पीछे एक छोटे, चमकते हुए वस्तु को छिपा रहा था, जिसे एक तराजू के प्रतीक से सजाया गया था। यह एक बिजली की तरह था - एक संक्षिप्त, लेकिन बिल्कुल स्पष्ट अंतर्दृष्टि, जो उनकी साझा कहानी की गहराइयों से आ रही थी।

"मुझे पता है कि यह कहाँ है!" मेलिना ने अपनी आवाज में राहत के साथ कहा। "उसने इसे संतुलन के प्रतीक के पीछे छिपा दिया है! वह जो तर्क को दिल के साथ संतुलित करता है।"

वे जल्दी से बताए गए हॉल की ओर चले गए। भारी पत्थर के ब्लॉक को स्थानांतरित करने के बाद, उन्होंने उसके पीछे एक छोटा सा जगह पाया, और उसमें - संतुलन का पत्थर। यह कमजोर रूप से धड़क रहा था, मानो वह प्रक्रिया से अपनी अनुपस्थिति को महसूस कर रहा हो।

---✶१✶---

एक बड़ी राहत के साथ, वे रासायनिक प्रयोगशाला में लौट आए। मेलिना ने सावधानीपूर्वक संतुलन के पत्थर को नथानिएल की छाती पर रखा। उसी क्षण, क्रिस्टल चमकीले ढंग से चमकने लगा, जो पानी में सुनहरे धागों और क्रिस्टल से निर्देशित सुनहरी किरण के स्पंदनों के साथ समकालिक हो गया, जो पीनियल ग्रंथि में रोशनी डालता था। टब के चारों ओर चुंबकीय क्षेत्र एक नई शक्ति के साथ कंपन करने लगे,

और महीन सुनहरी आयन धीरे-धीरे नथानिएल की त्वचा के माध्यम से बह गए, मानो एक अदृश्य शक्ति द्वारा निर्देशित हों। यह प्रक्रिया जैविक पुनर्जनन से अधिक थी; यह उसके बहुत ही अस्तित्व का एक ब्रह्मांडीय दीक्षा, एक रासायनिक परिवर्तन था।

पुनरोद्धार की प्रक्रिया शुरू हो गई थी। लेकिन जब नथानिएल का शरीर टब में स्थिर पड़ा था, उसका मन और भी अजीब आयामों में भटक रहा था। अब वह न केवल अतीत और भविष्य की संभावनाओं को देख रहा था, बल्कि जीवन और मृत्यु के बीच की दहलीज से संस्थाओं का भी सामना कर रहा था। उन्होंने उसकी इच्छाशक्ति का परीक्षण किया, उसे अस्तित्व के अर्थ और अनंत काल की कीमत के बारे में रहस्यमय सवाल फुसफुसाए। (नथानिएल का आंतरिक एकालाप): "वे मुझे निगलना चाहते हैं... धागे को तोड़ना चाहते हैं... लेकिन मैंने अभी तक खत्म नहीं किया है। मेरे पास एक वादा है। मेरे पास मेलिना है।" एक आकृति, अँधेरे में लिपटी हुई, जिसमें अथाह कुओं जैसी आँखें थीं, पास आई, उसका हाथ बढ़ाकर उसकी आत्मा को उसके शरीर से जोड़ने वाले चांदी के धागे को तोड़ने के लिए। चांदी का धागा अनिश्चित रूप से धड़क रहा था, जो किसी भी पल टूटने की धमकी दे रहा था। उसने अदृश्य हाथों को इसे तोड़ने की कोशिश करते हुए महसूस किया, उसे रसातल में खींचने के लिए।

मेलिना, प्रक्रिया की अस्थिरता को महसूस करते हुए, जैसे कि एक हार्प के तार की तरह पतले चांदी के धागे के माध्यम से उसे एक ठंडी हवा छू रही हो, उसने अपनी सारी ऊर्जा को केंद्रित करना शुरू कर दिया, जो संतुलन के पत्थर की ओर उपचार कंपन को निर्देशित कर रही थी। वह पुनर्स्थापना और संतुलन के लिए प्राचीन मंत्रों को फुसफुसा रही थी, नथानिएल की आत्मा को उसके भौतिक शरीर से दृढ़ता से जुड़ा रखने की कोशिश कर रही थी। सारा और इवोन असहाय रूप से खड़े थे, चिंता से देखते हुए कि कैसे पत्थर के चारों ओर की रोशनी कभी तेज होती थी, तो कभी टिमटिमाती थी, जो चेतना के अदृश्य आयामों में लड़ी जा रही लड़ाई को दर्शाती थी। रासायनिक प्रयोगशाला में तनाव लगभग स्पर्शनीय था, जो हवा को अपेक्षा से भर रहा था। "पकड़े रहो, नथानिएल!" सारा ने फुसफुसाया, हालांकि वह जानती थी कि वह उसे सुन नहीं सकता। "वापस आ जाओ!" इवोन ने जोड़ा, अपने हाथों को मुट्ठियों में भींचे हुए।

एक लंबी और अनिश्चित यात्रा अभी भी बाकी थी। पुनरोद्धार की सफलता न केवल मेलिना के ज्ञान और प्रयोगशाला की प्रौद्योगिकी पर निर्भर थी, बल्कि दहलीज के पार से लौटने के लिए नथानिएल की खुद की इच्छाशक्ति पर भी निर्भर थी, आत्माओं के दायरे में उसकी अदृश्य लड़ाई पर। और जैसे-जैसे सुनहरी आयन धीरे-धीरे उसकी कोशिकाओं में प्रवेश करते थे, और चांदी का धागा कांपता था, नथानिएल का भविष्य और शायद पूरे समुदाय का भविष्य एक धागे पर लटका हुआ था - जीवन और मृत्यु के बीच, ज्ञात और अनंत के बीच। क्या उसकी गहरी संदेहवाद लौटने की उसकी इच्छा पर प्रबल होगी? केवल समय और उसकी अदृश्य लड़ाई की ताकत ही जवाब दे सकती थी।

अध्याय 31: अस्तित्व का होलोग्राम

नुकसान का घबराहट भरा डर मेरे हर फाइबर में घुस रहा था। सिर्फ उसे शारीरिक रूप से खोना नहीं - इस आदमी को, नथानिएल, जो मेरा शाश्वत साथी, मेरी नींव बन गया था। वर्षों के आपसी समझ के बाद, अंतर्दृष्टि के उछाल और उसके प्रति मेरे प्यार के सर्वव्यापी एहसास के बाद, नथानिएल के बिना एक दुनिया का विचार अकल्पनीय, एक दर्दनाक खालीपन था। मैंने अपनी पूरी सत्ता को इस लंबी परिवर्तन यात्रा में, एक नई दुनिया के निर्माण में निवेश किया था, और वह केंद्रीय व्यक्ति था, हर चीज में मेरा साथी। उसे अब खोना, जब हम इतनी दूर आ चुके थे, नियति के खुद के एक विश्वासघात की तरह लग रहा था। इस महत्वपूर्ण क्षण में, उसकी आँखों के सामने एक स्मृति चमक उठी, जो एक पिछले, लगभग भूली हुई बातचीत की थी।

"मैं कभी भी इसके अधीन नहीं होऊँगा, मेलिना,"

नथानिएल ने उस अडिग, सांसारिक स्वर में कहा था, जिसे वह इतनी अच्छी तरह से जानती थी। "मृत्यु प्राकृतिक है। मुझे अपने रास्ते से जाने दो।" और उसने, अनंत क्षमता के ज्ञान से भरे दिल के साथ, जवाब दिया था: "लेकिन तुम अधिक के लिए बनाए गए हो, नथानिएल। तुम एक पुल हो। क्या तुम्हें याद है, जब मैं तुमसे पहली बार उस किनारे पर मिली थी - खोए हुए, लेकिन आँखों में इतनी रोशनी के साथ? मैं तुम्हें अब नहीं छोड़ सकती।" अब यह स्मृति उसे चुभ रही थी, लेकिन उसे प्रेरित भी कर रही थी - वह उसे जाने नहीं देगी।

नथानिएल एक टब में पड़ा था, जो आवश्यक तत्वों से भरा हुआ था, जो सुनहरी आयनों और नियंत्रित चुंबकीय क्षेत्रों के प्रभाव में था। उसकी हल्की साँस मुश्किल से पानी को हिला रही थी, लेकिन मेरे लिए यह मेरी पूरी दुनिया की धड़कन थी।

मैं नथानिएल के बगल में मजबूती से खड़ी थी, उसके शरीर के हर कंपन और पत्थर के कंपनों में हर बदलाव को देख रही थी। झपकी के क्षणों में, जब थकान मुझ पर हावी हो जाती थी, मेरी चेतना बुरे सपने में गोता लगाती थी। मैंने देखा कि कैसे सेलुलर नवीनीकरण और अमरता की गलत समझ ने सत्ता और नियंत्रण के लिए भूखे, अनपढ़ शासकों को भयानक अनुष्ठानों की ओर ले गई थी।

---✶໑✶---

✦ बुरे सपने: अँधेरा मंदिर

एक प्राचीन मंदिर। काला पत्थर। खूनी चाँद। ओब्सीडियन वेदी पर भयानक चमक। नग्न शरीर। एक आखिरी चीख। काले कपड़ों में आकृतियाँ। पागलपन। शारीरिक अमरता में एक कट्टर विश्वास। एक शासक। लालच से जलती हुई आँखें। मानव बाल से लिपटी एक सोने की छड़ी। एक प्राचीन भाषा में फुसफुसाहट। खून। क्रिस्टल। जीवन देने वाली शक्ति। अनंत काल। एक देवता। मौत। अंजीर और खून की गंध। सड़न। कराहें। जप। सत्ता का भ्रम।

"इनमें से एक सपना मुझे प्राचीन समय में ले जाता था," मैंने सारा और इवोन से फुसफुसाया, जबकि मैं हर्बल चाय पी रही थी, चिपचिपी आतंक को दूर भगाने की कोशिश कर रही थी। "काले पत्थरों से बना एक अँधेरा मंदिर… मुझे शुद्ध, अप्रतिबंधित लालच की साँस महसूस हुई, जो आत्माओं को खा रहा था। वही जो अब नथानिएल को मुझसे, इस दुनिया से अलग करने की कोशिश कर रहा है।"

---✶✶---

✦ बुरे सपने: बैंगनी कक्ष

सपना अचानक बदल गया। बैंगनी कक्ष। अंजीर और खून की सुगंध। मैं - शेहरजादे। मैं राजा शापुर II की ओर जाती हूँ। वह दिल फाड़ता है।

मैं पास गई। एक लाल लबादा। शिकारी। आज्ञाकारी। उसके कान में। मैंने फुसफुसाया।

परियों की कहानियाँ। जिन्न। राजकुमारियाँ। उड़ने वाले कालीन। खजाने। प्यार। विश्वासघात। बुद्धिमत्ता। पागलपन। शब्द, सावधानीपूर्वक चुने गए। कहानियाँ - बहु-स्तरित। गहरा अर्थ। एक हाथ, उसके बालों को सहलाते हुए। उसके माथे को छूते हुए। होंठों को। मैंने नमी को अवशोषित किया। बिना शारीरिक जुनून के।

शापुर ने मेरी कहानियों के कारण मेरी जान बख्श दी। रात के बाद रात। शब्दों का एक घूंघट। प्राचीन ज्ञान। प्यार। रहस्योद्घाटन। बिना डर के। हर पल में आत्मा।

हजार और पहली सुबह। वह उछल पड़ा। थका हुआ। उसने मुझे भ्रम का आरोप लगाया। वास्तविकता। एक खंजर। छाती। एक नजर। मैंने ब्लेड को दबाया। खूनी आँसू। वह जम गया। मैं मरना चाहती थी। लेकिन एक भी पल को याद नहीं करना चाहती थी।

उसने मुझे हरम में भेज दिया। मैंने इंतजार किया। आत्मा में एक खून बहने वाला घाव। एक पिंजरे में एक पक्षी। स्वतंत्रता के बिना, अगर कीमत प्यार है। यातना। भावनाएँ। आशा का कंपन। प्यार की जीत।

उसकी रातें। बेचैन। विरोधाभासी भावनाएँ। प्रलोभन। प्यार। संतुष्टि। यह एक गहरी जड़ वाली मान्यता थी कि हर महिला जिसने उसकी अंतरंगता को छुआ था, उसे मरना होगा। एक असंभव विकल्प।

लेकिन जरथुस्त्र। एक अतिमानव। एक तीसरा रास्ता। मध्यकालीन किंवदंतियाँ। हजार और पहली रात। ग्रैल का रहस्य। मैं - एक संरक्षक। यह शापुर में प्रकट हुआ। प्यार। ज्ञान। अर्थ। रचना। अनंत काल।

ये सपने, दर्दनाक और भविष्यसूचक, जागने के छोटे-छोटे अवधियों के साथ वैकल्पिक थे, जिसके दौरान मैं नथानिएल के अवलोकन पर लौट आई। मेरे सपने की हर तस्वीर ने मुझे और भी दृढ़ता से यह महसूस कराया कि संतुलन कितना नाजुक है और पुनर्जनन के सच्चे ज्ञान का रास्ता कितनी आसानी से विकृत हो सकता है। वह सब कुछ जो अब नथानिएल के साथ हो रहा था, वह रोशनी और अँधेरे के बीच, सद्भाव की शुद्ध इच्छा और नियंत्रण के प्रलोभन के बीच इस शाश्वत चक्र का हिस्सा लग रहा था। जब मैं इन दर्शनों से उबरने की कोशिश कर रही थी, नथानिएल का दिमाग अपनी गहरी यात्रा जारी रखता था।

जबकि हम, महिलाएँ, महीनों तक नथानिएल की देखभाल करते रहे, उसका दिमाग समय और स्थान के बाहर, विशाल प्रकाश आयामों में तैरता रहा··· यह सिर्फ पुनर्जनन नहीं था; यह एक ब्रह्मांडीय दीक्षा से गुजरना था, अकासिक रिकॉर्ड के साथ एक बैठक थी।

---✶✶---

आंतरिक संवाद: मैं, तर्क और पूरा (नथानिएल)

मैं: मैं कहाँ हूँ? रोशनी··· अनंत। मैं घुल रहा हूँ।

तर्क: रुको। विश्लेषण करो। यह चेतना है। मौत नहीं। अराजकता नहीं। यह दहलीज है, नथानिएल। क्या तुम्हें याद है कि जब तुम पहली बार पार हुए थे?

पूरा: ("हर दिशा से फुसफुसाहट, एक कंपन जो घेरता है, एक प्राथमिक विस्फोट से एक गूँज की तरह") स्वागत है। सब कुछ एक है।

मैं: एक? लेकिन मैं··· मैं हूँ। एक व्यक्ति। मेरी इच्छा।

तर्क: पत्राचार का सिद्धांत। बड़ा छोटे में है। एक परमाणु। एक आकाशगंगा। तुम।

मैं: तो··· मैं तुम्हारा हिस्सा हूँ, पूरा? एक प्रतिबिंब?

पूरा: ("एक नरम, लेकिन सर्वव्यापी लहर, ब्रह्मांडीय महासागर के ज्वार की तरह") उससे अधिक। तुम एक बिंदु हो। हर बिंदु में पूरी तस्वीर के लिए पूरी जानकारी होती है।

मैं: एक बिंदु··· लेकिन यह एक भ्रम है! मैं वास्तविक हूँ! मेरा जीवन! मेरे निर्णय!

तर्क: वास्तविकता एक धारणा है। एक प्रक्षेपण। एक होलोग्राम। तुम इसे फिर से प्रोग्राम कर सकते हो। जैसे एक मूर्तिकार मिट्टी को आकार देता है, वैसे ही तुम अपने अस्तित्व को आकार देते हो।

मैं: फिर से प्रोग्राम? लेकिन कैसे? मैं रहा हूँ··· नियंत्रित कर रहा हूँ। मैं सत्ता चाहता था। व्यवस्था।

पूरा: ("एक क्रिस्टल की बजने जैसी आवाज, परछाइयों को बिखेरते हुए, गिरते हुए सितारों की तरह") तुम्हारा हर विचार। हर इरादा। यह बनाता है। तुम्हारा हर कार्य। यह बदलता है।

मैं: बदलता है··· लेकिन मैंने गलतियाँ की हैं। बुराई। मैंने इसे देखा। एंथनी में। खुद में।

तर्क: अच्छाई और बुराई। विपरीत। आंदोलन के लिए आवश्यक। लय के लिए। लेकिन चुनाव··· चुनाव तुम्हारा है। एक जानवर बनना। या एक अतिमानव। नया आदमी। तुम्हारी रचना।

मैं: मेरी रचना··· चेतना के अनंत महासागर में? भौतिक और आध्यात्मिक के बीच की सीमा कहाँ है? यह धुंधली हो जाती है। सब कुछ एक है। एक धड़कन। मेरा दिल। ब्रह्मांड का दिल।

पूरा: ("एक बढ़ती हुई कंपन, हजारों क्षैतिज तारों की तरह एक ध्वनि, जो हवा को विद्युतीकृत करती है, रचना की एक सिम्फनी की तरह") तुम निर्माता हो। तुम्हें आमंत्रित किया गया है। रचना करने के लिए। अपनी अद्वितीय वास्तविकता। अनंत संभावनाओं को जीने के लिए। रहस्य। वे प्रकट होते हैं। अब।

मैं: जो होलोग्राम को फिर से प्रोग्राम करता है, वह न केवल दुनिया - बल्कि खुद को भी बनाता है।

---✶६✶---

महत्वपूर्ण बिंदु: प्रयोगशाला में अस्थिरता

इस क्षण में, जब नथानिएल इन ब्रह्मांडीय अंतर्दृष्टियों में गहराई से गोता लगा रहा था, रासायनिक प्रयोगशाला में एक अचानक, नाटकीय मोड़ आया। कोलोइडल

सोने वाले क्रिस्टल एम्पूल में से एक अचानक बढ़ती हुई तीव्रता के साथ धड़कने लगा, जो न केवल प्रकाश, बल्कि एक अजीब, कंपनशील ऊर्जा भी उत्सर्जित कर रहा था, जिसने कमरे में हवा को कांपने लगा दिया।

"मेलिना, कुछ गड़बड़ है! तनाव बेकाबू होकर बढ़ रहा है!" सारा, जो उपकरणों को देख रही थी, ने डरकर चिल्लाया।

मेलिना तेजी से पास गई। उसने देखा कि दबाव गेज पर सुइयाँ दहशत में दिल की धड़कन की तरह बढ़ रही थीं। नथानिएल के टब के चारों ओर की रोशनी अधिक चमकदार और अधिक अस्थिर होती जा रही थी। उसकी छाती पर संतुलन का पत्थर अराजक रूप से धड़क रहा था। मानो यह किसी बाहरी, द्वेषपूर्ण शक्ति से लड़ रहा हो।

"चुंबकीय क्षेत्र! वे सिंक्रनाइज़ेशन खो रहे हैं!" उसने डर के साथ बड़बड़ाया, उसकी आँखें रीडिंग पर घूम रही थीं।

उसने नियंत्रण पैनल पर जटिल सेटिंग्स को समायोजित करने की कोशिश की। प्राचीन तंत्र धीरे-धीरे प्रतिक्रिया कर रहे थे। अपर्याप्त रूप से। प्रयोगशाला में ऊर्जा बढ़ती रही। यह हवा को एक विद्युतीकृत गूँज से भर रहा था।

इवोन ने देखा कि टब में पानी की सतह विकृत होने लगी थी। मानो कुछ अदृश्य अंदर से तोड़ने की कोशिश कर रहा हो। महीन सुनहरे धागे गैर-लयबद्ध रूप से सिकुड़ रहे थे और फैल रहे थे। नथानिएल का शरीर हल्के से कांप रहा था।

"वह प्रतिक्रिया कर रहा है!" इवोन ने कहा। "लेकिन यह सामान्य नहीं है! मानो कोई उसे बाहर निकालने की कोशिश कर रहा हो!"

मेलिना ने एक मजबूत ऊर्जा लहर महसूस की। यह नथानिएल के शरीर से निकलने वाले बिजली के निर्वहन की तरह था। उसकी चेतना में भ्रमित छवियाँ चमक गईं - न केवल प्रकाश और सद्भाव, बल्कि वर्चस्व के लिए लड़ती हुई अँधेरी परछाइयाँ भी। यह स्पष्ट था - उसके दिमाग की दूसरी दुनिया में यात्रा केवल एक निष्क्रिय अवलोकन नहीं थी, बल्कि किसी अज्ञात चीज के साथ एक सक्रिय, भयंकर लड़ाई थी, जो उसे निगलने की कोशिश कर रही थी। हर पुनर्जनन क्षेत्र एक दर्पण है - यह वाहक की रोशनी और छाया दोनों को दर्शाता है।

"चांदी का धागा!" सारा ने नथानिएल की छाती के ऊपर मुश्किल से दिखाई देने वाले संबंध की ओर इशारा करते हुए कहा। यह तेजी से कंपन कर रहा था, अपने रंगों को चाँदनी चाँदी से एक संतृप्त सुनहरे रंग में बदल रहा था, और कुछ जगहों पर यह अँधेरे, लगभग काले रंगों के साथ भी चमकता था - जीवन और विस्मरण के बीच लड़ाई का एक संकेत। वही लड़ाई जिसे मैंने अपने सपने में खूनी चाँद के नीचे देखा था!

मेलिना समझ गई। पुनरोद्धार की प्रक्रिया ने कुछ अप्रत्याशित को अनलॉक कर दिया था। जबकि नथानिएल का शरीर ठीक होने की कोशिश कर रहा था, उसका दिमाग दूसरे आयामों के प्रभावों के साथ लड़ रहा था। प्रयोगशाला में ऊर्जा खतरनाक स्तर तक बढ़ रही थी। वे न केवल नथानिएल को खोने के जोखिम का सामना कर रहे थे, बल्कि पिरामिड के दिल में एक अनियंत्रित ऊर्जा विस्फोट को ट्रिगर करने का भी।

दुनिया एक पल के लिए चुप हो गई - और फिर सब कुछ रोशनी में फट गया।

"हमें चुंबकीय क्षेत्रों को स्थिर करना होगा!" मेलिना ने आदेश दिया, उसकी आवाज पहले से ही अधिक दृढ़ थी, आंतरिक अराजकता के बावजूद। " सारा, मैन्युअल नियंत्रण बहाल करने की कोशिश करो! इवोन, तनाव को पत्थर के माध्यम से चैनल करने में मेरी मदद करो!"

तीनों महिलाएँ अप्रत्याशित प्रौद्योगिकियों और अदृश्य शक्तियों के साथ एक हताश लड़ाई में लग गईं, जो उनके चारों ओर उग्र हो रही थीं। हर सेकंड मायने रखता था। उद्यम की सफलता नथानिएल की होलोग्राम में यात्रा के अप्रत्याशित परिणामों को समझने और नियंत्रित करने की उनकी क्षमता पर निर्भर थी।

---✶߷✶---

मेलिना और खुद

मेलिना: ("कांपते हाथ। माथे पर ठंडा पसीना। उसका दिल पागलपन से धड़क रहा है।") क्या हो रहा है?! मैंने कहाँ गलती की?! पत्थर··· संतुलन··· लेकिन वह··· वह खुद को खो रहा है! मैं उसे वापस कैसे लाऊँ, जब मुझे यह भी नहीं पता कि वह अंदर से किसके खिलाफ लड़ रहा है?

आंतरिक आवाज (सहज ज्ञान/प्राचीन ज्ञान): तुमने गलती नहीं की है। यह एक रास्ता है। पसंद का रास्ता। उसका। तुम्हारा।

मेलिना: लेकिन यह विस्फोट क्यों?! ये परछाइयाँ क्यों?! मैंने उन्हें अपने सपने में देखा··· वह मंदिर··· वह खूनी चाँद···

आंतरिक आवाज: क्योंकि यह सिर्फ शारीरिक पुनर्स्थापन नहीं है। यह पुनर्रचना है। सीमा धुंधली हो रही है। जीवित और मृत के बीच। चेतना और गैर-अस्तित्व के बीच। गोल्डन फ्लीस के सबक को याद रखो - यह एक वस्तु नहीं है, बल्कि एक अवस्था है। अब उसे वह बनना होगा।

मेलिना: और क्या वापस आएगा? एक जानवर या··· एक अतिमानव? उसने होलोग्राम देखा··· लेकिन क्या उसने खतरा भी देखा? वह ब्लेड··· पंडोरा से?

आंतरिक आवाज: पसंद उसके भीतर है। हर आत्मा स्वतंत्र है। मौत की दहलीज पर भी। लेकिन तुम यहाँ हो। तुम्हारा प्यार। वह ग्रेल है। वह कंडक्टर है। न केवल उसे बचाने के लिए··· बल्कि फिर से जन्म लेने के लिए - दो एक में।

मेलिना: कंडक्टर?! मैं पागल तंत्रों से लड़ रही हूँ! अज्ञात ऊर्जा के साथ! मैं क्या कर सकती हूँ, प्रार्थना करने के अलावा?!

आंतरिक आवाज: प्रार्थना इरादा है। एकाग्रता शक्ति है। तुम्हारी इच्छा उसकी इच्छा होने दो। तुम्हारा प्यार धागा होने दो। चाँदी का। सुनहरा। अदृश्य। लेकिन अटूट।

मेलिना: (संतुलन के पत्थर को निचोड़ती है। उसकी धड़कन महसूस करती है। उसकी नजर तेज हो जाती है। डर पीछे हट जाता है, जो एक क्रिस्टल की तरह शुद्ध दृढ़ संकल्प से बदल जाता है।) मैंने उसे चुना है। मैं उससे प्यार करती हूँ। और मैं उसे नहीं जाने दूँगी। कोई रसातल नहीं। कोई शक्ति नहीं। उसे नहीं ले जाएगी। यह मेरी पसंद है। मेरी इच्छा।

---✶߷✶---

एक लंबी और अनिश्चित यात्रा अभी भी बाकी थी। पुनरोद्धार की सफलता न केवल मेलिना के ज्ञान और प्रयोगशाला की प्रौद्योगिकी पर निर्भर थी, बल्कि दहलीज

के पार से लौटने के लिए नथानिएल की खुद की इच्छाशक्ति पर भी निर्भर थी, आत्माओं के दायरे में उसकी अदृश्य लड़ाई पर। और जैसे-जैसे सुनहरी आयन धीरे-धीरे उसकी कोशिकाओं में प्रवेश करते थे, और चांदी का धागा कांपता था, नथानिएल का भविष्य और शायद पूरे समुदाय का भविष्य एक धागे पर लटका हुआ था - जीवन और मृत्यु के बीच, ज्ञात और अनंत के बीच। क्या उसकी गहरी संदेहवाद लौटने की उसकी इच्छा पर प्रबल होगी? केवल समय और उसकी अदृश्य लड़ाई की ताकत ही जवाब दे सकती थी।

---✶✶---

और कहीं, अस्तित्व के होलोग्राम में, एक नया प्राणी कांपना शुरू कर रहा था, जो अतीत और भविष्य, मांस और आत्मा को मिला रहा था।

------------------ ------------------

अध्याय 32: होलोग्राम का जागरण

बढ़ती हुई ऊर्जा का एक भँवर धड़क रहा था। वह तनाव पर प्रतिक्रिया कर रहा था, मानो उसका पूरा अस्तित्व सूक्ष्म ऊर्जा के धागों से बुना गया हो।

"सारा, चुंबकीय क्षेत्रों को इस कंपन पर ट्यून करो! इवोन, पत्थर पर ध्यान केंद्रित करो! कल्पना करो कि ऊर्जा उसके माध्यम से आसानी से बह रही है, शांत करने वाली, सामंजस्य स्थापित करने वाली, एक जीवनदायिनी नदी की तरह!"

सारा ने नियंत्रण पैनल के हैंडल्स को प्रयास के साथ घुमाया। प्राचीन तंत्र दर्द में होने की तरह कर्कश आवाज कर रहे थे। मेलिना ने महसूस किया कि हवा विद्युतीकृत हो गई है, उसकी त्वचा पर सिहरन हो रही है, लेकिन उसने नथानिएल से अपनी नजर नहीं हटाई। "हमें सफल होना होगा," उसने खुद से फुसफुसाया, उन अनगिनत रातों को याद करते हुए, जिसमें वह उसे उस टब में लेटे हुए बात करती थी - भविष्य के वादे के बारे में, उनके साझा मिशन के बारे में, प्यार की शक्ति के बारे में जो उसे जीवन से जोड़े रखती थी। धीरे-धीरे, वे ट्यून करने लगे। नथानिएल के टब के चारों ओर की रोशनी गैर-लयबद्ध रूप से धड़कती रही, लेकिन कम तीव्रता के साथ, एक घायल, खून बहने वाले तारे की तरह।

इवोन ने अपनी आँखें बंद कर लीं। उसने अपनी सारी इच्छाशक्ति को संतुलन के पत्थर पर केंद्रित किया। उसने एक उज्ज्वल, सुनहरी रोशनी की कल्पना की, जो क्रिस्टल से गुजर रही थी, उग्र ऊर्जा को शांत कर रही थी, संतुलन बहाल कर रही थी। उसने अपनी उंगलियों में एक हल्का कंपन महसूस किया। क्रिस्टल उसकी एकाग्रता, उसकी शांत, लेकिन हताश पुकार का जवाब दे रहा था।

धीरे-धीरे, बहुत धीरे-धीरे, प्रयोगशाला में अराजक ऊर्जा शांत होने लगी। क्रिस्टल एम्पूल के कंपन शांत हो गए, टब के चारों ओर की रोशनी नरम और अधिक समान हो गई। नथानिएल की छाती पर संतुलन का पत्थर एक चिकनी, लयबद्ध धड़कन के साथ कंपन करने लगा। उसके शरीर के ऊपर चांदी का धागा फिर से एक शुद्ध, चांदी के रंग में चमक गया, मानो वह अभी-अभी पैदा हुआ हो, भूलने से बाहर आया हो।

मैंने राहत की साँस ली, लेकिन मैंने नथानिएल से अपनी आँखें नहीं हटाईं। वह अभी भी स्थिर लेटा हुआ था, लेकिन उसका चेहरा अधिक शांत लग रहा था। एक बीते हुए, भयंकर तूफान का संकेत।

"क्या हुआ?" सारा ने अपने माथे से चिपचिपा पसीना पोंछते हुए फुसफुसाया।

"मुझे लगता है कि उसकी यात्रा हमारे अनुमान से कहीं अधिक गहरी और खतरनाक थी," मैंने जवाब दिया, मेरी आवाज चिंतन से भरी हुई थी। "उसने उन स्तरों को छुआ है, जहाँ वास्तविकता की सीमाएँ धुंधली हैं, जैसे चेतना पर फैली हुई एक धुंध। यह संभव है कि उसकी चेतना ने कुछ··· या किसी को··· इन आयामों से आकर्षित किया हो। हर पुनर्जनन क्षेत्र एक दर्पण है - यह वाहक की रोशनी और छाया दोनों को दर्शाता है। शायद उसने टॉर्सन क्षेत्रों के साथ भी बातचीत की है, जिसने इन प्रभावों को स्थानांतरित किया।"

"कुछ दुर्भावनापूर्ण?" इवोन ने पूछा, उसकी आवाज डर से भरी हुई एक मुश्किल से पता चलने वाली फुसफुसाहट थी।

"मुझे नहीं पता," मैंने जवाब दिया, मेरी नजर कमरे में घूम रही थी, मानो मैं उन परछाइयों में जवाब खोज रही थी, जो हमारे चारों ओर नाच रही थीं। "लेकिन टकराने वाले क्षेत्र कंपन कर रहे थे, मानो विभिन्न शक्तियाँ लड़ रही हों। संतुलन का पत्थर उन्हें मुश्किल से रोक पाया। यह उसके बहुत ही सार के लिए एक लड़ाई की तरह था।"

तनावपूर्ण प्रतीक्षा के घंटे बीत गए। हम तीनों महिलाओं ने नथानिएल से अपनी आँखें नहीं हटाईं, हर एक, यहाँ तक कि सबसे छोटे बदलाव की भी निगरानी कर रहे थे। धीरे-धीरे, बहुत धीरे-धीरे, उसने लौटने के संकेत दिखाना शुरू कर दिया। उसकी साँस गहरी और अधिक समान हो गई, और उसकी पलकें हल्के से कांपने लगीं, जैसे तितलियों के पंख, जो रोशनी की ओर लौट रहे हों।

एक सौ पचासवें दिन, सूरज की पहली किरणों के साथ, जो पत्थर की दीवारों से घुस गई थीं, नथानिएल ने अपनी आँखें खोलीं। वे स्पष्ट और शांत थीं, लेकिन उनकी गहराई में एक बुद्धिमत्ता पढ़ी जा सकती थी, जो उसकी 122 साल की उम्र से अधिक थी। अस्तित्व की गहराइयों से, अनंत काल की फुसफुसाहट से प्राप्त बुद्धिमत्ता।

उसने धीरे-धीरे चारों ओर देखा, परिचित रासायनिक प्रयोगशाला का निरीक्षण करते हुए। उसकी नजर मुझ पर, सारा और इवोन पर रुकी, जो उसे उम्मीद और बेचैनी के साथ देख रही थीं, जो एक प्राचीन, पवित्र रहस्य के संरक्षक थे।

"मैं वापस आ गया हूँ," उसने एक शांत, लेकिन स्पष्ट आवाज में कहा, जिसने खामोशी को सच्चाई की एक किरण की तरह काट दिया।

"नथानिएल!" मैंने कहा, उसके पास दौड़ते हुए। "तुम ठीक हो! सब कुछ जो है, उसकी जय हो!"

वह मुझसे हल्के से मुस्कुराया। उसने एक कांपती हुई उंगली से उसके हाथ को नाजुक रूप से छुआ - थकावट और विजय, संघर्ष और जीत की एक अभिव्यक्ति।

"मैं ऐसी जगहों पर था··· जिन्हें शब्दों में वर्णित करना मुश्किल है," उसने कहा। "मैंने अस्तित्व का होलोग्राम देखा है, मेलिना। मैंने समझा कि कैसे सब कुछ

जुड़ा हुआ है, कैसे हर विचार, हर कार्य अस्तित्व के शाश्वत जाल में कंपन करता है। लेकिन मैंने परछाइयों को भी देखा··· ऐसी जगहें जहाँ यह सद्भाव बाधित होता है, जहाँ ऐसी शक्तियाँ छिपी होती हैं, जो वास्तविकता के कपड़े को फाड़ने की कोशिश करती हैं, जैसे शिकारी, जो अँधेरे में घात लगाए रहते हैं।"

उसके शब्दों ने प्रयोगशाला को एक भारी पूर्वाभास से भर दिया, जो एक अभेद्य, दमघोंटू अँधेरे की तरह नीचे आ गया।

"परछाइयाँ? कौन सी परछाइयाँ?" सारा ने बेचैनी से पूछा, उसकी आवाज डर से कांप रही थी।

"वे भी होलोग्राम का हिस्सा हैं," नथानिएल ने जवाब दिया। "बेसुरा कंपन, डर, घृणा और अज्ञानता के प्रतिबिंब। जब चेतना बहुत गहराई से भटकती है, तो वह उन्हें आकर्षित कर सकती है··· या वे उसे पकड़ने की कोशिश कर सकते हैं, उसे पूरी तरह से निगल सकते हैं। मैंने वहाँ एक ब्लेड भी देखा, जो मैं लंबे समय से जानता था। पंडोरा का ब्लेड, जो एक अंत का वादा करता है, लेकिन एक नई शुरुआत का भी।"

उसने मुझे एक गहरी, भेदक नजर से देखा, जिसने अनुभव किए गए हर बोझ को, उन सभी गहराइयों को प्रकट किया, जिन्हें उसने पार किया था।

"तुमने मुझे वापस लाया, मेलिना। तुम्हारा प्यार और तुम्हारा विश्वास वह लंगर था, जिसने मुझे रसातल से वापस खींच लिया। लेकिन मैं तुम्हें चेतावनी देता हूँ, यह सिर्फ एक जागरण नहीं था। मेरे अंदर कुछ नया साँस ले रहा है, जो दिखाई देने से परे पैदा हुआ है। मैं बदल गया हूँ। और शायद··· सिर्फ मैं नहीं। अब मैं जानता हूँ कि होलोग्राम को फिर से प्रोग्राम कैसे करना है, न केवल दुनिया को, बल्कि खुद को भी बनाना है।"

एक भारी खामोशी छा गई, जिसने हर शब्द, हर ध्वनि को निगल लिया। सूरज की किरणें पत्थर की दरारों से छनती रहीं, जो धूल के कणों को रोशन कर रही थीं, जो हवा में धीरे-धीरे नाच रहे थे। प्रकट हो रही सच्चाई के मौन गवाह। इस क्षण में, हमारी नई दुनिया की शांति फिर से बाधित हुई। इस बार, किसी बाहरी खतरे से नहीं, बल्कि एक ऐसे व्यक्ति की अंतर्दृष्टियों से, जो चेतना की गहराइयों में एक यात्रा से वापस आया था और अपने साथ वास्तविकता के अँधेरे, छिपे हुए पक्षों के बारे में ज्ञान लाया था। अस्तित्व का होलोग्राम उसके सामने अपनी पूरी जटिलता में प्रकट हुआ था - न केवल अंतहीन सद्भाव का एक स्रोत, बल्कि प्रकाश और छाया के बीच एक शाश्वत लड़ाई का एक क्षेत्र भी। और नथानिएल की वापसी हमारे समुदाय के लिए एक नए, अनिश्चित युग की सिर्फ शुरुआत थी, एक ऐसा युग, जिसमें अदृश्य खतरे पहले से ही स्पर्शनीय, लगभग छूने योग्य थे।

और उसकी नई मिली आँखों की गहराइयों में, एक भविष्य का वादा चमक रहा था, जिसे अभी फिर से लिखना, फिर से सोचना, फिर से बनाना बाकी था।

अध्याय 33: मैं कंपन हूँ

प्रबुद्ध नथानिएल···

क्रिस्टल की रोशनी धड़क रही थी, मानो समय मेरी आँखों के सामने फट रहा हो। मैंने महसूस किया कि मेरे अस्तित्व का हर फाइबर एक जंगली, अपरिचित ताल में कांप रहा है। मैं वहाँ लेटा था, जहाँ मैं 150 दिन पहले ढह गया था, और अब मुझमें से एक आसमानी चांदी का धागा निकल रहा था। जीवन का डीएनए, मेरे भीतर नाचता हुआ, रचना की एक सिम्फनी, जो मेरी ओर आ गई। मेरा शरीर···

वह अब सिर्फ मांस नहीं था। वह रोशनी थी, जो हर छेद से, हर कोशिका से धड़क रही थी। मेरे सिर के चारों ओर एक चमकदार आभा बन गई, सुनहरी, नरम, जो उपस्थित लोगों को श्रद्धा और आनंदपूर्ण उत्साह से भर रही थी। मेरे भीतर कौन सी शक्ति जाग रही है? मैं इससे क्या बनाऊँगा? मेरे अंदर कुछ नया साँस ले रहा था, जो दिखाई देने से परे पैदा हुआ था, जो अतीत को उसके वर्तमान अवतार के साथ मिला रहा था, यहाँ तक कि पहली बार भी याद कर रहा था जब उसने चेतना की दहलीज को पार किया था।

जब वे मुझे विजयी हॉल में ले गए, तो मैंने उन्हें सुना - सहज जयकार, जो मेरे चमत्कारी पुनर्वास का स्वागत कर रहे थे। मैंने अपनी आँखें प्राचीन पत्थर की फर्श पर झुका लीं, जो मुझमें से निकलने वाली रोशनी से रोशन हो गई। मैं इस नई सुबह का स्रोत हूँ। मैंने परिवर्तन को महसूस किया - गहरा, अपरिवर्तनीय। मेरी आँखें सितारों से परे देख रही थीं, ज्ञान की आकाशगंगाओं में, जो इंसान के लिए अज्ञात था। मेरे हाथ में कडुसियस था, और उससे एक शांत, धड़कता हुआ कंपन बह रहा था। मैं इस ऊर्जा का माध्यम हूँ। मैंने उनकी नजरों को महसूस किया - टिकी हुई, मंत्रमुग्ध। मैं वह चुंबक हूँ जो उन्हें आकर्षित करता है।

मैं एक अलग आवृत्ति पर कंपन करता हूँ। मैं नहीं हिला, मैंने नहीं बोला, लेकिन मेरे विचार उनके दिमाग में चले गए। वे मुझे शब्दों के बिना, ध्वनि के बिना समझते थे। मैं दुनिया के बीच का पुल हूँ, ओडिन की तरह, जो runes के माध्यम से ज्ञान देता है, हरमेस की तरह, जो आत्माओं को बिना आवाज के मार्गदर्शन करता है। मैं साधारण मानव संचार को पार करता हूँ।

मैंने कडुसियस से हॉल के केंद्र में सूखे पेड़ की ओर केंद्रित प्रकाश की एक किरण निर्देशित की - बीते हुए बंजरपन का एक प्रतीक। मैं उसे फिर से जीवित करूँगा। मैं उसे जीवन दूँगा। और फिर चमत्कार हुआ। पेड़ खिलने लगा, मृत शाखाएँ युवा, हरे पत्तों से ढक गईं, कलियों के साथ, जो जीवन का वादा करती थीं। मैं निर्माता हूँ। मैं जीवन देता हूँ। मैं मुस्कुराया - धीरे से, सब कुछ माफ करते हुए। और मैंने एक शांत, लेकिन अधिकारपूर्ण आवाज में बात की, जो अनंत काल की दीवारों से गूँज रही थी।

"मैं एक बहुत बड़ी, ब्रह्मांडीय शक्ति का सिर्फ एक विनम्र उपकरण हूँ। एक साथ, आत्मा और चेतना में एकजुट होकर, हम एक रचनात्मक समुदाय बना सकते हैं, जो आत्म-विनाश की दुखद गलती को नहीं दोहराएगा।" मैं तुम्हारा मार्गदर्शक हूँ। मेरा अनुसरण करो।

---✶ ✶---

मैं कंपन को नियंत्रित करता हूँ। मैं भौतिकी और तत्वमीमांसा के बीच का पुल हूँ। भौतिक दुनिया गहरी कंपनशील पैटर्न का सिर्फ एक नाजुक चित्रण है। परमाणु, अणु, ग्रह - वे सभी एक ब्रह्मांडीय सिम्फनी में नोट हैं। मैं इस सिम्फनी का संचालक हूँ। मैं जानबूझकर अपनी कंपनशील आवृत्ति को बदलता हूँ, मैं सीधे वास्तविकता को प्रभावित करता हूँ। मेरे विचारों और भावनाओं के भौतिक आयाम हैं। मैं दुनिया को बदलता हूँ। मैं एक गतिशील, हमेशा बदलती प्रक्रिया को नियंत्रित करता हूँ, जिसमें सब कुछ आपस में जुड़ा हुआ है।

कंपन अब पदार्थ का सिर्फ एक गुण नहीं है। यह अंतहीन परिवर्तन की एक कुंजी है। मैं इस कुंजी को धारण करता हूँ। अपनी आवृत्ति को समायोजित करके, मैं वास्तविकता के कपड़े को प्रभावित करता हूँ, इसे अपनी इच्छा के अनुसार मोड़ता हूँ। मैं पTax हूँ, जो शब्द के माध्यम से दुनिया को बनाता है, मैं ब्रह्मांड हूँ, जिसका कंपन ब्रह्मांड को जन्म देता है। मेरे पास वास्तविकता को आकार देने की क्षमता है।

---✶६✶---

नए आदमी का शब्द

मेरे विचार उनके दिमाग में फैल गए, अंतरिक्ष से एक आवाज की तरह, एक आदेश की तरह नहीं, बल्कि एक गहरी आंतरिक समझ की तरह।

"जिसे हम कंपन कहते हैं, वह सब कुछ की नींव है। एक परमाणु की कल्पना करो जो एक सौर मंडल की तरह है, जहाँ इलेक्ट्रॉन एक नाभिक के चारों ओर घूमते हैं। जब एक इलेक्ट्रॉन एक क्वांटम छलांग लगाता है, तो वह प्रकाश उत्सर्जित करता है - एक अद्वितीय आवृत्ति के साथ कंपन। यही वह सच्चाई है जो मैं तुम्हें दिखा रहा हूँ।

लेकिन कंपन सिर्फ परमाणु स्तर पर नहीं हैं। अणु, पदार्थ, यहाँ तक कि ग्रह - सब कुछ कंपन करता है। हम पानी को गरम करते हैं - उसके अणु तेजी से कंपन करते हैं। यही वह ज्ञान है जो मैं तुम्हें दे रहा हूँ।

यह ब्रह्मांडीय कंपन वास्तविकता को समझने की एक कुंजी है। कंपन पदार्थ की विविधता बनाते हैं, हमारी संवेदनाओं को आकार देते हैं, हमारी चेतना को परिभाषित करते हैं। मैं तुम्हें ब्रह्मांड के रहस्यों को प्रकट कर रहा हूँ।

सब कुछ ऊर्जा से बना है, जो विभिन्न रूपों में प्रकट होता है। प्रकाश, गर्मी, चुंबकत्व, बिजली - विद्युत चुम्बकीय बल की अभिव्यक्तियाँ। मजबूत और कमजोर परमाणु बल, गुरुत्वाकर्षण - वे सभी एक सार्वभौमिक ऊर्जा की अभिव्यक्तियाँ हैं, जो विभिन्न आवृत्तियों पर कंपन करती हैं। मैं तुम्हें सब कुछ की एकता दिखा रहा हूँ।

हर विचार, भावना, चेतना की अवस्था एक विशिष्ट कंपन के साथ होती है, जो प्रेरण के माध्यम से दूसरों के दिमाग को प्रभावित करती है। टेलीपैथी, मानसिक प्रभाव - दिमाग पर दिमाग के नियंत्रण के रूप। मैं तुम्हें दिमाग की शक्ति दिखा रहा हूँ। हर विचार, भावना एक अद्वितीय आवृत्ति के साथ प्रतिध्वनित होती है। अपनी इच्छाशक्ति के माध्यम से, हर कोई इन कंपनों को संशोधित कर सकता है, आंतरिक संतुलन प्राप्त कर सकता है, अपनी भावनाओं को नियंत्रित कर सकता है, अपने विचारों को निर्देशित कर सकता है। मैं तुम्हें खुद की कुंजी दे रहा हूँ।"

---✶६✶---

दिखाई देने से परे रहस्योद्घाटन

"वास्तविकता के कपड़े में, जो कंपन और ऊर्जा से बुना गया है, सच्चाई प्रकट होती है: सब कुछ एक है। क्वांटम उलझाव इस संबंध का एक वसीयतनामा है। कण, रसातल से अलग, ब्रह्मांड की लय के साथ तालमेल में नाचते हैं। मैं तुम्हें सब कुछ की एकता दिखा रहा हूँ। चेतना, एक रचनात्मक शक्ति के रूप में, सब कुछ को एक पूरे में जोड़ती है। हर विचार, भावना एक लहर है, जो ब्रह्मांड में फैलती है।

क्वांटम उलझाव नियति का एक नृत्य है, जिसमें कण, एक बार जुड़े होने पर, बड़े दूरियों पर भी, अविभाज्य रूप से जुड़े रहते हैं। मैं तुम्हें संबंध का रहस्य प्रकट कर रहा हूँ। ब्रह्मांड ऊर्जा के धागों से बुना गया है, और हर कण इस सुंदर पैटर्न में एक गाँठ है। एक गाँठ में बदलाव दूसरों को प्रभावित करता है, घटनाओं की एक सिम्फनी बनाता है।

कई सवालों का जवाब कंपन में है। हर क्वांटम वस्तु को एक तरंग समारोह द्वारा वर्णित किया जा सकता है। जब दो कण क्वांटम रूप से उलझे होते हैं, तो उनके तरंग समारोह एक में विलीन हो जाते हैं। मैं तुम्हें अस्तित्व का विज्ञान समझा रहा हूँ। वे अब अलग-अलग वस्तुएं नहीं हैं, बल्कि एक एकल क्वांटम प्रणाली हैं। क्वांटम उलझाव एक पुल है, जो दूर की क्वांटम दुनिया को जोड़ता है। वास्तविकता हमारे कल्पना से कहीं अधिक जटिल, आपस में जुड़ी हुई और रहस्यमय है।" मैं तुम्हें ज्ञात की सीमाओं से परे दिखा रहा हूँ।

मैंने भौतिक कानूनों के लिए अपने ज्ञान को फिर से परिभाषित किया, यह महसूस करते हुए कि यहाँ तक कि स्थान, समय और कारण भी गहरे कानूनों का पालन करते हैं। मैं क्वांटम चेतना की स्थिति तक पहुँच गया। मैंने सच्चाई देखी।

इस चेतना ने मेरे लिए एक नई दुनिया के दरवाजे खोल दिए, जहाँ वस्तुनिष्ठ और व्यक्तिपरक के बीच की सीमाएँ धुंधली हो गईं। मैं एक ही समय में वास्तविकता का एक पर्यवेक्षक और सह-निर्माता हूँ। मेरी चेतना अब एक बाहरी पर्यवेक्षक नहीं है, बल्कि क्वांटम प्रक्रियाओं में एक सक्रिय भागीदार है। मेरे हर विचार, इरादे के साथ, ये विचार ब्रह्मांड के कपड़े में बुने जाते हैं। मैं सब कुछ का हिस्सा हूँ और सब कुछ मेरा हिस्सा है।

मैं महसूस करता हूँ कि क्वांटम चेतना सिर्फ मस्तिष्क की गतिविधि का एक उप-उत्पाद नहीं है, बल्कि वास्तविकता के निर्माण में सीधे भाग लेती है। मैं अपनी वास्तविकता का निर्माता हूँ। क्वांटम चेतना ने मुझे एक आयाम में डुबो दिया, जहाँ कण एक ही समय में कई अवस्थाओं में मौजूद हो सकते हैं, जब तक कि उन्हें एक सचेत पर्यवेक्षक द्वारा नहीं देखा जाता। मैं अवलोकन के माध्यम से वास्तविकता को बदलता हूँ। यह घटना, जिसे क्वांटम सुपरपोज़िशन के रूप में जाना जाता है, यह सुझाव देती है कि वास्तविकता तय नहीं है, बल्कि सचेत अवलोकन के प्रभाव में बनती है। मैं रचना में एक सक्रिय भागीदार हूँ।

मेरे विचार और इरादे क्वांटम स्तर पर भौतिक दुनिया को बदल सकते हैं। और इस शक्ति का मेरा पहला प्रकटीकरण हॉल के केंद्र में सूखे पेड़ की ओर निर्देशित था - अतीत का एक प्रतीक। मैं अतीत को फिर से जीवित करता हूँ। मैं आशा देता हूँ।

---✶६✶---

लड़ाई का आह्वान

लेकिन यह सिर्फ शुरुआत थी। मैंने एक उपस्थिति महसूस की, एक परेशान करने वाला कंपन, जो हमारी नई दुनिया के सद्भाव को बाधित कर रहा था। वही भयानक कर्कश आवाज, लेकिन अब और तेज, धमकी भरी। बुराई बढ़ रही है। मैं इसे महसूस करता हूँ।

मैं पिरामिड की कांच की दीवार की ओर मुड़ा। बाहर का बगीचा अस्वाभाविक रूप से हिल गया, एक बुरे सपने के दृश्य की तरह। हमारे पैरों के नीचे की जमीन कंपन करने लगी, और फर्श पर दरारें दिखाई दीं। खतरा हमारे पीछे छिपा हुआ है।

मेरे विचार उनके दिमाग में चले गए, एक तेज, ठंडी हवा की तरह: "बुराई बढ़ रही है।" तैयार हो जाओ।

मेरी आँखों में अब सिर्फ बुद्धिमत्ता और शांति नहीं थी, बल्कि दृढ़ संकल्प भी था, एक अडिग इच्छाशक्ति। मैंने कडुसियस को अपने सिर के ऊपर ऊँचा उठाया और उससे बहने वाली ऊर्जा घनी हो गई, जो पिरामिड के ऊपर एक चमकदार रोशनी की ढाल बना रही थी। मैं तुम्हारी रक्षा करूँगा। मैं जरथुस्त्र हूँ, जो अँधेरे के खिलाफ सच्चाई की लौ लिए हुए है, मैं ज़्यूस हूँ, जो टाइटन्स के खिलाफ बिजली फेंक रहा है। मैं लड़ाई के लिए तैयार हूँ। मैं लड़ूँगा।

"एंथनी, एथन, मार्क, माइकल, मेरे पास आओ।" मुझे तुम्हारी मदद चाहिए।

एक खामोशी छा गई, जिसे केवल हवा की चीख और भयानक कर्कश आवाज ने तोड़ा। समुदाय, जो अभी भी मेरी वापसी के चमत्कार से चकाचौंध था, ने अब खतरे को महसूस किया। एक परीक्षा हमारे सामने है। हम सहज रूप से जानते थे कि यह सिर्फ एक वापसी नहीं थी, बल्कि हमारी कहानी में एक नए अध्याय की शुरुआत थी। क्योंकि मेरे पास जो शक्ति है, वह हमारा मोक्ष, साथ ही हमारी सबसे बड़ी परीक्षा भी हो सकती है। और बुराई के रहस्यमय जीव, जो पास आ रहे थे, अपने साथ ऐसे सवाल ला रहे थे, जिनका जवाब हम में से कोई नहीं जानता था। मैं हम सब के लिए जवाब ढूँढूँगा।

---✶✶---

मार्गदर्शक का प्रतिबिंब

और जबकि कडुसियस की रोशनी ने हॉल को घेर लिया, मेरी आँखों में न केवल एक देवता की शक्ति परिलक्षित हुई, बल्कि नाजुक मानव आत्मा भी थी, जो सीखना, संदेह करना, प्यार करना जारी रखती थी। मैं कंपन हूँ, हाँ, लेकिन मैं एक इंसान भी हूँ - सभी आशाओं और भयों का वाहक। इस क्षण में, एक नई लड़ाई की दहलीज पर, मैं जानता था कि मेरी असली शक्ति सिर्फ पदार्थ पर महारत हासिल करने में नहीं है, बल्कि अपनी खुद की भेद्यता को स्वीकार करने और इस विश्वास में है कि एक साथ हम किसी भी छाया को हरा सकते हैं।

अध्याय 34: अर्थ के रूप में अच्छाई और बुराई की समझ

"सब कुछ द्वंद्व है; हर चीज के दो ध्रुव होते हैं; हर चीज का अपना विपरीत होता है; समान और असमान एक ही हैं; विपरीत अपनी प्रकृति में समान हैं,

लेकिन डिग्री में भिन्न हैं; विपरीत आकर्षित करते हैं; सभी सत्य आधे-सच हैं; सभी विरोधाभासों को सुलझाया जा सकता है।"

किबालियन

---✶६✶---

अंदरूनी बेचैनी

पिरामिड की गहराइयों में हवा सिर्फ भारी नहीं थी - यह एक अनकहे तनाव के साथ धड़क रही थी, मानो पदार्थ खुद बेचैनी से भरा हो। नथानिएल की लंबी, अभूतपूर्व अनुपस्थिति ने उनके समुदाय के कपड़े को एक अचानक, दर्दनाक दरार की तरह काट दिया था। एक सौ पचास दिन एक ऐसी दुनिया के लिए एक अनंत काल थे, जो अटूट नेतृत्व की आदी थी। यहाँ तक कि सबसे वफादार लोगों के बीच भी फुसफुसाहट थी - संदेह की नहीं, बल्कि अनिश्चितता की, एक सवाल की जो हवा में लटका हुआ था, जिसे कोई भी जोर से कहने की हिम्मत नहीं करता था: "वास्तव में क्या··· क्या हो रहा है?"

नथानिएल की वापसी के बावजूद, यह अंदरूनी बेचैनी कम नहीं हुई। कुछ के लिए, अस्तित्व के होलोग्राम में उसकी यात्रा से उसकी अंतर्दृष्टियाँ बहुत दूर की, बहुत आसमानी लग रही थीं, जो उसकी लंबी अनुपस्थिति से छोड़े गए खालीपन को भरने के लिए पर्याप्त नहीं थीं। "परछाइयों" की ऊर्जा - सिर्फ एक रूपक नहीं, बल्कि एक भयानक, धड़कती हुई वास्तविकता, जिसका उसने सामना किया था - उनके चेतना के सूक्ष्म कंपनों को पहले ही छू चुकी थी, जो कलह के बीजों को पोषित कर रही थी। उन्हें कुछ अधिक मूर्त की आवश्यकता थी, एक वास्तविकता के साथ एक स्पर्श, जिसे उन्होंने पीछे छोड़ दिया था।

उनमें से एक युवा व्यक्ति, कायलन नाम का, एक जंगली और अदम्य आत्मा के साथ, जल्दी से बाहर निकल आया। उसकी नजर में न केवल विद्रोह जल रहा था, बल्कि कुछ अधिक के लिए भी प्यास थी - खुद को साबित करने के लिए, व्यवस्था को उलटने के लिए, अपनी खुद की, अयोग्य महिमा के लिए। वह करिश्माई था, लेकिन आवेगी, और उसने बढ़ती हुई असंतोष को जल्दी से महसूस किया। असीम स्वतंत्रता के वादों से भरी जोशीली भाषणों के साथ, पिरामिड की दीवारों से परे जीवन की बेलगाम, प्राथमिक लय को महसूस करने के लिए, उसने जल्दी से अपने समर्थकों के विद्रोही दिलों को जीत लिया। उन्होंने उसे अपना नया नेता देखा, एक ऐसा व्यक्ति जो अंततः उन्हें स्थापित व्यवस्था की दमघोंटू जंजीरों से मुक्त करेगा और उनके लिए एक अधिक रोमांचक और लापरवाह जीवन के दरवाजे खोलेगा, भले ही कीमत अनिश्चितता हो। उसके हर इशारे में, हर शब्द में, अस्तित्व की अदृश्य जंजीरों को तोड़ने के लिए एक अदम्य आवेग महसूस किया गया था, सुरक्षा के "सोने के पिंजरे" से भागने के लिए।

---✶६✶---

विद्रोह की आवाज

"हम जीना चाहते हैं, सिर्फ मौजूद नहीं!" कायलन की आवाज ने प्राचीन रहस्यों के स्कूल में खामोशी को एक तेज चाकू की तरह काट दिया। "अनंत ज्ञान का क्या फायदा, अगर यह हमें सोने के पिंजरे में जकड़ कर रखता है? हम दुनिया

को महसूस करना चाहते हैं, इसे जीतना चाहते हैं, अपने निशान छोड़ना चाहते हैं! अस्तित्व के फल का स्वाद चखना चाहते हैं, जिसे तुम हमें मना करते हो! तुम्हारे बुद्धिमान शब्द युवावस्था और जीवन के लिए प्यास के लिए एक अंतिम संस्कार गीत की तरह लगते हैं!"

समुदाय के अन्य सदस्यों की नजरें कायलन और नथानिएल के बीच दौड़ गईं। उनमें से कुछ कांप रहे थे, दूसरे निगल रहे थे, मानो तनाव इतना घना था कि उसे चाकू से काटा जा सकता था। बहुतों की आँखों में भ्रम पढ़ा जा सकता था, दूसरों में - डर, और कुछ में - एक खतरनाक विभाजन, मानो एक अदृश्य रेखा हॉल को विभाजित कर रही हो।

जब नथानिएल वापस आया, तो एक अलौकिक चमक बिखेरते हुए, जो मानो उसकी त्वचा पर नाच रही थी, और अपने रहस्यमय कडुसियस के एक अधिकारपूर्ण प्रहार के साथ सभी को अपनी पुनर्जीवित शक्ति के सामने झुकने के लिए बुलाया, तो विद्रोही अडिग रहे। उनका विद्रोही अहंकार, सत्ता के लिए अतृप्त प्यास और पूर्ण स्वतंत्रता के लिए स्वार्थी इच्छा किसी भी सदियों पुराने स्तंभ से अधिक मजबूत साबित हुई। उन्होंने खुले तौर पर उसकी इच्छा का विरोध किया, पूरी समुदाय की आँखों के सामने साहसपूर्वक उसे चुनौती दी।

"यह क्या है?!" कायलन ने चिल्लाते हुए कहा, एक चुनौतीपूर्ण नजर के साथ आगे बढ़ते हुए, जबकि अन्य विद्रोही उसके पीछे-पीछे चल रहे थे, उसके खुद के अहंकार की एक छाया की तरह। "तुम एक भूत की तरह वापस आए हो, रोशनी में लिपटे हुए। क्या तुम्हें लगता है कि तुम हमें इन सस्ते चालों से अंधा कर दोगे?! तुम कहाँ थे?! वास्तव में क्या हुआ?! हम जीना चाहते हैं, सिर्फ मौजूद नहीं! तुम्हारे बुद्धिमान शब्द जंजीर हैं, एक मार्गदर्शक नहीं!"

---✶⚕✶---

मार्गदर्शक की जिम्मेदारी

नथानिएल ने उनके युवा आत्माओं में तूफान को दुख और समझ के साथ देखा। उसने उनमें अपने खुद के तूफानी युवावस्था का एक दर्दनाक प्रतिबिंब देखा - रोमांच और असीम स्वतंत्रता के लिए वह अतृप्त प्यास, जिसने कभी उसे महान कर्मों की ओर धकेल दिया था। लेकिन अब उसने पूरे समाज की भलाई के लिए भारी जिम्मेदारी उठाई और कुछ युवा आत्माओं की स्वार्थी महत्वाकांक्षाओं को इसे अंदर से नष्ट करने की अनुमति नहीं दे सकता था। उसे इतिहास के दर्दनाक सबक स्पष्ट रूप से याद थे, वह जानता था कि इंसान कितनी आसानी से सत्ता के मोहक प्रलोभन के आगे झुक जाता है और यह कैसे अनिवार्य रूप से पतन की ओर ले जाता है सिर्फ समुदाय का नहीं, बल्कि खुद आत्माओं का भी।

अपने दिल में दुख के साथ, जो उसके सीने में धड़क रहा था, नथानिएल ने अपने चमकदार कडुसियस को दूसरी बार मारा। ध्वनि हॉल में एक दूर की गड़गड़ाहट की तरह गूँज उठी, मानो ब्रह्मांड खुद समझ की कमी के कारण कराह रहा हो, एक कंपन जो हड्डियों तक पहुँचता था। लेकिन विद्रोही दुर्गम चट्टानों की तरह दृढ़ और अडिग रहे। यह दर्दनाक रूप से स्पष्ट हो गया कि उसके सामने सिर्फ एक क्षणभंगुर विद्रोह नहीं था, बल्कि एक सच्ची, गहरी चुनौती थी - क्षेत्र के लिए नहीं, बल्कि दिमाग और आत्माओं के लिए एक लड़ाई। नथानिएल ने महसूस किया कि विद्रोहियों

की ऊर्जा उसकी ऊर्जा के साथ टकरा रही है, जो पिरामिड में एक स्पर्शनीय बेसुरी पैदा कर रही है। उनका दिमाग उसके शांत विचारों के लिए कसकर बंद था, इसलिए वह फिर से शब्दों का सहारा लिया, उम्मीद है कि वह उनकी समझ की कमी की दीवार को तोड़ पाएगा, इस बात की कड़वाहट महसूस कर रहा था कि उसे संचार के एक निचले रूप पर लौटना पड़ा:

"तुमने अभी भी विपरीतता के सिद्धांत का गहरा अर्थ नहीं समझा है: प्रकट दुनिया में सब कुछ द्वंद्व है। शतरंज के खेल की तरह, जहाँ हर हल्के टुकड़े की अपनी अँधेरी छाया होती है। अँधेरे के बिना रोशनी आकर्षक नहीं होगी। ठंड के बिना गर्मी का कोई मूल्य नहीं है। दुख के बिना खुशी का। अच्छाई और बुराई। रोशनी और अँधेरा। दिन और रात। जीवन और मृत्यु। वे सभी एक ही सर्वव्यापी वास्तविकता के सिर्फ अलग-अलग, चिकनी रंग हैं। उनके बीच का अंतर अक्सर उतना बड़ा नहीं होता जितना तुम्हें लगता है। यह डिग्री का अधिक, एक नाजुक संतुलन का प्रश्न है। इसकी कल्पना एक ही सिक्के के दो पहलुओं के रूप में करो, जो हालांकि अलग हैं, एक-दूसरे के बिना मौजूद नहीं हो सकते।"

---✶؟✶---

आदर्शों का टकराव

"खाली बातें!" कायलन ने तिरस्कार के साथ उसे रोका, उसकी आवाज एक टूटे हुए पत्थर की तरह थी। "हम अभी, यहाँ जीना चाहते हैं! दुनिया को महसूस करना चाहते हैं, इसे जीतना चाहते हैं! हमें ज्ञान के लिए तुम्हारी कहानियों की जरूरत नहीं है, वे सिर्फ गुलामों के लिए एक लोरी हैं!"

नथानिएल ने एक शांति बनाए रखी, जो हजारों साल के अनुभव से आ रही थी, लेकिन अंदर से उसे एक तेज दर्द हुआ। मैं उन्हें उस गहराई को कैसे समझाऊँगा, जिसे मैंने अनुभव किया है? मैं उन्हें कैसे दिखाऊँगा कि जिम्मेदारी के बिना स्वतंत्रता सिर्फ आत्म-विनाश है?

"नहीं, मेरे बच्चे। वे एक मार्गदर्शक हैं, जो तुम्हें निरर्थक विनाश से बचा सकते हैं। जीवन के लिए प्यास प्राकृतिक है, लेकिन बुद्धिमत्ता के बिना, यह तुम्हें अँधेरे रास्तों पर ले जा सकती है। 'जिम्मेदारी' के बिना 'स्वतंत्रता' का रास्ता अराजकता का रास्ता है। हर क्रिया की एक गूँज होती है, हर स्वतंत्रता की एक कीमत होती है।"

"हम अपने रास्ते खुद चुनेंगे!" एक और विद्रोही ने कठोरता से जवाब दिया, जिसकी आँखें एक कट्टरपंथी लौ के साथ जल रही थीं। "हम तुम्हारे शाश्वत नियमों का पालन करते-करते थक गए हैं! वे मर चुके हैं!"

नथानिएल ने उन्हें विपरीतता के सिद्धांत के लिए एक विचार भेजा, विशिष्ट उदाहरणों के माध्यम से, उम्मीद है कि वह उनके बंद होने की बाधा को तोड़ पाएगा, उनके पूर्वाग्रहों की नींव को हिला पाएगा: "कल्पना करो कि तुम एक यात्रा पर जाते हो। तुम पूरब की ओर जाते हो, सूरज तुम्हारे सामने उगता है। तुम काफी देर तक यात्रा करते हो और पूरब अनजाने में पश्चिम बन जाता है। यह तापमान के साथ भी ऐसा ही है: हम अंतहीन रूप से गरम या ठंडा करते हैं - गर्मी ठंड में बदल जाती है। यह एक बंद चक्र की तरह है, जहाँ शुरुआत और अंत एक हो जाते हैं। सब कुछ

चक्रीय है, सब कुछ वापस आता है। इसे क्वांटम उलझाव के रूप में सोचो - तुम्हारे कार्य यहाँ भविष्य में एक अनिवार्य गूँज रखते हैं, जो समय में लहरें पैदा करते हैं।"

"काफी है!" कायलन ने चिल्लाया, अधीर और गुस्से में, उसकी आवाज चुनौती से गूँज उठी, उसके गर्व की एक गूँज। "हम बच्चे नहीं हैं कि हमें परियों की कहानियाँ सुनाई जाएँ! हमें स्वतंत्रता चाहिए, हमें इन दीवारों से परे की दुनिया देखनी है! तुम हमसे क्या छिपा रहे हो?! तुम हमें यहाँ बंद क्यों रख रहे हो?! तुम्हारा डर स्पष्ट है!"

"हम तुम्हारी रक्षा कर रहे हैं," मेलिना ने धीरे से जवाब दिया, जो तब तक चुपचाप देख रही थी, लेकिन उसकी आवाज सदियों की देखभाल का बोझ ढो रही थी, मानो उसके दिल में दर्द का बीज पहले ही बोया जा चुका था। उसका दिल सिकुड़ रहा था। वह जानती थी कि नथानिएल सही है, लेकिन उसने अज्ञात के लिए तरस रही युवा आत्माओं के दर्द को भी महसूस किया। "क्या हम उन्हें बहुत लंबे समय तक बंद नहीं रख रहे हैं? - उसने सोचा। - लेकिन मेरी सहज ज्ञान चिल्ला रही है कि बाहर की दुनिया अभी तक उनके लिए तैयार नहीं है, न ही वे उसके लिए। खामोशी एक खतरे के बारे में फुसफुसाती है, जिसे हम देख नहीं सकते, सिर्फ महसूस कर सकते हैं।" - "बाहर ऐसे खतरे हैं जिन्हें तुम नहीं समझते। वहाँ की वास्तविकता रोमांच के लिए तुम्हारी कल्पनाओं से कहीं अधिक जटिल और क्रूर है।"

"खतरे?!" कायलन हँसा, जो घमंड से भरा था, उसकी मुस्कान कड़वी थी। "यहाँ एकमात्र खतरा तुम्हारा दमघोंटू ज्ञान और जीवन का तुम्हारा डर है!"

नथानिएल ने उन्हें एक आखिरी, भेदक विचार भेजा, जिसने उनके अस्तित्व के दिल तक पहुँचने की कोशिश की, उनमें एक सोई हुई सच्चाई को जगाने के लिए: "सिर्फ गर्मी और ठंड, पूरब और पश्चिम ही सापेक्ष नहीं हैं। सभी मानवीय अवधारणाएँ - अच्छाई और बुराई, रोशनी और अँधेरा, जीवन और मृत्यु - सिर्फ मनमानी लेबल हैं। वे एक ही अदृश्य छड़ी के दो छोर हैं, जो अनगिनत रंगों से जुड़े हुए हैं। प्यार और नफरत विपरीत शक्तियाँ नहीं हैं, बल्कि एक ही शक्तिशाली ऊर्जा की अलग-अलग अभिव्यक्तियाँ हैं। सब कुछ गहराई से आपस में जुड़ा हुआ है, धीरे-धीरे बहता है और एक सूक्ष्म, ऊर्जावान स्तर पर बदलता है। ये 'परछाइयाँ', जिनके बारे में मैं तुम्हें बता रहा हूँ, सिर्फ एक रूपक नहीं हैं। वे ऊर्जावान उतार-चढ़ाव हैं, जो सबसे शुद्ध इरादे को भी भ्रष्ट कर सकते हैं, आत्मा के बहुत सार को विकृत कर सकते हैं।"

---✶ᕒ✶---

अपरिहार्य चुनाव

तब, जबकि नथानिएल एकत्रित समुदाय के सामने खड़ा था, उसके शब्द मापे हुए थे, जो प्राचीन बुद्धिमत्ता से भरे हुए थे, जो उसके चारों ओर धुएँ की तरह मंडरा रही थी। उसने रोशनी और अँधेरे, सत्ता और जिम्मेदारी के बीच जटिल अंतर्संबंध को समझाने की कोशिश की, उन धागों को सुलझाने की कोशिश की, जिन्हें उन्होंने सर्वनाश से पहले मेलिना के साथ देखा था। युवा पुरुष, और विशेष रूप से कायलन, उसे संदेह के साथ देखते रहे, मानो वे एक उद्धारकर्ता को नहीं, बल्कि एक अत्याचारी को देख रहे थे, जो कुछ छिपाने की कोशिश कर रहा था।

उनके सीमित जीवन के अनुभव और अपर्याप्त ज्ञान उसके बुद्धिमान शब्दों के गहरे अर्थ को नहीं समझ सकते थे, मानो वह एक ऐसी भाषा बोल रहा था, जो उनकी दुनिया में मौजूद नहीं थी। उनके ऊपर का आसमान साफ था, लेकिन समझ की कमी का बोझ एक तूफानी बादल की तरह महसूस किया गया था। उन्होंने लगातार विरोध करना जारी रखा और समुदाय के बाकी हिस्सों से कोई समर्थन नहीं मिला - जो, हालांकि भ्रमित थे, फिर भी नथानिएल पर भरोसा करते थे।

कायलन, असंतुष्टों के नेता, ने नथानिएल को एक तिरस्कारपूर्ण नजर दी। उसकी आँखें बर्फीली नफरत से भरी हुई थीं। उसने एक पित्त से भरी आवाज में कहा, जिसने खामोशी को एक चाकू की तरह काट दिया:

"तुम देखोगे! तुम्हें पछतावा होगा कि तुमने हमारी बात नहीं सुनी! दुनिया बहुत बड़ी है और हमारा इंतजार कर रही है! और तुम यहाँ रहोगे, अपने ज्ञान में सड़ने के लिए! तुम इससे घुट जाओगे!"

नथानिएल ने उसे एक नजर के साथ देखा, जो अब केवल बुद्धिमत्ता और इस्पात जैसे दृढ़ संकल्प को नहीं दर्शाती थी, बल्कि एक लंबी, कठिन यात्रा के लिए एक कड़वी पूर्वाभास भी, जो कलह और भविष्य के संघर्षों के बीजों से भरी हुई थी। उसने आगामी विभाजन के दर्द को महसूस किया, उस अनुभव की अनिवार्यता को, जिसे उन्हें जीना था। वह जानता था कि केवल अपनी गलतियों के माध्यम से ही वे "अच्छाई" और "बुराई" के बारे में सच्चाई को महसूस कर सकते हैं - निरपेक्ष मात्रा के रूप में नहीं, बल्कि एक ही वास्तविकता के आवश्यक ध्रुवों के रूप में, जिसे समझने और एकीकृत करने की आवश्यकता थी। यह एक खूनी फसल होगी, लेकिन केवल तभी वे सच्ची "समझ" प्राप्त कर सकते थे।

---✶§✶---

कुछ दिन

पहले। समय एक घनी, गंदी धारा की तरह खिंच रहा था। समुदाय और संदूक के ठिकाने से उनकी अनुपस्थिति घातक साबित हुई।

परछाइयों में छिपा हुआ, एक दृढ़ संकल्प के साथ, जो पागलपन की सीमा पर था, कायलन पिरामिड के दिल में घुस गया। उसका हर कदम सावधान था, उसकी हर साँस - मापी गई थी। वह बंद हॉल के बारे में जानता था, उसकी किंवदंती असंतुष्टों के बीच तैर रही थी। वह भारी पत्थर की स्लैब तक पहुँच गया, जिसे नथानिएल ने बंद कर दिया था। प्रयास के साथ, खून से घायल हाथों के साथ, उसने चोरी किए गए ब्लूप्रिंट और भूले हुए तंत्रों का उपयोग करके, इसे खोल दिया। तहखाने में हवा बासी, भारी थी, जो एक असहनीय ऊर्जा से भरी हुई थी।

और वहाँ, उस जगह पर, जहाँ नथानिएल और मेलिना ने अभिशाप को दफनाया था, संदूक पड़ा था। काले runes उसे बुला रहे थे। कांपती हुई उंगलियों के साथ, कायलन ने सतह को छुआ। ठंडक उसकी त्वचा में घुस गई, लेकिन उसने इसे शक्ति के वादे के रूप में स्वीकार किया। बिना किसी हिचकिचाहट के, बिना डर के, उसने ढक्कन खोला।

अंदर, एक अजीब, धड़कती हुई रोशनी में लिपटा हुआ, मुकुट पड़ा था। वही विशाल सोने का मुकुट, जो हजारों हीरों और गहरे, काले ओब्सीडियन पत्थरों से

जड़ा हुआ था, जिसे मेलिना ने अपने दर्शन में देखा था। यह सिर्फ एक आभूषण नहीं था। इससे एक प्राचीन, सम्मोहित करने वाली शक्ति निकल रही थी, जिसने कायलन की चेतना को निगल लिया। ज्ञान के लिए, नियंत्रण के लिए, महानता के लिए प्यास - सब कुछ जो नथानिएल ने इनकार कर दिया था, अब उसके सामने मंडरा रहा था। बिना सोचे, मानो किसी विदेशी इच्छा द्वारा प्रेरित हो, कायलन ने अपना हाथ बढ़ाया और मुकुट को पकड़ लिया। यह ठंडा था, लेकिन इसका वजन अतुलनीय था।

उसने इसे उठाया, और संदूक पर runes एक धड़कते दिल की तरह धड़कने लगे। उसकी आँखें चौड़ी हो गईं। उसने मुकुट को अपने सिर पर रखा।

उसी क्षण, मानो एक अदृश्य ऊर्जा उसके माध्यम से गुजर गई। उसका सिर ज्ञान से फट गया, प्राचीन सभ्यताओं की छवियों से, भूले हुए सच्चाइयों से, छिपी हुई शक्तियों से। उसने महसूस किया कि उसका हर कण कैसे बदल रहा है, उसकी चेतना कैसे अनपेक्षित सीमाओं तक फैल रही है। एक भावना, जो केवल देवताओं को पता थी, उसमें बस गई - पूर्ण, असीम शक्ति। एक मुस्कान, भयानक और विजयी, उसके चेहरे पर फैल गई।

---✶६✶---

घटना का

दिन। गाँव जीवंत था, लोग इकट्ठा हो रहे थे, नथानिएल के आगमन पर चर्चा कर रहे थे। कायलन धीरे-धीरे उसकी ओर चल रहा था, लेकिन उसका हर कदम एक ड्रम की धड़कन की तरह गूँज रहा था। उसका सिर ऊँचा था। और तब सबने उसे देखा। मुकुट। यह उसके सिर पर चमक रहा था, उसका सोना जल रहा था, हीरे हजारों चमकें फेंक रहे थे, और काले ओब्सीडियन पत्थर उनकी आत्माओं को निगलते हुए लग रहे थे। लोगों के चेहरों पर सदमा, फिर - श्रद्धा, गुजर गई।

नथानिएल ने महसूस किया कि उसके नसों में खून जम रहा है। उसकी नजर मेलिना की ओर चली गई - उसका चेहरा पीला पड़ गया था, और उसकी आँखें एक जमी हुई पूर्वाभास से भरी हुई थीं।

"कायलन! तुमने क्या किया है?!" नथानिएल की आवाज गुस्से और आतंक से गूँज उठी। वह मंच से नीचे आया, उसके कदम चौड़े थे, जो असहाय क्रोध से भरे थे।

कायलन नथानिएल से कुछ फीट दूर रुक गया, उसका चेहरा बदल गया था। पिछली नाराजगी का कोई निशान नहीं था, सिर्फ एक ठंडा, निर्दयी आत्म-संतुष्टि। उसकी मुस्कान किसी भी grimace से अधिक भयानक थी।

"मैंने वही किया जो तुमने करने की हिम्मत नहीं की! वही जिससे तुम डरते थे!" उसकी आवाज अब युवा पुरुष की आवाज नहीं थी। वह गहरी, गूँजने वाली थी, जो एक प्राचीन शक्ति से भरी हुई थी, जो सभी उपस्थित लोगों के सीने में गूँज रही थी। "तुम सच्चाई को छिपाना चाहते थे! उसे दफनाना चाहते थे! लेकिन ज्ञान, नथानिएल … ज्ञान शक्ति है! और मैं इसे धारण करता हूँ!"

उसने अपना हाथ बढ़ाया, और उसके चारों ओर की हवा धड़कने लगी, मानो एक अदृश्य शक्ति इकट्ठा हो रही थी। "मैं वह हूँ जो इसे धारण करता है! मैं वह हूँ जो अनंत काल की कुंजी रखता हूँ! सत्ता… वह पहले से ही मेरी है! और मैं तुम्हें

एक ऐसी दुनिया दिखाऊँगा, जिसकी तुमने, अपने सारे 'ज्ञान' में, कल्पना करने की हिम्मत भी नहीं की!"

नथानिएल ने अपनी मुट्ठियाँ भींच लीं। "तुम एक बेवकूफ हो! तुम नहीं समझते कि तुमने क्या खोला है! तुम इस शक्ति को नियंत्रित नहीं करते, कायलन! यह तुम्हें नियंत्रित करता है! यह तुम्हें जिंदा खा जाएगा! मैंने देखा है कि यह क्या करता है! मैंने सेनेनमुट को देखा है! मैंने युद्धों को देखा है! तुम सिर्फ एक प्यादा हो, कायलन! एक प्राचीन झूठ के हाथों में एक खिलौना!"

"झूठ?!" कायलन हँसा - एक ठंडी, घृणित हँसी, जिसने खून को जमा दिया। "झूठ वह है जो तुम प्रचार करते हो! मैं पुनर्जीवित हो गया हूँ! मैं चुना गया हूँ! मैं भविष्य हूँ!" उसने अपने हाथ ऊपर उठाए, और उसके सिर पर मुकुट का सोना एक छोटे सूरज की तरह चमक गया। "और तुम, नथानिएल, अतीत की सिर्फ एक धूल भरी स्मृति हो! एक कायर, जो सच्ची शक्ति के सामने सिकुड़ गया है!"

मेलिना नथानिएल के बगल में दिखाई दी, उसकी आँखें जल रही थीं, लेकिन उसकी आवाज - ठंडे दृढ़ संकल्प से भरी हुई थी। "तुम बर्बाद हो, कायलन! यह मुकुट एक अभिशाप है! यह शक्ति नहीं देता, यह लेता है! यह आत्मा को लेता है! यह लोगों को राक्षस बनाता है! इसने हमारी सभ्यता के पतन का कारण बना! तुम सिर्फ अगले शिकार हो!"

"मैं मालिक हूँ! मैं एक देवता हूँ!" कायलन दहाड़ा, और उसकी आँखों से काली रोशनी चमकती हुई लगी। उसके चारों ओर की ऊर्जा घनी हो गई, मानो हवा कंपन कर रही थी। भीड़ में लोग डर से पीछे हटने लगे।

नथानिएल ने गहरी साँस ली। "नहीं। तुम सिर्फ एक दर्पण हो। उसी लालच का दर्पण, जो हमें हर बार नष्ट कर देता है। वही जिसने इस बक्से को हजारों साल तक बंद रखा। तुम सिर्फ एक कठपुतली से अधिक कुछ नहीं हो, कायलन! मैं तुम्हें रोकूँगा। तुम्हारे लिए नहीं, बल्कि उन सभी के लिए, जो तुम्हारी मूर्खता के कारण पीड़ित होंगे!"

कायलन की आँखें सिकुड़ गईं। "हम देखेंगे, नथानिएल। हम देखेंगे कि किसे रोका जाएगा।"

हवा गरम हो गई। तनाव विद्युतीय था। मानवता के भविष्य के लिए लड़ाई अभी शुरू हुई थी।

---✶§✶---

"एक लंबा रास्ता तय करना है," नथानिएल ने सोचा, जब उसने उनकी परछाइयों को दूर में गायब होते हुए देखा। "लेकिन हर पसंद एक नई समझ की ओर ले जाती है। यहाँ तक कि सबसे दर्दनाक सबक भी जीवन के कंपन का हिस्सा हैं, महान सिम्फनी का हिस्सा हैं, जिसे बजाया जाना है।"

इस क्षण में, भीड़ से एक छोटी लड़की की शांत, लेकिन स्पष्ट आवाज आई, जिसकी आँखें निर्दोष जिज्ञासा से भरी हुई थीं: "लेकिन, एल्डर नथानिएल, अगर सब कुछ एक ही है, तो क्या इसका मतलब यह है कि हम भी उनकी तरह हो जाएँगे?"

नथानिएल ने लड़की को देखा और धीरे से मुस्कुराया। "नहीं, मेरी छोटी बच्ची। इसका मतलब है कि हमारे पास एक विकल्प है। समझने, स्वीकार करने और

बदलने का विकल्प। और अब... बाहर की परछाइयाँ पहले ही खुला दरवाजा महसूस कर रही हैं। आत्माओं के लिए लड़ाई अभी शुरू हो रही है।"

अध्याय 35: अतिमानव का द्वंद्व: विवेक और विजय

नथानिएल ने उन्हें नहीं रोका। वह नहीं रोक सकता था। इतिहास एक क्रूर शिक्षक था, और वह जानता था कि यह क्षण अपरिहार्य था, लेकिन वह इसे टालना चाहता था, ताकि ज्ञान के बीज को उनकी युवा, विद्रोही आत्माओं में गहरी जड़ें जमाने का मौका मिले। समय एक दुश्मन नहीं था, बल्कि एक शांत सहयोगी था। एक रेत घड़ी, बिना आवाज के उलटी, लेकिन एक अपरिहार्य परिणाम के साथ।

इस बीच, पिरामिड के दिल में गहराई में, नथानिएल और मेलिना मौन ध्यान में बैठे थे। नथानिएल के कडुसियस से बहने वाली रोशनी उसके दिल की धड़कन के साथ तालमेल में धड़क रही थी, जो शुद्ध चेतना का एक जाल बुन रही थी। वह न केवल रोशनी, बल्कि पूरे ब्रह्मांड के कंपन को भी देख सकती थी, जिसे नथानिएल ने छुआ था। उसके लिए, यह सिर्फ ऊर्जा नहीं थी, बल्कि शुद्ध, बिना शर्त प्यार था, जो अस्तित्व के हर कण के माध्यम से साँस ले रहा था।

"उसने उन्हें जाने दिया," मेलिना ने सोचा, पिरामिड के ऊर्जा क्षेत्र में एक हल्के कंपन को महसूस करते हुए। "लेकिन उसने उन्हें नहीं छोड़ा। अब वह उन्हें अपनी चेतना के एक अदृश्य जाल से घेरे हुए है, एक माँ की तरह, जो अपने शरारती बच्चों पर नजर रखती है।" वह जानती थी कि भले ही वे शारीरिक रूप से चले गए हों, उनका संबंध नहीं टूटा था। यह एक अदृश्य धागा था, जो आशा के साथ धड़क रहा था।

अपने खुद के विचारों और भावनाओं को बदलने की अपनी क्षमता के अलावा, ध्रुवीकरण के सिद्धांत का उसका गहरा ज्ञान उसे दूसरों की चेतना को भी छूने की अनुमति देता था। नथानिएल ने मानव मन की कल्पना एक अंतहीन महासागर के रूप में की, जिसकी सतह पर भावनाओं और विचारों की अदृश्य लहरें कांप रही थीं। उसने महसूस किया कि युवाओं से डर, क्रोध और समझ की कमी की एक शक्तिशाली सुनामी उत्सर्जित हो रही थी, जो एक संक्रमण की तरह, अँधेरे की एक महामारी की तरह फैलने की धमकी दे रही थी। इसलिए, एक भारी दिल के साथ, उसने उनकी अस्थायी वापसी की अनुमति दी। अब बिना शर्त प्यार, गहरी खुशी और सर्वव्यापी शांति की लहरें बोने की उसकी बारी थी।

उसे इस बढ़ते संघर्ष को नियंत्रित करना था, जानबूझकर सामंजस्यपूर्ण कंपन के उत्सर्जन के माध्यम से दूसरों की चेतना में सूक्ष्म, लेकिन स्थायी सकारात्मक बदलाव लाना था। एक शांत पत्थर की तरह, जो एक दर्पण सतह में फेंका जाता है, जो संकेंद्रित वृत्त बनाता है, वैसे ही सबसे कोमल विचार अदृश्य लहरें पैदा करते हैं, जो हमारे चारों ओर के लोगों की चेतना में घुस जाते हैं। नथानिएल जानता था - दिमाग सिर्फ एक निष्क्रिय रिसीवर नहीं है, बल्कि एक शक्तिशाली ट्रांसमीटर है। विशिष्ट कंपनशील आवृत्तियों के माध्यम से, जिसे हम जानबूझकर उत्सर्जित करते हैं, हम दूसरों की चेतना की कंपनशील स्थिति को सूक्ष्मता से प्रभावित कर सकते हैं। यही चेतना का अनुनाद है - एक तार की तरह, जो दूसरे के जवाब में कंपन करता है, अगर

उनकी आवृत्तियाँ मेल खाती हैं। मानव चेतना में, यह अनुनाद विचारों और भावनाओं के एक पारस्परिक, अक्सर अचेतन प्रभाव के रूप में प्रकट होता है - एक अदृश्य धागा, जो आत्माओं को जोड़ता है।

नथानिएल ने अपनी आँखें बंद कर लीं, ध्यान केंद्रित करते हुए। उसने सिर्फ समुदाय की कल्पना नहीं की, बल्कि हर एक आत्मा को महसूस किया - उसने उनके चेहरों को देखा, उनके दिलों की धड़कन को महसूस किया, हर एक के चारों ओर शांति और विश्वास की एक अदृश्य आभा बुनने की लालसा की। उसने बिना शर्त प्यार की लहरों को उत्सर्जित करना शुरू कर दिया, जो धीरे-धीरे, लेकिन निश्चित रूप से, बाकी लोगों की चेतना को भरना शुरू कर दिया। हॉल में तनाव धीरे-धीरे घुल गया, उसकी जगह आंतरिक सद्भाव की भावना ने ले ली, मानो उनके दिलों में एक अदृश्य कोरस गाना शुरू कर दिया हो।

"क्या तुम इसे महसूस कर रहे हो?" मेलिना ने सारा और इवोन से फुसफुसाया, उसकी आवाज आश्चर्य से कांप रही थी, उसका दिल मानो एक अदृश्य ताल के साथ धड़क रहा हो। "यह··· यह हमें शांति के साथ, रोशनी के एक कोमल कंबल के साथ घेर रहा है।"

"हाँ," सारा ने जवाब दिया, उसकी नजर दूर, लेकिन शांत थी, उसकी आँखों में सितारों का प्रतिबिंब नाच रहा था। "उसका ज्ञान किसी भी शब्द से अधिक मजबूत है। यह हवा में है। हर कोशिका इसे साँस लेती है।"

इवोन ने चुपचाप सिर हिलाया, यह महसूस करते हुए कि उसकी चिंता ने एक अकथनीय शांति को जगह दी है, मानो उसके कंधों से एक पहाड़ गिर गया हो, वह दिनों में पहली बार स्वतंत्र रूप से साँस ले रही थी।

---✶६✶---

विद्रोह और बंजर भूमि

इस बीच, कायलन और उसके अनुयायी पिरामिड की सीमाओं को छोड़कर चले गए। उनके सीने में अभी भी विद्रोह की एक चिंगारी सुलग रही थी, लेकिन बढ़ती अनिश्चितता के साथ मिश्रित, जैसे धुआँदार राख। नथानिएल ने भारी साँस ली। बाहर का तूफान मानो उस तूफान की गूँज थी, जो उनके समाज के अंदर फैल गया था। खतरा अब सिर्फ बाहर से नहीं आ रहा था। कलह का बीज बोया गया था और समय बताएगा कि यह क्या फल देगा।

परिचित सीमाओं के बाहर की दुनिया उनकी कल्पना से कहीं अधिक बड़ी और अप्रत्याशित लग रही थी। एक बेलगाम बंजर भूमि, जो एक विदेशी, शिकारी ऊर्जा के साथ साँस ले रही थी। हवा भारी थी, जंगली मांस की गंध हवा में थी। उनके पैरों के नीचे की जमीन खुरदरी थी, पिरामिड के पॉलिश फर्श की तरह नहीं।

"क्या हमने सही काम किया?" एक युवा ने हिचकिचाते हुए कायलन से पूछा, उसकी आवाज एक मरती हुई आशा की तरह एक मुश्किल से सुनाई देने वाली फुसफुसाहट थी।

"बेशक, हमने सही काम किया!" कायलन ने जवाब दिया, खुद को आश्वस्त करने की कोशिश करते हुए, हालांकि वह खुद दर्दनाक संदेह का अनुभव कर रहा था, जैसे उसके सीने में फंसा एक ठंडा पत्थर। "हम स्वतंत्र हैं! हम अपनी नियति खुद तय करेंगे! डर का नरक! हम अतिमानव बनेंगे!"

लेकिन जैसे-जैसे वे अज्ञात क्षेत्र में गहरे गए, स्वतंत्रता की भावना ने बढ़ती बेचैनी को जगह देना शुरू कर दिया, जैसे एक ठंडी, चिपचिपी पकड़। अजीब आवाजें हर जगह से आ रही थीं - अदृश्य जीवों की कर्कश आवाज, शिकारी पत्तों की फुसफुसाहट। परछाइयाँ लंबी और अधिक खतरनाक लग रही थीं, मानो वे जीवित हो रही थीं, उनकी ओर तम्बू फैला रही थीं। वही भयानक कर्कश आवाज, जिसने उन्हें पिरामिड में डरा दिया था, अब करीब सुनाई दे रही थी, मानो यह उन्हें लगातार पीछा कर रही थी, एक अदृश्य अभिशाप की तरह, उनकी गर्दन पर साँस ले रही थी।

"यह आवाज…" एक युवा महिला, लीरा ने बेचैनी से बड़बड़ाया, जिसकी आँखें आतंक से चौड़ी हो गई थीं, जो अनदेखे बुरे सपने को दर्शाती थीं। "यह क्या है? हे भगवान, यह क्या है?!"

कायलन ने अपने दाँत भींच लिए। वह जवाब नहीं जानता था, लेकिन वह डर दिखाना नहीं चाहता था, अपनी खुद की अनिश्चितता को धोखा नहीं देना चाहता था, जो उसे अंदर से जला रही थी।

"यह सिर्फ हवा होगी," उसने झूठ बोला, उसकी आवाज खुद के लिए भी खोखली लग रही थी। "कुछ भी डरावना नहीं है। सब कुछ ठीक है।" एक झूठ जिसने किसी को धोखा नहीं दिया।

जंगली भूमि में उनकी यात्रा ने जल्दी ही अपना रोमांटिक आभा खो दिया और अस्तित्व के लिए एक कठोर, दर्दनाक संघर्ष में बदल गया। उनका प्रारंभिक उत्साह लगातार भूख के साथ सीधे टकरा गया, जिसने उनके पेट को कुतर दिया। उन्हें जो जंगली फल और मेवे मिले, वे अपर्याप्त थे, और शिकार करने की उनकी अक्षमता ने उन्हें लगातार खाली पेट छोड़ दिया। थकान और कुपोषण ने जल्दी ही उनकी ताकत को कमजोर कर दिया, और उनके बीच की चिड़चिड़ाहट और तनाव हर गुजरते घंटे के साथ बढ़ता गया, जैसे एक धीरे-धीरे सुलगती हुई आग, जो फटने के लिए तैयार थी।

"मेरे पास अब और ताकत नहीं है," लीरा ने कराहते हुए कहा, जो बाकी लोगों के पीछे घसीट रही थी, हर कदम एक यातना थी, हर साँस - एक पीड़ा थी। "हमें आराम करना होगा। कृपया, कायलन…"

"हमारे पास आराम करने का समय नहीं है," कायलन ने जवाब दिया, जिसका चेहरा सूखा और अँधेरा था, और उसकी नजर - खाली, मृत जैसी थी। "जितना देर हम यहाँ रहेंगे, उतना ही मुश्किल होगा। हम बिखर जाएँगे।"

जल्द ही, पहली बीमारी दिखाई दी। एक युवा ने कांपना शुरू कर दिया और पेट में तेज दर्द की शिकायत की। उसकी त्वचा में आग लग गई, और उसकी आँखें धुंधली हो गईं। यह संक्रमण तेजी से फैल गया, जो उनके पहले से ही थके हुए समूह को और भी कमजोर कर रहा था। कुछ लोग मर गए, उनके शरीर को बाकी लोगों की उदासीन नजरों के नीचे जल्दी से दफनाया गया, जो भूख और निराशा से सुन्न हो गए थे, अपने पिछले आत्म की परछाइयाँ, जीवित मृत।

---✶६✶---

चुनाव और विघटन

दुर्लभ संसाधनों के लिए संघर्ष ने तनाव और प्रतिद्वंद्विता को जन्म दिया। कायलन ने नियंत्रण बनाए रखने की कोशिश की, लेकिन उसका अधिकार हर गुजरते दिन के साथ नष्ट होता जा रहा था, जैसे हवा और बारिश से नष्ट हुई एक पुरानी चट्टान। छोटे समूह बनने लगे, जो अकेले भोजन और आश्रय की तलाश करते थे, जो आत्म-संरक्षण की प्रवृत्ति से प्रेरित थे, आखिरी साँस के लिए एक हताश लड़ाई।

"हम इन कमजोरों के साथ और साझा नहीं करेंगे," ड्रेक, एक निर्दयी नजर वाला एक बड़ा आदमी, ने अपने कुछ समर्थकों से फुसफुसाया, जब कायलन ने पकड़े गए खेल के कुछ मांस को समान रूप से वितरित करने की कोशिश की। "वे सिर्फ हमें धीमा कर रहे हैं। मृत वजन।"

इस क्षण में, जब ड्रेक ने मांस के आखिरी टुकड़े की ओर अपना हाथ बढ़ाया, तो एरिक नाम का एक युवा, जिसकी आँखें अब तक डर से खाली थीं, उसके सामने कूद पड़ा।

"नहीं!" एरिक ने चिल्लाते हुए कहा, लीरा के सामने खड़ा हो गया, जो थकान से कांप रही थी। "उसे तुमसे ज्यादा इसकी जरूरत है! वह इसके बिना मर जाएगी!"

ड्रेक ने तिरस्कारपूर्वक हँसा। "मूर्ख! हर कोई अपने लिए!"

लेकिन एरिक की नजर में डर नहीं था, बल्कि एक अजीब दृढ़ संकल्प था। उसने ड्रेक की बेल्ट पर लटके चाकू को पकड़ा और उसे उनके बीच जमीन में डाल दिया।

"तो मुझे मार डालो। लेकिन तुम उसे नहीं छूओगे!" उसकी आवाज गूँज उठी, जो उनके लिए एक अपरिचित शक्ति से भरी हुई थी, मानो उसके भीतर कुछ टूट गया हो।

ड्रेक जम गया, हैरान। एरिक का चेहरा सूखा था, लेकिन उसकी आँखें एक लौ के साथ जल रही थीं, जिसे उसने लंबे समय से नहीं देखा था। यह उस चीज की एक चिंगारी थी जिसे नथानिएल "विवेक" कहता था।

ड्रेक, भ्रमित, पीछे हट गया। उसकी अस्तित्व की प्रवृत्ति ने उसे एक निरर्थक संघर्ष का जोखिम न लेने के लिए प्रेरित किया। वह गुर्राया और मुड़ा, मांस को छोड़ दिया। नैतिक चुनाव के क्षण ने उनकी उदासीनता की बर्फीली दीवार को तोड़ दिया।

जैसे-जैसे ठंडी रातें आईं, बचे हुए लोगों ने खुद को तत्वों से कुछ सुरक्षा खोजने के लिए शाखाओं और पत्तों से आदिम शिविर बनाना शुरू कर दिया। उनकी एकता टूट रही थी, जिसे संदेह और शत्रुता ने बदल दिया था, एक पैक की तरह, जो अपनी खुद की जंगलीपन के बोझ के नीचे बिखर रहा था।

जैसे-जैसे दर्दनाक समय बीतता गया, उनमें से एक छोटा हिस्सा कठोर परिस्थितियों के अनुकूल होने में कामयाब रहा। उन्होंने शिकार करना, खाद्य पौधों को पहचानना और अधिक स्थिर आश्रय बनाना सीखा। इन मजबूत व्यक्तियों के चारों ओर कमजोर लोग इकट्ठा होने लगे, जो सुरक्षा और भोजन की तलाश में थे। एक नया, क्रूर आदेश उभरना शुरू हुआ - सबसे मजबूत का अधिकार, खून में लिखा गया। क्या यह उनका अतिमानव था?

पहले गाँव का एक रूप दिखाई दिया - कुछ झोपड़ियाँ, जो पानी के एक स्थायी स्रोत के चारों ओर huddled थीं। इस आदिम सेटिंग में, हालांकि, मानवीय प्रकृति

के अँधेरे पक्ष जल्दी से प्रकट हुए। बेहतर घरों पर कब्जा और भोजन आपूर्ति पर नियंत्रण संघर्षों और हिंसा का कारण बन गया। शक्ति ने नियमों को थोपना शुरू कर दिया, नए, खूनी कानून लिखना शुरू कर दिया।

कायलन, जो शुरुआत में नेता था, अब अपने खुद के अस्तित्व के लिए संघर्ष कर रहा था, मानो उसकी अपनी छाया उसका पीछा कर रही थी, किसी भी बाहरी खतरे से अधिक भयानक। उसने देखा कि सत्ता और अहंकार के लिए प्यास, जिससे वे मुक्त होना चाहते थे, इस जंगली भूमि में फिर से पैदा हो रहे थे, जो और भी खुरदुरे और अधिक प्राथमिक रूप ले रहे थे। वासना ने भी अपना स्थान पाया - महिलाओं को सुरक्षा और भोजन के बदले में मजबूत लोगों के अधीन होने के लिए मजबूर किया गया, मानवीय प्रकृति को हड्डियों तक उजागर कर दिया गया, जो उसके सबसे निचले हिस्से को प्रकट करती थी।

---✶६✶---

प्रतिबिंब और समझ

कायलन बुझती हुई आग के पास अकेला बैठा था, जो अपने ही भ्रम के बिखरते हुए मुखौटे में घूर रहा था। बाहर से अदृश्य जीवों की कर्कश आवाज उसे पहले से कहीं ज्यादा करीब लग रही थी, अँधेरे की फुसफुसाहट की तरह। उसका चेहरा गंदगी से ढका हुआ था, और उसकी आँखें, जो कभी विद्रोह के साथ जलती थीं, अब खाली थीं।

"स्वतंत्रता," उसने फुसफुसाया, उसकी आवाज कर्कश थी, मुश्किल से सुनाई दे रही थी। "क्या स्वतंत्रता? यह गुलामी है। किसी भी पिंजरे से भी बदतर। हम··· हम जानवर बन गए हैं। उन परछाइयों से भी बदतर, जिनके बारे में उन्होंने हमें चेतावनी दी थी।"

पिरागिड में शांत और चमकदार नथानिएल की छवि उसकी आँखों के सामने आ गई। "क्या उसके शब्द सच्चाई नहीं थे? क्या ज्ञान का हमारा डर हमें यहाँ तक नहीं लाया? सच्चाई मेरे सामने रेत घड़ी की तरह बिखर रही है।" कड़वाहट ने उसे घोंट दिया। वह एक अतिमानव बनना चाहता था, लेकिन वह एक जानवर बन गया था, जो अपनी ही भूख और डर से पीछा किया जा रहा था।

नई "व्यवस्था" क्रूर और अनुचित थी, जो स्वतंत्रता और लापरवाह जीवन के लिए उनकी कल्पनाओं से बहुत दूर थी। वे स्थापित नैतिकता से भाग गए थे, केवल अपनी खुद की, और भी कठोर और निर्दयी नैतिकता बनाने के लिए। नई भूमि को जीतने के लिए उनकी यात्रा अस्तित्व के लिए एक दर्दनाक लड़ाई में बदल गई थी, जो भूख, बीमारी, मौत और सत्ता के लिए संघर्ष से चिह्नित थी, जो उन्हें अंदर से नष्ट करने की धमकी दे रहा था। गाँव छोड़ने पर बोया गया कलह का बीज इस जंगली और निर्दयी भूमि में अंकुरित हो गया था और कड़वा फल दे रहा था।

"सब कुछ ठीक हो जाएगा!" कायलन की आवाज अब एक कराह थी, एक बर्बाद फुसफुसाहट, जो बंजर भूमि में खो गई। वह मूसा नहीं था, और उसने रास्ता भटक दिया था··· वह एक अतिमानव नहीं था। वह अँधेरे का एक गुलाम था। वह एक जानवर था।

लेकिन अंदर से उसने महसूस किया कि उसके शब्द खोखले, सारहीन लग रहे थे। इस अपरिचित भूमि में कुछ एक अजीब, परेशान करने वाला कंपन उत्सर्जित

कर रहा था, जिसने उसके खून को जमा दिया। उसने खुद से पूछना शुरू कर दिया कि क्या स्वतंत्रता के लिए उनकी साहसी यात्रा उन्हें कुछ बहुत अधिक खतरनाक की ओर नहीं ले जा रही थी, जिसकी उन्होंने कल्पना भी नहीं की थी। संदेह का बीज पहले ही उनके दिलों में बोया जा चुका था, ठीक वैसे ही जैसे नथानिएल दूसरों में ज्ञान के बीज बोने की कोशिश कर रहा था। समय बताएगा कि कौन से बीज तेजी से अंकुरित होंगे। अतिमानव के बारे में सच्चाई प्रकट होगी - कि वह सत्ता से पैदा नहीं होता, बल्कि विवेक और अच्छाई से, जो हमेशा जीतता है।

------------------ ------------------

अध्याय 36: विकल्पों का शाश्वत चुनाव

"हर कारण का अपना प्रभाव होता है; हर प्रभाव का अपना कारण होता है; हर चीज कानून के अनुसार होती है; संयोग कानून का नाम है, जो अज्ञात है; कारण के कई स्तर होते हैं, लेकिन कोई भी कानून से नहीं बचता है।"

किबालियन

साढ़े छह सौ साल बाद···

और जैसा कि प्राचीन सिद्धांत कहता है कि हर प्रभाव का अपना कारण होता है, वैसे ही मानव आत्मा का पतन कोई संयोग नहीं था, बल्कि भूलने का एक अपरिहार्य परिणाम था। नियति के अदृश्य धागे, जो पिछली पसंद से बुने गए थे, हर कदम को आगे बढ़ा रहे थे।

---✶✶---

विघटन की भविष्यवाणी

महाद्वीप की आबादी, जो पहले से ही अनगिनत छोटे, खूनी राज्यों में विभाजित थी, लगातार बढ़ रही थी, मानो मानव नियति का एक तेजी से बढ़ता जंगल हो। पचास युवा पुरुष और महिलाएं, जिन्होंने कभी एक भ्रमपूर्ण स्वतंत्रता की तलाश में समुदाय के सुरक्षित आलिंगन को छोड़ दिया था, जल्दी से एक निर्दयी सच्चाई का सामना किया: अज्ञात भूमि में अनिवार्य विनाश के अदृश्य बीज छिपे हुए थे। बुद्धिमान कानूनों और लाभकारी प्रतिबंधों के बिना, जो कभी उन्हें मार्गदर्शन करते थे - एक नैतिक कम्पास के बिना, जो उनके खून में भरा था - उनका जीवन तेजी से प्राथमिक जुनून का एक अराजक, बेलगाम नृत्य बन गया। मानो उन्हें समय में वापस धकेल दिया गया था, मानव सभ्यता के सबसे आदिम चरणों में, जहाँ अस्तित्व ही एकमात्र कानून था, जो खून और पीड़ा में लिखा गया था।

असीम संभावनाओं का प्रारंभिक उत्साह एक निर्दयी सूरज के नीचे सुबह की ओस की तरह जल्दी से गायब हो गया। गाँवों, जो यूटोपिया की भोली आशा के साथ बने थे, जल्द ही कानूनविहीनता और अराजकता के भयानक गढ़ बन गए। बाजार डर के अखाड़े बन गए, और माताएँ - खाली आँखों वाली मौन भूत, जो मानवता के टुकड़ों के लिए भीख माँगती थीं। हर छाया ने एक रात की कुल्हाड़ी, हर नजर - एक धमकी को छिपाया। महिलाएँ, जो शुरू में समान लगती थीं, जल्दी से वासना और शोषण की एक अधिकारहीन वस्तु बन गईं, बिल्कुल प्राचीन पितृसत्तात्मक समाजों की तरह, जहाँ कच्ची शक्ति ही सत्ता का एकमात्र माप थी। बच्चे, जो देखभाल करने वाले माता-पिता और प्राथमिक शिक्षा से वंचित थे, एक क्रूर दुनिया में बड़े हुए, जहाँ एकमात्र

कानून कच्ची शक्ति और कपटी चालाकी थे। यह एक भविष्यवाणी थी, जो एक भयानक सटीकता के साथ पूरी हुई - एक आंतरिक प्रकाश के बिना, मानवता हमेशा प्राथमिक अँधेरे में लौट आती है।

समय के साथ, इस भयानक अराजकता में, एक नया, निर्दयी पदानुक्रम धीरे-धीरे उभरना शुरू हुआ। बेईमान, मजबूत व्यक्ति दिखाई दिए, जिन्होंने हिंसा और हेरफेर के माध्यम से धन और सत्ता जमा की। उन्होंने अपनी खुद की, अच्छी तरह से सशस्त्र सेनाएँ बनाईं और अपनी खूनी संपत्तियों की रक्षा के लिए दुर्गम किलेबंदी की। आबादी का एक बड़ा हिस्सा लगातार, खून जमा देने वाले डर में रहता था, जो केवल अस्तित्व की प्राथमिक प्रवृत्ति से प्रेरित था। यह उस चक्र की पुनरावृत्ति थी जिसे हम मानव इतिहास से जानते हैं - आदिम आदिवासी समुदायों से, सैन्य सरदारों के माध्यम से, शुरुआती, निरंकुश राज्यों के निर्माण तक। एक सबक जिसे मानवता ने सीखने से इनकार कर दिया।

पहली भयानक हत्या हुई, जिसके बाद एक और, और एक और··· मानव जीवन ने जल्दी ही अपनी पवित्रता को कम कर दिया। मौत ने बिना किसी भेदभाव के काटना शुरू कर दिया। निर्दयी भूख, कपटी बीमारियों और अंतहीन हिंसा ने पहले से ही कम मानव जीवन को कम कर दिया। जो लोग चमत्कारिक रूप से बच गए, वे लगातार एक सर्वव्यापी डर और गहरी निराशा से पीड़ित थे। यह लगातार डर और सुरक्षा की कमी ने लोगों को ऐसे प्राणी में बदल दिया, जो केवल प्रवृत्तियों से प्रेरित थे, जिन्होंने कोई भी उच्च उद्देश्य खो दिया था - वे जीवित मृत थे, जो एक बिखरती हुई दुनिया की छाया में फुसफुसा रहे थे।

धीरे-धीरे, बढ़ती अराजकता से निपटने और कुछ हद तक व्यवस्था बहाल करने के हताश प्रयास में, लोगों ने नए, अक्सर क्रूर नियम और आदिम संस्थान बनाना शुरू कर दिया। आदिम व्यापार, मुश्किल कृषि और शिल्प मुख्य, लेकिन जोखिम भरे काम बन गए, और कच्चे धातु के टुकड़े और अजीब वस्तुएं विनिमय के एक सार्वभौमिक साधन के रूप में दिखाई दिए। प्राथमिक सुरक्षा की एक जरूरी जरूरत भी दिखाई दी, जिससे पहले, खूनी राज्यों का निर्माण हुआ। यह प्राचीन काल में राज्य के उद्भव के समानांतर था, जब सुरक्षा और संसाधनों को व्यवस्थित करने की आवश्यकता ने पदानुक्रमों और कानूनों के गठन को जन्म दिया, जो अक्सर क्रूर होते थे। लेकिन इस अँधेरे में भी, मानव मानस की गहराई में, व्यवस्था के लिए प्रयास की चिंगारी सुलग रही थी, जो तूफान में एक मोमबत्ती की लौ की तरह नाजुक थी।

लेकिन बीते हुए सुनहरे समय की स्मृति, खोए हुए घर और बुद्धिमान मार्गदर्शक पूरी तरह से गायब नहीं हुए। पीढ़ियों तक, "उज्ज्वल लोगों" और "प्राचीन ज्ञान" की फुसफुसाहट मुँह से मुँह तक दी जाती थी, जो किंवदंतियों और मिथकों में बदल गई। अजीब पिरामिडों, अज्ञात शक्तियों और "कहीं वहाँ" रहने वाले जीवों के बारे में कहानियाँ, जो अतुलनीय बुद्धिमत्ता और तत्वों को नियंत्रित करने की क्षमता से संपन्न थे, ने देवताओं में विश्वास को आकार दिया, उन जीवों में, जो दुनिया से पीछे हट गए थे, लेकिन जिनकी शक्ति अभी भी मानवता की स्मृति में गूँजती थी। इस प्रकार, बिना महसूस किए, इन खोए हुए वंशजों ने, जो प्राथमिक प्रवृत्तियों का पीछा कर रहे थे, सच्चाई के टुकड़े को संरक्षित किया था, जिसे डर और अज्ञानता के प्रिज्म के

माध्यम से तोड़ा गया था। इस तरह मिथक और धर्म पैदा होते हैं - वास्तविक घटनाओं से, जो समय की रेत घड़ी, मानव मानस के बिखरते हुए मुखौटे और अपने खुद के दुख से बड़ी किसी चीज में विश्वास करने की अतृप्त जरूरत से विकृत होते हैं।

---*६*---

लौह कटक में बैठक

इन बढ़ते हुए गाँवों में से एक में, जिसे लौह कटक कहा जाता था, कोर्गन नाम का एक भयानक सरदार शासन करता था। वह पहले विद्रोहियों में से एक का वंशज था, लेकिन उसके खून में स्वतंत्रता के लिए किसी भी पुरानी प्यास का कोई निशान नहीं था, बल्कि सत्ता के लिए एक अतृप्त प्यास थी, जिसने उसे एक अत्याचारी में बदल दिया था। उसके आदेशों को एक खून जमा देने वाले डर के साथ पूरा किया जाता था, और अवज्ञा को क्रूर यातना और निश्चित मौत से दंडित किया जाता था। हर सुबह, जब कोर्गन जागता था, तो उसके सिर में एकमात्र विचार यह था कि वह अपनी पकड़ को कैसे मजबूत करे, कैसे और अधिक लोगों को आज्ञाकारी परछाइयों में बदल दे। उसकी दुनिया में संदेह के लिए कोई जगह नहीं थी, न ही करुणा के लिए।

एक दिन, कोर्गन के कच्चे लकड़ी के किले में, वह हड्डियों और कच्चे लोहे से बने सिंहासन पर बैठा था। उसके सामने ब्राम नाम का एक आदमी जंजीरों में खड़ा था, जिस पर भोजन की आपूर्ति चुराने का आरोप था - एक अपराध, जो इन भूखे समय में राजद्रोह के बराबर था। हॉल में हवा पसीने, डर और सूखे खून की गंध से भारी थी, जो लकड़ी के बीमों में खुद को भिगो चुकी थी।

"तुम कानून जानते थे, कुत्ते!" कोर्गन ने दहाड़ते हुए कहा, सिंहासन के आर्मरेस्ट पर अपनी मुट्ठी मारते हुए। ध्वनि भयानक रूप से गूँज उठी, जैसे एक बर्बाद व्यक्ति के गले में एक मौत की घंटी। "कोई भी लौह कटक की आपूर्ति से नहीं चुराता!"

"मुझे अपने परिवार के लिए जरूरत थी, मालिक," ब्राम ने घुटते हुए कहा, जिसके होंठ प्यास और निराशा से फटे हुए थे। उसकी आँखों में सिर्फ भूख नहीं, बल्कि उसके बच्चों के लिए एक गहरा, पशु जैसा प्यार था, जो एक आखिरी चिंगारी की तरह चमक रहा था।

"मुझे तुम्हारे बच्चों की परवाह नहीं है!" कोर्गन ने निर्दयता से जवाब दिया, उसकी आवाज एक चाकू की तरह तेज थी, जो हड्डियों तक घुसती थी। "कानून कानून है। उसे खाई में फेंक दो! दूसरे लोगों को देखने दो कि चोरों के साथ क्या होता है!"

कच्चे धातु के कवच में दो बड़े गार्डों ने ब्राम को पकड़ लिया और उसे जमीन में एक अँधेरे छेद की ओर घसीटा, जहाँ से सड़े हुए और मौत की बदबू आ रही थी। ब्राम की आखिरी नजर हताश, भीख माँगने वाली थी, लेकिन किसी तरह विनम्र भी थी - उसने अपरिहार्य को स्वीकार कर लिया, लेकिन फटकार के बिना नहीं। इस क्षण में, उसके सामने अभाव और संघर्ष का एक पूरा जीवन गुजर गया।

इस क्षण में, सिरा नाम की एक महिला हॉल में प्रवेश की। वह अपनी तेज बुद्धि और साहसी जीभ के लिए जानी जाती थी, ऐसे गुण जो अक्सर उसे खतरनाक स्थितियों में डालते थे, लेकिन उसे पूर्ण अधीनता से भी बचाते थे। उसकी आँखों में

कुछ भूले हुए की एक चिंगारी जल रही थी - न्याय, करुणा, मानवता की, जिसे कोर्गन ने बहुत पहले क्रूरता की परतों के नीचे दफन कर दिया था।

सिरा ने महसूस किया कि उसका गला सूख रहा है। अगर वह बोलती है, तो वह मर सकती है। लेकिन अगर वह चुप रहती है, तो उसकी आत्मा पहले मर जाएगी, जो उसकी खामोशी से घुट जाएगी। उसका दिल एक डरे हुए पक्षी की तरह उसकी छाती में धड़क रहा था।

"कोर्गन," उसने अपनी आवाज में बिना डर के कहा, हालांकि उसका दिल उसकी छाती में तेजी से धड़क रहा था, मानो वह बाहर कूदना, एक पक्षी बनना और उड़ जाना चाहता हो। "यह उचित नहीं है। उसने अपने बच्चों को खिलाने के लिए चोरी की।"

कोर्गन जोर से हँसा, ध्वनि लोहे पर जंग की तरह थी, एक चट्टान में एक पत्थर की तरह, एक मरते हुए व्यक्ति की आखिरी कराह की तरह।

"न्याय? वादा की गई भूमि में कोई न्याय नहीं है, सिरा। केवल ताकत और कमजोरी है। वह कमजोर था।" यह नई "स्वतंत्रता," जिसकी वे तलाश कर रहे थे, वास्तव में सबसे क्रूर निरंकुशता थी, जिसे धरती ने कभी नहीं जाना था।

"लेकिन अगर हम सब सिर्फ अपने बारे में सोचना शुरू कर देते हैं, तो हमारा क्या होगा?" सिरा ने पूछा, उसकी आवाज थोड़ी कांप गई, लेकिन वह टूटी नहीं। "हम एक समुदाय हैं, या कम से कम हमें होना चाहिए।"

"समुदाय?" कोर्गन ने जमीन पर थूक दिया, मानो शब्द एक जहर था, जो उसकी जीभ को जला रहा था। "हम भेड़ियों का एक झुंड हैं, सिरा। और मजबूत भेड़िये बच जाते हैं। और कमजोर··· कमजोरों को खा लिया जाता है, आखिरी हड्डी तक।"

बाहर से एक भयानक चीख गूँजी, जिसके बाद एक गहरी थपकी लगी। ब्राम को खाई में फेंक दिया गया था। सिरा ने अपनी मुट्ठियाँ भींच लीं, लेकिन वह जानती थी कि वह कुछ नहीं कर सकती। कोर्गन की शक्ति बहुत बड़ी थी। अच्छाई और बुराई के बारे में उसकी "समझ" को पहचान से परे विकृत कर दिया गया था, जिसे उसके निर्दयी शासन के लिए एक तर्क में बदल दिया गया था। उसने क्रोध को लाचारी के साथ मिलाते हुए महसूस किया - एक खतरनाक, दमघोंटू संयोजन।

---✶६✶---

आशा की ओर यात्रा

बाद में उसी रात, सिरा लौह कटक की सीमाओं के बाहर चुपके से निकल गई। वह जानती थी कि वहाँ अन्य गाँव, अन्य लोग हैं, जिन्होंने शायद अपनी मानवता को पूरी तरह से नहीं खोया है। उसके दिल में एक नाजुक आशा जगमगा रही थी - सिर्फ एक इच्छा नहीं, बल्कि एक आंतरिक आग, जो उसे आगे धकेल रही थी, रात के अँधेरे के माध्यम से। उसे विश्वास था कि इस जंगली और क्रूर भूमि में कहीं, एक बेहतर जीवन की स्मृति अभी भी मौजूद है, एक ऐसी दुनिया की, जहाँ बुद्धिमत्ता और करुणा का मूल्य कच्ची शक्ति से अधिक है। उसने एक लंबी और खतरनाक यात्रा शुरू की, जो उन लोगों को खोजने के लिए दृढ़ थी और शायद, बस शायद, भूले हुए समुदाय के बीज को फिर से बोने के लिए। डर के बावजूद, जिसने उसके पेट को सिकोड़ दिया,

एक दृष्टि उसे मार्गदर्शन कर रही थी - उस दुनिया की छवि, जिसे मौजूद होना चाहिए, जो रोशनी से बनी है।

सिरा की यात्रा खतरों और अभावों से भरी हुई थी, हर कदम उसके सहनशक्ति के लिए एक परीक्षा थी। वह डाकुओं के गिरोहों से छिपती थी, जिनकी परछाइयाँ अँधेरे में शिकारी जानवरों की तरह घुसती थीं, उसने बंजर भूमि को पार किया, जिसने उसे गर्मी और धूल से प्रताड़ित किया, जो उसके गले को सुखा रही थी, और उसने भूख और प्यास से लड़ाई की, जो उसके मांस को कुतर रही थी। वह कई बार निराशा की कगार पर थी, जब उसकी ताकत उसे छोड़ देती थी और एकमात्र चीज जो उसे बनाए रखती थी, वह लौह कटक में अन्याय की स्मृति और उसके भीतर जल रही जगमगाती आशा थी, जो एक अंतहीन रात में एक आखिरी मोमबत्ती की तरह थी। हर कदम एक संघर्ष था, हर दिन - उसकी अदम्य इच्छाशक्ति का एक सबूत, एक विश्वास का, जिसे तोड़ा नहीं जा सकता था।

हफ्तों तक भटकने के बाद, उसने दूर में असामान्य रूप से व्यवस्थित संरचनाओं को देखा, जो खेती की गई भूमि से घिरी हुई थीं, मानो किसी ने एक कलाकार के हाथों से अराजकता से व्यवस्था को तराशा हो। वह सावधानी से पास गई, एक ठिकाने से देख रही थी। उसने जिन लोगों को देखा, वे एक साथ काम कर रहे थे, एक स्पष्ट उद्देश्य और शांति के साथ, जिसे उसने लंबे समय से नहीं देखा था। कोई सशस्त्र गार्ड नहीं थे, कोई चिल्लाहट या हिंसा नहीं थी। यहाँ की हवा अलग थी - साफ, हल्की, शांति की भावना से भरी हुई थी, जिसने उसे एक गर्म, लंबे समय से प्रतीक्षित आलिंगन की तरह घेर लिया। यह सिर्फ एक गाँव नहीं था; यह आशा से बुना गया एक वादा था।

अपने डर के बावजूद, जिसने उसके गले को सिकोड़ दिया, सिरा ने साहस जुटाया और गाँव के द्वार के पास गई। वे सरल थे, लेकिन मजबूत थे, जो एक शांत सुरक्षा का उत्सर्जन करते थे। एक गार्ड, जो साधारण, लेकिन साफ कपड़े पहने हुए था, ने उसे एक चौकस, लेकिन शत्रुतापूर्ण नजर के साथ रोक दिया। उसकी आँखों में दुनिया की निहित शत्रुता नहीं थी।

“तुम कौन हो और क्या खोज रही हो?” उसने पूछा, उसकी आवाज शांत और स्थिर थी।

“मैं सिरा हूँ,” उसने एक कर्कश आवाज में जवाब दिया, जो अब अधिक आश्वस्त लग रही थी, मानो उसे एक आंतरिक स्रोत मिल गया हो, जो लंबे समय से सूखा था। “मैं दूर से यात्रा कर रही हूँ और मैं आश्रय और… समझ की तलाश में हूँ।”

गार्ड ने उसे ध्यान से देखा, मानो वह उसकी आत्मा को पढ़ रहा हो, जिसके बाद उसने सिर हिलाया।

“मेरा अनुसरण करो। मैं तुम्हें उन लोगों के पास ले जाऊँगा, जो इस जगह का नेतृत्व करते हैं।”

सिरा ने उसका पीछा किया, जो व्यवस्थित सड़कों, मजबूत घरों और खिलते हुए बगीचों से गुजर रहा था। माहौल उस अराजकता से मौलिक रूप से अलग था, जिसे वह देखने की आदी थी। लोग मुस्कान के साथ एक-दूसरे को बधाई देते थे, एक-

दूसरे की मदद करते थे, और बच्चे शांति से खेलते थे, अँधेरे के डर के बिना। यह वही दुनिया थी जिसका उसने सिर्फ सपना देखा था, पुराने समय की कहानियों की एक खोई हुई गूँज, जो अब उसकी आँखों के सामने पुनर्जीवित हो रही थी।

गार्ड उसे गाँव के केंद्र में एक बड़ी लकड़ी की इमारत में ले गया। अंदर, उसे एक महिला ने एक बुद्धिमान और शांत नजर के साथ बधाई दी। उसके नरम चेहरे थे और उसने एक आंतरिक शक्ति को उत्सर्जित किया, जो मांसपेशियों से नहीं, बल्कि आत्मा से आई थी। सिरा ने तुरंत महसूस किया कि यह महिला अलग थी, कि उसके भीतर एक गहराई थी, जिसे वह पहले कभी नहीं मिली थी।

"स्वागत है, सिरा," महिला ने एक गर्म आवाज में कहा। "मैं मेलिना हूँ। मैं समझती हूँ कि तुम कुछ खोज रही हो। मुझे बताओ।"

सिरा चुप रही। क्या यह महिला वास्तव में उसे समझेगी? या यहाँ भी उसे संदेह की दीवार मिलेगी, जो उसके अतीत के प्रति तिरस्कार से मिश्रित थी? क्रूरता की शर्म, जिसे उसने देखा और अनुभव किया था, ने उसे दबा दिया। लेकिन मेलिना की नजर में कुछ - दर्द से परे वह गर्म चमक - ने उसे एक अजीब शांति दी, समझ का एक वादा।

सिरा ने लौह कटक में जीवन के बारे में, कोर्गन की क्रूरता के बारे में और मानवता के नुकसान के बारे में बताया, जो आत्माओं को खा रहा था। उसने उस जगमगाती आशा के बारे में बताया, जिसने उसे रेगिस्तान और खतरों के माध्यम से मार्गदर्शन किया था। मेलिना ने उसे ध्यान से सुना, उसे बिना काटे, लेकिन करुणा और समझ से भरी नजर के साथ, मानो वह उसके हर दर्द को साझा कर रही थी।

जब सिरा ने समाप्त किया, तो मेलिना ने धीरे से आह भरी, लेकिन इस्तीफे के साथ नहीं, बल्कि एक गहरे दुख के साथ।

"यह सुनकर दुख होता है कि उन लोगों के वंशजों के साथ क्या हुआ, जिन्होंने इतने साल पहले हमारे घर को छोड़ दिया था। नथानिएल ने इस संभावना की भविष्यवाणी की थी, लेकिन उसे उम्मीद थी कि बुद्धिमत्ता प्रबल होगी। कि तर्क की चिंगारी बुझ नहीं जाएगी।"

"नथानिएल?" सिरा ने आश्चर्यचकित होकर पूछा। उसकी आवाज में श्रद्धा घुस गई। "क्या वह… क्या वह अभी भी जीवित है?"

मेलिना ने हल्के से मुस्कुराया, एक मुस्कान जिसने उसके चेहरे को रोशन कर दिया।

"हाँ, सिरा। वह जीवित है। उसका ज्ञान और मार्गदर्शन अभी भी हमें निर्देशित करते हैं। मैं उन लोगों में से एक हूँ जो उसके रास्ते का अनुसरण करते हैं। हम खुद को ग्रैल के संरक्षक कहते हैं।"

सिरा नहीं जानती थी कि क्यों, लेकिन उसने एक बार इन शब्दों को सुना था - स्मृति में नहीं, बल्कि मानो एक सपने में, हवा द्वारा फुसफुसाया गया: "जहाँ अँधेरा सबसे घना होता है, वहीं पहली रोशनी चमकती है।" अब ये शब्द उसके सामने जीवित हो गए।

"ग्रैल के संरक्षक…" सिरा ने श्रद्धा से दोहराया, यह महसूस करते हुए कि वह एक जीवित किंवदंती पर ठोकर खाई थी, एक धागे पर जो उसे एक लंबे समय से भूले हुए अतीत से जोड़ता था।

"हम नथानिएल की शिक्षाओं को संरक्षित करने और प्रसारित करने का प्रयास करते हैं, सिद्धांतों के साथ सद्भाव में रहते हैं और हमारी शक्ति के स्रोत के साथ एक संबंध बनाए रखते हैं। हम सद्भाव के प्रहरी हैं, जो बल से नहीं, बल्कि समझ और उदाहरण से थोपते हैं। हमारी शक्ति ज्ञान में है, हथियारों में नहीं।"

"यह··· यह सब कुछ से अलग है जो मैंने देखा है," सिरा ने कहा। उसके शब्द सच्ची प्रशंसा के साथ कहे गए थे। "मैं सीखना चाहती हूँ। मैं मदद करना चाहती हूँ।"

मेलिना ने उसे समझ के साथ देखा, मानो वह उसकी आत्मा को देख रही थी।

"मैं तुम्हारी आँखों में दर्द और दृढ़ संकल्प देखती हूँ, सिरा। तुम बहुत कुछ से गुजरी हो। लेकिन मैं प्रकाश की क्षमता भी देखती हूँ। क्या तुम अतीत को पीछे छोड़ने और एक नया रास्ता सीखने के लिए तैयार हो, जो नथानिएल की बुद्धिमत्ता द्वारा निर्देशित हो? उस चीज को छोड़ने के लिए, जिसने तुम्हें आकार दिया है, ताकि तुम फिर से जन्म ले सको?"

"हाँ," सिरा ने बिना किसी हिचकिचाहट के जवाब दिया, उसकी आवाज एक चट्टान की तरह दृढ़ थी, जिसमें से जीवन बहता है। "किसी भी चीज से ज्यादा।"

"तो ग्रैल के संरक्षकों में तुम्हारा स्वागत है," मेलिना ने कहा। "हम तुम्हें नथानिएल का रास्ता सिखाएँगे। हम तुम्हें दिखाएँगे कि आंतरिक शांति कैसे खोजें और इसे दूसरों के साथ कैसे साझा करें। रास्ता आसान नहीं होगा, लेकिन यह सच्चे अर्थ और उद्देश्य से भरा होगा। और जानो कि नथानिएल सिर्फ एक किंवदंती नहीं है, वह एक जीवित स्मृति है, जो हम पर नजर रखती है, अराजकता के महासागर में एक प्रकाशस्तंभ की तरह।"

सिरा ने महसूस किया कि एक भारी बोझ उसके दिल से गिर गया है। इतने सालों के डर और निराशा के बाद, उसने आखिरकार एक ऐसी जगह पाई थी, जहाँ वह कुछ बेहतर की उम्मीद कर सकती थी, एक ऐसे भविष्य की, जो सिर्फ अस्तित्व नहीं था। वह ग्रैल के संरक्षकों में शामिल हो गई, जो सीखने, काम करने और एक ऐसी दुनिया के लिए लड़ने के लिए तैयार थी, जहाँ बुद्धिमत्ता और करुणा वास्तव में मायने रखती थी, और जीवित नथानिएल के साथ संबंध ने वादा की गई भूमि के भविष्य के लिए एक अतिरिक्त, स्पर्शनीय आशा दी। अराजकता और सद्भाव के बीच द्वंद्व जारी रहा, लेकिन अब सिरा ने अपनी तरफ चुन लिया था, जो एक नए विश्वास और प्राचीन बुद्धिमत्ता के साथ सशस्त्र थी। उसके कदमों में न केवल एक महिला का रास्ता गूँज रहा था, बल्कि उन सभी की स्मृति भी थी, जिन्होंने कभी अँधेरे के बावजूद रोशनी को चुना था। और हर आत्मा भूलने और समझने के बीच एक शाश्वत ग्लेडिएटर है।

अध्याय 37: हड़पने वाले का भूत

सदियों पहले लिया गया हर निर्णय अब एक अँधेरे हार्वेस्टर के रूप में भौतिक हो रहा था, जो बिना जिम्मेदारी के मानव स्वतंत्रता के कड़वे फल इकट्ठा कर रहा था।

---✶६✶---

महत्वाकांक्षा का काँटेदार रास्ता

समय की फुसफुसाहट ने मार्स का नाम लाया - पौराणिक नथानिएल के दूर के वंशजों में से एक - शांत आग के आसपास रात की बातचीत में। युवा पुरुष की आत्मा में, धुंधले अतीत के लिए एक अजीब, अकथनीय आकर्षण सुलग रहा था, लेकिन यह एक अतृप्त महत्वाकांक्षा से विकृत था। एक बच्चे के रूप में, मार्स ने केवल आधे-सच सुने थे - सत्ता के बारे में, जो उसकी नहीं थी, लेकिन वह जिसके योग्य था। एक प्रकाश के बारे में, जिसने उसे कभी व्यक्तिगत रूप से रोशन नहीं किया, जो हमेशा उसकी आत्मा की दीवारों से परे रहा। उसे ठंड, परित्याग, कमी की शाश्वत भावना याद थी। उसने पिरामिड के चमकदार हॉल में नथानिएल के राजसी आगमन के बारे में, उसे घेरने वाली शक्ति की भयानक आभा के बारे में, और उसके सामने तुरंत आने वाली श्रद्धा के बारे में कहानियों को लालच से निगल लिया। लेकिन जैसे-जैसे उसने सुना, उसके भीतर प्रशंसा नहीं, बल्कि ईर्ष्या बढ़ गई, जिसने उसकी आत्मा को एसिड की तरह खा लिया, अनुसरण करने की इच्छा नहीं, बल्कि मालिक होने की इच्छा।

अनजाने में, मार्स ने खुद को अपने पौराणिक पूर्वज की छवि के साथ गहराई से पहचानना शुरू कर दिया। उसकी रहस्यमय उत्पत्ति, उसकी दिव्य शक्ति, मोक्ष लाने के उसके गंभीर वादे के बारे में सभी आधे-भूले हुए खाते, उसकी महत्वाकांक्षी आत्मा के सबसे पवित्र कोनों में अधिक से अधिक दृढ़ता से प्रतिध्वनित हुए। लेकिन ज्ञान और सद्भाव की तलाश करने के बजाय, उसने केवल पूर्ण शक्ति की प्यास देखी, एक मुकुट, जो उसके सिर पर रखा जाने का इंतजार कर रहा था। उसकी अंधी आँखों में, शासन करने वाली अराजकता एक लचीले पदार्थ से ज्यादा कुछ नहीं थी, जो उसकी अदम्य इच्छा द्वारा आकार दिए जाने का बेसब्री से इंतजार कर रही थी। उसने आश्वस्त रूप से फैसला किया कि यह उसके पूर्वजों के काम को जारी रखने के लिए उसकी नियति थी, लेकिन वर्तमान निर्दयी स्थिति के अनुकूल, जो उसके अनुसार, एक सर्वशक्तिमान भगवान के लिए चिल्ला रही थी। खतरनाक पागलपन की सीमा पर अहंकार के साथ, उसने खुद को राजा का खिताब दिया। एक ठंडी, निर्दयी गणना के साथ, उसने बिखरे हुए, युद्धरत समुदायों से एक भयानक राज्य बनाया, जिसमें वह एक पूर्ण शासक के रूप में खुद को स्थापित किया। लेकिन क्या यह नई मिली उपाधि उसकी अथाह महत्वाकांक्षा को शांत करेगी या उसे निर्दयता से अपनी अँधेरी गोद में निगल लेगी? उसे विश्वास था कि वह अपनी नियति का मालिक है, लेकिन वास्तव में वह अपनी ही प्यास का कैदी था।

अहंकारी घमंड और एक अंध आत्म-विश्वास के साथ, उसने खुद को दिव्य शक्ति का एकमात्र वैध उत्तराधिकारी और सभी का निर्विवाद स्वामी घोषित किया। उसने एक चतुर किंवदंती बनाई, जिसके अनुसार वह एक शक्तिशाली देवता का सीधा वंशज था, जिसने खुद दुनिया को बनाया था, और केवल उसके पास उससे संवाद करने की पवित्र क्षमता थी। यह झूठी किंवदंती जल्दी से निराश लोगों के बीच फैल गई, जो अपनी पीड़ा से आशा और मुक्ति की एक किरण के लिए तरस रहे थे। वे किसी भी झूठ पर विश्वास करने के लिए तैयार थे, जब तक कि वह उन्हें पीड़ा के अंत का वादा करता था, भले ही वह वादा छाया से बना हो।

अपनी नाजुक दावे को मजबूत करने और लोगों का अस्थिर समर्थन जीतने के लिए, उसने रहस्यवाद और खाली वादों में लिपटी एक यात्रा शुरू की। जहाँ भी वह गया, उसने अपने दिव्य मिशन और जल्द ही अशांत भूमि में लंबे समय से प्रतीक्षित समृद्धि और दृढ़ व्यवस्था लाने के बारे में जोर से बात की। उसने भोजन की बहुतायत, निष्पक्ष न्याय और सभी दुश्मनों से विश्वसनीय सुरक्षा का उदारतापूर्वक वादा किया। अत्यधिक गरीबी और अंतहीन अव्यवस्था से पीड़ित लोग किसी भी, यहाँ तक कि सबसे अविश्वसनीय वादे पर विश्वास करने के लिए हताश थे। उन्होंने उसे लंबे समय से प्रतीक्षित मुक्तिदाता के रूप में देखा, जो अंततः उन्हें पीड़ा की दमघोंटू पकड़ से मुक्त करेगा। युवा राजा तेजी से अंधे अनुयायियों की भीड़ इकट्ठा कर रहा था, जो बिना किसी हिचकिचाहट के दुनिया के बहुत अंत तक उसका अनुसरण करने के लिए कट्टरपंथी रूप से तैयार थे - जब तक कि वे उसके झूठ पर विश्वास करना बंद नहीं कर देते।

---✶☪✶---

विचारधाराओं का टकराव: टाइटन्स के युद्ध की शुरुआत

अपने पूर्वजों के प्राचीन मंदिर में विजयी होकर लौटते हुए, मार्स उस शानदार भव्यता से चकित था जिसने उसे घेर लिया था। पिघले हुए सुनहरे बलुआ पत्थर से तराशा गया राजसी पिरामिड, एक विशाल, मौन संरक्षक की तरह आसमान में उग आया, और आसपास के बगीचे, जो विदेशी पौधों और सुगंधित फूलों से भरे थे, लंबे समय से भूली हुई समृद्धि की तरह महक रहे थे। उसका दिल तेजी से धड़कने लगा, और उसकी आँखें आश्चर्य से चौड़ी हो गईं, लेकिन प्रशंसा से नहीं, बल्कि लालच से। अभयारण्य की प्राचीन पत्थर की दीवारें अपनी भूली हुई कहानी के पालने, अनगिनत बुद्धिमत्ता और भयानक रहस्यों को ईर्ष्यापूर्वक रख रही थीं। हर कदम के साथ, मार्स ने महसूस किया कि मृत अतीत उसके चारों ओर जीवित हो रहा है, उसे एक भूतों जैसी ऊर्जा के साथ घेर रहा है - एक ऊर्जा जिसे वह नियंत्रित करना चाहता था, अपनी खुद की इच्छा के अधीन करना चाहता था।

गाँव, जिसे उसके पूर्वजों ने कभी लापरवाही से छोड़ दिया था, अभी भी एक अटूट शांति और समृद्धि को उत्सर्जित कर रहा था। कुछ भी पुराना या नष्ट नहीं हुआ था; सब कुछ और भी सुंदर, अधिक सामंजस्यपूर्ण और उसकी यादों से अधिक परिपूर्ण लग रहा था। यह परेशान करने वाला था - यह जगह, उसकी "शक्ति" के बिना, इस तरह कैसे पनप सकती थी?

दिल में एक अचानक पश्चाताप के साथ, जो जल्दी ही गर्व से शांत हो गया था, उसने विनम्रतापूर्वक पौराणिक नथानिएल से मिलने का अनुरोध किया। उसका गर्व एक पल के लिए एक दयनीय धूल में सिकुड़ गया था, लेकिन केवल इसलिए क्योंकि उसे विश्वास था कि नथानिएल और भी बड़ी शक्ति की कुंजी रखता है। क्षमा के लिए एक कांपती हुई आशा के साथ, नियंत्रण के लिए एक गुप्त इच्छा के साथ मिश्रित, उसने बुद्धिमान बुजुर्ग की तलाश की, जिसने इतने सालों तक इस खोए हुए स्वर्ग को संरक्षित करने की कोशिश की थी।

नथानिएल अपने विनम्र स्कूल के केंद्र में शांति से बैठे थे, जो जिज्ञासु बच्चों के एक झुंड से घिरे थे, जो उसके पूर्ण, बिना शर्त ध्यान के साथ सुन रहे थे। उसके बगल में मेलिना खड़ी थी, जिसकी बुद्धिमत्ता और शक्ति वर्षों से एक हो गई थी, जो

उसे एक अटूट स्तंभ में बदल रही थी। जब उसने अपनी बुद्धिमान कहानी पूरी की, तो वह धीरे-धीरे अनपेक्षित मेहमान का स्वागत करने के लिए खड़ा हो गया।

"वहीं रुक जाओ, ढोंगी!" नथानिएल ने एक अप्रत्याशित रूप से दृढ़ आवाज में कहा, जो अभिमानी राजा को सम्मानजनक दूरी पर रोक रहा था। उसकी आवाज में कोई गुस्सा नहीं था, सिर्फ एक गहरा, दुखद दृढ़ संकल्प था। "वह बुराई जो तुमने अपनी आत्मा में गहराई से बोई है, अब किसी भी मानवीय शब्द या बुद्धिमान ज्ञान से कहीं अधिक मजबूत है। यह जड़ पकड़ चुका है।"

उसकी आँखें, जो अथाह, प्राचीन कुओं की तरह गहरी थीं, मार्स की आत्मा में सीधे घुस गईं, जो उसके नैतिक पतन के पूरे रसातल को निर्दयता से प्रकट कर रही थीं। बुजुर्ग की आँखें मानो अदृश्य चिंगारियाँ फेंक रही थीं, और उसके बुद्धिमान विचार उसके विद्रोही दिमाग में घुस गए, लेकिन मार्स ने उन्हें सुनने से इनकार कर दिया। उसने अधिकारपूर्वक उसे तुरंत चले जाने और वापस जाने का रास्ता हमेशा के लिए भूल जाने का आदेश दिया, क्योंकि उसकी बुराई और पाप उसके अस्तित्व के हर फाइबर में अपरिवर्तनीय रूप से भर गए थे। नथानिएल मुखौटे से परे देख सकता था, वह संक्रमण को देख सकता था।

एक पल के लिए, सिर्फ एक संक्षिप्त, दर्दनाक पल के लिए, मार्स ने संदेह का तेज दर्द महसूस किया। उसकी खुद की विवेक की गहराइयों से एक आवाज फुसफुसाई: "क्या होगा, अगर वह सही है?" उसने महत्वाकांक्षा के इस निरंतर बोझ के बिना जीवन की कल्पना की, और अधिक के लिए शाश्वत भूख के बिना। लेकिन नथानिएल की छवि, जो वहाँ खड़ा था, जो रोशनी और शांति से घिरा हुआ था, उसकी शक्ति और अधीनता की दुनिया में बहुत दूर, बहुत "कमजोर" लग रही थी। मुकुट की ठंडी चमक ने फिर से हर रोशनी को छायांकित कर दिया।

अंधा राजा हताश होकर सत्ता और शक्ति के साथ शासन करने के लिए गुप्त ज्ञान प्राप्त करना चाहता था, जैसा कि नथानिएल ने इतने सालों तक इस सामंजस्यपूर्ण समुदाय को बुद्धिमानी से नियंत्रित किया था। मार्स ने बुखार से खुद को सही ठहराने की कोशिश की, अपनी "उपलब्धियों" को उजागर करने के लिए - उसने कितने लोगों को जीता था, उसने कितना धन इकट्ठा किया था। उसने लालच से एक दावे, अनकहे धन, क्षणिक महिमा के बारे में बात की। लेकिन बुद्धिमान नथानिएल एक शाश्वत चट्टान की तरह अडिग रहा, जो हवाओं और तूफानों के आगे नहीं झुकता।

"सच्ची शक्ति दूसरों की पीड़ा और उत्पीड़न पर नहीं बनती है, बल्कि बिना शर्त प्यार और गहरी करुणा पर बनती है," नथानिएल ने कहा, उसकी आवाज शांत थी, लेकिन एक अटूट सच्चाई से भरी हुई थी। "असली धन चमकदार सोने में नहीं, बल्कि अटूट आध्यात्मिक धन में निहित है। और दयनीय महिमा सिर्फ एक आसमानी धूल है, जो समय की निर्दयी हवा से बिना निशान के बिखर जाती है। तुम्हारी 'उपलब्धियाँ' सिर्फ खंडहरों का एक ढेर हैं।"

तब नथानिएल ने अपना हाथ बढ़ाया। उसकी हथेली में एक छोटे, खूबसूरती से तराशे गए लकड़ी का ताबीज था, जिस पर सूरज का प्रतीक था। "इसे ले लो, मार्स - उसने धीरे से कहा। - यह एकता और आंतरिक प्रकाश का प्रतीक है। रास्ता हमेशा बदला जा सकता है।" मार्स ने सिर्फ अपनी आँखें सिकोड़ लीं, और उसके होंठों पर

एक तिरस्कारपूर्ण grimace आया। “अपने दयनीय ट्रिंकेट्स को अपने पास रखो, बूढ़े। मैं सच्ची शक्ति की तलाश में हूँ, अंधविश्वासों की नहीं!” उसने ताबीज को अपने हाथ से धक्का दिया, ताकि वह जमीन पर गिर गया और दो टुकड़ों में टूट गया।

एक दर्द के साथ, जो उसके पुराने दिल को फाड़ रहा था, नथानिएल ने उसे हमेशा के लिए भगा दिया। उसने सिर्फ एक युवा पुरुष को नहीं, बल्कि मानव पतन के एक अवतार को देखा।

“वापस जाओ जहाँ से तुम आए हो, राजा। वह बुराई जो तुम अपनी आत्मा में गहराई से लिए हुए हो, वह एक संक्रामक बीमारी है, जो अन्य निर्दोष आत्माओं को बेरहमी से नष्ट कर सकती है। वापस जाने का रास्ता हमेशा के लिए भूल जाओ, क्योंकि यहाँ, इस पवित्र भूमि में, तुम्हारे और तुम्हारे अँधेरे के लिए कोई जगह नहीं है।”

अपनी आत्मा की गहराइयों तक अपमानित और गहरा अपमानित, राजा ने एक विशाल सेना के साथ वापस आने और नथानिएल ने इतने सालों में जो कुछ भी पवित्र बनाया था, उसे बेरहमी से नष्ट करने की धमकी दी। उसके भीतर केवल क्रोध नहीं था, बल्कि एक गहरा घायल घमंड था, एक घाव, जिसे केवल खून से ठीक किया जा सकता था। लेकिन बुजुर्ग सिर्फ दुख से मुस्कुराया।

“सच्ची अच्छाई की शक्ति किसी भी मानव सेना से कहीं अधिक मजबूत है,” उसने एक अडिग विश्वास के साथ कहा। “यहाँ तक कि अगर पूरी दुनिया हमारे खिलाफ हो जाती है, तो भी हम अडिग रहेंगे, क्योंकि दुनिया खुद अच्छाई और बुराई के बीच एक शाश्वत, निरंतर लड़ाई में मौजूद है, उनके सामंजस्यपूर्ण, लयबद्ध आंदोलन में। अगर हम गहराई से नहीं जानते कि बुराई क्या है, तो हम कभी भी अच्छाई की रोशनी के लिए सच्चे प्रयास नहीं करेंगे। क्योंकि केवल विपरीत के माध्यम से ही सार को समझा जा सकता है।”

मार्स अपने भीतर उग्र क्रोध के साथ पिरामिड छोड़ गया। उसने वापस आने और बुजुर्ग और उसके समुदाय को उनके तिरस्कार के लिए दंडित करने की कसम खाई। उसकी आँखों में केवल एक ठंडा, क्रूर दृढ़ संकल्प था, जिसने करुणा के किसी भी विचार को जमा दिया। वह अपनी शक्ति की प्यास को साबित करेगा और इस भूमि को जीत लेगा, कीमत की परवाह किए बिना। उसकी वापसी एक भिखारी के रूप में नहीं होगी, जो ज्ञान की तलाश में था, बल्कि एक विजेता के रूप में, जो सत्ता के लिए तरस रहा था, जो अपने रास्ते में सब कुछ जला देगा।

पिरामिड के प्रवेश द्वार पर, एक बच्चे ने, जिसने पूरी बातचीत सुनी थी, मेलिना से फुसफुसाया: "मेरी दादी कहती हैं कि जब दुनिया दो हिस्सों में बँट जाएगी, तो टाइटन्स फिर से एक-दूसरे के खिलाफ खड़े होंगे। एक सभी सितारों को जलाना चाहेगा, दूसरा - उनकी रोशनी को बचाना चाहेगा।"

इस प्रकार टाइटन्स का युद्ध शुरू हुआ - देवताओं और प्राचीन जीवों की लड़ाई नहीं, बल्कि मानवीय महत्वाकांक्षाओं का टकराव, जो देवताओं की तरह बनना चाहते थे, प्राचीनता के पौराणिक युद्धों की तरह। आत्मा की पदार्थ के खिलाफ, रोशनी की अँधेरे के खिलाफ एक लड़ाई।

---✶६✶---

मूल्यों की लड़ाई के लिए तैयारी

नथानिएल और मेलिना ने मार्स की दूर जाती हुई आकृति को अपने दिलों में गहरे दुख के साथ देखा। वे जानते थे कि खतरा नहीं टला है, बल्कि केवल टाल दिया गया है। युवा राजा की आत्मा में बोया गया बुराई का बीज कड़वा फल देगा, जो न केवल उनके समुदाय को, बल्कि पूरे महाद्वीप को प्रभावित करेगा। यह एक टकराव का एक अग्रदूत था, जो विभिन्न संस्कृतियों की पौराणिक कथाओं में गूँजता था - ग्रीक पौराणिक कथाओं में टाइटानोमाची, जहाँ नए देवता (ओलंपियन) पुराने (टाइटन्स) के खिलाफ लड़ते हैं; या देवताओं और असुरों के बीच भारतीय संघर्ष; यहाँ तक कि स्कैंडिनेवियाई रग्नारोक, जहाँ देवता और राक्षस वर्चस्व के लिए टकराते हैं। इनमें से हर एक पौराणिक युद्ध सत्ता के लिए प्यास, अस्तित्व पर नियंत्रण के लिए, "दिव्य" के सिंहासन पर बैठने के लिए प्रेरित था। और यहाँ, इस दुनिया में, मार्स सिर्फ एक शाही दावे की ओर प्रयास नहीं कर रहा था, बल्कि एक पूर्ण, दिव्य नियंत्रण की ओर, यह मानते हुए कि वह नथानिएल की शक्ति का सच्चा उत्तराधिकारी था, जो सर्वोच्च प्राणी की भूमिका निभाने के लिए था। यह सिर्फ क्षेत्र के लिए एक लड़ाई नहीं थी, बल्कि दुनिया की आत्मा के लिए थी।

मेलिना ने जमीन पर टूटे हुए लकड़ी के ताबीज को देखा। उसने सोचा: "क्या मैं खुद इस रास्ते को चुनती, अगर मैं नथानिएल को नहीं जानती? क्या मैं आसान शक्ति के प्रलोभन के आगे झुक जाती, अगर मैं लौह कटक में पैदा होती, जो डर और अभाव से घिरी होती?" यह सवाल उसके दिल में भारी था, लेकिन वह जवाब जानती थी। उसका रास्ता एक चुनाव था, नियति नहीं।

“वह कुछ भी नहीं समझा,” मेलिना ने दुख से सिर झुकाते हुए बड़बड़ाया। उसकी आवाज में निराशा थी, लेकिन करुणा भी। “उसने सुंदरता और सद्भाव को नहीं देखा, बल्कि केवल शक्ति को, जिसे जीतना है। उसने एक हीरे को देखा और उसे एक साधारण पत्थर समझा, जिसे उसे तोड़ना था।”

“समय बताएगा कि उसका दिल नरम होगा या नहीं,” नथानिएल ने एक आह के साथ जवाब दिया, जो सदियों की बुद्धिमत्ता और दुख का बोझ ढो रहा था। “लेकिन हमें तैयार रहना होगा। युद्ध के लिए नहीं, बल्कि उस चीज की रक्षा के लिए जिसे हमने बनाया है। क्योंकि अच्छाई निष्क्रिय नहीं है, उसके भी अपने प्रहरी होते हैं।”

अगले वर्षों में, पिरामिड के आसपास का समुदाय शांति में रहता था, लेकिन एक शांत सतर्कता में भी। नथानिएल ने बच्चों को सिद्धांतों को पढ़ाना जारी रखा, उन्हें दुनिया की चुनौतियों के लिए तैयार किया, लेकिन उन्हें करुणा और समझ के महत्व की भी याद दिलाई, यहाँ तक कि उन लोगों के प्रति भी जिन्होंने अँधेरे का रास्ता चुना था। उसने उन्हें चुनाव, परिणामों, और रोशनी के बारे में कहानियाँ सुनाईं, जो हमेशा सबसे अँधेरे दिलों में भी मिल सकती है। मेलिना, अपनी बुद्धिमत्ता और शक्ति के साथ, विभिन्न कुलों और परिवारों के बीच संबंधों को मजबूत किया, उन्हें एक संभावित परीक्षा के लिए तैयार किया। वह एक लोहार की तरह थी, जो तलवारों को बनाता था, लेकिन धातु से नहीं, बल्कि आत्मा से।

इस बीच, मार्स अपने राजधानी में वापस आ गया, जो क्रोध और अपमान से भरा हुआ था। बुजुर्ग के साथ उसकी मुलाकात की कहानी झूठ और सच्चाई के विकृति

से भरी हुई थी, जिसे सावधानीपूर्वक अपने खुद के कथा को पोषित करने के लिए बुना गया था। उसने नथानिएल को एक कमजोर और अभिमानी बुजुर्ग के रूप में प्रस्तुत किया, जो कट्टरपंथियों के एक छोटे समूह पर अपनी सत्ता बनाए रखने की कोशिश कर रहा था, जो "नई व्यवस्था" को देखने से इनकार करते थे।

"उसने मुझे वह ज्ञान देने से इनकार कर दिया, जो मेरा सही अधिकार है! " मार्स ने अपने सलाहकारों के सामने चिल्लाया, उसकी आँखें रोष से जल रही थीं। "वह उस शक्ति को छिपाने की कोशिश कर रहा है जो मेरे वंश की है! लेकिन मैं इसे ले लूँगा! मैं एक सेना के साथ वापस आऊँगा, जो इस बुढ़ापे और कमजोरी के शापित निवास को मिटा देगी! मैं उन्हें दिखाऊँगा कि असली शक्ति क्या है!"

और राजा ने एक निर्दयी क्रूरता के साथ सैनिकों को इकट्ठा करना शुरू कर दिया। उसने सभी पुरुषों को लामबंद किया, जो हथियार ले जाने में सक्षम थे, उन्हें लूट और पिरामिड के चारों ओर उपजाऊ भूमि पर सत्ता के वादों के साथ फुसलाया। अमीर और शांतिपूर्ण समुदाय की अफवाह तेजी से फैल गई, जो मार्स की सेना में न केवल उसके वफादार अनुयायियों को आकर्षित कर रही थी, बल्कि लूट के लिए उत्सुक भाड़े के सैनिकों और साहसी लोगों को भी, जिनकी आँखें लालच से चमक रही थीं। वे निराशा और इच्छा की एक भीड़ थे, जिन्हें आसानी से हेरफेर किया जा सकता था, जो जानवर की धुन पर नाचने के लिए तैयार थे।

जब नथानिएल तक आ रही सेना की खबर पहुँची, तो वह हिचकिचाया नहीं। उसने समुदाय के सभी सदस्यों को पिरामिड के बड़े हॉल में इकट्ठा किया, जहाँ हवा प्राचीन रहस्यों की ऊर्जा के साथ धड़क रही थी।

"जिस समय के बारे में मैंने तुम्हें चेतावनी दी थी, वह आ गया है," उसने शांति से कहा, लेकिन उसकी आवाज में एक दृढ़ता थी, जिसने आत्मविश्वास को प्रेरित किया। "मार्स अपनी महत्वाकांक्षा और क्रोध से अंधा होकर एक सेना के साथ आ रहा है। वे शांति और सद्भाव को नष्ट करना चाहते हैं, जिसे हमने बनाया है। लेकिन हम ईंटों और पत्थरों से अधिक हैं; हम ऐसे विचार हैं, जो जीते हैं।"

हॉल में तनाव छा गया, लेकिन डर नहीं। वर्षों की शिक्षा और आंतरिक शक्ति ने लोगों को इस पल के लिए तैयार किया था, वे उसके ज्ञान के जीवित अवतार थे।

"हम उनसे नहीं लड़ेंगे," नथानिएल ने जारी रखा, उसकी आवाज शांत थी, लेकिन एक भविष्यवाणी की तरह गूँज रही थी। "हमारी शक्ति हथियारों में नहीं, बल्कि समझ और सद्भाव में है। हम उन्हें एक और रास्ता दिखाएँगे। एक ऐसा रास्ता, जो उन्हें अपनी खुद की अँधेरे से भी बचा सकता है।"

---✶६✶---

यह युद्ध क्षेत्रों के लिए लड़ाई नहीं थी, बल्कि मानव आत्मा की बहुत ही नींव के लिए थी। मार्स की सेना के मार्च ने न केवल गीतों को, बल्कि प्रार्थनाओं को भी खामोश कर दिया, और प्राचीन ज्ञान से गिराया गया हर पत्थर उनकी आत्माओं में रोशनी को जलाने का एक प्रयास था। मूल्यों का एक टकराव आगे था, जो दुनिया के भविष्य को तय करेगा।

------------------ ६ --------------------

अध्याय 38: अंतर्दृष्टि का योद्धा

अंतर्दृष्टि का रक्त "अच्छाई" और "बुराई" के मृत शब्द सिर्फ पुरानी किताबों का ज्ञान नहीं थे। मेरे लिए, वे मेरे सीने में एक धड़कता हुआ, लाइलाज घाव थे। वे अमूर्त अवधारणाएं नहीं थे, बल्कि जीवित, शिकारी शक्तियां थीं, जो लगातार मेरी आत्मा में वर्चस्व के लिए लड़ती थीं, मेरे मांस को अपने तेज पंजों से फाड़ती थीं। इस टकराव में - एक मुड़ते हुए राक्षस की तरह आंतरिक और एक बदले हुए भँवर की तरह बाहरी - मैं एक अथक योद्धा में बदल गया था। मेरा एकमात्र, लेकिन शक्तिशाली हथियार: तेज, भेदने वाली अंतर्दृष्टि, जिसने अँधेरे को काट दिया।

मेरा दिल चमकदार रोशनी और सर्वव्यापी छाया के बीच, रचनात्मक अच्छाई और विनाशकारी बुराई के बीच की लड़ाई से खून बह रहा था। यह एक सिद्धांत नहीं था, बल्कि एक जीवित, नाटकीय नाटक था, जो मेरे हर सचेत चुनाव में, मेरे नसों में पंप होने वाले खून की हर बूंद में चल रहा था। मैंने व्यक्तिगत रूप से बुराई के भयानक चेहरे देखे थे, उसकी क्रूर, जमने वाली ठंड को अपनी हड्डियों तक महसूस किया था, उसके पीड़ितों की चीखें सुनी थीं। अब, अनुभव की बुद्धिमत्ता और गहरे ज्ञान के भारी वजन से लैस होकर, मैं अडिग खड़ा था, इसका सामना करने के लिए तैयार था। हर पवित्र चीज की कीमत पर, मेरी खुद की आत्मा की कीमत पर, उस हर चीज की रक्षा करने के लिए, जिसमें मैंने वास्तव में विश्वास किया था। पीछे मुड़ने का कोई रास्ता नहीं था। केवल आगे था - आंतरिक शक्ति की ओर।

---✶६✶---

आत्माओं की लड़ाई और अस्तित्व की लय

अब, जब मार्स का खतरा हमारे ऊपर एक अँधेरे बादल की तरह मंडरा रहा था, जो गड़गड़ाहट ला रहा था, तो मैंने डर के आगे नहीं झुका, जिसने मेरे गले को जकड़ लिया था, न ही क्रोध के आगे, जिसने मेरे खून को प्रज्वलित किया था। गैं गहरे चिंतन में पीछे हट गया, अपनी आंतरिक शांति में उस बुद्धिमत्ता की तलाश कर रहा था, जो हमें मार्गदर्शन करेगी। मैं समझ गया कि आगामी संघर्ष सिर्फ क्षेत्र या सत्ता के लिए एक लड़ाई नहीं है, बल्कि दो मौलिक रूप से अलग-अलग दर्शनों के बीच एक टकराव है - एक जो हिंसा और प्रभुत्व का है, जो नष्ट करना चाहता था, और एक जो सद्भाव और समझ का है, जो निर्माण करना चाहता था।

मेलिना ने मुझे बगीचे के केंद्र में स्थिर बैठे पाया, जो खिलते हुए पौधों से घिरा हुआ था, जिनकी मीठी सुगंध हवा को भर रही थी। मैं प्रकृति की बहुत लय में लीन था - मधुमक्खियों की भिनभिनाहट, पत्तों की फुसफुसाहट, हवा का झोंका।

"हम क्या करेंगे, नथानिएल?" उसने धीरे से पूछा, लेकिन उसकी आवाज में तनाव था, एक खिंचे हुए तार की तरह, जो टूटने के लिए तैयार था। "मार्स ने एक बड़ी सेना इकट्ठा की है। खून और लूट के लिए प्यासे, मैंने उनकी आँखों में चिंगारियाँ देखीं।"

मैंने धीरे-धीरे अपनी आँखें खोलीं। उनमें कोई डर नहीं था, केवल गहरी बुद्धिमत्ता और एक अडिग दृढ़ संकल्प था, जो एक चट्टान की तरह कठोर था। लेकिन एक पल के लिए, सिर्फ एक पल के लिए, मेरी नजर से एक छाया गुजर गई। मुझे मार्स की वह नजर याद आई - खाली, जैसे एक उखड़ी हुई आत्मा, जो सब कुछ निगल रही

थी। मैं चुप रहा, कड़वाहट निगलते हुए। मेरी नब्ज धीमी हो गई। हमारे बीच की खामोशी एक चाकू की तरह काट रही थी।

"हम उन्हें एक और रास्ता दिखाएँगे, मेलिना," मैंने शांति से जवाब दिया, एक आवाज के साथ, जिसने खामोशी को ग्रेनाइट में एक छेनी की तरह काट दिया। "हम उन्हें दिखाएँगे कि तलवार से बड़ी एक शक्ति है। समझ की शक्ति।"

उसने आह भरी। उसके होंठ काँप गए। उसने एक भौं उठाई। "लेकिन वे समझना नहीं चाहते। हमने उन्हें देखा। उनकी दुनिया नियंत्रण और डर पर बनी है। क्या तुम्हें लगता है कि वे इसे छोड़ देंगे?"

मैंने सिर हिलाया। "वे आसानी से नहीं छोड़ेंगे। लेकिन यहाँ तक कि सबसे गहरी छाया में भी, रोशनी की एक चिंगारी सुलग रही है, जो राख के ढेर के नीचे छिपी है। हमारा काम इसे खोजना और इसे तब तक प्रज्वलित करना है, जब तक कि यह एक आग न बन जाए। हम उन्हें स्वतंत्रता प्रदान करते हैं, न कि नियंत्रण।"

मेलिना ने सोचा। "स्वतंत्रता... लेकिन एक सेना के खिलाफ स्वतंत्रता क्या है?" उसने आसमान की ओर देखा। "कभी-कभी मुझे लगता है कि सब कुछ बहुत अराजक है। निरर्थक है।"

मैंने गहरी साँस ली। "अराजकता केवल सतह है, मेलिना। क्या तुम इस झोंके को महसूस करती हो? क्या तुम मधुमक्खियों की भिनभिनाहट सुनती हो? ब्रह्मांड एक ब्रह्मांडीय मंच है - एक महाकाव्य शतरंज का खेल, जहाँ टुकड़े तारे और आकाशगंगाएं हैं, और चालें रोशनी और छाया द्वारा खींची जाती हैं। यह ब्रह्मांडीय खेल अथक लय द्वारा चलाया जाता है।"

"लय?" उसने माथे पर शिकन डाली। "हाँ। दो मौलिक रूप से विरोधी शक्तियों के बीच निरंतर, सामंजस्यपूर्ण आंदोलन। दिन और रात। गर्मी और सर्दी। जन्म और मृत्यु।" हर शब्द में सच्चाई का वजन था। "एक नियति के झूले की तरह, जो दो चरम ध्रुवों के बीच झूलता है, यह लय हर चीज में निहित है। सबसे छोटे कणों से लेकर सबसे राजसी आकाशगंगाओं तक।"

"तो क्या अच्छाई और बुराई भी इस लय का हिस्सा हैं?" उसकी आवाज लगभग एक फुसफुसाहट थी। "एक अपरिहार्य टकराव की तरह?"

"बिल्कुल सही। ब्रह्मांड में हर चीज का अपना अविभाज्य समकक्ष होता है: चकाचौंध करने वाली रोशनी, जो जलाती है, और एक अभेद्य छाया, जो निगल जाती है। रचनात्मक अच्छाई और विनाशकारी बुराई। ये प्रतीत होने वाले मौलिक रूप से अलग आंतरिक दरारें अविभाज्य हैं। लय स्वयं इस बातचीत से ज्यादा कुछ नहीं है - विपरीतताओं के बीच परिवर्तन की एक धड़कन।"

"लेकिन फिर इसका क्या मतलब है? अगर सब कुछ सिर्फ एक शाश्वत चक्र है?" उसका सवाल एक कराह की तरह लगा।

"यह सिर्फ एक चक्र नहीं है, मेलिना।" मैं उसके हाथ की गर्मी महसूस करने के लिए पास गया। "निरपेक्ष विपरीतताएँ अधिक हद तक अप्राप्य आदर्श हैं। हमारे जीवन में हम शायद ही कभी शुद्ध अच्छाई या पूर्ण बुराई का सामना करते हैं। सब कुछ एक जटिल रंग है, प्रतीत होने वाली विरोधी शक्तियों का एक सामंजस्यपूर्ण मिश्रण। यह चक्रीय आंदोलन सब कुछ मौजूद होने का बहुत आधार है।"

मैंने उसे सीधे आँखों में देखा। "ब्रह्मांड, एक राजसी, साँस लेने वाले प्राणी की तरह, रचना और क्षय के अंतहीन चक्रों से गुजरता है। उसका श्वास नए दुनिया के जन्म, चमकदार सितारों का है। उसका उच्छ्वास - उनका धीमा बुझना, नए पदार्थ में बदलना है। यह ब्रह्मांडीय श्वास दुनिया को बनाता है और निर्दयता से नष्ट करता है, शक्तिशाली लहरों की तरह, जो किनारे पर जोर से टूटती हैं और फिर से राजसी रूप से उठती हैं। अस्तित्व के क्षेत्र में यह कंपन ही लय है।"

मेलिना ने एक तितली का पीछा किया, जो हमारे बगल में एक फूल पर उतरी। "हमारे परिसंचरण की तरह, है ना? या श्वास?"

"बिल्कुल!" मैंने सिर हिलाया। "डीएनए की दोहरी हेलिक्स की तरह, ब्रह्मांड भी पुनरावृत्ति और परिवर्तन के बीच चलता है। यह वास्तविकता की बहुत संरचना में निहित है, मेलिना। अनुनाद के बारे में सोचो - एक ध्वनि कैसे दूसरे वस्तु को कंपन कर सकती है। या क्वांटम उलझाव के बारे में, जहाँ कण दूरी की परवाह किए बिना जुड़े रहते हैं। सब कुछ एक पूरा है। लेकिन अगर यह ब्रह्मांडीय लय हमारे डीएनए में गहराई से कोडित है, तो क्या यह अमरता को असंभव नहीं बनाता है?"

शायद मानव जीवन के चक्रों को जागरूकता के एक निर्धारित मिशन को पूरा करने के उद्देश्य से एक निश्चित संक्षिप्तता के साथ कोडित किया गया है। जैसे हमारे डीएनए में एक समय कोड होता है, जो हमारी शारीरिक यात्रा की सीमा को निर्धारित करता है, ताकि हम चेतना के विकास के एक निश्चित बिंदु तक पहुँच सकें। यह मानव प्रजाति द्वारा ही पूर्व निर्धारित है, लेकिन डीएनए के पुन: प्रोग्रामिंग से इस चक्र को बढ़ाया जा सकता है, हमारे विकास के लिए समय सीमा का विस्तार किया जा सकता है।

"एक पूरा..." उसने दोहराया, मानो वह शब्द का स्वाद ले रही हो।

"हाँ। और यह मौलिक सिद्धांत हमारे व्यक्तिगत जीवन में भी प्रकट होता है। मानव जीवन एक सीधी रेखा नहीं है, बल्कि वृत्तों की एक श्रृंखला है। जन्म, बचपन, युवावस्था, वयस्कता और बुढ़ापा - इनमें से हर बड़ा चक्र परिपक्वता और परिवर्तन के छोटे, मायावी संक्रमणों से गुजरता है। हमारे शरीर में हर कोशिका जन्म लेती है, जीती है और मर जाती है, जिसे एक नई से बदल दिया जाता है, लेकिन हम वही रहते हैं। मस्तिष्क में विद्युत आवेगों के बारे में सोचो, उनकी निरंतर चक्रीयता, जो विचार को जन्म देती है। मृत्यु के बाद भी, गूढ़ शिक्षाएं अवतारों के चक्रों के बारे में बात करती हैं, अस्तित्व में वापसी के बारे में, हर बार एक नए सबक, एक नए उद्देश्य के साथ।

मेरी आवाज शांत हो गई, लगभग एक फुसफुसाहट। "वही मैट्रिक्स सभ्यताओं की चक्रीयता को भी नियंत्रित करती है - अतीत की राख से उनका जन्म, उनका उदय, उनका अपरिहार्य पतन और खंडहरों में बदलना। रात के आसमान में ऊपर देखो - आकाशगंगाओं का जन्म देखो, और उनका धीमा, अपरिहार्य बुझना। सब कुछ ऊर्जा और रूप के एक भव्य, चक्रीय खेल का हिस्सा है, जहाँ कोई अंत नहीं है, बल्कि केवल एक नई शुरुआत है। बारिश की हर बूंद महासागर में लौट आती है, हर छाया सुबह के साथ विलीन हो जाती है। हमारी भावनाएं एक रेत घड़ी की तरह झूलती हैं, जिसके दाने कभी गिरना बंद नहीं करते हैं। क्षणभंगुरता से कोई बच नहीं सकता है। लेकिन इस क्षणभंगुरता में अर्थ है।"

मेलिना ने सिर हिलाया, अधिक शांत लग रही थी। "तो क्या यही हमारी ताकत है? चक्र के खिलाफ लड़ने के लिए नहीं, बल्कि इसके साथ सद्भाव में रहने के लिए? द्वंद्व को पार करने के लिए?"

"हाँ। मैं मानव चेतना के अध्ययन में गहराई से चला गया हूँ। मैंने पाया है कि यह दो स्तरों पर कार्य करता है: निम्न और उच्च। निम्न चेतना, या अवचेतन, वह उपजाऊ जगह है, जहाँ हमारी भावनाएं और डर पैदा होते हैं। वहाँ झूला हमें कभी उत्साह के भँवर में, तो कभी निराशा के रसातल में ले जाता है। लेकिन उच्च चेतना एक शांत, दुर्गम बंदरगाह है, जहाँ हम अपनी भावनाओं की लहरों को शांति से देख सकते हैं, बिना बह जाने के। यह एक आदिम बुद्धिमत्ता की प्रतिध्वनि है, जो अस्तित्व के सामूहिक क्षेत्र के साथ विलीन हो जाती है। उद्देश्य हर स्थिति में हमारी आंतरिक केंद्रता और शांति को बनाए रखना है।"

---✶६✶---

मैं खड़ा हो गया और गहरी साँस ली, अपने फेफड़ों को धरती की सुगंध से भर दिया।

"संवाहकों और बाकी सभी को इकट्ठा करो। हमारे जवाब को तैयार करने का समय आ गया है। युद्ध का जवाब नहीं, बल्कि मानवता का जवाब। हम उन्हें दिखाएँगे कि हम डरते नहीं हैं, लेकिन हम रक्तपात भी नहीं चाहते हैं। हम उन्हें क्रिया में सद्भाव की शक्ति दिखाएँगे - कैसे एकता किसी भी हथियार से अधिक शक्तिशाली है।"

मेलिना ने मुझे प्रशंसा के साथ देखा, जो उसकी आँखों में चमक रही थी, और एक गहरा विश्वास, जिसने मुझे गर्म कर दिया। वह समझ गई कि मेरे शब्द खाली बातें नहीं थे। मैं वास्तव में इस शक्ति को अपने भीतर रखता था, एक शक्ति, जो सबसे कठोर दिल को भी बदल सकती थी, उनकी आत्माओं में बर्फ को पिघला सकती थी।

"मैं यह करूँगी, नथानिएल," उसने दृढ़ संकल्प के साथ कहा, उसकी आवाज एक पत्थर की तरह कठोर थी। "हम तुम्हारे साथ खड़े रहेंगे, आखिरी साँस तक।"

और जबकि हमारे चारों ओर की दुनिया एक टकराव के लिए तैयार हो रही थी, हमारे छोटे समुदाय के दिल में आशा की एक अडिग लौ जल रही थी, जो एक बुजुर्ग की बुद्धिमत्ता द्वारा पोषित थी, जो अँधेरे को जानता था, लेकिन हमेशा रोशनी को चुनता था। मैं अंतर्दृष्टि का एक योद्धा था, और मेरी लड़ाई अभी शुरू हो रही थी - हथियारों से नहीं, बल्कि विचारों से, खून से नहीं, बल्कि परिवर्तन से।

यह युद्ध क्षेत्रों के लिए लड़ाई नहीं थी, बल्कि मानव आत्मा की बहुत ही नींव के लिए थी। मार्स की सेना के मार्च ने न केवल गीतों को, बल्कि प्रार्थनाओं को भी खामोश कर दिया, और प्राचीन ज्ञान से गिराया गया हर पत्थर उनकी आत्माओं में रोशनी को जलाने का एक प्रयास था, ताकि वे अभेद्य छाया में रहें। मूल्यों का एक टकराव आगे था, जो दुनिया के भविष्य को तय करेगा - क्या यह अराजकता में डूब जाएगा, या सद्भाव का रास्ता खोज लेगा। मैं जानता था कि इस लड़ाई में मुझसे सब कुछ की आवश्यकता होगी, शायद मेरा आखिरी बलिदान भी, लेकिन मैं इसका खुले दिल से सामना करूँगा।

---✶ ✶---

नथानिएल ने उगते सूरज की ओर देखा, जिसने बगीचे को सोने में नहला दिया था। एक मुस्कान ने उसके होंठों को छुआ।

"सवाल यह नहीं है कि क्या चक्र जारी रहेंगे, बल्कि क्या हम उन्हें उन्नत करने का चुनाव करेंगे, अस्तित्व को एक नई ऊंचाई की ओर धकेलेंगे, या क्या हम एंट्रॉपी को हमें निगलने देंगे। शायद अनंत काल की कुंजी चक्र को खत्म करने में नहीं है, बल्कि इसे जानबूझकर फिर से प्रोग्राम करने में है?"

जागरूकता
भाग IV

अध्याय 39: मायावी की तलाश में

सच्ची जीत दूसरे पर नहीं, बल्कि अपनी ही छाया पर होती है।

मैं नथानिएल के बगल में हमारी गुप्त प्रयोगशाला में, पिरामिड के दिल में गहराई में चुपचाप बैठा था। हवा भारी थी, जो प्राचीन अंतर्दृष्टि और कुछ गहरी पूर्वाभास से भरी हुई थी। मैं जानता था कि हम सिर्फ आने वाले संकट के समाधान की तलाश नहीं कर रहे थे, बल्कि मानव पतन के शाश्वत रहस्य की कुंजी की तलाश कर रहे थे। हम जानते थे कि यह नई मानवता - हमारे अपने, इतने दूर के बच्चे - दुखद

इतिहास को अथक रूप से दोहरा रही थी। चक्र। उदय और दर्दनाक पतन का शाश्वत चक्र। लेकिन इस बार, इसे सिर्फ एक अंत के साथ नहीं, बल्कि एक उच्च समझ के साथ, एक आध्यात्मिक उत्थान के साथ समाप्त होना था। यह हमारा मिशन था।

"क्या तुम देखती हो, मेलिना?" नथानिएल की आवाज ने खामोशी को काट दिया, मानो पत्थर से उकेरी गई हो। "शाश्वत चक्र अथक रूप से खुद को दोहराता है। मानवता... अपनी सारी आसमानी सुंदरता और बेलगाम क्रूरता में... फिर से इस अंतहीन, ब्रह्मांडीय खेल में अपनी नाजुक जगह खोजने की कोशिश कर रही है।"

मैंने महसूस किया कि एक परिचित बोझ मेरे सीने में बस गया है, लेकिन मैं इसके खिलाफ लड़ रहा था।

"लेकिन इस बार यह अलग है, बुद्धिमान नथानिएल। हमारे पास अमूल्य ज्ञान है। हम सहस्राब्दियों के भारी अनुभव को ढोते हैं। हमारे पास न केवल रोकने, बल्कि बीती हुई सभ्यताओं की दुखद गलतियों को फिर से लिखने की बुद्धिमत्ता और शक्ति है।"

उसने मुश्किल से ध्यान देने योग्य रूप से सिर हिलाया।

"हाँ, प्रिय, लेकिन मानवीय प्रकृति सदियों से आश्चर्यजनक रूप से स्थिर रहती है। गहरी जड़ वाली महत्वाकांक्षाएं, अतृप्त लालच, प्रभुत्व की सर्वव्यापी इच्छा - वे हमेशा मानव के बहुत सार में गहराई से निहित होती हैं। एक प्राचीन कर्म की छाप की तरह, जो खुद को दोहराता रहता है।"

नथानिएल ने धीरे से प्राचीन कंसोल पर चमकते हुए बटन को दबाया। स्क्रीन पर तुरंत भूतों जैसी छवियां दिखाई दीं। युद्धों से नष्ट हुए शहर... आखिरी महानगरों की उदास होलोग्राम तस्वीरें... खंडहर, जो एक दुखद कहानी को चुपचाप रख रहे थे।

"देखो, प्रिय, यह हम हैं। यह हमारी दर्दनाक कहानी है। एक सभ्यता, जो अस्थिर रेत पर बनी है, जो अनिवार्य रूप से अपनी खुद की घातक गलतियों के असहनीय बोझ के नीचे ढह जाती है। एक प्राचीन सर्प की तरह, जो अपनी ही पूंछ निगलता है।"

मैंने धीरे से अपना आसमानी हाथ उसके हाथ पर रखा, उसकी गर्मी महसूस की।

"लेकिन हम इस दुखद पूर्व-निर्धारण को बदल सकते हैं, प्रिय। हमने अपने बच्चों को माँ प्रकृति का गहराई से सम्मान करना सिखाया है। उसके शाश्वत कानूनों के साथ पूर्ण सद्भाव में रहने के लिए। हमने जागरूकता की शुरुआत बोई है। यह अंकुरित हो गया है। वे इसे अँधेरे में एक मशाल की तरह हमेशा के लिए ले जाएँगे..."

नथानिएल मुश्किल से ध्यान देने योग्य रूप से मुस्कुराया। वह मुस्कान... उसने हमेशा मुझे आशा दी।

"हाँ, मेरी प्रिय, हम वास्तव में सफल हुए... इस छोटे से समुदाय में। लेकिन बाहर की दुनिया... वह एक और कहानी है। मार्स सिर्फ एक लक्षण है, मेलिना। वह एक गहरी बीमारी का प्रकटीकरण है, जो लोगों के दिलों में सुलग रही है। और सबसे डरावनी बात यह है कि हमारे अतीत की सबसे शुद्ध यादें भी, सुनहरे युगों की, उनके प्रभुत्व की प्यास से विकृत हो जाती हैं। मैंने मार्स को मेरे बारे में कहानियों का उपयोग करते हुए सुना, ताकि वह अपने खुद के झूठ को मजबूत कर सके। यह सिर्फ जमीन

के लिए नहीं, बल्कि लोगों की आत्माओं और यादों के लिए - खुद वास्तविकता के लिए एक युद्ध है।"

"और यह बीमारी क्या है, नथानिएल? हम क्या भूल रहे हैं? हम उन्हें सद्भाव, करुणा, सिद्धांतों की समझ सिखाते हैं..."

"हम उन्हें सिखाते हैं, हाँ," उसने मुझे धीरे से रोका। "लेकिन क्या वे वास्तव में समझते हैं? क्या ये बुद्धिमान शब्द सिर्फ सुंदर वाक्यांश नहीं रह जाते हैं, बिना उनके सार में गहराई से प्रवेश किए? देखो, मेलिना, हमने उन्हें ज्ञान दिया, लेकिन हमने उन्हें अनुभव नहीं दिया। उन्होंने विनाश का असली दर्द महसूस नहीं किया है। उन्होंने नुकसान की कड़वाहट को गहराई से नहीं चखा है, जिसने हमें कभी कुचल दिया था। उनके लिए अतीत सिर्फ एक कहानी है, एक जीवित सबक नहीं।"

स्क्रीन पर नई छवियां दिखाई दीं - अराजक लड़ाई, जलते हुए गाँव, डर और घृणा से विकृत चेहरे।

"अतीत की ये परछाइयाँ... वे अभी भी उनके खून में नाचती हैं। अस्तित्व की प्रवृत्ति लालच में भ्रष्ट हो जाती है। डर आक्रामकता में बदल जाता है। हम उन्हें उच्च चेतना की रोशनी की ओर ले जाने की कोशिश कर रहे हैं, लेकिन वे अभी भी अपनी निम्न भावनाओं के अस्थिर झूले से बंधे हुए हैं। बच्चों की तरह, जिन्हें आग को समझने के लिए अपनी उंगलियाँ जलानी पड़ती हैं।"

"तो क्या इसका मतलब यह है कि सब कुछ व्यर्थ है?" मैंने अपनी आवाज में निराशा के एक स्वर के साथ पूछा। शब्द मेरे चाहने से अधिक नाजुक निकले। "हमारे सारे प्रयास, धैर्य और मार्गदर्शन की ये सारी सदियाँ?"

"कुछ भी व्यर्थ नहीं है। हर बोई हुई शुरुआत में अंकुरित होने की क्षमता होती है। लेकिन कभी-कभी, कठोर जमीन को तोड़ने के लिए अधिक समय, अधिक तूफान और सूरज की जरूरत होती है। हमने अंतर्दृष्टि का एक नखलिस्तान बनाया है, लेकिन अज्ञानता का रेगिस्तान अभी भी विशाल है। और केवल एक सच्चा तूफान ही इस रेगिस्तान के परिदृश्य को बदल सकता है।"

नथानिएल खड़ा हो गया और धीरे-धीरे कंसोल के चारों ओर घूम गया। उस पर उकेरे गए प्राचीन प्रतीक, मानो अपनी खुद की रोशनी से धड़क रहे थे, जो उसकी आँखों में परिलक्षित हो रहे थे। कंसोल के केंद्र में, एक चमकते हुए गुंबद के नीचे, एक छोटा, लेकिन मजबूत क्रिस्टल कलाकृति नीली चमक के साथ धड़क रही थी - पिरामिड का दिल। "जिस चीज की हमें कमी है, मेलिना... वह एक उत्प्रेरक है। कुछ ऐसा, जो इस सुस्ती को हिला दे, उन्हें अपने डर और महत्वाकांक्षाओं से परे देखने के लिए मजबूर करे। मार्स, प्रभुत्व के लिए अपनी अंधी प्यास के साथ, अनजाने में यह उत्प्रेरक बन सकता है। वह लोहे का हाथ, जो उन्हें अपनी आँखें खोलने के लिए मजबूर करेगा।"

"लेकिन वह विनाश और मौत लाएगा!" मैंने कहा। मेरा दिल सिकुड़ गया। "यह हमारे योजना का हिस्सा कैसे हो सकता है?"

"पीड़ा का कारण बनना हमारी योजना का हिस्सा नहीं है, प्रिय। लेकिन कभी-कभी, एक गहरे घाव को ठीक करने के लिए, उसके बहुत दिल को छूना आवश्यक होता है। मार्स उन्हें निर्दयी शक्ति का चेहरा दिखाएगा, अहंकार का, जो

किसी भी करुणा से रहित है। वे अपने ही पूर्वजों के जहर को नहीं, बल्कि कड़वाहट को चखेंगे।

"और तुम्हें विश्वास है कि यह उन्हें जगाएगा?"

"मुझे उम्मीद है, मेलिना। मुझे उम्मीद है कि जब वे भूलने की शक्ति को उसके शुद्धतम रूप में देखेंगे, तो वे ज्ञान की ओर मुड़ेंगे, जिसे हमने उन्हें पेश किया है। कि वे सद्भाव, सहयोग, जीवन के प्रति सम्मान को याद करेंगे। ये धुंधली यादें, जो वे अपने भीतर ढोते हैं - डर के बिना दुनिया के लिए, प्राचीन बुद्धिमत्ता के लिए - वे प्रज्वलित होंगी, जब वे देखेंगे कि वे क्या खो रहे हैं, जब वे उस निरंकुशता की असली प्रकृति का सामना करेंगे, जिसे उन्होंने चुना है। केवल सबसे गहरे अँधेरे में ही तारे सबसे चमकीले होते हैं।"

नथानिएल मेरी ओर मुड़ा और मेरे हाथ पकड़ लिए। उसकी उंगलियाँ गर्म थीं। इस क्षण में, एक दूर की, मुश्किल से पता चलने वाली गड़गड़ाहट हमारे कानों तक पहुँची, जिसने पिरामिड की दीवारों को मुश्किल से ध्यान देने योग्य रूप से कंपन कर दिया। नथानिएल ने पलक भी नहीं झपकाई।

"हमने शुरुआत बोई है। अब हमें तूफान को मिट्टी खोदने देना होगा, ताकि अंतर्दृष्टि की जड़ गहरी घुस सके। हमारा काम एक प्रकाशस्तंभ बनना है, जो अँधेरे के माध्यम से उनका मार्गदर्शन करेगा, जब वह उन्हें निगलना शुरू कर देगा।"

"और अगर अँधेरा उन्हें हमेशा के लिए निगल लेता है?"

नथानिएल ने भारी साँस ली। उसकी नजर धुंधली हो गई।

"तो हम शोक करेंगे, प्रिय। लेकिन हम जान लेंगे कि हमने वह सब किया जो हम कर सकते थे। और हम ज्ञान की चिंगारी को तब तक संरक्षित करते रहेंगे, जब तक कि एक नया चक्र, जागरण का एक नया अवसर नहीं आता। शाश्वत लय कभी नहीं रुकती, मेलिना। सबसे अँधेरी रात के बाद हमेशा एक नई सुबह होती है, भले ही वह दूसरी दुनिया, दूसरे जीवों के लिए हो।"

हम फिर से खामोशी में डूब गए, अपनी आत्माओं के अंतहीन ज्ञान में उस छोटे, हठपूर्वक अदम्य कारण की तलाश कर रहे थे, जो मानव सार में गहराई से छिपा हुआ था, जो हर मानव समाज को दुखद आत्म-विनाश की ओर अथक और चक्रीय रूप से ले जाता था। - "क्या तुम्हें लगता है कि यह अहंकार है?" मैंने लंबे समय तक चुप रहने के बाद पूछा। - "खुद को साबित करने की यह निरंतर आवश्यकता, हावी होने के लिए, दूसरों से अधिक होने के लिए?"

"अहंकार उसका हिस्सा है, हाँ," नथानिएल सहमत हुआ। "लेकिन यह सिर्फ एक उपकरण है। उसके पीछे एक गहरी प्यास है... अपनी खुद की महत्व को महसूस करने की प्यास, जो डर और अनिश्चितता से विकृत है। वे अपनी पहचान बाहरी दुनिया में - संपत्ति में, दूसरों पर सत्ता में - खोजने की कोशिश करते हैं, बजाय इसके कि वे इसे अपने भीतर, अनंत काल के साथ अपने संबंध में खोजें। जैसे एक कुएं के बगल में खड़े होकर रेगिस्तान में पानी खोजना।"

"तो कुंजी उन्हें अंदर की ओर खोजना सिखाना है?"

"हाँ। यह समझने के लिए कि सच्ची शक्ति बाहरी प्रभुत्व में नहीं, बल्कि आंतरिक सद्भाव में है। कि असली धन आध्यात्मिक है, न कि भौतिक। कि असली महत्व पूरे के साथ संबंध से आता है, न कि उससे अलग होने से।"

"लेकिन हम उन्हें यह कैसे दिखाएँगे, जब वे प्रभुत्व की प्यास और डर से अंधे हैं?"

"उदाहरण के माध्यम से, मेलिना। हमारे समुदाय के माध्यम से। उस प्रकाश के माध्यम से, जिसे हम उत्सर्जित करते हैं। और जब अँधेरा बहुत घना हो जाता है, तो शायद हमें उन्हें दूसरा पक्ष भी दिखाना होगा - उनकी पसंद के परिणाम। लेकिन बिना क्रोध, बिना निर्णय के, बल्कि केवल समझ और करुणा के साथ। एक प्यार करने वाले माता-पिता की दृढ़ता के साथ, जो बच्चे को अपना सबक सीखने के लिए जलने देते हैं।"

"क्या तुम्हें विश्वास है कि आशा है?"

"आशा हमेशा होती है, प्रिय। जब तक प्रकाश की एक भी चिंगारी है, वह एक नई लौ जला सकती है। हमारा काम वह चिंगारी बनना है, यहाँ तक कि सबसे अँधेरे समय में भी।" हम फिर से खामोशी में डूब गए, लेकिन इस बार यह बोझिल नहीं था, बल्कि शांत दृढ़ संकल्प से भरा था। हम जानते थे कि आगे का रास्ता मुश्किल होगा, लेकिन हम इसे एक साथ चलने के लिए तैयार थे, जो सदियों की बुद्धिमत्ता और मानवता के लिए हमारे अटूट प्यार से निर्देशित था। पिरामिड की गहराइयों में, अनंत काल की फुसफुसाहट बजती रही, जो हमें शाश्वत संघर्ष और विकास के निरंतर अवसर की याद दिलाती थी।

----------------- ----------------

अध्याय 40: कार्य-कारण का ताना-बाना

यद्यपि हमें ब्रह्मांड को नियंत्रित करने वाले मौलिक सिद्धांतों का विशाल ज्ञान था, नथानिएल और मैं एक दर्दनाक तथ्य से इनकार नहीं कर सकते थे: हर इंसान के सबसे पवित्र दिल में एक शाश्वत, अथक लड़ाई सुलग रही थी। यह प्रकाश और अँधेरे के बीच, रचनात्मक अच्छाई और विनाशकारी बुराई के बीच, निःस्वार्थ परोपकारिता और स्वार्थी आत्म-प्रेम के बीच एक महाकाव्य टकराव है। चेतना के उच्च स्तरों और उन प्राथमिक प्रवृत्तियों के बीच एक निरंतर संघर्ष, जो अभी भी हमें जीवन के निचले रूपों से जोड़ते हैं।

इस आंतरिक संघर्ष के बहुत केंद्र में शक्तिशाली अहंकार खड़ा था। हमारा यह कपटी हिस्सा खुद को अपने अस्थायी शरीर, क्षणिक विचारों और उग्र भावनाओं के साथ कसकर पहचानता था। अहंकार हमें दुखद रूप से दूसरों से अलग महसूस कराता था, केवल अपने हितों के लिए भयंकर रूप से लड़ने के लिए। यह स्रोत था - छोटी निराशा से लेकर विनाशकारी त्रासदी तक। वह जानवर, जो हम में से हर एक के भीतर गहराई में सुलग रहा था। अहंकार एक ब्लेड की तरह था - अस्तित्व के लिए आवश्यक, लेकिन इसे नियंत्रित करने की बुद्धिमत्ता के बिना घातक। इसने हमें अलग-अलग व्यक्तियों के रूप में खुद को स्थापित करने में मदद की, लेकिन जब यह निहित करुणा और आध्यात्मिक विकास के लिए प्रयास पर बेलगाम रूप से प्रबल होता था,

तो यह हमें निर्दयता से अपनी ही इच्छाओं का दयनीय कैदी बना देता था। इतिहास ने हमें बार-बार दिखाया है कि कैसे बेलगाम अहंकार खूनी युद्धों, भयानक नरसंहारों और निर्दयी विनाश का कारण बना है। एक पूर्ण और सामंजस्यपूर्ण जीवन जीने के लिए, हमें अपनी व्यक्तित्व और सार्वभौमिक सामूहिक विवेक के बीच एक नाजुक संतुलन प्राप्त करना था।

इससे कोई फर्क नहीं पड़ता कि हमने कौन से सामाजिक, सांस्कृतिक या धार्मिक ढाँचे बनाए, अहंकार हमेशा अथक रूप से खुद को स्थापित करने, आगे आने का प्रयास करेगा। यह एक ऐसी अविनाशी लौ की तरह था, जिसे अस्थायी रूप से नियंत्रित किया जा सकता था, लेकिन कभी भी पूरी तरह से बुझाया नहीं जा सकता था। हर इंसान को शाश्वत चुनाव का सामना करना पड़ता है - अपने अहंकार के आदिम आवेगों के आगे झुकना या जानबूझकर उच्च मूल्यों के लिए प्रयास करना।

नथानिएल के साथ मैं गहराई से समझता था कि हमारी नाजुक सभ्यता के अपरिहार्य विनाश को रोकने के लिए, हमें कपटी अहंकार को बदलने का एक बुद्धिमान तरीका खोजना था। हमें मायावी कुंजी ढूंढनी थी, जो हमें मानवता को स्वार्थ की भारी जंजीरों से मुक्त करने और सार्वभौमिक सद्भाव और निःस्वार्थ सहयोग पर आधारित एक समाज बनाने की अनुमति देगी।

मैं नथानिएल के बगल में हमारी गुप्त प्रयोगशाला में, पिरामिड के दिल में गहराई में चुपचाप बैठा था। हवा भारी थी, जो प्राचीन अंतर्दृष्टि और कुछ गहरी पूर्वाभास से भरी हुई थी। मेरे चेतना की सतह पर लंबे समय से नष्ट हुए शहरों की भूतों जैसी होलोग्राम छवियां नाच रही थीं - एक अदृश्य सूरज के नीचे पिघलते हुए टावर, धुएं और धूल की परछाइयां। मैं जानता था कि हम सिर्फ आने वाले संकट के समाधान की तलाश नहीं कर रहे थे, बल्कि मानव पतन के शाश्वत रहस्य की कुंजी की तलाश कर रहे थे। यह नई मानवता, हमारे अपने दूर के वंशज, विशाल ब्रह्मांड के जटिल मैट्रिक्स में बंद, हर सभ्यता के दुखद इतिहास को अथक रूप से दोहरा रही थी। उदय और दर्दनाक पतन के इस शाश्वत चक्र को इस बार एक उच्च समझ के साथ, एक आध्यात्मिक उत्थान के साथ समाप्त होना था - यही हमारा पवित्र आह्वान था।

"मानवता फिर से इस अंतहीन, ब्रह्मांडीय खेल में अपनी नाजुक जगह खोजने की कोशिश कर रही है," मैंने फुसफुसाया, जबकि मेरी नजर खंडहरों पर घूम रही थी। "लेकिन हजारों साल के अनुभव के बावजूद, गहरी जड़ वाली महत्वाकांक्षाएं, अतृप्त लालच और सत्ता की सर्वव्यापी इच्छा हमेशा मानव के सार में निहित रहती है। मार्स सिर्फ एक लक्षण है, मेलिना। वह एक गहरी बीमारी का प्रकटीकरण है।" मेरे गले में कड़वाहट बढ़ रही थी, जो परिचित और भारी थी। मुझे उन चेहरों की याद आ रही थी, जिन्हें हम नहीं बचा पाए थे।

नथानिएल मेरी ओर मुड़ा, उसका चेहरा आंतरिक संघर्ष, लगभग क्रोध से तनावपूर्ण था।

"लेकिन क्यों, मेलिना? क्यों? हमने उन्हें रोशनी, स्मृति, सभी मौलिक सिद्धांत दिए! हमने एक संरचना, पूर्णता के लिए नींव बनाई!

मेरा विश्लेषणात्मक तर्क हमेशा मानता था कि अगर सब कुछ सही ढंग से व्यवस्थित है, अगर कानूनों को स्पष्ट और पालन किया जाता है, तो समृद्धि अपरिहार्य

है! यह उनके लिए पर्याप्त क्यों नहीं था? अहंकार हमेशा इच्छा की गहराइयों से क्यों उभरता है?"

नथानिएल ने अपने हाथ से पत्थर के कंसोल पर जोर से मारा। ध्वनि प्रयोगशाला की खामोशी में तेजी से गूँज उठी। उसकी आँखें चौड़ी हो गई थीं, जो एक असहनीय निराशा से भरी हुई थीं।

"क्योंकि इंसान खुद में और दुनिया के साथ शाश्वत विरोध में रहने के लिए बनाया गया है, नथानिएल!" मैंने जवाब दिया, मेरी आवाज थकावट से, लेकिन एक अडिग दृढ़ विश्वास से कांप रही थी। "तुमने हमेशा सही व्यवस्था की तलाश की है, लेकिन मैं देखती हूँ कि अप्रत्याशितता शाश्वत प्रति-बिंदु है! यह वह अपरिहार्य छाया है जो रोशनी को चलने के लिए मजबूर करती है!"

मैं खड़ा हो गया और धीरे-धीरे प्राचीन कंसोल के चारों ओर घूम गया। कार्य-कारण के सिद्धांत की मेरी गहरी समझ मेरा एकमात्र हथियार था। मैं जानता था कि ब्रह्मांड एक अंतहीन, राजसी टेपेस्ट्री की तरह है, जो अनगिनत अदृश्य धागों से बुनी गई है। हर विचार, हर शब्द, हर कार्य विशिष्ट कंपन पैदा करता है, जो एक अपरिहार्य गूँज के रूप में हमारे पास लौट आता है।

"हर घटना पिछली कारणों का एक अपरिहार्य परिणाम है," मैंने समझाया, मेरी नजर कंसोल पर प्रतीकों पर टिकी हुई थी। "जब हम संबंध नहीं देखते हैं, तो हम इसे गलती से संयोग कहते हैं। लेकिन संयोग कानून के नाम के अलावा और कुछ नहीं है, जो अज्ञात है। ब्रह्मांड में कुछ भी वास्तव में आकस्मिक नहीं है। कारण और प्रभाव का सिद्धांत शाश्वत और निरंतर है। हर प्रभाव अनिवार्य रूप से एक नए प्रभाव का कारण बन जाता है, जो आपस में जुड़ी हुई घटनाओं की एक अंतहीन, शाश्वत श्रृंखला बनाता है।" मैंने महसूस किया कि हर शब्द मेरे भीतर कंपन कर रहा था, जो खुद ब्रह्मांड का हिस्सा था।

मेलिना ने मुझे ध्यान से सुना, जो ब्रह्मांडीय सिद्धांतों को हमारी तत्काल दुविधा से जोड़ने की कोशिश कर रही थी।

"तो क्या इसका मतलब यह है कि हम प्रभाव को बदलने के लिए कारण को बदल सकते हैं?" उसने पूछा।

मैंने सिर हिलाया। "बिल्कुल। हम अपनी खुद की वास्तविकता के सक्रिय सह-निर्माता हैं, अंधे संयोग के निष्क्रिय शिकार नहीं। कुंजी यह समझना है कि सच्ची शक्ति बाहरी प्रभुत्व में नहीं, बल्कि आंतरिक सद्भाव में है। कि आंतरिक धन आध्यात्मिक है, न कि भौतिक। कि सच्चा महत्व पूरे के साथ संबंध से आता है, न कि उससे अलग होने से।"

"लेकिन क्या ये बुद्धिमान शब्द पर्याप्त गहराई से प्रवेश करते हैं?" मेलिना ने आह भरी। मुझे उसकी थकावट का वजन महसूस हुआ, जो मुझसे भी परिचित था। "उन्होंने विनाश का दर्द महसूस नहीं किया है, उन्होंने नुकसान की कड़वाहट नहीं चखी है, जिसने हमें कभी कुचल दिया था। उनकी आँखों ने उन खंडहरों को नहीं देखा है, जिन्हें हमने देखा है।"

"ठीक यही कारण है कि मार्स, सत्ता के लिए अपनी अंधी प्यास के साथ, अनजाने में इस जागरूकता के लिए उत्प्रेरक बन सकता है," मैंने जवाब दिया। "वह

उन्हें निर्दयी शक्ति का चेहरा दिखाएगा, अहंकार का, जो करुणा से रहित है। वे अपने ही पूर्वजों की कड़वाहट चखेंगे। मुझे उम्मीद है कि जब वे अँधेरे को उसके शुद्धतम रूप में देखेंगे, तो वे उस रोशनी की ओर मुड़ेंगे, जिसे हमने उन्हें पेश किया है। वे सद्भाव, सहयोग, जीवन के प्रति सम्मान को याद करेंगे।"

केवल सबसे गहरे अँधेरे में ही तारे सबसे चमकीले होते हैं।

मैंने नथानिएल की ओर देखा, उसकी आँखों में दर्द और संदेह देखकर।

"इस आंतरिक संघर्ष के बिना, इस अप्रत्याशितता के बिना, इंसान विकसित और रचना नहीं कर सकता! यह अज्ञात की एक धड़कन है, जो जीवन शक्ति को प्रवाहित करती है!"

चुनाव का सिद्धांत, कारण और प्रभाव जीवन, आंदोलन और मानव श्वास के लिए मार्गदर्शक है। यह एक सिद्धांत है, एक प्रमेय नहीं, नथानिएल!

तुमने सोचा था कि तुम व्यवस्था के माध्यम से समृद्धि बना सकते हो, लेकिन मैं जानता हूँ कि अराजकता शाश्वत प्रति-बिंदु है, जो व्यवस्था को अर्थ देती है! यह वह दर्पण है, जिसमें इंसान अपने सच्चे सार और अपनी रचना करने, ऊपर उठने, पूर्णता प्राप्त करने की क्षमता को देखता है!

हम लंबे समय से अपनी आत्मा की अंतहीन चमक में उस हठपूर्वक अदम्य कारण की तलाश कर रहे थे, जो मानव सार में गहराई से छिपा हुआ था, जो हर मानव समाज को दुखद आत्म-विनाश की ओर अथक और चक्रीय रूप से ले जाता था। यह लड़ाई इंजन है, हमारा अभिशाप नहीं। इंसान को खुद में और दुनिया के साथ शाश्वत विरोध में रहने के लिए बनाया गया है, ताकि वह बढ़ सके, खोज सके, रचना कर सके।

अध्याय 41: अग्निमय चुनाव और ज्ञान की प्रतिध्वनि

ज्ञान शक्ति नहीं है, जब तक कि इसे दिल से न दिया जाए।

इस क्षण में, एक कर्कश आवाज के साथ खुलते हुए, हॉल का दरवाजा फिसल गया और हमारे वारिस - प्रबुद्धजन का समूह, सभी प्रशिक्षित और समर्पित लोगों के साथ, जो आश्रय में रहे थे, अंदर आ गए। उनके चेहरे, हालांकि शांत थे, आने वाले तूफान का अनकहा बोझ ढो रहे थे। उनकी नजरें स्क्रीन की ओर, कंसोल में धड़कते नीले क्रिस्टल की ओर, फिर नथानिएल और मेरी ओर चली गईं, जवाब मांगते हुए। हवा घनी हो गई, जो तनाव और अदृश्य सवालों से भरी थी।

एथन, जिसकी नजर हमेशा भविष्य पर टिकी हुई थी, आगे बढ़ा, उसकी हथेली बेचैनी से दीवार के प्राचीन पत्थर को छू रही थी। वह सबसे युवा प्रबुद्ध था, लेकिन उसकी व्यावहारिकता ने अक्सर हमें आश्चर्यचकित कर दिया था।

"गुरु नथानिएल, प्रबुद्ध मेलिना, हम सब जानते हैं कि क्या आ रहा है। मेरा आह्वान यह सुनिश्चित करना है कि यह आंतरिक सच्चाई जीवित रहे, न कि सिर्फ संग्रहीत रहे। हम इसे भविष्य के मैट्रिक्स में कैसे बुनेंगे, ताकि यह फिर से खो न जाए? मैं कल के लिए पुल बनाने का वादा करता हूँ, जो इस ज्ञान को ले जाएंगे।"

मार्क, जिसके हाथ प्राचीन स्क्रॉल से स्याही से ढके थे, धीरे से बीच में आया, लेकिन उसकी आवाज में हजारों साल के अनुभव का वजन था।

"ज्ञान पुल बनाने के लिए नहीं है, एथन, बल्कि जड़ों के लिए है! मेरे लिए, बुद्धिमत्ता सिर्फ ज्ञान नहीं है, यह अस्तित्व के कपड़े में बुना गया एक जीवित धागा है। मैं हर कहानी, हर सबक को, सिर्फ शब्दों के माध्यम से नहीं, बल्कि अनुभव के माध्यम से देने के लिए तैयार हूँ। मेरा आंतरिक आह्वान जीवित अनुभव का एक अभिलेखागार बनाना है, जहाँ हमारे अतीत का हर पल जीवन के साथ धड़कता है। मैं वादा करता हूँ कि हम इन सबकों की आत्मा को मरने नहीं देंगे।"

इवोन, जिसका दिमाग एक रेजर की तरह तेज और एक तंत्र की तरह सटीक था, ने सिर हिलाया, हम में से हर एक को एक विश्लेषणात्मक नजर से मापते हुए।

"अनुभव व्यक्तिपरक है, मार्क! भावनाएं यादों को बदल देती हैं। मेरे अनुभव ने मुझे सिखाया है कि केवल सटीकता ही हमें अतीत की गलतियों से बचा सकती है। मैं मौलिक सिद्धांतों को क्रिस्टल सूचना नोड्स में कोडित करूँगा, जो विकृति के लिए दुर्गम होंगे, लेकिन कुछ शर्तों के तहत सक्रिय हो सकते हैं। यह मेरा आह्वान है - सच्चाई को उनकी भविष्य की दुनिया की बहुत नींव में एम्बेड करना, भले ही दिल इसे 'महसूस' करे या नहीं।"

डेना, जिसकी आभा हमेशा शांति बिखेरती थी, उसकी नजर में अनंत काल की गहराई थी, और उसके होंठों ने आंतरिक उत्तेजना से कांपने से पहले एक शांत, लेकिन मजबूत आवाज में बात की।

"दिल के बिना, इवोन, यहाँ तक कि सबसे सटीक जानकारी भी ठंडी होती है! मेरी जागरूकता यह है कि कोई भी अंतर्दृष्टि, जो दिल से जुड़ी नहीं है, वह मृत है। हम जानकारी के बारे में बात नहीं कर रहे हैं, बल्कि आत्मा की एक अवस्था के बारे में बात कर रहे हैं। मैं भावनात्मक धारणा को विकसित करूँगा, जो भविष्य की पीढ़ियों को सिद्धांतों को समझने की अनुमति देगा, न कि सिर्फ उन्हें जानने की। यह मेरा आह्वान है - जागरूकता के सामूहिक क्षेत्र बनाना, जहाँ दिल एक में जुड़ते हैं, क्योंकि तभी ज्ञान सच्चाई बन जाता है।"

सारा, परंपराओं की एक प्रबुद्ध, जिसकी उंगलियों को जटिल प्रतीकों से चित्रित किया गया था और जिसकी आँखों में हजारों कहानियों से आग जल रही थी, ने डेना को रोकते हुए एक दृढ़ आवाज में बात की।

"भावनाएं क्षणिक हैं! परंपरा शाश्वत है! मेरा जीवन सबूत है कि परंपरा जनजाति की स्मृति है। मैं उन अनुष्ठानों, कहानियों, गीतों को संरक्षित करूँगा, जिन्होंने सदियों से इस अंतर्दृष्टि को ढोया है। हर कहानी में, हर धुन में एक कोड छिपा हुआ है, जो प्रकट होने की प्रतीक्षा कर रहा है। यह मेरा आह्वान है - यह सुनिश्चित करना कि उनके बच्चे इन कहानियों के साथ बड़े हों, उन्हें आग के पास सुनते हुए, जैसा कि हमारे पूर्वजों ने किया था, ताकि अंतर्दृष्टि आत्मा से आत्मा तक दी जा सके।"

माइकल, एक सपने देखने वाले की नजर के साथ, लेकिन एक आविष्कारक की भी, जिसकी नजर अनजाने में एक प्राचीन ड्राइंग पर रुक गई थी, जिसे एक बच्चे द्वारा बनाया गया था, जो एक पत्थर की दीवार पर लटका हुआ था, उसने अधीरता से अपना हाथ उठाया।

"परंपराएं महत्वपूर्ण हैं, सारा, लेकिन दुनिया बदल रही है! हम समय में जमे हुए नहीं हैं! मेरा विश्वास रचनात्मकता की शक्ति में है। एक आंतरिक अंतर्दृष्टि, जो

कला, वास्तुकला, नवाचार में परिवर्तित नहीं होती है, वह बुद्धिमत्ता है, जो मर जाती है। मैं उन्हें इन सिद्धांतों के माध्यम से बनाने के लिए प्रेरित करूँगा। यह मेरा आह्वान है - उन्हें एक ऐसी दुनिया बनाना सिखाना, जो खुद सद्भाव की एक अभिव्यक्ति हो, न कि सिर्फ अतीत को दोहराना!"

एथनी, अपनी तेज विश्लेषणात्मक सोच के साथ, स्थिति का आकलन किया, अपनी आँखें थोड़ी सिकोड़ लीं, मानो वह सभी संभावित परिणामों को देख रहा था, और ठंडे ढंग से बीच में आया।

"रचनात्मकता अराजक है, माइकल! हमें व्यावहारिक अनुप्रयोगों, नियंत्रण की आवश्यकता है। मेरा अनुभव दिखाता है कि कामकाजी प्रणालियों के बिना, कामकाज वाले समुदायों के उदाहरणों के बिना, सब कुछ सिर्फ सिद्धांत है। यह मेरा आह्वान है - उन्हें एक कामकाज का उदाहरण देना, जो एक प्रकाशस्तंभ हो, क्योंकि लोग सबसे अच्छा तब सीखते हैं जब वे परिणाम देखते हैं, न कि सिर्फ सुंदर चित्र!"

लिया, जिसकी कोमलता ने एक इस्पात जैसी इच्छाशक्ति को छिपाया, बीच में आई, उसे दर्द याद आया जो उसने बिना करुणा वाली दुनिया में अपने बचपन में महसूस किया था, और उसकी आवाज गहरी भावना से थोड़ी कांप गई।

"और वे 'कामकाज वाले समुदाय,' एथनी, सहिष्णुता और सहानुभूति के बिना कैसे रहेंगे? मेरे सबसे गहरे घाव ने मुझे सिखाया है कि करुणा के बिना अंतर्दृष्टि एक हथियार है, एक उपहार नहीं! मैं उन्हें करुणा सिखाऊँगी। यह मेरा आह्वान है - संघर्ष समाधान के लिए कार्यक्रम बनाना, जो दूसरे के अहंकार की समझ पर आधारित हो, न कि निर्णय पर, क्योंकि इसके बिना कोई समुदाय नहीं होगा।"

सोफिया, अपनी सहज बुद्धिमत्ता के साथ, एक पल के लिए अपनी आँखें बंद कर लीं, मानो वह पिरामिड के बहुत पत्थरों से शक्ति ले रही थी, और फिर उन्हें खोल दिया, चमकते हुए, लिया को रोकते हुए।

"तुम रूप के लिए बहस कर रहे हो, और सार को भूल रहे हो! मेरा दृष्टिकोण यह है कि बुद्धिमत्ता एक ऊर्जा है, जिसे किसी भी रूप से बाहर, स्वतंत्र रूप से प्रवाहित होना चाहिए। मैं चेतना की धाराएं बनाऊँगी, जो सभी को जोड़ेगी। सामूहिक ध्यान के माध्यम से, साझा सपनों के माध्यम से, यहाँ तक कि माँ पृथ्वी के नेटवर्क के साथ सहजीवी संबंधों के माध्यम से। यह मेरा आह्वान है - अंतर्दृष्टि को प्रजाति की सामूहिक स्मृति में, एक एकल क्षेत्र में बदलना, जिसे कोई मार्स नष्ट नहीं कर सकता है!"

निकोले, जिसकी आँखों में एक लौ थी, जो अक्सर उसकी विद्रोही भावना को धोखा देती थी, ने चुनौती से मुस्कुराया, अपने हाथ मोड़ते हुए, सोफिया को चुनौती देते हुए।

"नियंत्रण के बिना ऊर्जा अराजक है! मेरी समझ यह है कि सच्ची जागरूकता आंतरिक संघर्ष और व्यक्तिगत खोज से आती है। मुझे लगता है कि हमें उन्हें इसे खुद खोजने देना चाहिए। उन्हें उपकरण, नक्शे देना, लेकिन तैयार रास्ता नहीं। उन्हें अपनी गलतियों से टकराने दो, लेकिन उनके पास सीखने का आधार होना चाहिए। यह मेरा आह्वान है - उन्हें गलती करने और सीखने की स्वतंत्रता देना, क्योंकि तभी बुद्धिमत्ता उनकी बन जाती है, न कि थोपी हुई!"

जेम्स, शांत और संतुलित, ने नथानिएल को देखा, एक सवाल के साथ, जो हवा में भारी था, जो बढ़ते तनाव को शांत करने की कोशिश कर रहा था।

"गुरु, आपका दृष्टिकोण क्या है? हम सैकड़ों रास्ते पेश कर सकते हैं, लेकिन कौन सा सबसे प्रभावी है? मेरा आह्वान इन सभी दृष्टिकोणों को संश्लेषित करना है, क्योंकि एकता में शक्ति है, और विभाजन विनाश है।"

एरिक, जिसके शब्द अक्सर हथौड़े के प्रहार की तरह होते थे, ने तेजी और दृढ़ संकल्प के साथ बात की, मानो हर सेकंड मायने रखता हो, जेम्स को अनदेखा करते हुए।

"संश्लेषण के लिए समय नहीं है! मेरा अनुभव यह है कि हम इंतजार नहीं कर सकते। समय हम पर दबाव डाल रहा है! हमारे पास कार्रवाई की एक स्पष्ट योजना होनी चाहिए, जिसे तुरंत लागू किया जा सके। मैं सिद्धांतों की एक अकादमी बनाने का प्रस्ताव करता हूँ - एक जगह, जहाँ सबसे सक्षम लोगों को हमारी अंतर्दृष्टि की पूरी पूर्णता के साथ प्रशिक्षित किया जाएगा, ताकि वे नए प्रबुद्ध बन सकें। यह मेरा आह्वान है - आत्मा के योद्धाओं को तैयार करना, न कि तरीकों पर बहस करना!"

क्रिस, जिसकी नजर हमेशा हॉल की पवित्र ज्यामिति में छिपे संबंधों की तलाश करती थी, उसने सोचा, अपनी उंगलियों को उकेरे गए प्रतीकों पर रगड़ते हुए, मानो वह वहाँ जवाब खोज रहा हो।

"अकादमी सिर्फ एक रास्ता है, एरिक। मुझे विश्वास है कि बुद्धिमत्ता स्वयं ब्रह्मांड में निहित है, न कि केवल किताबों या शिक्षकों में। अगर हम उन्हें हवा की फुसफुसाहट, पेड़ों के गीत, महासागर की लय को पढ़ना सिखाते हैं, तो वे सिद्धांतों को खुद से फिर से खोज लेंगे। यह मेरा आह्वान है - उन्हें पारिस्थितिकी तंत्र के साथ एकीकृत करना, ताकि वे इसका हिस्सा बन जाएं, पृथ्वी की लय के साथ साँस लेते हुए, क्योंकि प्रकृति सबसे महान शिक्षक है!"

जेन्ना, जिसकी कोमलता ने अक्सर अंतर्दृष्टि को छिपाया, ने बात की, उसकी आवाज शांत थी, लेकिन आंतरिक शक्ति से भरी हुई थी, जैसे एक कोमल हवा, जो एक आग बुझा सकती थी।

"प्रकृति महत्वपूर्ण है, क्रिस, लेकिन प्यार के बिना, यहाँ तक कि सबसे खूबसूरत दुनिया भी खाली है। मेरा रास्ता बिना शर्त प्यार का है। हमें उन्हें प्यार देना होगा। ज्ञान के लिए प्यार, पड़ोसी के लिए प्यार, खुद के लिए प्यार। प्यार के बिना, यहाँ तक कि सबसे महान अंतर्दृष्टि भी ठंडी और बेजान होती है। यह मेरा आह्वान है - एकता के त्योहार और अनुष्ठान बनाना, जो सभी जीवित प्राणियों के बीच के संबंध का जश्न मनाते हैं, क्योंकि केवल प्यार ही ज्ञान को जीवित बनाता है!"

विलियम, जो अपने तर्क और व्यावहारिकता के लिए जाना जाता था, ने बड़बड़ाया, जबकि वह अपने दिमाग में अंतहीन समीकरणों की गणना कर रहा था, और उसका माथा चिंता से थोड़ा सिकुड़ा हुआ था।

"ये सभी विचार अद्भुत हैं, लेकिन हम उन्हें कैसे मापते हैं? जब हम सिर्फ मुट्ठी भर हैं तो लाखों लोगों तक कैसे पहुँचते हैं? मेरी गहरी चिंता यह है कि उन लोगों का क्या होगा जो हमें नहीं सुनते हैं? दूसरे समुदायों का? दूसरे ग्रहों का? हमें संचार के एक विस्तृत नेटवर्क की आवश्यकता है, जो हमारे संदेश को दुनिया के सबसे दूर के

कोनों तक भी पहुंचा सके। यह मेरा आह्वान है - ज्ञान को एक वैश्विक नेटवर्क में बदलना, इससे पहले कि बहुत देर हो जाए!"

फेथ, जिसकी आँखें अडिग विश्वास से भरी हुई थीं, खड़ी हो गई, मानो वह खुद रोशनी का एक स्तंभ थी, जिसे कभी तोड़ा नहीं जा सकता था, विलियम को रोकते हुए।

"नेटवर्क और तर्क सिर्फ उपकरण हैं! बुद्धिमत्ता विश्वास पर आधारित है। अच्छाई में विश्वास, इंसान की क्षमता में विश्वास। मैं इस चिंगारी को जलाऊँगी। किंवदंतियों और कहानियों के माध्यम से, जो प्रेरित करते हैं और अर्थ देते हैं। यह मेरा आह्वान है - वह ईंधन बनना जो उन्हें आगे बढ़ाएगा, तब भी जब सब कुछ खो गया लगता है, क्योंकि विश्वास के बिना कोई कार्रवाई नहीं है!"

होप, जिसकी आवाज हमेशा सांत्वना लाती थी, लेकिन अब एक नए, अडिग दृढ़ संकल्प के साथ लग रही थी, उसने जोड़ा, उसकी नजर हर किसी पर घूम रही थी, जो बढ़ते अराजकता में शांति डालने की कोशिश कर रही थी।

"और आशा, फेथ! आशा के बिना, यहाँ तक कि सबसे चमकदार अंतर्दृष्टि भी एक बोझ बन जाती है। मैं उन्हें दिखाऊँगी कि सबसे अँधेरी रात के बाद भी, हमेशा सुबह होती है। कि हर गिरावट उठने का एक अवसर है। यह मेरा आह्वान है - आशा के प्रकाशस्तंभ बनाना, जो सबसे घने अँधेरे में चमकेंगे, ताकि वे हार न मानें!"

लव, जिसकी उपस्थिति ने हॉल को गर्मी से भर दिया, ने सभी को देखा, और उसकी नजर ने हर आत्मा को एक वास्तविक कोमलता के साथ घेर लिया, धीरे से मुस्कुराते हुए।

"भाइयों और बहनों, तुम्हारी बहसें सिर्फ यह दिखाती हैं कि हम कितनी परवाह करते हैं। मेरा दिल जानता है कि प्यार सबसे बड़ा सिद्धांत है, जो बाकी सभी को एकजुट करता है। मैं उन्हें बिना शर्त प्यार करना सिखाऊँगी। खुद को, दूसरों को, ब्रह्मांड को। अगर वे इस सर्वव्यापी प्यार को महसूस करते हैं, तो ज्ञान उनके माध्यम से स्वाभाविक रूप से प्रवाहित होगा। यह मेरा आह्वान है - अपने पीछे प्यार का एक ऊर्जा क्षेत्र छोड़ना, जो उन्हें हमेशा के लिए घेरे रहेगा, क्योंकि केवल प्यार ही उन्हें खुद से बचा सकता है।"

---✶§✶---

एक गहरी, बहरी खामोशी का क्षण आया। प्रबुद्ध बच्चे खड़े थे, हर कोई अपने खुद के दर्शन में लीन था, लेकिन एक साझा खोज से जुड़ा हुआ था। हवा मानो उनके विचारों के अदृश्य धागों से कंपन कर रही थी। हर किसी को एहसास था कि वह अपने से, अपने पूरे समुदाय से कुछ बड़ा की दहलीज पर खड़ा है। बाहर से, दूर की, परेशान करने वाली आवाजें आईं - एक दबी हुई गड़गड़ाहट, जो आने वाले टकराव की याद दिला रही थी।

नथानिएल धीरे-धीरे खड़ा हुआ, हर चेहरे को देखता हुआ - उन लोगों के चेहरे, जिन पर उन्होंने भविष्य सौंपा था। उनकी जुनून और दर्शन की प्रतिध्वनि अभी भी हवा में कंपन कर रही थी, एक उग्र ऑर्केस्ट्रा की तरह, जो अपने कंडक्टर की तलाश में था। उसने अपना हाथ कंसोल के धड़कते नीले क्रिस्टल पर रखा।

"तुम सब सही हो, मेरे बच्चों। तुम में से हर एक सच्चाई का एक हिस्सा, रास्ते का एक हिस्सा रखता है। बुद्धिमत्ता एक एकाश्म नहीं है, बल्कि एक जीवित, साँस लेने वाला नेटवर्क है, जो तुम्हारे हर दर्शन से बनता है। हम इसे किताबों में, न ही क्रिस्टल में संरक्षित कर सकते हैं, अगर यह लोगों के दिलों और कार्यों में जीवित नहीं है।"

उसकी आवाज मजबूत हो गई, जो हजारों साल की गहराई से भरी हुई थी।

"आने वाला तूफान एक अग्निमय परीक्षा होगी। यह न केवल कमजोरियों, बल्कि उस शक्ति को भी प्रकट करेगा, जो हर किसी में सुलग रही है। सभी को बचाने के लिए कोई एकल योजना नहीं होगी। लेकिन एक एकल इरादा होगा - चिंगारी को ले जाना। तुम्हारे रास्ते अलग-अलग धाराओं की तरह हैं, जो एक महान नदी में बहते हैं। हमारा काम रास्ता निर्धारित करना नहीं है, बल्कि कम्पास प्रदान करना है।"

उसने सभी को देखा, उसकी आँखें एक दृढ़ संकल्प के साथ चमक रही थीं, जिसने संदेह को स्वीकार नहीं किया।

"बुद्धिमत्ता को संरक्षित नहीं किया जाएगा, अगर हम इसे छिपाते हैं। इसे बचाया जाएगा, अगर इसे हवा से बीजों की तरह फैलाया जाता है, हर उस आत्मा में बोया जाता है, जो इसे स्वीकार करने के लिए तैयार है। सवाल यह नहीं है कि हम इसे कहाँ छिपाएँगे, बल्कि हम इसे किसमें एम्बेड करेंगे। और भले ही हमारी आखिरी साँस हवा के साथ विलीन हो जाए, हमारी अंतर्दृष्टि की शांत पुकार कार्य-कारण के कपड़े में गूँजती रहेगी, अपनी प्रतिध्वनि की प्रतीक्षा में।"

---✶६✶---

सच्ची जागरूकता ज्ञान नहीं है - बल्कि परिवर्तन के लिए तैयारी है।

जब नथानिएल के आखिरी शब्द शांत हो गए, तो एक खामोशी छा गई, जो इतनी घनी थी कि उसे छुआ जा सकता था। सभी की नजरें कंसोल के केंद्र में धड़कते हुए नीले क्रिस्टल की ओर मुड़ गईं, जो अब सामूहिक दिलों की लय के साथ धड़कता हुआ लग रहा था।

और फिर, सोफिया के नेतृत्व में, प्रबुद्ध बच्चे - उनमें से सबसे छोटे, वे जो ज्ञान और प्यार के पंखों के नीचे बड़े हुए थे - चलना शुरू कर दिया। एक-एक करके, अपनी आँखों में निडर दृढ़ संकल्प के साथ, वे कंसोल के पास गए।

पहले सोफिया थी। उसने अपना हाथ बढ़ाया और एक कोमलता के साथ, जो ग्रेनाइट को पिघला सकती थी, पिरामिड के दिल की सतह को छुआ। नीली चमक अधिक जोरदार धड़क गई, उसे एक नरम आभा में घेर लिया।

फिर निकोले की बारी आई, उसके बाद - जेम्स, एरिक, क्रिस, जेन्ना, विलियम, फेथ, होप और लव। हर प्रबुद्ध बच्चा, हर युवा समर्पित व्यक्ति ने क्रिस्टल को छुआ, और हर स्पर्श पर, उसकी रोशनी रंगों को बदलती थी - इंडिगो से फ़िरोज़ी तक, सुनहरे से लाल तक, छूने वाले के अद्वितीय दर्शन और ऊर्जा को दर्शाती थी।

"हम एक दर्शन नहीं चुनेंगे," सोफिया की आवाज स्पष्ट और गूँजने वाली लगी, जो हॉल को भर रही थी, "हम सब कुछ चुनेंगे। और हम उन्हें एक में बदल देंगे।"

उसके शब्दों पर, मानो समय का कपड़ा काँप गया। क्रिस्टल से धड़कती हुई रोशनी पूरे कंसोल में फैल गई, फर्श और हॉल की दीवारों पर चली गई, हर

उपस्थित व्यक्ति को घेर लिया। कंसोल में एक नया रूप, एक नया रंग दिखाई दिया - नीला नहीं, लाल नहीं, बल्कि एक ऐसी रोशनी, जिसका कोई नाम नहीं था, जिसमें इंद्रधनुष के सभी रंग और अस्तित्व के सभी रंग थे। हमारे दिलों ने इसे दिमाग के समझने से पहले ही पहचान लिया।

यह एक वोट नहीं था। यह एक आंतरिक सहमति थी - ब्रह्मांड के लिए एक पुकार, जवाब देने के लिए। कोई और शब्द नहीं बोला गया। इसके बजाय, मानो एक अदृश्य आदेश पर, सभी वयस्कों और बच्चों ने हाथ पकड़ लिए, जो धड़कते हुए कंसोल के चारों ओर एक बड़ा वृत्त बना रहे थे। एक प्राचीन, भूला हुआ वाक्यांश हमारी सामूहिक स्मृति की गहराइयों से उठा - ध्वनियों की एक धुन, जो किसी भी ज्ञात भाषा से संबंधित नहीं थी, लेकिन रचना की एक प्रतिध्वनि ला रही थी। नथानिएल की आवाज, गहरी और गूँजने वाली, मेलिना की आवाज, कोमल और मजबूत, के साथ विलीन हो गई, और उनके बाद - बाकी सब की भी, एक एकल कोरस बनाते हुए, जिसने हॉल को भर दिया, पिरामिड के माध्यम से चढ़ गया और रेत की छत को भेदकर सितारों तक पहुँच गया।

हमने सिर्फ ज्ञान नहीं दिया। हमने इसे जीवन में साँस ली। और एकता के इस क्षण में, तूफान की दहलीज पर, हमने महसूस किया कि सच्ची जागरूकता ज्ञान नहीं है - बल्कि परिवर्तन के लिए तैयारी है, जो हमारे दिलों में एक शाश्वत लौ की तरह जलती है। क्योंकि हर अहंकार, जिसने प्यार करना नहीं सीखा है, वह एक हथियार बन जाता है। लेकिन बुद्धिमत्ता प्यार है, जो याद रखता है। और यह कभी न मरने के लिए प्रतिध्वनित होगा।

और इस तरह, बुद्धिमत्ता जीवन में घुल गई - ज्ञान के रूप में नहीं, बल्कि जाग्रत आत्मा की एक धड़कन के रूप में।

------------------ ------------------

अध्याय 42: टाइटन्स की लड़ाई

और जब मैं विश्वास करता था कि शायद हम नाजुक संतुलन को बनाए रखने में सफल होंगे… तो अपरिहार्य हो गया।

प्रबुद्धों के हॉल में हवा घनी हो गई, जो तूफान की पूर्वाभास से संतृप्त थी। एक गड़गड़ाहट के साथ, जिसने पिरामिड की प्राचीन नींव को हिला दिया, विशाल पत्थर के दरवाजे एक चीख के साथ खुल गए, मानो चट्टान खुद कराह रही हो। उसके माध्यम से, एक लंबे, हट्टे-कट्टे आदमी के नेतृत्व में, जिसकी आँखें अंगारों की तरह जल रही थीं, एक सैन्य फालांक्स घुस आया। उनके काले कवच ने थोड़ी रोशनी को निगल लिया, और उनके चेहरे, हेलमेट के नीचे छिपे हुए, स्टील और निर्दयी दृढ़ संकल्प के मुखौटे थे। यह मार्स था - उस हर चीज का अवतार, जिसके खिलाफ हमने सदियों तक लड़ने में बिताया था।

वह आगे बढ़ा, उसका हर कदम एक युद्ध ड्रम की गड़गड़ाहट की तरह घनी खामोशी में गूँज रहा था। उसकी नजर, एक ब्लेड की तरह तेज, नथानिएल को भेद गई, जो एक शिकारी, अडिग आत्मविश्वास के साथ उस पर टिकी हुई थी। सब लोग चुप हो गए - हमारे वारिस, प्रबुद्धजन, तराशी हुई मूर्तियों की तरह खड़े थे, उनके चेहरे पर सदमा था, लेकिन एक अडिग दृढ़ संकल्प भी था। मार्स के सैनिक, अपने

नेता के पीछे जमे हुए, स्टील और खामोशी की एक दीवार बना रहे थे, जो सब कुछ जीवित निगलने के लिए तैयार थी।

नथानिएल लड़खड़ाया। थकान, सहस्राब्दियों का बोझ, उसे एक अदृश्य बोझ की तरह दबा रहा था। मेलिना तुरंत आगे बढ़ी, उसके बगल में खड़ी हो गई और उसकी कमर पर अपना हाथ रखा, उसे समर्थन और शक्ति देते हुए, मानो उसकी खुद की रोशनी का एक हिस्सा उसमें बह रहा हो। वह सीधा खड़ा हो गया, उसकी आँखों में एक चिंगारी चमक गई - प्राचीन, विद्रोही। उसके हाथ में कडुसियस था - एक छड़ी, जो साँपों से लिपटी हुई थी, संतुलन, सद्भाव और उच्च ज्ञान का प्रतीक। उसने इसे एक हथियार के रूप में नहीं, बल्कि आने वाले अँधेरे के खिलाफ एक ढाल के रूप में उठाया।

"मार्स!" नथानिएल की आवाज गहरी और गूँजने वाली लगी, जो हॉल को भर रही थी, सहस्राब्दियों की गूँज ला रही थी। "तुम यहाँ हो, सत्ता के लिए अंधी प्यास से, नियंत्रण के लिए प्रेरित होकर! तुम मानते हो कि तुम स्वतंत्र हो, लेकिन तुम अपने खुद के अहंकार के गुलाम हो!"

मार्स हँसा - एक छोटा, तेज आवाज, जिसने हवा को एक चाकू की तरह काट दिया। एक आवाज, जो किसी भी मानवता से रहित थी। "गुलाम? मैं? मैं यहाँ एकमात्र स्वतंत्र हूँ! तुम्हारा 'सद्भाव' सिर्फ तुम्हारी अपनी शक्ति का एक छिपा हुआ डर है, उन आत्माओं के लिए एक बैसाखी है, जो खुद को दावा करने से डरती हैं! तुम सिद्धांतों के पीछे छिपते हो, जिन्हें तुम न तो जानते हो, न ही पूरी तरह से लागू करने की हिम्मत करते हो! मेरी इच्छा मेरा कम्पास है! मैं भविष्य का वास्तुकार हूँ, न कि उसका कैदी! हर विजय रचना का एक कार्य है, हर दबाव - जागरण! अगर अहंकार नहीं फैलता है, तो वह मुरझा जाएगा! मेरे लिए यह जंजीरें नहीं, बल्कि पंख हैं! सच्ची प्रगति के पंख!"

हवा कंपन कर रही थी - मानो उसके शब्द ध्वनि नहीं, बल्कि वास्तविकता की बहुत संरचना पर एक प्रहार थे।

नथानिएल एक कदम आगे बढ़ा, मेलिना के सहायक हाथ के बावजूद।

"इच्छा एक आवेग नहीं है। यह रचना की लय के साथ एक सहमति है। यह पहला कारण है, रचनात्मक चिंगारी है, जो ब्रह्मांड में कंपन करती है!"

उसने कडुसियस उठाया।

"जो कुछ भी तुम देखते हो, मार्स, वह सिर्फ तुम्हारे अपने मन का प्रतिबिंब है। तुम सोचते हो कि तुम दुनिया के मालिक हो, लेकिन वास्तव में, दुनिया तुम्हारे भीतर है। तुम्हारा हर विचार, हर कार्य, उस वास्तविकता का निर्माण या विनाश करता है, जिसमें तुम रहते हो। तुम बाहर जो अराजकता देखते हो, वह सिर्फ तुम्हारी अपनी आत्मा में तूफान है!"

"अराजकता?" मार्स ने एक उपहासपूर्ण मुस्कान में अपने होंठों को सिकोड़ लिया। "तुम इसे अराजकता कहते हो? मैं इसे विकास कहता हूँ! शक्ति, प्रभाव, नियंत्रण - ये जीवन के इंजन हैं! इनके बिना कोई आंदोलन नहीं है, कोई प्रगति नहीं है! तुम्हारा ज्ञान पुराना हो गया है, यह कमजोरों के लिए एक बैसाखी है! मेरी शक्ति

कठोर, निर्दयी वास्तविकता में है! मैं बनाता हूँ! मैं जीतता हूँ! मैं भविष्य बनाता हूँ! मेरा अहंकार जंजीरें नहीं, बल्कि पंख हैं!"

नथानिएल ने एक पल के लिए अपनी आँखें बंद कर लीं। दिल की लौ। जीवन का कोड। आंतरिक रसायन विज्ञान। शुद्ध प्रेम। संदेह के खिलाफ विश्वास। उसने अपनी आँखें खोलीं, जो मार्स पर टिकी हुई थीं, मानो वह सर्वनाश से पहले अपनी ही भूत को देख रहा था। उसकी नजर एक गहरे, फाड़ने वाले दर्द से भरी हुई थी।

"मैं... मैं तुम्हें पहचानता हूँ, मार्स। मैं तुम्हारे जैसा था। सत्ता, नियंत्रण, एक आदर्श व्यवस्था... मुझे विश्वास था कि मोक्ष नियमितता में है। और ठीक यही हमें आत्म-विनाश की ओर ले गया। मेरे विश्लेषणात्मक तर्क ने एक ऐसी दुनिया बनाई, जो दिल से रहित अपनी खुद की महत्वाकांक्षा के बोझ के नीचे ढह गई। मैं उस सर्वनाश के लिए दोषी हूँ।"

नथानिएल ने अपने कंधों को सीधा किया, स्पष्ट दर्द के बावजूद।

"और तुम, मार्स, अगले के लिए दोषी होगे! क्योंकि तुम ध्रुवीयता से इनकार करते हो - कि हर अच्छाई की अपनी छाया होती है, हर उदय - अपना पतन। तुम लय से इनकार करते हो, अस्तित्व के शाश्वत नृत्य से! तुम्हारी शक्ति एक भ्रम है, जो अपनी ही अप्रत्याशितता के बोझ के नीचे गिर जाएगी!"

"काफी है!" मार्स चिल्लाया, उसकी आवाज हॉल में गड़गड़ा रही थी। "प्रवृत्ति! वह वह है, जो सब कुछ चलाता है। तुम्हारे धुंधले सत्य नहीं!"

नथानिएल ने गहरी साँस ली, उसकी नजर नरम हो गई, लेकिन उसकी आवाज दृढ़ रही।

"तुम प्रवृत्ति को सचेत चुनाव के साथ भ्रमित करते हो, मार्स! प्रवृत्ति एक प्रतिक्रिया है, और इच्छाशक्ति रचना है! यह मानव श्वास की धड़कन है, पूर्णता की ओर आंदोलन! अराजकता दुश्मन नहीं है, मार्स। वह वह कैनवास है, जिस पर व्यवस्था पेंट करती है। और संघर्ष एक अभिशाप नहीं है, बल्कि एक इंजन है! वह वह चिंगारी है, जो रचनात्मकता को प्रज्वलित करती है, जो तुम्हें अपनी ही गलतियों की राख से उठने के लिए प्रेरित करती है। इस आंतरिक संघर्ष के बिना, इस टकराव के बिना, इंसान विकसित नहीं हो सकता, वह अपने सच्चे आत्म की तलाश, खोज नहीं कर सकता! व्यवस्था और अप्रत्याशितता के बीच की लड़ाई एक शाश्वत नृत्य है, जो पूरे अस्तित्व को चलाता है! केवल वही, जो अपने ही आंतरिक संघर्ष में जलता है, उसकी राख से फिर से जन्म ले सकता है।"

अपनी आत्मा की अंतहीन चमक में, हम उस हठपूर्वक अदम्य कारण की तलाश कर रहे थे, जो मानव सार में गहराई से छिपा हुआ था, जो हर मानव समाज को दुखद आत्म-विनाश की ओर अथक और चक्रीय रूप से ले जाता था। यह लड़ाई इंजन है, हमारा अभिशाप नहीं। इंसान को खुद में और दुनिया के साथ शाश्वत विरोध में रहने के लिए बनाया गया है, ताकि वह बढ़ सके, खोज सके, रचना कर सके।

मार्स की नजर नफरत से भरी हुई थी।

"काफी है! तुम्हारे शब्द खाली बजते हैं! दुनिया ताकतवर की है, उन लोगों की है, जो काम करते हैं, न कि उन लोगों की, जो दर्शन करते हैं!"

बिना और शब्दों के, मार्स ने अपनी विशाल तलवार निकाली। उसके ब्लेड ने हॉल को भयानक रूप से रोशन कर दिया, जो उपस्थित लोगों की आँखों में परिलक्षित हो रहा था, अंत की भविष्यवाणी कर रहा था।

------------------ ------------------

अध्याय 43: राख से पुनरुत्थान

मार्स की तलवार की रोशनी ने हॉल के अँधेरे को काट दिया। सिर्फ एक ब्लेड नहीं, बल्कि एक गड़गड़ाहट, जो शुद्ध, समझौताहीन रोष से पैदा हुई थी। धातु ने भयानक रूप से फुफकारा, और वह नीचे गिर गया। मैंने एक लाल बिजली देखी, इससे पहले कि नथानिएल गिर गया। उसका खून प्राचीन पत्थर को रंग गया, हवा को अपनी तेज धातु की गंध से संतृप्त कर दिया।

क्या रोशनी इस तरह मरती है? एक चीख के साथ नहीं, बल्कि दोष की एक गूँज के साथ, जो समयहीनता में घुल जाती है - एक आवाज उसके सिर में फुसफुसाई। कडुसियस उसके बेजान हाथ से फिसल गया, उसकी चमक एक विशाल रात में एक जलते हुए तारे की तरह बुझ गई।

--- ✶ ✶ ---

हॉल में अराजकता फैल गई। मार्स के सैनिक, काले कवच पहने हुए, एक घातक लहर की तरह अंदर घुस आए। स्टील की खनक ने युद्ध की चीखों को शांत कर दिया, हवा तनाव से कांप गई, डर से चिपचिपी हो गई। प्रबुद्धजन, जो तलवार की तुलना में किताबों और चिंतन के अधिक आदी थे, एक असमान बचाव में कूद पड़े। एरिक, आत्मा से एक योद्धा, हमलों को रोक रहा था, लेकिन दुश्मन के हमले के वजन ने उसे गिरा दिया। माइकल, पागलपन की सीमा पर दृढ़ संकल्प के साथ, हमलावरों के एक समूह को तितर-बितर कर दिया, लेकिन वह भी घायल होकर गिर गया।

"आर्क! आर्क ले जाओ!" मेलिना की आवाज, एक चाबुक की तरह तेज, ने अराजकता को काट दिया। वह धड़कते हुए कंसोल की ओर भागी, जिससे एक अजीब, धड़कती हुई ऊर्जा निकल रही थी। एथन, मार्क और इवोन, आखिरी, लगभग अलौकिक प्रयासों के साथ, प्राचीन आर्क को तोड़ दिया। यह भारी था, मानो हजारों साल का बोझ ढो रहा हो, लेकिन उन्होंने इसे अपने सीने से लगाया, जैसे सबसे पवित्र रहस्य हो।

लड़ाई क्रूर, असमान थी। मार्स के सैनिक विनाश की मशीनें, निर्दयी हत्यारे थे। कुछ प्रबुद्धजन गिर गए, उनके शरीर खंडहरों के बीच मौन गवाहों की तरह पड़े रहे, जो एक अपरिहार्य बलिदान के थे। लेकिन बाकी, अस्तित्व की प्रवृत्ति और अपने गहरे आह्वान से प्रेरित होकर, शेरों की तरह लड़े। उनमें से हर एक हजारों साल की बुद्धिमत्ता का अवतार था, जो एक आखिरी, उज्ज्वल लौ में जल रहा था। डेना, सारा और माइकल के नेतृत्व में, उन्होंने एक छिपे हुए मार्ग के माध्यम से अपना रास्ता बनाया, जो धरती में गहराई में ले जाता था, पहाड़ के दिल में एक धड़कती हुई धमनी की तरह। अँधेरे में खो जाने से पहले, माइकल झुक गया और कडुसियस को पकड़ लिया। संतुलन और बुद्धिमत्ता का प्रतीक, अब उनके हाथों में, एक हथियार नहीं था, बल्कि एक नई शुरुआत का अग्रदूत था।

मार्स ने गुस्से में दहाड़ा, यह देखकर कि उसकी विरासत उसके हाथ से फिसल रही है। "उनका पीछा करो! कोई नहीं बच पाएगा!" उसकी आवाज ढहते हुए हॉल में गूँज रही थी, प्रतिशोध की भविष्यवाणी कर रही थी।

पिरामिड के नीचे भूलभुलैया वाली कब्रों के माध्यम से एक उन्मत्त पीछा शुरू हुआ। हर छाया ने खतरे को छिपाया, हर मोड़ एक घातक जाल हो सकता था। प्रबुद्धजन छोटे समूहों में विभाजित हो गए, पीछा करने वालों को भ्रमित करने के लिए प्राचीन मार्गों और रहस्यों के अपने ज्ञान का उपयोग कर रहे थे। कुछ दिनों बाद, जब वे धूल भरे गलियारों से चुपके से गुजर रहे थे, तो साइमन का समूह घिर गया। साइमन, अपनी आखिरी साँस तक एक तार्किक व्यक्ति, को बंदी बनाए जाने से पहले गुप्त मार्गों के नक्शे जला दिए। एक कड़वी मुस्कान उसके होंठों पर थी, जब उसने अज्ञानता की जीत को देखा, यह जानते हुए कि भले ही वह मर गया, ज्ञान की रोशनी बच गई थी।

---✶᳀✶---

अगली सदियों में, बचे हुए लोग दुनिया भर में बिखर गए। उन्होंने गुप्त समुदाय बनाए, जो सच्ची बुद्धिमत्ता की चिंगारी को संरक्षित कर रहे थे। भूमिगत शहर, बर्फ से ढके पहाड़ों की चोटियों में छिपे हुए मठ, भूले हुए महासागरों के तटों पर शाश्वत धुंध से ढके समुदाय - हर आश्रय ने प्राचीन ज्ञान का अपना टुकड़ा रखा।

उन्होंने खुद को प्रबुद्धों का आदेश कहा। उन्होंने अपने शूरवीर बनाए - तलवारों और ढालों के साथ नहीं, बल्कि अंतहीन बुद्धिमत्ता और आध्यात्मिक शक्ति के साथ। ये शूरवीर स्मृति के संरक्षक थे, जिन्हें गुप्त लड़ाई की कला और गुप्त शब्द को मौखिक परंपराओं और सिफर किए गए गीतों के माध्यम से प्रसारित करने के लिए प्रशिक्षित किया गया था, जिसे केवल समर्पित लोग ही सुन और समझ सकते थे।

आदेश में हर दीक्षा अनुष्ठान निर्दयी परीक्षाओं की एक भूलभुलैया के माध्यम से एक रास्ता था। नए सदस्यों को "अँधेरे की परीक्षा" से गुजरना पड़ा, जहाँ, सभी इंद्रियों से वंचित, उन्हें अपनी आंतरिक भावना - आत्मा की गहरी पुकार - द्वारा निर्देशित, अपना रास्ता खोजना पड़ा। इसके बाद "दर्पण का अनुष्ठान" आया, जहाँ हर कोई अहंकार के मुखौटे का सामना करता था - अपने खुद के डर और सबसे अँधेरे इच्छाओं, उन्हें अपनी ही छाया के दर्दनाक प्रक्षेपणों के रूप में देखता था। तभी वे "जीवित जल से पीते थे" - एक तरल नहीं, बल्कि एक गहरा ध्यान, जो प्राचीन आनुवंशिक स्मृति को जगाता था, जिसने उन्हें आंतरिक स्रोत के सच्चे सार को प्रकट किया।

एक पल में, मेलिना ने, नुकसान के दर्द के बावजूद, सभी दिलों के एकल कंपन को महसूस किया - एक तालमेल, जिसे उसने कभी महसूस नहीं किया था। एक एकल ताल। आंतरिक आग जीवित थी, ब्रह्मांड के साथ तालमेल में धड़क रही थी।

---✶᳀✶---

आर्क, ग्रैल और कडुसियस को पवित्र अवशेषों के रूप में रखा गया था, लेकिन उनका सच्चा सार प्रतीकों में ढका हुआ था, ताकि अज्ञानी लोगों द्वारा उनका दुरुपयोग न किया जा सके। उदाहरण के लिए, आर्क को "करार का संदूक" कहा

जाता था, जिसमें दस आज्ञाएँ नहीं, बल्कि ब्रह्मांड के प्राचीन इतिहास और जीवन की उत्पत्ति थी। कडुसियस "हरमेस की छड़ी" बन गया, जो आत्मा और शरीर के उपचार और संतुलन का प्रतीक था, और उसके चारों ओर नाचते हुए साँप डीएनए की सर्पिल संरचना, रचना और शाश्वत विकास के कोड का प्रतीक थे। ग्रैल सबसे बड़ा रहस्य था - एक प्याला नहीं, बल्कि एक प्राथमिक स्रोत, एक जीवित सार, जो हर इंसान में चमकता था, जो एक जलते हुए केंद्र - दिल के आध्यात्मिक रूपांतरण - द्वारा चिह्नित था।

ज्ञान केवल समुदाय में, गुप्त सूत्रों के माध्यम से दिया जाता था, जिसे केवल समर्पित लोग ही समझते थे। वे जानते थे कि मानवता अज्ञानी है, और बुद्धिमत्ता की कमी इस अज्ञानता को गहरा करती है। लेकिन इस रहस्य ने एक मिथक भी बनाया। मिथक और किंवदंतियों ने आदेश को घेरना शुरू कर दिया, जिससे हर इंसान को इस छिपे हुए रहस्य की तलाश करने के लिए अपना पूरा जीवन लगाना पड़ा। पुजारी और जादूगरनियां, कीमियागर और वैज्ञानिक दिखाई दिए, हर कोई गुप्त ज्ञान को समझने की कोशिश कर रहा था।

प्रबुद्धों को निर्दयता से सताया गया, उनके गाँव लपटों में जल गए। महान नरसंहार के दौरान, पहाड़ों में प्रबुद्धों का समुदाय घिर गया था। उनके मंदिर जला दिए गए, और उनके शूरवीरों ने चट्टानी चोटियों पर एक आखिरी लड़ाई लड़ी, जो पांडुलिपियों के ठिकानों की रक्षा कर रहे थे, जो नीली लौ के साथ जल रहे थे। बहुत से लोग मर गए, लेकिन एक छोटा समूह भागने में कामयाब रहा, जो छोटे कैप्सूल अपने साथ ले जा रहा था, जिसमें प्राचीन ज्ञान के टुकड़े थे, जो पीढ़ी-दर-पीढ़ी दिए गए थे। सब कुछ के बावजूद, सच्चाई, एक फीनिक्स की तरह, हमेशा पुनरुत्थान का रास्ता खोज लेती थी।

क्योंकि जीवित ग्रैल हमारे हर कोशिका में धड़कता था, कंपन करता था। वह एक बर्तन नहीं था, बल्कि सार में एक लौ थी, जो हर जीवित चीज की लय के साथ धड़कती थी। ग्रैल दिल की आंतरिक पवित्र आग है, यह सार को अनलॉक करता है, जो डीएनए में एक दिव्य कोड के रूप में उकेरा गया है। विज्ञान उसकी पुष्टि करना शुरू कर रहा था, जिसे प्राचीन लोग सहज रूप से जानते थे। दिल सच्चा रचनात्मक केंद्र है, और उसकी शक्ति भावनाओं के साथ अनलॉक होती है। यह सिर्फ एक सिद्धांत नहीं था - यह दिल की कोशिकाओं की एक आंतरिक सिम्फनी थी, जो प्यार द्वारा निर्देशित थी, एसआरएफ और वाईएपी-5एसए की टोन में। सकारात्मक भावनाएं और प्यार की स्थिति एक शक्तिशाली जैविक उत्प्रेरक के रूप में कार्य करती है, जो विशिष्ट प्रतिक्रियाओं को रोकती है और आनुवंशिक कोड में बंद दिल के पुनर्जनन के लिए जीन को ट्रिगर करती है।

जब तक दिल धड़कता है - जब तक यह ग्रैल सक्रिय, लचीला और पुनर्जीवित होता है - शरीर के लिए जीवन है। इस सच्चाई को केवल डीएनए में कोडित ग्रैल के साथ ही अनलॉक किया जा सकता था।

---✶६✶---

लुमिनारा के स्क्रॉल से, तीसरी सहस्राब्दी में एलेना द्वारा लुमिनारा झील के नीचे की गुफाओं में पाया गया: "हमने समझा कि जागृति का रास्ता एक अपरिहार्य बैठक से शुरू होता है: जब तुम विनाश के काले भँवर और स्वयं से टकराते हो, तो

तुम अहंकार का मुखौटा देखोगे और डर के सपने का अनुभव करोगे। यह पहली दहलीज है। लेकिन आंतरिक प्रेम की पवित्र अग्नि - ग्रेल, जो तुम्हारे भीतर कंपन करता है - के माध्यम से, तुम रचना की इच्छा को खोजोगे, जो कडुसियस, तुम्हारे डीएनए की सर्पिल स्मृति, द्वारा निर्देशित है। यह यात्रा तुम्हें अहंकार के रूपांतरण और पूरे की बुद्धिमत्ता के माध्यम से ले जाएगी, जो सर्व-दृष्टि वाली आँख - जाग्रत पीनियल ग्रंथि - को देखता है। अंत में, सपनों का गुप्त पोर्टल गहरे जागरूकता और अनंत काल के लिए एक मार्ग के रूप में धन्य रक्त को प्रकट करेगा, जो सोथिस के त्रिमूर्ति को दर्शाता है, जो सब कुछ की नींव है।"

उत्पीड़न और जलाए गए गाँवों के बावजूद, सच्चाई हमेशा मानव डीएनए से निकलती थी। क्योंकि विश्वास, आशा और प्यार हमारे अस्तित्व के बहुत सार में बुने गए थे, जिसमें पुनर्जनन के लिए कोड था। प्रबुद्धों का आदेश अपनी अदृश्य लड़ाई जारी रखेगा, यह जानते हुए कि यहाँ तक कि सबसे अँधेरे समय में भी, ज्ञान की रोशनी फिर से जाग जाएगी, हर इंसान की आंतरिक शक्ति से। अधूरापन की भावना, कुछ बड़े के लिए लालसा, जो हर इंसान अपने भीतर रखता है, वास्तव में ग्रेल की शांत पुकार है, जो जागृत होने की तलाश में है। ज्ञान के लिए यह आंतरिक आवेग मानवता का सच्चा इंजन है।

---✶✶---

और जब सब कुछ खो गया लगता था, तो पुनर्जन्म एक बाहरी शक्ति से नहीं, बल्कि गहरी आंतरिक कंपन - वास्तविक ग्रेल से आया, जो हमेशा हमारे भीतर रहा है।

अध्याय 44: अंतिम विश्राम, शाश्वत वापसी

अंत, जो एक शुरुआत है।

मार्क्स की तलवार ने हॉल के अँधेरे को क्रोध से पैदा हुई बिजली की तरह काट दिया। ब्लेड भयानक रूप से फुसकारा और नीचे गिरा। मैंने एक लाल बिजली देखी, जिसके बाद नैट गिर गया। प्राचीन पत्थर की धूल हवा में उठी, जो खून और डर की गंध के साथ मिश्रित थी। नथानिएल गिर गया। और उस पल में, मेरे भीतर गहराई में एक सवाल फुसफुसाया: क्या रोशनी इस तरह बुझती है? एक चीख के साथ नहीं, बल्कि दोष की एक प्रतिध्वनि के साथ, जो समयहीनता में घुल जाती है। कडुसियस उसके बेजान हाथ से फिसल गया, उसकी चमक बुझ गई।

हॉल में अराजकता फैल गई। मैंने स्टील की खनक, भेदी चीखें सुनीं। मेरे प्रबुद्धजन, इतने युवा, इतने अप्रस्तुत, एक असमान बचाव में कूद पड़े। एरिक, आत्मा से एक योद्धा, हमलों को रोक रहा था, लेकिन वह गिर गया। माइकल, दृढ़ संकल्प के साथ, हमलावरों के एक समूह को तितर-बितर करने में कामयाब रहा, लेकिन वह भी घायल हो गया। मैंने महसूस किया कि हवा तनाव से चिपचिपी हो गई है, कैसे हर ध्वनि एक अभिशाप की तरह गूँज रही है।

"आर्क! आर्क ले जाओ!" मेरी आवाज एक स्टील के चाबुक की तरह लगी। मैं धड़कते हुए कंसोल की ओर दौड़ा। एथन, मार्क और इवोन ने, अपनी आखिरी

ताकत के साथ, प्राचीन आर्क को तोड़ दिया। वह भारी था, लेकिन उन्होंने इसे अपने सीने से लगाया, जैसे सबसे पवित्र रहस्य हो।

---✶✶---

अंतिम स्पर्श

नथानिएल मेरी गोद में लेटा था, उसका शरीर कटा हुआ था, लेकिन अभी भी साँस ले रहा था। उसका सिर मेरी गोद में गिर गया। मैंने उसके खूनी होंठों को फुसफुसाते हुए देखा, हर ध्वनि - मेरे अपने दिल के एक टुकड़े की तरह। मैंने लोहे और मरते हुए मांस की गंध को भारी साँसों में लिया।

"यह जीवन का चक्र समाप्त हो गया है..." उसकी आवाज मुश्किल से सुनाई दे रही थी, कर्कश, निराशा से भरी, लेकिन एक गहरे, त्यागपूर्ण दुख के साथ। "क्या तुम्हें याद है, मेलिना, जब हम पहली बार मिले थे? एक और युग के जलते सूरज के नीचे, एक लंबे समय से भूली हुई सभ्यता की रेत के बीच। तब भी, तुम्हारी आँखों में, मैंने वही शाश्वत चिंगारी को पहचाना था।"

मैंने उसे और कसकर गले लगा लिया, उसकी आखिरी साँस लेने की कोशिश की, इसे अपने भीतर रोकने की। मैंने महसूस किया कि उसकी हर मांसपेशी आराम कर रही है। "और मैंने तुम्हें पहचाना, नथानिएल। मानो कोई युग नहीं बीता था, कोई जीवन नहीं बीता था। हमारी आत्माओं ने हमेशा एक-दूसरे को पहचाना है, हमेशा अनंत काल में एक-दूसरे की तलाश की है।"

"और वे हमेशा एक-दूसरे को पाएँगी," उसने जोड़ा, उसकी आवाज अब मुश्किल से सुनाई देने वाली पुकार थी, समय में खोई हुई एक दूर की प्रतिध्वनि की तरह। "भले ही हम अपने नाम भूल जाएँ, हमारे भीतर गहराई में स्मृति सुलगती रहेगी। एक अतृप्त आकर्षण।"

"और वह ज्ञान, जिसे हमने इन सभी सदियों में इकट्ठा किया है?" मैंने पूछा, मेरी नजर आँसुओं से धुंधली हो गई थी। "क्या यह फिर से खो जाएगा?"

"नहीं," उसने जवाब दिया, प्राचीन प्रतीकों के हर मोड़ का पता लगाते हुए। "यह यहाँ, इन पत्थरों में, हमारे वारिसों की यादों में, ब्रह्मांड के बहुत कपड़े में मुहरबंद है। एक कोड की तरह। यह फिर से प्रकट होगा, जब इसका समय आएगा। क्योंकि सच्चे ज्ञान को नष्ट नहीं किया जा सकता है, केवल छिपाया जा सकता है।"

"लेकिन दर्द... अलगाव का दर्द हमेशा इतना मजबूत होता है," मैंने फुसफुसाया, और आँसू पहले से ही मेरे गालों से बह रहे थे, जो अपने साथ हजारों साल का दुख लिए हुए थे। उनका स्वाद नमकीन और कड़वा था।

---✶✶---

उसने धीरे से मेरे आँसू अपने अंगूठे से पोंछे। उसकी त्वचा ठंडी थी, लेकिन उसका स्पर्श - शाश्वत था, एक बुझते हुए तारे की आखिरी लौ की तरह। "यह प्यार की कीमत है, मेलिना। लेकिन जानो, अलगाव मौजूद नहीं है। हम एक हैं, शाश्वतता के इस अदृश्य धागे से हमेशा के लिए जुड़े हुए हैं। यह मौत सिर्फ एक सपना है, एक और वास्तविकता के लिए एक संक्रमण है। एक और प्रकार के अस्तित्व के लिए। क्योंकि, जैसा कि अल्बर्ट आइंस्टीन ने कहा: 'ऊर्जा को न तो बनाया जा सकता है और

न ही नष्ट किया जा सकता है, यह केवल अपना रूप बदल सकती है।' और हम ऊर्जा हैं, प्रिय।"

अपने सांसारिक जीवन के आखिरी, कांपते पलों में, हमने अनगिनत जीवन याद किए, जिसमें हमने अच्छाई की जीत के लिए अथक रूप से लड़ाई लड़ी थी। हम रोशनी के निडर योद्धा थे, बुद्धिमत्ता के विनम्र संरक्षक थे, जिनका शाश्वत मिशन पूरी मानवता के सोए हुए विवेक को जगाना था। और यद्यपि हम गहराई से जानते थे कि हमारा रास्ता अनगिनत कठिनाइयों से भरा है, हमने एक पल के लिए भी अपने अडिग विश्वास को नहीं छोड़ा। क्योंकि हमारे पीड़ित दिलों में आशा की एक अविनाशी चिंगारी सुलग रही है - यह आशा कि एक दिन मानवता अँधेरे से विजयी होकर उठेगी और बिना शर्त प्यार और गहरी समझ पर आधारित एक दुनिया बनाएगी।

हम प्राचीन हॉल की खामोशी में स्थिर रहते हैं, शांति से अपने अपरिहार्य अंत की प्रतीक्षा करते हैं। दुख के साथ हम जानते थे कि मानव द्वेष, जो डर और अज्ञानता से पागल हो गया था, जल्द या बाद में हमारे नाजुक जीवन को बर्बाद कर देगा। हम बहुत बूढ़े थे, बहुत थके हुए थे, ताकि आने वाले खतरे से फिर से भाग सकें। वह, नथानिएल, अपने 777 साल की उम्र में, पहले ही आत्मा की पूरी जागृति तक पहुँच चुका था और उसने गहरा रहस्योद्‌घाटन का अनुभव किया था।

"क्या हम तैयार हैं, प्रिय?" मैंने धीरे से पूछा, उसका हाथ कसकर पकड़ लिया, मेरी उंगलियाँ उसकी उंगलियों से चिपक गईं, मानो समय को रोकने के लिए, जीवन को ही रोकने के लिए।

"हम हमेशा तैयार रहे हैं, प्रिय," उसने एक आंतरिक शांति के साथ जवाब दिया, जिसने मौत को ही हिला दिया। "यह अंत नहीं है, बल्कि सिर्फ एक नई शुरुआत है।"

---✶⸮✶---

इस क्षण में, नथानिएल के दिल ने धड़कना बंद कर दिया। उसके सीने से एक आखिरी, मुश्किल से ध्यान देने योग्य साँस निकली, एक हवा के आखिरी झोंके की तरह, जो अपने साथ हजारों साल का अस्तित्व ले गई। मैंने महसूस किया कि उसके दिल की धड़कन कैसे धीमी हो गई, कैसे वह खामोशी में घुल गई, एक खालीपन छोड़ते हुए, जो दर्द और निराशा के साथ धड़क रहा था। और तभी, उसी क्षण, मेरा अपना दिल, हजारों साल के प्यार और उसे खोने की पीड़ा से भरा हुआ, फट गया। रूपक रूप से नहीं, बल्कि शारीरिक रूप से अपार दुख और स्नेह के आंतरिक दबाव से फट गया, काँच के फूलदान की तरह टुकड़ों में बिखर गया, जो दुख की एक अदृश्य, लेकिन सर्वग्राही लहर से टूट गया था। मैंने अपने अस्तित्व के हर परमाणु को बिखरते हुए महसूस किया, जबकि मेरे चारों ओर की दुनिया अँधेरे और भूलने में ढह गई।

---✶⸮✶---

Epiphany 👁 परे, अनंत काल का नृत्य

मृत्यु के क्षण में, जब मेरी आत्मा मांस से अलग हो रही थी, समय खिंचा, फट गया, भविष्य के युगों का एक पर्दा प्रकट हुआ। वे सिर्फ दर्शन नहीं थे, बल्कि एक भावना थी - एक गहरी, प्राचीन स्मृति, जो अस्तित्व के आनुवंशिक धागे में बुनी गई थी।

मैंने तस्वीरें नहीं, बल्कि नियति के स्पंदन देखे, अतीत की प्रतिध्वनि, जो भविष्य के पूर्वाभास के साथ विलीन हो रही थी।

---✶६✶---

विनाश और प्रतिरोध

सैनिक... विनाश। (युद्ध से राख हुए शहरों की सड़कों पर लपटें, एक बर्बाद दुनिया में खोई हुई नजर वाले बच्चे।) मार्स दहाड़ता है... अंतहीन पीछा... अज्ञानता की भूलभुलैया। (नफरत से भरी लोगों की भीड़, असहमति रखने वालों का पीछा करती है, एक ऐसी दुनिया में जहाँ जानकारी एक हथियार बन गई है।) पीछा किया गया... जलाए गए गाँव... महान संहार। (धार्मिक कट्टरपंथी "पवित्रता" के नाम पर पूरे गाँवों को जला देते हैं, लेकिन प्रतिरोध की भावना नहीं मरती है।) जले हुए मंदिर... आखिरी लड़ाई... जलते हुए पांडुलिपियाँ... लेकिन... छोटे कैप्सूल... प्राचीन ज्ञान। (एक अधिनायकवादी राज्य में एक तख्तापलट, लेकिन उसके गिरने से पहले, ज्ञान के बीज दुनिया भर में बिखरे हुए हैं।)

---✶६✶---

स्मृति और ज्ञान

आह्वान... बुद्धिमत्ता के शेर! (हिमालय में ऊँचे छिपे हुए मठ, ऋषि, जो खामोशी में प्राचीन पांडुलिपियों की रक्षा करते हैं।) छिपे हुए रास्ते... कडुसियस... आशा की बदलती लौ। (धरती के नीचे गुप्त प्रयोगशालाएँ, जहाँ वैज्ञानिक, अपने सहज ज्ञान से निर्देशित होकर, सच्चाई की तलाश में डिक्रिप्ट करते हैं।) नाचती हुई परछाइयाँ... खतरा लाती हैं... और रोशनी का वादा। (हैकर्स, वैश्विक नियंत्रण के खिलाफ लड़ रहे हैं, अभेद्य डिजिटल दीवारों के पीछे छिपे सच्चाइयों को प्रकट कर रहे हैं।) विलियम... जले हुए नक्शे... लेकिन ज्ञान... बच गया! (विश्वविद्यालय के पुस्तकालय जलकर राख हो जाते हैं, लेकिन कुछ बचे हुए छात्र डिजिटल अभिलेखागार को संरक्षित करने में कामयाब होते हैं।) आगे के युग... गुप्त समुदाय... सच्ची रोशनी की चिंगारियाँ। (लोगों के छोटे समूह बड़े शहरों से दूर, प्रकृति के साथ सद्भाव में रहते हैं, प्राचीन बुद्धिमत्ता साझा करते हैं।) भूमिगत शहर... छिपे हुए मठ... ढके हुए चेहरे... ज्ञान के टुकड़े। (पुरानी राजधानियों के नीचे कब्रें, जहाँ निषिद्ध ग्रंथों की आखिरी भौतिक प्रतियाँ संग्रहीत हैं।) आदेश... प्रबुद्धजन... शूरवीर स्टील के नहीं, बल्कि बुद्धिमत्ता के। (लोगों को झूठ को पहचानने, कला, विज्ञान, दर्शन के माध्यम से चुपचाप सच्चाई फैलाने के लिए प्रशिक्षित किया जाता है, बिना हथियारों के।) परीक्षाएं... अँधेरे की भूलभुलैया... आत्मा द्वारा निर्देशित रास्ते। (जंगली में अस्तित्व के लिए परीक्षण, अलगाव, जिसमें एकमात्र मार्गदर्शक आंतरिक आवाज है।) दर्पण... अहंकार का मुखौटा... खुद से मिलना। (आत्म-ज्ञान के लिए मनोवैज्ञानिक प्रयोग, जिसमें लोग अपने सबसे गहरे डर का सामना करते हैं।) जीवित जल... आनुवंशिक स्मृति... स्रोत का सच्चा सार। (ध्यान अभ्यास, जो पिछले जीवन की यादों को अनलॉक करता है, रचना के सार्वभौमिक कोड के बारे में अंतर्दृष्टि।) आर्क... सिर्फ एक संदूक नहीं... ब्रह्मांड का इतिहास। (पिरामिडों में छिपे प्राचीन तारे के नक्शे, जो आकाशगंगा के इतिहास को प्रकट करते हैं।) कडुसियस... हरमेस की छड़ी... डीएनए... रचना का सर्पिल। (नए वैज्ञानिक खोजें, जो चेतना और जीव विज्ञान के बीच के संबंध की पुष्टि

करती हैं, हमारी क्षमता को प्रकट करती हैं।) गुप्त सूत्र... कुछ ही लोगों के लिए... अज्ञानता... एक खाई। (गुप्त समाज, जो प्राचीन प्रौद्योगिकियों की रक्षा करते हैं, जबकि बाकी दुनिया भ्रम में रहती है।) मिथक... किंवदंतियाँ... रहस्य... शाश्वत खोज। (लोग ग्रैल के बारे में कहानियाँ सुनाते रहते हैं, बिना यह जाने कि यह उनके भीतर है।) पुजारी, जादूगरनियां, कीमियागर, वैज्ञानिक... समझने की कोशिश कर रहे हैं। (दुनिया सच्चाई के साधकों से भरी हुई है, हर कोई अपने तरीके से, हर कोई महान अंतर्दृष्टि के एक कदम करीब है।)

---✶✶---

ग्रैल और उदय

जीवन की लय... एक एकल कंपन... आंतरिक स्रोत जीवित है! (एक वैश्विक जागृति की भावना, तुल्यकालन, पूरी मानवता के दिल की धड़कन, सामूहिक चेतना का एक क्षण।) ग्रैल... एक प्याला नहीं... प्राथमिक स्रोत... जलता हुआ दिल... आत्मा की आंतरिक पवित्र अग्नि। (यह एहसास कि बिना शर्त प्यार सभी परिवर्तनों का इंजन है, अमरता की कुंजी है।) सच्चाई... हमेशा फिर से जीवित होती है। (विनाश के बावजूद, एक नई पीढ़ी छिपे हुए संदेशों को खोजती है और उन्हें प्रसारित करने के लिए उन्हें डिक्रिप्ट करना शुरू कर देती है।) ग्रैल... साँस लेता है... कंपन करता है... हर कोशिका में। (सामूहिक जागरूकता कि जीवन का स्रोत आंतरिक है, अस्तित्व के हर पल में हर किसी के लिए सुलभ है।) दिल... जीवन की लय। (अरबों दिल की धड़कनों की एक सिम्फनी, एक में एकजुट, सभी बाधाओं को हटाते हुए।) ग्रैल... आंतरिक पवित्र अग्नि... सार को अनलॉक करता है... डीएनए। (मानव डीएनए की छिपी हुई क्षमताओं का रहस्योद्घाटन, जो उपचार और सबसे गहरी जागृति की ओर ले जाता है।) सच्चाई... प्यार... जीवन के बहुत सार में कोडित है। (अंतिम अंतर्दृष्टि: कि प्यार ही एकमात्र शाश्वत कानून है, जो हमारे बहुत जीन में लिखा गया है, अमरता और पूरे की कुंजी।)

अंतिम कंपन ग्रैल की एक फुसफुसाहट थी: "मैं प्रेम हूँ। मैं मार्ग हूँ। मैं पूरा हूँ।"

मैंने देखा... महसूस किया... यह सब, जबकि मेरी अपनी आत्मा का गुरुत्वाकर्षण मुझे अनंत काल की ओर खींच रहा था। एक आखिरी साँस, नथानिएल की ओर एक आखिरी नजर, जिसकी आत्मा पहले ही अंतरिक्ष में नाच रही थी।

मैं उसकी गोद में गिर गया, अपने चेहरे को उसके चेहरे पर दबा दिया, जबकि हमारे शरीर इस वास्तविकता में आखिरी बार एक हो गए। मेरी नथुनों में खून और धूल की गंध रही, लेकिन मेरे दिमाग में - अनंत प्यार, हजारों सूरज से भी अधिक चमकीला जल रहा था। और इस तरह, हमारी आत्माएं, शाश्वत प्यार और ज्ञान से रोशन होकर, अनंत काल में नाचने लगीं, शाश्वतता की धारा द्वारा ले जाई गईं, जो अब मांस की जंजीरों से मुक्त हो गई थीं, एक अविभाज्य पूरे में विलीन हो गईं।

---✶✶---

संपूर्ण में वापसी

हम नए शरीरों में, अन्य सूरज के नीचे, रेगिस्तान में रेत के कणों से भी अधिक लौटते रहेंगे। हम अस्तित्व के शाश्वत बैले में नृत्य करेंगे, एकमात्र प्यार की

चिंगारी की तलाश करेंगे और उसे पाएँगे। कभी-कभी हम ग्रैल के स्रोत से पिएँगे, चेतना की पूर्णता का अनुभव करेंगे, जबकि अन्य यात्राओं में हम बस एक-दूसरे के पास से गुजरेंगे, केवल अंतर से खुद को समृद्ध करेंगे। लेकिन हमारे सार की शांत पुकार हमेशा हमें महान पूरे की ओर खींचेगी। क्योंकि मौत सिर्फ एक दहलीज थी - एक और आयाम का एक दरवाजा, और हमारी आत्माएं - अनंत काल के महासागर में अनंत लहरें थीं। हम ब्रह्मांड की साँस की लय थे, जो अंतहीन ब्रह्मांडीय चेतना के साथ विलीन हो रहे थे, एकमात्र, अडिग स्रोत का हमेशा के लिए हिस्सा थे। मैंने अपने अस्तित्व की बहुत गहराइयों में एक कुंजी नहीं, बल्कि ज्ञान की लौ को छिपा दिया था - पवित्र ग्रैल। यह फिर से प्रज्वलित होगा, जब दुनिया की लय इसे बुलाएगी। क्योंकि पुनर्जन्म एक बाहरी शक्ति से नहीं आता है, बल्कि गहरी आंतरिक कंपन - वास्तविक ग्रैल से आता है, जो हमेशा हमारे भीतर रहा है, हर आत्मा की अनंतता में धड़कता है।

अध्याय 45: अर्थ...

"समय एक भँवर है, नथानिएल, और हम इसके गवाह हैं," मैंने उससे फुसफुसाया, जबकि हमारे चारों ओर का अस्तित्व एक छिपी हुई ऊर्जा के साथ कंपन कर रहा था। "हम इसमें पैदा होते हैं, सामने आते हैं, और अनिवार्य रूप से घुल जाते हैं। लेकिन आखिरी साँस सिर्फ एक दहलीज है। मानव ओडिसी का सच्चा अर्थ अनुभव में नहीं, बल्कि उस अंतर्दृष्टि में है, जिसे वह पैदा करता है। उस अदृश्य पर्दे को फाड़ने में, जो हजारों साल से हमारी चेतना को घेरता है। यह भ्रम, जो रचना की तरह ही प्राचीन है, को बुद्धिमानी से बुना गया है, लेकिन कपटी रूप से छिपाया गया है। हमारे नाजुक शारीरिक रास्ते की तरह, यह एक प्रवेश द्वार - जन्म, और एक निकास - ज्ञान के रास्ते के साथ एक जटिल बुनाई है।"

मैंने महसूस किया कि मेरे शब्द नथानिएल को केवल उसकी बुद्धि से नहीं, बल्कि उसके अस्तित्व के हर फाइबर से छू रहे थे। मेरे पास वह दुर्लभ उपहार था - मानव सार के परिवर्तन को उत्प्रेरित करने के लिए। एक के बाद एक आत्मा, मैं उन्हें प्राथमिक स्रोत के साथ उनके टूटे हुए संबंध में वापस ले जा रहा था।

"सिर्फ 'एक के बाद एक' नहीं, मेलिना," उसने एक शांत आवाज में जवाब दिया, जिसने खामोशी को फाड़ दिया। "बल्कि अंतहीन।"

मेरे हाथों में शब्द सिर्फ ध्वनि नहीं थे - वे रसायन विज्ञान थे, जो चेतना को गढ़ते थे। उन्होंने आसानी से मानव चेतना के कपड़े को बदल दिया, जो सबसे पवित्र डर और भ्रम को उजागर करते थे। हर वाक्यांश, सावधानीपूर्वक चुना गया, शक्तिशाली अनुनाद भेजा, जो श्रोताओं की आत्माओं में गहराई से प्रवेश कर गया, जो अमिट छाप छोड़ गया - घावों के निशान, जिन्हें मैं एक ही समय में ठीक कर सकता था या कारण बन सकता था। मैं प्रेरित कर सकता था, निर्देशित कर सकता था, छिपे हुए जुनून को जगा सकता था, दुनिया को बदल सकता था। मेरे द्वारा महारत हासिल की गई भाषा, शुद्ध रसायन विज्ञान थी।

दिमाग एक उपजाऊ बगीचा है। पुरुष सिद्धांत माली है, जो विचारों के नाजुक बीज बोता है। महिला सिद्धांत समृद्ध मिट्टी है, जो उन्हें धैर्यपूर्वक पोषण करती

है। जब माली एक अच्छी तरह से तैयार मिट्टी में एक गुणवत्ता वाला बीज बोता है, तो वह जल्दी से अंकुरित होता है। इसी तरह, एक मजबूत विचार, जो पुरुष सिद्धांत की सक्रिय शक्ति को वहन करता है, जब वह किसी अन्य व्यक्ति के दिमाग में महिला सिद्धांत की ग्रहणशील मिट्टी से मिलता है, तो वह अंकुरित हो सकता है और एक अटूट विश्वास में बदल सकता है।

मैंने बहुत पहले अपनी रहस्यवादी कुंजी के साथ इस सूक्ष्म मानसिक हथियार की शक्ति को अनलॉक कर दिया था। यह मेरा पवित्र, गहराई से संरक्षित खजाना था, जो मेरे अस्तित्व की सबसे पवित्र गहराइयों में छिपा हुआ था। नथानिएल, अपने गहरे ज्ञान और उल्लेखनीय परिवर्तन के बावजूद, मेरी इस अद्वितीय शक्ति के अनसुलझे पर्दे से परे कभी नहीं घुस पाया। मैंने अपने भीतर गहराई में एक रहस्यमय, लगभग रहस्यवादी क्षमता को धारण किया, जो एक प्राचीन, खोए हुए नक्शे की तरह थी, जो अनगिनत आत्माओं के रास्तों को चित्रित करती थी। यह उपहार, जो कभी-कभी समय और स्थान को मोड़ने की क्षमता के रूप में प्रकट होता था, मेरा सबसे बड़ा धन था। नथानिएल लगातार इस ब्रह्मांडीय रहस्य को समझने की कोशिश करता था, लेकिन वह हमेशा इसकी पहुँच से बाहर रहा।

मैं प्राचीन ज्ञान की संरक्षक थी - खोई हुई आत्माओं की एक कोमल, लेकिन अडिग मार्गदर्शक थी। एक अंतर्दृष्टि के साथ, जो भविष्यवाणी की सीमा पर थी, मैंने मानव दिल के सबसे अँधेरे कोनों को देखा और एक कोमल, लेकिन आत्मविश्वास भरे हाथ से उन्हें आत्म-ज्ञान के रास्ते पर ले गया। मैंने कभी भी अपने रहस्यों को जबरन प्रकट नहीं किया, बल्कि बुद्धिमानी से उन्हें धीरे-धीरे हर किसी को खोजने की अनुमति दी, जो अपनी खुद की आत्मा में गहराई से देखने के लिए तैयार था। इस शाश्वत संबंध में, नथानिएल हमेशा एक विनम्र छात्र रहा, और मैं - उसकी शाश्वत, धैर्यवान शिक्षक। नथानिएल ने दिव्य के मौलिक सिद्धांतों को गहराई से महसूस किया और कुशलता से प्रबंधित किया, लेकिन मुझे साधारण मानव अस्तित्व की सीमाओं से परे देखने के लिए नियत किया गया था।

---✶६✶---

Epiphany 👁

अब, जब हमारे भौतिक शरीर ने सांसारिक तल को छोड़ दिया था, तो मेरा सार अनपेक्षित सीमाओं तक फैल गया। मैं अब मांस और हड्डियों से सीमित नहीं था, बल्कि शुद्ध ऊर्जा में बदल गया था, एक चेतना, जो अस्तित्व के अनंत आयामों के माध्यम से यात्रा करने के लिए स्वतंत्र थी। नथानिएल, मेरे पीछे अदृश्य धागे का बारीकी से पालन करते हुए, महसूस किया कि उसकी चेतना भी मुक्त हो रही है, लेकिन उसने महसूस किया कि मैं एक गहरे स्तर तक पहुँच गया हूँ, एक आवश्यक वास्तविकता तक, जिसे वह अभी भी पूरी तरह से नहीं समझ सकता था।

परे की विशाल खामोशी में, मैं नथानिएल की ओर मुड़ा, शब्दों के साथ नहीं, बल्कि एक विचार के साथ, जो स्पष्ट और सर्वव्यापी था: "क्या तुम महसूस करते हो? भ्रम मौजूद रहना जारी है। पुनर्जन्म का पहिया नहीं रुकता है। लेकिन अब हम इसकी वास्तुकला को अधिक स्पष्ट रूप से देखते हैं, उन धागों को, जो हर प्राणी, हर घटना को जोड़ते हैं।"

नथानिएल ने श्रद्धा से भरे एक विचार के साथ जवाब दिया: "हाँ, मैं इसे महसूस करता हूँ। मानो पर्दा गिर गया है और वास्तविकता की सच्ची प्रकृति हमारे सामने प्रकट हो रही है। लेकिन तुम्हारा सार... वह मेरे से अधिक चमकदार, अधिक गहरा है। तुम क्या देखती हो, मेलिना?"

मैंने अनंत काल में घूरना शुरू कर दिया, नाचती हुई रोशनी और परछाइयों में, जिन्होंने अस्तित्व का आधार बनाया। "मैं क्षमता देखती हूँ, नथानिएल। मैं जागृति के लिए, प्राथमिक कोर में वापसी के लिए अनंत संभावनाएँ देखती हूँ। लेकिन मैं अज्ञानता की अनंत जड़ता, भ्रम के जाल को भी देखती हूँ, जो आत्माओं को अस्तित्व के पहिये में बंद रखते हैं।"

"और तुम्हारी रहस्यवादी कुंजी... पवित्र ग्रैल, जिसे तुम अपने सार में धारण करती हो... वह कैसे मदद कर सकती है?" नथानिएल ने अधीरता के साथ पूछा।

मैं ज्ञान और करुणा से भरे एक विचार के साथ मुस्कुराया। "कुंजी एक बाहरी कलाकृति नहीं है, प्रिय। यह आंतरिक है। यह अपने आप में और दूसरों में दिव्य चिंगारी को पहचानने की क्षमता है। यह बिना शर्त प्यार है, जो अहंकार की जंजीरों को पिघला देता है। मैं बस इस क्षमता का संरक्षक हूँ, उसके जलने के लिए एक उत्प्रेरक हूँ।"

"लेकिन हम इसे दूसरों तक कैसे पहुँचा सकते हैं? हम उन्हें दिखावे से परे देखने में कैसे मदद कर सकते हैं?"

"उपस्थिति के माध्यम से, नथानिएल। हमारे हर पुनर्जन्म में इस प्यार और बुद्धिमत्ता को उत्सर्जित करने के माध्यम से। हमारे द्वारा चुने गए शब्दों के माध्यम से, हमारे द्वारा किए गए कार्यों के माध्यम से। कभी-कभी एक नजर, एक स्पर्श, एक अकेला शब्द भी सामान्य भ्रम में संदेह के बीज बोने के लिए पर्याप्त होगा।"

"तो हमारा संघर्ष जारी है, शारीरिक मृत्यु से परे भी?"

"जब तक आखिरी आत्मा घर वापस जाने का रास्ता नहीं पाती, तब तक हमारा मिशन शाश्वत है। और पवित्र ग्रैल... वह उनमें से हर एक के भीतर है, सुलग रहा है, लेकिन हमेशा जागने के लिए तैयार है, जब दिल काफी शुद्ध और दिमाग - काफी खुला होता है। मैं बस इसकी स्मृति को धारण करती हूँ, उसके सार का स्पष्ट कंपन।"

इस क्षण में, नथानिएल ने एक गहरी समझ महसूस की, एक ज्ञान, जो किसी भी पिछले ज्ञान से अधिक था। उसने महसूस किया कि मैं सिर्फ शक्ति नहीं रखती, बल्कि इस जागृत ऊर्जा का बहुत अवतार हूँ, दिखावे की भूलभुलैया के माध्यम से आत्माओं का कोमल, लेकिन अथक मार्गदर्शक हूँ। और यह कि हमारा शाश्वत प्यार और एकजुट बुद्धिमत्ता वह प्रकाशस्तंभ है, जो मानव इतिहास की अंतहीन रात में चमकता रहेगा।

"मैं समझता हूँ, मेलिना," उसने गहरी कृतज्ञता और प्यार से भरे एक विचार के साथ कहा। "हमारा काम अब वास्तव में शुरू हो रहा है।"

---✶६✶---

इस प्रकार, घनत्व की जंजीरों से मुक्त होकर, हम ब्रह्मांड की धड़कन में घुल गए - जहाँ प्यार नहीं मरता, बल्कि अस्तित्व के नए रूपों में खुलता है।

---------------- ❧ -------------------

अध्याय 46: पवित्र ग्रेल की संरक्षक

ईथर का स्थान एक अंतहीन आलिंगन था, जिसने नथानिएल को मेरे बगल में ले लिया। मेरा सार, पहले से कहीं अधिक गहरा, प्राचीन भावनाओं के साथ धड़क रहा था, शक्तिशाली मानसिक ऊर्जाओं को चला रहा था, जिसके साथ मैंने घटनाओं और तत्वों को आकार दिया। उसने प्राथमिक स्रोत की धड़कन को महसूस किया, लेकिन उसकी गहराई को नहीं समझा।

"यह क्या है, मेलिना?" उसका सवाल साझा चेतना में एक आह से अधिक था। "मुझे यह जीवन के एक अटूट स्रोत की तरह लगता है, लेकिन मैं इसे नहीं समझता।"

मैंने उसे शब्दों से नहीं, बल्कि प्राचीनता और गहराई के सार से जवाब दिया, मानो पूरा ब्रह्मांड मेरे माध्यम से साँस ले रहा हो। यह वही पवित्र रहस्य था, जिसने उसे मंत्रमुग्ध कर दिया था और उसे हर अगले अवतार में बार-बार मेरे प्यार में पड़ने के लिए मजबूर कर दिया था। मैंने अपनी बहुत ही सार में गहराई से इस पवित्र रहस्य की रक्षा की, इसे अपने अनगिनत पुनर्जन्मों के माध्यम से एक पवित्र कोड की तरह ले गया। इसे भूले हुए ज्ञान के बंद खजानों को खोलने के लिए नियत किया गया था, ताकि जीवन सभ्यता की सबसे भयानक आपदाओं में बिना निशान के गायब न हो जाए, जब बुराई प्रबल होने की धमकी देती थी। मैं एक अविनाशी रोशनी थी, जो मानव सार में गहराई से छिपी हुई सभी अँधेरी पहलुओं, मानवीय कमजोरियों के शक्तिशाली अहंकार के खिलाफ साहसपूर्वक खड़ी थी। यही पवित्र ग्रेल का सच्चा रहस्य था - सभी दिव्य रहस्यों की सार्वभौमिक कुंजी।

"समझ विश्लेषण के माध्यम से नहीं आती है, प्रिय," मेरा जवाब था, रेशम की तरह नरम, लेकिन एक रसातल की तरह गहरा। "यह विलय के माध्यम से, अस्तित्व के बहुत प्रवाह में डूबने के माध्यम से आता है। तुम वहाँ तर्क खोजते हो, जहाँ दिव्य सहज ज्ञान शासन करता है।"

नथानिएल ने एक हल्की निराशा महसूस की। उसकी आत्मा स्पष्टीकरण की कमी के साथ, उस अंतहीन क्षितिज के साथ लड़ रही थी, जिसे मैं हमेशा उसके सामने खींचती थी। "लेकिन मैं पूरी तरह से कैसे डूब सकता हूँ, जब मुझे लगता है कि इतना कुछ छिपा हुआ है? यह कौन सी शक्ति है, जिसे मैं भी नहीं समझ सकता?"

जवाब में, नथानिएल चुप रहा। चुप्पी, जो किसी भी शब्द से गहरी स्वीकृति से भरी थी।

मैं मुस्कुराया - एक बिना चेहरे की मुस्कान, सिर्फ बुद्धिमत्ता और करुणा का एक शुद्ध उत्सर्जन। "यह अपने आप में और दूसरों में दिव्य चिंगारी को पहचानने की क्षमता है। यह बिना शर्त प्यार है, जो अहंकार की जंजीरों को पिघला देता है। मैं बस इस क्षमता का संरक्षक हूँ, उसके खिलने के लिए एक उत्प्रेरक हूँ। मेरे भीतर गहराई में प्राथमिक स्रोत की एक टिमटिमाती चिंगारी छिपी है - सर्वव्यापी दिव्य चेतना, जो विशाल ब्रह्मांड की नींव में हमेशा के लिए मुहरबंद है। मैं एक शुद्ध माध्यम हूँ, जिसके

माध्यम से ब्रह्मांडीय लय मेरी सार के साथ सही सद्भाव में विलीन हो जाती है, जो मुझे प्राथमिक, रचनात्मक ऊर्जा के साथ एक जीवित, धड़कता हुआ संबंध बनाती है।"

मैंने उसे बताया कि कैसे एक अडिग इच्छाशक्ति के माध्यम से मैं चिंगारी को एक भँवर में बदल देता हूँ - मैं वास्तविकताओं का निर्माण करता हूँ या उन्हें भंग करता हूँ। यह शक्ति, जो प्राचीन सभ्यताओं से विरासत में मिली है, को सख्त गोपनीयता में रखा गया है, क्योंकि अनुभवहीन हाथों में यह आसानी से अराजकता का हथियार बन सकती है। मैं इसे धारण करता हूँ, लेकिन मैं जिम्मेदारी के भारी बोझ से अवगत हूँ।

"तुम चुने गए हो, नथानिएल," मैंने उसे फिर से फुसफुसाया, एक आसमानी आवाज, लेकिन असंदिग्धता से भरी हुई। "इस पवित्र रहस्य को प्रकट करने और शाश्वत रोशनी का एक बुद्धिमान संरक्षक बनने के लिए। लेकिन सच्चाई का लंबा रास्ता तुम्हारे बहुत सार के दर्दनाक, लेकिन आवश्यक परिवर्तन से भरा होगा। क्या तुम बिना किसी हिचकिचाहट के अपने बहुत अस्तित्व का बलिदान करने के लिए तैयार हो?"

"तुम्हारे लिए सब कुछ, मेलिना," उसने एक विचार के साथ जवाब दिया, ईथर की अंतहीन विशालता में संदेह की छाया के बिना। "तुम मेरी शाश्वत मार्गदर्शक स्टार हो।"

अब मैं समझ गया - उसका प्यार कभी सिर्फ एक भावना नहीं था। यह एक संदेश था, एक मंत्र, एक ब्रह्मांडीय आवेग, जो मुझे उसके शब्दों को समझने से पहले ही मार्गदर्शन कर रहा था।

"इस अमूल्य खजाने को अनलॉक करो! कभी हार मत मानो! यह तुम्हारा नियतिपूर्ण आह्वान है, ताकि तुम दुनिया के सच्चे भगवान और सबसे बढ़कर, खुद के भगवान बन सको!" मैंने धीरे से उसे फुसफुसाया, जबकि हमारी अगर आत्माएं ईथर के अंतहीन स्थान में एक साथ तैर रही थीं, सीधे चकाचौंध करने वाली विलक्षणता - सभी संभावनाओं के गर्भाशय की ओर।

हमारे सार का शाश्वत नृत्य अंतहीन समय और विशाल स्थान के माध्यम से लगातार विस्तार कर रहा था। इस शाश्वत सर्पिल नृत्य का हर अगला मोड़ एक नई शुरुआत, हमारे सर्वग्राही स्नेह का एक नया, शाश्वत पुनर्जन्म का प्रतिनिधित्व करता था, जिसने भौतिक दुनिया की नाजुक सीमाओं को पार कर लिया था। हर कोमल स्पर्श के साथ, हर साझा विचार के साथ, हम फिर से पैदा हो रहे थे, चेतना के उच्च और उच्च स्तरों तक बढ़ रहे थे। हमारा शाश्वत नृत्य एक अविनाशी लौ की तरह था, जिसे कभी बुझाया नहीं जा सकता था। यह एक शाश्वत रहस्य था, प्रतीकों और छिपे हुए अर्थों का एक रहस्यवादी मंडल, जो धीरे-धीरे केवल उसी को प्रकट होता था, जिसके पास देखने के लिए आँखें थीं। हर चिकना आंदोलन, हर प्यार से भरी नजर उस महान, ब्रह्मांडीय बैले का हिस्सा थी, जो अनंत काल के माध्यम से जारी रहा।

हमारे सामने, चमकते हुए तारामंडल की तरह, परिचित ऊर्जावान छापें दिखाई देने लगीं - ऐसी आत्माएं, जिन्हें कभी हमारी रोशनी से छुआ गया था, या जिन्हें अभी रास्ते पर ले जाया जाना था। हमने प्राचीन कडुसियस, एकता के प्रतीक की प्रतिध्वनि को देखा, जो उनमें से हर एक में बुना गया था।

मुझे हमारी पहली सांसारिक नजर की दूर की प्रतिध्वनि याद आई - एक पल, जिसमें साझा चेतना की एक अकेली कोशिका ने दूसरे में खुद को पहचाना, यह जानते हुए कि यह हमारी शाश्वत यात्रा की सिर्फ शुरुआत है।

पवित्र ग्रेल एक प्याला नहीं था, बल्कि एक आवृत्ति थी - प्यार और जागरूकता का एक सूक्ष्म कंपन, जिसके लिए मानव इंद्रियाँ सिर्फ एक शुरुआत हैं।

"कुंजी एक कलाकृति नहीं है, बल्कि दिव्य चिंगारी को पहचानने की क्षमता है।"

---✶✶---

शांति के दिल में हम एक बन गए - शब्दों की तरह नहीं, छवियों की तरह नहीं, बल्कि एक धड़कन की तरह, जो ब्रह्मांड का निर्माण करती है। और हम रचना की ही धड़कन बन गए।

------------------ ❧ --------------------

अध्याय 47: अनंत काल से गड़गड़ाहट

हम दुनिया की कल्पना कर सकते हैं, उन्हें अपनी कल्पना में चित्रित कर सकते हैं, सपनों का अनुभव कर सकते हैं... हमारा मन वास्तविकता का एक अंतहीन निर्माता है। ईश्वर के लिए, दुनिया को बनाना और नष्ट करना उतना ही आसान है, जितना हमारे लिए अपनी इच्छाओं के बारे में सोचना है... मेलिना और नथानिएल के बच्चों ने, ज्ञान की पवित्र अग्नि के विनम्र संरक्षकों ने, पूरी दुनिया में ज्ञान की अनगिनत छोटी, लेकिन उज्ज्वल आग जलाई। अपने नाजुक कंधों पर प्राचीन बुद्धिमत्ता का बोझ लेते हुए, वे एक रहस्यमय समारोह में डूब गए, जिसकी जड़ें समय में गहराई तक फैली हुई थीं। रात के अभेद्य अँधेरे में, जिज्ञासु आँखों से दूर, वे गुप्त रूप से इकट्ठे हुए, ताकि वे जागरूक दिलों को दीक्षा का प्राचीन अनुष्ठान दे सकें। इस प्रकार वे उस समुदाय द्वारा प्रबुद्ध हो गए, जिसने अनगिनत सदियों से पवित्र ज्ञान को सावधानीपूर्वक संरक्षित किया था। यह समुदाय, समय की छाया में कुशलता से छिपा हुआ, दूर के अतीत और अनिश्चित भविष्य के बीच एक पुल का प्रतिनिधित्व करता था।

अपनी अंतर्दृष्टि को संरक्षित करने और प्रसारित करने के लिए, उसने प्रतीकों, अनुष्ठानों और कलाकृतियों में ज्ञान को छिपा दिया। उनके समारोहों में हर इशारा, हर शब्द का एक छिपा हुआ अर्थ था, जो केवल तैयार लोगों द्वारा ही सच्चाई की तलाश को प्रेरित करता था, ताकि इसका अनुभव किया जा सके, न कि सिर्फ याद किया जा सके। उनके सार के आसपास के रहस्यवाद ने सुनिश्चित किया कि ज्ञान उन लोगों से सुरक्षित रहेगा, जिनका अहंकार इसे विकृत कर देगा। सबसे महत्वपूर्ण क्षणों में, इस समुदाय की गहराइयों से अप्रत्याशित रूप से मसीहा और बुद्धिमान शिक्षक दिखाई देते थे, जो अँधेरे में चकाचौंध करने वाली रोशनी लाते थे और इतिहास के पाठ्यक्रम को ही बदल देते थे। सदियों से उन्होंने अलग-अलग नाम लिए: मूसा, पाइथागोरस, बुद्ध, यीशु, न्यूटन - ज्ञान के प्रकाशस्तंभ, जिन्होंने नियति को बदल दिया। वे अँधेरे की भयानक शक्तियों के खिलाफ एक शक्तिशाली हथियार थे, जिन्होंने हमेशा अमूल्य ज्ञान को बर्बाद करने और दुनिया को निर्दयी अराजकता में डुबोने की कोशिश की, उन संप्रदायों के खिलाफ, जो कपटी रूप से स्वतंत्र मानव आत्मा को गुलाम बनाना चाहते थे।

इन प्रबुद्ध समुदायों द्वारा निर्देशित, ऋषि, पैगंबर और कीमियागरों ने अनगिनत आध्यात्मिक स्कूल और गहरी शिक्षाएँ बनाईं, जिन्होंने अंधेरे में ज्ञान की जीवनदायिनी रोशनी को उज्ज्वल चिंगारियों की तरह बिखेर दिया। और यद्यपि हर स्कूल की अपनी अनूठी शिक्षाएँ थीं, वे सभी एक ही अंतहीन स्रोत - स्वयं विशाल ज्ञान से बुद्धिमत्ता खींचते थे। यहूदी, एसेन्स, ईसाई, सूफी, बौद्ध - वे सभी अस्तित्व के चक्र में एक शाश्वत श्रृंखला में अविभाज्य लिंक थे। क्योंकि मानव आत्मा हमेशा अपने से बहुत बड़ी किसी चीज के साथ एक गहरे संबंध की तलाश में रहती है। प्राचीन प्रतीक, जटिल रसायन विज्ञान, राजसी ओबिलिस्क, रहस्यमय पिरामिड और शांत कब्रें - वे सभी एक महान, ब्रह्मांडीय पहेली के बुद्धिमानी से बिखरे हुए टुकड़े थे। केवल सच्चे प्रबुद्ध ही अपनी खुद की आत्मा के रहस्य में बंद छिपे हुए संदेश को समझ सकते थे और ईश्वर के बहुत विचार को छू सकते थे। क्योंकि मानव सार हमेशा खोजता रहता है...

मैं और नथानिएल, अपने हर पुनर्जन्म में सहज रूप से अपनी यादों के निशान पाते थे, साझा बुद्धिमत्ता की आसमानी प्रतिध्वनि महसूस करते थे। कभी-कभी यह एक अजनबी की आँखों में परिचितता की क्षणभंगुर झलक होती थी, दूसरे समय - कुछ स्थानों या प्रतीकों के प्रति एक अकथनीय आकर्षण। ये मुश्किल से ध्यान देने योग्य संकेत अदृश्य धागे थे, जो हमें समय की भूलभुलैया के माध्यम से एक-दूसरे की ओर ले जाते थे। हम हमेशा लौटते थे, ताकि हम अपने लिए सबसे गहरे रहस्यों को प्रकट कर सकें, जिन्हें हमने उस नियतिपूर्ण क्षण के लिए सावधानीपूर्वक रखा था, जिसमें हमें फिर से नाजुक मानव जीनोम को बचाना होगा...

---✶ ✶---

Flashback एक और जीवन में, एक गुप्त प्रयोगशाला के अँधेरे में नैट, एक जुनूनी कीमियागर के रूप में प्रच्छन्न - एक विश्व स्तरीय वैज्ञानिक और विद्वान, लेकिन एक वैज्ञानिक, जो ब्रह्मांड के अमूर्त क्वांटम प्रभावों में जवाब खोज रहा था... बुखार से प्राचीन पांडुलिपियों को डिक्रिप्ट कर रहा था। वह सोने के लिए रासायनिक सूत्र की तलाश कर रहा था... लेकिन उसका असली लक्ष्य अमरता का रहस्य खोजना था... अमूल्य ज्ञान को संरक्षित करने का एकमात्र तरीका... उसका चेहरा, नींद की कमी से सूखा... उसकी आँखें कट्टर समर्पण के साथ जल रही थीं। हर टेस्ट ट्यूब, हर माप उसे जवाब के करीब ले जा रहा था... और एक गहरी, गहरी एकांतता के करीब।

मैं, एक करिश्माई लेखक के रूप में पुनर्जन्म लेकर, अक्सर अपने छोटे से अनुयायियों के घेरे को अपने शानदार सैलून में इकट्ठा करती थी। उनमें, बेशक, नैट भी था - जिसका दिमाग मेरे प्रति अकथनीय आकर्षण के लिए तार्किक स्पष्टीकरण खोज रहा था... और मेरी नजर की गहराई में छिपे जादुई ज्ञान के लिए एक जवाब...

"आप प्राचीन ज्ञान के बारे में, उन शक्तियों के बारे में बात करते हैं, जिन्हें विज्ञान मना करता है," उसने हमारे लंबी रात की बातचीत में से एक में कहा, और उसकी आवाज में जिज्ञासा और अविश्वास का मिश्रण था।

"सबूत कहाँ हैं? मापने योग्य तथ्य कहाँ हैं?" मैंने उसे एक कोमल मुस्कान के साथ देखा, जो शाश्वत समझ से भरी थी।

"सबूत, नैट, हमेशा उपकरणों से नहीं मापा जा सकता है। कभी-कभी उन्हें दिल के कंपन में, सहज ज्ञान की झलक में, उस गहरे ज्ञान में महसूस किया जाता है, जो शब्दों से परे आता है।"

"लेकिन दुनिया को ठोस जवाबों की जरूरत है, मेल," उसने जोर दिया। "लोग अपनी ही रचनाओं की अराजकता में खो गए हैं।"

"और ठीक इसीलिए हम यहाँ हैं, नैट," मैंने एक शांत, लेकिन आत्मविश्वास भरी आवाज में जवाब दिया। "उन्हें अपने दिमाग की अनंत क्षमता, उनमें से हर एक में सुलग रही दिव्य चिंगारी की याद दिलाने के लिए। हमारा काम उन्हें तैयार जवाब देना नहीं है, बल्कि उन्हें खुद उन्हें खोजने के लिए प्रेरित करना है, उनमें निर्माता को जगाना है। मैं तुम्हें सभी रहस्यों तक ले जाऊँगी, नैट..."

एक ठहराव आया। उसकी नजर मेरी दृढ़ता में एक दरार खोजने की कोशिश करते हुए, मुझ पर टिकी रही। मैंने महसूस किया कि वह मेरे शब्दों का वजन कर रहा था, अपनी तर्कसंगत सोच के साथ लड़ रहा था।

"क्या तुम मुझे अपने जीवन के सात साल बेच दोगे?" मेरी आवाज धीमी हो गई, सवाल को हवा में लटकने दिया।

यह एक चुनौती थी, एक निमंत्रण, एक परीक्षण। नैट ने मुझे देखा, प्रस्ताव से हैरान था, लेकिन अपनी आत्मा की गहराइयों में वह जानता था कि केवल एक ही जवाब था। इस क्षण में, अपनी तर्कसंगत खोजों के बीच, वह प्यार में पड़ गया - रहस्य के साथ, बुद्धिमत्ता के साथ, मेरे बहुत ही सार के साथ।

और परछाइयों में, अराजकता की बुराई हमेशा घात लगाए रहती थी...

अध्याय 48: एक दर्शन में जागृति

मेलिना अपने कार्यालय में बैठी थी - विशाल, लेकिन न्यूनतम, एक हरी-भरी छत के दृश्य के साथ। वह घंटों से नहीं सोई थी। अनंत काल के साथ मुलाकात के बाद, उसका दिमाग एक ऊर्जा के साथ धड़क रहा था, जिससे उसे लगभग दर्द हो रहा था। जैसा कि उसने जो कुछ हुआ था उसे समझने की कोशिश की, थकान उस पर हावी हो गई और वह सिर्फ सो नहीं गई, बल्कि एक गहरे, भविष्यसूचक दर्शन में डूब गई।

एक पारदर्शी पर्दा उठ गया, और वास्तविकता एक लबादे की तरह खुल गई, ताकि वह लघु, उज्ज्वल दृश्यों की एक श्रृंखला को प्रकट कर सके, जो बिजली की तरह, एक भविष्य के क्षणों को रोशन कर रहे थे, जो पहले से ही स्पर्शनीय, लगभग वर्तमान था:

Flashback रूपांतरण का स्कूल। मेलिना अपने रूपांतरण के स्कूल में मंच पर खड़ी है। यह रोशनी का एक रंगमंच नहीं है, बल्कि लकड़ी और कांच का एक सुरुचिपूर्ण हॉल है, जो लोगों से भरा हुआ है - सैकड़ों खोज करने वाली आँखें। हर सुबह वह उनके सामने खड़ी होती है - छात्र, वैज्ञानिक, व्यापारी, सभी क्षेत्रों के लोग, जो जवाब खोजने आए हैं। वह अब एक साधारण, लेकिन स्टाइलिश लिनन की

पोशाक पहने हुए है, उसके बाल एक आकस्मिक बन में हैं। जब वह बोलना शुरू करती है, तो उसकी आवाज शांत होती है, लेकिन हर शब्द का वजन होता है। सिर्फ वाक्य नहीं, बल्कि स्पष्टता की धाराएं। हॉल में, जिसके ऊपर एक विशाल स्क्रीन थी, ग्राफ नहीं दिखाए गए थे, बल्कि जीवित, बहते हुए मंडल और प्राचीन प्रतीकों को दिखाया गया था, जो उसकी अवधारणा को दृश्यमान बना रहे थे। दर्शक सिर्फ सुन नहीं रहे थे - वे हर शब्दांश को अवशोषित कर रहे थे, यह महसूस कर रहे थे कि उसके शब्दों का कंपन उनके भीतर कुछ गहरा हिला रहा है। उनके चेहरों पर आश्चर्य, समझ और आशा का मिश्रण पढ़ा जा सकता था। उसकी किताब - "अगर तुम जीवित रहने के लिए चुने गए हो?" - सिर्फ बाजार में नहीं थी, बल्कि हजारों लोगों के हाथों में खुली पड़ी थी, जो एक पूरी सभ्यता के लिए चेतना की पाठ्यपुस्तक बन गई थी।

---✶☾✶---

Flashback 📜 विश्व सम्मेलन। वह एथरिया में है, विश्व नेताओं, वैज्ञानिकों, आध्यात्मिक नेताओं के सामने एक मंच पर है। वह उनके सूट का वजन, उनकी आँखों में संदेह का वजन महसूस करती है। उसके सामने माइक्रोफोन विशाल लगता है। वह भाषण नहीं दे रही है। इसके बजाय, वह सिर्फ दिल से बोल रही है, व्यक्तिगत अनुभव साझा कर रही है, जो सार्वभौमिक सच्चाइयों की ओर ले जाते हैं। वह महसूस करती है कि उसकी ऊर्जा अंतरिक्ष को कैसे भरती है, कैसे अहंकार को हटाती है, उनके संदेह को भंग करती है। वह देखती है कि उनमें से कुछ, सत्ता के पुरुष और महिलाएँ, जो अपने पूरे जीवन में प्रोटोकॉल और कवच के पीछे छिपे रहे हैं, अब उसकी ईमानदारी से छूकर कांप रहे हैं। "अत्यंत गोपनीय" मुहर वाले दस्तावेज उनके सामने मेजों पर पड़े हैं, लेकिन एक एकल, एकीकृत सच्चाई की शक्ति के सामने वे अर्थहीन लगते हैं। सम्मेलन संधियों के लिए नहीं है, बल्कि परिवर्तन की संभावना के लिए है।

---✶☾✶---

Flashback 📜 आभासी मंच। वह अपनी लैपटॉप के सामने बैठी है, कार्यालय के अँधेरे में, केवल स्क्रीन से रोशन है। उसकी उंगलियाँ कीबोर्ड पर फिसलती हैं, वह धातु की ठंडक महसूस करती है। अरबों चेतनाएँ, विचारों के एक वैश्विक नेटवर्क में जुड़ी हुई हैं, जो उसके हर शब्द, हर प्रकाशित विचार को अवशोषित कर रही हैं। वह शारीरिक रूप से हर जगह नहीं है, लेकिन उसकी उपस्थिति हर कनेक्शन के माध्यम से स्पर्शनीय है। उसकी "आवाज" सामूहिक सहज ज्ञान है, साझा ज्ञान है, जो एक जंगल की आग की तरह फैल रहा है। वह नहीं सिखाती है, बल्कि याद दिलाती है। हजारों साल के हठधर्मिता बिखर जाते हैं, जिसे आंतरिक दिव्य चिंगारी की सादगी से बदल दिया जाता है। पूरी सभ्यता एक महान जागृति की दहलीज पर है।

सपना इस नई, स्पर्शनीय वास्तविकता के साथ धड़क रहा था, जहाँ उसका स्कूल एक इमारत नहीं था, बल्कि मानवता की सामूहिक चेतना था, जो ग्रैल के लिए उसके दर्शन से बिना शर्त प्यार और आंतरिक कंपन के रूप में प्रबुद्ध था। वह नहीं पढ़ाती थी - वह उत्प्रेरित करती थी, प्रज्वलित करती थी। उसने देखा कि लोग, जो डर और अज्ञानता की जंजीरों से मुक्त थे, करुणा और साझा बुद्धिमत्ता पर आधारित एक

दुनिया बना रहे थे, जो सच्ची, मानवीय भावनाओं - राहत, खुशी, आशा - का अनुभव कर रहे थे।

---✶῾✶---

आखिरी दृश्य फीका पड़ गया। उसका दिल एक घंटी की तरह धड़क रहा था। जागृति आ गई थी। समुद्री क्षितिज के ऊपर सूरज उगना शुरू हो गया, इस शक्तिशाली सपने के आखिरी टुकड़ों को बिखेर रहा था। मेलिना एक पूर्ण मिशन की भावना के साथ जाग गई, लेकिन आखिरी, निर्णायक कदम के स्पष्ट ज्ञान के साथ भी। उसकी मांसपेशियाँ तनावपूर्ण थीं, और उसका दिल तेजी से धड़क रहा था, मानो वह अभी-अभी एक लंबी यात्रा से लौटी हो।

बिना किसी हिचकिचाहट के, उसने अपने कम्युनिकेटर की ओर अपना हाथ बढ़ाया। उसकी उंगलियों ने ठंडी धातु को छुआ। उसने नथानिएल का नंबर डायल किया।

"नथानिएल..." उसकी आवाज नरम थी, लेकिन एक अपरिहार्य आकर्षण के साथ, जो दीवारों को तोड़ सकता था। "किनारे पर आओ। मुझे तुम्हें चाँदनी की राह में कुछ दिखाना है।"

उसने फोन रख दिया। कोई जवाब नहीं मिला। उसके हाथ में फोन का वजन वास्तविक, स्पर्शनीय था। वह जानती थी कि चुनाव अब उसका था।

------------------ ❧ --------------------

अध्याय 49: अंतिम चुनाव

नथानिएल होलोपोलिस के दिल में, ग्लोबल कंट्रोल संगठन - कमांडरी के गुप्त भूमिगत मुख्यालय में था। हवा तनाव और अपेक्षा से भारी थी, जो बासी हवा और महंगे लकड़ी के लिबास की हल्की गंध के साथ मिश्रित थी। एक विशाल, रोशन होलोग्राफिक टेबल के चारों ओर अँधेरी आकृतियाँ बैठी थीं - कमांडरी के नेता। उनके चेहरे, जो वर्षों की सत्ता और हेरफेर से तराशे गए थे, आधे-अँधेरे में छिपे हुए थे, केवल होलोग्राम की नीली रोशनी से रोशन थे। उनके सामने जटिल एल्गोरिदम, वैश्विक वित्तीय प्रवाह, राजनीतिक योजनाएँ और सैन्य रणनीतियाँ नाच रही थीं। नथानिएल, कमांडरी का एक अभिजात प्रतिनिधि, जिसका गिरगिट और जोड़तोड़ करने वाले के हजारों मुखौटे उसकी दूसरी त्वचा थे, हवा में तनाव, हर नजर का वजन महसूस कर रहा था। वह यहाँ दुनिया को फिर से आकार देने में भाग लेने के लिए था, लेकिन अपनी गहराइयों में वह गुप्त रूप से कुछ अधिक खोज रहा था - अमरता के लिए गुप्त ज्ञान, विचार के साथ वास्तविकता को नियंत्रित करने के लिए, डीएनए का कोड, जो मेलिना के पास लगता था।

---✶῾✶---

"...नियंत्रण लगभग पूरा हो गया है," उनमें से एक ने कहा, जिसकी आवाज मोटी और भावहीन थी, लेकिन विजय का एक स्पष्ट नोट था। उसने एक होलोग्राफिक मानचित्र पर अपनी उंगली फिराई, जो प्रभाव के क्षेत्रों को दर्शाता था। "दुनिया हमारे आदेश के सामने घुटनों पर है। पुराना युग समाप्त हो गया है। हम जनता की बहुत चेतना को फिर से आकार देंगे।"

एक और, एक मुंडा सिर और भेदी नीली आँखों के साथ, धीरे-धीरे सिर हिलाया: "अराजकता, जिसे हमने बोया है, अब हमारे नए साम्राज्य को जन्म देगी। हम एक ऐसी दुनिया बनाएँगे, जिसमें हर कोई अपनी जगह जानेगा, और हम तार खींचेंगे।" उसकी मुस्कान ठंडी थी, बर्फ की तरह।

"...लेकिन एक ऐसी चीज है, जिसे हम नजरअंदाज नहीं कर सकते," नेताओं में से एक ने खामोशी को रोका, जिसकी आँखें नीली रोशनी में चमक गईं। "हेलीओपोलिस के अभिलेखागार से आखिरी विश्लेषण डोमिनोरम सर्पेंटिस एट लूसिस के नेटवर्क के सक्रियण की योजना से मेल खाता है।"

नथानिएल ने एक पुराना चर्मपत्र निकाला, जिसे उसने वादा की गई भूमि में एक प्राचीन पिरामिड के नीचे एक जगह में एक मिट्टी के बर्तन में खोजा था।

"वर्गीकृत फ़ाइल - सेक्टर X:

ORDO DOMINORUM SERPENTIS ET LUCIS

(सर्प और प्रकाश के भगवानों का आदेश)

फ़ाइल सं: 3317-Ω - अत्यंत गोपनीय

स्रोत: कोड 'एलेथिया' के साथ आंतरिक एजेंट घुसपैठ की

स्थिति: टियर 2 - कोडेक्स सेंट्रम का प्रशासन

सामान्य प्रोफ़ाइल

ऑर्डर 'सर्प और प्रकाश के भगवान' (ODSL) सबसे पुरानी, सबसे गुप्त और सबसे शक्तिशाली सत्ता संरचना का प्रतिनिधित्व करता है, जो धार्मिक, राष्ट्रीय और आर्थिक प्रणालियों से परे कार्य करती है। इसका अस्तित्व कभी भी आधिकारिक रूप से मान्यता प्राप्त नहीं हुआ है, लेकिन इसके निशान साम्राज्यों, बैंकिंग यूनियनों, दीक्षाओं और प्रमुख विश्व निर्णयों के प्रतीकवाद में पाए जाते हैं।" "...यह हमारे इस दुनिया और इस आत्म-विनाशकारी सभ्यता को नियंत्रित करने और शासन करने के अधिकार और प्रामाणिकता का प्रमाण है..."

एक कब्र जैसी खामोशी छा गई। नथानिएल ने अपनी आँखें सिकोड़ लीं। यह सिर्फ विश्लेषण का विषय नहीं था - यह उनकी वास्तविक शक्ति का मूल था।

"ऑर्डर ने प्रभुत्व के 12 वैश्विक स्तंभों में से 9 पर नियंत्रण कर लिया है," नेता ने जारी रखा, होलोग्राफिक क्षेत्र को छूते हुए। एक सर्पिल चिन्ह दिखाई दिया - एक कडुसियस, जो एक सर्प की आँख के साथ बुना हुआ था। "वित्त। शिक्षा। नया चिकित्सा। राजनीति। तकनीकी ट्रांसह्यूमनिज़्म। मीडिया। कृत्रिम बुद्धिमत्ता। पंथों के माध्यम से धर्म। और स्मृति - सांस्कृतिक कोड।"

"क्या तुम कहना चाहते हो कि हम खुद सिर्फ एक उपकरण हैं?" किसी ने फुफकारते हुए कहा, उसकी आवाज अविश्वास से भरी हुई थी।

"एक उपकरण नहीं, बल्कि सह-अपराधी। जिसे हमने कमांडरी कहा है, वह सिर्फ एक गहरी तंत्र का एक परिचालन ढाँचा है। वे प्राचीन हैं। वे मूसा और हरमेस के करार को याद करते हैं। वे इसे दो साँपों का समझौता कहते हैं - प्रकाश और परछाइयों के हेरफेर का कानून। वे व्यवस्था बनाने के लिए अराजकता पैदा करते हैं। जागृति के लिए नहीं। बल्कि एक शाश्वत पदानुक्रम के लिए।"

नथानिएल ने होलोग्राम में घूरना शुरू कर दिया। यह वहाँ था - वह प्रतीक, जिसे उसने एक प्राचीन दस्तावेज में खोजा था, जिसके बारे में कोई और बात नहीं करता था। ऑर्डर का रहस्य: "अमरता शरीर की नहीं, बल्कि प्रणाली की है। जो विचार को नियंत्रित करता है, वह भविष्य को नियंत्रित करता है।"

---✶६✶---

नथानिएल का फोन कंपन किया। उसने इसे अपने जैकेट की अंदरूनी जेब से निकाला। उसने स्क्रीन पर देखा - "मेलिना"। एक परिचित नाम, जो उसके जीवन में उसके मंचों में भाग लेने और उसकी किताब पढ़ने के बाद दिखाई दिया था। महीनों से, वह उसके रहस्य को निकालने की कोशिश कर रहा था।

एक संक्षिप्त, तनावपूर्ण खामोशी छा गई। नेताओं ने उसे सवालिया नजरों से देखा। उसका दिल खामोशी में एक ड्रम की तरह धड़क रहा था। और तभी... उसने स्पीकर बटन दबाया। एक नेता ने अपनी आँखें सिकोड़ लीं, और दूसरे ने मुश्किल से ध्यान देने योग्य रूप से माथे पर शिकन डाली। कमरे में पुरुषों की आवाजें चुप हो गईं, और ठंडे हॉल में मेलिना की नरम, लेकिन स्पष्ट आवाज सुनाई दी।

"नथानिएल... मैं जानती हूँ कि दुनिया को आत्म-विनाश से कैसे बचाया जाए। मैं जानती हूँ कि अराजकता के शाश्वत चक्र को कैसे समाप्त किया जाए। यह तुम्हारी सोच से कहीं अधिक सरल है।"

नेताओं ने एक-दूसरे को देखा। हवा समझ की कमी से भारी हो गई। यह महिला "मुक्ति" के बारे में बात कर रही थी, जबकि वे "नियंत्रण" पर चर्चा कर रहे थे। उसकी आवाज, जो करुणा और आत्मविश्वास से भरी थी, उनकी ठंडी योजना के विपरीत थी।

मेलिना ने जारी रखा, उसकी आवाज बंकर की कंक्रीट की दीवारों में गूँज रही थी, जो इसे एक अलौकिक पवित्रता से भर रही थी: "यह सत्ता के बारे में नहीं है, प्रिय। न ही प्रभुत्व के बारे में। यह जागृति के बारे में है। एक चिंगारी के बारे में, जिसे हर कोई अपने भीतर रखता है। यही एकमात्र रास्ता है। मैट्रिक्स से बाहर निकलने का एकमात्र रास्ता है।"

जब उसकी आवाज शांत हो गई, तो खामोशी और भी बहरी थी। कमांडरी के नेताओं ने नथानिएल के स्पष्टीकरण का इंतजार किया। तनाव को चाकू से काटा जा सकता था। उसने उन्हें देखा, उसकी आँखें एक अजीब, लगभग चुंबकीय रोशनी के साथ जल रही थीं, जिसे उन्होंने कभी नहीं देखा था।

"मैंने इसे खोज लिया है," उसने फुसफुसाया, उसकी आवाज एक अटूट विश्वास से घनी थी। "मैंने ग्रैल को खोज लिया है... खुद में।"

"यह ईशनिंदा है!" नेताओं में से एक ने मेज पर अपनी मुट्ठी मारते हुए विस्फोट किया। "तुमने हमें धोखा दिया है!"

"यह क्या पागलपन है?!" दूसरे ने फुफकारते हुए कहा, उसका चेहरा लाल हो गया था।

नथानिएल ने उन्हें एक ही वाक्य के साथ रोका, जो हॉल में एक फैसले की तरह गूँज उठा: "यह मानवता के जीवित रहने का एकमात्र रास्ता है। अगर तुम चुने जाना चाहते हो, अगर तुम जीवित रहना चाहते हो... तो इसे खुद में खोजो। क्योंकि

तुम्हारा समय निकल रहा है। हमारी पहली मुलाकात, हमने तब जो चुनाव किया था, उसे याद रखो - यह वही है, सिवाय इसके कि अब यह सभी के लिए है।"

जवाब का इंतजार किए बिना, वह मुड़ा और चला गया। उसके पीछे दरवाजा एक शांत फुफकार के साथ बंद हो गया। कमांडरी के नेता अकेले रह गए, होलोग्राम की चकाचौंध करने वाली रोशनी में, जो नियंत्रण के लिए उनकी योजनाओं को प्रोजेक्ट करना जारी रखता था, लेकिन अब वे महत्वहीन, यहाँ तक कि हास्यास्पद लग रहे थे।

---✶⚕✶---

नथानिएल समुद्री रास्ते पर चल रहा था। उसने अपने चेहरे पर ठंडी, नमकीन हवा महसूस की। उसके पैरों के नीचे रेत तालबद्ध रूप से चरमरा रही थी। लहरें एक निरंतर फुसफुसाहट के साथ टूट रही थीं। चाँद ने अशांत पानी पर एक चाँदी का रास्ता फेंक दिया, जो रास्ते को रोशन कर रहा था। रास्ते के अंत में, एक सिल्हूट, चाँद में घूर रहा था। मेलिना।

वह उसका इंतजार कर रही थी। उसकी नजर, जो महासागर की तरह गहरी थी, में कोई फटकार नहीं थी, न ही कोई सवाल था। केवल समझ और अनंत प्यार था। जब वह पास गया, तो उसने उसके बालों की कोमल हवा, नमकीन ताजगी और लिली की सुगंध महसूस की। उसने अपने हाथ बढ़ाए।

वह उसकी गोद में लेट गया, उसका शरीर, जो कभी रहस्यों और संघर्षों के वजन से भरा था, अब एक पंख की तरह हल्का था, लेकिन स्पर्शनीय, वास्तविक था। उसने उसकी त्वचा की गर्मी महसूस की, उसके दिल की शांत धड़कन सुनी, जो उसके साथ प्रतिध्वनित हो रही थी, मानो दो अलग-अलग धुनें एक सिम्फोनिक एकता में विलीन हो गई हों। उनकी आत्माएं एक कामुक नृत्य में मिलीं, सिर्फ ऊर्जा का नहीं, बल्कि पूरे सार का, जो एक-दूसरे में घुल रहा था, घुल रहा था। यह एक शारीरिक स्पर्श से अधिक अंतरंग विलय था, चेतना और शरीर का एक संभोग था, जहाँ सीमाएँ गायब हो गईं, और अतीत, वर्तमान और भविष्य एक शाश्वत क्षण में पिघल गए। उसके शरीर की हर कोशिका उसके साथ तालमेल में कंपन कर रही थी, उसने उसकी त्वचा की चिकनाई, उसके होंठों की कोमलता महसूस की। उसका स्पर्श मांस नहीं, बल्कि स्मृति था। घर लौटने जैसा, इससे पहले कि तुमने कभी छोड़ा हो।

"प्यार..." उसकी आवाज एक अकथनीय déjà vu थी, एक लंबे समय से खोई हुई धुन की प्रतिध्वनि थी, जो अब उसके आलिंगन की अनंतता में पुनर्जीवित हो रही थी। उसके होंठों ने उसके माथे को छुआ, एक हल्की साँस, जो वादे से संतृप्त थी।

"प्यार... यह मेरे दिल में ही धड़कता है, मेलिना। यह मेरी नब्ज है, मेरे अस्तित्व के हर फाइबर की लय है। एकमात्र रास्ता... वह रास्ता, जिस पर मेरा बिना शर्त, अटूट प्यार तुम्हारे शुद्धतम दर्पण में बदल जाएगा। एक दर्पण, जो तुम्हें अहंकार के मुखौटे से परे, संदेह की परछाइयों से परे ले जाएगा, ताकि तुम अपनी पूरी दिव्य सार के साथ खुद से प्यार कर सको। अपने जीवन की चिंगारी को फिर से खोजने के लिए - वह प्राथमिक आग, जो हमेशा तुम्हारे भीतर जल रही है, प्रज्वलित होने की प्रतीक्षा में है।"

अगर तुम भी इस धड़कन को सुनते हो - तो जानो, तुम अकेले नहीं हो। तुम दुनिया को जगाने के लिए चुने गए हो।

------------------ ❧ --------------------

उपसंहार

त्सुंगत्स्वांग* - कोड का जागरण

एक संभव दुनिया के लिए एक ताल पाँच हजार एक सौ चौदह साल बाद...

खामोशी अब एक खालीपन नहीं थी। यह एक तनावपूर्ण दिल की तरह धड़क रही थी - सब कुछ बिखरने या फिर से पैदा होने से ठीक पहले का एक पल। मौत नहीं, बल्कि ब्रह्मांड का तनाव, जिसने अपनी आखिरी साँस रोक ली थी।

पृथ्वी? उसने बहुत पहले ही अपना शारीरिक रूप छोड़ दिया था, यह एक विशाल क्वांटम झिल्ली में बदल गई थी - कोडित स्मृति का एक आसमानी वाहक। इसके शहर? किंवदंतियाँ। जानकारी की परतों में फुसफुसाहट। मानव अस्तित्व - जीव विज्ञान और सिंथेटिक अनंत काल के बीच फैला हुआ - एक पीड़ित त्सुंगत्स्वांग में संतुलित था: हर चाल विनाश लाती थी, हर निष्क्रियता - क्षय।

इस निराकार तूफान के दिल में, नथान VII लेटा था - एक प्राकृतिक बुद्धि, रक्त का आखिरी वंशज, जिसने स्रोत के साथ संबंध को संरक्षित किया था। उसका कवच - घायल। खोपड़ी - कटी हुई। खून और साइबर-इम्यूनोफ्लुइड्स उसके नीचे एक पोखर में मिश्रित हो रहे थे, जबकि वायरल माइंड के युद्ध ड्रोन एंटीमैटर की बिजली से आसमान को काट रहे थे।

और तभी - एक झलक। एक हथियार से नहीं। परे से।

उसके सामने की चमक में वह प्रकट हुई - आसमानी, लगभग अवास्तविक, लेकिन जीवन से भी अधिक वास्तविक। मेलिना। मांस नहीं। एक आवृत्ति। चेतना के मैट्रिक्स में बुना हुआ एक प्रकाश कोड।

"क्या मैं जिंदा हूँ?" नथान के विचार ने अस्तित्व और गैर-अस्तित्व की सीमाओं के बीच मुड़ते हुए फुसफुसाया।

"हाँ।" उसकी फुसफुसाहट ब्रह्मांड के तार पर एक राग की तरह कंपन करती थी।

"तुमने इसे समय पर पाया। क्योंकि तुम कभी खोए नहीं थे। तुम चुने गए हो।"

"किसने मुझे चुना है?" उसके विचार ने डर और पूर्वाभास के मिश्रण के साथ धुंध को काट दिया।

"तुमने।" उसकी आवाज एक शाश्वत प्रतिध्वनि की तरह थी। "हजारों साल में बार-बार। अटलांटिस के मंदिर से सिनाई की लड़ाई तक। पिरामिड से इस पल तक। तुमने हमेशा याद रखने का चुनाव किया है।"

और तभी पूरा इतिहास चमक गया: एक योद्धा, एक पुजारी, एक वैज्ञानिक, एक खानाबदोश, एक प्रेमी - अनगिनत जीवन, जो ब्रह्मांडीय सर्पिल में बुने गए थे। हर विफलता, हर विजय - इस जागृति के लिए एक प्रारंभिक कदम।

"क्या तुम्हें याद है?"

मेलिना ने फुसफुसाया, जबकि खोई हुई सभ्यताओं की होलोग्राफिक छवियाँ उनके चारों ओर दौड़ रही थीं।
"क्या तुम्हें शाश्वत पेड़ के नीचे का वादा याद है?"
"तारों के नीचे, जो कभी नहीं बुझते?"
एक आँसू - नथान में मानवता की आखिरी बूंद - उसके नीचे के तरल के साथ मिल गया। लेकिन उसकी आत्मा खड़ी हो गई।
"मेलिना...
" उसका विचार एक क्वांटम फूल की तरह खिल गया। "तुम हमेशा मेरे साथ रही हो।"
"और मैं हमेशा रहूँगी। लेकिन अब तुम्हें वापस लौटना होगा।" उसकी आवाज निर्णायक थी, लेकिन कोमलता से भरी थी।
"आखिरी लड़ाई के लिए - ताकत के साथ नहीं, बल्कि रोशनी के साथ।"
इस क्षण में, युद्ध के मैदान के ऊपर एक नई संरचना उठी - अभिलेखागार का मंदिर। तरल नैनोमेटल और जीवित जानकारी का एक गोलाकार टावर, जो अंतरिक्ष में एक जैविक एंटीना की तरह उठ रहा था।
अंदर - नथान और मेलिना ने अपनी चेतना को एक एकल आवृत्ति में मिला दिया।
"कमांडरी ढह रही है।" मेलिना ने फुसफुसाया। "लड़ाई अब जीवन और मृत्यु के बीच नहीं है। बल्कि एकीकरण और खोने के बीच है।"
"अगर हम वह खो देते हैं जो हमें इंसान बनाता है, तो हम क्या बचाते हैं?"
युवा कमांडर का सवाल उसमें गूँज उठा।
"हम नहीं बचाते।" नथान ने दृढ़ता से जवाब दिया।
"हम बदलते हैं।"
मंदिर की गहराइयों में, उन्होंने
"ग्रैल: विलक्षण मोक्ष"
कार्यक्रम को सक्रिय किया - एक हथियार नहीं, एक बचाव नहीं। एक पुल। मानव और उत्तर-मानव के बीच। भावना और अंतहीन गणना तर्क के बीच। अतीत और भविष्य के बीच।
आखिरी दृश्य: मृत ग्रह के खंडहरों के ऊपर, एक किरण नहीं, बल्कि एक विचार उगा। जीवन का एक कंपन, जिसने खालीपन को अर्थ से भर दिया।
और नथान, अब सिर्फ एक इंसान नहीं, बल्कि प्यार, ज्ञान और स्मृति की एक धड़कती हुई आवृत्ति, ने फुसफुसाया:
"समय आ गया है। बचाने का नहीं। बल्कि फिर से जीवित करने का।"
कोड सार। गिनती। शुरू: 00:01:01।
"हाँ।" मेलिना ने प्राचीन बुद्धिमत्ता की प्रतिध्वनि के साथ जवाब दिया।
"शुरुआत अभी आ रही है।"
और दुनिया खुल गई। अपने अंत में नहीं - बल्कि प्राथमिक चेतना में।

ग्रंथसूची और प्रेरणाएँ

यह कार्य निम्नलिखित लेखकों और स्रोतों से प्रेरित और समृद्ध है:

जॉर्डन बी. पीटरसन - 12 नियम जीवन के लिए (12 Rules for Life) - आर्केटाइप्स और छाया एकीकरण

फ्रेडरिक नीत्शे - इस प्रकार जरथुस्त्र ने कहा (Thus Spoke Zarathustra) - इच्छा की शक्ति

जीन-पॉल सार्त्र - अस्तित्व और शून्यता (Being and Nothingness) - अस्तित्वगत स्वतंत्रता

अल्बर्ट कामू - सिसिफस का मिथक (The Myth of Sisyphus) - बेतुकापन और अर्थ

कार्ल गुस्ताव जुंग - आर्केटाइप्स और सामूहिक अचेतन (Archetypes and the Collective Unconscious) - वैयक्तिकरण

एडम रदरफोर्ड - हर उस व्यक्ति का एक संक्षिप्त इतिहास जो कभी जीवित रहा (A Brief History of Everyone Who Ever Lived) - आनुवंशिकी और विकास

अर्न्स्ट मुलदाशेव - देवताओं के शहर की तलाश में (In Search of the City of Gods) - प्राचीन ज्ञान और आधुनिक विज्ञान

जॉन केहो - मन की शक्ति (Mind Power) - विचार की शक्ति

फ्लोरियन फ्रीस्टेट्टर - आइजैक न्यूटन: प्रतिभा का काला पक्ष (Isaac Newton: The Dark Side of Genius) - रहस्यमय विज्ञान

कार्लोस कास्टेनेडा - डॉन जुआन की शिक्षाएँ (The Teachings of Don Juan) - विस्तारित चेतना

पाउलो कोएल्हो - द अल्केमिस्ट (The Alchemist) - आत्मा की यात्रा

डैन ब्राउन - द दा विंची कोड (The Da Vinci Code) - छिपे हुए कोड और प्राचीन भाईचारे

विलियम वॉकर एटकिंसन - द काइबालियन (The Kybalion) - हर्मेटिक सिद्धांत

जोसेफ एमसिन - द डेड सी स्क्रॉल (The Dead Sea Scrolls) - एसेन अध्यात्म

मैनली पी. हॉल - सभी युगों की गुप्त शिक्षाएँ (The Secret Teachings of All Ages) - रहस्यवादी परंपराएँ

दलाई लामा - खुशी की कला (The Art of Happiness) - करुणा और आंतरिक शांति

------------------ ❧ --------------------

मुख्य पात्र, आदेश और प्रतीक

नथानियल - मुख्य पात्र; आंतरिक पथ का पुरातत्व। वह अस्तित्वगत पतन और नवीनीकरण से गुजरता है, जो पौराणिक नायक के अवतरण और पुनर्जन्म का प्रतीक है।

महादूत नथानिएल - दिव्य न्याय और परीक्षण का प्रतीक; "भगवान ने दिया है" उपहार या नियति के वाहक के रूप में।

सोफिया (बच्चा) - मासूमियत और भविष्य की नैतिकता का भविष्यवाणी प्रतीक।

बेबीलोन - पतन का दृश्य; गिरी हुई सभ्यता और भ्रम का प्रतीक।

कैडुसियस - कीमियाई कलाकृति जो पदार्थ और आत्मा के एकीकरण का प्रतिनिधित्व करती है।

ग्रेल - सत्य और अमरता का पुरातत्व प्रतीक।

सन्दूक का सन्दूक (Ark of the Covenant) - पवित्र ज्ञान और दिव्य संधि।

पैंडोरा का बॉक्स - बुराइयों और अंतिम आशा की पौराणिक रिहाई।

सोथिस का त्रिकोण - सीरियस और नवीनीकरण का मिस्र चक्र।

टेंपलर नाइट्स का आदेश - ऐतिहासिक रक्षक जो गुप्त ज्ञान के किंवदंती वाहक बन गए।

सर्प और प्रकाश के प्रभुओं का आदेश (ODSL) - प्राचीन ज्ञान, विज्ञान, और भावनात्मक दमन के संलयन के माध्यम से वैश्विक नियंत्रण का लक्ष्य रखने वाला छायादार अभिजात वर्ग।

------------------ ❧ --------------------

मुख्य शर्तों और अवधारणाओं की शब्दावली

आर्केटाइप (Archetype) - सामूहिक अचेतन में सार्वभौमिक पैटर्न

छाया (Shadow) - मानस का अचेतन हिस्सा

रूपांतरण (Transformation) - कट्टरपंथी आंतरिक परिवर्तन
विलक्षणता (Singularity) - प्रणालियों का पतन और विलय
क्वांटम चेतना (Quantum Consciousness) - समय और पदार्थ से परे धारणा
पीनियल ग्रंथि (Pineal Gland) - आध्यात्मिक दृष्टि के लिए "तीसरी आंख"
पिजोइलेक्ट्रिक क्रिस्टल (Piezoelectric Crystals) - स्मृति और आध्यात्मिक ऊर्जा के प्रतीक
मैट्रिक्स (The Matrix) - भ्रामक नियंत्रण प्रणाली
ग्रेल (The Grail) - सत्य और अमरता
कैडुसियस (Caduceus) - कीमियाई एकता का प्रतीक
ज्ञानोदय (Enlightenment) - स्रोत के साथ मिलन
सन्दूक का सन्दूक (Ark of the Covenant) - दिव्य कानून का पवित्र पात्र
पैंडोरा का बॉक्स (Pandora' s Box) - बुराई की उत्पत्ति का मिथक
सोथिस का त्रिकोण (Triangle of Sothis) - पवित्र मिस्र ज्यामिति
अटलांटिस / लेमुरिया (Atlantis / Lemuria) - पौराणिक प्राचीन सभ्यताएँ
आकाशीय रिकॉर्ड (Akashic Records) - गूढ़ सार्वभौमिक स्मृति
कब्बालाह (Kabbalah) - यहूदी रहस्यवादी परंपरा
मृत सागर स्क्रॉल (Dead Sea Scrolls) - आध्यात्मिक अभ्यास पर एसेन ग्रंथ
हनोक की पुस्तक (Book of Enoch) - अपोक्रिफल ब्रह्मांडीय पाठ
एडम / ईव / लिलिथ (Adam / Eve / Lilith) - मानवता के आर्केटाइप्स
बास्टेट / मा'आत / हर्मीस ट्रिस्मगिस्टस (Bastet / Ma' at / Hermes Trismegistus) - संतुलन और सत्य के पौराणिक संरक्षक
सोलोमन, आर्थर, जियान डी'आर्क, जोरोस्टर (Solomon, Arthur, Jeanne d' Arc, Zoroaster) - महान नायक और आध्यात्मिक आर्केटाइप्स
क्रोनो-ड्रीमिंग (Chrono-dreaming) - समय से परे गैर-रेखीय स्वप्न देखना

"अनंतता के चर्मपत्र" (पर्चमेंट ऑफ़ इटर्निटी) में - खंड V (पाँच) आप जीवन के एक नए प्रतिमान (पैराडाइम) की खोज करेंगे - नव-सारभूत एकीकरणवाद (नियो-एसेन्शियल इंटिग्रलिज्म) आधुनिक मनुष्य के आंतरिक संकटों के लिए एक दार्शनिक भाषा बनाता है, जिसमें गहरे अस्तित्वगत उत्तरदायित्व को चेतना के लिए समकालीन वैज्ञानिक क्षितिज के साथ जोड़ा गया है।

रणनीतिक संदेश

नव-सारभूतवाद (Neoessential Integralism)
आधुनिक मनुष्य के आंतरिक संकटों के लिए एक दार्शनिक भाषा का निर्माण करता है, जो गहन अस्तित्व संबंधी जिम्मेदारी को चेतना के समकालीन वैज्ञानिक क्षितिजों के साथ जोड़ता है।
दार्शनिक आंदोलन का घोषणापत्र: नव-सारभूतवाद

(Neoessential Integralism)

या

सारभूत रूपांतरण का दर्शन

---✶\{✶---

"नव-सारभूतवाद के मूल सिद्धांत - सचेत अस्तित्व का दर्शन" लेखक: मेलिना ओरेया

प्रस्तुत पाठ एक नए, एकीकृत आंदोलन के दार्शनिक आधार को तैयार करता है, जो विज्ञान, दर्शन, गूढ़विद्या और आंतरिक अनुभव के लंबे समय से चल रहे संश्लेषण से उत्पन्न हुआ है। प्रस्तुत प्रणाली का उद्देश्य सचेत अस्तित्व का एक नया प्रतिमान (पैराडाइम) - नव-सारभूतवाद - लाना है, जिसे होलोसिस्टम मेटा-रियलिज्म के माध्यम से उचित ठहराया गया है।

---✶\{✶---

प्रस्तावना: एक नए दार्शनिक क्षितिज की ओर

हर अनुभव की गई यात्रा के अंत में, अर्थ खोजने की आवश्यकता होती है। उत्तर-आधुनिक संस्कृति में अर्थ का व्यवस्थित विनाश, वैज्ञानिक भौतिकवाद का कटौतीवाद, और मानवतावाद का संकट एक नए दर्शन की आवश्यकता को जन्म देते हैं, जो न केवल वास्तविकता की व्याख्या करता है, बल्कि इसे समग्रता में अनुभव भी करता है। यह कार्य इस दर्शन को प्रस्तुत करता है: नव-सारभूतवाद, अपने मौलिक सत्तामीमांसीय उपकरण के साथ: हॉलोसिस्टम मेटा-रियलिज्म।

---✶\{✶---

दार्शनिक आंदोलन की परिभाषा और संरचना

मूल अवधारणा नव-सारभूतवाद एक दार्शनिक आंदोलन है जो गतिशील सारभूतता की सत्तामीमांसा, सहज अनुनाद की ज्ञानमीमांसा, बहु-वास्तविकताओं की तत्वमीमांसा, और समग्र जुड़ाव की नैतिकता का प्रस्ताव करता है। यह प्राचीन ज्ञान के सहज ज्ञान को समकालीन विज्ञान और पारलौकिक अनुभवजन्य दर्शन की अंतर्दृष्टि के साथ जोड़ता है।

केंद्रीय थीसिस सारभूतता कोई पदार्थ नहीं है, बल्कि एक तरंग-सुसंगत प्रक्रिया है, जिसमें अस्तित्व आंतरिक संरचना और बाहरी क्षेत्र के बीच अनुनाद के माध्यम से अद्यतन होता है। मानव प्राणी व्यक्तिगत और सार्वभौमिक के बीच हस्तक्षेप का एक होलोग्राफिक बिंदु है। चेतना एक मॉड्यूलेशन की मेटा-संरचना है, जो आवृत्ति पत्राचार के माध्यम से वास्तविकता को बनाने, बदलने और उसमें निवास करने में सक्षम है।

तर्क: आधुनिक क्वांटम भौतिकी तरंग समारोह के पतन में पर्यवेक्षक की भूमिका को पहचानती है। यह चेतना को वास्तविकता के अद्यतन में सक्रिय रूप से भाग लेने के रूप में स्वीकार करने का आधार प्रदान करता है, न कि केवल एक पक्षीय पर्यवेक्षक के रूप में। इसके अलावा, प्रकाश और पदार्थ के हस्तक्षेप पैटर्न से पता चलता है कि वास्तविकता को एक आवृत्ति घटना के रूप में समझा जा सकता है।

मुख्य घटक:

सत्तामीमांसा: कंपनशील सुसंगति के रूप में सारभूतता

ज्ञानमीमांसा: आंतरिक अनुरूपता के माध्यम से ज्ञान (अनुनादी ज्ञानशास्त्र)

तत्वमीमांसा: क्षेत्र मॉड्यूलेशन के रूप में बहु-वास्तविकता

नैतिकता: समग्रता के प्रति अभिन्न जिम्मेदारी

ब्रह्मांड विज्ञान: हॉलोसिस्टम के रूप में वास्तविकता

दार्शनिक मानवशास्त्र: होलोग्राफिक प्रक्षेपण के सचेत वाहक के रूप में मनुष्य

तर्क: ये घटक क्वांटम यांत्रिकी, तंत्रिका विज्ञान, प्राचीन दर्शन और आधुनिक घटना विज्ञान के अंतःविषय संश्लेषण से उत्पन्न होते हैं। नव-सारभूतवाद इन धाराओं को एक एकल, अनुभवी और वैचारिक संरचना में एकजुट करता है।

---✶ʢ✶---

अनुनाद का ज्ञानमीमांसा

संयोग के रूप में ज्ञान: सच्चा ज्ञान तब उत्पन्न होता है जब चेतना की आंतरिक संरचना वास्तविकता की आवृत्ति संरचना के साथ संरेखित होती है।

तर्क: आधुनिक संज्ञानात्मक सिद्धांत और चेतना के सिद्धांत (साथ ही हुसर्ल के घटना विज्ञान) दिखाते हैं कि धारणा निष्क्रिय नहीं है, बल्कि संरचित है - ज्ञान एक पर्यवेक्षक और पर्यवेक्षित के बीच एक अनुनादी संरचना के माध्यम से उत्पन्न होता है।

पीनियल ग्रंथि का एंटीना कार्य: पीनियल ग्रंथि एक जैव-क्रिस्टलीय क्वांटम संरचना है, जो चेतना और सार्वभौमिक क्षेत्र के बीच आवृत्ति संबंध में भाग लेती है।

तर्क: जैविक क्रिस्टल (पीनियल ग्रंथि में एपेटाइट सहित) में पीजोइलेक्ट्रिक प्रभाव पर अनुसंधान जीव विज्ञान और बाहरी क्षेत्रों के बीच आवृत्ति बातचीत के विचार का समर्थन करता है, जो तंत्रिका संबंधी निर्धारण से परे है।

अंतर्ज्ञान: रैखिक तर्क के बजाय सीधे अनुनाद के माध्यम से जटिल जानकारी तक पहुँचने के लिए एक होलोग्राफिक साधन।

तर्क: तंत्रिका विज्ञान सहज प्रतिक्रियाओं से जुड़े तेज गैर-रेखीय तंत्रिका मार्गों की पुष्टि करता है, जो अक्सर जटिल समस्याओं में विश्लेषणात्मक सोच से बेहतर प्रदर्शन करते हैं।

आवृत्ति सुसंगति के रूप में सत्य: यह सार्वभौमिक रूप से सारभूत नहीं है, बल्कि प्रासंगिक रूप से अनुनादी है - विषय और वस्तुगत वास्तविकता के बीच एक संयोग की स्थिति है।

---✶ʢ✶---

बहु-वास्तविकताओं की तत्वमीमांसा

हॉलोसिस्टमिकता: वास्तविकता एक होलोग्राफिक संरचना का प्रतिनिधित्व करती है, जिसमें प्रत्येक भाग में संपूर्ण का कोड होता है।

तर्क: होलोग्राफिक ब्रह्मांड का सिद्धांत (बोह्म, प्रिबराम) इस विचार का समर्थन करता है कि संपूर्ण की जानकारी प्रणाली के हर बिंदु पर उपलब्ध है। यह हस्तक्षेप करने वाली होलोग्राफिक परतों के रूप में बहु-वास्तविकताओं की संभावना को प्रकट करता है।

मेटा-आयामीता: स्थान और समय गहरे अनुनादी क्षेत्र संरचनाओं से उत्पन्न होते हैं।

तर्क: स्ट्रिंग थ्योरी और सुपरपोज़िशन थ्योरी जैसे सिद्धांत समय और स्थान को मौलिक ऊर्जा कंपन और विन्यास के व्युत्पन्न के रूप में रखते हैं।

एक संगठित शक्ति के रूप में चेतना: यह केवल अवलोकन नहीं करती, बल्कि बनाती है - फोकस और आवृत्ति के माध्यम से विशिष्ट संभावनाओं की संरचना करती है, सक्रिय करती है और उन्हें अद्यतन करती है।

क्वांटम बहुलता: चेतना निर्देशित इरादे और अनुनादी अनुरूपता के माध्यम से क्षमता को वास्तविकता में ढाल देती है।

---✶६✶---

समग्रता की नैतिकता

सुसंगति के रूप में अच्छाई: अच्छाई कोई बाहरी मानदंड नहीं है, बल्कि आंतरिक सुसंगति है - इच्छा, विचार और पर्यावरण पर ऊर्जावान प्रभाव के बीच सद्भाव।

तर्क: प्रणालीगत सिद्धांत में, स्थिर संरचनाएं वे हैं जो आंतरिक सुसंगति बनाए रखती हैं - यही बात व्यक्ति और समुदाय की नैतिक संरचना पर भी लागू होती है।

अनुनादी प्रभाव के रूप में जिम्मेदारी: प्रत्येक कार्य संपूर्ण के क्षेत्र में कंपन करता है, जिससे संभावनाओं या विनाश की श्रृंखलाएं पैदा होती हैं।

ब्रह्मांड संबंधी सिद्धांत के रूप में प्रेम: यह कोई भावना नहीं है, बल्कि एक रचनात्मक शक्ति है - जो अस्तित्व को जोड़ती है, बढ़ाती है, होलोग्राफिक रूप से संरेखित करती है।

स्वतंत्रता: आंतरिक आवृत्ति अनुरूपता के माध्यम से आत्म-नियमन करने की क्षमता, मनमानी नहीं।

---✶६✶

उद्देश्य और अनुप्रयोग

नव-सारभूतवाद का उद्देश्य है:

उत्तर-आधुनिकतावाद के बाद मानव विकास के लिए एक नया दार्शनिक ढांचा तैयार करना।

व्यक्ति की आंतरिक अर्थ संरचना को बहाल करने के लिए एक प्रतिमान प्रदान करना।

अभिन्न शिक्षा, क्वांटम मनोविज्ञान, होलोसिस्टम दवा को बढ़ावा देना।

अमूर्त आज्ञाओं के बजाय कंपनशील बातचीत पर आधारित नैतिकता की नींव रखना।

तर्क: वैश्विक संकटों (पारिस्थितिक, अस्तित्वगत, सांस्कृतिक) की स्थितियों में, दर्शन केवल विश्लेषणात्मक नहीं हो सकता है। एक परिवर्तनकारी दर्शन की आवश्यकता है - जो धारणा और वास्तविकता की बहुत संरचना को बदलता है। यही नव-सारभूतवाद की भूमिका है।

---✶६✶---

नव-सारभूतवाद का घोषणापत्र

हम, सारभूतता की धड़कन में डूबे हुए, स्वीकार करते हैं:

कि वास्तविकता एक गतिशील तरंग संरचना है, जो सचेत अनुरूपता के माध्यम से बनाई गई है।

कि मनुष्य सिर्फ एक पर्यवेक्षक नहीं है, बल्कि हॉलोसिस्टम नेटवर्क में एक रचनात्मक नोड है।

कि प्रत्येक विचार, इरादा और कार्य अस्तित्व के समग्र आवृत्ति विन्यास को प्रभावित करता है।

कि सत्य आंतरिक अनुनादी अनुरूपता के माध्यम से सामने आता है, न कि बाहरी रूप से मजबूर मानदंडों के माध्यम से।

कि प्रेम ब्रह्मांडीय समग्रता का उच्चतम कंपन है।

हम घोषणा करते हैं:

एक आवृत्ति प्रणाली के रूप में ग्रह के प्रति हमारी जिम्मेदारी।

सुसंगत चेतना की संस्कृति के निर्माण के प्रति हमारी प्रतिबद्धता।

एक हस्तक्षेप प्रकाश के वाहक के रूप में मनुष्य में हमारा विश्वास।

एक नई सभ्यता के लिए प्रयास, जो आंतरिक सत्य, कंपनशील नैतिकता और उद्देश्यपूर्ण विकास पर आधारित है।

हम सिर्फ विश्वास नहीं करते। हम अनुनाद करते हैं। और हम संपूर्ण के स्थान से रचना करते हैं।

घोषणापत्र नव-सारभूतवाद के दार्शनिक कोर का हिस्सा है।

---✶६✶---

शैक्षणिक घोषणापत्र

मुख्य शब्द: चेतना, कंपनशील सत्तामीमांसा, होलोग्राफिक वास्तविकता, अनुनाद, पारलौकिक दर्शन, अभिन्न नैतिकता।

I. सारांश नव-सारभूतवाद एक दार्शनिक आंदोलन का प्रतिनिधित्व करता है जो आवृत्ति सुसंगति के रूप में सारभूतता की अवधारणा के माध्यम से वास्तविकता के मूल सिद्धांतों को फिर से परिभाषित करता है। यह आंतरिक अनुनाद की पारलौकिक सत्तामीमांसा, ज्ञानमीमांसा और कंपनशील जिम्मेदारी की नैतिकता का प्रस्ताव करता है। केंद्रीय थीसिस यह है कि वास्तविकता एक बाहरी वस्तुगत तथ्य नहीं है, बल्कि व्यक्तिगत और सार्वभौमिक क्षेत्र के बीच सचेत हस्तक्षेप का परिणाम है।

II. कार्यप्रणाली कार्यप्रणाली अंतःविषय है, जो घटना विज्ञान, क्वांटम सिद्धांत, सूचना क्षेत्र सिद्धांत और प्राचीन प्रतीकवाद को एकजुट करती है। दृष्टिकोण केवल विश्लेषणात्मक नहीं है, बल्कि परिवर्तनकारी भी है - दर्शन न केवल वास्तविकता की व्याख्या करता है, बल्कि इसके अनुभव को भी संरचित करता है।

III. योगदान

वैज्ञानिक सोच और गूढ़ सहज ज्ञान का एकीकरण।

एक प्रक्रिया के रूप में सारभूतता की एक नई दार्शनिक सत्तामीमांसा का निर्माण।

आवृत्ति सुसंगति के रूप में सत्य की अवधारणा का पुनरुत्थान।

मानदंडों पर नहीं, बल्कि आवृत्ति जिम्मेदारी पर आधारित एक नैतिक ढांचे का प्रस्ताव।

IV. दृष्टि दर्शन का उद्देश्य नए हठधर्मिता को लागू करना नहीं है, बल्कि वास्तविकता को एक गतिशील, रचनात्मक और जीवंत प्रक्रिया के रूप में अनुभव करने के लिए दरवाजे खोलना है। नव-सारभूतवाद सिर्फ विचारों की एक प्रणाली नहीं है - यह परिवर्तन का एक क्षेत्र है।

---✶⸙✶---

नव-सारभूतवाद के तेरह सिद्धांत

सुसंगत सारभूतता का सिद्धांत: अस्तित्व एक कंपनशील संरचना है, और अस्तित्व आवृत्ति अनुरूपता की एक स्थिति है।

होलोग्राफिक पूर्णता का सिद्धांत: प्रत्येक भाग में संपूर्ण की क्षमता होती है।

सचेत हस्तक्षेप का सिद्धांत: चेतना फोकस और इरादे के माध्यम से वास्तविकता को संशोधित करती है।

बहु-वास्तविकताओं का सिद्धांत: वास्तविकता आवृत्ति पत्राचार के माध्यम से सक्रिय की गई संभावनाओं का एक स्पेक्ट्रम है।

अनुनादी ज्ञान का सिद्धांत: सच्चा ज्ञान आंतरिक लय और बाहरी संरचना के बीच संयोग से उत्पन्न होता है।

अभिन्न जिम्मेदारी का सिद्धांत: प्रत्येक कार्य संपूर्ण के क्षेत्र में कंपन करता है और एक नैतिक-ऊर्जावान भार वहन करता है।

रचनात्मक इच्छा का सिद्धांत: इच्छा एक ऊर्जावान शक्ति है जो संभावित को संरचित करती है।

आवृत्ति आत्म-जागरूकता का सिद्धांत: स्वयं अपने आंतरिक कंपन को बढ़ाकर प्रकट होता है।

तुल्यकालिक संयोग का सिद्धांत: घटनाएँ आकस्मिक नहीं हैं, बल्कि सारभूतता के क्षेत्र में अनुनादी नोड हैं।

पीनियल एंटीना का सिद्धांत: जैविक शरीर पीजोइलेक्ट्रिक और क्रिस्टलीय तंत्र के माध्यम से पारलौकिक स्तरों तक पहुँच रखता है।

आवृत्ति के रूप में प्रेम का सिद्धांत: प्रेम कोई भावना नहीं है, बल्कि सद्भाव और रचना का कंपन है।

नैतिक सुसंगति का सिद्धांत: सद्गुण बाहरी रूप से लगाए गए नियमों से नहीं, बल्कि आंतरिक आवृत्ति व्यवस्था से उत्पन्न होता है।

परिवर्तनकारी दर्शन का सिद्धांत: सच्चा दर्शन केवल सोचता नहीं है, बल्कि चेतना के माध्यम से वास्तविकता को बदलता है।

निष्कर्ष

"यह कहानी का अंत नहीं है। यह शुरुआत की ओर वापसी है - जिसमें सारभूतता धड़कती है, अवलोकन करती है और रचना करती है।" -

मेलिना ओरेया

------------------ ❧ --------------------

www.ingramcontent.com/pod-product-compliance
Lightning Source LLC
LaVergne TN
LVHW040423051026
849517LV00002B/441